アメリカの悲劇

AN AMERICAN TRAGEDY

上

セオドア・ドライサー
村山淳彦 訳

花伝社

第一部

第一章

時は黄昏《たそがれ》――夏の宵《よい》。

背景は高いビルの壁。アメリカの人口四十万程度の都市における中心街のビル群――いずれはおとぎ話で語り伝えられるだけになりかねない尊大な壁。

そして、昼間の喧噪ももはやおさまりかけている広い街路に、小さな集団をなしてあらわれてきた六人――まず五十歳ぐらいの男が一人。ずんぐりした体型、ボサボサの髪が黒くて丸いフェルト帽の下からはみ出ていて、まったく風采のあがらぬ男であり、街頭説教師や大道演歌師などがよく使う小さな携帯オルガンを担いでいる。それから、この男に同行している五歳ほど年下の女性。男より背は高いが太ってはいず、体格も身ごなしもしっかりしていて、容貌、服装いずれもごく地味ではあれ、不器量というわけではない。片手は七歳の小さな男の子の手を引き、他方の手には一冊の聖書と数冊の讃美歌集を携えている。これら三人に加え、その後ろから離れ気味についてきたのは、十五歳の女の子と、十二歳の男の子と、九歳のもう一人の女の子。先を行く一団におとなしくついてくるものの、それぞれあまり気乗りしていない顔つき。

暑くはあるが、心地よいけだるさがあたりに立ちこめている。

この集団が歩いている大通りに直角に交差して、もう一つの峡谷をなす大通り。そこには人波や車やあちこちの系統の路面電車が連なり、電車はチンチンと鐘を鳴らしながら、めまぐるしく流れていく車列のあいだを精一杯進んでいく。そんななかでもこの小さな集団は、争うようにそばを流れていく車や歩行者のあいだを縫うように歩き、目ざす目的地に到達しようとする一念でまわりの様子を気にもとめていないようであった。

この第二の大通りとの交差点に達する前に交差する道路がもう一つある――道路とはいっても二つの高い建物にはさまれたほんの小さな路地である――建物にはもはや人気《ひとけ》もすっかり失せている――そこに着くと男はオル

ガンをおろした。連れ合いの女はすぐにその蓋を開けると譜面台を立てて、幅広の薄っぺらな讃美歌集を開いて置いた。それから男に聖書を渡し、後ろに下がって男と並んだ。そのあいだに十二歳の男の子がオルガンの前に小さな折りたたみ椅子を据えた。男は――この一団の家父長ということになるが――素朴な確信を帯びていると も見える態度であたりを見渡すと、聴衆がいるかどうかなどということを気にもしない様子で、こう切り出した。
「まず讃美歌を歌うことにしよう。主への感謝をあらわしたいと願っている人にいっしょに歌ってもらえるようにね。ヘスター、お願いできるかな」

こう言われていちばん年上の女の子は、それまでなるべく知らぬふりで関係ないような顔をしていたのに、そのほっそりしてまだ成熟しきっていない身体《からだ》を折りたたみ椅子の上に乗せ、讃美歌集の頁をめくりながらオルガンのペダルを踏み始めた。他方で母親はつぎのような言葉を発した。
「今夜は二十七番を歌うのがいいと思います――『イエスの愛の香りは甘きかな』」

そのころには、家路についていた身分も生業もさまざまな人たちが、この小さな集団がそんな支度をしているのに気づいて、ちょっと横目で見やったり、何をしようとしているのか確かめようと立ち止まったりしはじめた。そんな足踏みを見て男は、いかにつかの間であれ注意を向けてくれたものと受けとめたらしく、そこにつけ込んで、あたかもみんながわざわざ自分の話を聞こうとしてくれているみたいな顔で言葉をかけ始めた。
「では、二十七番をみなさんいっしょに歌いましょう――『イエスの愛の香りは甘きかな』」

この言葉に応じて若い娘はオルガンでメロディを弾き始め、正確ながらか細い節を演奏した。同時に自分のややかん高いソプラノの歌声を母親の歌声に合わせ、父親のちょっとあやしげなバリトンにも和した。他の子どもたちは、オルガンの上に積み上げてあった讃美歌集をそれぞれ一冊手にとって、心細そうに歌に加わった。歌が続いているあいだ、通りすがりの得体も知れぬ無関心な聴衆は、こんな取るに足らない一家が、懐疑論や無感動に覆いつくされそうになっている人間社会に抗《あらが》うように、集団で公然と声をあげている奇妙さに引き留められて、目を凝らした。なかには、生彩に乏しく未熟そうな肢体でオルガンを弾いている女の子に興味をもったり同情したりする者もいたし、実際的な事柄に疎く金銭面で無能そうな父親に目を向ける者もいた。その冴えない青い眼や、たるんだ身体にまとっているみすぼらしい着衣からして、この男が何よりも人生の落伍者であることは明らかだった。この集団のなかで男の連れ合いだけが、通行人の目にはきわだっているように見え、いかに盲目的で錯誤に満ちていようとも、この世でまぎれもない成功をおさめないまでも、みずから生き抜くだけの力強さや気構えをもっているらしく思われる。この女性は、他の誰よりも毅然として、無知ではあれ、何となく敬わずにいられないような確信に満ちた態度を見せて立っている。この女性を目にしたら、讃美歌集をもった手を体の横に下げたまま目を面前の中空に据えているその姿に打たれて、誰だってこう言いたくなったであろう。「なるほど、こういう人こそ、いかなる欠点があるにせよ、自分の信じることをできるかぎり貫きとおしそうな人間だよなあ」この女性が宣明する、あの圧倒的な支配のもとにすべてを見そなわす力の叡智と慈悲を恃《たの》むゆるぎない戦闘的な信仰とも言えそうなものが、その容貌や身振りことごとくに刻みこまれていた。

「イエスの愛は我の身も心も救い給い、
神の愛は我が歩みを導き給う」

この女性はちょっと鼻にかかっているもののよく通る歌声を、近隣のそびえ立つビルの合間に響かせた。

男の子は落ち着きなく、体重をかける脚をたえず換えながら視線を落とし、だいたいは中途半端な歌い方をしていた。背は高いがまだ華奢《きゃしゃ》な身体、その上に据えられた人目を引く頭や顔——肌は白く髪は黒い——他の者たちよりも鋭い観察力があり、感受性も間違いなく豊かそう——自分の置かれた立場にほんとうに憤慨し、苦痛を感じてさえいるようだ。宗教的どころか異教的な生活に惹かれているのは明白。もっともそのことに自分でもまだじゅうぶん気づいていないようだが。この子についてはっきり言えるのは、こんなことなんかに何の魅力も感じていないということだけ。あまりにも若いし、頭の中は、母や父の心を揺さぶっている遠い彼方の茫漠たる夢想なんかにほとんど縁のない、美や快楽にみちた方面にあまりにも惹かれていた。

　じっさいのところ、この少年にとって、自分が生まれ落ちた家庭の生活も、物質面、精神面におけるこれまでのさまざまな見聞も、父母がいかにもきっぱり信じたり言ったりしている事柄の現実性や説得力を、さっぱり裏づけてくれそうもなかった。それどころか両親は、少なくとも金銭的には、多かれ少なかれ暮らしに困窮しているとしか思えなかった。父親はいつも聖書を読み、いろいろなところで催される集会で説教している。とくに、この街角からほど遠からぬところで父母が運営している「伝道所」で。同時に、少年が理解しているところによれば、父母は、あちこちのさまざまな実業家たちのなかから、そんな博愛事業に関心があったり、慈善活動をしたがったりしている者たちを見つけ、寄付金を集めてくるのだった。それでも一家はつねに「金詰まり」で、いい身なりをしたことなどついぞなかったし、他の人たちにとってはあたりまえらしい慰安も快楽も大部分なしですましてきた。それなのに両親は、ぼくにも家族たち全員にも神の愛や慈悲や加護が注がれているなどとたえず言い立てている。どこかが何か間違っているのは明らかじゃないか。ぼくには何もかもすっきりわかるわけではないけれど、それでも母は尊敬せずにいられない。やさしいことはもちろん、力強さや真剣さの点でも引きつけるところをそなえているもの。伝道所の仕事や家族の世話でたいへんなのに、とにかく明るく振る舞おうとし、少なくともへこたれまいとしている。とくに食べ物や衣服に事欠いてあまりにもつらくなったときなどはよく、「神様がお恵みくださるからね」とか「神様が道をお示しくださるさ」とか、ごくきっぱりと言い切ってくれる。でもどうやら、その言葉にもかかわらず、ぼくにも他の子たちみんなにもわかっているように、神様はあまりはっきりした道を示してなんかくれない。神様の特別なご加護をいつもどうしても必要としているような家庭の事情だというのに。

　今夜は、姉妹や弟といっしょに大通りを歩いてきたとき、こんなことはもうしなくてもよくなればいいのに、少なくとも自分だけでもこんなことに加わらなくてもよくなればいいのに、と思った。他所の男の子たちはこんなことしていないし、何だかこんなことはさもしく、屈辱的ですらあるように思える。こんなふうに街頭に連れ出されるようになる前から、一度ならず他の男の子たちからはやしたてられ、父親のことを笑いものにされたっけ。父さんがいつも公の場で宗教的信仰や信念を力説していたからだ。たとえば、ほんの七歳のころに住んでいた家の近所で、父さんがいつも、何を話すにもまず「主を誉むべし」と言うので、子どもたちが「ほら、主を誉むべしのグリフィスがきたぞ」とはやす声を耳にしたこともあった。あるいは、背後から「おまえ、オルガン弾く姉さんがいるだろ。おまえの姉さん、他に弾ける曲がないのかい」などと野次られたこともあった。

「何で親父さんはいつも『主を誉むべし』なんて言ってまわったりしたがるのさ。あんなことする人は他にいないぜ」

この子たちが、そしてこの少年も気にしているのは、すべてのことに同化を求める大衆のあの昔ながらの性向に逆らってはならないという思いであった。父さんも母さんも他の人たちとは違っている。ずっと宗教第一でやってきてるし、今ではとうとうそれで暮らしを立てているのだから。

今夜、この大通りで、車列や群衆や高いビルのまっただなか、少年は恥ずかしいと感じていた。自分は通常の生活の場から引き抜かれてきて、見世物や笑いものにされている。かたわらを走りすぎるかっこいい自動車。自分には推測することしかできないような歓楽を求めてそぞろ道行く人たち。笑いさんざめきながらふざけ合い、通り過ぎてゆく若い男女のカップル。こっちをジロジロ見つめてる「ガキども」。すべてが自分の生活、いや家族の生活とどこか違う、もっとましで、もっと美しいものを感じさせて、少年の心はかき乱される。

他方、このとりとめもなくさまよう街頭の群衆はと言えば、たえず入れ替わり立ち替わりあらわれてきてたがいに肘で突き合っては、この子たちに対してこんなやり方をするのは心理学的な過ちを犯すことになる、という理解を通じ合わせているようだった。世間ずれして冷淡になっている連中は眉をつり上げ、蔑《さげす》むようにニヤリとするし、同情心を忘れていない人や年の功を重ねた人は、この子たちをこんな場に立ち会わせても無益であると批判の言をつぶやく。

「このあたりでほとんど毎晩この人たちを見かけるよ——少なくとも毎週二、三回はね」こう言ったのは若い事務員。女友達と落ち合ったばかりで、これからレストランへ連れだって行こうとしている。「何か新興宗教の宣伝でもしてるんだろうね」

「あのいちばん年上の男の子はこんなとこにいたくねぇんだ。場違いな人間だって感じてるのが見え見えさ。あんな子どもを無理に連れ出すなんてよくねぇな。どうせこんなこと、わかりっこねぇんだから」こう言ったのはおよそ四十歳くらいのぐうたらな浮浪者。市の中心街にへばりついている奇人の部類の人物が、たまたま立ち止まった人の良さそうな見も知らぬ男を相手に話しかける。

「ああ、そのとおりだね」と相手は相づちを打ち、男の子の独特な頭や顔の形を見計らった。伏せていたその顔を仰向けるたびにそこにあらわれる、居心地の悪そうなはにかんだ表情を見れば、ふつうの頭脳の持ち主ならばすぐに指摘できたであろうが、意味を呑み込むだけの用意もない気質の者に、もっと年齢を重ねて思慮を働かせることができるようになった気質にこそふさわしい宗教的、心理的儀式を、公衆の面前で無理におこなわせようとするのは、無駄であるだけでなくちょっと酷であった。

ところが、じっさいにおこなわれていたのはまさにそういうことだったのだ。

この家族のその他の者について言えば、いちばん年下の女の子も男の子もあまりに幼かったから、いったい何がおこなわれているのかほんとうに理解することはできなかったし、大して気にもしていなかった。オルガンを弾いている長姉は、苦にしているよりもむしろ、自分の姿や歌声が引き起こす注目や評判を楽しんでいるみたいだった。通りすがりの人たちだけでなく父母からも、一度ならず、声がいいとか心に訴えるところがあるとか褒められたことがあったからだが、それはほんの部分的真実でしかなかった。実はいい声などでない。そんなことを言う者たちは、ほんとうは音楽を理解していないだけのこと。血色が悪く非力で貧弱な体格であり、ほんとうの精神的強さも深さも欠けていただけに、自分を目立たせ多少とも注目を集めるには、これこそ絶好の機会であると、たわいもなく思い込まされていたのである。両親はと言えば、できるかぎり世界を浄化しようという決意にみちていた。だから、讃美歌の斉唱が終わると父親はさっそく、使い古された言葉からなる説教を始め、罪びとたちに対する神の慈悲やキリストの愛や神の思し召しを自覚することを通じて、良心の呵責という重荷から解放されることの喜びについて語った。

「主から見ればあらゆる人間は罪びとです。悔い改めなければ、キリストとその愛や寛大さを受け入れなければ、精神的に無疵で清浄であることの幸せを知ることは一生できないでありましょう。ああ、みなさん！　救い主がみなさんのために生き、そして死んだということを悟り、心底から理解したときに味わえる安らぎと会心の思いを、みなさんに知っていただきたいのです。日々刻々、光のなかでも闇のなかでも、夜明けにも夕暮れにも、救い主はみなさんとともに歩んで、みなさんにたえず訪れるこの世の困難や心労に耐え、乗り越えることができるようにしてくださっています。おお、わたしたちすべてを待ち構える誘惑やら落とし穴ときたら！　だからこそ慰めとなるのは、救い主がいつも私たちのそばにいまし、助言、助力くださり、力づけたり、私たちの傷口に手当てしたりして、健やかにしてくださると悟ることです。ああ、あの安らぎ、あの満ち足りた思い、あの慰安、あの栄光！」

「アーメン」と妻はきっぱり唱えた。そして娘ヘスター、あるいは家族のなかでの呼び方に従えばエスタも、なるべく多くの聴衆から自分たちに対する支持を取りつけなければならないという思いに駆られ――母に続いて復唱した。

長男クライド、および年下の子どもたち二人は、下を向いたり、時折父親に目をやったりしながら、言われているのはどれもそのとおりで、大切なことかもしれないけれども、人生から得られそうなその他のものごとには、もっと意味があったり魅力があったりするものもあるではないか、などと感じていた。こんな話はさんざん聞かされてきたけれど、子どもたちの幼いひたむきな心にとって人生とは、この種の街頭や伝道所での訴えにとどまらない何かのためにあるのだった。

まとめの段階に入り、二度目の讃美歌斉唱のあと、グリフィス夫人が発言し、近くの通りの伝道所で自分たちが協同しておこなっている布教活動や、宗派にとらわれないキリスト教礼拝について説明してから、三度目の讃美歌斉唱がおこなわれた。それから伝道所での救済事業を説明するパンフレットが配られて、聴衆から差し出される寄付金が父親アサによって集められた。小さなオルガンの蓋が閉められ、椅子がたたまれてクライドに渡され、聖書や讃美歌集がグリフィス夫人によって抱えられ、革帯でぶら下げて持ち運ぶオルガンがグリフィス家の主人の肩に掛けられて、伝道所へ向かう行進が開始された。

この間クライドが心のなかでめぐらせていた思いは、こんなこともう二度としたくない、自分も両親も人目にはバカみたいでまともでないと映ってるだろう、ということだった――「ちゃちだ」とでも言ってやりたいくらいだったが、こんなふうに巻きこまれることに対する憤懣を思い切りぶちまけたくても、そこまではさすがに言いかねた――できることならこんなことはもう二度としたくない。ぼくなんか連れ出して、何の役に立つんだ。こんなふうじゃぼくの生活は台無しじゃないか。よその男の子たちはぼくみたいなことさせられていない。こんなふうに出かけてこなければならない境遇から抜け出すための反逆の仕方について、これまでよりももっと真剣に考えるようになっていた。姉さんがその気なら続けりゃいいさ。これが気に入ってるんだろ。妹や弟は幼すぎて苦にしないのかもしれない。だけどぼくは――

「今晩はみなさんもふだんより身を入れて聞いてくれた気がするよ」とグリフィスは道々妻に話した。夏の夜の大気が帯びる蠱惑《こわく》的な質のために、通行人のいつもと変わらぬ無関心な態度をいつもよりおおらかに解釈したくなったのだ。

「そうですね。今夜は二十七人がパンフレットを受けとってくれました。木曜日は十八人だったのに」

「キリストの愛が最後にはこの世を席巻するにちがいないのだ」父親は妻だけでなく自分をも力づけようとして、慰めの言葉を吐いた。「世間の快楽や心労に心を奪われている人はとても多いけれど、悲しみに襲われたら、こういう種子の幾粒かが根を下ろすことになるんだよ」

「きっとそうなりますよ。そう思えばこそいつもがんばっていられるのですから。あの人たちのなかからも、悲しみや罪の重荷を知れば、結局は自分たちの生き方の誤りを悟るようになる人があらわれるでしょう」

一行はやがて細い脇道へ入っていった。出発してきたところへ戻っていくのだ。角から十軒あまりも入ったところまで歩いて、一階建ての黄色い木造家屋の入り口に向かった。その家の大きな窓や中央のドアにはまっている二枚のガラスには、灰白色のペンキが塗ってある。窓にも両開きのドアのガラス窓にも、つぎのような文字がでかでかと書いてある。「希望の扉。ベテル〔「神の家」の意。「創世記」二八・一九。以下、訳注はブラケットで囲んで本文中に挿入する〕・インデペンデント伝道所。集会日、毎週水曜日、土曜日の夜、八時から十時。毎週日曜日、十一時、三時、八時。どなたも歓迎します」このような掲示の下、どの窓にも「神は愛なり」と書いてあり、さらにその下にもっと小さな字で「お母さんにどれほどご無沙汰していますか」とある。

小さな集団はこのそっけない黄色のドアのなかへ入っていき、姿を消した。

第二章

以上ざっと紹介したこんな家族には、風変わりでちょっと独特な経歴があるにちがいないと、すぐ予想がつくだろうし、まさにそのとおりと言ってよい。じっさいこの家族は、心理学者のみならず化学者や物理学者の力も借りなければ解明できないような、異形の心理的、社会的反射作用や動機づけに振りまわされた結果を呈していた。まず父親のアサ・グリフィスは、有機体としての統合や内部調整がうまくいかなかった人間であり、環境と宗教理論から生み出された産物であるが、自分独自の指針や精神的洞察力を欠いているくせに感受性が強く、それゆえにきわめて感情的で、実際的な常識など少しも持ち合わせていなかった。さらに、この男が人生の何に魅力を感じているのか、あるいはその感情的な反応がいかなる色合いを帯びているのか、突きとめようとしても難しいであろう。他方、すでに紹介したとおり、妻のほうの人となりはもっとしっかりしたところもあったが、何ごとであれ実際的な分別に関しては亭主と大差なかった。

こんな夫婦の経歴など、ここでとくに詮索するまでもないが、ただ、二人の息子である十二歳のクライド・グリフィスにとって無視できない存在であるかぎりで触れておく。この若者は、母親からよりも父親から受け継いだ特徴となっているいくらか多情多感な性質や、遙かなものにあこがれる性癖にとらわれているものの、両親よりももっと生彩のある知的な想像力にまかせてものごとを捉えていたし、機会さえつかまえればもっとましな人間になれるはずだといつも考えていた。あれやこれやその他のものごとがほんとうになったら、いろいろなところへ行って、いろいろなものを目にして、今とは違った暮らしをすることができるかもしれないなどと。クライドが十五歳になるまで、またその後もずっと、思い出してもいちばん嫌だったのは、両親の天職ないし信仰が他の人たちの目にはつまらないものに見えていたことだった。その証拠に、両親が伝道所を管理したり、街頭で説教したりしながら移住してきたあちこちの都市——グランドラピッズ、デトロイト、ミルウォーキー、シカゴ、そして最後にたどりついたカンザスシティ——で過ごした少年時代に何度も痛感させられたように、自分や自分の兄弟姉妹は、こんな両親の子どもだからというので、人びと、あるいは少なくとも自分が知り合った少年少女たちから蔑まれた。バカにした相手にケンカを売ったことも何度かあったが、そうすれば、怒りを爆発させるようなことはけっして許さない両親の気持ちに真っ向から逆らうことになった。しかも、勝とうが負けようがつねに思い知らされたのは、両親がやっている仕事は世間の人たちから見て満足のゆくようなものでないという事実だった——みすぼらしく、くだらないのだ。そしていつも考えていたのは、逃げ出せそうなところに着いたらどうやって飛び出してやろうかということだった。

というのも、クライドの両親は子どもたちの将来という問題に関して現実離れしていたからだ。子どもそれぞれに実際に役立つ何らかの職業訓練を施してやる必要の重要性が、両親には理解できていなかった。それどころか、世界に福音を説くという考えに夢中になっているために、子どもたちをどこか一定の土地の学校に続けて通わせる配慮も怠った。あちらこちらに動きまわり、それもときには学校の授業が山場になる時期に引っ越すこともあった。伝道事業にとってもっと都合のよい、大きな地域が見つかったという理由で転々としたのだ。それに、布教活動で得られる収入がまったく不十分なうえ、アサがいちばん得意とする二つの内職——園芸とあれこれの発明品のセールス――での実入りもパッとしなくなると、一家は食べるものにも着るものにも不自由し、子どもたちは学校へ行くのもままならなくなった。こんな事態に直面しても、子どもたちがどう思おうとも、アサとその妻はあいかわらず楽観的であった。あるいは楽観的であろうと自らに言い聞かせ、主へのゆるぎない信仰を持して、主がお守りくださると信じ続けた。

この家族が住んでいる住宅兼伝道所は、平均的な青年男女であっても多少なりと気骨のある者にとって、どこから見ても怖じ気をふるわずにいられないほど荒涼としていた。古くて、色彩も趣味もまったく欠けている木造家屋であり、全体が店舗用の長細い空間でしかなかった。その所在はカンザスシティのインデペンデンス・ブールヴァードの北、トルースト街《アベニュー》の西にあたる地域にあり、正確な街区名はビッケル通り《ストリート》ないし小路《プレース》という。ごく短い街路であり、それよりはやや長いけれども似たり寄ったりの冴えない通りであるミズーリ街から入る道だ。それにこの建物の近隣は、昔は商業的に賑わっていたのだが、その賑わいが西のほうというよりも南のほうへ移っていったので、その名残がほんのかすかにうかがえるものの、あまり感じはよくなかった。ここから約五ブロックばかり行ったところで週二回、この信仰に凝りかたまった伝道師夫妻が屋外集会を開いていたのである。

表側でビッケル通りに面しているこの家は、裏に並んでいる荒涼とした木造家屋のやはり荒涼たる裏庭に接している。表側は、通りと同じ平面のフロアが間口四十フィート、奥行き二十五フィートの広さのホールに仕切られていて、そのなかにおよそ六十脚の折りたたみ椅子、聖書台があり、パレスチナか聖地の地図が掛かっている。さらに、印刷字体で書かれた金言がおよそ二十五枚、額にも入れられず、壁飾り代わりに貼り出されている。その一部は、たとえば、

「酒は人をして嘲《あざけ》らせ、
濃き酒は人をして騒がしむ。

これに迷わさるる者は無智なり」『聖書』「箴言」二〇・一。以下、『聖書』引用の訳は、『小型引照付き文語聖書』日本聖書協会、一九七四年刊に準じる

「干《たて》と大盾《おおだて》とをとりて
わが援《たすけ》にたちいでたまえ」「詩篇」三五・二

「汝らはわが羊、わが牧場の群なり、**汝らは人なり、**
我は汝らの神なりと主エホバ言いたまう」「エゼキエル書」三四・三一

「神よ、汝はわが愚かなるを知りたまう、
わがもろもろの罪は汝に隠れざるなり」「詩篇」六九・五

「もし芥種《からしだね》一粒ほどの信仰あらば、
この山に、此処《ここ》より彼処《かしこ》に移れ、と言うとも移らん、
かくて汝ら能《あた》わぬことなかるべし」「マタイ伝」一七・二〇

「エホバの日、万国に臨むこと近し」「オバデヤ書」一五

「それ悪しき者には後の善き報いなし」「箴言」二四・二〇

「酒はあかく盃《さかずき》のうちに泡だち滑らかにくだる、

汝これを見るなかれ。これは終《つい》に蛇のごとく咬み、
蝮《まむし》のごとく刺すべし」「箴言」二三・三一―三二

これらの力強い訓戒は、鉱滓でできたような壁に銀か金のプレートをはめたも同然だった。

間口四十フィートのこのごくありきたりなフロアの奥は、細かいけれどもきちんと仕切られて寝室三部屋と居間があり、居間からは裏の家々と変わらぬ冴えない裏庭や板塀が見える。加えて、きっかり十平方フィートの広さのダイニングキッチン、および納戸がついている。納戸には、伝道のためのパンフレットや讃美歌集、すぐに使うわけではないけれども棄てるには惜しい家財が置いてある。とくにこの小部屋は、伝道所ホールのすぐ奥に位置しており、説教の前後とか、重要と思われる相談をするときなどに、そこに閉じこもるのがグリフィス夫妻の慣わしだった――ときには瞑想したり祈祷したりするためにも使われた。

クライドや姉妹や弟は幾たび目にしたかわからないけれども、どこかの浮浪者か半端な悔悛者が助言や扶助を、いや、たいていは扶助を求めてくると、この部屋で父か母が、あるいは夫婦そろって、面会してやるのだった。そしてときには、父母の財政的困難がきわまってくると、ここで二人が考え込んだり、アサ・グリフィスが仕方なく口癖のようにときどき口にする言葉に従えば「お祈りで切り抜けよう」としたりする。クライドがやがて考えるようになったとおり、効果がありそうもないやり方だった。

それに、クライドにとってこの近所全体が、そこに住んでいると考えるだけで嫌になるほど荒涼としていて貧乏くさかった。たえずお祈りしたり感謝を捧げたりするだけでなく、たえず寄付を請わなければ続けていけないような仕事に携わっていることにも、ほとほと嫌気がさしていたのは言うまでもない。

エルヴァイラ・グリフィス夫人は、アサと結婚する前までただの無知な百姓娘にすぎなかった。いかなる宗教についても大して考えたこともなく育った。ところがアサと恋に落ちると、相手が冒されていた福音主義や伝道

熱のウイルスを接種されてしまい、その人のやらかすどんな冒険にも奇行にもついていっては、喜んで熱心に加わるようになった。自分も人前でしゃべったり歌ったりできると知り、自分の理解するかぎりでの「神様の言葉」によって人を説き伏せ、操り、影響を与えることができるようになったので、いささか得意になり、おかげで自身に多少とも自信が持てるようになって、そのまま続けていってもいいと納得していた。

　ときには伝道所まで少人数が隊をなして説教師のあとからついてきたり、街頭での宣伝を通じて知ったこの場所に後ほどやってきたりした。どこにでも見かける奇妙な、精神的障害を抱えたり、気が触れたりしている連中だった。クライドにとっては、そういう連中を集めた会合に出席するのが、自分で勝手に行動することを許される年齢に達するまで義務とされていた活動だった。そしてそのために、やってきたこういうタイプの男女からいい影響を受けるよりも、苛立ちを覚えさせられた――大概は男性――落ちぶれた労務者、浮浪者、飲んだくれ、ろくでなし、半端者、役立たず、他に行き場がないためにふらりと流れ着いたような者たち。それに、こういう人たちはしょっちゅう、神様やキリストや神の恩寵のおかげでこれこれの苦境から救い出されたなどと証言する――自分が他の誰かを救ってやったなどと話してくれた試しはない。それに、父さんも母さんもいつだって「アーメン」とか「神様に栄光あれ」とか言ってる。讃美歌を歌って、そのあとで集会所の正当な維持費として寄付を集める――推測するところ、寄付と言ってもわずかばかり――運営しているさまざまな伝道活動を維持していけるかどうかもあやしいぐらいの金額にしかなるまい。

　両親に関係したことでクライドがほんとうに興味を持てたのはたった一つ、東部のどこか――ユティカの近くのその名はライカーガス〔架空の都市。以下このあたりの地理は虚構化される〕というらしい小都市に――伯父がいるという話だった。父さんの兄で、明らかにこんなぼくたちとは違う身分だ。この伯父は――名前をサミュエル・グリフィスといい――金持ちだ。何かの拍子に父母がふと洩らした話からクライドが耳にしたことには、この伯父ならその気になりさえしてくれたら人のためにあれこれやってくれるかもしれないとか、抜け目のない辣腕のビジネスマンだとか、ライカーガスに大きな家を構え、カラーやシャツを製造する大きな工場を持っていて、三百人も雇っているとか、クライドとほぼ同じ歳ごろの息子がいて、娘が何人か、少なくとも二人いるとか。クライドの想像では、そんな家族がみんなライカーガスで贅沢な暮らしをしているにちがいなかった。そういう情報はどうやら、アサとその父や兄を知っている人たちが、何らかの形で西部まで伝えてくれたらしい。この伯父は、クライドが思い描くところではクロイソス〔富裕で知られた紀元前六世紀リディアの王〕みたいな人にちがいない。東部のあちらで安楽に豪華な暮らしをしているんだ。それにひきかえこちらの西部――カンザスシティ――では、ぼくも両親も弟も姉妹たちも、前からずっとわが家の生活につきまとってきた、相変わらず惨めで退屈でその日暮らしの生活を送っているんだ。

　だがこんな状態を抜け出す道はない――自分でどうにかする以外には――そのことをクライドは早くから見抜いていた。というのも十五歳には、いや、もっと早くからさえ、クライドは、自分も姉妹や弟もろくな教育を受けていないということに気づきだしていた。これでは、もっとお金があり、いい家庭に育ったよその子たちが何らかの専門的な仕事に就けるように訓練を受けているのと比べると、自分がこの悪条件を乗り越えるなどというのは難しそうだ。こんな環境でいったいどうやって手がかりを得ることができようか。すでに十三歳、十四歳、十五歳といった年頃からクライドは、あまりに世俗的すぎるという理由で家庭に持ち込めなかった新聞を盗み読んで、求人欄で募集されているのは熟練した経験者か、若者向けには見習いくらいしかないということを知るようになっていたが、見習いが求められている職種においそれと応じる気にはなれなかった。というのも、アメリカの青年やアメリカ人一般の生活態度に見られる規範意識の例にもれずクライドも、自分は肉体だけを使うような種類の労働にたずさわるような人間よりも上等であるような気がしていたのだ。何だって！　機械を操作したり、レンガを積んだり、大工や左官や鉛管工の見習いをしたりするだって！　ぼくと大して変わらないやつらが、店員やら、ドラッグストアの助手やら、銀行や不動産屋の帳簿係や事務員やらになるというのに！　着古した服を着て、朝っぱら早くに起き出し、そんな連中がやらされるような陳腐な作業をするなんて、これまで送ってきた生活と変わらぬくらいみじめで、卑屈なことではないか。

　こうなったわけは、クライドが貧乏なだけでなく虚栄心や自尊心が強かったからだ。自分を他とはかけ離れた存在と見なすという おかしな人間の部類に属していた——自分も一員をなしている家族にすっかり溶け込むということが一度もなかったし、この世に生を受けるにあたって責任をとってくれた人たちに深い恩義を感じたこともなかった。それどころか、両親に対する見方はあまりにも厳しく、辛辣というほどでないにしても、その素質や能力をきわめて突き放して評価する傾向があった。しかしながら、こういう方面にかけてそれだけの判断力があるにしては、自分に関して何らかの方針を打ち立てることがうまくできなかった——少なくとも十六歳になるころまでできなかった——そして十六歳になったあとも、何だかあやふやな手探り程度の方針ぐらいしかもてなかったのである。

ちなみにこのころには、性的な誘惑ないし牽引力がものを言いはじめていて、クライドはすでに異性の美しさに強い関心を抱き、その魅力に引きつけられる自分にも、その妖しい力にも思い惑っていた。そして当然の成り行きながら、自分の身なりや容姿という問題に少なからず悩まされはじめていた——ぼくはどう見えているのか、よその男の子たちはどんな恰好をしているのか。ぼくの身なりはちゃんとしていないし、もっとハンサムでもっと人目を引く外見であってもいいはずだなどと考えて、苦にしていた。貧乏に生まれ、ぼくのために気遣いしてくれる人もなく、自力で大したこともできないなんて、何て胸くそが悪いことか!

鏡を見つけてちらりとのぞき込んでみればいつだって、自分の容貌はそれほど悪くないと思うことも多く、ちょっと自信を取りもどした——鼻筋が通って形のよい鼻、色白の高い額、波打ち艶々《つやつや》した黒髪、黒くてときに愁いを帯びる目。しかしながら、家族は現にあるがままの悲惨なありさまだし、自分にはほんとうの友人なんかできた試しはないし、両親の仕事や業界がああである以上、友人なんかできそうもないと思えるから、一種の精神的抑鬱がだんだん深まってきて、将来のためにもあまりいい影響を及ぼさない鬱病を引き起こしそうになってきた。おかげで反抗的になり、またときには無気力にもなった。ときに、自分とはぜんぜん異なる暮らし方をしている女の子たちから興味のありそうなまなざしを向けられても、クライドは、ほんとうはたいていの若者よりも感じがよく、魅力のある容姿であるにもかかわらず、両親が両親だけに、つい誤解してしまう——ああいうまなざしは、軽蔑をこめながらもちょっと誘うようなやり方で、相手が乗ってくるか否か、雄々しく応じてくれるか、意気地なく逃げていくか、見定めてやろうとしているのに。

しかしながら、クライドは一文の金も稼いだことがないうちから、たえず自分にこう言い聞かせていた。もっといいカラーやシャツや靴や、ちゃんとしたスーツやどこかの男の子たちが着ているようないかしたコートが持てさえしたらなあ！　ああ、すばらしい衣服、かっこいい住まい、あいつらが見せびらかしている時計、指輪、ピン！　ぼくと同じ年頃の若者たちで伊達男になってるのが大勢いるじゃないか。ぼくと同じ年頃の男の子たちのなかには、自分で乗りまわせる車を買い与えてくれる親のいるやつもいる。カンザスシティの大通りを車でハエのように飛びまわっているやつらも目に入ってくる。しかもきれいな女の子を連れている。それなのにぼくには何もない。何ひとつ持てたためしもないんだから。

だけど、世の中にはやってみたくてたまらないことがあんなにたくさんある――あんなに大勢の人があんなに幸せそうで、あんなにうまくやってるじゃないか！　ぼくはどうしたらいいのか。どちらに向かえばいいのか。何か一つのことに取り組んで、それを完全に身につけるとしても、何に取り組めば――うまく成功にこぎ着けるためにはいったい何をすればいいのか。ぼくには何とも言えない。はっきりわからない。なのにあのおかしな親たちは、助言してくれるほどの料簡をじゅうぶん持ち合わせてなんかいないんだ。

第三章

クライドが前途を切り拓く実際的な解決策を模索していた頃に、気分を落ち込ませる出来事が生じた。もちろんグリフィス一家全員が失意の底に沈んだのだが、姉のエスタが家出をしたのである。クライドは姉を（二人のあいだにほんとうは通じ合うところなどほとんどなかったのだが）気にかけていたのに、姉は、たまたまカンザスシティにきて公演で出演していた役者と行きずりの恋に落ち、駆け落ちしてしまった。

　エスタは世俗にまみれないように育てられ、ときにはそういう性格かと思えるほどの宗教的、道徳的熱情を見せることがあったにもかかわらず、ほんとうは自分の思いを見定めることもまだまったくできず、色欲に操られるただの弱い女性であった。世間の教条や信条を唱え、日々実行している者たちの大部分がそうであるように、エスタもそのなかに溶け込んではいなかった。生活環境の雰囲気があだったにもかかわらず、本質的にはそのなかに溶け込んではいなかった。エスタも幼い頃から無自覚に習慣や思い込みを姿勢として身につけただけで、この歳になるまで、またその後にいたっても、その意味についてはさっぱりわかっていなかった。というのも、助言や戒律や「天啓の」真実のおかげで自分でものを考えることも不要になり、そういう既成観念と真っ向からぶつかるような別の理論や、外的ないし内的状況や衝撃に出会うことにでもならないかぎり、安泰に過ごせてきたからだ。しかしいったんそういう事態が生じたら、宗教的な考え方などいうものは、自らの確信や本来の気性に根ざしていない以上、この衝撃に耐えられそうもなくなるというのが、はじめから見え透いていた結論だった。だからエスタの思いも感情も弟クライドの場合と大して変わらず、しじゅうあちらこちらへさまよっていたのだ――恋愛を求め、慰安を求め――自己を放棄し自己を犠牲にせよと説く宗教の教えとは、概してほとんど関係ないほうへ引っ張られた。エスタのなかには夢想の化学作用が働いて、言い聞かされてきたこととはどことなく矛盾する結果になっていったのである。

　そのくせエスタには、クライドのたくましさもなければ抵抗力もなかった。だいたいは流されやすい人間であり、きれいなドレス、帽子、靴、リボンのたぐいに漠然たる憧れを抱きながら、そんな憧れに、それではいけないとする宗教の教えや考え方を重ねて抑えていた。朝にも、学校の放課後の午後にも、夕方にも、長々と続く輝かしい街路を目にした。腕を組み、秘密をささやき合いながら、腰を振り振り歩いていく女の子たち、あるいは、はじけるようなばかばかしい獣性の底に、若い身空の考えや行いにつきものの異性目当ての力みや意味に彩られた化学作用や衝動を、おどけながらも秘めている男の子たち。そしてときには、恋愛しているカップルを目にしたり、街角や玄関前などにぶらつきながら恋い焦がれるような視線をこちらに送ってきてナンパしようとする者たちを見ると、自分のなかにときめきが生じる。天国の薄っぺらなお楽しみなどではなく、この世の実体をそなえているように見えるあらゆるものごとを求めて、高らかに語りだす神経原形質の搏動が感じられる。

それに、あちこちから注がれる視線が見えざる光線のようにエスタを貫いた。容姿は見た目に悪くなかったし、刻々と魅力の増していく年頃だったからだ。そして相手が抱いた気分はエスタのうちにも対応する気分を呼び覚ます。つまり、ものごとの組み替えに与《あずか》るあの化学作用が生じ、それがこの世のいっさいの道徳と不道徳を分けるための土台をなすことになる。

やがてある日のこと、エスタは学校からの帰宅の途中、「ナンパ師」と呼ばれるたぐいの口先の達者な若者から声をかけられた。声をかけてくれと言わんばかりの顔つきや雰囲気を見せていたからである。言葉を交わさないようにするだけの節操はなかった。というのもエスタは、愛想がいいとは言えないにしても根っから従順だったからだ。それでも、慎み深く、慎重にして、純潔を守るべしなどという家庭教育が徹底していたから、少なくともこのときは、ただちに過ちを犯す恐れはなかった。ただ、一旦こんなアタックをかけられると、つぎつぎに同様なことが起こり、それを受け入れたり、あるいは前ほどとっとと逃げ出したりしなくなり、それが度重なるうちに徐々に、家庭教育によって築かれてきた慎みの城壁が崩されはじめた。エスタは隠し事をしはじめ、自分の行動を両親に話さなくなった。

青年のなかからときには、エスタが心ならずもいっしょに歩いたりしゃべったりする相手があらわれた。それまでとにかく始めのうちは他人を寄せつけないようにする効果を発揮していた、エスタ特有の過度のはにかみを崩すことに成功した相手ができたのだ。するとエスタは別の触れ合いを期待するようになった——誰かと何かすばらしく、華やかで輝かしい恋愛に落ちることを夢見はじめた。

最終的には、そんな気分や欲望がエスタの心のなかでゆっくりながら活発に成長を遂げた頃、あの役者があらわれた。空疎で美男子の動物的な人物であり、身なりと風采だけしか取り柄がなく、道徳心など(趣味も、礼儀も、ほんとうの優しさすら)完全に欠如していたが、有無を言わさぬ牽引力は有していて、わずか一週間のあいだに、しかも数回会っただけで、エスタを完全に惑わせて虜にしてのけた。その結果エスタは男の望むがままになってしまった。だが実のところ、男には恋心などほとんどなかった。男は無神経だったから、女がもう一人見つかったぐらいにしか思っていなかった――なかなかきれいで、見るからに色気があるくせにうぶな女、やさしい言葉を二言、三言かけてやれば落とせるようなバカ娘――誠実そうな愛情を見せてやり、自分の妻になれば巡業でよその大都会を訪れて、もっと広やかで自由な暮らしができるよ、なんて話してやればいいのさ。

それにしても、男はいつまでも誠実そうな恋人の言葉を口にした。その説明によれば、男といっしょに家を出て、花嫁になるだけでいいということだった。それもただちに――今すぐにだ。ぼくたちのような二人がおたがいを見出したからには、ぐずぐずしてるだけ無駄じゃないか。ここで結婚式を挙げるのは難しいんだ。事情は話せないけれど――友だちに関係することがあってね――だけどセントルイスに行けば牧師の友人がいるから、結婚の手続きをしてくれるさ。きみもこれまで着たこともないようないい服を新調して、甘い冒険や恋愛を楽しめばいい。いっしょに旅行して広い世界を見にいくんだ。ぼくの世話だけしていれば他に何の苦労もないからね。エスタにとってこれは真実――まぎれもない熱愛を保証する言葉――だったけれど、男にとっては昔から使い古されてよく効果を上げてきた、古くさくて役に立つ口説き文句であった。

こうして一週間、朝、昼、夜の見境もなく半端な時間に顔を合わせるうちに、こんな化学的魔術が成し遂げられたのである。

四月のある土曜日の夜クライドは、いつもの土曜の夜の礼拝から逃げるために中心街あたりまで出かけた散歩から、ちょっと遅くなって帰宅してみると、エスタの居所がわからないと言って両親が心配していた。エスタはその夜の礼拝集会でもいつものようにオルガンを演奏し、歌っていた。だからとくに変わったところはないように見えた。集会のあと、あまり体調がよくないので早めに寝ると言って自室に引っ込んだ。だが、クライドが帰ってきた十一時より少し前に、母が何気なくエスタの部屋をのぞき、部屋のなかにも家のどこにも娘がいないことに気づいた。部屋のなかが何となくガランとしている――アクセサリーや衣服がなくなっているし、古びた家族用旅行鞄が見えない――まずそれを母は気にした。それから家中探してみてもいないとわかったので、アサは外に出て、左右の路上を探ってみた。エスタはときどき一人で散歩に出かけたり、伝道所が暇だったり休業だったりしている折りに、その前でたたずんだり座ったりしていることもあったからだ。

そんな探し方では埒《らち》があかなかったから、クライドは父といっしょに通りの端まで歩いていき、その角からミズーリ街に出て捜してみた。エスタの姿はない。十二時に二人は家に戻ってきたが、それから当然のことに、エスタを案じて焦る気持ちがどんどん強まっていった。

最初のうちは、家族に無断でどこかへ散歩にいったのだろうと決めこんでいたが、十二時半になり、終いに一時、一時半が過ぎてもエスタはあらわれないとなると、警察に届けようかということになった。そのときクライドはエスタの部屋に入っていき、小さな木製のベッドの枕にメモがピンで留めてあるのに気づいた――さっきは母の目に入らなかった置き手紙だ。すぐにそばまで近づいてみる。好奇心に駆られ、事情がつかめたような気がした。自分がこっそり家出をしたくなったとしたら、どうやって両親に知らせてやろうか、などと思案したことも少なくなかったからだ。親たちは何から何まで細々と監督できる見込みがないかぎり、ぼくが家を出るなんて許すはずないとわかっているのだもの。それなのにこうしてエスタが行方知れずになっている。そしてこれには、ぼくが残していくことになるかもしれないような、何らかの通知がきっと書いてあるんだ。クライドが読みたくてたまらない思いでそれを拾い上げた瞬間、母が部屋に入ってきて、クライドの手にそれがあるのを目にすると、「何なの、それは。手紙？ あの子のかい」と叫んだ。クライドが渡すと、母はそれを開いてすばやく目を通した。クライドの目に入ったことに、母のたくましい幅広の顔は、表の部屋のほうへそむけられているが、日頃は日に焼けた赤茶色なのに今は青ざめている。その大きめの口はしっかり真一文字に結ばれている。大きなたくましい手もかすかながら震えて、小さな手紙を差しあげている。

「アサ！」母は呼びながら、夫のいる隣室へバタバタと入っていった。アサの縮れたごま塩の髪の毛は丸い頭の上でかきむしられたまま乱れていた。「これを読んで」と母は言った。

あとからついてきたクライドは、それを父がずんぐりした手でこわごわ受けとるのを目にした。父の唇は前から張りがなく、加齢とともに中央あたりにしわが寄りだしていたが、今は妙にピクついている。父を昔から知っている人なら誰でも言ったであろうが、この男は今まで人生の不幸を嘗めたときたいていいつもこういう表情をしてきたのであり、それが今はちょっと見苦しさの度を増しただけである。

はじめは「ツ！　ツ！　ツ！」という音を立てただけだった。口蓋を舌ではじく軽い舌打ちの音――ごく頼りない無益な仕草だ、とクライドには思えた。そのあともう一度「ツ！　ツ！　ツ！」とやったと思ったら、首を左右に振り始める。それから「さあて、あの子がこんなことするなんて何が原因だと思うかね」ときた。つぎに首をめぐらし、妻を見つめるが、妻もぽかんと見つめかえす。それから父は両手を後ろに組んで行ったり来たり歩きはじめる。短い脚を無意識に妙に大股に動かして歩き、また首を振りながら、益体《やくたい》もなくふたたび「ツ！　ツ！　ツ！」とやった。

グリフィス夫人はいつももう少しましな反応を示すのだが、この試練のときにあってきわだった違いを見せ、もっと気力のある態度をとった。まぎれもない肉体的苦痛がまるで目に見える影のごとくその身体を貫いていくみたいな姿をさらしつつ、人生そのものに対する一種の苛立ちないし憤懣をあからさまにした。夫が立ち上がるやいなや手を伸ばして手紙を取り、それからふたたびそれをにらみつけたままじっとしていた。その顔には、冷徹ながらも打ちのめされて動揺していることをあらわすしわができていた。その態度は、強烈な動揺と不満を抱えている人らしいものだった。何かの結び目をがむしゃらにいじくってみるものの、それを解きほぐせない人、不平を吐かないように自制し、また不平の原因から解放されたいと努力しているのに、やはり苦々しく腹立ちまぎれの不平を言わずにいられない人の態度と同じだ。だって、あれほど長年伝道の仕事に打ち込み、信仰を守ってきたのだから、自分にそなわっている道義心が大して立派なものでないにしても、こんな目に遭わされないですむのが正義であるはずだと、かすかにでも何とかお示しいただけそうなものなのに。こんな紛う方なき悪がおこなわれようとしているこの瞬間に、わたしの神は、救い主は、どこにおわすのでしょうか。なぜわたしのために働いてくださらぬのですか。どのようにしてこれを説明してくださいますか。聖書の約束って！　絶えることのない導きって！　きっぱり請け合ってくれた慈悲って！

　クライドにも見てとれたが、こんな大きな不幸に直面しては、母にしてもこの疑問を解消するのは無理だった、少なくともすぐには解消できない。もっとも、クライドにはすでにわかっていたけれども、もちろん結局は解消されることになる。というのも、どこの宗教家とも同様に母もアサも、何かわけのわからない二元論的論法で、神様を危害や誤りや惨事とは関係のないものと見なし、その一方で、にもかかわらず神様には至高の支配力があると言い張るのだから。あの人たちは何か別なものを探し出そうとするんだ――何か悪意にみちた、油断のならない、欺瞞的な力を見つけ出し、それが神様の全知全能にも対抗して相変わらず欺いたり裏切ったりする元凶であるというわけ――しかもそういう力が結局は人間の心につきまとう誤りやひねくれ根性のなかに潜んでいる、というのだが、人間の心だって神様が創ったのに、神様がそれを支配しないのも、それを支配することは神様が望まないのだから、とくる。

　しかし当座のところ、母も屈辱と激怒にとらわれるばかりだった。それでもその唇はアサの唇のように震えてもいなかったし、その目にアサの目に浮かんでいるような深い困惑を見せてもいなかった。それどころかほとんど怒りをこめて一歩下がると、手紙を読み返してから、アサに「あの子は誰かと駆け落ちしたのに、手紙に書きもしないで――」と言い、そこで急に口をつぐんだ。子どもたちがいることを思い出したのだ――クライド、ジュリア、フランク、みんなそこに突っ立っていて、知りたがり、信じがたいという顔つきで一心にこちらを見つめている。「こっちの部屋にいらして」と夫に声をかけてから、「ちょっとお話ししたいことがありますから。子どもたちはもう寝たらいいでしょう。母さんたちもすぐ出てきますからね」と言った。

　それから母はアサといっしょに、伝道所集会室の奥にある小部屋にさっさと引っ込んだ。母が電灯のスイッチを入れる音が聞こえた。それから二人が話し合っている低い声が聞こえてきた。そのあいだクライドとジュリアとフランクはたがいに顔を見合わせていた。もっともフランクは幼い――わずか十歳だった――ので、すっかり呑みこめるはずもなかった。ジュリアでさえことの重大性を完全には推測できていなかった。だがクライドはもっと世間に触れていたし、母の言葉（「あの子は誰かと駆け落ちした」）を耳にしたから、事情が十分に理解できた。エスタはぼくと同じくらいこんな暮らしにうんざりしていたんだ。きっと姉さんは誰か、街できれいな女の子を連れまわしていたああいう伊達男の一人といっしょに行っちまったんだろう。でも、どこへ。そいつはどんなやつなのか。手紙には何か書いてあったけど、母さんはぼくに見せてくれなかった。あっという間に取りあげられてしまったから、見る暇もなかった。最初に黙って自分だけで見ておけばよかったのになあ！

「姉さんはおさらばしてもう帰ってこないって思うかい」と半信半疑でジュリアに訊いてみた。両親はまだ別の部屋にいるあいだのことで、ジュリア自身も茫然自失している様子だった。

「何であたしにわかるのよ」ジュリアは、エスタの行動だけでなく両親の困惑ぶりやこんな隠し立てに動揺し、ちょっと腹立たしそうに答えた。「姉さん、あたしに何も言わなかったわ。言ってたらきっと自分が恥ずかしくなったはずよ」

ジュリアは感情的にエスタやクライドよりももっと冷静で、もっと世間並みに親思いだったから、それゆえもっと口惜しく感じていた。たしかに、これがどういうことを意味しているのかはっきりした見当はつけられないけれど、うすうすは察しがついた。女の子同士で、ごく遠回しの控えめな調子ながら、時折おしゃべりすることもあったからだ。だが今は、腹が立って仕方ないのはむしろ、父母や兄弟やあたしを棄てて出ていったエスタのやり方に対してだ。姉さんはなぜ家出して、こんないやらしいやり方で両親を困らせるようなことをしでかさなければならないの。いやらしいわ。惨めな空気が家中に立ちこめているじゃん。

そしてクライドも、両親がいつもの小部屋にこもって相談しているあいだ、考え込んでいた。人生に対する強烈な好奇心に取りつかれるようになっていたからだ。エスタがしたことはほんとうは何なのか。おそるおそる思い浮かべているとおり、これはやっぱりあのいやらしい駆け落ちというやつなんだろうか。街路や学校で男の子たちがいつもこそこそ噂している、よろしくない性的関係というやつなのか。もしそのとおりなら、何て恥ずかしいことか！　姉さんは二度と帰ってこないかもしれない。どこかの男と駆け落ちしたんだから。そんなことをするのはどこか間違っているにちがいない。少なくとも女の子にとっては。何せ、これまでずっと聞かされてきたことによれば、男の子と女の子、男と女のあいだのちゃんとした関係は、ただ一つのこと——つまり結婚にいたるものだというのだから。ところが今やエスタが、家族には他にもいろいろな苦労があるというのに、こんなことをしてしまったのだ。家族の家庭生活が今でも暗いのは間違いないが、このおかげで明るくなるどころかますます暗くなるだろう。

やがて両親が出てきた。そのときのグリフィス夫人の顔は、やはりまだこわばってぎこちなかったものの、どこか多少変化して、気むずかしさが薄れ、絶望を受け入れた忍従の表情を浮かべていた。

「エスタはわたしたちから別れて暮らすほうがいいと考えたのよ。少なくともしばらくはね」母ははじめのうちそれしか言わなかったが、子どもたちが知りたそうな顔をして待ち構えているのを目にした。「さあ、お姉ちゃんのことはまったく心配することなんかないんだよ。今度のことはもう考えないようにしてね。しばらくしたらきっと帰ってくるから。きっとさ。お姉ちゃんは何かの理由で当分一人暮らしをしたくなったんだって。主の思し召しがおこなわれますように」(「主の御名に祝福あれ」とアサが言葉をはさんだ。)「お姉ちゃんはわたしたちといっしょに幸福に暮らしていたとわたしは思ってたんだけど、どうもそうでなかったのね。世間を少しは自分の目で見ないではいられなくなったんだろうね」(ここでアサはまた「ツ！　ツ！　ツ！」とやった。)「だけど怨みがましい思いを抱いてはいけません。そんなことしてももう何にもなりませんから——愛と優しさだけを心がけることです」しかしこれを言うときは、言っていることに何となくそぐわないきつい調子——カチッと切り替わったような声音になった。「あの子は自分がいかに愚かで浅はかだったかということに間もなく気づいて帰ってくる、それを望むしかないでしょう。今のような道をたどっているうちはうまくいくはずもありません。主の道にもご意志にも反しているからです。あの子は若すぎて過ちを犯しました。でもわたしたちは赦すことができます。赦さなければなりません。心を開いて、柔軟でやさしい気持ちでいなければなりません」母はまるで集会で語りかけているみたいな話し方をしたが、その顔や声はきびしく、悲しみにみち、こわばっていた。「さあ、みんな、もうお休みなさい。今はもうお祈りするしかないのですから。朝、昼、晩、あの子に悪いことが降りかからないように望みをもつしかありません。あんなことしてくれなきゃよかったんだけどね」母が最後に付け足した言葉は、それまで話していたことと釣りあっていなかったし、実はその場にいる子どもたちのことをまったく念頭に置いていなかった――エスタだけを思って発したのだった。

だが、アサときたら！

何という父親なんだ。クライドはその後何度も思ったことだった。

自分がぼやくのはともかく、妻が見せるいっそう重みのある悲嘆を目にして、心を動かされているだけみたいじゃないか。こうしているうちもバカみたいにかたわらに突っ立っている――ずんぐりとして、もじゃもじゃのごま塩頭、愚の骨頂だ。

「さあ、主の御名に祝福あれ」などとときどき口をはさむ。「心を開いておかねばならぬ。そう、裁こうとしてはならぬ。最善を望むしかない。そう、そのとおり！　主を誉むべし――主を讃えねばならぬ！　アーメン！　おお、そうとも！　ツ！　ツ！　ツ！」

「誰かにお姉ちゃんはどこにいるのと訊かれたら」グリフィス夫人はちょっと間をおいてから話を続けた。夫をすっかり無視して、母に近づいてきた子どもたちに言葉をかける。「トナワンダにいるわたしの親戚を訪ねにいったと言うことにしましょう。厳密に言ったらほんとうのことではないけれど、そんなこと言ったら、あの子がどこにいるのか、何がほんとうのことなのか、わたしたちも知らないわけだし――それに帰ってくるかもしれないのだからね。だから、事情がわかるまでは、お姉ちゃんを傷つけるようなことを言ったりやったりしちゃいけないんだよ」

「そうとも、主を誉むべきかな！」とアサは力なくかけ声をあげた。

「だから、いつ誰に訊かれても、事情がはっきりするまでは、そう答えるようにしようね」

「よし、わかった」とクライドは助けるつもりで口を出し、ジュリアは「いいわよ」と付けくわえた。

グリフィス夫人は口をつぐみ、きっぱりとしているものの弁解じみたまなざしで子どもたちを見やった。アサのほうはまた「ツ！　ツ！　ツ！」という音を立て、それから子どもたちはベッドへ追いやられた。

こうなるとクライドは、ほんとうはエスタの手紙に何が書いてあるのか知りたくてたまらなかったのだが、母はその気になってくれないかぎり見せてくれるはずがないと長年の経験から知っていたから、自分の部屋へ戻った。くたびれていたのだ。姉さんを見つける望みがあるかぎり、どうしてもっと捜そうとしないんだろう。姉さんは今どこにいるのかな――今この瞬間に。列車でどこかへ向かっているのか。もちろん、見つけられたくないと思っているのさ。ぼくと同じようにきっと不満だったんだろうな。ぼくはここにいて、つい最近もどこかへ抜け出してやろうと考え、そしたら家族がどんな風に受けとめるだろうかなどと思ったりしていたのに、姉さんがこうしてぼくの先を越して行ってしまったわけか。こいつはぼくの見方や将来の行動にどんな影響を及ぼすことになるんだろうか。ほんとうのことを言えば、父さんや母さんは嘆くものの、姉さんが行ってしまったことがそれほどの災厄だなんて思えない。いずれにせよ、**出ていく側の**見方からすれば大したことはない。ここではものごとがうまくいっていないということを示す、もう一つの兆候に過ぎない。伝道所の仕事なんてどうしようもない。これほど宗教的感情や会話にふけっても、大して役に立たないじゃないか。エスタを救ってくれなかったんだから。明らかに姉さんもやはりぼくと同じで、こんなことあまり信じてなかったんだ。

第四章

こんな具体的な結論に達したおかげで、クライドは自分のことを今まで以上に真剣に考えるようになった。そして考えた末に、自分のために何かしなければならない、しかもすぐに、それが肝心と悟った。それまで自分にできたことと言えばせいぜい、十二歳から十五歳ぐらいまでの男の子なら誰にだって手に入るような半端仕事に就くだけだった。ある年は夏の数ヶ月間、新聞配達の手伝いをしたり、ひと夏じゅう安物雑貨店の地下で働いたり、冬季の毎週土曜日、荷ほどきをして品物を出す仕事をしたりした。それで受けとった週五ドルという大枚は、その頃ひと財産にも思えたほどだ。金持ちになったような気がして、父母から、世俗的であるだけでなく罪深くもあるからと反対されている劇場や映画館に行ったりもした――天井桟敷どまりだが――父母には内緒にしておかねばならない娯楽だった。だからといって思いとどまるようなことはなかった。自分で稼いだ金で行く権利があるという気がしていた。弟のフランクを連れていくこともあったが、弟も喜んでついてくるし、告げ口するようなこともしなかった。

その後、今年になってから、学校の成績競争ではもうずいぶん後れをとっていたから退学したくなり、市内の二流ドラッグストアに付設されている炭酸飲料コーナーのパーラーで店員助手の口を得た。そこは劇場に隣接している店で、その方面の顧客が少なくなかった。通学路の途中にあたる位置にあり、張り紙――「若者募集」という広告――にまず目を惹かれた。それから、助手の上司ということになる青年と面談し、やる気があって人当たりが人並みでありさえすれば、この青年から仕事のコツを教えてもらえるとわかり、どうやら、一人前になったら週給十五ドル、さらには十八ドルも稼げるらしいとつかんだ。十四丁目通りがボルティモア街と交差する角にあるパーラー・ストラウドでは、店員二人にそれだけの給料を払っているという噂だった。クライドが応募した店の給料は十二ドルにすぎなかったが、それが大方の店の標準サラリーだった。

ところが、いざ青年から聞かされたところによれば、この仕事のコツを身につけるには時間もかかるし、熟練した者から親切に指導してもらわなければならないという。まず最初は五ドルで――クライドががっかりしてうつむいたら言い直し、まあ、それじゃ六ドルで――ここに勤める気なら、甘い飲み物をミックスしたり、いろんなアイスクリームに甘味料の液体をかけて飾り、サンデーに仕立てたりする技術について、たくさんのことをどんどん覚えていけますよ。当面は見習いということになれば、持ち場となるこのカウンターの機械や器具を洗ったり磨いたりしなけりゃいけません。言うまでもなく、朝七時半などというこっぱやい時間に店を開けにきて、床を掃いたり埃を落としたりし、この店のオーナーに命じられたら注文品の配達にも行ってもらいます。この直属の上司――シーバリングさんという――二十歳の、威勢のいい、自信たっぷりで、おしゃべりな人が言うには、自分が忙しくて注文に応じきれないようなときに、あんたの手が空いていたら、客が注文するような――たとえばレモネードとか、コカコーラとかいった――かんたんな飲み物ぐらいなら、用意してもらうこともあるかもしれませんがね。

それでもクライドは、母親ともちゃんと相談した上で、この興味津々な仕事口に就くことにした。一つには、ここで働けば、アイスクリーム・ソーダを好きなだけただで食べられるのではないかと思ったということがある――バカにならない利点だ。つぎには、その頃のクライドの見方からすれば、手に職をつける一つの道が開けることになる――これまで自分に欠けていた道だ。さらに、クライドの見方からすれば好ましくないどころではなかった点だが、この店で働けば、昼間の勤務が何時間か減らされるという条件で、夜遅く十二時までも勤めなければならなくなる。そしたら夜に家の外に出ていることになる――門限十時に縛られる子どもの分際からようやく脱却できるのだ。日曜日以外は、伝道集会に出席するようになどと両親だって言えなくなるわけだし、日曜日だって無理だ。日曜日の午後から夕方にかけて勤めることになってるんだから。

さらに加えて、このパーラーを担当している店員は、隣の劇場の支配人からしょっちゅうパスをもらっているのだ。しかも、ドラッグストアの戸口の一つはこの劇場のロビーに通じている――クライドから見るときわめてそそられるつながりだった。こんなふうに劇場とつながっているドラッグストアで働くなんて、ほんとにおもしろそうだ。

そしてなかでもいちばんのうまみは、クライドにとってワクワクさせられながらも、ときにはがっくりもさせられることだったが、マチネーのある日は店に、上演時間の前後、女の子たちがワンサカやってくるのだった。一人だったり束になったりで、カウンターの前に腰掛け、笑いさざめきながら、鏡に向かって髪の毛に触れたりお化粧の仕上げをしたりしている。ところがクライドは、世間や異性の流儀となるとうぶで無知だったから、目に映る女の子たちの美しさやら大胆さ、うぬぼれやらかわいらしさを観察して飽きることがなかった。せっせとグラスを洗ったり、アイスクリームやシロップの容器を補充したり、トレーにレモンやオレンジを盛りつけたりしながら、生まれて初めてこんな女の子たちを、ほとんどひっきりなしに間近で眺める機会に恵まれることになった。この子たちって、すごいなあ！　たいていは身なりもよく、スマートな恰好をしてる――身につけてる指輪にピンに毛皮、ほれぼれするようなハット、かわいらしい靴ときたら。それに耳にしきりに入ってくるおしゃべりの興味深い話題――パーティやらダンス、晩餐会やら前に見た公演、カンザスシティの市内にせよ市外にせよ、あちこちに遊びにいく予定とか、今年と去年の流行スタイルの違いとか、出演中や来演予定の俳優や女優――主として男優の魅力とか。しかも、これまでぼくの家ではこんな話題、耳にしたことなどまったくなかったのだもの。

それに、こんな若い美人にどこかの男性がお供についてきていることも多かった。夜会服に絹のシャツ、シルクハットに蝶ネクタイ、白いキッドの手袋になめし革の靴。この頃のクライドにとっては、ほんとうの気品やみごとさ、慇懃や至福をあらわすのに、そういう服装こそ最後にものを言うとも思えた。あんなスーツをあれほどゆったりと風格のある着こなしで着られたら！　ああいう伊達男たちのような態度と落ち着きを見せながら女の子に話しかけることができたら！　本物になれたという、まさにまぎれもない証しになるんだけどなあ！　ぼくの装いはあんな水準に達していない以上、美貌の女の子が見向きもしてくれなくてあたりまえ、そんなふうに思えた。明らかに身なりが必要不可欠――まさに問題なのだ。だからそいつが解決できさえしたら――あんな服装を身につけることができたら――うん、そうなりさえしたら、あらゆる至福へ通じる道の入り口に立ったも同然じゃないか。人生のあらゆる喜びがぼくの前に繰り広げられることになるのは間違いない。親しみをこめた微笑みがもらえる！　もしかしたら、こっそりと手を握る――誰かの腰に手をまわす――接吻――結婚の約束――それから、それから、それから！

しかも、こんなことすべてが啓示の閃きのように脳裏をかすめるようになる前は何年間も、父母といっしょに街頭伝道集会まで街中を歩いていく日々を送ってきたのだ。礼拝堂に座り、いかがわしく得体の知れない人――

見るからに気を滅入らせ面食らわせる人たち――の話に耳を傾けてきた。キリストがどのように自分たちを救ってくれたかとか、神様が何をしてくださったかとか聞かされてきた。ぼくはもうあんな暮らしから抜け出してやる。仕事をしてお金を貯め、ひとかどの人間になってやるんだ。こんな単純で陳腐な生活の見通しが牧歌のような気配も帯びてきて、断然、精神的変貌にともなう輝きや驚異を存分にもたらした。砂漠のなかで道を見失い、渇きに苦しみながら助けを求める遭難者が目にする、まぎれもない蜃気楼にほかならなかったのだが。

それにしてはこの勤め口の、ときが経てばたちまち明らかになった具体的な難点は、ドリンクをミックスする仕方や週十二ドル稼ぐ身分にこぎ着けるコツについて教わるとしても、すでにクライドを心底から蝕みだしていた願望や野心の実現につながる即効の解決策にはならないことだった。というのも、クライドの直属の上司アルバート・シーバリングは、この仕事にともなう最大のうまみはもちろん仕事のコツも、なるべく独り占めしようという魂胆だったからだ。おまけにシーバリングは自分たちの雇い主であるドラッグストア店主とも結託して、クライドに売り場の手伝いをさせるのに加えて、店主の言いつけに従って使い走りをさせるように仕向け、そのためにクライドは勤務中ほとんど暇なしに酷使されたのである。

その結果、こんなことをさんざんさせられたあげく得るところは何もなかった。それまでよりもましな身なりをする見通しも立たなかった。さらにひどいことに、自分にはお金もなければ、話し相手になってくれる人も引き立ててくれる人もいないという事実に、たえず頭を悩まされていた――相手が誰もいないから、家の外では孤独だったし、家の中でもあまり変わりはなかった。エスタが家出したために家での宗教活動も冷や水を浴びせられた恰好だったし、まだ姉さんが帰ってきてなかったから――クライドの耳にも入ってきたことによると、一家でこの伝道所をたたんで引っ越す相談をしているらしく、他に妙案もないし、コロラド州デンヴァーにでも行こうというのだ。だがクライドは、家族についてなんかいきたくないと、もう心に決めていた。そんなことしたって何になる、と思ったのだ。あちらでまた伝道所を始めるだけじゃないか。ここと同じことさ。

クライドはずっと家族と同居していた――ビッケル通りの伝道所の奥にある部屋に住んでいた。だがそれが嫌でたまらなかった。だから十一歳に家族がカンザスシティに住みはじめたときからずっと、遊び仲間を家の中やそばまで連れてくるのが恥ずかしいと思っていた。そのために仲間をいつも避け、だいたいは独りぽっちで――あるいは兄弟姉妹だけで、行動したり遊んだりしてきた。

だけどもう自分は十六歳、自活してもいい年頃になったのだから、こんなところから出ていってもいいはずだ。しかしながら稼ぎと言えるほどのものは何もない――一人暮らしをしても食っていけるほどの稼ぎはない――ましな仕事に就けるだけの能力も勇気もできていないし。

にもかかわらず、両親はデンヴァーに引っ越すと口に出し、クライドが行きたくないと思っているなどとは露疑いもせず、あちらで仕事を探せばいいなどと言いはじめたので、クライドは、自分は行かないほうがよさそうだとほのめかすようになった。ぼくはカンザスシティが好きなんだ。住所を変えたって何になる。もう職が手に入ってるし、もっとましな仕事が見つかるかもしれないじゃないか。だが両親は、エスタやあの子を襲った運命を考えるにつけ、おまえが一人でそんな早くから危険を冒したらどういうことになるのか、少なからず不審に思うと言う。わたしたちが行ってしまったら、おまえはどこに住むんだい。誰のところに住むのかい。どんな感化を受けることになるやら。わたしたちみたいに、おまえを助け、相談に乗り、狭い道を踏み外さずまっすぐ歩いていけるように導いてくれるような人が、そばにいてくれるのかい。よく考えてみることだね。

だけど、デンヴァーへの移住がもう日ごとに差し迫ってくるように見えることに加え、あのシーバリング氏が女性の客をあまりにもあけっぴろげにナンパしようとするのでドラッグストアから首にされ、あらたに上司としてやってきた痩せこけて冷淡な男は、どうやらクライドを助手として使いたくないらしいという事実にも急きたてられて、辞めることにした――すぐにというわけではなく、使い走りのために外へ出たときなどに、何かもっといい口がないか窺うことにしよう。そのつもりであちこちに目を走らせているうちに、ある日たまたま思いついたのは、市内の一流ホテルのなかにある有名ドラッグストアの付設パーラー支配人に話をしてみようということだった――このホテルは高さ十二階の大ホテルであり、クライドの目には贅沢と安逸の精髄を見せつけていると見えた。窓には常にずっしりしたカーテンが掛かっている。正面玄関（それより奥をのぞいてみるなどという大それた真似はしたこともなかったけど）ときたら、ガラスと鉄を組み合わせた結構づくめの天蓋に覆われてるし、椰子の鉢植えが両側に並べて置かれている大理石張りの通路に続いている。クライドは何度もその前を通りかかりながら、こんなところでどんな暮らしが営まれているのかな、などと子どもっぽい好奇心にとらわれたものだ。玄関の前にいつもあんなに何台もタクシーや自動車が待機しているなんて。

その日は自分で何かしなければならないという思いに駆り立てられてクライドは、ボルティモア街が十四丁目通りと交差する角という、ホテルがもっとも目立つ位置に陣取っているドラッグストアのなかへ入っていった。玄関のそばの狭いガラスの囲いのなかにいたレジ係の女の子を見つけて、パーラーの責任者は誰ですかと訊いた。するとその子は、クライドの深みがあって訴えるようなまなざしだけでなく、おずおずとして自信のなさそうな態度にも惹かれ、仕事を探しにきたのだと本能的に判断して、「あら、向こうにいらっしゃるシーコーさんよ。店の支配人ですもの」と答えた。女の子があごをしゃくって示してくれたあたりには、三十五歳ほどの、背が低くて、隙のない身なりの男がいた。ガラスのケースの上に特別に陳列する新発売の化粧品を配列している。クライドはこの男に近づいていったが、一世一代の大仕事はどのように切り出すべきかまだ覚束なかったし、相手が仕事に没頭しているのを見ると、はじめのうちはもじもじするほかなかった。すると相手はようやく、誰かがそばで用事ありげに突っ立っていることに感づき、振り向いて「はて」と応じてくれた。

「もしかしてお宅のパーラーに手伝いを必要としておりませんでしょうか」クライドは何よりもはっきりと物語るまなざしを男に向けた。「もしそんな口が空いているようでしたら、お願いですからぼくを使ってくださいませんか。仕事を必要としているものですから」

「いや、ない、ない」とこの御仁は答えた。ブロンドで活発な男で、生まれつきちょっと気が短く、癇癖が強い。男はそっぽを向きかけたが、クライドの顔に落胆と意気消沈の色がちらりとあらわれたのを目にすると、向き直って「こういうところで働いたことはあるのかね」と言い足した。

「いいえ、こんな立派なお店では。とんでもございません」と答えたクライドは、店内の様子の何もかもにちょっとおかしなほど舞い上がっていた。「今はブルックリン街十七丁目のクリンクルさんの店で働いていますが、ここと比べものにならない店ですから、できたらもっとましなお店の口がほしいと思いまして」

「ふうん」相手は、自分の店についての無邪気な賞讃が聞けたことに気をよくして、面接に応じるも同然の応対をした。「まあ、そりゃ当然のことだね。だけどここにはきみにやってもらえるような仕事はないな。店員の異動があまりないのでね。だけどベルボーイをやってみる気があるのなら、採用してもらえるかもしれないところを教えてやってもいいよ。この奥のホテルでは今、臨時採用のベルボーイを一人探しているんだ。ベルボーイ長から聞いたばかりなんだけど、一人欠員があるそうだよ。あれならどう見ても、パーラーの手伝いをするのと変わらんと思うね」

そのとたんクライドの顔がパッと晴れやかになったのを見て、相手は「だけど、ぼくに紹介されたなんて言っちゃだめだよ。ぼくはきみのこと知らんのだからね。あちらの奥、階段の下あたりで、スクワイアズさんにお会いしたいと頼んでみたらいい。くわしいことはその人が教えてくれるから」と付けくわえた。

グリーンデヴィッドソンのような堂々たるホテルにかかわる仕事口と聞き、しかもそこに採用されるかもしれないと言われただけで、クライドは最初びっくりして目を見開き、興奮のあまり身体が震えてくるような気がしたけれど、助言してくれた相手の親切さに礼を言ってから、緑色の大理石を張ったドアに向かってまっすぐ歩いていった。このドラッグストアの裏からホテルのロビーへ通じるドアだった。それを通り抜けるやいなやロビーが目に飛び込んできた。生まれてきてからこの方、おずおずとした貧乏生活をしてきて、こんな世界に足を踏み入れることに縁がなかったから、これまで見たこともないような、じつに目を奪われるほどの眺めがそこには広がっていた。豪勢そのものじゃないか。足もとの床は大理石で白と黒の格子模様だ。頭上の天井は銅張りで、着色やメッキが施されてる。天井を支える列柱は黒い大理石の森さながら、床に負けじとばかりに磨き立てられて――ガラスみたいにツルツルだ。円柱は三つの玄関に続く通路を仕切るように並んでいる。一つは右へ、もう一つは左へ、そして真ん中の通路はダルリンプル街に直結する玄関へ通じている。列柱のあいだに並んでいるのは、照明のスタンド、彫像、敷物、椰子の鉢植え、椅子、ソファ、二人がけの椅子など――途方もない富の誇示だ。要するに過密、しかもその道具立てときたら、あの無骨な奢侈を痛感させる調度からなっており、かつて誰かが皮肉をこめて言った言い方に従えば「大衆排除」の効果を発揮するように仕組まれた代物ばかり。偉大にして繁栄しているアメリカの商業都市になくてはならぬホテルにしては、ほんとうにここは贅沢すぎると言ってもいいほどだった。客室もホールもロビーもレストランも、じつに金のかかった設備があしらわれていて、ほっとするような質朴さも必然性も感じさせてくれそうもなかった。

クライドはその場で突っ立ってロビーをジロジロ見まわしていたが、目に入ってくるのは大勢の客だった――なかには女性や子どももいるけれど、大部分は男性と見える――並んであるいは一人で、歩いたり、立ち止まったり、話をしたり、腰掛けていたりしている。また、ずっしりしたカーテンの陰に金のかかっていそうな家具を据え、ライティングデスク、綴じ込み新聞のラックなどがそなえられているアルコーヴのなか、また、電報受付所、小間物屋、花屋などにも別の客がいる。市内で歯科医の総会が開かれ、参加者のかなりの部分が妻子をともなって、このホテルに滞在していた。そんなことは知りもせず、そんな総会のやり方も意味もわからないクライドにとっては、これがこのホテルの日常のありさまと思えた。

畏怖に襲われ、仰天してあたりを見まわしていたクライドは、やがてスクワイアズの名を思い出して、「階段の下あたり」にあるその事務所にいると聞いたその人を探しはじめた。右の方に豪奢な両翼の階段があり、白と黒に塗り分けられた二つ別々の階段が、幅が広く優美な曲線を描いて上階へ続いていた。この大階段のあいだにホテルの事務室があるらしく、大勢の従業員がそのあたりにいた。だが、近いほうの階段の後ろ、クライドが背にしている壁に近いところには高いデスクがあり、そこにクライドと同じくらいの年格好の、真鍮のボタンをいっぱい光らせた茶色の制服に身を包んだ若者がいた。頭には小さな円筒形の帽子を載せ、片耳にかぶさるようにかしげてしゃれたかぶり方をしていた。前に広げた帳簿に鉛筆で忙しそうに書き込みをしている。この若者とほぼ同年齢で、同様の制服を着たベルボーイたちが、若者の近くの長いベンチに腰掛けたり、あちらこちらに飛びまわったりしているのも目に入ってきた。なかには、紙切れとかキーとか何かのメモとかを、さっきの若者のところへ届けにくるのもいる。そのあとベンチに座って、どうやらまた呼び出されるのを待ち構えているようだ。呼び出しはすぐにかかるらしい。お仕着せを着たさっきの若者が控えているデスクには電話があり、それがほとんど絶え間なく鳴る。用件を聞き取るとこの若者は目の前の小さなベルを鳴らしたり、「つぎ」と声をかけたりすると、ベンチの先端に座っていたベルボーイが応じる。呼び出しを受けると、いずれかの階段を昇っていったり、あちこちの玄関やエレベーターのほうへ駆けつけていったりし、たいてい客の付き添いをしながら戻ってくる。客の鞄やスーツケースや外套やゴルフクラブなどを運んでくるのだ。いったん姿を消したかと思うと、戻ってきたときにはトレーに飲み物を載せたり、包みか何かを抱えたりして、上階の客室まで持っていく者もいる。これこそ自分もやることになる仕事なんだ。ぼくが幸運にもこんな施設に就職できたとしての話だけど。

それにしてもここでは何ごともきびきびと、活気にあふれていたので、自分も幸運に恵まれてここで就職できたらいいのだがと願わずにいられなかった。だけどはたしてうまくいくだろうか。スクワイアズさんはどこにいるんだ。あの小さなデスクに向かっている若者のところまで行き、「どこに行けばスクワイアズとお会いできますか」と尋ねた。

「そら、今やってきた人さ」と若者は答え、顔を上げて鋭い灰色の目でクライドを探るように見まわした。

言われた方向を見ると、二十九か三十歳くらいの、きびきびしていてめかしこんだ、いやに世慣れた感じの人物が近づいてきた。とてもすらりとして、鋭くとがった顔つきで、立派な身なりなので、たちまちクライドは感銘を受けただけでなく怖じ気づきもした――いかにも抜け目なさそうで、油断ならぬ人間みたいだな。鼻があんなに長くて肉が薄いし、目つきが鋭く、唇が薄く、顎がとんがってる。

この人物は立ち止まると、デスクに向かっている部下に「たった今、スコットランド格子縞のショールを羽織った、背の高い白髪の男がここを通っていったのを見たかい」と話しかけた。部下はうなずいた。「じつはさ、あれがランドレイル伯爵だってさ。今朝着いたばかりなんだけど、トランクが十四個、おつきの召使いが四人ときたもんだ。おったまげるじゃないか！　スコットランドじゃ大物なんだよ。だけどお忍びの旅行なんだって。宿帳にはミスター・ブラントなんて書いて。ああいうイギリス流のやり方にはかなわんね。身分をひけらかすとには目がないんだからな」

「そのとおりですね！」部下はうやうやしく相づちを打った。

男はここではじめて向きを変えてクライドをちらりと見やったが、気にもとめてくれなかった。部下が助け船を出して、

「あちらの若い人がお目にかかりたいと待ってるんですが」と言ってくれた。

「ぼくに会いたいんだって」ベルボーイ長はクライドのほうに向き直り、上等とはとても言えない着衣を目で追うと同時に、その人となりを総合的に判定しようとした。

「ドラッグストアの方からお聞きしたんですけど」とクライドは切り出した。相手の顔つきはあまり気に入らなかったが、なるべく好感を持ってもらえるようにしようと割り切った。「つまり、その、ここでぼくをベルボーイに雇ってくれる見込みがないか、お訊きしてみたらいいとおっしゃってくれたんです。ぼくは今ブルックリン街十七丁目のクリンクル・ドラグ・ストアで見習いとして働いているんですけど、あそこは辞めたいと思いまして。そしたらあの方からうかがったところ、あなたが——いえ、つまり、こちらで空きができてるのではないかというお話だったもので」クライドは目の前の男の、冷たく穿鑿するような目つきに周章狼狽してしまい、息が詰まって生唾を呑み込んだ。

そこで生まれてはじめて思い至ったことに、世の中をうまく渡っていきたかったら、人に可愛がってもらわなくちゃいけない——好感を持ってもらえるようなことをやったり言ったりしなけりゃだめなのだ。そこで熱意あふれてとりいるような微笑みを作って、スクワイアズさんに向かい、申し添えた。「機会を与えていただけるなら、懸命に努力し、何であろうと進んでやりますから」

目の前の男は冷たいまなざしでクライドを見ているだけだったが、本性は狭い了見の奸智《かんち》と利己心に凝りかたまった人間だったし、人をそらさない技巧や意向をもっている者に目をかけるほうだったから、首を横に振りたくなった気持ちを抑えて、「だけどあんたは、この仕事の経験がぜんぜんないんだろ」と言った。

「ありません。でも、懸命に努力すればすぐに覚えることができないでしょうか」

「うーん、そうだな」ベルボーイ長は半信半疑な調子で頭を掻きながら言った。「今はあんたとしゃべってる暇がないんでね。月曜の午後にきてくれないか。そのときに会ってやるよ」そこでくるりとくびすを返し、立ち去った。

クライドはこんなふうに置いてけぼりを食らい、相手の真意もわからぬまま、いぶかりながら宙を見つめていた。月曜にもう一度くるように言ってくれたなんて、ほんとうに事実なんだろうか。もしかしたら――回れ右をして急ぎ足にそこから出た。頭のてっぺんから足のつま先までぞくぞくしてくる。すごい！　カンザスシティで最高級のホテルでの就職口をこの男に頼んでみたら、もう一度月曜日にきて面接を受けろと言ってくれたんだ。やばい！　あれはどういうことなんだろう。こんな華やかな世界に入れてもらえるなんてこと、ありうるのか――しかもこんなにさっさと。ほんとにありうるのか。

第五章

このようなことすべてに関連してクライドが馳せた空想――あんな輝かしいホテルに自分が就職するなんてどういうことになるのか、と思い描いた夢――それを述べつくすことはできない。というのも、贅沢ということについて当人が抱いている考えは、だいたいのところ極端で、間違いだらけで、粗雑なものだったからだ――抑圧され、満たされることのなかった幻想の迷走にすぎなかったし、その幻想を成り立たせた素材は、それまでのところ想像から得ただけのイメージにすぎなかった。

ドラッグストアでもとの仕事に戻った——終業後は寝食のために家に帰った——だが、あの金曜日の残りの時間から、土曜日、日曜日、そして月曜日の夕方近くまでのあいだクライドは、まるで空中を歩いているような気がしていた。仕事もうわの空で、ドラッグストアの上司から何度も「ボーッとしてるんじゃないよ」と注意されなければならなかった。さらに、仕事が終わったあとすぐに帰宅もせずに、あの大ホテルのある北に向かって歩き、ボルティモア街十四丁目まで行ってホテルを眺めた。そこは真夜中でさえ、三つの玄関——三つの通りそれぞれに面して一つずつある入り口——それぞれの前に一人ずつドアマンがいる。ボタンがぎっしりついている長い茶色のコートに、縁が高くひさしの長い茶色の帽子をかぶっている。そして内部からは、輪飾りがついている縦溝織りのフランス製シルク・カーテン越しにまだあかあかと明かりがもれてきて、建物の一角の地下にある一品料理のレストランやアメリカ式のグリルがまだ営業している。まわりにはタクシーや車が何台も駐車している。さらには音楽がたえず聞こえてくる——どこからともなく流れてくる。

そんな観察を、あの金曜日の夜、それから土曜日と日曜日の朝にもしたあげく、月曜日の午後にスクワイアズさんの示唆に従って再訪したが、当の本人から無愛想な応対を受けた。先方はクライドのことなんかほとんど忘れてしまっていたからだ。しかし、そのときはほんとうに人手を必要としているとわかっていたし、クライドでも使えるかもしれないと割り切れたので、階段の下の小さな事務室にクライドを連れていった。そのなかでいやに偉そうな態度ながら、じつはどうでもいいような訊き方で、身元や現住所、これまでの職歴や父親の職業などについて質問しだした。最後の質問はクライドにとって難問だった。両親が伝道所を営み、街頭で説教しているなんて白状するのは、自尊心が許さなかったからだ。だからその代わりに、父は洗濯機や絞り機のセールスをしていますと答えた（じじつ、時折そうしていた）——それから日曜日に説教するんです——宗教的啓示を受けたか何かで。これを聞いて、家庭愛とか旧習墨守などとは無縁な連中が多いボーイたちを統率している者としては、不快に思うどころではなかった。今勤めているところから推薦状をもらえるかね。もらえると思います。

このあとスクワイアズさんは、このホテルの規律が厳格であるということの説明に及んだ。ボーイたちのなかには、ここで目にする光景や虚飾、なじみのない過度の奢侈《しゃし》に接するために――スクワイアズさんがこんな言葉を使って話したわけではないけれど――分別を忘れて過ちを犯すようになる者が何人もいる。ボーイを解雇せざるをえなくなることがしょっちゅうなのだが、そういう連中はちょっとばかり小遣いを稼いだからといって身の処し方がわからなくなるんだ。ボーイには、誰に対しても従順で、礼儀正しく、てきぱきと振る舞ってもらわなければならない。身体も服装も清潔できちんとして、出勤は早く――定刻前に――しかも毎日ちゃんと仕事ができるように調子を整えてくること。だから、ちょっぴり金を稼いだからといって誰かといちゃついたり、口答えしたり、夜パーティに出かけたりしてもいいなんて考えはじめ、そのために時間どおり出勤しそこねたり、くたびれちまって、きびきびと察しよく動くこともできなくなるようなやつには、ここにいつまでもいられるなんて思わないでもらいたい。そんなやつは首だ、しかもとっとね。バカげた真似を大目に見るつもりなんかいっさいないからな。そのことは今のうちに肝に銘じておくんだ。これからもずっとな。

クライドは何度もうなずいたり、ときには「はい、わかりました」とか「とんでもございません」とか言葉をはさんだうえ、ついには、おっしゃるような大それた罪悪や不品行を犯すなどということは夢にも思っておりませんし、ぼくはそんなたちの人間でもありません、などと請け合った。そこでスクワイアズさんは、このホテルの給与が月十五ドルだけだということを説明してくれた――地下の従業員食堂での食事付き――ボーイは全員いつもこの待遇だ。その代わり、クライドにとっては初耳のきわめて意外な話だったことに、ボーイは客のために何かサービスをしたら――鞄を運ぶとか、水差しを届けるとか、何であれ――どの客からもチップをもらえるのだ。それもなかなか気前のいい額であることが少なくない――十セント、十五セント、二十五セント、ときにはそれ以上だ。こういうチップは、スクワイアズさんの説明によれば、一日の合計が平均四ドルから六ドルにもなる――それ以下になることはないし、ときにはそれ以上になる――びっくりするような手当だな、とクライドは受けとめた。そんな大きな金額を耳にしただけで心臓が跳ね上がり、息が詰まりそうになった。四ドルから六ドルだって！　フーン、それじゃ、週に二十八ドルから四十二ドルになるじゃないか！　信じられない。しかもそれが、月十五ドルと食事に加えてだなんて。それからスクワイアズさんが説明してくれたことによると、ボーイが着るあのカッコいい制服が無料で支給される。ただし、ホテルの外でそれを着たり、持ち出したりしてはいけない。ついでスクワイアズさんが説明してくれたのは就業時間のことで、それは以下のとおり。月、水、金、日曜は、朝六時から正午まで勤め、そのあと六時間の自由時間を経て、夜六時から十二時まで出番。火、木、土は、正午から六時までが出番であり、したがって一日おきに午後なり夜なりが自由時間になる。しかし、食事は就業時間外にすませなければならず、当番の始まる定刻かっきり十分前には遅刻することなく出頭、制服着用して整列し、上司の点呼を受けなければならない。

スクワイアズさんには他にも言いたいことがあったのだが、その場では口にしなかった。自分に代わって話してやる者がいるだろう、と考えたからだ。その代わり続けて言い足したことは、まるで茫然自失したかのように腰掛けていたそのときのクライドにとって頂門の一針のごとき言葉だった。「今すぐ働きはじめる用意はできてるんだろうね」

「はあ、それはもう」とクライドは答えた。

「大いに結構!」それからベルボーイ長は立ち上がり、ドアを開けて二人が引きこもっていた部屋から出ると、「オスカー」と、控えのベンチの先頭に座っていたベルボーイに声をかけた。それに応えて、こぎれいな制服をぴっちりまとった背の高いやや大柄の若者がすばやく立ち上がった。「この若者を連れていってくれ――あんた、名前はクライド・グリフィスだっけね――十二階の衣装部屋までいって、合う服がないかどうかジェイコブズに調べてもらってくれ。見つからないようなら、明日までに直しておいてくれって伝えるんだ。シルズビーが着ていたのが、この男にはだいたい合うはずだと思うんだがね」

それからベルボーイ長は、ちょうどそのときこちらに目を向けていた、あのデスク担当の部下に、「とにかく試しに使ってみるつもりだよ」と言った。「この男が今夜か、いずれ仕事を始めることになったときかに、ボーイの誰かにちょっと指導してもらえるようにしてやりな。さあ、連れていけ、オスカー」ベルボーイ長はクライドを預けたボーイを促した。それから付け足すように、「あいつはこの仕事の経験なんかないけれど、何とかやっていけるだろうと思ってね」とデスク担当の部下に話したが、そのときすでにエレベーターのほうに向かっていたクライドとオスカーは、姿を消していた。そのあとベルボーイ長はクライドの名前を従業員名簿に書き込みに行くために立ち去った。

他方クライドは、この新たな教育係の後ろにくっついていき、これまで耳にしたこともないようなたぐいの教えに聞き入っていた。

「ビクビクすることないだよ。これまで、こんな仕事やったことなくてもな」とこの若者は切り出した。クライドが後ほど知ったところでは、姓はヘグランド、ニュージャージー州ジャージーシティ出身だが、訛りや身ぶりに異国風なところをとどめていた。背が高く、元気いっぱい、砂色の髪の毛をして顔にそばかすがあり、愛想がよくておしゃべりだった。二人は「従業員用」と標示されているエレベーターに乗り込んだ。「たいしてきつくないだから。おれ、はじめてこの仕事やったの、バッファローで三年前だったけど、そのときまでなんにも知らなかっただから。他のやつらよく見てさ、それでやつらのやり方覚えるだけでいいだよ、わかるか。どうだい、つかめたな」

クライドはこの先輩よりもだいぶんましな教育を受けてきたから、内心ではこの男の外国訛りのおかしな発音にいちいち引っかかりを感じたけれど、こんなとき親切にしてくれることにはありがたく思い、この見るからにやさしい教育係のいかなる欠点もその温情に免じて赦してやりたくなった。

「最初のうち、誰でもいい、何かやってるやつのこと、よく見るのさ、わかるか、自分でもわかるようになるまでな、わかるか。それがやり方さ。ベルが鳴って、あんたがベンチの先頭にいたら、あんたの番だからな、わかるか。そしたらパッと立って、すぐ行く。ここではパッとやると気に入られる、わかるか。それから、誰か玄関から入ってきたり、鞄持ってエレベーターから降りてきたりするの見たら、あんたがベンチの先頭にいるときはいつも、パッと飛んでいくのさ。キャプテンがベル鳴らすか、『つぎ』って声かけるかしてくれなくてもな。ときにはキャプテンだって忙しかったり、見てなかったりするだから、それでもあんたに飛んでいってもらいたいさ、わかるか。よく見てないとな。鞄見つけなきゃチップもらえないから、わかるか。鞄か何かを持ってるやつは、そいつ運んでもらいたいわけだから。人に持たせたくないっていう客は別だけどね、わかるか」

エレベーターが昇っていくあいだもぺらぺらしゃべり続ける。「だけど誰か入ってきたらかならず、そいつが泊まる手続きするまでデスクの近くで待つようにすること。たいていは泊まることになるから。そしたらフロント係がキーを渡してくれる。そうなったらあとは、鞄を部屋まで運ぶだけさ。あとは、浴室やクローゼットがあったら、その明かりをつけてやるだけさ。それでお客さんもその場所がわかるだよ、わかるか。それから、昼間ならカーテンを上げる、夜間なら下ろす。そして部屋のなかにタオルがあるか確かめる。もしなかったらメードに伝えることできるようにな。それでチップくれなかったら、出ていくしか仕方ない。ケチ野郎にあたったのでないかぎり、たいていは、ちょっぴりぐずぐずしてるだけでいい——時間稼ぎだよ、わかるか——ドアのキーいじくったり、ドアの上の欄間窓調節したりしてね、わかるか。そのうち、まともな人ならチップを出してくれるだよ。出してくれなかったら、アウト、それだけのこと、わかるか。いやな顔したりしたらだめ——そんなことは禁物、わかるか。済んだら下へ降りる。アイスウォーターか何かの注文されないかぎり御用済みというわけ、わかるか。パッとベンチに戻るだよ。たいしたことないだろ。ただ、いつもてきぱきやること、わかるか。それで、誰かが自分のそばを通っていくのに気がつかないなんてことにはならないようにする——それがいちばん大事なことだね。

「それからな、制服もらって仕事するようになったらな、出番が終わって帰る前に毎回忘れないで、キャプテンに一ドルあげるだよ、わかるか——一日に出番が二回ある日は二ドル、一回の日は一ドルだ、わかるか。ここではそれが決まりさ。ここではおれたち、そんなふうにいっしょに働いてるだから、あんたも仕事続けたいならそうしないとだめだよ。だけどそれだけだから。残りは全部あんたのものさ」

クライドはわかったと言った。

計算では二十四ドルから三十二ドルくらいになりそうだったお金の一部は、どうやら消えていくらしい――全部で十一ドルか十二ドルは――だけどそれくらいどうってことないさ！　十二ドルか十五ドル、あるいはもっと残るじゃないか。それに食事や制服もついてるんだ。ありがたい！　この世でこんなパラダイスを経験できるなんて！　贅沢の極致ではないか！

ジャージーシティ出身のミスター・ヘグランドに付き添われてやってきたのは、十二階の一室だった。入ってみると、そこの番人たるしなびた白髪交じりの小柄な老人がいた。年齢も人柄も見当がつかない人物で、ただちにクライドにスーツをあてがってくれた。ほぼぴったりで、他のを試してみるまでもなく、仕立て直しも必要ないということになった。それから帽子をいろいろ試した結果、ぴったり合うのが見つかった――片方の耳にかぶさるようにかしげてかぶるととても粋に見えるやつだ――ただし、ヘグランドが言い渡してくれるには、「床屋に行かないとだめだね。後ろを刈り込んでもらうほうがいい。長すぎるだ」その点はクライド自身も、言われる前から内心同意見になっていた。この新しい帽子に自分の髪の毛は確かに似合っていない。たまらなくいやになってくる。それから下に降りて、スクワイアズさんの部下ホイップルさんのところに行ったら、こう言われた。「たいへんよろしい。服が合ったのだね。さあ、それじゃ、六時から始めてもらおう。五時半に出てきて、制服を着てから五時四十五分に点呼を受けるんだ」

そこでクライドは、すぐに制服をもらいに行き、地下の更衣室に持っていって、ロッカー係からロッカーを割り当ててもらうようにというヘグランドの助言に従って、そのとおりにした。それからそわそわとホテルを出た――まず散髪をして、そのあとで自分にめぐってきた幸運を家族に知らせに行こうというのだった。

ぼくはあのすばらしいグリーンデヴィッドソンホテルのベルボーイになるんだ。制服を着るんだ、しかもカッコいいのを。稼ぎだって――ほんとうはどれくらいのお金になるのか、はじめは母さんには言わないぞ――最初のうちはとにかく十一ドルか十二ドル以上にはなるだろうけど――確かなことはわからないって言ってやる。というのも、家族全体を養うまではいかなくても、自分自身が経済的に自立できる見通しがとつぜん開けたところなのに、給料がほんとうはどのくらいになるのか打ち明けたら、きっと何かと要求を持ち出されるにちがいないから、せっかくの見通しが崩されたりしたらいやだもの。しかし、食事はただで支給されるということは伝える――そうすれば、自分の望みどおり、家の外で食事することになるからだ。そのうえ、このホテルの輝かしい雰囲気のなかでいつも暮らし、動きまわることになる――帰りたくなければ、十二時前に帰宅しなくてもいいんだ――いい服装もできる――もしかしたらおもしろい連中とつきあえる――楽しい時間を過ごすことだって、やばい！

さらに、いろいろな用事を片付けるために走り回っているうちに、クライドの頭に浮かんできた決定的な、狡猾で爽快な思いつきは、劇場か何かに行きたいと思ったら、夜でも帰宅しないですむということだった。ダウンタウンに泊まって、仕事があったと言えばいいのだ。しかも、食事はただで、いい服装もできる――考えてもみたらいい！

そんなことをあれこれ思い描くだけで面食らって呆然となり、あまり深く考えてみる気になれなかった。どうせもうすぐわかることになるさ。あんなに完璧に豪華絢爛な世界でほんとはどれだけ稼げるものか、そのうちはっきりするんだ。

第六章

さらに実状を見れば、グリフィス夫妻には――アサにしてもエルヴァイラにしても――経済的、社会的経験が異常なほど欠けていたので、クライドが夢を追うにはあまりにもおあつらえ向きの按配だった。アサもエルヴァイラも、息子が就こうとしている仕事がほんとうはどんなものなのかほとんど知らなかったからだ。その点では本人とほとんど変わりはなかった。道徳、情操、金銭、その他の面で、その仕事がいったい何をもたらすのか、まるっきりわかっていないも同然だった。二人ともこれまで四流ホテルぐらいにしか泊まったことがなかったたからだ。自分たちの経済状態よりも上にいる人たちが入っていくような高級レストランで食事したこともなかった。せいぜいホテルの玄関とフロントのあいだを客の荷物を運んで行ったり来たりするぐらいしか、クライドのような年齢や気質の少年にできる仕事はないと思い込んでいるから、それ以外の用事や交渉にたずさわることもありうるなんて、夫婦には思いもよらなかった。したがって二人とも、その程度の仕事では給料もわずかであって、まあ、週五、六ドルがいいところ、クライドの真価や年齢にほんとうは見合ってないものにしかならないだろうなどと、世間知らずにも考えていた。

それだけにグリフィス夫人は、いつも夫よりは実際家であったし、他の子どもたちにもクライドにも経済的不如意から脱してもらいたいという強い思いにとらわれていたから、クライドがこんなふうに転職することに急に熱心になったのはどうしてなのか、ほんとうに不審に思いはじめた。息子自身の話によれば、そんなところに就職したって、勤務時間は長くなり、給料だって多少増えるにしても大したことないというのに。確かに、はじめから言っていたことには、そのうちホテルの何かもっと上等な地位、フロント係か何かに昇進するかもしれないそうだが、それがいつのことになるやらわからないとも言ってた。それよりも今の仕事のほうが、昇進はいくらかでも早くできそうという約束だったじゃないの――とにかく給料だけでも。

だけど月曜の午後、息子が息せき帰宅してきたのを見、あの職が決まった、すぐにネクタイやカラーを変え、散髪にいってから、出勤に戻らなければならないと報告されて、母も気持ちが楽になった。息子がこんなにも何かに熱を上げたのは見たことなかったし、揚々としてくれるようになってありがたいと思ったからだ――時折あんなにふさぎ込んだりするんだもの、そうでなくなるだけましよ。

ところがその後、息子が服しはじめた労働時間ときたら――勤めは朝の六時から真夜中まで――ときどき気が向くと、勤務のないような夕方などに早々と帰宅することがある程度――あるいは少し早く仕事が済んだなどとわざわざ説明してくれるときもある――それにどこかせかせかとして落ち着きのない態度も見受けられるし――寝ているか着替えをするか以外の時間はほとんどいつも家庭の外で過ごしたがる様子にも、母やアサは疑問を感じた。ホテル、ホテルと口癖のように言い、しょっちゅういそいそとホテルに出かけていかずにはいられないみたい。それで帰ってきて教えてくれるのは、ホテルがほんとに気に入ってるし、ぼくも順調にやってるつもりだ、などということばかり。パーラーなんかで働くより上品な仕事だし、近々もっとお金をもらえるようになるかもしれない——はっきりはわからないけど——しかしクライドはそれ以上言うつもりもないし、言えるはずもなかった。

ところでこの間グリフィス家では、エスタにまつわる出来事が起きた以上、カンザスシティからほんとうに出ていかなければならない——デンヴァーに行くべきだという思いが——父にも母にも——強まりつつあった。それでクライドはこれまでよりもいっそう強く、カンザスシティを離れたくないと言い張りだした。みんなは行ったらいいけど、ぼくは今なかなかいい仕事に就いているんだから、それにしがみついていたいんだ。それにみんながいなくなっても、ぼくはどこかに間借りすればいいじゃないか——大丈夫だから——両親にはとても受けない案だったが。

だが他方で、クライドの生活に何と大きな変化が起きたことか。始まりはあの最初の夕方、五時四十五分に、直接の上司であるホイップルさんの前に姿をあらわし、よしと言ってもらえたときだった——新しい制服が合っているだけでなく、全体の風采も審査をパスしたのだ——そのとき以来世界はクライドにとって完全に変わってしまった。ロビーの総務部事務室のすぐ奥にある使用人控え室で他の七人の者たちといっしょに整列して、ホイップルさんから点検を受け、六時の時報と同時にベルボーイ八人組がドアからロビーへ出て行く。ドアを出ると階段の向こう側にホイップルさんのデスクが据えられている。だからフロントデスクの前を通過し、ロビーの反対側にある長いベンチまで行進していく。ホイップルさんと交替で、ベルボーイ長補佐のデスクを担当するバーンズさんという人物が待っていて、ベルボーイたちはベンチに腰かける——クライドはしんがりだ——とはいっても、座っている暇もなくすぐにお呼びがかかり、順番にあれやこれや用事をはたしに出ていく——ホイップルさんが担当していた先ほどまでの組は、始めのときと同様に縦列行進して奥の使用人控え室に引っ込んでいき、そこで解散となる。
「チリン！」
客室係デスクのベルが鳴った。そこで最初のベルボーイが行きかける。
「チリン！」また鳴って、二番目のベルボーイがパッと立ち上がる。
「つぎ！」――「中央玄関！」とバーンズさんが呼ばわり、三番目のベルボーイが大理石の床を長駆滑るように
その玄関のほうへ急ぎ、到着したばかりの客の鞄を受けとる。客の白い頬髭と若々しい明るい色のツイードの
スーツが、クライドのうぶな目には百フィートも離れた遠くに見えた。神秘的ながら神々しいまぼろし――チッ
プの姿つきだ！
「つぎ！」またバーンズさんの声。「九一三号室で用事をうかがって――アイス・ウォーターだろうと思うが」
四番目のベルボーイが立ち去る。
クライドは、ベンチの先頭のほうへ着々と移動していき、少しは教えてやるように指示されていたヘグランド
のとなりにいたが、目と耳と神経の塊みたいになっていた。緊張のあまり息も詰まりそうになり、モソモソモ
ゴモゴしてばかりだったから、ついにヘグランドに怒鳴りつけられた。「おい、のぼせるなって。おちつくだよ。
だいじょうぶだって。おれも最初はあんたとちょうど同じだったぜ――神経ピリピリ。でも、それじゃだめだよ。
ここじゃ気楽にいかななくちゃ。それから、どこのだれにも目つけてないような顔してないとだめだよ――目の
前のものだけ見てるような顔するだよ」
「つぎ！」とまたバーンズさん。クライドはヘグランドの言ってることがほとんど頭に入らない。「一一五号室
が便箋とペンを持ってきてほしいって」五番目のベルボーイが行ってしまった。
「便箋とペンを持ってきてほしいと言われたら、どこでもらったらいいんですか」クライドはまるで死にかかっ
ている人間が助けを求めるような調子で、自分の教育係にすがりつく。
「あっちにいるキー係だって言っただろ。あそこの左側にいる人だよ。あの人がくれるよ。それから、アイス・

ウォーターは、おれたちがついさっき整列したあの部屋のなかにあるからな――あそこのあの隅だ、わかるか――小さなドアがあるから。あそこにいるやつには時たま十セントやるだよ。そうでないとへそまげるからな」

「チリン！」客室係のベルだ。六番目のベルボーイが何の用件か言われもせずに客室のほうへ行ってしまった。

「それからな、よく覚えておくだぞ」とヘグランドは、自分がつぎの番であることを見越して、最後の注意を与えた。「何か飲み物注文されたら、食堂の先のあっちにあるグリルで受けとるだよ。飲み物の名前を間違えないようにちゃんと聞かないとだめだよ。でないと文句言われるからな。それから、客室に案内することになったら、今夜はシェードを下ろし、明かりをつけるだ。食堂から何かを運ぶことになったら、給仕長のところに行く――チップはやつが取るだ、わかるか」

「つぎ！」ヘグランドが立ち上がり、行ってしまった。

するとクライドが先頭になった。しかし、四番目がもう戻ってきてまたクライドの横に座っていた――だが休みもしないで油断なく、どこかでボーイが必要とされていないか、見まわしている。

「つぎ！」バーンズさんの声だ。クライドは立ち上がって、バーンズさんの前へ出て行った。鞄を持って入ってくる客が見当たらないのでほっとしたが、自分には理解できなかったり、てきぱきとできなかったりするような用事かもしれないと思い、心配した。

「八八二号室で用事をうかがってきてくれ」クライドは出かけ、「従業員用」という標示のある二台のエレベーターの一方へ向かった。そんなふうにして十二階まで連れていってもらったから、それを使うのが正しいのだろうと思ったのだ。だが、客用の高速エレベーターから出てきた別のボーイが、その間違いを注意してくれた。

「客室へ行くのかい。客用のエレベーターを使えばいいんだ。あっちは使用人か荷物を運ぶ人間が使うんだから」

クライドはあわてて誤りを取りつくろった。「八階」と声をかける。エレベーターのなかに他には誰も乗っていず、黒人のエレベーター・ボーイがすぐにあいさつの言葉をかけてきた。

「あんた、新顔だね。これまでここで見たことねぇもん」

「そうさ。勤めはじめたばかりだよ」

「なら、ここが嫌になったりしねぇよ。このホテルが嫌になるやつなんか一人もいねぇって言ってもいいくらいさ。八階だったよね」この若者はやけに気さくに話しかけてくれた。エレベーターを停めてくれたので、クライドは外に出た。あまりにピリピリしていたので、どっちへ行けばいいのか訊きそびれたので、ルームナンバーを見ながらたどりはじめ、違う廊下に入ってしまったことにすぐ気づいた。ふわふわした褐色の絨毯、目にやさしいクリーム色の壁、天井にはまっている真っ白な電球——クライドから見ると何もかも、信じがたいほどの完璧さや上流社会のしるしと思える——これまで見たことのあるものいっさいからあまりにもかけ離れている。

やがてようやく八八二号室を見つけ、おそるおそるノックするとまもなく迎えてくれたのは、ドアの隙間からのぞく青と白の縞模様のコンビネーション下着に包まれた、いやに精力的で頑丈そうな身体の一部であり、まるまるとして血色のいい顔についている目の片方と、目尻のしわだった。

「さあ、ここに一ドルある」まるでその一つ目がしゃべったみたいだった——それから紙幣をつかんだ手がにゅっと出てきた。太って赤みを帯びた手だ。「小間物屋へ行って、靴下止めを買ってきてくれ——ボストン・ガーターだぞ——シルクのな——大急ぎで戻ってくるんだ」

「かしこまりました」とクライドは答えて、一ドル札を受けとった。ドアが閉まり、クライドは思わず廊下を走りだしてエレベーターに向かった。小間物屋って何かなといぶかっていた。いい歳をして——十七歳だ——小間物屋なんて言葉を知らなかった。聞いたことさえ一度もなかった。少なくとも気にとめたことはない。「紳士用品店」とでも言われたとしたらすぐに理解できただろうが、この場合は小間物屋に行くように言われたので、何のことかわからなかったのだ。額に冷や汗が吹き出してくる。膝がガクガク。チクショウ！　どうすればいいんだ。誰かに訊いたら、ヘグランドに訊いたりしても、恥かかないか——

エレベーターのボタンを押す。箱が降りてくる。小間物屋。小間物屋。とつぜん、まともな考えが浮かんだ。

小間物屋というのは何のことかわからないからってどうってことはない。要するにあの男がほしいのはシルクのボストン・ガーターなんだろ。シルクのボストン・ガーターってどこで買える——もちろん店でさ。紳士物を売ってるところでだ。確かなことさ。紳士用品店さ。店までひとっ走りしてやる。そして降りていくエレベーターに乗り込むと、それを担当している係のもう一人の気さくな黒人をつかまえて、「この近くに紳士用品店はないかい」と訊いた。

「この建物の中に一軒あるよ、御大。南側ロビーの外側すぐのところにね」と黒人が答えてくれたので、クライドはほっとしてそちらへ急いだ。それにしても、ぴったり身についた制服を着て、独特な帽子をかぶっていると、妙に落ち着かなかった。ぴったり頭にはまっている小さな丸い帽子が落っこちてきそうな感じにたえずとらわれて不安だった。こっそり帽子を押さえどおし、それでもまだ縁を下げようとする。そして、表にまばゆいほどの照明をつけている小間物屋のなかに飛び込んでいき、「シルクのボストン・ガーターください」と叫んだ。

「がってんだ、ぼうや、さあ、これだよ」と答えたのは、テカテカの禿頭でピンク色の顔に金縁のめがねをかけてめかした小男だった。「ホテルに泊まってるお客のお使いだね。そんならこれは七十五セントということにして、ほら、これはおまえさんの分の十セントだ」品物を包んで一ドル札をレジに放り込みながら、男は言った。「わしはいつだって、ここのボーイさんたちにはよくしてやりたいのさ。必要なときはいつだってうちにきてくれるって承知してるからね」

クライドは十セント玉と包みを受けとったが、どう考えたらいいのかわからなかった。ガーターは七十五セントであるはず——あの人はそう言ったんだから。ならばあのお客さんに返さなければならないのは二十五セントだけのはず。それじゃあ十セントはぼくのものなのか。そして今度は、もしかしたら——お客さんがほんとうにまた別のチップをくれるんだろうか。

クライドは急いでホテルのエレベーターのほうへ戻っていった。どこからか弦楽合奏団の調べが流れてきて、ロビーに快い音が満ちていた。お客があちこちで動きまわっている——とても身なりがよく、とてもくつろいでいて、街頭やどこかで見かけるたいていの人たちとはまったく違って見える。

エレベーターのドアがさっと開いた。いろんなお客が乗り込んだ。そのあとでクライドともう一人のベルボーイが入っていったが、そのボーイは興味深げな視線をクライドに注いだ。六階でそのボーイは出ていった。八階でクライドと老婦人が降りた。さっきの客のドアまで急いでいき、ノックした。客はさっきよりは多少整った服装でドアを開けた。ズボンをはいており、髭剃りをしている最中だった。

「やあ、戻ってきたな」と客は言った。

「はあ、行ってまいりました」とクライドは答えて、包みとおつりを渡した。「七十五セントだそうです」

「ぼりやがったな。まあいいさ、このつりはとっておきな」と客は答えて、二十五セント玉をクライドに渡すとドアを閉めた。クライドはほんの一瞬魔法にかけられたみたいに立ちつくした。「二十五セントだ」――そう思った――「三十五セント」しかもほんの些細な使い走りで。ここではほんとうにこんなふうにものごとが運ぶのか。ほんとうはそんなはずない。ありえない――いつもこうであるはずはない。

それから、絨毯の柔らかな毛脚のなかに足を沈めながら歩き、ポケットに入れた手にお金を握りしめて、歓声を上げるか笑い声を出すかしたいような気がした。へえ、三十五セントだって――しかもあんなちっぽけな世話をしただけで。あのお客は二十五セント玉をくれて、もう一人が十セント玉をくれた。別に何をしたわけでもないのに。

下りのエレベーターの終点で降りてから歩みを早めた――合奏団の調べにまたうっとりし、着飾った人びとのすばらしさに心をときめかす――それから最初に出発したあのベンチに戻っていった。

このあとの呼び出しでは、年配の農民らしい夫婦の鞄三個と傘二本を運ばされた。この夫婦は五階の居間と寝室と浴室からなるスイートを予約していた。とちゅう夫妻が自分をしきりにうかがっているのがクライドにもわかったが、話しかけてはこなかった。だがいったん部屋に入り、クライドが手早くドアの近くの照明をつけ、ブラインドを下ろし、鞄を荷物台の上に置いたとたん、中年のややぎこちない夫のほうが――やけに堅苦しい、頬髭をたくわえた男だったが――クライドをジロジロ眺めまわしたすえに言ったことに、「お若いの、てきぱきしたいい子だとお見受けするんだが――私たちがこれまで見てきたなかではたちのよい部類と言いたいぐらいにね」

「ホテルというのは、なにしろ、若い人にふさわしい場所とは思いませんけど」と男の片割れがさえずるように話しだした――大柄でまるまるした女であり、すでに隣の部屋をしきりに調べまわっていた。「なにしろ、うちの息子たちにはこんなところで働かせたくありませんわ――ここの人たちの風紀ときたら」

亭主は外套を脱いでズボンのポケットのなかをまさぐりながら言った。「ところで、お若いの、それ、お金だ。下に行って夕刊を三紙か四紙買ってきてくれないか。もしそんなに出てるとしたらだけどな。それからアイス・ウォーターを水差しに入れてな。戻ってきたら十五セントあげるから」

「ここのホテルはオマハのよりましよ、父ちゃん」妻はもったいぶってしゃべり続けていた。「絨毯やカーテンだっていいもの使ってるし」

クライドは新米だったにしろ、内心ニヤリとせずにいられなかった。しかし表向きは仮面のようにまじめくさった顔をし続け、胸のうちをあらわす表情はすっかり隠して、小銭を受けとると部屋から退出した。そしてほんの数分後には、アイス・ウォーターとありったけの夕刊を抱えて戻ってきて、十五セントを頂戴してからにこやかに引き下がった。

だが、こんなことは、このはじめての夜としてはほんの手始めの仕事に過ぎなかった。ふたたびベンチに座るか座らないうちに、お呼びがかかって五二九号室へやられ、飲み物――ジンジャーエール二杯と炭酸水二本――を取りにバーまで行かされたのだが、これを言いつけた客はスマートな服装をした若い男女で、客室の中で笑いさざめいていた。そのなかの一人が、用を言いつけるのに必要な程度にだけドアを開けてくれたが、炉棚の上にかかっている鏡が目に入ったので室内の様子がわかったし、なかでもきれいな女の子が白いスーツとキャップを身につけ、椅子の端に腰かけていて、その椅子に座っている青年がその娘の腰に腕をまわしているのが見えた。

クライドは見ていないふりをしながらも目を見張った。それにしても、つねづねとらわれていた精神状態では、こんな光景はパラダイスの門から中をのぞき込んだも同然だった。この部屋では自分と大して歳の違わない若い男女が笑ったりおしゃべりしたりしていて、飲んでさえいる――アイスクリーム・ソーダのたぐいではなく、母さんや父さんが、破滅に通じるものだからいけないといつも説教してるような飲み物であることに疑いないけど、ここではそんなことまったく気にしてないみたい。

クライドはあたふたとバーまで行き、飲み物と勘定書を受けとって戻った――そしてお金をもらった――飲み物代一ドル半と自分のチップ二十五セント。それにまた魅惑的な光景がちらりと見えた。ただし今度は、ひと組のカップルが別のカップルの歌声や口笛による曲に合わせてダンスをしていた。

しかし、いろいろな部屋に呼びつけられ、そのなかにいる客をかいま見るのに劣らず興味をそそられたのは、メイン・ロビーで繰り広げられる眺めだった――フロント・デスクの奥にいる従業員たちの英姿――客室係、キー係、郵便物扱い係、会計係やその助手等々。それに、ロビーのあちこちに設置されている売り場のたぐい――花屋、新聞売り場、タバコ売り場、電報取り次ぎ所、タクシー受付、いずれも、このホテルの雰囲気に奇妙なくらい染まってるように見える者たちが詰めている。そのうえさらに、こんなパノラマのなかで歩いたり座ったりしている堂々とした男女、若者たちや娘たちが、みんな流行の先端をいく服装で、あんなに血色がよく満足しきった顔をしている。晩餐どきやもっと遅い時刻になると、一部の人たちが乗りつけてくる車などの乗り物。それが屋外のまばゆい光に照らし出されて、ホテルの中からも見える。客が身につけてくるオーバーや毛皮やその他の持ち物。自分も他のボーイたちもしょっちゅうそういうものを預かって、広いロビーを横切り、車や食堂やエレベーターまで運ぶ。だがそのどれもこれも、クライドには豪勢に見えた。なんて華麗なんだ。そうか、これこそきっと、裕福であるということが意味しているものに違いない。世間で重んじられる人物であるということ――お金があるということの意味だ。好きなこと何でもやったらいいということなんだ。ぼくのような連中を侍らせるということ。ここに見られるような贅沢すべてに浴するということ。好きなやり方で、好きなところへ、好きなときに行ったらいいということなんだ。

第七章

そういうわけで、この時期のクライドに及びうるあらゆる影響力は、成長の助けとなるかあるいは妨げとなるかいずれでもありえただろうが、その気質を考えてみれば、なかでもおそらくもっとも危険だったのは、ほかならぬこのグリーンデヴィッドソン・ホテルの影響力だった。このホテル以上に官能的に気取っていたり、華美だったりする場所は、アメリカの二大山脈〔アパラチア山脈とロッキー山脈〕にはさまれた地域のなかで他には見出せなかったであろう。このホテルの、照明を落としてクッションで覆われた喫茶室は、いやに薄暗いながら随所にカラー電球で華やかな彩りが施され、理想的な逢い引き場所だった。当時あらわれはじめた、ろくに経験もないくせに色気たっぷりで、豪華な見せかけには弱いフラッパー〔享楽的な若い女性を意味する一九二〇年代の流行語〕たちにとって理想的だっただけでなく、もっと経験豊かでちょっと色あせかけていると言えるかもしれないような年増にとっても、自分たちの容色を考えれば、薄暗くむらのある照明の利点ゆえに理想的だった。また、この種のホテルがたいていそうであるようにここでも、年齢も身分もはっきりしないある種の淫乱で野心満々の男がしきりに出入りしていた。一日に二回とは言わずとも少なくとも一回は、活気のあるおもしろそうな時間帯に姿を見せ、常連とか遊び人、あるいは金持ちとか趣味人とか魅力的人間だとか、もしくはいっそそれらすべて兼ね備えた人物であるとかの評判を立ててもらおうとするのである。

おまけにここでクライドが働きはじめて間もなく、同僚となったこういう独特な若者たちから、そのうちの一人や二人とは四六時中いっしょにいわゆる「待機ベンチ」に座っていたのだから、おのずと教えてもらうことになったのだが、こんなところでも、人間関係におけるある種の変質者、道徳上の常軌を逸し、社会からつまはじきされる者が出入りし、そういう性癖の徴候が見られた――あまり時日も経たないうちに、さまざまな実例を指し示してもらったのである。そういう人間は自分と同じ嗜好の男の子を引っ張り込んで、クライドにははじめよく呑みこめなかった何らかの形で禁制の関係を結ぼうとする。そんなことは思うだに胸が悪くなる。しかしながらだんだん知らされたところでは、ボーイ仲間のうちにも――とくに、自分とは所属する班が違っていたある若者がそうだったが――別のボーイの言うには「これにすっかりはまっている」者がいた。

さらに、世間知らずで分別もろくにないような者なら誰だって、レストランや客室は言うに及ばず、ロビーやグリルで交わされているようなおしゃべりやだぼらをたえず聞かされては、こんなふうに思い込むようになっても仕方ないであろう。すなわち、ちょっとばかり金があって社会的地位もあったら誰だって、シーズン中には劇場や球場に通ったり、ダンスやドライブや晩餐で友人をもてなしたり、あるいはニューヨーク、ヨーロッパ、シカゴ、カリフォルニアなんかに旅行したりすることを人生の本分にしているなどと。たいていのベルボーイたちはクライドと変わらず、贅沢どころか慰安とか趣味さえ無縁の暮らしをしてきたから、自分たちの目にしているようなことの意味を誇大に受けとるだけでなく、こんな職場に入ったことで境遇が急変したために、自分たちもこういう暮らしに入っていけるかもしれないなどとも思うようになるのだった。あの金持ちたちっていったい何者なんだ。何をしたからってあんな贅沢ができるようになるんだ。一見あの連中と何の変わりもないにもかかわらず、何ひとつ持っていない人たちがいるというのに。この人たちが成功した者たちとこれほど違っているのは、何のせいなのか。クライドにはわからなかった。とはいえ、ボーイたちそれぞれの脳裡をよぎったのはそんな思いだった。

他方、あるタイプの女性ないし女の子からこっそり口説かれたとまではいかなくても、好意を示されたことが、さんざん話の種にされた。そういう女は、自分がたまたま置かれた社会環境では制約されているためかもしれないけれど、金があるためにこんな場所にやってきては、媚びや微笑みや持っている金を武器に、ここにいるボーイたちのなかでもいかしたやつの気を惹くことができるという話だった。

たとえばクライドの勤務二日目の午後、隣に座っていたラッタラーという名の若者――やはりこのホテルのホールボーイ――は、三十歳ばかりのこぎれいで均整のとれた身体つきの女が、腕に小犬を抱え、毛皮で着飾って入ってくるのを見つけると、クライドの脇をこづき、首をかすかに動かしてその女の方向を示しながら、こうささやいた。「あの女見たか。ありゃ尻軽でな。いつか暇ができたらあの女の話してやるよ。ヤベエぞ。何だってやってくれるんだからな！」

「あの人がどうだっていうんですか」クライドは好奇心満々で訊いた。その女性は飛び抜けて美人で、きわめて魅力的に見えたからだ。

「なに、どうってことないさ。ただ、おれがここにきてからでも、あの女はここで八人は違う男と深い仲になったというだけさ。ドイルにぞっこんだったね」――もう一人のホールボーイのことだったが、チェスターフィールド〔一八世紀英国の貴族主義的書簡の著者として有名な政治家・文人〕然とした上品さや風采、美貌の持ち主で、模範としたくなるような青年だということを、すでにクライドも見知っていた――「しばらくはね。でも今は誰か別のやつにお熱あげてるんだ」

「ほんとかい」クライドはたいそう驚いて、そんな幸運が自分に訪れることなんかあるだろうか、などと思った。

「ほんとのほんとさ」とラッタラーは話しつづけた。「そっちにかけちゃ好き者なんだね――飽きるってことないのさ。聞くところじゃ、旦那はカンザス州のどこかの大きな材木業者なんだけど、もう別居してるんだって。六階の最高級スイートにいるんだけど、そこにいる日は半分もない。メードから聞いたんだけどね」

このラッタラーという青年は、背が低くずんぐりしているけれど、ハンサムでにこやかだった。とても人当たりがよく、穏やかで、全体に感じがよかったから、クライドはたちまち引きつけられ、もっと親しくなりたいと思った。ラッタラーのほうもその気持に共鳴した。クライドは純朴で世間知らずだと思ったから、できるなら何かちょっとした役に立ってやりたくなったのである。

会話はここで打ち切られた。呼び鈴が鳴ったからだ。そしてこの女性が話題に上ることは二度となかったが、クライドに与えた効果は絶大だった。あの女性は見た目に好ましく、身だしなみもとびきりいいし、肌は澄みきり、目は輝かしい。ラッタラーが話してくれたことはほんとうに事実なんだろうか。あんなにきれいな人なのに。

クライドは腰かけて宙をにらんだ。内心でも認めたくないような何かの幻影にとりつかれて、髪の毛の根元がジンジンしてくる。

それからさらに、ボーイたちの気質やものの考え方が問題だった――背が低く肉づきがいい身体、髭の生えない顔で、クライドの見たところ少し頭が足りないキンセラ。最初の三日間、親切にも暇を見つけては、ヘグランドがやってくれた教育担当の役割を一部分担してくれた。ヘグランドより人当たりもよく、言葉遣いもましだったが、クライドの感じ方ではラッタラーほどの魅力はなく、ラッタラーとのように気持ちが通じ合うことはないような気がした。

さらにまた、ドイルがいた――名はエディー――はじめからクライドの興味を惹いたあの青年で、少なからず嫉妬も感じた相手である。きわめてハンサムで、均整のとれた身体つき、優美な身のこなし、あんなに落ち着いて心地よい声の持ち主。何とも言いようのない物腰で、接する相手誰もがたちまち取り入らずにいられない気持ちになるくらいだった――ホテルに入ってきたばかりであれこれものを尋ねる客であろうと、カウンターの奥にいるフロント係であろうと、このボーイのご機嫌を取ろうとする。その靴もカラーも清潔できちんとしているし、髪の毛のカットの仕方、なでつけ方、オイルの用い方は映画俳優にでも似合いそうだった。クライドははじめから、服装に関してはドイルの趣味に完全に魅了された――すっきりした茶色の制服、帽子に、それと調和するネクタイにソックス。ぼくもちょうどあんな茶色のベルトのついたコートを着なくちゃ。茶色のキャップに、仕立てのいいほれぼれするような服にしなくちゃ。

同様に、最初にクライドにここの仕事の手ほどきをしてくれたあのほかならぬ若者――ヘグランド――も、似ていなくもないとはいえ別な影響を与えた。ヘグランドは、ベルボーイのなかで年齢も経験も先輩格にあたり、ホテルの厳格な就業規則にしばられない場面では明朗闊達、無鉄砲にさえなるので、他の者たちに対する影響力がかなり大きかった。学校教育もまともに受けていないし、あまり美男でもなかったけれど、貪欲で溌剌とした性格――加えて、金銭や快楽の面における物惜しみしない姿勢や、ドイルもラッタラーもキンセラも及びもつかない勇気、たくましさ、大胆さ――ときには理性をほぼ完全に捨てたようなたくましさや大胆さ――をそなえているので、クライドを引きつけ、大いに魅了した。しばらく経ってからヘグランド自身がクライドに語ったことによると、スウェーデンから移民してきたパン職人の息子であり、数年前ジャージーシティで父親に捨てられた母親は、その日暮らしで露命をつなぐしかなくなった。そのためオスカーも妹マーサも、ろくな教育を受けたり、ちゃんとした社会経験を積んだりしたこともなく育った。それどころかオスカー・ヘグランドは、十四歳で貨車にただ乗りしてジャージーシティから出てくると、それ以来精一杯の自活をしてきたのだった。それでクライドと同様、自分のまわりで渦巻いていると思える快楽を片っ端からものにしたいとたわいもなく熱中し、あらゆる方面で冒険に乗り出していくのだったが、クライドのようにビクビクと後患を恐れたりはしなかった。また、ヘグランドにはスパーサーという名の友だちがあって、これはカンザスシティのある金持ちの雇われ運転手をしている、ちょっと年上の若者だった。そしてときどき車をうまく無断で拝借してきて、ヘグランドにへつらっては、あちこちちょっとしたドライブに連れていってくれた。こんなご奉仕を受けてヘグランドは、そんなことすると公序良俗に反し不正になるのかもしれないとしても、自分がとてもいいやつで、他の連中よりもよっぽど重んじられているという気分になれたし、連中から見ても輝かしい人物に見えたのだったが、実はそんな輝きなど見かけよりも空疎だった。

ヘグランドはドイルほど美男子でなかったから、女の子に目をかけてもらうのが容易でなかったし、うまく引っかけることのできた子の魅力や格も、ドイルの女たちと同じというわけにはいかなかった。それでもつきあうところまでこぎ着けた相手ができたことをやけにひけらかし、相手の女の子についてずいぶん吹聴した。その話をクライドは、経験が足りないために他の連中よりも本気で受けとった。そのためにヘグランドは、ほとんどはじめからクライドが気に入っていた。喜んで耳を傾けてくれる聴き手が見つかったと思ってのことだ。

だからときどきベンチで隣にクライドが居合わせたりすると、教育を授けてくれるのだった。カンザスシティは暮らし方さえ覚えればいい街だぞ。よそでも働いたことはあるけど――バッファロー、クリーヴランド、デトロイト、セントルイスなんかで――ここにやってくる前にな。でもどこもここほど気に入らなかった。だいたいは、他の土地ではここほどうまくやれなかったからだけのことなのに――そんな理由をそのときはわざわざ明かしはしなかったけれども。皿洗い、洗車係、鉛管工見習い、その他いろいろな仕事をしてきたあげく、ようやくバッファローでホテルの仕事を手ほどきされたのだ。あそこで働いていたんだけど、そのうち、今はここにもいなくなったある男に勧められてカンザスシティにやってきたのさ。だけどここにきてみたら、

「なんとまあ、このホテルのチップはなあ、どこでもらえるのより多いだよ。確かさ。さらにもっといいことには、ここに勤めてるのはみんないい人だよ。こっちがちっとばかり何かしてやったら、向こうもちゃんとやってくれらあ。おれ、ここに勤めだしてもう一年以上にもなったけど、不満なんかひとつもねぇ。あのスクワイアズっていうやつ、こっちが迷惑かけねぇかぎり大丈夫だよ。きびしいけど、あいつだって自分の身だいじなんだから――自然なことさ。けど理由もなく人を首にしたりしねぇよ。それもおれにはわかるだよ。それに他の連中だって問題ねぇ。それに仕事が引けりゃ、あとは自分の時間になる。ここの仲間ときたら、みんないいやつばかりさ。いかさま師もいなけりゃ、しみったれもいねぇ。何か始まったら――お楽しみか何かには全員参加――ほとんど一人残らずだ。それに、ことがうまくいかなくなっても、しらっぱくれたり、ふてくされたりするやつなんかもいねぇ。おれにはそれがわかってる。もう何度もいっしょにやってきただから」

クライドがへグランドから与えられた印象では、ここの若者たちはみんな最良の友人――親友――だということになる。ドイルだけは別で、ちょっとよそよそしいけれど、冷たいというわけではない。「あいつ、あんまり大勢の女に追っかけまわされてるからな、それだけのことだよ」それに、ときにはみんないっしょにあちこちに出かけるとのこと――ダンスホール、食事会、川の近くにあるどこかの賭博場、どこかの盛り場――「ケート・スウィーニーの店」――カワイ子ちゃんがいるところ――等など、かつてクライドの耳にしたこともないようなものごとにみちた世界だ。そんな話を聞くにつけ、そんなところで得られそうな知恵や魅力や愉しみについて、考え込み、夢想し、疑問を感じ、悩み、自問しはじめる――自分に関するかぎりそんなところに出入りするのが

許されるかどうかということも。生まれてからこれまでずっと、こういうことについて別な教えを吹き込まれてきたではないか。これほど耳を澄ませて聞いている話にクライドは、はじめからしまいまでぞくぞくするような興奮とともに重大な疑問をかき立てられた。

それにまたトマス・ラッタラーがいた。誰だって一見して、相手に敵意や怖さを感じさせそうもない人間だと言えそうなタイプだった。身長五フィート四インチしかなく、小肥りで、髪の毛が黒く肌は浅黒い男の子。水のように透きとおった、じつに温かみのある目をしている。クライドはあとで知ったことだが、この子も得体の知れない家族に生まれ育ち、それゆえに社会的ないし経済的な取り柄には何も恵まれなかった。しかし一種の風格があって、ボーイ仲間みんなから好かれていた――それだからほとんど何ごとにつけても相談を持ちかけられた。ウィチタ生まれで近年カンザスシティに引っ越してきて、妹と二人で寡婦の母親を支えている。二人がまだ幼く人間形成のさなかにあった頃見せつけられてきたのは、二人が心底好きだったとても人がよくて思いやり深い母が、不実な父に踏みつけにされ、虐待されるさまだった。食べるものに事欠いた日々もあった。一度ならず、家賃滞納で追い立てを食ったこともあった。トミーも妹もあちこちの公立小学校を転々として、ひとつの学校にちゃんと落ち着けたためしはなかった。トミーはとうとう十四歳で出奔し、カンザスシティにきていろんな半端仕事しているうちに、グリーンデヴィッドソンに潜り込むことに成功した。その後、ウィチタからカンザスシティに引っ越してきていた母、妹と再会して、同居するようになったのである。

だがクライドに深い影響を与えたのは、ホテルの奢侈や、クライドにもあっさりと、しかし正確につかめるようになってきた性癖のある、このような仲間たちにもまして、つぎからつぎに転がり込んできてズボンの右ポケットに小さな塊になっていく小銭だった――十セント玉、五セント玉、二十五セント玉、そしてときには半ドル玉さえ混じっている。はじめての日でさえ増えに増え続け、九時にはポケットに四ドル以上たまって、仕事が引ける十二時には六ドル半を越えていた――それまでの一週間分の稼ぎに等しい。

しかもそのなかから一ドルを、すでに教わっていたように、スクワイアズさんにあげるだけでいい――それだけでいい、とヘグランドは言ってた——そして残りの五ドル半は、一夜の興味深い——そう、楽しくて心躍るような——仕事の報酬として自分のものになるのだ。ほとんど信じられないくらいだ。おとぎ話のようで、ほんとにアラジンになったみたい。でも、あの最初の日のきっかり十二時にどこかでゴングが鳴ったと思ったら——足音がしてボーイが三人あらわれる——ひとりはバーンズさんと交替してデスクの前に立つ、あとの二人はお呼びがかかるのを待つ。するとバーンズさんの指揮で、ベンチにいた八人は命じられるまま立ち上がり、服装を正すと整列行進して退出した。それからロビーの外の控え室で、出がけにスクワイアズさんに近づいていき、一ドル銀貨を渡した。「これでいいんだ」とスクワイアズさんは言った。それだけだった。それからクライドは他の連中といっしょにロッカー室へ降りていき、着替えをして、暗くなった街路に出た。ツキがまわってきたぞと感じ、これからもこの幸運を手放さないように気を引き締めなければという思いで、身体が震えるほどの興奮を覚える——目がくらむような気さえする。

はてさて、ほんとにこんな職をついに手に入れたんだ、なんて思うと。毎日こんなに稼げるのかもしれない、なんて考えるだけで。家に向かって歩きはじめながら、最初は睡眠を取って明日の仕事に差し支えないようにしなければならないと考えた。しかし、翌日ホテルに戻るのは十一時半まででいいと思い出すと、つい終夜営業の安食堂にさまよいこんでいき、コーヒーとパイをとった。それで考えていることと言えば、明日は正午から六時まで働くだけでよく、あとはつぎの日朝六時まで自由になれるということだけ。こうなったらもっと稼ぐんだ。自分の好きなように使える金をしこたま。

第八章

はじめのうちクライドが何よりも頭を絞ったのは、自分が稼ぐことになるこれだけのお金を、できれば大半とっておくにはどうすればいいかということだった。というのも、自分が働いて稼ぐようになってからずっと、収入のかなりの部分――それまでありついてきたもっと安い給料の少なくとも四分の三は――家の生計を助けるために出すのが当然と思われてきたからだ。だがこうなると収入は、一週間に少なくとも二十五ドルかそれ以上になる――しかも一ヶ月十五ドルの給料および食事とはまったく別に――などと知らせたりしたら、両親はきっと十ドルないし十二ドルは出してくれるものと期待するだろう。

だが、ずいぶん前から、いい身なりをした男の子のほかの誰にも負けないような魅力のある格好を自分もしたいという欲望に取りつかれてきたから、その機会が見えてきた以上、まず自分の懐を肥やしたい、それもなるべくとっととやってしまいたいという誘惑に逆らうことができなかった。そこでクライドは母親に、自分がもらうチップは全部で一日一ドルにしかならないと言うことにした。さらに、余暇を好きなように使うための行動の自由を確保するために、一日おきに長時間勤務が求められることに加えて、病気になったり他の部署にまわされたりするボーイの代わりをせよと言われることも多い、と伝えた。それからまた、ボーイたちはみんな、ホテルの中ではもちろん外でもきちんとした格好をするように支配人から求められている、とも説明した。いつまでも今着てるような服を着てホテルに行くわけにはいかないんだ。クライドが言うには、スクワイアズさんからもそれとなく言われているし。でも、ホテルの仲間のなかからまるで助太刀があらわれたみたいに、必要なもの全部分割払いで買える店があるって教えてくれるやつがいてね。

それに母親もこういった事柄にはあまりにも疎かったから、クライドの言うことを信じてしまった。

だが、それだけではなかった。クライドが日々接するようになった若者には、世間というものやこういう生活にともなっている奢侈や悪習の経験が豊富で、ある種の放蕩や悪習の手ほどきはとっくに受けているタイプが多かった。クライドがそれまで知りもしなかったし、はじめは肝をつぶして嫌悪感さえかき立てられたような悪さにふけっているのだ。だから、ヘグランドから聞かされてきたとおり、クライドが加わりだしたグループの一部の者たちは結託して、たいていは月給日の翌日に繰り出す定期的な冒険に乗り出すのであった。その行き先は、そのときの気分や金回り次第だけれども、少しは名が知られているとはいえ評判があまりいいとは言えない終夜営業レストラン二軒のうちのどちらかになるのがふつうだった。クライドが連中の話からだんだん察しをつけたように、集団でときには夜遅くまで飲みながらの派手な夕食を楽しみ、それから繁華街のダンスホールに行って女の子を拾いに行くか、それがみんなの気に入りそこねた場合は、どこかの悪名高い――あるいは連中としては名高いと言いたいかもしれない――娼館にしけこむ。下宿屋の体裁をつけているのがはなはだ多いが、じつは、手持ちの金よりずっと安上がりに、連中の表現によれば「その店のどんな女とでもやる」ことができるようなところだ。それにこういうところでこの連中は、若くて、世間知らずで、金遣いが荒くて、そろって愛想のいい好男子であると見抜かれているので、大いに持てるし、こういう店のマダムや女の子たちからやけにちやほやされるのがお定まり。女たちはもちろん営業上の理由からそうするのであって、気を引いてまたきてもらおうという魂胆である。

それに、自分のそれまでの生活があまりにもわびしく、ほぼいかなる種類の快楽にもあまりに飢えていたものだから、クライドは冒険や快楽のにおいがすることならどんな話にも、熱心すぎるほど耳を傾けた。このようなタイプの冒険をよしとしたわけではない。ほんとうのところはじめのうちは、ずっと長年これまで聞かされ信じるように言われてきたすべてと真っ向から食い違っていると見えるだけに、こんなことは気に障るし、滅入らされた。にもかかわらず、これまで育てられてきた環境で従事させられてきた、あのむさくるしく抑圧にみちたおつとめから、これほど急激に放免され変化にさらされた結果、こういう話を聞けば、そこに匂わされている多彩で華やかなものへのうずくような憧れを抱かずにいられなかった。耳に入ってくる話に、ときには内心非を打ちながらも共感を寄せ、夢中になって耳を傾けた。それで、クライドがそれほど共鳴しなついてくれるのを見てとった仲間たちのなかから、あちらこちらへ誘ってくれる者がぼちぼち出てきた――芝居へ、レストランへ、二、三人といっしょにカード・ゲームを楽しむために誰かの家へ連れていってくれる。ゆくゆくは、クライドがはじめのうちは断固として拒絶していた、あのいかがわしい店にさえも。とくに好感が持てたヘグランドとラッタラーの二人と仲がよくなっていくうち次第に、陽気な夕食会に――フリッセルで、二人の言い方では「どんちゃんパーティ」というのをやるからと――誘われたりするようになると、行くことにした。

「明日の夜、月一でやってるおれたちのどんちゃんパーティ、フリッセルでやることになってるんだけど、クライド、いっしょにくる気はないかい。まだきたことないだろ」とラッタラーが声をかけてくれたのだった。

その頃にはクライドも、こんな熱っぽい雰囲気に慣れてきていたから、最初の頃のように危ぶむ気はさらさらなかった。というのも、ドイルをしげしげと観察して上達してきたおしゃれではお手本を真似て、師匠のとなるべく似ている新しい茶色の制服、キャップ、コート、ソックス、ネクタイピン、靴を身につけ、ビシッと決めるようになっていたからだ。またじつ、その服装はよく似合っていた――抜群にはまっている――あまりにも様になっていて、生まれてはじめてと言ってもいいくらいの好男子ぶりを発揮しはじめ、両親ばかりでなく弟や妹も、その変化に少なからずびっくりし、唖然とさえさせられた。

どうしてクライドはこんなに急に颯爽《さっそう》たる美男子になったのか。身につけているものの値は全部でいくら位だろうか。こんな一時的な体裁のために、ほんとうは無分別なほどの金額を給料から前借りしているのではないか。将来必要になるお金かもしれないのに。他の子どもたちだって何かと買ってもらいたいものがあるのに。それに、こんなに長時間働かせ、毎日こんなに遅くまで帰宅させず、しかも給料がこんなに低いなんて、そんなところの道徳的精神的雰囲気は、勤め先としてどうなのかしら。

こんな疑問にクライドは、自分としてはなかなかうまく答えていた。何ごとも最善をめざしてやっていることであって、こき使われてなんかいない。服だってまったくどうってことないものなんだ――母さん、他の子たちを見たらいいよ。ぼくは金遣いが荒いわけじゃない。それに、とにかく、買ったものはどれも長期の分割払いになってるんだから。

だが、今度はこの夕食会だ。これは別の問題だ。クライド自身にとってもこれまでどおりとはいかなかった。さまざまな思いがわき上がってきた。こいつが予想どおり夜遅くまで続いたら、そんなに遅くまで出かけていたことを母さんや父さんにどう説明したらいいのか。ラッタラーが言ってたけど、とにかく三時か四時まで続くかもしれないって。もちろん、いつでもぼくだけ抜け出してもいいって言うけど。でも、そんなことしたらどう見られるだろうか、みんなを裏切るようなこと。それにしてもしゃくだなあ。ぼくみたいに家で暮らしているやつなんかほとんどいないんだから。ラッタラーみたいに家に住んでても、親たちは子どもが何してるかなんて気にしたりしないんだから。でもやっぱり、あんな深夜の夕食会だなんて――まずいんじゃないかな。あいつらみんな酒飲んで、何とも思ってない――ヘグランド、ラッタラー、キンセラ、シール、みんなそうだ。こういうときにみんなと同じに少しばかり飲んだからといって、ものすごく危険だなんて考えるぼくが愚かということになるに違いない。それに、飲みたくなかったら飲まなくてもいいというのも確かだ。行ってもかまうもんか。家で何か言われたら、遅くまで仕事があってと言ってやる。たまに遅くまで留守にしたからって、別にどうってことはないさ。ぼくだってもう大人じゃないか。家族の誰よりも稼いでるじゃないか。それなのに、好きなように振舞いだしたらいけないというのか。

クライドは個人的な自由の喜びを覚えだしていた――甘い私的なロマンスの香りを嗅ぎつけだしていた――それで、母からいかなる忠告をされても引き留められはしなくなっていた。

第九章

そんな次第で興味津々たる晩餐会がクライドも出席しておこなわれることになった。場所はラッタラーが言っていたとおり、フリッセルの店だった。クライドもその頃はもうあの連中と陽気につきあえるようになっていたから、その会のことをごく快活な気分で受けとめるようになっていた。現在の自分のあらたな暮らしを考えてもみろ。ほんの二、三週間前までぼくは孤独だった。この世に男の友だち一人もなく、男の子の知り合いすらほとんどいなかったんだから！　だけどこうして、こんなにもあっという間に、あのおもしろい連中といっしょにこのけっこうな晩餐会に行くことになるなんて。

そして青春の幻想にたぶらかされた目には、店はじっさいよりもはるかに風情のあるところに見えた。じつは、昔ながらのアメリカン・スタイル焼き肉屋にしては高級な程度の店にすぎなかった。壁には俳優や女優のサイン入り写真がべたべた、芝居の広告の古いのや新しいのと並べて貼ってある。それに、現支配人の愛想がいいだけでなく、料理もだいたいは上等だったから、旅まわりの俳優、政治家、地元の実業家、さらにはその取り巻き連中のたまり場として、少しでもめずらしいものに出会えそうなところにいつも行きたがる者たちの贔屓《ひいき》の店になっていた。

それで、ここが町中でいちばんの店だと、ときどき辻馬車の御者やタクシーの運転手から聞いていたボーイ仲間は、自分たちの月一の晩餐会にここを使おうと決めたのだ。どの料理もひと皿六十セントから一ドルはした。コーヒーやティーはポットでしか出してくれない。酒類は何でも注文できる。メーン・ルームに入っていくと左側に、照明を落として天井を低くし、暖炉のついた部屋があり、そこには食後、男性だけが入っていって、腰かけたり、タバコを吹かしたり、新聞を読んだりする。そしてボーイ連中は、この部屋にこそぞっこん惚れ込んでいたのである。ここで食事をすると、何となく老けて、思慮深くなり、貫禄もつくような気がしてくる――本物の世慣れた人みたい。それで、クライドが敬意を寄せるようになっていたラッタラーもヘグランドも、他の者たちも、これほどいい店はカンザスシティのどこにも他にないと満足げに語ってくれた。

というわけでこの日、正午に月給を受け取り、六時には仕事が終わって夜の街へ繰り出せるようになると、みんなはホテルの外のドラッグストアに近い街角に集まった。クライドがはじめに求職にきたあのドラッグストアである。そして、うきうきとして黙っていられないような気分で出発した――ヘグランド、ラッタラー、ポール・シール、それからもう一人の若者デーヴィス・ヒグビー、およびアーサー・キンセラとクライドである。

この集団が歩きだすとヘグランドは誰に言うともなくしゃべりはじめた。「昨日ホテルの事務室がセントルイスからきた野郎に引っかけられたって話、聞いたかい。この前の土曜日セントルイスからの電報で、居間と寝室とバスルームの続き部屋、予約がきただよ、夫婦で泊まるってな。部屋に花飾っておいてくれ、なんてね。キー係のジミーからちょっと聞いたんだけどね。それで野郎、ここにやってきて、自分と女のこと夫婦だなんて記帳してさ、わかるか。けど、ヤベエんだ、女はしゃぶりつきたくなるようなカワイ子ちゃんときた。おれこの目でこの二人見ただよ。まあ、あんたら、話聞けよ。それで水曜日になったらな、もう三泊になっちゃてるから事務室のやつらもちょっと変だって思いはじめただよ——食事はいつもルームサービスとったりしてたし——野郎は降りてきて、妻はセントルイスに帰らなきゃならなくなったなんて言いやがる。だからもうスイートはいらねえからワンルームに替えてくれなんてね。だから、女房の列車が発つ時間までは、野郎のトランクや女房のバッグ、新しい部屋へ運んでおいてくれってね。だけど、トランクは野郎のなんかじゃねぇ、わかるか、女のものだったのさ。それに女は発つつもりなんかねぇ、そんな話聞いたこともなかったってわけ。ところが発つつもりでいたのは野郎だったのさ。それで野郎はトンズラ、わかるか。女とトランク、部屋に残してな。金は一文も残してなかったけどね、わかるか。それで事務室のやつら、女とトランク押さえてるけど、女は泣きわめくわ、知り合いに電報打つわさ。なにしろとんでもねぇ金額、払わなきゃならんだから。どうだい、あきれるだろ。花代も払うわけだし、バラなんかも買ってたし。ルームサービスでとった食事六回分と、野郎が注文した酒の代金もあるだよ」

「なに、そいつのことならおれも知ってるぜ」とポール・シールが叫んだ。「酒はおれ様が持っていってやったんだ。あの野郎にはどうもインチキくさいところがあると思ってたぜ。やけに口がうまくて、大風呂敷広げやがって。そのくせチップは十セント玉ひとつしか出さねぇんだから」

「おれもやつのことは覚えてるよ」と叫んだのはラッタラー。「月曜日にシカゴの新聞全部買ってこいっておれに言いつけておいて、チップは十セントだけだった。はったり野郎だなって思ったよ」

「フン、事務室のやつら、フロントで野郎にまんまと引っかかりやがっただよ」へグランドは話を引き取った。

「なのに、やつら、今度は女から搾りとろうとしてやがる。あきれるでねぇか」

「あの女、おれにはせいぜい十八かはたちぐらいにしか見えなかったけどな」それまで何も言わなかったアーサー・キンセラが口をはさんだ。

「クライド、あの二人のどっちかを見たかい」とラッタラーが訊いてくる。クライドに目をかけ、引き立ててやるために、何かと巻きこんでやろうとしてくれていた。

「いいや、そんな人たちは見てないと思うよ。どっちの顔の記憶もないもの」とクライドは答えた。

「そうか、そいつは惜しいことしたな。いい見ものを見そこねたぞ。背が高くて、長い黒のモーニングコート着て、つば広の黒いダービーハットを目深にかぶり、パールグレーのスパッツまでつけてたよ。はじめはイギリスの公爵か何かと思ったね。歩き方といい、ステッキまでついてやがるの。誰だってあんなイギリス人風吹かして、偉そうな話し方で、やたらと人に用を言いつけたりするだけでいいのさ。そしたら、まんまと人をたぶらかすことができるに決まってらあ」

「そのとおりだ」とデーヴィス・ヒグビーが応じた。「ありゃいい手だ、あのイギリス人式ってぇのはな。いつかおれもあれをちょっとやってみようかと思ってるんだ」

仲間はすでに街角を二つ曲がり、通りを二筋横断し、フリッセルに表玄関から隊列を組んで入っていった。すると目に飛び込んできたのは、照明を受けて光っている陶磁器や銀器、人びとの顔であり、食事をしている大勢の客から雑音やおしゃべりの声がどっと耳に入ってきた。クライドは度肝を抜かれてしまった。これは、グリーンデヴィッドソンを別にすれば、これまできたこともないようなところだ。しかも、こんなにものがわかっていて世間慣れした若い連中に連れてきてもらうなんて。

一行は、革張りの椅子がしつらえられている壁の前に据えられたテーブルに向かった。ウェイター長は、なじみの客であるラッタラー、ヘグランド、キンセラの顔を見ると、テーブルを二つつなげて並べ、バターとパンとグラスを持ってくるように手配してくれた。みんなはテーブルを囲んで席についた。壁を背にした席にはラッタラー、ヒグビーと並んでクライドが、その向かい側にはヘグランド、キンセラ、シールが座った。

「さあ、おれはまず、なじみのマンハッタンでいくぞ」ヘグランドがむさぼるように叫んで、部屋中の客を眺めわたしながら、ほんとうに自分もひとかどの人物であるかのような気分になっていた。日焼けして赤みがかった顔、鋭く青い眼、額からまっすぐ掻き上げた赤茶色の髪。図体が大きくてやけに威勢のいい雄鶏に似ていなくもなかった。

そして同様にアーサー・キンセラも、店に着くなり肩をそびやかし、自分が現に浴している栄光に酔いしれているようだった。これ見よがしに上着の袖をまくり上げながら、メニューをつかみ取り、裏のドリンクメニューに目を通して「そうさな、はじめはドライマティーニでいいや」と怒鳴った。

「そうか、おれはハイボールからいこう」ポール・シールはもったいぶって言いながら、肉料理のメニューを吟味している。

「今晩おれはあんたらみたいにカクテルはやらないぞ」とラッタラーは愛想よく主張したが、その声は控えめだった。「あまり飲まないってさっき言ったように、今晩は飲まないんだから。ライン産ワインのソーダ割り一杯程度がいいペースになると思うよ」

「おい、おい、みんな、今の聞いたか」とヘグランドがすまなそうに叫んだ。「こいつ、ライン産ワインから始めるだよ。いつだってマンハッタンが大好きだったやつがさ。いったいとつぜんどうしたんだい、トミー。今夜は楽しくやりたいって言ってたではねぇかい」

「やりたいさ」ラッタラーは言い返した。「だけど、店の酒平らげなければ楽しくやれないってわけでもないだろ。今夜は酔わないでいたいのさ。おれもバカでないから、朝にお目玉食らうのはもう無しにしたいのさ。この前はもう少しで欠勤するところだったんだからな」

「そりゃもっともだ」とアーサー・キンセラ。「おれだって正体なくなるまで飲みたいなんて思わないさ。だけど、今からそんな心配したりはしないね」

「おまえはどうするだよ、ヒグビー」ヘグランドは今度は丸い目をした相棒に声をかけた。

「おれもマンハッタンにするよ」と答えてからヒグビーは、かたわらにしたウェイターを見上げると、「景気はどうだい、デニス」と言った。

「まあ、悪くはないですね」とウェイター。「近ごろはそこそこってところで。ホテルのほうはどうです」

「上々さ」ヒグビーは朗らかに答えながら、メニューにあたっていた。

「じゃあ、グリフィス、あんたは。何とるだ」とヘグランドは声をかけた。他の者たちの代表として幹事役を演じ、注文したり勘定を支払ったりチップを出したりする役目を果たそうとしているのだ。

「誰、ぼくがかい。えっ、ぼく」クライドはこの質問に少なからず当惑した。それまで――じっさいこの瞬間まで――コーヒーやアイスクリーム・ソーダ程度の飲み物しか口にしたことがなかったからだ。こういう若い連中がカクテルやウィスキーを世慣れた様子でさっさと注文するのを見て、かなり尻込みしていた。ぼくにはあんなことなんかできそうもない。それは確かだ。でも、こういう場合にみんなが飲むことは、ずっと前から仲間との話を通じてわかっていたけど、どうすれば飲まずにすますことができるかなんてわからない。何か飲まなかったら何て思われることか。この連中の仲間になってからずっと、みんなと同じくらい世慣れた人間であると見られるように努力してきたというのに。しかしながら、自分の奥には、自分でもはっきり感じられるように、酒や悪友とのつきあいの「おそろしさ」についてさんざん刷り込まれてきた何年間もの蓄積がわだかまっていた。そして、これまで長年にわたって、両親がたえず引き合いに出す聖書の言葉や箴言にはほとんど常に内心ひそかに反逆し、両親がいつも救おうとしている役立たずや敗残者たちからなるボロ着の集団なんか、まったく無価値で甲斐性もないやつらだと憤慨してきたにもかかわらず、やっぱり今でも考え込み、躊躇しそうになってしまう。酒を飲むべきか、それとも飲まざるべきか。

こんな言葉が内心で飛び交うほんの一瞬のあいだクライドはうじうじしていたあげく、そのあと「ああ、ぼくね、えーと――ぼくもライン産ワインのソーダ割りにしようかな」と口に出した。これがいちばん簡単で安全な答えだと思ったからだ。ライン産ワインのソーダ割りが弱くて無害と言ってもいいくらいの飲み物であると、ヘグランドや他の者たちは断じていた。しかしながらラッタラーがそれを注文すると言っている――おかげで自分の選択も目立たないし、それほどおかしくもなさそうだ。

「みんな、聞いたかよ」とヘグランドは芝居がかって叫んだ。「こいつもライン産ワインのソーダ割りにするだってよ。この調子じゃこのパーティもきっと八時半にはお開きになるだよ。他の誰かが何かしてくれねぇかぎりはな」

するとデーヴィス・ヒグビーは、見かけよりもはるかに辛辣で騒々しい男だったから、ラッタラーに向かって「何でそんなに早々から、あんなライン産ワインのソーダ割りなんか飲むっちゅうんだよ、トム。今夜はおれたちに楽しんでもらいたくないっちゅうのかい」と言った。

「ええっ、何でかはもう言ったじゃん」とラッタラーは答えた。「おまけにおれは、この前あのショバに行ったとき、入るときに四十ドル持ってたのに出てきたときには一セントもなかったんだ。今度は、どうなってるのか見届けてやろうと思ってさ」

「あのショバだって」クライドはそれを聞いたときに思った。それじゃあ、この食事会のあと、みんなでさんざん食ったり飲んだりしてから、「ショバ」と呼ばれるところに行こうというのだな――ほんとうにいかがわしい店に。疑う余地はない――それが何を意味してるか、自分にもわかっている。そこには女たちがいるんだ――悪い女たちが――堕落した女たちが。そしてぼくもついていくものと――そんなことできるだろうか――するつもりか。

こうしてクライドは生まれてはじめて、あんなにも長年自分の前に立ちはだかり、魅惑し、困惑させ、それでいて少々怖がらせてもきた、あの強烈に引きつける神秘について、もっと正確に知りたいという欲望を満たせる選択ができる状況に、思いがけず投げこまれることになった。というのも、あの神秘や女性一般についてさんざん頭を悩ましてきたにもかかわらず、こんなふうに具体的に経験することなどこれまで一度もなかったからだ。

ところが今夜は――今夜は――

とつぜん背筋や体中をほてりや寒けが走り、かすかに身を震わせた。手や顔が熱くなったあと、ジトッと汗ばむ――それから頬や額が燃えるように紅潮する。それが自分にもわかる。心をそそりながらもかき乱すような、経験したこともない思いが、めまぐるしく入れ替わりながら、頭のなかを駆けめぐる。髪の毛の根もとからジンジンとしてきて、さまざまな絵図が浮かんでくる――淫猥な光景――それを脳裡からさっさと追い払おうとしても、空回りするだけ。すぐに甦ってくる。しかも甦ってくるのを自分でも期待している。とはいえ、望んでいるわけではない。しかもそのあいだじゅう、多少怖くなってもくる。チェッ！　ぼくには勇気というものがないのか。他の連中は、これから向かおうとしていることを予期しながら、びくともしていないじゃないか。やけに陽気だ。もうすでに、この前みんなでいっしょに行ったときに起きた何か滑稽な出来事についてたがいに笑い合ったり、からかい合ったりしている。だが、母さんがこのことを知ったらどう思うだろう。母さんだって！　こんなときに母さんのことも父さんのことも考えたりする気になれないし、考えないようにしようと心に決める。

「ああ、そう言えば、キンセラ」とヒグビーが呼びかけた。「パシフィック通りのあのショバにいた例の赤毛のチビ女、あんたにシカゴへ駆け落ちしようなんて言ったの覚えてるかい」

「覚えてるどころじゃないぜ」キンセラはおもしろがって答えると、ちょうど出てきたマティーニを手に取った。「おれにホテルの仕事なんか辞めて、何かの商売を始めさせてやりたいとも言いやがってさ。『あたしを捨てないでいてくれたら、あんたは働かなくてもまったくかまわないのよ』なんて言ったっけ」

「ああ、そりゃそうだろ。働かなくてもかまわねえだろさ、あっちのほう以外はな」とラッタラー。

ウェイターが自分のそばにソーダ割りライン産ワインのグラスを持ってきて置いてくれたので、クライドは聞いている話にすっかり興味をそそられて緊張し、心配になったり夢中になったりしていた勢いでグラスをとって口をつけてみたら、軽くて案外おいしかったから、一気に飲み干してしまった。しかしながら、思いが乱れていたせいか、自分が飲み干したなんてほとんど自覚していなかった。

「たいしたもんだな」とキンセラはきわめて感じ入ったような声をあげた。「そいつが好きなんだな」

「ああ、まずくはないよ」とクライドは言った。

するとヘグランドは、あっという間にグラスが空になったのを見て、クライドはこういう世界にはじめてやってきてうぶだから、励まし力づけてやらなければならないと思い、ウェイターを呼ぶと、手で口を隠しながらそっと「おい、ジェリー。こいつをもう一杯な。大きなグラスで持ってきてくれ」と言った。

そんなふうに晩餐会は進んでいった。そして十一時近くになってようやく連中の興味を引くようないろいろな話もタネがつきはじめた――過去の女関係、これまでやったことのある仕事、昔やってのけた離れ業の話だ。その頃までクライドには、この連中ひとりひとりについてじっくり考えてみる時間がかなり与えられた――そして、自分は連中に思われているほどうぶじゃないし、うぶだとしてもこの連中のたいていのやつらよりは少なくとも頭がいい、と思えるような気がしてきた――じつは知力では勝っていると。こいつらが何者だと言うんだ。やつらの望みは何だ。自分にだって見抜けるけど、ヘグランドなんて見栄っぱりで、騒がしく、愚かなやつだ――ちょっとおだてられるだけで引っかけられ、手なづけられるような人間じゃないか。それからヒグビーやキンセラ、どっちもおもしろくて魅力のある若人だけど、ぼくなら自慢したくもないようなことでうぬぼれてる――ヒグビーは自動車についてちょっぴり知識があるなんてことで――おじさんがこの業界にいるんだそうだ――キンセラときたら博才自慢、サイコロを振ることさえあるだなんて。また、ラッタラーとシールについて言えば、ちょっと前から見ていて感づいたことだが、二人ともベルボーイの仕事に満足している――これをただ続けていこうとしてるだけで、それ以外に何の野心もないのだ――こんな仕事、いつまでも興味をもち続けていられるなんて、ぼくには今でも考えられないのに。

同時にクライドは、自分がこれまで足を踏み入れたこともないところへ行こうと、みんなはいつ言いだすか、また、自分がこんなやり方でやるなどとは思うことすら自分に許してこなかったあのことをやろうなんて、いつ言いだすかという、あの難問を直視させられ、ちょっぴり不安に駆られてもいた。ここから出たら自分だけは失礼させてもらうほうがよくはないか。あるいは、連中がどちらへ向かおうともいっしょについて行って、どこかの街角でこっそり抜け出し、家に帰るほうがいいかもしれない。前に聞いたことがあるけど、まさにああいうところできわめて恐ろしい病気にかかることもあるという話じゃないか——それで、こんなふうにして口火をつけられた最低の悪習のために男たちがやがて惨めな死を迎えるだなんて。そんなことについて母さんのしていたお説教が聞こえてくるような気さえする——とはいっても、直接的な知識はいかなるものもほとんど与えられなかったけど。それにしてもここにいるこの連中は、そんな説教への反論みたいに、これからしようという気になっていることに対して、ちっとも不安なんか見せない。それどころか、あれこれ話題にしては、やけにはしゃいでおもしろがっている——それだけ。

げんにラッタラーは、クライドの言動によりも、その表情や質問したり傾聴したりするときの態度にほだされて、クライドがすっかり好きになっていたせいで、ときどき肘で脇腹をこづきながら、笑いまじりに問いかけてきた。「どうだい、クライド。今晩、筆おろしというわけか」それから露骨にニヤリとして見せた。あるいはクライドがときに黙り込んだり考え込んだりしているのに気づくと、こうからかった。「女たちだって噛みつく以上にひどいことなんかしないさ、クライド」

するとヘグランドは、ラッタラーの尻馬に乗り、たまには一流の自己讃美的な毒舌を控えて、こう付けくわえた。「あんたも人が変わったようになるだよ、クライド。みんなそうさ。でも、何か困ったことが起きたら、おれたちみんながあんたの味方になってやるからな」

そこでクライドは、ピリピリしてむかつき、言い返した。「へん、あんたたち、やめてくれよ。からかうのはよしてくれ。何もそんなに先輩面することないじゃないか」

するとラッタラーはヘグランドにそのへんにしておけと目で合図し、ときにクライドに小声でこう言ってくれたものだ。「まあ、いいじゃないか、きみ。怒ることないさ。ちょっとふざけてるだけなんだから」それでクライドは、ラッタラーに惹かれているだけに折れて、自分がほんとうに考えていることを顔に出すなんてバカな真似はしなければよかったのにと思った。

しかし十一時前にはついにおしゃべりも飲み食いも楽しみつくし、みんなはヘグランドを先頭に出かける用意もできた。そして、野卑でおおっぴらにはできない用事を果たそうとすることにともなう一種の厳粛さなどとは縁がなく、精神的、道徳的自己分析や自己批判とかにかかずらうどころか、まるで甘美なお楽しみに向かうだけみたいに、笑いさざめいていた。それどころか、クライドにとっては嫌悪を催しあきれてしまうようなことだったが、前にこの世界に足を踏み入れたときの思い出話に興じはじめた――ことに、みんな大いにおもしろがっているらしい話は、かつて行ったことのあるどこかのいわゆる「ショバ」に関するものらしい――「ベディーナ」という店だ。そこに最初に連れていってくれたのは、地元のもう一つのホテルのスタッフで名前を「ピンキー」ジョーンズという若者だった。この若造ともう一人のバーミンガムという名の男が、グテングテンに酔っ払ったヘグランドといっしょに、その店でとんでもない悪ふざけを演じて、危うく逮捕されそうになった――話を聞いていたクライドにとって、これだけの器量をもった、さわやかな風采の若人たちがどうしてそんなことをとしか思えないような乱痴気騒ぎ――ちょっと胸が悪くなりそうなくらい粗野でいやらしい馬鹿騒ぎだった。

「ワッハッハッ。そんで、二階の女、おれの出がけに水差しの水、ぶっかけてきやがったっけ」ヘグランドはさもおかしそうに笑いながら言った。

「それから、そいつを見物しに二階から戸口まで降りてきたあのデブッチョ野郎。覚えてるか」とキンセラが笑った。「火事か暴動でも起きたと思ったにちげえねえや」

「それに、あんたとあのチビの太ッチョ女、ピギーときたら。覚えてるか、ラッタラー」シールが笑いながらキーキー言ったが、むせてしまって話を続けられない。

「なに、ラッタラーったら、抱えてた女重くて、足クニャクニャしてただよ。ウェヘッヘッ！」とヘグランドがわめく。「それで、とうとう二人もろとも階段滑り落ちてきたときのざまったら」

「ありゃみんな貴様のせいだぞ、ヘグランド」と、キンセラと並んでいたヒグビーが怒鳴った。「貴様があのとりかえっこやろうなんて言いださなかったら、おれたち、追い出されたりしなかったんだ」

「おれは酔っ払ってたと言ってるんだよ」ラッタラーは言い張った。「あそこで飲まされた安酒のせいだったのさ」

「それからあのテキサスからきたっていう、でかい口髭はやしたひょろ高い野郎、忘れられないよな。あいつの笑いぶりったら」キンセラが言い添える。「あいつ、おれたちをたたき出す助太刀したりはしなかったよな、おぼえてるか」

「全員、表に放り出されるか、豚箱に入れられるかしなかったのは、不思議なくらいさ。ああ、ヤベ、大した夜だったよな！」ラッタラーが思い出にふけるように言った。

こんな打ち明け話を聞かされているうちにクライドは、気が遠くなってきそうだった。「とりかえっこ」その意味はあれのことだ、としか考えられない。

それなのに、ぼくもいっしょになってそんな放埒な真似をするものと思われてる。そんなこと無理だ。ぼくはそんな人間じゃない。こんなおぞましい話を聞いたら、母さんや父さんはどう思うだろうか。だけど――

一行はおしゃべりしているうちに、暗くて幅の広い道路に面した一軒の家に着いた。道路の歩道際には、両側一丁ほどにわたって、辻馬車やタクシーが点々と駐まっていた。ほんの少し離れた街角には、若い男が数人、立って話をしていた。道路をはさんでその向かい側にはもっと大勢いた。その先半丁も行かぬところで一行は、警官二人がぶらぶらしながら言葉を交わしているのと出くわした。どの窓にも、戸口の上の欄間窓にも明かりは見えないのに、妙に活発で派手な気運が立ちこめていると感じられた。この暗い通りからもそれが感じ取れる。タクシーが走りまわり、クラクションを鳴らすし、まだ現役で使われている昔風の箱形馬車が二台、窓のカーテンを引いたままあちこちへ動いていく。さらにドアがバタンと閉まる音がしたり、開いたり閉まったりする。それでときどき屋内のまばゆい光が戸外の暗がりをさっと貫いては消え、ふたたび暗がりが戻る。見上げると夜空に星がたくさんきらめいていた。

お目当てにたどり着いたところでヘグランドは、誰に言われたわけでもないのに、ヒグビーとシールを従えてこの家の玄関に通じる階段を昇っていき、呼び鈴を押した。それとほぼ同時にドアが開き、赤いドレスを着た黒人女に出迎えられた。「こんばんわ。さあ、お入りください」と愛想よくあいさつされる。六人は女を押しのけるように通り抜け、ずっしりとしたビロードのカーテンをかき分けて入っていった。狭い玄関の間に下がっていたカーテンをくぐり抜けた先は、内部の部屋に通じていた。クライドが入ってみると、明るく照明された何となくけばけばしい、ふつうの客間か応接室のような部屋で、壁にはヌードかセミヌードの女を描いた金縁額入りの絵や、丈の高い姿見の鏡が飾ってある。また、床には真っ赤な分厚い絨毯が敷いてあり、その上に金色に塗った椅子がいくつも並べてある。奥の真っ赤な壁掛けの前には、金色のアップライト・ピアノがある。だが、客も住人も、あの黒人女以外には誰も見当たらなかった。

「ちょっとおかけになってくださいまし！　お楽になさって。マダムを呼んでまいりますから」女は左手にある階段を駆け上がっていき、呼びはじめた。「ねえ、マリー！　セイディー！　キャロフイン！　客間にお若い紳士がたがお見えですよ」

そして一瞬も間をおかず、奥のドアから姿をあらわしたのは、背が高く、すらりとして、やや青ざめた顔色の、四十歳になるかならないかくらいの女性だった——いやに背筋をぴんと伸ばして、いやに事務的で、いやに頭のよさそうで、かつ優雅な顔つき——透けて見えるような生地でありながら控えめな服装。ややものうげながら人をそらさない微笑を浮かべながら、こう言った。「あら、なんと、オスカー、あなただったのね。それにあなたも、ポール。これはこれは！　ハーイ、デーヴィス！　どこでもいいから座ってお楽にしてちょうだいな、みなさん。ファニーがすぐにまいりますから。お飲み物を持ってまいりますわ。セント・ジョー〔ミズーリ州の中都市セント・ジョセフの略称〕から新しいピアニストを雇ったばかりですのよ——黒人なんです。聞いてみてくださいな。うまいんですから」

女性は奥の方へ戻っていき、「ねえ、サム！」と呼んだ。

そのあいだに、年齢も顔かたちもさまざまな女たちが九人、二十四、五を越えているのは一人もいないようだったが——奥の片側にある階段をどやどやと降りてきた。その服装ときたら、クライドがどこでも見たことのないような格好だった。そして女たちは降りてくるあいだもみんな笑いさざめいていた——見るからに不満など一つもなく、自分たちの身なりに恥じるところなんか一つもないようだった。その身なりときたら、クライドの見方ではじつに異様と思えるようなものもある。この上もなく派手で薄い閨房用ネグリジェから、同様に露出的ではあれ多少は地味なダンス用のガウンにいたるまで、多種多彩だった。それに女たちのタイプやサイズや肌の色もさまざまだった——細いのもいれば太めのも中肉もいる——背の高いのも低いのも——色黒、色白、その中間もそろっている。そして、ほんとうの年齢はどうであれ、みんな若く見える。それに思いやりにみちて、熱烈に歓迎してくれているような笑みを浮かべている。

「あーら、ちょいと、すてきな人！ ご機嫌いかが。あたしと踊らない？」とか、「何か飲みましょうよ」とか。

第十章

クライドは、この種のことすべてに反感を持つ気風や教えにとっぷり浸かってきたから、こんなことといっさい好きになれないつもりでいたのだが、素質がもともと官能的でロマンチックだったたし、性に関することとなると飢えていたので、嫌気がさすどころかすっかり蕩《とろ》かされてしまった。こういう女たちの姿態にたいていそなわっている肉体的豊満さは、その肉体を指揮している頭脳が鈍感でロマンスなどと無縁であるとしても、当座はクライドを引きつけてやまなかった。何と言っても目の前には、粗雑で肉欲に訴えるたぐいの美がさらけだされ、売りものとして並べられていたのだ。こういう女たちの誰に対しても、不快感や自己規制の抵抗を乗り越えなければならないなどという困難は感じなかった。そのうちの一人は、赤と黒の衣服をまとい、額に赤いリボンのヘアバンドをしており、ヒグビーとすっかりウマがあったみたいで、もういっしょに奥の部屋に行き、ピアノからたたき出されるえらく物狂おしいジャズに合わせてダンスを始めていた。

そしてラッタラーは、クライドにとって意外だったことに、すでに金塗りの椅子に座っていて、膝の上に、とびきり明るい色の髪と青い眼をした背の高い若い女を抱いていた。女はタバコを吹かしながら、ピアノのメロディに合わせて金色のパンプスでコツコツ拍子をとっている。クライドにとっては、じつにはなはだあっけにとられるような、アラジンの世界めいた光景だった。また、ヘグランドと言えば、目の前にドイツ系かスカンジナビア系の女を立たせていた。ぽっちゃりしてかわいらしい女で、両手を腰に当てて肘を張り、脚を開いて突っ立っている。そして問いただしている――声が高くなっているのがクライドにもわかった。「今晩はあたしと寝るの?」だがヘグランドはどうやらこんな誘いがあまり気に入らなかったみたいで、何も言わずに首を横に振った。それで女はキンセラのほうへ移っていった。

そしてクライドがそんな光景を目にして思案しているうちにも、なかなか魅力的なブロンド女が椅子を引き寄せてクライドのそばに持ってくると、それに座った。少なくとも二十四歳にはなっていたが、クライドにはもっと若く見えた。「ダンスしない?」と声をかけられ、クライドはたじろいで首を横に振った。「教えてあげるわよ」

「いや、こんなところで試してみたいなんて思わないね」

「あら、たやすいのよ。さあ、いらっしゃい!」だがクライドは、この女が自分に愛嬌を見せてくれたことにまんざらでもない気持ちになったものの、ダンスしようという素振りも見せないので、女は追いかけるように「じゃあ、何か飲まない?」と言った。

「いいね」とクライドは男らしく振る舞うつもりで同意した。すると相手は、ウェイトレス役をつとめるために戻ってきたさっきの若い黒人女に合図し、たちまち小さなテーブルが二人の前に据えられて、その上にはウィスキーのボトルとソーダが並んでいた――その眺めにクライドはびっくりし、ほとんど口もきけなくなるほどあわててしまう。ポケットには四十ドルあるけれど、ここの飲み物の値段は、他の連中から聞いた話によると、一杯二ドルはくだらないそうだ。それにしても、ぼくがこんな女にそんなに高い酒をおごるなんて、考えてもみるがいい! だって家では母さんや妹や弟たちが食うにも困っているというのに。しかしながら何杯かは買ってやってお金を払った。そうしながらも感じていたのは、放蕩とまでは言えなくてもぞっとするような浪費をする羽目になってしまったけれど、ことここにいたってはやり通すしかないということだった。

それによく見ると、この子はほんとにきれいだ、とクライドは思った。デルフト・ブルー［オランダのデルフト陶器に用いられる青色］のビロード生地でできた夜会服を着て、それにマッチしたパンプスとストッキングをはいている。耳にはブルーのイヤリングをつけ、首や肩や腕はむっちり、すべすべしている。何よりも戸惑いを覚えたのは、女の着ているものの襟ぐりがやけに低くまでカットしてあることだった――そのあたりに目をやることができやしない――頬や唇には紅をさしてある――それは緋色の女［淫婦の意。「黙示録」一七・四参照］の確かなしるしじゃないか。けれどもこの子はあまり押しつけがましくなく、むしろごく人間的な感じがする。女はクライドの深みがあっておずおずした黒い眼にちょっと興味がありそうに、たえずのぞき込んでくる。

「あなたもグリーンデヴィッドソンに勤めてるの」と女が訊いた。

「そうだよ」クライドはこんなことがはじめてでないみたいに振る舞おうとしながら答えた――あたかもこんなところでこういう場面を何度も見たことがあるかのごとく。「何でわかったのさ」

「そんなこと。オスカー・ヘグランドとは顔なじみなんだもの。たまにここに遊びにくるの。あの人はお友達？」

「そうだよ。いや、あのホテルの同僚なんだ」

「でも、あなた、ここにはこれまできたことないわね」

「ああ」とクライドはすぐに答えたが、何となく腑に落ちない気がした。ぼくがこれまできたことないなんて、何で言うんだろう。

「そうだと思った。他の子たちはたいてい前に見たことあるけど、あなたは見たことなかったもの。あのホテルに勤めだしてあまり長くないんでしょう」

「ああ」とクライド。このやりとりが少々気に障ってきた。話すにつれて眉や額の皮膚が上下に動く――神経質になったり考え込んだりするといつも無意識に起きる、身体の一部の伸縮運動なのである。「だからどうだっていうんだ」

「あら、別に。長くないってあたしにはわかったというだけよ。あなた、ああいう他の子たちとはあまり似てないのだもの――違って見える」女は奇妙な、ちょっと取り入るような微笑みを浮かべた。クライドにはどう受けとめればいいのか解しかねる微笑みだった。

「どんなふうに違うんだい」まじめに食ってかからんばかりの調子で問いながら、グラスを取りあげてぐっと飲んだ。

「ひとつだけ賭けてもいいわ」女は質問をまったく無視して、話を続けた。「あなた、あたしみたいな女の子があまり好きじゃないんでしょ」

「なに、そんなことない。ぼくだって」逃げ腰の言い方だった。

「いいえ、そうよ。好きじゃないんだわ。あたしにはわかるんだから。でもあたし、やっぱりあなたが好きよ。眼が好きなの。あの連中とは似ていない。もっとどこか品がある。あたしにはわかる。あなたは違ってるのよ」

「さあ、どうかな」と答えたクライドは、おだてに乗せられすっかりうれしくなった。さっきと同じように額にしわがあらわれたり消えたりする。この女は確かに、ぼくが思っていたほど悪女でないのかもしれない。他の女たちよりも頭がいい――もう少し品がある。着てるものもそれほど下品じゃない。それに、ヘグランド、ヒグビー、キンセラ、ラッタラーについた女たちみたいに、ぼくにしなだれかかったりしてこない。一行はほとんど全員、部屋のあちこちにある椅子や長いすに座っていて、膝には女の子を載せている。そしてそれぞれのカップルの前には、ウィスキーのボトルを載せた小さなテーブルが据えられていた。

「おい、あいつもウィスキー飲んでるぜ」キンセラがクライドのほうをちらりと見やりながら、誰にともなく声をかけた。

「ねえ、あたしを怖がらなくてもいいのよ」と女が話しつづけていた。クライドはその腕や首、それに、あまりにもむき出しの胸をちらちらと盗み見ていた。それでゾクッとくるけれども、引きつけられる。「あたし、この仕事に就いてあまり経ってないのよ。それに、これまで降りかかってきたような不運な目に会いさえしなかったら、こんなところにいるはずないの。できれば家族といっしょに家で暮らしたい人間なのよ。ただ今のところ家族は受け入れてくれないのよ」女は神妙に目を伏せていたが、頭のなかではクライドのことを、何て世間知らずなぼんくらなんだろうなどと考えている——ほんとに気の利かない野暮なんだから。それから考えていたのは、この子がポケットから取り出したお金のこと——大した額って一目でわかったわ。それからまた、この子はなんて美男子なんだろうとも考えていた。ハンサムとかたくましいとか言えないにしても、感じはいい。またクライドがこの瞬間に考えていたのは、エスタのことだった。姉さんはどこに行っちまったのか、どこにいるんだろう。どんな運命に見舞われているだろう——誰にもわからない。どんな目に遭わされていることか。この女も、もしかすると姉さんが嘗めたのと同様の不幸な経験をしてきたのではないだろうか。クライドは幾分大げさと言えるかもしれないような強い同情の念がわき上がってくるのを感じ、「かわいそうに」と言わぬばかりの目つきで女を見た。しかしその場で同情の言葉をかけたり、身の上を尋ねたりするほどの自信は持てなかった。

「こういうところに遊びにくるあなたたちみたいな人はいつも、誰に対してもとっても厳しい見方をするのね。あなたたちがどんなふうに考えてるか、わかってる。でも、あたしたち、あなたが思ってるほど悪い女ではないわよ」

クライドの額はまたしわができたり、伸びたりした。もしかしたらこの子はぼくが考えていたほど悪くないのかもしれない。低俗な女であることに疑いはない——堕落している、けれどきれいだ。じっさい、ときどき部屋を見まわしてみても、この子以上にぼくの惹かれる女はいない。それに、ぼくのこと、他の連中よりも好きだって思ってくれてる——もっと品があるだなんて——この子にはそれがわかったんだ。お世辞が忘れられなかった。やがて女はクライドのグラスを満たし、いっしょに飲もうと勧めた。その頃別のグループの若者たちが到着した——すると別の女の子たちが奥の秘密めいた出入り口からあらわれて、新規の客を迎えた——ヘグランド、ラッタラー、キンセラ、ヒグビーは、クライドの見ている間に姿を消し、ずっしりしたカーテンで客間から遮られている奥の階段を昇っていった。そして他の客が入ってきたからか、女はクライドを、照明を薄暗くしてある奥の部屋に連れて行き、長椅子に座らせた。

　こうして長椅子に座ると女はぴったり寄りそい、手を握り、しまいには腕をからませながら身体を押しつけてきた。そして、二階の部屋はきれいに飾り付けしてあるので見にいかないかと誘った。それでクライドは、自分だけが取り残されていると気づいたし――いっしょにきた連中で自分を観察している者は一人もいなくなってるし――この女は思いやり深そうに自分にすがってくれてるし、手を引かれるまま、あのカーテンで遮られていた奥の階段を昇っていき、ピンクとブルーの色調でしつらえられた小さな部屋のなかに入った。その間も、自分がやってるのは非道で危険なことだし、悲惨な結果に終わっても当然なのではないか、などと思い惑っていた。何かぞっとするような病気にかかるかもしれん。とても払いきれないような額を請求されるかもしれん。女が怖かった――自分が怖かった――ほんとうは何もかも怖い――すっかり神経質になって、いろいろな不安と良心の呵責のためにほとんど口もきけない。それでもクライドはついていった。背後でドアがロックされる音がしたと思ったら、欲望をそそるような丸みを帯びて優美な身体つきのこのヴィーナスは、部屋に入ったとたんに向き直ってクライドを抱きしめた。それから平然と縦長の鏡に全身を映し、自分にもクライドにも見えるようにしながら服を脱ぎはじめた。……

第十一章

　この初体験がクライドに及ぼした影響は、こんな世界にあまりにも縁がなく足を踏み入れたこともない人間に生じると予想されえたとおりのものであった。あんなところに結局行き着かせ、誘惑に屈する羽目に陥らせる原因となった、あの強烈な好奇心や欲望が根深いところに潜んでいたにせよ、クライドは、道徳的な戒律にあれほど長年慣れ親しんできたために、また、特有の美意識から生じる過敏な潔癖症に取りつかれているために、やっぱりあんなことはすべて、疑問の余地なく堕落に通じる罪深い行為だったと見なさないではいられなかった。父さんや母さんがこんなことは下劣で恥ずべきおこないだと説教したのは、おそらく正しいのだろう。それにしても、あの心躍るような体験やそれを可能にしてくれるあの世界は、いったん過去のものになってしまうと、一種どぎつい異教的な麗しさや俗悪な魅力で輝いているように見える。それで、別のもっと興味深いものごとがあらわれてあの輝きを少しでも打ち消してくれないかぎり、やむにやまれずあれを思い返しては大いに食指を動かし、喜悦を覚えさえした。

そのうえクライドがたえず思い続けていたことに、もう稼げるだけの金を自分の自由にしているのだから、自分の好きなところへ行き、好きなことをすることもできるのだ。自分が望まないかぎりあの店にはもう行かなくてもいいけれど、あれほど低俗でない別の店なら行くことも可能だ——もっと品があるところに。もう二度とあんな連中といっしょに出かけたくなんかない。決まったひとりの女とどこかで遊びたい。そういう女が見つけられたらいいが。シーバリングやドイルがつきあっているところを見かけたこともある、ああいうたぐいの女なら。そういうわけでクライドは、あの夜あれほど悩ましい思いを経験したにもかかわらず、あの初体験の場は御免だとしても、新たに覚えたこの快楽を追求することにはたちまち心を奪われてしまった。できればドイルのように、自分だけのものにできるような身の軽い異教的な女をどこかで見つけなけりゃ。そういう女に金をつぎ込むんだ。その方面で満足のゆく手段を調達してくれるような機会があらわれるまで、待ってなんかいられそうもなかった。

だが、この頃クライドにとってもっと関心があり、目的にもかなっていた事実は、ヘグランドもラッタラーも、クライドがひそかに自分たちに対する優越感を抱いていることを嗅ぎつけたにもかかわらず、いや、もしかしたらそれゆえにこそ、クライドに少なからず興味をもつようになり、自分たちが思いついた遊びや楽しみに誘って仲間にしようとしはじめたことである。じっさい、あのはじめて夜遊びに同行したあと間もなく、ラッタラーはクライドを家に招いた。ラッタラーの家での生活は、クライドにもすぐ見てとれたように、自分の家とはまったく違っていた。グリフィス家では何ごとも謹厳で慎み深く、教条と信仰の圧力を感じている者に特有の静穏に包まれている。ラッタラーの家ではまさにその正反対だった。ラッタラーがいっしょに暮らしている母親と妹は、何か特定の宗教を信仰していないにしても、道徳的観念を何らもたないというわけでないが、人生に対する見方がたいへん大らかで、道学者なら弛緩していると見たであろう。その家では、道徳的に厳格だったり口うるさかったりする建前なんか薬にするほども見られなかった。それだから、ラッタラーも二歳年下の妹ルイーズも、ほぼ自分の好きなように行動するようになり、そのことを別にあまり気にもしていない。とはいえこの妹は、賢いのか個性が強いのか、誰にでも身をまかせるような真似はしたがらなかった。

以上のような事情のなかでおもしろいところは、多少の品をそなえていると自負していたクライドが、そのせいでこんな家庭におおかた猜疑のまなざしを向けていたにもかかわらず、そこに見られる生活風景や自由さにやはり引きつけられたことである。少なくともこういう人たちといっしょにいると自分も、かつて行ったこともないところに行けるし、やったこともないことができるし、なったこともないような人間にもなれる。そしてとりわけありがたくも啓発してもらえた――いや、ちょっとおぼつかないながらも解放してもらえたことに――自分と同じ年頃の娘たちに対する、自身の魅力ないし牽引力について感じていた不安や自信不足からの脱却を果たせた。何しろ、最近へグランドや他の連中に引っ張られて色欲の殿堂に初見参したというのに、この頃でもまだ自分には女に対する手管や魅力が欠けていると信じていたのだ。女が近くにいるとかそばに寄ってきたとかいうだけで、精神的にたじろいでしまい、そわそわして寒けを感じたり、心臓がバクバクしたり、多少は身につけていた話術や、他の若者たちが見せるような気取ったおふざけを忘れてしまう。ところが、ラッタラーの家を訪ねてみて間もなくわかってきたことに、こんな内気さや自信のなさを克服できないか試してみる機会にたっぷり恵まれるようになった。

というのは、そこがラッタラーとその妹の友人たちが集まってくる場所であり、誰もが人生について多かれ少なかれ同じ態度を有していたからだ。そこではダンスやカード遊びや、かなりおおっぴらで恥じらいを知らぬ恋愛ごっこが続けられていた。実のところ、品行や道徳に放漫で無関心になれる親がいるなんてクライドには想像もつかなかったが、どうやらラッタラー夫人はそうらしかった。ラッタラー夫人の家庭で見られるような、男女が気楽に友愛を交わす場面を母親が黙認するなんて、クライドには想像することもできなかった。

　そして間もなく、ラッタラーから何度か親切に招待されたおかげで、クライドもいつの間にかこの集まりの一員になっていた――ある観点――この連中が抱いているものの考え方とか、話すときの言葉遣いの下品さ――から見れば、クライドの軽蔑しているような連中の集まりなのだが。別の観点――連中の自由闊達さ、社交の企画を立てるときに発揮する熱意――からすれば、惹かれるところもあった。なぜなら、連中といっしょにいて、自分がその気になり、勇気を奮い起こすことさえできれば、はじめて自分の女を持てるようになれそうだったからだ。そして程なくそれこそ、ラッタラーやその妹や友人たちの善意あふれる支援を受けたおかげもあって、クライドが達成しようと取り組みはじめた目標になった。それどころか、その取り組みは、クライドがラッタラー家をはじめて訪れたときに開始されたのである。

　ルイーズ・ラッタラーは衣料品店で働いていて、帰宅が遅くなり、夕食の時間に間に合わなくなることがよくあった。そのときも七時まで姿を見せず、それに合わせて家族も夕食を遅らせていた。そのあいだにルイーズの女友だちが二人、ルイーズに何か相談するためにやってきてみると、ルイーズが留守でラッタラーとクライドが在宅していたわけである。そこで二人は家に上がり込み、クライドやその真新しい身なりに一目置いて、関心を示した。クライドは女の子に飢えていると同時に女の子から尻込みしているものだから、内心ビクビクしながら超然と構えていた。女の子たちはそれを優越感からくる自信のあらわれと誤解した。その結果、二人はこの態度に引っかかって、自分たちがほんとはいかに味のある女であるか見せてやろうという気になった――クライドをたらし込もうというわけ――まさにそれにほかならない。そしてクライドは、二人の粗野な快活さや厚かましさにすっかり引きつけられてしまった――だからそのうちの一人、ホーテンス・ブリッグズという女の魅力にたちまちとらわれた。ルイーズと同じくどこかの大きな店のぞんざいな店員にすぎなかったが、かわいらしく、黒目黒髪の、自信たっぷりの子だった。とはいえ、この子には下品で俗悪なところが多々あるということは、クライドにもはじめからわかった――恋人にしたいと夢想していたタイプの女性とは、えらくかけ離れているな。

「あら、お帰りはまだ?」ホーテンスはラッタラーに迎えられるまま先に立って入ってくるとそう言いながら、表の窓の近くに立って外を見ているクライドに目をくれた。「まずいわね。まあ、ちょっと待たせてもらわなきゃならないわね、かまわないかしら」最後の言葉は、自分たちがいて嫌がる人なんかいるものですか、とあからさまに言っているに等しい切り口上の尊大な口調だった。そしてただちに、食堂の火のない火床を飾っている黄土色のマントルピースの上にある鏡の前に行き、髪を整えたり、自分の姿に見とれたりしはじめた。すると連れのグレタ・ミラーがこう言い足した。「あら、まあ、ほんとに、まずかったかしら。ルイーズが帰るまで、あたしたちを追い出したりしないでね。ご馳走になりにきたんじゃないの。お宅の夕食はとっくにすんでると思ったのよ」

「どこでそんな言い方覚えてきた――『追い出す』なんて」とラッタラーは皮肉っぽく答えた。「まるであんたたち二人を、出ていく気がなくても追い出そうなんてやつがいるみたいじゃないか。まあ、すわって、蓄音機でも何でもかけてくれよ。めしは間もなくできあがるし、ルイーズだって今にも帰ってくるからさ」そう言ってから食堂へ戻って、読んでいた新聞のところに行こうとしたが、その前にちょっと足を止めてクライドを紹介した。するとクライドは、二人の女の見た目や態度に気圧され、とつぜん甲板もないような小舟に乗せられて海図も持たずに大海へ投げ出されたような気がした。

「あら、あたしに食べろなんて言わないでよ!」とグレタ・ミラーは大きな声をあげた。クライドが狙う価値のある獲物かどうか内心で値踏みをしているみたいに冷静にクライドを観察していたが、価値があるという結論に落ち着いた。「あたしたち、今晩、アイスクリームだの、ケーキだの、パイだの、サンドイッチだの食べなきゃならないのに。ルイーズにあまり腹一杯食べたりしないようにって言いにきたところなの。キティー・キーンがお誕生生パーティ開くのよ、知ってるでしょ、トム。それで大きなケーキや何か用意してるの。あなたもくるんでしょう、あとで」そう言い終えながら、クライドがいっしょにきてくれるかもしれないと当て込んだ。

「そんなこと、考えていなかったたな」とラッタラーは平然と言った。「おれとクライドは夕食終えたらショーを見にいこうって思ってたんだ」

「まあ、馬鹿みたい」ホーテンス・ブリッグズが口をはさんだ。何よりも、グレタに集まっている注目を奪って自分に引きつけようとしてのことだった。まだ鏡の前にいたが、くるりと振り向くと、みんなに、とりわけクライドに艶っぽい微笑みを投げかけた。グレタがクライドに狙いをつけだしていると思ったからだ。「ダンスに行けそうだというのに。そんなことしようなんてアホみたいだって言うのよ」

「そうだろうさ。あんたたち三人はダンスしか頭にないんだから――あんたたちとルイーズときたらな」とラッタラーは言い返した。「不思議だね、たまに身体を休めもしないんだから。おれなんか一日中立ってるから、たまには座りたくなるのさ」ときにはやけに身も蓋もない言い方をすることもできる男だった。

「あら、座るなんてまっぴらよ」と言ったグレタ・ミラーは、気取った微笑みを見せながら、左足を滑らせてダンスするような仕草をした。「今週はこの先、ずっとデート続きの予定なんだから。ああ、ヤバイ!」目と眉をつり上げながら、芝居がかって両手を胸の前で組み合わせた。「ほんとにぞっとするくらいよね。この冬行かなきゃなんないダンスのこと思ったら、ねえ、ホーテンス。木曜の夜も、金曜の夜も、土曜の夜も、日曜の夜も」おちゃめに指折り数えてみせる。「まあ、ヤバイ! ほんとにぞっとするわ」クライドに訴えて同情を請うような笑みを投げかける。「先だっての夜、あたしたちどこに行ったかわかる、トム。ルイーズとラルフ・ソープ、ホーテンスとバート・ゲトラー、それにあたしとウィリー・バシックとで――ウェブスター街のペグレーンに行ったのよ。ああ、あんたにも見せたかったわ、あそこにワンサカ集まっていた人たち。サム・シェーファーやティリー・バーンズもいたのよ。朝四時まで踊ったわ。膝が折れるかと思ったくらい。あんなにくたびれたのいつ以来かしら」

「ああ、スゴかったわね!」ホーテンスが自分の番だとばかり、芝居気たっぷりに両腕を振り上げながら割り込む。「つぎの日の朝、仕事を始められそうもないと思ったわ。お客さんが動きまわっているのもろくに見分けがつけられないくらいだった。おまけにお母さんの口うるさかったこと! ヤバイ! まだがみがみ言い続けてるんだから。土曜や日曜ならたいしてうるさく言わないんだけど、週日の夜、つぎの日の朝は七時に起きなきゃなんない夜となるとね――ヤバイのよ――うるさいったら！」

「でも、わたしだってお母様の言うとおりだと思いますよ」と言ったのはラッタラー夫人、ちょどそのときポテトの入った皿とパンを持って入ってきたところだった。「もう少し身体を休めないと、あなた方二人もルイーズも病気になってしまいますよ。いつもあの子に言ってるの、もう少し睡眠をとらないと、仕事続けることもできなくなるし、身体ももたなくなるよって。でも、こっちの言うことなんかトムと同じくらいにしか聞き入れてくれない、つまりぜんぜん聞いてくれないってことよ」

「えーっ、なに、ぼくみたいな男にいつも早く家に帰ってこいなんて期待するのは無理だよ、母ちゃん」それ以上ラッタラーは何も言わなかった。ホーテンス・ブリッグズが補足するように言った。「ヤバイ。一晩でも家にいなきゃなんないとしたら、あたし、死んじゃう。一日中働いてるんだもの、ちっとは楽しまなくちゃ」

なんて気安い家庭なんだ、とクライドは思った。ほんとに大らかで無頓着だ。それにこの二人の女の子のセクシーで陽気な振る舞いときたら。なのにこの子たちの親は、そんなこと何とも思ってないに違いない。このホーテンス・ブリッグズのようなかわいい女の子を自分のものにできさえしたらなあ。あんなかわいく色っぽい唇をして、キラキラ光るきつい目なざしの子を。

「週に二回早寝するだけであたし大丈夫なんだから」グレタ・ミラーはおちゃめっぽく言い放った。「お父さんたらあたしのこと頭がおかしいなんて言うんだけど、それ以上寝たらかえって体壊しちゃいそう」言葉遣いが下卑ていても、おどけて笑うその顔は、クライドにはたまらない魅力を放つ。まさにここに青春と人なつっこさ、自由と人生謳歌があふれているではないか。

ちょうどそのとき玄関のドアが開き、ルイーズ・ラッタラーがせかせかと入ってきた。中肉中背、すらりとして生気あふれる小娘で、裏地が赤いケープを羽織り、ブルーのやわらかなフェルト製ハットを目深にかぶっていた。兄とは違って、きびきびと活動的で、他の娘たちよりもしなやかであり、かわいらしさでも負けていない。

「あら、あんたたちここにきてたの！」と大きな声で言った。「お二人ともお早いお帰りね、あたし負けたわ。だけどこっちは今夜、売上簿に手違いがあると言われて居残りさせられたのよ。それで会計室まで行く羽目になって。でも、ぜったい、あたしのミスじゃなかった。向こうがあたしの字読み違えたくせに」そこではじめてクライドに気づいて、断言した。「あたしぜったい、この人誰だか知ってる――グリフィスさんでしょ。トムがさんざんあなたの噂してたんだもの。どうしてもっと早く連れてこないのかって思ってたのよ」それでクライドはすっかり丸め込まれ、自分ももっと早くお邪魔したかったのだが、とか何とかもぐもぐ言った。

だが二人の訪問者は、ルイーズといっしょに表側の小さな寝室に引っ込んで相談していたが、やがてまた姿をあらわし、いたく口説かれるので、などと言い、ほんとは口説かれる必要もなかったくせに理由をつけてとどまることにしたと。するとクライドは、女の子たちがいるものだから、すごく興奮して活気づいた――好ましい印象を与えて、この場で仲間として迎え入れてもらおうと懸命になった。また三人の女の子たちも、クライドを好ましいと見るようになっていたので、愛嬌たっぷりに接してくれたから、クライドは生まれてはじめて異性に気安く応じて、口がきけるようになれた。

「あたしたちあなたに、あまり食べ過ぎないようにって注意するためにきたところだったのよ」とグレタ・ミラーはルイーズに向かって言った。「それなのに、ほら、また食べようとしてるんだから」さもおかしそうに笑って言う。「キティのところでもみんなでパイやケーキや何やかや食べようって言うんでしょ」

「あら、ヤバイ、おまけにダンスすることにもなってるのよ。まあ、神様お助け、ぐらいしか言えないわね」とホーテンスが嘴《くちばし》を入れる。

クライドから見てその口の独特のかわいらしさは、微笑んだときのつぼめ方と相まって、すっかりうっとりさせ、見ほれさせてくれる。じつに楽しげに見える――すてきだ。げんにそのあおりを食ってクライドは生唾を呑み込み、飲みかけたコーヒーになかばむせてしまった。そのあげくに笑いだし、自分でも押さえきれないほど陽気になった。

その瞬間にホーテンスはクライドに「ほら、あたしおかしなこと言ったものだから」と言った。

「いや、ぼくがやられたのはそれだけじゃありませんよ」クライドは、とつぜん頭が冴えてきたと感じ、考えもパッと浮かぶし、勇気も湧いてきた。ホーテンスのあおりを食ったおかげで急に大胆になり、ちょっと愚かしいとはいえ勇敢な一言を付けくわえた。「うーん、こんなふうにきれいな顔に囲まれて、何かくらくらしてしまったんです」

「わあ、ヤベ。ここでそんなに早々と弱みを見せたらだめだよ、クライド」とラッタラーはニヤニヤしながら注意した。「こいつら、したたかなんだから、自分の好きなところへ連れていってもらおうとあんたを追っかけはじめるぞ。はじめからそんなふうじゃいけないよ」すると案の定、ルイーズ・ラッタラーは兄がたった今言ったことにたじろぎもせず、こう言った。「ダンスなさるんでしょう、グリフィスさん」

「いえ、しません」と答えたクライドは、この質問のために急に現実に引き戻されて、この連中のなかではこれが障碍になりそうだと思うと、残念でたまらなくなった。「でも今じゃほんとに、踊れたらよかったのにって思ってるんです」と雄々しく、また訴えるような調子で言い足すと、まずホーテンスを見やり、それからグレタ・ミラーとルイーズに目を向けた。だが、この視線の動きに誰もが気づかないふりをしたのに、ホーテンスはくすぐったくなるほどの勝利感に浸った。自分としては大してクライドに惹かれているとは思えなかったが、こんなふうに他の女の子たちをやすやすと格好よく出し抜いてやれたのはいい気持ちだったのだ。そして他の者たちもそのことを感じとっていた。「残念だわね」と言ったホーテンスは、自分がこの男の子に好かれているとわかるかもしれないのに、あなたとトムもね。キティのところじゃダンスするのが主になりそうなんだもの」

かったので、あとはどうでもいいかのように優越感にふけった。「もし踊れたら、あたしたちといっしょに行けるかもしれないのに、あなたとトムもね。キティのところじゃダンスするのが主になりそうなんだもの」

クライドはたちまちがっくりきて、顔にもそれがあらわれた。ここにいる女の子たちのなかで自分がもっとも惹かれているこの子が、こんなにもあっさりと自分や自分の夢や欲望に門前払いを食らわせるなんて、それもぼくが踊れないからというだけで、だなんて思うだに。こんな目に遭うのも、ぼくが受けてきたいまいましい家庭教育のせいなんだ。しつけられ、欺かれてきたような気がする。ダンスができないなんて、きっととんでもない野暮天に見えるに違いない。それにルイーズ・ラッタラーもちょっと困って、突き放すような様子に見えた。だがそこで、グレタ・ミラーが、クライドにはホーテンスほど気に入られていなかったのに、救いの手をさしのべ、こう言ってくれた。「あら、覚えるのはたいして難しくないわよ。もしよかったら、夕食のあとで二、三分あたしが教えてあげる。それで、行きたいとこには、とにかく行けるようになるから」

クライドはありがたいと思い、礼を言った――ここであろうとどこであろうと機会を得しだい習おうと決心した。こうなる前に何でダンス・スクールに行かなかったんだろう、と思った。それにしても、何よりも痛いと感じられたのは、ホーテンスが好きだと打ち明けたも同然となった今になって、どうでもよさそうな態度を見せられたことだった。もしかしたら、さっき話に出ていたバート・ゲトラーというやつのせいかもしれない。そいつといっしょにダンスに行ったという。そいつのためにこの子はぼくに見向きもしてくれないんだ。そう、ぼくはいつもこんなふうに落ちこぼれになるんだ。ああ、ヤバイな！

ところが夕食がすんだとたん、まだみんながおしゃべりしているのに、最初にダンスのレコードをかけ、両手を広げて近づいてきてくれたのは、ホーテンスだった。こうすることで、ライバルに引けをとることのないようにしようとしたのだ。クライドにとくに興味をもったり惹かれたりしたわけではない。少なくとも、グレタのように世話を焼いてやろうとする程も気にかけていなかった。だけど、友だちといえどもこんなやり方で出し抜こうというつもりなら、その機先を制してやるのもいいじゃん。というわけで、こんな態度の変化をクライドが誤解し、この子は自分が思っていた以上に自分を気に入ってくれてたんだ、などとうぬぼれだしている一方、ホーテンスはクライドの手をとりながら、この人、いやに恥ずかしがり屋ね、と考えていた。それでも、相手の右腕を自分の腰にまわさせ、左手で自分の手を握らせて肩に置かせ、たがいの足に注意を向けさせて、ダンスの初歩的な動きをいくつか教えはじめた。だが、クライドはあまりに意気込みすぎ、ありがたがる――その懸命なことと言ったら滑稽なくらい――だからホーテンスはクライドがあまり好きになれず、ちょっと野暮ったいし、おさなすぎると思った。反面、助けてやりたいと思わせるような魅力があるとも思った。そして間もなくクライドも、ホーテンスについてわけなく動きまわれるようになった――そのあとでグレタと組み、つぎにルイーズと組んで踊ってみたが、相手がホーテンスならいいのにという気がいつもするのだった。こうしてついには、その気があるならどこにでも行けるだけの上達を遂げた、と言ってもらえるまでになった。

さてこうなるとクライドは、ホーテンスのそばにいたい、またいっしょにダンスできるようになりたいという思いに駆られるあまり、ほかならぬあのバート・ゲトラーをはじめとする若者が三人、女の子たちをエスコートするためにあらわれたにもかかわらず、また、さっきはラッタラーといっしょに劇場に行く約束をしていたのに、ほんとうは他の連中についていきたいという気持ちがいかに強いか、そぶりにあらわさないではいられなかった――それがあまりに甚だしかったから、ラッタラーもついに折れて、劇場に行く案をあきらめることにした。間もなく一行は出発したが、クライドは、ゲトラーと連れだっていくホーテンスとはいっしょに歩けないことがつらくて、そのためにこのライバルを憎んだ。それでもルイーズとグレタに失礼のないように振る舞い、二人の娘たちも気遣いをしてくれたので、気まずい思いはしなくてすんだ。ラッタラーはクライドのえこひいきぶりに気づき、ちょっとの間二人だけになったときに、こう言った。「あのホーテンス・ブリッグズにあまりのぼせないほうが身のためだぜ。誰ともまじめにつきあいそうもない女じゃないかとおれは思ってるんだ。あのゲトラーというやつも他のやつらも手玉にとりやがって。あんたをのぼせ上がらせるだけで、あんたは何ひとつ得るところなく捨てられることになるかもしれんぜ」

だがクライドは、この率直で善意にあふれた忠告を受けたにもかかわらず、あきらめる気にはなれなかった。一目見た瞬間から、魔法のような微笑み、身ごなしや若々しさの魔術や生気ゆえに、すっかり夢中になってしまい、もう一度あの微笑み、あるいはまなざし、あるいは握手がいただけるものなら、何でも捧げるし、何でもしてあげるつもりになっていた。しかも恨めしい事実として、クライドがつきあおうとしている娘は蛾と変わらず、何の自覚にも欠けていたし、自分の欲する歓楽も衣服も、同じ年頃か少し年上の男の子を利用して手に入れるのが便利でぼろい、などと考えはじめる段階にさしかかっていたのである。

パーティは、青春の発情期に見られるあのエネルギーの発散にすぎなかった。キティー・キーンの家は貧しい通りに面して、十二月で葉もついていない木々に囲まれた安っぽい小住宅にすぎなかった。だがクライドにとっては、とつぜん自分のなかで輝きだしたきれいな顔に情熱をかき立てられたおかげで、この家はロマンスそのものの色彩と美しさと華やかさをそなえていた。そしてそこで会った若い男女は――ラッタラー、ヘグランド、ホーテンスと同じタイプ――自分のものになるなら魂を売ってもいいとクライドには思えるような、あんな精力、気楽さ、ずうずうしさの権化にほかならないような連中だった。しかも奇妙なことに、クライドは何となくビクビクしていたくせに、新しい仲間に迎えられたせいか、その陽気な騒ぎにしっくり溶け込んでしまった。

そしてこの場でクライドは、これまで見たこともなかったのが幸運だったとも不運だったとも言えそうなタイプの、若い男女の振る舞いを目にすることになった。たとえば、ルイーズやホーテンスやグレタが平気の平左で自信たっぷりにふけってみせてくれる、官能的なダンスがあった。同時に多くの青年はヒップフラスク〔尻ポケットに入れる平たい小さな酒瓶〕にウィスキーを入れて持ち込んで、自分が飲むだけでなく他の者たちにも飲ませていた――相手が男であろうが女であろうがおかまいなしだ。

これが理由であろうが、その場の浮かれ騒ぎはいよいよ盛り上がり、みんなはますます遠慮がなくなってきた――たがいにいちゃいちゃする――ホーテンス、ルイーズ、グレタも例外ではない。ときには喧嘩も起きる。クライドが見ていると、どうやらあたりまえと見なされているらしいことに、ドアのかげで男の子が女の子を抱きしめたり、どこか人目につかない片隅で椅子に座った男の子が膝の上に女の子を載せていたりしている。ソファの上でいっしょに寝て甘い言葉をささやいたりしても、女の子が喜んでいることに疑問の余地もなかった。そしてホーテンスはと見れば、さすがにソファに寝ることまでするのは見かけなかったものの、ためらいもなくいろいろな男の膝の上に座ったり、ドアのかげでささやき合ったりしてるのが、クライドの目に入った。そのためしばらくはがっかりするとともに腹も立ってきて、もうあの女にかかわったりすることはできないし、そのつもりもないと思った――あまりにも安っぽくて、俗悪で、思いやりのないやつだ。

同時に、勧められるままにいろんな酒を飲んだので――世間知らずと思われたくなかったからだが――ついにはいつものクライドらしくないような勇敢で大胆な気持ちになって、ホーテンスに対して、あまりにもふしだらな振る舞いをやめてくれと、なかば嘆願するような、なかばなじるような挙に出た。

「あんた、ふしだらじゃないか。相手かまわずからかい合ったりして」そう言ったのは、一時過ぎに二人でダンスをしている最中のことだった。ウィルキンズという名の青年が弾く、お世辞にもいい調子とは言えないようなピアノの曲に合わせて踊っていたのだ。ホーテンスは愛想のいい媚びを含んだ態度で、クライドに新しいステップを教えてやろうとしていたところだったが、おかしがるとともに官能を刺激するような顔つきになった。

「どういう意味、ふしだらって。あたし、わかんない」

「へえ、そうかい」クライドはちょっと不機嫌になったが、それでもほんとうの気持ちを隠そうとして作り笑いを浮かべた。「噂は聞いたよ。誰にでもちょっかいかけるんだって」

「あら、そう」きっとなって答える。「まあ、あなたにはあまりちょっかいかけなかったわよね」

「まあまあ、腹立てないで」クライドはなかば懇願し、なかば叱るような調子で言った。もしかしたらやり過ぎて、元も子もなくすかもしれないと恐れていた。「別に本気で言ったわけじゃないんだ。ここの連中が大勢あんたに言い寄ってくるのをあんたが許していることは否定しないだろ。とにかくみんなあなたが好きらしいね」

「あら、そうね、もちろんみんな、あたしが好きなんだと思うわ。そんなこと、あたしにはどうしようもないでしょう」

「そうか、ひとつ言っておくけど」クライドは自慢げに、また激情に駆られて口走った。「ぼくはあんたのためなら、あんなやつらよりもずっとたんまりおごってやってもいいんだぜ。金ならもってるからね」ついさっきから念頭を占めていたのは、ポケットにぬくぬくおさまっている五十五ドル分のお札だった。

「さあ、どうかしら」ホーテンスは、このゲンナマ提供に等しい申し出に少なからずそそられるとともに、自分には、若い男ならほとんど誰でもこんなふうに夢中にさせることができるという事実を確認できて、気分が少なからず昂揚した。ほんとうはお馬鹿な頭の弱い小娘で、自分の魅力に酔いしれ、鏡と見れば必ずのぞき込んで自分の眼や髪や首や手や体形にほれぼれとし、独特の魅惑的な微笑の練習をしてみるような子だ。

同時に、クライドがとことんうぶながら、見た目にかなり好男子であるという事実には、少なからず心を動かされてもいた。そんな初々しい男をからかうのが好きだった。この子を見てると、ちょっと馬鹿みたいと思える。でも、グリーンデヴィッドソンに勤めていて、身なりはいいし、言ってるとおりのお金をちゃんと持っていて、それをあたしのために使う気だというのは疑うまでもない。あたしの大好きな連中のなかには、お金のない人もいるのに。

「お金を持ってて、あたしにおごりたいって言ってる人はごまんといるのよ」ホーテンスは頭をつんと持ち上げ、まぶたをパチパチさせて、再度すましきった笑顔をしてみせた。

すぐにクライドの表情が曇る。この子の表情の魔術にはたまらない。クライドの額の皮膚が縮んだり伸びたりする。その眼は欲情と怨みにらんらんと燃え、人生や貧困に対して昔から募らせてきた憤懣があらわになる。この女が言うことはきっとすべて事実なんだろう。もっと金があって、もっとおごってやれる他のやつらがいるんだ。自分は見得を切って馬鹿面さらしたりしてたんで、この女は嗤《わら》ってるんだな。

一瞬間《ま》をおいてからクライドは弱々しく言葉を継いだ。「そりゃそうだろねえ。でも、ぼくぐらいあんたに惚れ込んでる人はいないだろ」

この言葉の、打算を越えた真率さにはぐっときた。やっぱりこの人、それほど悪い人じゃないわ。二人は音楽が続くなか、優雅に踊りながら室内を滑るように移動していた。

「まあ、でもね、あたし、どこでもここでするみたいにふしだらな真似するわけじゃないのよ。ここにきてる子たちはみんなたがいになじみの人たちなの。いつもいっしょに遊びまわってるんですもの。ここで目にしたこと気にしちゃだめよ」

ホーテンスはうまくごまかそうとしていたが、それでもクライドにとっては慰めになった。「ヤバイや、あんたがやさしくさえしてくれたら、何だってあげるよ」捨て鉢ながら我を忘れて懇願する。「あんたほどぼくがほしいと思った子には会ったことがないんだ。あんた、すごいよ。ぼくはあんたが好きで気が狂いそうなんだ。いっしょにどこかへ夕食にいって、そのあとでショーを見にいかないかい。明日の晩か、それとも日曜日はどう。その二晩はぼくの非番なんだ。他の日の夜は勤めがあってね」

ホーテンスははじめのうちためらっていた。今さらながら、この交際を続けたいのかどうか、自分でもはっきりわからなかったからだ。他の人たちはどうあれ、ゲトラーのこともあるし、みんな嫉妬深くて、目を光らせてるんだもの。この人がおごってくれたって、この人に煩わされたくないと思うようになるかもしれない。この人、今でも気負いすぎてるし、足手まといになるかもしれないわ。同時にホーテンスは、男たらしが生まれついてのたちだったから、クライドを手放すことなどできそうもなかった。グレタかルイーズのものにされてしまうかもしれないじゃないの。この結果ホーテンスはとうとう、つぎの火曜日に会う手はずにした。でも、家にきてもらうわけにも、今夜、家まで送ってもらうわけにもいかない――今夜のエスコート役はゲトラーさんに決まってるんですもの。でもその代わり、つぎの火曜日、六時半には、グリーンデヴィッドソンの近くでね。そこでクライドは、まずフリッセルで食事をして、それから、わずか二丁先のリビー劇場に行って「コルセア」［一八八七年エドワード・エヴェレット・ライス作のコメディ］というミュージカルを見るという約束をしたのだった。

第十二章

さて、こんな接触など取るに足らないと思われる向きもあろうが、クライドにとっては限りなく重要であった。このときまで、こんなに魅力があって、しかも自分に見向きしてくれた、あるいは見向きしてくれたと想像できるような女の子には、会ったこともなかった。ところが今やそういう子が見つかったのだ。そしてこの子はきれいだし、夕食とショーにつきあってくれるだけの関心を示してくれた。なるほど、この子はふしだらかもしれないし、誰に対してもほんとうは誠実でないかもしれないし、はじめのうちはおそらく自分にだけ関心を寄せてくれるなんて期待できないであろうが、誰が知るものか――先々どうなるかなんて誰にもわからないじゃん。

そして、約束にたがわずつぎの火曜日ホーテンスは、グリーンデヴィッドソンの近くのワイアンドット街十四丁目の角まで会いにきてくれた。クライドはすっかり興奮し、うれしくなり、舞い上がって、ごちゃごちゃになってしまった思いや感情をきちんと整理することもほとんどできなくなっていた。それでも、自分が相手にふさわしい男であることを見せようとして、奇抜なくらいにめかし込んでいた――髪はポマードで固め、蝶ネクタイ、真新しい絹のマフラー、ぴかぴかの茶色の靴を目立たせるような絹のソックスを身につけている。この日のために特別に新調したのである。

だが、ホーテンスと再会してみると、そんな身だしなみに意味を認めてくれたのかどうか、わからなかった。というのも、ホーテンスにとって興味があるのは結局、自分自身がどう見えるかであって、クライドの風采ではなかったからだ。それだけでない、この娘は――それも手管のひとつか――わざと七時近くまで待たせたのだ。この遅刻のおかげでクライドはしばらく失意のどん底を嘗めさせられた。だって、あの子はぼくと再会する前にやっぱり、ぼくなんかに気がなく、二度と会いたくないと判断したとしたら。そりゃ、それならあの子なしでやっていくほかない、当然だ。だけどそれじゃ、ぼくはもうちゃんとした服が着られるようになったし、そのための金を払えるようにもなったのに、あの子のようなきれいな娘の気を引くほどの男ではないと証明されたようなものじゃないか。恋人であろうとなかろうと、きれいでない女なんか相手にするもんかと心に決めてるんだ。ラッタラーやヘグランドは、つきあう女に魅力があるかないか、気にしてないみたいだけど、ぼくにとってそれは情熱をかけた目標だ。あまり人目も引かない女で我慢するなんて考えただけで、吐き気がしてくる。

それにしてもぼくは今、暗い街角にこうして立っている――まわりにはたくさんのネオンサインや明かりが輝きを放ち、無数の歩行者があちらこちらへと道を急ぎ、目ざす歓楽や逢い引きへの期待が顔に書かれているような者も少なくない——それなのに、自分は独りぼっち、引き返してどこか別のところへ向かうしかないかもしれない——ひとりで食事して、ひとりで劇場に行って、ひとりで帰宅して、朝はまた勤めに出ることになるんだ。自分は敗者だと結論しかけたそのときに、少し遠くの群集のなかからホーテンスの顔と姿が見えてきた。黒いビロードのジャケットに赤茶色の襟と袖口をあしらい、同じ素材のふっくらして丸いスコッチ風ベレー帽で片側に赤い革製バックルがついたのをかぶって、格好よく装っていた。また、頰や唇には薄く紅をさしていた。それに眼はキラキラさせていた。いつものように、自分に満足しきっているさまである。

「ハーイ、お元気。あたし遅刻しちゃったわね。仕方なかったのよ。わかるでしょ、別の男の子と約束してたの忘れてたのよ。お友だち——ヤバイんだ、やっぱりすてきな人でね。六時になってはじめてデート二つあったの思い出したの。まあ、あのとき、あたしどうかしてたのね。だから、どっちかを何とかしなけりゃならなかったわけ。あなたに電話して別の夜にデートしようって言おうとしたとたん、六時にはあなた職場にいないってこと思い出しちゃって。トムはいたためしがないんだもの。チャーリーならいつも、とにかく六時半まで、ときにはもっと遅くまで勤め先にいてくれるの。だからあの人、すてきなのよね——ふてくされたりなんかぜったいしないし。あの人も劇場や食事に連れていってくれることになってたの。オーフィア・ホテルの葉巻売り場の担当よ。だからあたし、あの人に電話しちゃった。そりゃ、あまり喜んじゃいなかったけど。別の夜に埋め合わせするからって話したの。そしたら、よかったでしょ。あなたのためにあたし、チャーリーみたいないい男を振ってあげたんだから、ありがたいって思ってくれるでしょうね」

ホーテンスは、別の男の話をしてやったら、クライドが目に不安まじりの嫉妬の色を浮かべるとともにビクビクしていることを見抜いた。そして男に焼きもちを焼かせてやったと思うとうれしくなった。この子が自分にぞっこんになっていると気づいた。そこで頭をつんとそらしニヤリとしながら、通りを歩きだした相手と肩を並べた。

「そりゃ、ありがたいって思うさ」とクライドは仕方なく言ったが、チャーリーが「いい男」だなどと言われたときは、喉元も心臓もキュッと締めつけられたような気がした。こんなきれいでわがままな女をつかまえておくなんて、自分にはとてもできそうもないな。「ヤベ、今夜はいかしてるね」ほんとうの気持ちを無理に抑えながら言葉を継いだが、そんなことができる自分に多少驚きもした。「その帽子やコート、よく似合ってるよ」クライドがホーテンスをまともに見つめるその眼には讃嘆の思いが輝き、強い憧れがあふれている。キスできたらいいのに――かわいい唇――ただしここでは無理だ。あるいはどこだってまだ。

「あんたが約束ことわらなくちゃならなくなっても不思議じゃないよ。それだけきれいなんだから。バラでも飾りにつけたらどう」そのときちょうど生花店の前を通りかかったところだったので、花を見たとたんに贈り物をしようと思いついたのだ。女というものは心遣いをしてくれる男を好むものだとヘグランドから聞かされいた。

「あら、いいわね。バラほしいわ」とホーテンスは答えて、店のなかへ入っていった。「それともこのスミレにしようかしら。きれい。こっちのほうがこのジャケットに似合いそうだもの」

ホーテンスは、花に気がつくほどの才覚がクライドにあると思うとうれしくなった。それに、自分についてあんなうれしい言葉も言ってくれたし。同時に、この子は女と関係したことなんか、ほとんどないに等しいに違いないと確信もしていた。だが、もっと経験豊かで、こんなにたやすくおだてに乗ったりしない若者や男のほうがホーテンスの好みだった――つかまえておくのがこんなに安易でない相手のほうが。それでも、この子はこれまで慣れ親しんできた若者や男よりもましなタイプだ、と思わないわけにいかなかった――もっと品がある。それだけに、この子には（自分の眼から見て）不器用なところがあるけれども、大目に見てやろうという気になった――この子がどう振る舞うものか見ててやるわ。

「そうねえ、こっちのがかなりオシャレよね」とホーテンスは声高に言い、スミレの大きめの花束を手にとると、それをピンで留めた。「これをつけることにするわ」そしてクライドが支払いをすませているあいだ、鏡の前でポーズをとり、自分の好みに合わせて花束の角度を調節した。ようやくその見栄えに満足すると、くるりと振り向き、「さあ、いいわよ」ときっぱり言って、クライドの腕をとった。

クライドはホーテンスの元気のよさや慣れきった振る舞いに多少辟易し、つぎの瞬間、これ以上何を言うべきかわからなくなったが、心配は無用だった――この娘にとって人生最大の関心事は自分だったのだから。

「ヤバイの。先週はずっと忙しくてね。毎晩三時まで外出。そいで日曜日はほとんど朝まで。まあ、夕べ行ったのもちょっとすごいパーティだったわ、ほんとよ。ギフォード渡船場にあるバーケットに行ったことある？ オシャレな店でね、ほんとよ。三十九丁目のビッグブルー川に張り出したところよ。夏はダンスで、冬凍ったら外でスケートしたり、氷上ダンスしたりするの。それにオシャレそのものの小楽団もいてね」

クライドは相手の口の動きや眼の輝き、めまぐるしい身ぶりを見つめたまま、話の内容をろくに聞いていなかった――ほんのわずかしか。

「ウォレス・トローンもいっしょだったの――ヤバイの、とっても傑作な人でね――で、パーティのあと、アイスクリーム食べに座ってたら、あの人厨房のほうへ出ていって、顔を黒塗りにしてウェイターのエプロンや上着なんか着ちゃってね、戻ってくると給仕してくれたのよ。ほんとにおかしい子だわ。それから、皿やスプーン使っていろんな滑稽な芸当までしてくれたんだから」クライドは、器用なトローンのような才能なんかまったくないので、ため息をつくしかなかった。

「それからね、月曜の朝よ、みんなで帰ってきたらほとんど四時になってたの。あたしは七時に起きなきゃなんないのに。へばっちまってた。仕事なんか辞めてやってもいいんだけど。店の人たちやベックさんみたいにいい人たちがいなかったら、辞めてやるところよ。ベックさんてね、あたしの売り場の主任なんだけど、そりゃあ、申し訳ないけど、あたしどれだけあの人に迷惑かけたことか。あの店にはきっと悪いことしてるんだわ。ある日なんか、あたし遅刻して、昼食時間が過ぎた頃行ったの。他の子があたしの代わりにタイムレコーダーのパンチ、あたしのキー使って押しておいてくれたのよ、わかるでしょ。そしたらあの人、玄関に出てきていて、その子が押してるとこ見ちゃったわけ。それで、あとで午後二時頃にあたしに言うのよ。『まあ、いいかね、ミス・ブリッグズ』（あの人いつもあたしのことミス・ブリッグズって呼ぶの。他の呼び方なんかさせてやらないもんだからね。そんなことさせたら、なれなれしい口を利きだすんだから）『あのキーを貸すちゅうのはいかんよ。あんな真似、今後はなしだ。フォリーズ〔当時はやったレビュー『ジーグフェルド・フォリーズ』のこと〕の芝居とは違うんだから』ですって。笑わせるわ。あの人、ときには誰にだってかっとなったりするの。でも、図に乗らせるもんですか。あの人、あたしにはお手柔らかにしてくれるのよ、わかるでしょ――どうしたって首にするはずないわ、あの人ならね。だから言ってやったの。『ベックさん、よくって。そんなふうにあたしにお小言いったりしないでください。あたし、遅刻の常習犯なんかじゃありませんからね。それに、KC〔カンザスシティの短縮形〕であたしの勤められる店はここだけじゃないんですから。たまには文句言われずに遅刻もできないぐらいなら、あたし、首にしてくれてもかまいません。以上、おわかりね』って。こっちだって、あんなこと言われておとなしく引き下がるつもりなんかないんだから。すると案の定折れてきてね。あの人の言いぐさったら、『そうか、それでも警告はしとくからね。このつぎはティアニーさんがたぶん出てくるから、きみはどこかよその店にあたる機会をいただけることになるさ、間違いなくね』ですって。はったり言ってるだけだって自分でもわかってるし、あたしだってわかってるってこともわかってるのよ。笑っちゃうわよね。それに、それから二分も経たないうちにあの人がスコットさんといっしょに笑っているのを、あたし見ちゃった。でも、ヤバイでしょ、あたしったらほんとに、ときどきあの店でずけずけした口を利いてやるの」

　クライドはほとんど一言も口をはさまないですみ、それで大いに救われてほっとしながら歩いているうちに、二人はフリッセルに着いた。それで生まれてはじめてこんな店まで女の子をエスコートしたという満足感が味わえた。これで自分もほんとうに、経験と言えるほどの経験を多少とも持ちはじめたのだ。それにともなうロマンスに浴したくてうずうずする。ホーテンスがいやに自信たっぷりで、遊び暮らしている大勢の若い男女と親しくしている自身の暮らしぶりを大仰に吹聴してくれたために、クライドはこのときまで自分が生きていたなんて思えなくなったほどだ。聞かされるさまざまな話をすばやく反芻した――ビッグブルー川に面しているバーケットでスケートや氷上ダンス——チャーリー・トローン——今夜約束してたって言う相手のタバコ売り場の若い店員か——勤め先では、この子にぞっこんだから首になんてする気にもなれないベックさんだって。それから、ホーテンスがこちらの懐具合などおかまいなしに気に入った料理を手当たりしだいに注文している様子を眺めながら、クライドがすばやく目を走らせて見てとったのは、その顔、体つき、腕の繊細さや丸みを思わずにいられなくなるような手の格好、早くも豊満になりかけている胸のふくらみ、曲線を描く眉、丸みを帯びてツヤがある頬や顎の魅力だった。声音にも何となくツルツルした滑らかさがあり、何とも言えぬ魅力を湛《たた》えているとともにクライドを不安にさせるのだった。自分にとってはそれがたまらない。ヤベ、こんな女を自分ひとりのものにできさえしたらいいのに！

　そしてホーテンスは、ここ店内でも道を歩いていたときと変わらず、自分についてしゃべり続けた。ここで食事しているという事実はクライドにとって特別のこととしか思えないのに、そんなことなんかどうやら尻目にかけているようだった。鏡に映る自分を見ていないときはメニューをあさり、食べたいものを選んでいる——ミント・ジェリーを添えたラムか——オムレツはいらない、ビフテキもなし——あら、そうよ、フィレ・ミニョンのマッシュルーム添えがいいわ。結局は妥協して、セロリとカリフラワー添えにする。それからカクテルがほしいだって。ああ、そうだった。酒が多少は入らないとどんな食事も意味ないとヘグランドが言ってたのを聞いたことがあったな。そこでやんわりと、カクテルをとろうかと訊いてみる。それでカクテルが出てきて、二杯目ともなると、ホーテンスはますます熱してきて陽気になり、ゴシップをしゃべりちらした。

　だがそのあいだじゅう、クライドにもわかってきたように、こちらに関係したこととなるとホーテンスの態度はむしろよそよそしくなる——一般論ですまそうとしてる。ほんの一瞬でも思い切って、会話を自分たちのことにかかわらせようとしてみた。自分が相手に深い関心を寄せているとか、ほんとうに惹かれている若い男が他に誰かいるのか、などと言ってみるのだ。するとホーテンスは、あたし、若い男の子なら誰でもほんとに好きなの、などと言ってのけて、はぐらかしてしまうのだ。みんなとってもすばらしい人たち——とってもよくしてくれるんだもの。あの人たち、そうするしかないのよ。さもないと、もういっさいつきあってやらないんだから。「お払い箱にしてやった」などという表現を使いさえした。すばしこく動く目をくりくりさせ、ふてぶてしく頭をつんとそらした。

ところがこういった言動すべてにクライドは心を奪われてしまった。この子の身ぶり、気取った姿勢、しかめっ面や物腰、すべてが官能的で思わせぶりに思えた。じらしたり、約束したり、何らかの非難や断罪に自分をさらすのが好きなようだが、そうしておいてさっと身を引き、それまでの言動いっさいに何の意味もなかったようなふりをする——自分をきわめて遠慮深い女に見せたいと考えているだけで、それ以外になんの魂胆もないみたいに。クライドはこうしてホーテンスのそばにいるだけでおおよそぞくぞくし、刺激されるのだった。拷問だったが、甘美な拷問だった。クライドはたまらなくじらされながらも、せめてこの子を抱きしめ、唇にキスして、さらには噛みつくことさえ許されるならば、いかに豪勢なことか、などという思いにふけっていた。あの子の唇をぼくの唇で覆ってやる！　キスで息詰まらせてやる！　きれいな身体をもみくちゃにし、愛撫してやる！　ホーテンスはときどき潤んだような瞳をじっと注ぐので、クライドはほんとうにちょっと気分が悪くなり、力が抜けていくような気がした——吐き気がする。ただひとつの夢は、魅力なり金なり何らかの手段で、この子の関心を自分に向けさせるということなのに。

しかしながら、いっしょに劇場に行き、家まで送っていったあとでも、二人の仲が多少なりとも深まったとは思えなかった。というのも、リビーで「コルセア」が上演されているあいだずっとホーテンスは、クライドにあやふやな興味しか寄せていなかっただけに、この芝居にすっかり引きこまれ、ひたすらこれまでに見た同種の芝居についてしゃべっていた。俳優や女優のことだの、それぞれについての意見だの、連れていってくれた若い男のことだの。そしてクライドは、機知や反論で相手を言い負かしたり、自分の経験をひけらかして対抗したりするどころか、相手に相づちを打つだけに甘んずるほかなかった。

しかもそのあいだじゅうホーテンスは、またひとりいい相手を征服できたと考えていた。それに、もう貞潔などとは無縁になっていたし、相手には使える金が多少あって、自分におごらせるように仕向けることもできそうだと確信できたから、それなりに愛想よくしてやろうという企みを抱きだしていた――それだけのこと――相手をつかまえておき、できればいつまでも自分に尽くさせておくためだ。同時に他方で自分は好きなように振るまい、他の男たちと精一杯楽しむ。そしてクライドには何かを買ってもらったり、何かしてもらったりして、隙間を埋めるために役立ってもらおうっと――他の人がちゃんと買ってくれなかったり、おもしろい遊びに誘ってくれなかったりしたときにできる隙間を埋めてもらわなくちゃ。

第十三章

その後少なくとも四ヶ月のあいだ、じっさいそのとおりに事が運んだ。前章で述べたようなデートのあと、クライドはホーテンスに、他の男たちに対して見せている程度の関心を自分に対しても見せてもらおうとして、自分の自由になる時間の大部分を割くようになった。同時に、この子に誰かひとりへの特別な愛情を抱かせるようにできるものかどうか、見当がつかなかった。それに、こんなつきあい方が無邪気な友だちづきあいに過ぎないなどとも信じることはできなかった。それでもホーテンスが男を誘おうとするときの手管のすごさときたら、こちらが危ぶんでいるとおりとしても、最終的にはぼくになびいてくれるかもしれないなどと考え、妄想に取りつかれる。ホーテンスが漂わすこんな官能的で独特な雰囲気、その身ぶりや機嫌、声や服装にあからさまにあらわれる欲情のしるしに、すっかりとらえられてしまったあまり、この女を手放すことなど思いもよらなかった。

それどころか、愚かなくらいホーテンスを追いかけまわした。そしてホーテンスはそれを見抜くと、クライドをすっぽかしたり、ときには避けたり、ちょっぴりつきあってやってそれで我慢させるだけの処遇であしらったり、同時に他の男とどんなことをやっているかということについてわざわざ語ったり描写したりして、クライドに、もうこんな風にただこの女の後を追うだけでは耐えられないと思わせた。そんなときこそクライドは怒りに駆られ、もう二度と会うものかと心に決めはする。あんな女、ほんとにぼくには何の益にもならないじゃん。だがふたたび会ったとたん、相手の言動すべてに冷たい無関心を貫くはずが、勇気がくじけて、つながりを断つことなんか考えもしなくなるのだった。

その一方でホーテンスは、自分の必要なものや欲しいものについて口にのぼせることを少しも遠慮しなくなった――はじめはささやかなもの――新しいパフだの、口紅だの、おしろいだの、香水だのだった。そのうちに厚かましくなってきた。つかみ所がなく、どうともとれるような愛情表現ぐらいしかクライドにしてやらない――思わせたっぷりに腕のなかにもたれかかってやるぐらいで、大いに期待が持てそうに見せかけるけれども、何も与えてやらないのが常だ――けれども、いろいろなときにさまざまなやり方で、ハンドバッグだの、ブラウスだの、パンプスだの、ストッキングだの、帽子だのの話をして、お金があったら買いたいのだけれど、などと言う。それでクライドは相手のご機嫌をとり、自分をきちんと売り込んでおくために、買ってやる羽目になる。家族に何か別の難問が生じたりもするし、ときどきはそのために相当の無理をすることもあるのだけれど。しかしながら、四ヶ月間も経とうとする頃にはさすがにクライドにもわかってきたように、どうやらつきあいがはじめの頃からほとんど深まっていない。要するに、何の具体的な返報も期待できぬまま、ほとんど苦痛さえ覚えるような熱烈な求愛を続けていたのだ。

一方、家族との結びつきについて言えば、グリフィス家の一員であるかぎりほとんど免れそうもない焦燥や気鬱が相変わらず続いていた。エスタの失踪後すっぽりと家族を包んでいた意気消沈の気配がまだ消えていなかったからだ。ただ、クライドにとってはそれだけですまず、あの失踪にはじれったくなるような謎や何かがからんでいた――むしゃくしゃしてくる。というのも、グリフィス家では性に関連したことになると、これほど臆病になる親はよそのどこにもいまいと思われるほど敬遠されるからだ。

このことがとくにはっきりしたのは、しばらく前からエスタをめぐって浮かび上がってきた謎の扱い方である。姉は家出した。戻ってきていない。そしてクライドや他の家族の知るかぎり、姉から何の便りも届いていない。しかしクライドは気づいていたが、姉がいなくなってから最初の数週間、母も父も猛烈に取り乱し、娘はどこに行ったのか、どうして手紙もよこさないのかとえらく心配していたのに、その後は急に心配するのをやめて、いやに無口になってしまった——少なくとも、前は何の希望も持てそうにないと思われた状況をそれほど苦にしなくなった。クライドにはその説明がつかなかった。変化は見た目にかなり明らかだったのに、説明は何もしてくれなかった。それからしばらく経ったある日、クライドがたまたま気づいたことに、母は誰かと郵便で連絡を取っていた——母さんにしてはめずらしいことだ。母はつきあいでも仕事でも世間とのつながりがほとんどなかったから、手紙を受け取ったり書いたりすることはめったになかったからだ。

しかしある日のこと、クライドがグリーンデヴィッドソンに職を得てから間もない頃、午後いつもよりやや早めに帰宅してみると、母が明らかに届いたばかりと思われる手紙にかがみ込んで読みふけり、その内容にすっかり心を奪われている様子だった。何か隠さなければならないような内容らしく見えた。というのも、クライドを見たとたん母は読むのをパッとやめ、見るからに面くらい、そわそわして手紙を片付けたきり、それまで読んでいたことについて一言も触れなかったからだ。だがクライドは何らかの理由で、おそらく直感のおかげだろうが、エスタからきた手紙かもしれないと思いついた。確信があったわけではない。それに、筆跡を見分けるには離れすぎていた。だが、それが何であったにしろ、母はその後それについて何も言わなかった。まるで息子から質問されたくないみたいな顔つきだったし、母子の関係はふだんから遠慮につきまとわれていたから、質問しようなどとはクライドにも思いつかなかった。ただ変だなと思っただけで、やがてそのことを頭のなかから、完全にとは言えなくても大部分は追い出してしまった。

このことがあってから一ヶ月か五週間経って、クライドがグリーンデヴィッドソンでの仕事をなかなかうまくこなせるようになり、ホーテンス・ブリッグズに惹かれはじめた頃のある日、午後に母がクライドに近づいてきて、母にしてはとても奇妙な相談をもちかけてきた。何のためか説明もせず、クライドが助けてくれてもよさそうないい身分にのし上がったと思っていることを直接あらわしもせず、仕事から帰ってきたクライドを伝道所のホールへ呼び入れると、母にしては不安そうな視線をじっと注ぎながら、こう言った。「クライド、どうにかして今すぐ百ドルのお金工面できないものかね、おまえにいい知恵でもないかい」

クライドはあまりにもびっくりして、自分の耳を信じられないほどだった。ほんの二、三週間前だったら、四、五ドルほどのお金でも自分に結びつけて話されるなんて、途方もないことのように思えたはずだったからだ。母さんだってそんなことわかってるじゃないか。なのにここで母さんは、ぼくに頼んでるし、そういう方面でぼくが助けてやれると思い込んでるみたいだ。それも見当違いではないんだ。着ている服も風采全体も、ぼくの景気がよくなってきたことをあらわしてるんだもの。

同時にクライドが最初に考えたのは言うまでもなく、母が自分の服や行動を観察して、自分が稼ぎについて嘘をついてると悟ったのだな、ということだった。そしてこれは部分的には図星だったし、母もクライドの近ごろの態度があまりにも変わってしまったから、息子に対してずいぶん違った態度をとらざるをえなくなり、息子に指図なんて今後もできるのかどうか、少なからず疑問に感じだしていたのだ。近ごろは、いや、息子が今の職を手に入れてからは、どういうわけか分別がついてきて、前よりも自信をつけ、あやふやなところも少なくなって、自分なりのやり方で行動し、自分の意見を胸に納めておくようになってきたみたい。そして、このことがある意味では母を少なからず心配させたけれども、別の意味では喜ばせもした。というのも、繊細で落ち着きがないためにいつも母の目には問題児と見えていたクライドが、こんなとても興味深い成長を遂げていくのを見ると、うれしくなったからだ。もっともときには、最近のようにめかし込んでいるのを目にするときなど、息子がどんな仲間とつきあっているものやら、怪しんだり心配になったりした。でも、息子の勤務時間はあんなにも長くて消耗させられてるし、稼いだお金はことごとく衣服につぎ込まれてるみたいだし、小言を言う理由なんかないと思っていた。もう一つ気になっていたのは、ひょっとしたら息子はちょっと利己的に振る舞いだしているのではないか、ということだった——自分の悦楽を重視しすぎてる——そうであっても、息子があんなに長年貧しい暮らしに耐えてきた事実を思えば、少しばかり一時しのぎの楽しみにふけったからといって、文句を言う筋合いもあまりないのじゃないかしら。

クライドは母の真意を測りかねながらその顔を見つめ、大きな声でこう言っただけだった。「エー、母さん、ぼくがどこで百ドルなんか手に入れられるのさ」自分のあらたに見出した財源が、こんな前代未聞のわけのわからない請求のために食いつぶされていく今後が見えてくるような気がして、すぐに困惑と疑念の念を顔にあらわにした。

「それを全部手に入れてきてほしいなんて考えてるわけじゃないよ」グリフィス夫人はたくみにほのめかした。「大部分はわたしが自分で工面できる目途も立ってないわけじゃないんだけど。足りない分をどう工面すればいいものやら考えるのに、おまえにも助けてもらいたいと言っただけなのさ。できることなら父さんには頼りたくなかったし、おまえも少しは力になってくれそうな年ごろになったからね」クライドに注ぐそのまなざしには会心と期待がたっぷりこめられていた。「父さんはお金のこととなるとあんなふうに不器用だし、やたらに心配性になったりするときもあるしね」

母は大きな手でくたびれきったように顔をなでた。その困りきったような様子にクライドは、原因が何であれ、心を動かされた。同時に、そんな多額の金を手放す気になれるかどうか、そんな金が自分にあるかどうかは別にしても、そんな金が何のために必要なのか、断然知りたくなった。百ドルだって！ ヒェーッ、ヤベ！

ちょっと間をおいたあと母は言い足した。「わたしの考えを聞いとくれ。百ドル工面しなきゃならないんだけど、何のためかということは、今おまえに言えないんだよ。おまえにも誰にもね。だから聞いたりしないでおくれ。父さんの古い金時計がわたしの机のなかにあるし、わたしの純金の指輪と襟留めもある。あれを売るか質に出すかすれば、少なくとも二十五ドルにはなるはず。それに、あの純銀のナイフやフォークが一セットとあの銀の大皿や水差しもあそこにあるし」――クライドもそういうもらい物のことはよく知っていた――「あの大皿だけでも二十五ドルの価値はある。あれが揃いとなれば、少なくとも二十ドルか二十五ドルにはなるのは間違いないでしょ。わたしの考えていたのはね、おまえにあれを、勤務先のそばにあるどこかのちゃんとした質屋にもっていってもらおう、ということでね。それに、おまえからの差し入れを当分週五ドル増やしてもらえないかってね」（クライドの表情に落胆があらわれた）――「お友だちのひとりに――ここにもいらっしゃるマーチさんのことだけどね――百ドルに足りない分を貸してもらえたら、おまえが差し入れてくれるお金で返していけるでしょ。わたしのところにも十ドルばかりあるし」

母はまるで「さあ、まさかおまえ、困りはててるわたしを見捨てるようなことはしないだろうね」と言わんばかりの顔つきでクライドを見つめていた。それでクライドは弱気になり、自分で稼いだお金はほとんど全部自分で使うつもりでいたという事実も忘れた。それどころか、小間物などを質屋へもっていくことや、小間物などから得たお金と百ドルとの差額の埋め合わせがつくまで、当分五ドル融通してやることを承知した。しかしながら、承知したものの、この余計な出費に憤慨せずにはいられなかった。稼ぎが増えてからまだほんの短期間しか経っていなかったからだ。それなのにこうして母さんは、ぼくが貯めてる分から、どうやらもっと出せ、もっと出せと言ってくる――これで毎週都合十ドルにもなるじゃないか。いつも何か困ったことが起きたとか、必要が生じたとか、この調子では今後もまた同じような請求がこないとも限らないな、とクライドは思った。

クライドは小間物類を受け取り、目につくかぎりもっともまともそうな質屋へそれをもっていって、全部で四十五ドル貸すと言われたので、その金を受け取った。これと母の十ドルを合わせれば五十五ドルになり、マーチさんから母が借りる四十五ドルを足せば百ドルができたことになる。とはいえ、こうなったらどうやら、自分は今後九週間、五ドルじゃなくて十ドルを母に渡さなければならないということになる。だがそんなことは、必要を満たしていると前まで思っていた暮らしとはまったく違うやり方であり、着飾り、飲み食いし、遊びたいと思ってる今の気持ちからすれば、思うだに不愉快きわまる措置だ。にもかかわらずクライドは、それを実行に移すことに決めた。何といっても母さんには何かしらの恩を負っている。これまで毎日のように母さんは、ぼくや他の子たちのためにしこたま犠牲を払ってきたじゃないか。それなのにぼくが身勝手な真似をするわけにはいかんだろう。それじゃ、まともとは言えまい。

だが、そのときクライドの頭に浮かび何よりもこびりついた思いは、父母が自分に今後の財政的支援を求めるのなら、これまで示してくれたよりももっと配慮を見せてくれてもよいはずだということだった。まずひとつには、夜の帰宅時間などについてもっと自由に家に出入りするのを許してくれて当然だろう。それに他方では、自分が見るところ、衣類は自分で賄い、食事はホテルでとっているんだから、それだけでもバカにならない経済になっているではないか。

しかし、また別の問題が間もなく起きた。それは以下のとおりである。百ドル問題があってからまだ間もない頃、クライドはモントローズ通りで母に出くわした。ビッケル通りから北へ延びるはなはだ貧相な通りであり、道の両側に木造住宅や二階建て棟割り長屋、無数の家具なしアパートがびっしり並んでいる。グリフィス家がいかに貧しかろうと、こんな通りに面したところに住まなければならないと思っただけで卑屈になったような気がするようなところだ。この並びに立っている幾分ましな家の戸口に続く階段を、ちょうど母が下りてくるところだった。この家の一階正面の窓には、「家具つき貸間あり」と書いたやけに派手な掲示が出ていた。そして母は、通りをはさんで反対側にいたクライドのほうに見向きもせず、気づかぬままに数軒離れた別の家のほうに向かった。その家にも家具つき貸間の掲示が出ていて、その外観を穿鑿《せんさく》するように眺めまわしてから、階段を昇っていって呼び鈴を押した。

クライドが最初に思ったのは、母は会いたいのに住所のはっきりしない誰かの居所を尋ね歩いているところだということだった。ところが、通りを横断して母のところまで行こうとしたとたん、家の女家主が戸口から頭を突き出したら、「貸間あるんですって?」と言った母の声が聞こえてきた。「ありますよ」「トイレ付きですか」「いいえ、でも二階のトイレが使えますよ」「部屋代はおいくらですか」「週四ドルです」「見せてもらえます?」「いいですよ、どうぞお入りください」

グリフィス夫人はちょっとためらっているみたいだった。その間クライドは階段の下、二十五フィート足らず離れたところに立って、母が振り向き、自分に気づいてくれるのを待ち構えながら、母を見上げていた。しかし母は振り返らず、家の中に入っていった。それでクライドはその後ろ姿を見送ったのだが、奇異の思いをぬぐえなかった。というのも、母が誰かのために部屋を探すのは考えられないことではないとしても、たいてい救世軍かＹＭＣＡにあたるのが常なのに、何で今はこんな通りで探しているのか、と訝《いぶか》ったからだ。はじめは、母が出てくるのを待って、ここで何をしているのか訊いてみようという気になっていたのだが、自分もいくつかの用事を抱えていたから、そのまま行き過ぎることにした。

その夜、クライドは着替えのために帰宅し、台所にいた母を目にすると、「母さん、今朝ぼくはモントローズ通りで母さんを見かけたよ」と声をかけた。

「そうかい」母は一瞬間をおいて答えた。だがその前にクライドは、母がこの知らせに不意を打たれたかのように急に身を固くしたことを見逃さなかった。母はジャガイモの皮をむいているところだったが、探るようなまなざしをクライドに注いだ。「だからってどうだっていうの」と言った母の言葉は冷静だったが、それでも顔を赤くしていた——クライドの知るかぎり、母のそぶりとしてはまったく尋常でないことだ。いや実のところ、あの驚いてハッとした反応はクライドの興味をそそり、頭にこびりついた。「あそこで母さん、一軒の家に入っていくところだった——家具つき貸間を探しているのかと思ったけどね」

「そうよ、そのとおりよ」グリフィス夫人は今度はあっさりと答えた。「病気になってお金もあまりないある人のために部屋を探してやらなければならなくてね。でもなかなか見つからないものだね」母はこれ以上このことについて話をしたくなさそうに、顔をそむけてしまった。だけどクライドは、母が明らかに避けたがっていると感じながらも、食い下がらずにいられなかった。「やばいよ、あそこは部屋を借りるのにはあまりいい通りじゃないじゃん」グリーンデヴィッドソンに勤めだしたおかげで、人の生き方についてのクライドの考え方はすでに変わってしまっていた——誰の生き方だろうと。母はクライドに返事もしなかった。クライドは自分の部屋へ行って着替えをした。

その後一ヶ月ほど経った頃、クライドはある夜遅くミズーリ街を東に向かっていたときに、また母を見かけた。西に向かって歩いてくるところで、そばまで近づいてきていた。通りに面して並んでいる小さな店の一軒からもれてきた光に照らされて見えたかぎりでは、母は何だか重そうな古ぼけたバッグを持ち運んでいた。ずっと前から家にあったのだが、誰もあまり使ったこともないバッグだった。母はクライドが近づいてきたのを見た（あとで考えてみると、そうに違いないとクライドには思えた）とたん、急に立ち止まり、くるりと向きを変えて、レンガ造り三階建てアパートの玄関に入っていった。その玄関までクライドが行ってみたら、戸口のドアは閉まっていた。ドアを開けてみたら、薄暗い照明のなかに階段があったが、それを母は昇っていったのかもしれない。しかしわざわざ調べてみる気もしなかった。ここまできてみると、母が誰かを訪ねて入っていったのかどうか、あまりにもとっさの出来事だったから、自信がなくなってしまったのだ。だが、つぎの街角で待っていたら、とうとうまた出てくる母の姿が見えた。すると、ますます好奇心がくすぐられることに、母は、どうやらあたりを慎重に見まわしてからはじめて、さっきまで向かっていた行き先目ざして歩きだしたのだった。これを目にした以上、母は自分から身を隠そうとしていたに違いないと考えるほかなかった。でもどうして。

最初は衝動的に、引き返してあとをつけようかと思った。母の奇妙な行動にそれほど興味をそそられたのだ。だがそのあとで、母が自分のしていることを息子に知られたくないと思っているのなら、たぶん自分は知らないでいるのが最善なのだろうと判断した。同時に、こっちの目を盗むような母の振る舞いには、とことん好奇心をかき立てられた。何で母さんはどこかにバッグを運ぶところをぼくに見られたくないんだろ。人目を避けたり隠しごとをしたりするなんて、母さん本来の気質にまったくそぐわない（ぼく自身の気質とはまったく違ってるんだもの）。偶然に目にしたこの行動が、クライドの頭のなかでほとんど瞬間的に結びついていったのは、モントローズ通りの下宿屋で階段を下りてくる母を見かけたときのことや、母が読みふけっているのを目にしたあの手紙のこと、母が無理やり工面しなければならない羽目になったあのお金——あの百ドル——のことだった。母さんはいったいどこへ行くところだったんだろ。何を隠してるんだろ。

クライドはこうしたことをあれこれ考えてみたものの、これが自分か家族の誰かと何か具体的な関係があるのか、思い至らなかった。ところが約一週間後、十一丁目通りのボルティモア街との交差点近くを通っているとき、とうとうエスタを見かけた、あるいは少なくともエスタときわめてよく似ていて、どこであろうと見間違えられそうな若い女を見かけたような気がした。背丈も同じくらい、歩きつきもそっくり。ただ、その姿を目にしながら考えてみると、姉さんより老けてるかなという気もした。だが、群集にもまれながらあらわれたと思ったらアッという間に行ってしまったので、確かめることができなかった。一瞬ちらりと目にしただけだったが、それだけを頼りにクライドは引き返して、追いつこうとしてみた。が、その場にたどり着いても姉の姿はなかった。それでも、姉が目に留まったという確信があったから、その足で帰宅し、伝道所で母を見つけると、エスタを見かけた、間違いない、と告げた。姉さんはきっとカンザスシティにまた戻ってきたんだ。誓ってもいいけど、ボルティモア街十一丁目近くでぼく、姉さんを見たんだ、いや、見たような気がするんだ。母さん、姉さんから何か便りは受け取ってないの？

すると、何だかおかしいと思いながら見てとれたのは、母の態度がこんな状況なら当然あらわれるはずの反応とは少しずれているということだった。クライド自身の反応は、エスタがとつぜん失踪して今度はとつぜんあらわれたので、驚きと喜びと好奇心と同情とが混じりあっていたのに。もしかしたら母さんは、姉さんを呼び戻すためにあの百ドルを使ったということなのか。そういう推測もこれまでしなかったわけではない――なぜ百ドルか、また、どこから呼び戻したか、それは見当もつかない。推測するばかりだ。でも、もしそうなら、姉さんはなぜ家に戻ってこないのか、少なくともこの町にいることぐらいは家族に知らせにきてもいいじゃないか。

クライドは母が自分と同じくらいびっくりし、不思議がるものと予想していた――パッと反応し、くわしく知りたがるものと。ところが母は、見るからにまごつき、この知らせに不意を突かれたように見えるが、まるですでに知っていたことを聞かされ、ただどう応じたらいいか戸惑っているみたい。

「あら、そう。どこで。ついさっきだって。ボルティモア街十一丁目でね。へえ、そりゃおかしいねえ。アサに言っておかなきゃ。もし戻ってきてるんなら、この家にこないなんて変だよね」母の目には、クライドの見るところ、驚きではなく戸惑い辟易している気持ちがあらわれていた。母が多少困惑して具合が悪くなるといつもそうなるように、口が妙にピクついていた——唇だけでなく顎全体も。

母はちょっと間をおいてから「はてさて、そりゃ不思議だねえ。たぶん、あの子に似てるだけの別人だったんだよ」と付けくわえた。

だがクライドは、横目で母を見つめながら、母が見せかけているほど驚いてはいないと思った。そしてその後、アサが入ってきて、クライドはまだホテルに出かけていなかったから、父母がこの件について話しているのが聞こえてきたが、まるでそれほど驚くにあたらないと受け取っているみたいに、あっさりとしてぞんざいな話し合いだった。しかも、まずは、何を見たというのか説明させるためにクライドを呼ぶということすら、なかなかしなかったのだ。

その後しばらくして、この謎をわざわざ解明してやろうとでもいうかのように、ある日クライドはスプルース通りを歩く母に出くわすという出来事が起きた。今度は小さな籠を抱えていた。近ごろクライドも気づいていたように、母は午前と午後か夕方に決まったように出かけるようになっていた。今回は母に気づかれるよりもずっと前に、いつも着ている古い茶色の外套にすっぽりくるまった母の独特な重々しい姿を見分けることができたから、マーケル通りへ回りこんで母をやり過ごした。都合よく新聞売り場があって、そのかげに隠れることができた。母が通り過ぎると、半丁ほど距離をおきながらあとをつけた。すると母は、ダルリンプル街までくると横断してボドリー通りへ入っていった。スプルースの続きのような通りだが、それほど醜悪ではない界隈だった。家屋は相当古ぼけている——昔日の住宅街だが、今や下宿屋とかアパートに変わっている。そのなかの一軒に母は入っていき、姿を消した。だが、入る前にあたりを探るように見まわした。

母が入っていったあと、クライドはその家に近づいていって、興味津々眺めまわした。ここで母さんは何をしてるんだろ。誰に会いにいくんだろ。クライドは自分でもそんなに強烈な興味をもつわけが理解しかねたが、エスタを街頭で見かけたと思ったとき以来、確信はもてないながらも何かエスタに関係があるのかもしれないと感じていた。手紙のこともあるし、あの百ドルのこともあるし、モントローズ通りの家具つき貸間のこともあるし。

この家のボドリー通りをはさんで斜め向かいに太い木が一本立っていて、冬の風にさらされ、葉もすっかり落ちていた。その近くに電柱が立っているので、その影が木の影とつながって一つになっていた。だからその影の中に入ると人目につかずに立っていることができ、好都合にもそこからいくつかの窓を観察することができた。一階と二階の正面と脇の窓が見えた。正面二階の窓には母がまるでわが家にいるみたいにくつろいで動きまわっている姿が見えた。また、びっくりしたことにその一瞬後には、エスタが二つある窓のうちの一つにあらわれ、窓敷居に包みを置いた。どうやら薄いドレッシングガウンか肩掛けを羽織っているだけみたいだ。今度は間違えようがない。エスタだと気づくとともに、母がいっしょにそこにいるとわかったとたん、クライドは傍目にもわかるほど跳びあがった。それにしても姉は、こんなふうに戻ってきて身を隠さなければならないなんて、何をしたんだろ。夫、いや、駆け落ちした相手の男に捨てられたのか。

クライドは猛烈に好奇心をかき立てられ、しばらくこの戸外で待って、母が出てこないか見ていることにした。母が出ていったら自分がエスタを訪ねてみようというのである。姉に久しぶりで会いたいし——この謎がいったいどういうことなのか知りたくてたまらない。待ちながら思ったことに、前からずっとエスタが好きだったのに、そのエスタが何でこんなところにこんな謎めいたやり方で隠れているなんて、ほんとに変じゃないか。

一時間後、母は出てきた。籠はどうやら空になったようで、片手で軽々と提げている。そしてちょうどさっきと同じように、あたりを慎重に見まわした。顔には、近ごろはずっとこびりついたようになっている、感情を殺しながらも心労のあとが刻まれた表情があらわれている——精神を高揚してくれる信仰と悩ましい疑懼《ぎく》との交錯によって生じた表情である。

クライドが見張っていると、母はボドリー通りを南下し伝道所のほうへ歩きだした。その姿が見えなくなってじゅうぶん経ってから、クライドはあの家に向かい、入っていった。中は推測していたとおり、家具つき貸間が並んでいて、間借り人の名前を書いた名札が各部屋に貼ってある。クライドは二階正面南東の部屋にエスタがいるとわかっていたから、そこまで行ってノックした。すると確かに、室内で軽い足音がして、あわてて身繕いでもしているらしい間をおいてから、やがてドアがかすかに開いた。そしてエスタが顔をのぞかせた——はじめは不審そうにうかがっていたが、つぎの瞬間驚愕といくぶん困惑が混じった小さな叫び声を上げた。怪訝《けげん》さや用心が消えると同時に、自分と顔を見合わせているのがクライドだとエスタにもわかったのだ。すぐにドアを広く開けた。

「まあ、クライド、どうして私の居場所がわかったの。ちょうどあなたのこと思っていたところなの」

クライドはすぐに姉に腕をまわして引き寄せ、キスした。同時に、姉がかなり変わってしまったと覚って軽い衝撃を受け、心外に思った。前より痩せてる——顔色も悪い——眼が落ちくぼんでいると言ってもいいくらいだし、服装も相変わらず貧弱だ。びくびくし、意気消沈している。クライドがまず思ったのは、姉の夫はどこにいるのかということだった。どうしてここにいないんだ。どうなってるんだ。部屋の様子や姉を見ているうちに気づかされたように、エスタの顔には困惑と不安が広がっているが、弟に会ってちょっとほっとしている気持ちも窺える。口は笑みを浮かべたいという思いからかすかに開いているけれど、眼には問題を抱えてもがいていることがあらわになっている。

「あなたがここへくるなんて思ってもみなかったわ」エスタは弟の抱擁から解き放たれるやいなや急いで言葉を継ぐ。「まさか会ったりは——」そこで言いさし、どうやら洩らしたくないと思っていることをあやうく口に出しそうになったところで踏みとどまる。

「いや、会ったよ——母さんを見たんだ。だから姉さんがここにいるってわかったんだよ。母さんがたった今ここから出ていくとこを見たのさ。それに、姉さんがここの窓から見えたんだよ」(母のあとをつけたあげく一時間も見張っていたことは、白状する気にならなかった。)「でも、いつ戻ってきたんだい。母さん以外の家族に何か知らせもしないなんてあきれるな。ヤバイよ、姉さん、うまくやったもんだね——家出して何ヶ月も帰ってこなかったのに、誰にも何も知らせないんだから。とにかくぼくには少しぐらい手紙をくれたってよかったのに。ぼくたち、ずっと仲がよかったじゃん」

クライドのまなざしは問いかけ、追求し、有無を言わせぬ目つきになっていた。エスタのほうは追い詰められたような気がして、それだけに逃げ腰になった――どう考え、どう言い、何を知らせたらいいのか、まったく覚束ない。

エスタはやっとまともな言葉を発する。「誰がきたのか見当もつかなかったわ。ここにくる人なんか誰もいないんだもの。それにしても、クライド、まあ、なんてすてきになったこと。そんなすてきな服なんか着ちゃって。それに背も高くなってるわ。ママから聞いたけど、グリーンデヴィッドソンに勤めてるんですって」

姉から賞讃のまなざしで見つめられ、クライドはその讃辞をすなおに受けとめた。同時に、姉の状況が頭について離れなかった。姉の顔、その眼、痩せているくせにむくんでいる身体から目をはなせなかった。腰のあたりややつれた顔を見ているうちに、姉が尋常の身体でないことを鋭く察知するにいたった。姉さんは赤ちゃんを産むんだ。そこでまたあの疑問がぶり返してきた――どこにいるんだ、姉の夫――いや、なにしろ駆け落ちした相手の男は。母さんの話では、姉さんが最初に残していった置き手紙には結婚する予定だなどと書いてあったそうだけれど、今の姿を見ればはっきりわかるように、結婚なんかしてないんだ。捨てられて、こんな惨めな部屋にひとり放り出されてるんだな。ぼくにはそれが見てとれ、感じとれて、事情を推しはかることだってできるんだぞ。

そしてすぐに思ったのは、これこそ自分の家族に降りかかるいろいろな出来事の典型だということだった。ぼくは今やっと門出しようとしているところで、ひとかどの人間になり、世間をうまく渡って、おもしろおかしく暮らしていこうとしているのに。ところがエスタはこのざまだ。自力でどうにかしようとしてはじめて思い切った行動に出たあげく、こんな結末に終わってしまったわけか。胸くそが悪くなり、頭にきて仕方がない。

「いつから帰ってきてるのさ」もう何と言っていいのかわからなくなり、不審そうにさっきと同じ質問を繰り返した。自分がここにきて、姉が今のような状態にあると知った以上、金がかかり、面倒に巻きこまれ、悩みのタネが増えそうだという予感がしてきて、あんなふうに穿鑿しようとしなければよかったのに、などと思いだした。何で穿鑿せずにいられなくなったのか。援助する羽目に陥るだけじゃないか。

「あら、そんな前からじゃないのよ、クライド。もう一ヶ月ぐらい経ったかしら。それ以上にはなってないわ」「そんなとこだろうと思ってたよ。およそ一ヶ月前にぼく、十二丁目通りのボルティモア街交差点近くで姉さんを見かけたんじゃなかったかな。きっとそうだったよ」その口調は、先ほどまでと比べるとうれしそうではなかった——その変化にエスタも気づいた。同時にエスタはうなずいて、クライドの推測に同意した。「見かけたってことがぼくにはわかってたんだ。あのとき母さんにそう言ったんだけど、母さんはそう思わないみたいな顔して。思ったほどびっくりしなかったっけ。どうしてか、これでわかったよ。母さんはそんな話、ぼくから聞きたくもないみたいな気配だったな。でも、ぼくは間違ってないとわかってたのさ」クライドは奇妙にもエスタをにらみつけながら、自分の洞察力を誇ってみせた。とはいえ、他に何を言ったらいいのかわからず、今口にした言葉にも大して意味も重みもなかったのではないかと心配になってきて、話をやめた。ぼくが間違ってなかったからって、エスタの助けにはなりそうもないもの。

そしてエスタは、自分が置かれている状態をどう説明したらいいのか、あるいはどう打ち明けたらいいのか、さっぱりわからなくて、言葉に詰まっていた。何とかしなきゃなんないのに。クライドだって見ればわかるでしょうけど、自分が陥ってる窮地は並大抵じゃないんだもの。問いただすような弟の目つきには耐えきれそうもない。そこでエスタは、母を弁護するというより自分を救い出そうとするような調子で話しだした。「かわいそうなママ。ママがおかしいだなんて思ってはいけないわ、クライド。ママだってほんとはどうしていいかわからないのよ、わかるでしょ。もちろん何もかもわたしのせいよ。わたしが家出しなかったら、ママにこんな面倒をかけることもなかったはずなんだから。ママは何の落ち度もないのに、いつもこんなつらい目にばかり遭って」ここで急にエスタはくるりと背を向け、肩を震わせ、脇腹を波打たせはじめた。両手で顔を覆い、頭を深々と垂れた——それでクライドにも、姉が声も立てずに泣いていることがわかった。

「アレ、おいおい、姉ちゃん」とクライドは叫んで、姉のそばへ駆け寄り、その瞬間はたまらなくかわいそうだと思った。「どうしたんだい。なんで泣きたいのさ。駆け落ちした男は結婚してくれなかったのかい」

エスタは首を横に振って結婚がなかったことを伝え、いっそう激しく泣いた。するとその瞬間にクライドの頭にパッとひらめいたのは、姉の状態にまつわる社会学的、生物学的意味とともに、生々しい心理学的な仔細だった。姉さんは困ってる、妊娠してるんだ——なのに金もないし夫もいない。それだから母さんは部屋を探していたんだ。だからぼくから百ドル借りようとしたんだな。母さんはエスタやこの難儀を恥じてるんだ。世間にどう思われるかというだけでなく、ぼくやジュリアやフランクにどう思われるかということも——エスタの難儀がみんなにどんな影響を与えるかと——正しくない、不道徳だと世間の人びとに見られるからというので。それでそのために、事実を隠そうとして、作り話をしたりして——母さんにしてはきわめて驚くべき行為だし、さぞつらかったにちがいない。それにしても、運が悪くて、あまりうまくいかなかったわけか。

こうなるとクライドはまた混乱してきて頭を悩ました。姉の状態をどう受けとめればいいのかがわからないだけでない、それがここカンザスシティで暮らす自分や他の家族にとってどういう意味をもつのかも。母がこの場合にごまかそうとして取り乱し、いくらか道徳に反したやり方をしたことにも、釈然としない思いを抱いた。母さんはこの件についてぼくを現に欺いたとまでは言わないまでも、逃げを打ってきたわけだ。エスタがここにいるとはじめから知ってたんだから。他方、このことで母にあまりきつく当たる気にはなれなかった——むしろ反対だった。母さんみたいに信心深くて誠実な人たちにしたって、こんな場合にこんなごまかしをするくらい、きっとやむをえないことなんだ、そうクライドは思った。人に知られないようにするしかない。ぼくにしたって、できればエスタのことは世間に知られたくないに決まってる。人びとにどう思われるか。エスタやぼくのことを何て言いふらすだろう。ただでさえこの家族はどん底状態じゃないか。そんなわけでクライドは宙をにらんで思い悩みながら突っ立っていたが、エスタはその間も泣いていた。自分のせいでクライドが思い悩み恥じていると覚って、いっそう激しく泣きだした。

「ヤバイ、こりゃ困ったな」クライドは当惑して言ったが、しばらく経つとかなり同情できるようになっていた。「姉ちゃんだって、そいつが好きでもないのに駆け落ちしたりしたわけじゃなかっただろ――そうじゃないかい」(自分とホーテンス・ブリッグズの関係が念頭にあった)「かわいそうだな、姉ちゃん。ぼくも同情するけど、今さら泣いたって仕方ないじゃん。世間にはそいつ以外にもいいやつはいくらでもいるよ。姉ちゃんもだいじょうぶ、立ち直れるさ」

エスタはすすり泣きながら言った。「ああ、わかってる。でもわたし、ほんとにバカだった。それに、とてもつらい目にあったわ。そのうえ、こんな厄介をママやあなたたちみんなにかけてるんだもの」息を詰まらせ、しばらく声が出なかった。「あの人、消えてしまって、ピッツバーグで一文無しのわたしを置き去りにしたの」と話を続ける。「それでママがいなかったら、わたし何をしたかわかんないわ。ママに手紙書いたら百ドル送ってくれたの。しばらくはレストランで働いてた――働けるうちはね。あの人に捨てられたなんて手紙書きたくなかったのよ。恥ずかしかったもの。でもしまいにはあそこですごく体調が悪くなって、そうする以外にどうしたらいいのか、わからなくなったの」

エスタはまた泣きはじめ、クライドは、母が姉を助けるためにどんなことをじっさいにしたり試みたりしたかということに思い至り、エスタと同じくらい母がかわいそうになった――いや、もっとだ。エスタには世話を焼いてくれる母さんがいるけれど、母さんには力になってくれる人が誰ひとりいないんだから。

エスタは話しつづけた。「わたしはまだ働けない。しばらくは身体が言うこと聞かないんだもの。だけどママは、ジュリアやフランクやあなたに知られたくないから、わたしに家に帰ってきてほしくないって。それももっともなことは、わたしにもわかるわ。もちろんママの言うとおりよ。でもママにはお金がないし、わたしだって。それにここにいると、ときどきすごく寂しくなるの」眼に涙があふれてきて、また息を詰まらせる。「わたし、ほんとにバカなことしたわ」

そこでクライドは一瞬、自分も泣きそうになった。人生ってこんなにもわけがわからず、ときにはこんなにつらくなる。ぼくだってこの数年間どんな目に遭わされてきたことか。この前まで一文無しで、たえず逃げ出したいと思っていた。ところがエスタは逃げ出したのに、そのあげくがこのざまだ。それに、ここの繁華街の高いビルの壁にはさまれて、父さんが持ち歩く街頭オルガンの前に腰かけて歌っている姉の姿が、何とはなしに思い出される。じつに無邪気で善良そうに見えたっけ。ヤバイ、人生ってきついな。とにかく何て手荒い仕打ちをするものか、世間って。変なことがつぎつぎ起きるんだもの！

クライドはエスタや部屋の中に視線を走らせたあげくようやく、姉さんを放っておきはしないし、自分もまたくるつもりだと言った。ただし、自分がここにきたことを母には言わないこと、それから、自分の稼ぎも大していいわけではないけど、何か必要が生じたら電話をくれてもいい、と言い残した――それで出てきた。それから、勤めに出るためホテルに向かって歩きながら、何もかも何て惨めなことかという思いにふけった――母さんをつけるなんてバカなことしたものだ。あとをつけなければ、知らずにすんだかもしれないのに。でも、それでも事情は明らかになっただろう。母さんがいつまでもぼくから隠しおおせたはずはない。結局は金をもっと出してくれと頼んでくるかもしれない。それにしてもあの男は、見知らぬ大都会に姉さんを一文無しで置き去りにして行方をくらますなんて、何て卑劣なやつだ。クライドは、何ヶ月か前にグリーンデヴィッドソンで宿代や食事代を未払いのまま置き去りにされた女のことを思い出して、戸惑いを覚えた。あのときは自分も他のボーイ仲間も、あれがすごく滑稽だと思ったっけ――みだらな興味も多分にからんでたな。

だけどこいつは、そうさ、こいつは自分の姉のことなんだ。姉をそれほどまでに軽んじる男がいただなんて。だけど、どんなに同情してやろうとしても、これが、あの部屋で姉の泣き声を耳にしたときに思ったほどひどいことだとは、もはや思えなかった。ほら、周りを見ればこんな活気に満ちて光り輝いている都会があり、狂奔する人びとに沸きかえっているし、ぼくが勤めてるホテルもあるじゃないか。これはそう悪いとも言えまい。おまけにぼく自身の情事、ホーテンス、歓楽も待ち構えてる。エスタには何か解決策が見つかるにちがいない。健康を取りもどし、立ち直れるさ。だけど考えてみれば、ぼくの家族は、こんなにも貧しく、世間に顧みられることもないために、こんなことが——つぎからつぎに——起きてしまう——たとえば街頭説教活動、ときには家賃滞納、父さんは街で絨毯や時計のセールス——エスタは家出し、この始末だ。ヤバイ！

第十四章

こんなことがいろいろ起きたためにクライドは、前よりももっと具体的にセックスの問題について考えるようになった。とはいっても、正統な性道徳にのっとって考えたわけではまったくない。姉をあのように薄情にも捨てた愛人はひどいやつだとこきおろしながらも、姉にまったく非はなかったと見なすことがどうしてもできなかったからだ。姉はやつと駆け落ちしたんだ。姉から聞いて今ははっきりわかったが、やつは駆け落ちする一年ほど前に一週間カンザスシティに滞在したことがあり、そのときに姉に近づいた。翌年、やつは戻ってきて二週間ほど滞在したが、今度は姉のほうからやつに会いにいった、あるいはとにかく、そうしたにちがいないというのがクライドの推測だった。それに、ホーテンス・ブリッグズに自分が抱いている関心や気持ちに照らせば、性的関係それ自体にどこか邪《よこしま》なところがあるなどとは、自分には言えそうもないことだった。

むしろ、クライドの今の見方からすれば、問題は行為そのものではなく、思慮や知識の不足に付随してあらわれた結果にあると言うべきだ。というのも、エスタが関心を抱いた相手の男とそんな関係になることの意味について、もっとわきまえていたら、今のような哀れな苦境に陥ることもなかっただろうからだ。ホーテンス・ブリッグズやグレタ、ルイーズのような女たちならきっと、エスタのような窮地に追い込まれはしなかっただろう。それとも、やっぱり泣きを見るだろうか。いや、あれだけ抜け目ないのだから。頭のなかであの子たちと比較してみると、少なくともこの件に関しては姉のほうが引けをとってる。今から見ると、姉はもっとうまく立ちまわれるような分別を覚えておくべきだったんだ。というわけで、クライドの姉に対する態度はだんだんいくらか冷ややかになっていった。気持ちの面で無関心になったというわけではないにしても。

だが、今のクライドを揺さぶり、悩まし、変化させつつあった一大影響力は、ホーテンス・ブリッグズを求めてのめり込むような恋心であった——クライドのような年齢と気質の青年に対して、これ以上強烈な影響力はありえないほどだ。何度かデートしたあとクライドには、それまで女の子に求めていたすべてをホーテンスが完璧に体現しているように思われた。ほんとに明るく、うぬぼれが強く、欲情をそそり、じつにきれいだ。その眼には炎が舞い踊っているとも見える。きわめて蠱惑的に唇をすぼめたり開いたりしてみせると同時に、目の前の中空をまっすぐ無頓着に見つめる。あたかもこちらのことなんか無視しているようなのだが、それがまたこちらにとっては火がついて熱くなる起爆剤となる。このためにクライドは、ときにはほんとうに体中の力が抜け、めまいを起こしそうになる。血管のなかでこまかな糸のような炎がのたくりまわり、残忍にも焼き焦がす。これは意識にあらわれた欲情としか言いようのない、責め苦に等しいながらも逃れようのない刺激であり、にもかかわらずこの女に対しては、抱擁したり接吻したりする以上の行為に及ぶことができないままに終わる。女に対する遠慮と敬意のなせる業であるが、女にとってほんとうは、自身があおり立ててやったほかならぬ相手にそんな振る舞い方をされると、憤慨せざるをえなくなる仕打ちだった。この女がほんとうに好み、いつも探し求めている相手のタイプは、自分がひけらかすそんな見せかけの清純さやお上品ぶりなんかことごとくひっぺがして、力ずくでも従わせようとしてくれる男だったのだ。

じっさいホーテンスはたえず気持ちが動揺し、クライドが好きになったり嫌いになったりしていた。そしてその結果クライドは、自分がどういう立場にいるのか疑わしくなるのだった。そういう状態はホーテンスにとっては格別楽しめるものなのだが、クライドにとってはきっぱりあきらめをつけられるほどの判断がつかないまま続いていく。ホーテンスはクライドに同伴させてどこかのパーティかレストランか劇場に行き、その場ではクライドに如才なく振る舞うよう——とくにあまり厚かましくしないように——細心の注意を払わせたあげく、どんな野望に燃えた愛人でも満足しそうなほど従順で蠱惑的な機嫌を見せてくれることもあった。そしてそういう機嫌はその夜の終わりまで続いたりするのだが、自宅の戸口や、その夜泊まらせてもらうことになっている女友だちの家か借間の前に着いたとたん急に態度を変え、わけもヘチマもあらばこそ、ただの握手かおざなりの抱擁やキスをしてやるだけでクライドを追い払おうとする。そんなときにクライドが愚かにも自分の熱望しているところまで無理にでも従わせようとしたりすれば、ホーテンスは意地の悪い猫が猛り狂ったみたいに食ってかかり、ぱっと身を引いてしまうのだが、その瞬間は女自身にも説明がつかぬほど強烈な反感を燃え立たせているとも見える。その反応の趣意は、男に何か強制されることに対する反発であるようだ。それでもクライドは、相手に惚れ込みながらも棄てられることに対する異様な危惧ゆえに仕方なく立ち去り、暗澹たる気分に落ち込むのが常だった。

しかし、ホーテンスの魅力にすっかりとらえられてしまっているクライドは、長くは離れていることができず、会えそうなところでうろつかずにはいられなかった。いや、それどころか、その頃のクライドは、エスタの一件がとんでもない形で明らかになっていったさなかにあっても、ホーテンスをあこがれる切実で甘美な情欲がからむ夢のなかに生きていた。あの子がぼくをほんとに好きになってくれさえしたら。夜、自宅のベッドのなかで横になりながらも、ホーテンスのことを考えていた——あの子の顔——あの唇や眼の表情、体の線、歩いたり踊ったりするときの体の動き——すると目の前のスクリーンにその姿が映画のように浮かびあがる。夢のなかで知らぬ間にあの子がぞくぞくするほど身近にいて、体をすり寄せてくる——その妖艶な肉体を独り占めだ——だが、すっかり身をまかそうとしてくれてるみたいで、いざという段階になったと思ったつぎの瞬間、目が覚めてあの子は消えてしまった——ただの幻覚だったのだ。

とはいえ、ホーテンスをめぐるクライドの夢が成就する可能性なきにしもあらずと思わせる事情もいくらかあった。第一、クライドと同様ホーテンスは貧しい家庭の出身——機械工夫婦の娘であり、夫婦はこれまでカツカツの暮らしを立てるのが精一杯の境遇だった。小さい頃からホーテンスは、自分の才覚を働かせて手に入れた安ピカものぐらいしか持ったことがなかった。社会的身分もごく低かったから、つきあう相手と言えば、つい最近まで肉屋かパン屋の倅ぐらいしかいなかった――近所の冴えない腕白小僧か半端仕事を渡り歩く者たちだ。それでもホーテンスは早くから、こういう連中相手でも自分の要望や魅力を資本にすることができるし、そうして当然だと悟っていた――そしてじっさいにそうしてきた。この連中のなかで、この子におごるための金を手に入れるために泥棒までした者も少なくなかった。

仕事に就ける年齢に達して、関心の的になってきたタイプの男の子や男性に接するようになると、ホーテンスは、自分を安売りしないで賢く振る舞えば、これまで手にしていたのよりももっと目を引く装いを手に入れることができると気づきはじめた。ただし、じつに色好みで遊び好きだったから、利己心と快楽を切り離す気には必ずしもなれなかった。それどころか、利用してやろうとする相手が好きになったり、それと反対に、好きになれない相手の恩を着たくなかったりするので、具合が悪くなることも多々あった。

クライドに対しては、ちょっぴり好きではあるが、利用してやりたいという欲望を抑えることができなかった。ささやかなものに関心のある顔を見せてやれば何でも買ってくれるクライドが好きだった――鞄、スカーフ、ハンドバッグ、手袋――せがんだり、もらったりしても不当ではなく、あまり恩を着せられないですむことのできるものなら何でもだ。しかしながら、自分の身をゆだねる気になれなければ――相手が熱望しているとわかっている決定的な見返りをいつかは与えてやらないかぎり――いつまでもこの男をつかまえておくことはできないと、ホーテンスはそれなりに頭のよい抜け目のなさで、はじめから見抜いていた。

何よりもしつこくホーテンスの念頭を占めていたのは、クライドが自分のためにいとわずお金を出してくれそうに見えるからには、相当高価な品でも容易に買わせることができるかもしれないという思いだった――もしかしたら、きれいなちょっと高価なドレス、あるいは帽子、あるいは、その頃店頭に出ていたり、街頭で見かけたりするような毛皮のコートさえ。金のイヤリングとか、腕時計とかは無理でも。どれもこれもあちこちのショーウィンドーをのぞきながら、たえず羨望のまなざしを注いできた品なんだけど。

クライドが姉エスタの居場所を見つけてから間もないある日、ホーテンスはボルティモア街十五丁目近く――

市のなかでももっともスマートなショッピング街——を、デパートの同僚であるもう一人の店員ドリス・トラインといっしょに——お昼頃——歩いているとき、この街の毛皮店としては小さな、さほど高級ではない店のショーウィンドーに、ビーバーの毛皮でできたジャケットを見かけた。それは自分の身体のつくりや髪の色、体質から言って、自分のとても乏しい洋服ダンスの中身をぐっと充実させるのに必要としているものにほかならないと思える品だった。それほど高価ではない、値は百ドルくらいかもしれない——だが、いかにも個性的なファッションだから、それを着たらあたしの肉体的魅力がこれまでに増して引き立つだろうって想像できるじゃないの。

こんな想像に心躍らせながらホーテンスは立ち止まって、叫んだ。「ワオ、あれ、見たこともないくらい上品でカアイらしいコートじゃない！　ワオ、あの袖、見てよ、ドリス」連れの腕を荒っぽくつかむ。「見てよ、あの襟。それに裏地！　ポケットだって！　ワオ、ステキ！」会心の喜びに打たれて身を震わせている。「ワオ、言いあらわせないくらいカアイらしいじゃない。いつ頃からだったかわかんないけど、ずっと思い続けてきたのとそっくりのジャケットよ。ワオ、カアイ子ちゃん！」気取って声をあげるときに意識しているのは目の前のコートばかりでなく、むしろショーウィンドーの前でポーズをとっている自分のことであり、通行人に与えるその効果なのだ。「ワオ、オマエちゃんがあたしのものになりさえしたらねえ」

ホーテンスが有頂天で拍手したりしているあいだ、店主の息子で年配のイザドア・ルーベンスタインが、たまたまホーテンスの視野からはずれたところに立っていて、その振る舞いや熱狂ぶりに目をつけた。そして、このコートがこの子には、少なくとも二十五ドルから五十ドルくらいは高く見えてるにちがいない、いずれにしろ、値段を訊いてきたらそう言ってやろうと腹を決めた。店の提供価格は百ドルだった。「へえ、フフン！」とルーベンスタインは鼻を鳴らした。だが、色欲が強く、やや空想的なところもある人間だったから、こんなコートに、愛情に換算するとしたらおそらくどれくらいの取引価値があるものかということも、心のなかで具体的に見積もった。さあ、こんなきれいな女の子でも貧乏で虚栄心が強いとなると、あんなコートと引き換えに何を貢ぐ気になるのかな。

　他方でホーテンスは、昼休みの時間の許すかぎり眺めてはほくそ笑んでいたが、その場から立ち去ったあともなお、あんなコートを着たら自分はどれほど人目を引くことかなどと夢見ながら、燃え上がるような虚栄心を満たしていた。だが、わざわざ値段を訊きはしなかった。だから翌日、もう一度見ずにいられない思いに駆られて、店をふたたび訪れた。ただし今度はひとりきりで行ったが、自分でそれを買えるなどとはさらさら思っていなかった。それどころか、値段がまあまあだとしても、どうすれば手に入れることができるかなどという問題は、ほとんど眼中になかった。誰かに頼ろうなどとは、そのとき思いつきもしない。しかしコートをふたたび目にし、店内からルーベンスタイン氏がいかにもご機嫌をとるような愛想のいい顔で自分に視線を送ってくるのに気づくと、ついに思い切って入っていった。

　ドアを開けたとたん、「あのコートがお気に入りですね、でしょ」というルーベンスタインのご機嫌取りの言葉。「そうですか。いいお趣味ですね、言わせていただきますが。あれは、この店でこれまで飾ったこともないほどあかぬけたコートですからね。ほんとにすばらしいものですよ、あれは。あなたのようなお美しい方に着ていただいたらどんなふうに見えますことやら！」ショーウィンドーから取り出し、さし上げて見せる。「昨日あなたがこれを見てるところをお見かけしましたよ」その眼にギラリと光ったのは欲深な賞讃の色だった。

　そしてホーテンスはこれを見てとり、よそよそしいながらもまったくすげないというわけでもない態度をとるほうが、あまり親しげにするよりも気を配ってもらえるし、慇懃に扱われるだろうと感じて、「そうですの」とだけ答えた。

「そうですとも。そしてすぐに思いましたね。見ただけでほんとうにすばらしいコートがわかるお若い女性がいらしたってね」

　この見えすいたおだての言葉に、つい心がゆるむ。

「ほら、見てください！　これご覧になって！」ルーベンスタインは言葉を継ぎながら、コートをぐるりと回したり、目の先に差しだしたりする。「いまどきカンザスシティでこれに匹敵する品がどこにありますか。この絹の裏地を見てください――ほんもののモーリソン・シルク〔米国ブランドのシルク製品〕ですからね――それからこの斜めのポケット。それにボタンですよ。こういうもののおかげでコートも違ってくるものだと思いません？　カンザスシティにきょう日こんなコートは他にありません――一着もね。今後も出ません。私どもがデザインしたのですし、私どもでは同じ型の品を繰り返して作りはしませんから。お客様方を守るためです。さあ、こちらの奥へいらしてください」（奥にある三面鏡まで案内する。）「こういうコートはお似合いの方に着ていただかなくてはなりません――その着映えのよさを最大限引き出すためです。お着せいたしますよ」

　それでホーテンスは、このコートを着た自分が人工的な照明のおかげもあっていかに引き立つか、確かめる特権を与えられた。首を傾げたり、体をひねったり、くるりとまわったり、片方の小さな耳を毛皮に埋めたりした。その間ルーベンスタイン氏はそばに立ち、少なからず感心しながら見つめつつ、手をもみ合わさぬばかりだった。

「ほら、いかがです。見てください。どうお思いですか、エー。あなたにうってつけだと申し上げませんでしたか。めっけもんですな。掘り出し物ですよ。これに似た品なんかこの街のどこにもありません。もしあったら、これをプレゼントしますよ」すぐ近くまで寄ってきて、むっちりした両手を手のひらを上に向けたまま突き出す。

「そうねえ、確かにわたしに似合ってるわ」ホーテンスの虚栄心に燃える魂は、コートへの憧れに突き動かされていた。「でも、わたしってこういうものなら何だって着こなせちゃうんですもの」さらに体をひねり、まわってみる。店の人間がそばにいることも、そんなに関心をあらわにしたら値段に響くことも忘れている。あげくに付けくわえるように言った。「おいくら」

「ええと、これは、ほんとうは二百ドルのコートなんです」とルーベンスタイン氏はたくみに切り出した。それから、ホーテンスの顔にあきらめがさっと影のように走るのに目をとめ、すばやく言い足した。「それじゃあずいぶん値が張るなとお思いでしょう。でももちろん、ここらあたりで私どもではそんなにいただくつもりはありません。百五十ドルが私どものお値段です。でも、あのコートがジャレックで売ってたら、それくらいかそれ以上はしますよ。ここの立地はよくないし、家賃も高くありませんから。でもこれの値打ちは二百ドルからびた一文下回ることはありませんよ」

「まあ、ずいぶんな値段をふっかけるものね、ひどいわ」とホーテンスは悲しげな声をあげ、コートを脱ぎはじめた。まるで生き甲斐がほとんどすべて奪われてしまったような気がした。「だって、ビッグズ・アンド・ベックスでそれくらい出せば、七部裾のミンクやビーバーのコートがいくらでも売ってるのよ。それに上品なスタイルだし」

「そりゃそうかもしれません。でもこのコートは売ってないでしょう」ルーベンスタイン氏は譲らなかった。「も一度見てくださいよ。襟をご覧になって。こんなコートがあちらで見つかるとおっしゃるんですか。見つかるならそいつをあなたのために買ってあげますよ、それで百ドルであなたに転売してあげます。じつは、これは特別なコートなんです。今年の夏シーズンが始まる前にニューヨークに出ていたコートのなかでいちばんしゃれたのを真似たものなんですから。高級品ですよ。どこの店でもこんなコートみつかりませんよ」

「あら、そう、でもやっぱり百五十ドルなんて手が出ないわ」とホーテンスは言いながら、襟と袖に毛皮のついた羅紗地の自分の古いジャケットに腕を通し、戸口のほうへ歩み寄った。

「待ってください。このコートがお気に入りなんでしょう」ルーベンスタイン氏は抜け目なく食い下がったが、その前に、百ドルといえどもこの子の財力では、誰か男性に補ってもらわなければ無理なんだと判断していた。「これはほんとに二百ドルのコートなんです。正直な話です。私どもでは定価百五十ドルにしていますがね。でも、ずいぶんお気に入りのようですから、百二十五ドルお持ちくだされぱお渡ししますよ。そりゃ掘り出し物を手に入れたようなものです。あなたのようなすごい美人なら、あのコートを買ってプレゼントしてくれるような男が十人かそこらは、苦もなく見つかるんじゃありませんか。私だって、やさしくしてもらえると思えたら、相談に乗ってもいいと思ってるくらいですからね」

男は取り入るように微笑みかけてきたが、ホーテンスは口説かれていると覚って腹を立て——こんな人からなんて――ちょっと後ずさりした。同時に、その言葉に含まれているお世辞にまんざら悪い気もしなかった。だが今のところはまだ、誰から何を贈ってもらおうともかまわないと思うほど荒んではいなかった。それはいやよ。あたしの好きな誰かからでなけりゃ、あるいは少なくとも、あたしが虜にした誰かからでなけりゃ。

そうではあっても、ルーベンスタイン氏の言葉を耳にしている最中さえ、またその後もしばらくホーテンスは、可能性のありそうな人物たちを頭のなかでつぎつぎに思い浮かべだしていた――お気に入りの男たち――自分の魅力という魔力によってあのコートを買ってくれるように仕向けられそうな連中。たとえばチャーリー・トローン――例のオーフィアで葉巻売り場に勤めている男――あの人なりにあたしにぞっこんなのは間違いないけど、あんな惚れ込み方ぐらいじゃ、見返りに相当の代償を払ってやらないかぎり、大したことはやってくれそうもない。

それからもうひとりロバート・ケインもいる――とても背が高く、とても朗らかで、あたしとの関係ではとても気負ってて、地元の電力会社支社の事務所に勤めてるんだけど、いい給料をもらえるほどの地位じゃない――ただの帳簿係だもの。それに倹約家だし――自分の将来の話ばかりしてる。

それからまたバート・ゲトラーがいる。クライドがはじめてホーテンスに会った夜、エスコート役をしていた例の青年。だけど、浮ついたダンスの虫みたいなやつにすぎないから、こんな、いざというときに頼れるような相手じゃない。靴のセールスマンなんかしてるんだもの、たぶん週に二十ドルぐらいしか稼ぎがなくて、お金のこととなったらやけに細かいこと言いだす。

でも、クライド・グリフィスがいるじゃないの。ほんとにお金もあって、あたしのためなら喜んでじゃんじゃん使ってくれそうな人だ。店にいるあいだそんなふうに、ホーテンスの頭はすばやく働いていた。つぎのように反問もしてみた。でも、今すぐ藪から棒に、こんな高価なプレゼントをしてくれるようにたらしこむことなんかできるものかしら。あの人にはあまりいい扱いをしてこなかったのに――だいたいけすげなくあしらってきた。だから自信はまったくもてない。にもかかわらず、店のなかに立ったままコートの値段と美しさとを天秤にかけているあいだ、クライドのことがしきりに頭のなかを駆けめぐっていた。そしてその間ルーベンスタイン氏はずっとホーテンスを見守っていた。氏なりのやり方で、この子がどんな問題にぶつかっているのかを漠然と感じとっていたのだ。

「じゃあね、あんた」氏はようやく言った。「あんたがこのコートを手に入れたがっていることは、そう、私にはわかってるんです。それに、私もあんたに着てほしいと思ってるわけでしてね。そこで、こうすることにしましょうか。これ以上は私にも無理だし、他の誰にもこんなことしないですがね――この街のどなたにもね。いつでもいいから二、三日以内に百十五ドルもってきてください――そうしたら月曜、水曜、あるいは金曜日でも、これがまだここに残ってたら、あんたのものにしてあげよう。いや、もっとサービスしましょう。あんたのためにとっておいてあげる。それでどうですか。来週の水曜日か金曜日までね。これ以上よくしてくれる人なんかどこにもいませんよ、ねえ、そうでしょ」

氏は薄ら笑いを浮かべ、肩をすくめて見せ、あたかもほんとうに大サービスをしているみたいに振る舞った。そしてホーテンスは、もしやという思いを抱きながら店を出た――あのコートを百十五ドルで買えさえしたら、すごい掘り出し物を手に入れたことになるんだけど。それに、あたしがカンザスシティ一のオシャレ娘になれること間違いなしなんだけどなあ。何とかして百十五ドルのお金を来週の水曜日までに工面することさえできたら、いや、金曜日までにでも。

第十五章

ホーテンスがとっくにお見通しのとおり、クライドはあの最後の一線を越える譲歩を迫って、ますます飢えたように責め立てるようになっていた。ホーテンスがそういう譲歩をした相手は、みずから白状するはずなんかぜったいいなかったけれども、すでに二人いたのだ。今では会うたびにクライドは必ず、ほんとうの気持ちを示してくれとせがむ。ぼくがちょっとでも好きだというなら、あれやこれや、何かしたりするのがいやだなんて言うのは、いったいどうしてなんだ——したいだけキスさせたり、好きなだけ抱きしめさせたりしてくれないじゃないか。他のやつらとのデートはいつもきちんと行くくせに、ぼくとのデートとなると約束を破ったり、断ったりする。他の連中ときみの関係は、ほんとうはどんなものなのだ。ぼくよりも連中のことが好きなのか。事実としては、二人がどこでいっしょに過ごしていても、交わりの一線を越えるかどうかというこの問題について話し合う時間が際立って多かった——それもかなりむき出しの言葉遣いで。

そしてホーテンスは、相手が自分への抑圧された欲望に四六時中悩まされていると思えるのが心地よかった。あたしがあの人を虐待してやってるし、あの人の苦しみを和らげる力はもっぱらあたしの一存にかかっていると思えるなんて——サディスト的な習性だが、クライド自身のマゾヒスト的な愛執を土壌にして育まれてもいた。

しかし、コートが欲しくなってしまうと、クライドの重要性や威光が大きくなりだした。つい前日の朝ホーテンスはクライドに、来週の月曜日までは会えそうもない——それまでの夜はすべて予定が入ってる——などと、やけに威勢よく言ってしまったにもかかわらず、コートの問題がもちあがってきたとなると、あまり熱心に見えないように気をつけながらもすぐさまデートの約束を取りつけようと、懸命に脳みそを絞るようになった。できればクライドを説得してあのコートを自分のために買わせるようにしようと、すでにはっきり心に決めていたからだ。ただ、あの人に対するあたしの振る舞いを根本的に変えなければならないことは言うまでもない。もっとやさしくしてやらねばならない——もっと蠱惑的に。こうなったらあの人に身をまかせるのも嫌がっていられないかもしれない、などとじっさいに考えたわけではなかったとしても、基本的には心の底でそんなふうに感じていた。

どう進めたらいいのか、とっさにはいい知恵が思い浮かばなかった。どうすれば、今日のうちに、あるいは遅くとも翌日には、あの人と会えるかしら。いったいどうすれば、こんな贈り物をほしがっているなんて話をもちだせるかしら。さもなければ、貸してほしいだなんて。とうとう借金などという言葉さえ思い浮かべてしまったわ。コートを買うだけのお金を貸してもらえないかしら、そうしたらあとで少しずつ返済するから、なんて言ってみるのもいいかもしれない（だけどいったんコートを手に入れたら、返済に迫られることなんかないだろうと承知の上だ）。あるいは、あの人にそんなお金、耳をそろえて出せるほどの手持ちはないなんてことになったら、ルーベンスタイン氏と交渉して分割払いにしてもらい、その債務をクライドに負ってもらえたら、などともちかけてもいいわ。こんなことを考えているうちに急に思いがあらぬ方向に走り出し、どうしたらルーベンスタイン氏をおだてて言いくるめ、楽な条件であのコートを買わせてもらえるか、思案しはじめた。やさしくしてもらえそうなら喜んであたしにコートを買ってやる、などと氏が言ってたことを思い出したのだった。

こういうことに関連してホーテンスが最初に思いついた計画は、ルイーズ・ラッタラーに、お兄さんとクライドと、それにスカルという、ダンスでいつもルイーズのパートナーを務めているもう一人の若者を誘ってもらい、その夜すでに、自分が目をかけてきた例の葉巻売り場の店員といっしょに行く予定にしていたダンス・ホールへ連れてきてちょうだい、と頼んでみようということだった。ただし、そうなったらあの葉巻売り場の店員とのデートはご破算にして、ひとりでルイーズ、グレタにくっついていき、予定していたパートナーは体調を崩したものだからと言い抜けてやるつもり。そうすれば、クライドといっしょに早めにホールから出て、歩く途中でルーベンスタインの店の前を通る機会を作れるはず。

だがホーテンスは、網を張ってハエをつかまえるクモと同じ天性の持ち主だったから、そんな計画では、ルイーズがクライドかラッタラーに、その夜のパーティのお膳立てをしたのはホーテンスだと洩らす危険性もあることを見抜いた。それに、あとになってクライドがルイーズにコートのことについて、何かの拍子に触れたりする可能性がなきにしもあらず、そうなったらまずい、という気がする。自分がどんなふうにやりくりしているかなんてことは、友だちに知られたくないもの。したがって、こんなやり方でルイーズかグレタに頼るのはうまくないと思い至った。

そして、ホーテンスが会う算段について考えあぐねるようになりはじめたちょうどそのとき、当のクライドがたまたま勤めからの帰途、近くを通ったついでに、ホーテンスの勤めている店のなかに入ってきた。つぎの日曜日のデートを申し込もうとやってきたのだ。するとホーテンスは、とびきりそそるような微笑を浮かべ、手をひらひらさせてやけに愛想よく迎えてくれて、クライドは有頂天になった。お客の相手をしていてその場から離れられないところだったのだが、すぐに用をすませてそばまでやってくると、店員との個人的面会にくる者たちを目の敵にしている売り場監督を盗み見しながら、浮かれた声でこう言った。「ちょうどあなたのこと考えていたところ。あなた、あたしのことなんか考えてなかったでしょ。お返しのお世辞でも言ってちょうだい」それから声を低くして「あたしに話しかけるような素振りはしちゃだめよ。あっちに売り場監督が見えるでしょう」と言った。

温かみのある笑顔で迎えられただけでなく、いつになくやさしい声をかけられて気負い立ったクライドは、たちまち元気づいて朗らかに言った。「ぼくがきみのこと考えてなかったって。他の人間のことなんか頭に浮かびもしないよ。そうさ！　ラッタラーったら、ぼくの脳みそはきみで一杯になってるなんて言うのさ」

「あら、あの人がね」ホーテンスは口をとがらせ、蔑むように言い返した。おかしなことにラッタラーは、ホーテンスの媚びがあまり通じない男であり、そのことをホーテンス自身もわかっていた。「あの人、自分じゃよっぽど気が利いてるつもりなんだわ。あの人が好きじゃないって言う女の子がたくさんいるの、あたし知ってる」

「ヘェー、トムはいいやつなんだけどなあ」とクライドは弁護して、友だち甲斐を発揮した。「あいつ独特の言い方なんだ。きみが好きなんだよ」

「エッ、まさか、好きなんかじゃないわよ。でも、あの人のことなんか話したくないの。今夜六時頃の予定はどうなってるの」

「エッ、ヤバイ！」とクライドはがっかりして叫んだ。「まさか今夜は空いてるなんて言うんじゃないだろな。ああ、それなら残念だな。きみはデートでずっとふさがってるって思ってたよ。ぼくは仕事に出なきゃなんないんだから！」まぎれもなくため息をついて落ち込んだ。ホーテンスが今夜いっしょに過ごす気になっているのに、自分はその機会を生かせないなんて考えるだけでたまらなくなる。ホーテンスのほうはその深い落胆ぶりを見逃さず、悦に入った。

「そりゃ、デートの約束はあるんだけど、守る気がしないの」軽侮の気持ちをこめて唇をすぼめながら話を続けた。「約束破らなきゃなんないわけなんかないんだけどね。でも、あなたが暇だったらことわってもいいかなって」クライドの心臓は喜びのあまり鼓動が速くなった。

「ヤバイ、勤めさえなければなあ。明日の晩は何とかならないかい。ぼくは非番なんだけど。それできみに訊こうと思ってここまでやってきたところだったんだ。もしかして、今度の日曜日の午後、車で遠出に出かける気はないかい。へグランドの友だちが車もってるんだ——パッカード［かつての米国最高級車］をね——それに日曜日はみんな非番だし。エクセルシアスプリングズまで出かける仲間を集めてこいって言われてるのさ。あいつはいいやつなんだよ」（そんなことを言ったのは、ホーテンスがあまり興味がなさそうな素振りを見せたからだ）「きみはあいつのことよく知らないだろうけど、いいやつさ。だけど、まあ、そんな話はあとでもいいや。明日の夜はどうなんだい。ぼくは非番なんだけど」

ホーテンスは、売り場監督がうろついているので、クライドにハンカチを何枚か見せるふりをしながら、コートを見せにクライドを連れていくまでにまるまる二十四時間も遅らせなければならないなんて、何てついてないと考えていた——そのために計画を実行する機会を作るのも遅れちゃうじゃない。同時に、翌日の夜デートしようという提案を実行に移すのはとても困難だと思っているふりをした——あなたにはとてもわからないくらい難しいの。自分は実行に移したいのかどうかさえ、何となくあやしいみたいな素振り。

「こっちでハンカチを見てるようなふりをしてね」と話しつづけながらも、売り場監督が話をさえぎるのではないかと心配していた。「その時間にもう一つ別のデートの予定があるの」考え込んでいるみたいに言葉を継いだ。「その約束をことわれるかどうかわかんないわ。そうねえ」真剣に考えている顔をしてみせる。「まあ、ことわれると思うわ」とようやく言う。「とにかくやってみるわ。でも今度だけよ。六時十五分にメイン通り十五丁目にきてちょうだい——いいえ、六時三十分にしましょう、そのほうがあなたにも都合いいでしょ——そしたらあたし、行けるかどうかやってみるから。約束はできないわ。でも、やってみる、できると思うわ。それでいいかしら」ホーテンスは最高の微笑みを見せてくれたので、クライドは満足感ですっかり舞い上がってしまった。自分のためにこの子はデートをことわってくれるなんて思うと。ついにヤッタぜ。この子の目には好意が満ちているし、唇には微笑みがこぼれている。

「モチさ」クライドはホテルのボーイ仲間で使われている俗語で威勢よく答えた。「間違いなく行くとも。お願いがあるんだけど」

「なあに」おそるおそる訊く。

「あの小さな黒い帽子をかぶってきてくれないかな。顎のとこに赤いリボンがついてるの。あれをかぶったときのきみはとてもかあいらしいんだ」

「まあ、あなたったら」ホーテンスは笑った。クライドをだますのはちょろい。「わかったわ。かぶっていく。でも、もう帰って。あのクソじじいがこっちにくるわ。きっと文句言いにくるんだわ。でも、かまわない。六時三十分よ、ね。バイバイ」ホーテンスはくるりと向きを変え、新しい客への応対にかかった。モスリンの売り場がどこなのか訊こうとして、さっきから辛抱強く待っていた老婦人だった。そしてクライドは、この予想もしてなかった喜びを授かったために、うれしくてワクワクしながら、最寄りの出口に向かって小躍りするように歩いていった。

クライドは、このような突然の厚遇にあずかることになったので、変に勘ぐることもしなかった。そして翌日の夜六時半に遅れもせず、頭上のアーク灯がギラギラする光を雨のように注いでいるなかに、輝くようなホーテンスがあらわれた。クライドがすぐに目にとめたように、あのお気に入りの帽子をかぶっていた。そのうえ心ときめくほど生気にあふれ、親しげだ。これまで見たこともないほどそうだった。きれいだとか、あの帽子をかぶってきてくれてうれしいとか言う暇もあらばこそ、ホーテンスは口を切った。

「あなた、誰かさんのお気に入りになりかけてるって言ったげる。あなたを喜ばせるためにだけ、別のデートことわる気になったりして、あたしの好きでもない帽子をかぶってあげてるなんてね。何でこうなったのか、自分でもわからないのよ」

クライドはまるで大勝利でもあげたかのような笑顔になった。ぼくはついにこの子のお気に入りになったかもしれないということなのか。

「それをかぶったときのきみがどんなにステキに見えるかわかってさえいたら、ホーテンス、かぶるのやめるなんて言わないさ」賞讃の思いをこめて力説する。「どんなにかあいく見えるか、わかってないんだね」

「えーっ、まあ、こんな古ぼけたもので！」とあざ笑う。「ほんとにちょろいのね」

「それにきみの瞳はまるで柔らかくて黒いビロードのようだよ」熱をこめて言い張る。「すばらしいな」クライドの頭にあったのは、グリーンデヴィッドソンの黒いビロードを壁掛けにたらしてあるアルコーブだった。

「ヤバイ、今夜のあんた、いけてるのね」ホーテンスはからかうように笑う。「こっちも何かお返ししなくちゃ」

それから、クライドが言い返す暇もなく、まったくの作り話をしはじめた。社交界の青年紳士とされるある人物――名はトム・ケアリー――に、近ごろ追いかけまわされていて食事やダンスに誘われ、デートの先約もしてたんだけど、あたし、つい今夜になって「すっぽかして」やることにした、それももちろん、とにかく今回はクライドに会うほうがいいと思ったからだ、という。だからケアリーを電話で呼び出し、今夜は会えない――いわばキャンセルする、と言ってやったの。でもそれなのに、従業員通用口から出たとたんあたしの目に入ってきたのは誰あろう、ほかならぬトム・ケアリーが待ってる姿なのよ。明るいグレーのラグラン外套とスパッツでビシッとめかし込んで、箱形セダンの自家用車までもってきてる。お望みならグリーンデヴィッドソンまで送ってやろうってわけ。ほんとにいいやつなんだから。でも、こっちにその気はなかった。とにかく今夜はね。だけど、この男をうまくまいてやったからよかったものの、さもなきゃあ引き止められていたかもね。でも自分のほうが先にあいつに気づいたから、反対のほうへ逃げてきたってわけ。

「あたしのちっちゃな足がサージェント通りをひらめくように走っていって、ベイリー小路に入っていく角を曲がったところなんか、見せてやりたかったな」自分の逃避行を自己陶酔的に描き出してみせる。それでもクライドはすっかりのぼせているものだから、ホーテンスとりゅうとしたケアリーとのやりとりについてのこの話を、ちゃちな作りごとすべて含めて事実として受けとめた。

それから二人はギャスピーのほうへ歩きだした。ワイアンドット通りに面し十丁目近くにあるレストランで、つい最近クライドが知ったことには、フリッセルよりもずっと高級だった。その途中ホーテンスは、あちこちのショーウィンドーで立ち止まってはのぞき込み、自分に似合いそうな半コートを見つけたいと本気で思ってると話した——今着てるのはくたびれてきてるし、近く新調しなけりゃならないのよ——そんなにせっぱ詰まってると聞かされるとクライドは、買ってくれないかとほのめかしているのだろうかと察するほかなくなる。もしこの子が必要としているのなら、小さなジャケットぐらい買ってやれたら、自分の株も上がらないだろうかとも。

ところが、今歩いている通りの先にルーベンスタインの店が見えてくると、そのショーウィンドーの照明に不足はなかったし、例のコートがそっくり目に飛び込んできた。そこでホーテンスは計画通り立ち止まった。「まあ、あそこのあのカアイらしい半コート見てよ」うっとりとした調子で語りはじめる。あたかもその美しさにはじめてとらえられて抱いたまっさらの第一印象であるかのような感激を全身であらわす。「まあ、見たこともないくらい愛らしくて、ステキで、キュートじゃなくって」しゃべり続けるその演技力は、コートへの欲望が高まるにつれますます冴えてくる。「ほら、ちょっと襟を見てよ。袖も、ポケットも。こんなにしゃれたのを見たことある？　あたしのちっちゃなお手々をあの中につっこんだら暖かいでしょうね」目の隅からクライドをうかがいながら、感動がちゃんと伝わっているか見極める。

それでクライドは、相手のあまりのご執心ぶりにつられて、少なからず好奇心をかき立てられ、コートをじっくり眺めた。きれいなコートであることに疑問の余地はない——えらくきれいだ。だけど、ヤバイ、こんなコートって、なにしろいくらぐらいするんだろう。この女がこんなコートにぼくの興味を向けようとしてるのは、買ってもらいたいからだろうか。チェッ、少なくとも二百ドルはするにちがいない。とにかく、こんなものの価値なんかわかるもんか。こんなコート買う余裕なんかないのは確かだ。しかもとりわけこんな時期に。母さんがエスタのためにぼくの余禄からたっぷり取っていくというのに。しかしながら、ホーテンスの態度にはどことなく、まさにそれこそ狙いであると伝えているみたいなところがあった。そのためにクライドはぞっとし、はじめのうちは麻痺したようになった。

だけど、悲しいことに自分に言い聞かせるようになったことには、ホーテンスがあれが欲しいというなら、あれを買ってくれるようなやつを誰か、間違いなく見つけ出せるのだろう——たとえばついさっき話題にしていたあの青年、トム・ケアリーなんかを。こっちにつきがなければ、あれはまさにそんなことしそうな女なのだし。だから、ぼくが買ってやれないとなったら、誰か別のやつが買ってやることになり、それでぼくは、そんなこともしてやれないというので軽蔑されることになるんだ。

クライドをひどくうろたえさせ、憤懣やるかたなくさせたことに、ホーテンスは大きな声で「ああ、あんなコートのためなら、あたし何だってあげちまうんだけどな」などと言ったのだ。そのときホーテンスは、ことをあまり露骨に表現するつもりではなかった。自分の奥底にある思いをクライドに如才なく伝えたかっただけだ。

だがクライドは、うぶであり繊細なんかではまったくないとしても、相手のあの言葉の意味を推しはかることぐらいじゅうぶんにできた。あの意味は——あの意味は——それがどういう意味か、そのときは自分で言葉にあらわす気にもなれなかった。だが今のうちなら——今のうちなら——あのコートが買える金額がぼくにありさえすれば。あの女がコートを手に入れるある一つの確実な方法を頭のなかでひねりまわしていることは、自分にも感じることができる。だけど、ぼくにはどうすることができよう。どうすれば。このコートを買ってやる段取りさえつけることができたら——一定の期日までに買ってやると約束することさえできたら、そりゃ、あまり高くないとしてだが、それならどうなる。まあ、あのコートの値段を教えてもらったあとででも、今晩、あるいは明日にでもどうかなどと、あの子に言ってやるだけの勇気がぼくにはあるだろうか。もしきみがあれしてくれたら

——まあ、そのときは——まあ、そのときは、そうさ、コートでも何でも欲しいものを買ってやるって。ただし、あいつがいろいろ些細なことでもいつもやってきたように、ぼくをだますようなことを、今度はほんとうにしないと確信できなきゃだめだ。コートを買ってやったのに、その見返りを何ももらえないなんてことに我慢したりするもんか——ぜったいに！

クライドはそんなことを考えているうちに、ホーテンスの横にいながら胸をときめかせ、身体を震わせた。そしてホーテンスが、そこに立ってコートを見つめながら考えるには、これを買ってくれる代わりに、あたし今口にしたこと——その見返りを払うのにあたしが他にどうするつもりだって言うのよ——それをものにするだけの才覚がこの男にないのならば、まあ、それならこれでおさらばね。あたしのためにこのぐらいのことすることもできないし、する気もないような人なんかと、あたしが遊び歩いたりするなんて考えてもらっちゃ困るわ。ぜったいに。

二人はギャスピーに向かってふたたび歩きはじめた。そして食事のあいだじゅうホーテンスの話は、ほとんどもっぱら——あのコートがいかに魅力的かとか、自分が着たらどんなにすばらしく見えることかとか。「嘘じゃないわよ」クライドには、あれを買ってやれるような能力なんか自分にあるのかどうか自信がないのだろうと見当をつけながら、ホーテンスは話のはずみで挑むように言った。「あのコート手に入れるために何らかの方法を見つけてやる。もしかしたら、ルーベンスタインの店に入っていって店主と直接交渉し、それなりの頭金を払ってやったら、きっと分割払いにしてくれるだろうって思うの。デパートの同僚の女店員で、前にそんなやり方でコート買った子もいるもの」これでクライドに援助しようと言わせることができるのではないかと期待して、とっさについた嘘だった。しかしクライドは、それがとてつもない値段なのではないかという不安にさいなまれ、どうしてやるとも言いかねていた。ああいうものの値段なんか推測することもできない——二、三百ドルもするかもしれないじゃないか——実行不可能ということになりそうなことを請け負って、あとで窮地に陥るのが怖くもあった。

「あれがいくらするのか知らないんだろ」おそるおそるそう訊いてみたものの、女のほうからの何の保証もしてもらっていないのにこの段階で少しでも現金を贈ったりしたら、その見返りとして期待できるのはこれまで受けとってきたものと変わらないということになっても、文句は言えなくなるじゃないか、と考えていた。この女がぼくを丸めこんで何かと買わせておいて、キスさえさせなかったことは忘れちゃいない。ぼくをもてあそんでおいて平気でいるみたいな素振りを思い出すだに、はらわたが煮えくりかえり、内心顔が赤らむ思いだ。そうでありながら、クライドが思い返していたのは、あのコートを買ってくれる人のためなら何だってすると――少なくともそれに近いことを、この女は言ったばかりじゃないか、ということだった。

「知らないわ」ホーテンスははじめのうち、正確な価格を告げるべきか、それとももう少し高く言ってやろうか迷ったために、答えをためらった。分割払いを頼んだら、ルーベンスタイン氏は値段を上げるかもしれないと思ったからだ。しかしながら、あまり高い値を言えば、クライドは助ける気になってくれないかもしれない。「でも、百二十五ドルは超えないと思うんだけど。あたしだってそれ以上出す気になれないわ」

クライドは安堵のため息を漏らした。やっぱり二、三百ドルなんてしないんだ。もし手頃な頭金で――たとえば五十ドルか六十ドルの頭金で――いいと話をまとめてくれたら、この先二、三週間のうちに何とか用意することもできるかもしれない、などと考えはじめた。でも、百二十五ドル全額をすぐにということなら、ホーテンスには待ってもらうしかないし、それに、ぼくは見返りをいただけるのかどうかも聞かせてもらわなきゃな――それもはっきりと。

「そりゃいい考えじゃないか、ホーテンス」と大きな声で言ったが、なぜそれがいいと思ったのかは何も言わなかった。「そうしたらいいじゃん。まず値段がどれくらいで、頭金はいくら欲しいのか、訊いてみたらいい。もしかしたらぼくが援助してあげられるかもしれないよ」

「まあ、それならほんとにすごいわ！」ホーテンスは手をたたいた。「まあ、ほんとに？　まあ、それってほんとにいかしてるわ！　これでもうあのコートはあたしのものよ。あたしがうまく話したら、お店の人もわかってくれるに決まってるもの」

クライドが見抜き恐れていたとおり、誰のおかげでコートが手に入りそうになっているのか、この女はすっかり忘れかけている。懸念していたとおりになってしまいそうじゃないか。ぼくが金を払うのが当然と思われてるんだ。

だが一瞬後には、クライドの浮かぬ顔に気づいてホーテンスは言い足した。「あなたってほんとにやさしくて、いい人ね、こんなふうに助けてくれるなんて。このご親切、あたしぜったいに忘れないから。そのうちわからせてあげる。後悔させないわよ。そのうちきっとね」クライドには快活に、気前よくさえ振る舞うつもりであることを伝えようと、まばたきして見せた。

この人ちょろくて、子どもみたいかもしれないけど、ケチではないのね、あたしも見返りをあげなきゃ。ホーテンスはそう心に決めた。遅くともきっと一、二週間内のことだろうけど、コートが手に入ったらすぐさまこの人にはよくしてあげるんだ――この人のために何か特別なことを。そして、自分の気持ちに重みをもたせ、ほんとうの意味を伝えるために、目をやわらかに潤ませながら、期待を持たせるように相手を見つめる――ロマンチックな演技の一端を披露したわけだが、そのためにクライドは力が抜けて、そわそわしだした。こんなふうに好意を浴びせられると、ちょっと怖いとさえ感じた。クライドが妄想するかぎり、そこには、自分にはとても太刀打ちできそうもないような生命力がこもっていたからだ。この女の前では自分がちょっと弱々しいような気がする――ちょっと怯えさえ覚える――この女の本物の愛欲が意味していると思われるものに直面しては。

にもかかわらずクライドは、あのコートが百二十五ドルでおさまり、総額を二十五ドルの頭金と、不足分を五十ドルずつ二回の分割払いにしてもらえるなら、何とかしてやろうと言い切るにいたった。するとホーテンスのほうで、早速翌日には話をつけに行ってみると答えた。ルーベンスタイン氏は、頭金二十五ドル支払ったらすぐに品物を渡してくれるよう説き伏せることができるかもしれない、もしそれが無理でも、ほぼ全額を払い終わるはずの第二週末には渡してもらえるように、などと。

そのあとホーテンスは、クライドに心底から感謝している気持ちを伝えようと、レストランからの帰り道、猫が喉を鳴らすようにささやくことには、このことはけっして忘れない、いまに見ててね――それに、まっさらのコートを最初に着るときはあなたに見せるために着るつもりよ。そのときあなたが非番だったら、どこかへ食事に行きましょう。でなきゃ、それがだめだったとしても、あなたが、というよりヘグランドがつぎの日曜日に出かけようと言ってるけど、延期になるかもしれないあの自動車の遠出の日には間に合うように、あのコートを手に入れるようにするわ。

ホーテンスはあるダンスホールへ行こうと言いだし、そこで思わせたっぷりにクライドにしがみついてきて、やがてクライドがちょっと震えてしどろもどろになってしまうような気分に浸りだした。

クライドはようやく帰宅すると、その日のことを夢のように思い返し、頭金を工面することも、たとえ五十ドルであろうと何の苦もなくできそうな気がして、安心しきっていた。というのも、ホーテンスとの約束に元気づけられ、ラッタラーかヘグランドから二十五ドルも借りて、コートの支払いが済んだら返済していこう、などという案をひねり出すにいたっていたからだ。

それにしても、ああ、美しいホーテンス。あの子の魅力、抵抗できず、力が抜けていきそうな、とてつもない歓喜。とうとう、そして間もなく、あの子がぼくのものになると思えるなんて。夢と変わらぬ境地であることにまぎれもない――信じがたいことが現実になったんだもの。

第十六章

翌日ホーテンスは約束どおり、ルーベンスタイン氏をふたたび訪れた。そして、持ち前のずるがしこさを遺憾なく発揮して、いろいろな留保をつけながら、いかなる困難に自分が直面しているかということを訴えた。ひょっとしてあのコートを百十五ドルの分割払いで売っていただけませんか。これを聞いたとたんルーベンスタイン氏は重々しく首を横に振りはじめた。私どもは分割払いの店ではありませんで。そんな商売をするつもりなら、二百ドルの値をつけても楽に売りさばけますからな。

「でもあたし、あのコートを受け取るときに五十ドルもお支払いできるんですのよ」ホーテンスは言い張った。

「けっこうですね。でも、残りの六十五ドルは誰が保証してくださるんですか。いついただけるんで」

「来週に二十五ドル、再来週に二十五ドル、その次の週に十五ドル、お支払いします」

「なるほど。でも、あなたがコートをもっていった翌日に自動車事故で亡くなったとしたら。そういう場合はどうなります。どのようにしてお金をいただけますか」

さて、これは難問だった。だって、コートの代金を誰かが払ってくれると証明できる方法なんか、ほんとうにぜんぜんないもの。それに、それ以前に、契約書を作ったり、確実に責任をとれる――保証人になってくれる人――たとえば銀行家のような人――を見つけてきたりするという、厄介な手続きをあれこれしなければならない。

だめ、だめ、私どもは分割払いの店ではありませんで。現金取引の店なんです。だからこそこのコートを百十五ドルで提供しているわけで。一ドルだっておまけするわけにいきません。一ドルだってね。

ルーベンスタイン氏はため息をついたあげく、しゃべり続けた。それでホーテンスはとうとう、七十五ドルを即金で払い、残りの四十ドルは一週間後に払うということにしてもらえないかと訊いた。そしたらその場でコートを渡してくれませんか――家に持ち帰ってもいいと。

「でも、一週間後って――一週間後ね。一週間なんて何ですか。来週なり明日なりに七十五ドルもってきて、その一週間後か十日後に四十ドルもってくることができるとおっしゃるなら、一週間待って百十五ドル全額まとめてもってきたらいいじゃないですか。それでコートはあなたのものになり、厄介な手続きなんてしなくていいんですから。あのコートは置いていってください。明日もう一度いらして、内金として二十五ドルか三十ドル払ってください。そうしたらあのコートをショーウィンドーから取り出して、あなた用としてしまっておいてあげます。それなら誰の目にも触れませんよ。次の週か二週間以内に差額をもってきてください。そのときにあれはあなたのものになります」ルーベンスタイン氏はこの手続きを、噛んで含めるかのように説明した。

だがそういう説明がなされてみると、文句のつけようがなかった。ホーテンスには反駁の余地がほとんど残されていなかった。同時に気力も少なからずそがれてしまった。今すぐ持って帰れないなんて。しかしながら、いったん店から出ると、元気が戻ってきた。だって、指定された時間はすぐに過ぎてしまうし、クライドがさっさと約束を果たしてくれたら、コートは自分のものになるんだもの。こうなったら大事なのは、このすばらしい取り決めを結ぶのに必要な二十五ドルか三十ドルをクライドに出してもらうことよ。ただし今度は、あのコートに釣りあう新しい帽子が必要だと思えてきたから、コートの値段は百十五ドルでなくて百二十五ドルだと言ってやろうと決めた。

そして、そんな結論を聞かされたクライドは、それは——いろんな角度から考えてみても——なかなか妥当な取りはからいだと受けとめた。この前ホーテンスと話して以来のしかかっていた重圧から、ちょっと抜け出せた気がした。というのも、この一週間内に三十五ドル以上の金をとにかくどうして工面できるか、やっぱり見当がつけられなかったからだ。次の週は幾分楽になるだろう。そのときまでにはラッタラーに、二十ドルか二十五ドル貸してくれないかと持ちかけるつもりだったからだ。そいつと、自分がチップで稼ぐ二十ドルか二十五ドルとを合わせれば、二回目の支払い分をじゅうぶんまかなえるだけの額になる。その次の週はヘグランドに、少なくとも十ドルか十五ドル——もしかしたらもっと——借りるつもり。そして、それでも必要な額に達しない場合は、自分の時計を質屋にもっていき十五ドル借りる。二、三ヶ月前に自分のために買った時計だ。少なくともそのぐらいの金にはなるはずだ。五十ドルもしたんだから。

だが、そこでクライドは思った。エスタがあのみすぼらしい部屋で、一度っきりのロマンスから生じたきわめて不幸な結果を待っているのだ。エスタはどのようにしてやっていけるだろうか、と心配だった。エスタや家族がぶち当たる経済的困難に自分も巻きこまれるのはいやだと不安に思っているくせに、心配になることに変わりはない。父さんは今度も、経済的な面でじっさいに母さんの助けにはなりそうもないし、これまで一度も助けになったことなんてないんだ。それにしても、だからといってぼくの肩に重荷を移されたりすれば、ぼくのやりくりはどうなる。何で父さんはいつも時計や絨毯の行商をやりながら、街頭で説教なんかしていなきゃなんないのか。母さんや父さんはいったい何で伝道なんて考えを棄てることができないんだ。

だが、クライドにもわかっていたが、自分が助けないかぎり窮状は打開できそうもなかった。それがはっきりしたのは、ホーテンスとの取り決めでの二週目も終わりかけた頃、つぎの日曜日にホーテンスに渡すつもりでポケットに五十ドル入れて、出勤のための着替えをしていた寝室に、母親が顔を出してこう言ったときである。

「クライド、出かける前にちょっと相談があるんだけど」そう言ったときの母の沈痛な面持ちを見てはっとした。実のところ、これまで何日間か、母が何か屈託を抱えているらしいと感じさせられていたのだ。同時に、そのあいだじゅう頭を占めていた考えは、自分の稼ぎがいわば抵当にとられている状態なのだから、自分にはどうしてやることもできないということだった。いや、どうにかしてやろうとすれば、つまりホーテンスを失うことになる。そんなこと、とてもする気になれない。

それにしても、どんなもっともらしい口実をつくったら、母を少しぐらい助けてもやれないなんて言えるだろうか。とりわけ、今着てるような服を着て、あちらこちらと遊び歩き、いつも仕事のためだなんて口実を使っているけれど、たぶん自分が思ってるほどには母をだませていない現状に照らせばなおさらだ。確かにほんの二ヶ月前は、週十ドル余計に五週間、母に渡す約束をして、そのとおりにはした。だけど、ああした結果、そうするために自分がぎりぎりまで節約していることをわかってもらえるように、そのときは説明しようとしたのだけれど、おそらくは、自分にはまだ出せるだけの余禄があることを母に証明しただけになったのだ。そうだとしても、母のためを思えばひどく気持ちがぐらつくものの、ホーテンスに対する欲情に迫られているかぎり、とても折れるわけにはいかなかった。

ちょっと経ってからクライドは居間に入っていった。すると、母はすぐに先に立ち、いつものとおり伝道所に並んでいるベンチの一つに連れていった――この頃は陰気で寒々とした部屋になっている。

「こんなこと、クライド、おまえに話さなきゃならなくなるなんて思ってもみなかったんだけどね。でも、ほかにどうにもしようがなくてね。おまえも大人になりかけているし、おまえ以外に頼りにできる人もいないんだよ。でも、他の誰にも話さないと約束しておくれ――フランクにもジュリアにも父さんにもね。みんなには知らせたくないの。ところでエスタはカンザスシティに帰ってきていて、厄介なことになってるんだよ。なのにどうしてやったらいいのか、わたしにはわからなくてね。私にはどうにかするためのお金もないし、父さんもこうなったらもうあまり助けにはならないし」

母は疲れきったような手つきで思わず額をさすり、クライドにはどういう話になるか察しがついた。最初に思ったのは、エスタがこの市にいるとは知らないふりをしようということだった。この間ずっとそんなふうに装っていたからだ。だがこうなったら、母の困惑を間近に見、これまでの頬被りを続けようとしたらびっくりして見せなければならない必要に嫌気がさして、とつぜん「ああ、ぼく知ってるよ」と言った。

「知ってるって」母は驚いて聞き返した。

「ああ、知ってるよ」とクライドは繰り返した。「ある日の朝、ボードリー通りを歩いていたら、母さんがあの家に入っていくところを見たんだ」もう冷静を取りもどして打ち明けた。「そしてそのあと、窓から顔をのぞかせたエスタも見たんだ。それでぼくは、母さんが出ていったあとあの家に入っていったのさ」

「どれくらい前のことなの」何よりも時間稼ぎをするための質問だった。

「ええと、五、六週間前のことだったと思うよ。その後も二、三度会いに立ち寄ったんだけど、エスタも黙っていてくれって言うんでね」

「ツ！　ツ！　ツ！」グリフィス夫人は軽く舌打ちした。「じゃあ、おまえはどんな厄介か知ってるんだね」

「ああ」とクライドは答えた。

「そうなの、何ごともなるようにしかならないもんだねえ」あきらめたように言う。「フランクやジュリアには言ってないだろうね」

「言ってないよ」とクライドは思いやりをこめて答えたが、母が秘密にしようとしていたのに失敗に終わったことを気の毒に思った。母さんは誰かをだませるような人じゃない、父さんだってそうだ。自分ははるかにもっとずるい人間になったと思った。

「それなら、言ってはいけないよ」母はものものしく警告した。「知らないのに越したことないと思うわ。そうでなくても困ったことなんだからね」母はちょっと口のあたりをゆがめながら言い足したが、その間クライドは自分とホーテンスのことを考えていた。

母はしばし間をおいてから、目に悲しげな、灰色のもやに包まれた表情を浮かべながら、言葉を継いだ。「それにしてもあの子が、自分にもわたしたちにもこんな災厄をもたらしてくれたなんて思うと。しかも、こんなこと、わたしたちとはまったく縁のないはずなのに。あの子だってあれほど教えを受けさせてきたのに――しつけをね。『不信実な者の道は――』［「箴言」一三・一五］」

母は首を横に振り、大きな手を強く握り合わせた。その間クライドは見つめながら、この調子では自分に何が求められることやら、と考えていた。

母はそこに座ったまま、こんな結果を招いたことに自分自身も独自の負い目があると悟らされ、当惑しきっていた。嘘をつく点では、実は自分もみんなと変わりがなかったのね。それでクライドがこうして、わたしの嘘偽りや策略を見抜くことになり、わたし自身はあさはかで不誠実な人間に見えることになったわけね。でも、わたしがやろうとしていたのは、息子をこんな目に遭わせないよう救おうということだけじゃないの――この子や他の子たちを。それにこの子はもういい歳なんだから、そんなことわかるはずよ。それでも、どうして嘘を言ったか説明にかかり、そんなことをしてほんとに遺憾だと思っていると言った。同時に、今はこのことで息子に援助を頼まざるをえなくなったのだということも説明しだした。

「エスタの具合が悪くなりそうなんだよ」と不意に硬い声で言いだした。口を利いているうちはどうやらクライドと目を合わせられないか、少なくとも目を合わせたくないらしいのだが、それでもなるべくありていに話そうと腹を据えている。「すぐにでもお医者さんや、わたしが行ってやれないあいだずっと付き添ってくれる人が必要になる。どこかでお金を作ってこなくちゃならない——少なくとも五十ドルね。おまえ、何とかしてそれだけのお金、誰かお友だちの若い人から借りてきてくれないかね。二、三週間だけ貸してもらうのさ。おまえがその気になりさえしたら、すぐに返せるはずじゃないかい。返すまではおまえの部屋代ただにしておくから」

そこで母はせっぱ詰まり、クライドを食い入るように見つめたので、クライドはその哀訴の意気込みと説得力にすっかりまいってしまった。それで母の顔にあらわれている気鬱の影をさらに増すようなことを言いだしかねているうちに、母は付け加えて言った。「先日のお金も、実はね、あの子の——あの子の」——そのつぎにどんな言葉を使えばいいのかわからなくて言いさしていたが、ついに続ける——「夫が、ピッツバーグにあの子を置き去りにしたあと、あの子をこちらへ帰ってこさせるために使ったんだよ。おまえもそれはあの子から聞いたんだろう」

「ああ、聞いたよ」というクライドの答えは重苦しく、悲しげだった。何はともあれエスタの状態はせっぱ詰まっていることが明白なのに、自分はそのことに思いをめぐらしもしなかったのだから。

「ヤバイ、こまるなあ、母さん」と声を高めた。ポケットのなかにある五十ドルやそれをどこにもっていくつもりになっているかを考えると、どうも心穏やかでいられなかった——まさに母さんが必要としているのと同じ額じゃないか。「そんなことできるかどうか、わかんないんだもの。そんなことしてくれそうなくらい金のあるやつなんか、知り合いにいないよ。仲間の連中だってぼくと同じくらいしか稼いでないし。少しくらいなら借りられるかもしれないけど、それじゃあ、たいして役に立ちそうもないよね」クライドはちょっと息が詰まり、唾を飲み込んだ。こんなふうに母親に対して嘘をつくのは容易でなかった。じっさい、こんな厳しい問題にからんで嘘をつくような経験は一度もしたことがなかった——しかもこんな卑劣な嘘を。というのも、今ポケットに五十ドルあって、一方にはホーテンス、他方には母さんと姉さんがいて、この金はホーテンスの問題を解決するとすれば、母さんの問題だって解決するのだから。そのほうがもっと立派な使い道なのだし。母さんを助けてやらないなんて、なんてひどいことか。ほんとに、母さんの頼み事をことわったりするなんて、どうしてできるんだ。クライドはびくびくと唇を嘗め、額を手でぬぐった。冷や汗が顔に吹き出てきたからだ。自分が追い詰められ、下劣で、この状況のなかで無能をさらしている人間であるような気がした。

「じゃあ、今すぐ出せて、わたしに渡せるお金が少しでもないかい」母はなかば懇願した。エスタの置かれている状態では、すぐにでも現金を必要としていることがいくらでもあるのに、お金はほとんどなかったからだ。

「いや、もってないよ、母さん」クライドは一瞬きまり悪そうに母を見やったが、すぐに目をそらした。もし母自身がこれほどうわの空になっていなかったら、息子の顔にまざまざとあらわれた嘘を見抜いていただろう。現にクライドは、自己憐憫と自己嫌悪の入りまじった心の疼《うず》きにさいなまれていた。母に対するやましい思いに根ざした疼きであった。ホーテンスをあきらめるなんて気になれない。どうしても自分のものにしなければ。それにしても母さんの様子ときたら、こんなにも孤立無援で無力だ。恥ずかしい。ぼくは卜劣で、ほんとうにさもしいやつだ。こんなことしたためにいずれ罰が当たることにならないだろうか。

クライドは何か別のやり方を考え出そうとした――この五十ドルより多くの余分なお金を多少稼ぐのに役立ちそうな方法が何かないか。もう少し時間的余裕があったらなあ――あと二、三週間の余裕が。ホーテンスがこのコート問題をちょうどこんなときに持ちだしてくれさえしなかったら。

「ぼくにできそうなことと言ったら」とクライドは話を続けたが、母はがっかりして「ツ！　ツ！　ツ！」と舌打ちしたのに対して、愚かしいことをのろのろとつぶやくだけだった。「五ドルでも何か役に立つかい」

「さあ、ないよりましだろうね。何かに使えるさ」

「じゃあ、それくらいなら何とかできるよ」と言ったクライドは、来週のチップからそれくらい出して、来週はずっと幸運が続いてくれることを頼みにしようと考えた。「来週はまたどうにかできないか、考えてみるさ。そしたら十ドル持ってきてあげられるかもしれない。確かなことは言えないけどね。先日渡した金は一部借金だったから、その返済がまだすんでないんだ。それなのにまたもっと借りたいなんて言ってまわったら、連中はなんて考えるか――まあ、母さんにもわかるよね」

母はため息をついた。息子ひとりにここまで頼らなければならない惨めさをかみしめた。しかも、息子はまさに世に出ようとしているときなのに。息子は後年このことを振り返って何て思うだろう。わたしのことはどう思うだろう――エスタのことは――家族のことは。だってクライドは、世に出てことをなそうという野心や勇気や欲望があるにしても、肉体的にあまり強いほうではないし、道徳的ないし知的にしっかりしたところの欠けている子だと前から思っていたのだもの。神経や感情に関するかぎり、この子はときにわたしよりも父さんの素質を受け継いでいるみたいだ。それにだいたいは何かと興奮しやすいたちだ――固くなり、緊張する――こういうことをうまくこなせない人間みたい。それなのに、エスタとその情夫や二人の同棲とその不幸な結末のせいだとはいえ、そういう緊張をあの子にこれまで強いてきたのは、大部分このわたしなんだし、今もそうなんだわ。

「そうかい、できなきゃできないでいいんだよ。何か別のやり方を考えなきゃならないというだけでね」だが今のところ、これといってはっきりしたやり方など、どこにも見当たりはしない。

第十七章

ヘグランドが運転手をしている友だちと結託して、つぎの日曜日に出かけようと持ちかけ手配していた自動車の遠出に関して、計画変更が知らされた。車はその日――何と高級車パッカードだ――使えない、使うとすれば今週の木曜日か金曜日にするほかなく、そうでなければまったくあきらめざるをえないというのだ。というのは、前からみんなが聞かされていた、厳密に言えば事実どおりとは言えない説明によれば、車の所有者はキンバーク氏という年配のたいへんなお金持ちで、この時期にアジア旅行に出かけているということだったが、友だちというのがキンバーク氏のお雇い運転手だなんていうのは事実に反していて、キンバーク氏所有の牧場で管理人をしているスパーサーという人の、自堕落な道楽息子にすぎなかった。この息子は管理人の息子の分際《ぶんざい》に甘んじない箔をつけたがっていたし、たまに夜警として雇われ、並んでいた自動車に近づくことができたものだから、なかでも一番高級な車を選んで、それを乗りまわすことにしたというわけ。

ホテル仲間といっしょにどこかへおもしろいドライブに出かけようと言いだしたのはヘグランドだった。だが、みんなを誘ったあと、二、三週内にキンバーク氏が帰国してくるようだという話が伝わってきた。そのためにウィラード・スパーサーはすぐに、もう車を使わないほうが無難だろうと判断した。キンバーク氏が思いがけないときに戻ってきたりすると、うっかりつかまってしまうかもしれない。そんな心配を打ち明けられたヘグランドは、ドライブに行きたくてうずうずしていたので、鼻であしらった。とにかくもう一度くらい利用したっていいだろ。今度の計画には仲間みんなを焚きつけてしまってるんだもの、今さらがっかりさせたりしたら気がすまないぜ。日程はつぎの金曜日、正午から六時までと決まった。そしてホーテンスはあの目論見を少し先延ばしにしたから、クライドに同行することにした。クライドはもちろんドライブに誘われていたのだ。

だが、ヘグランドがラッタラーやヒグビーに説明したことによれば、車を所有者の同意なしに使うからには、中心街からちょっとはずれたところで落ち合う必要があった——男たちは十七丁目ウェスト・プロスペクト近くの閑静な通りに集まることにすれば、そこから、女たちにとってもっと便利な集合場所であるワシントン通り二十丁目へ向かうことにすればいい。そのあとは西パークウェイ経由でハンニバル橋を渡ってから北東へ道をとり、ハーレム、ノースカンザスシティ、ミナヴィル、それからリバティ、モスビーを通り抜けてエクセルシャースプリングズまで突っ走る。そこでのおもな目的地は小さな旅籠《はたご》——ウィグワム亭——エクセルシャーの手前一、二マイルのところにある年中無休の店だ。実際はレストランとダンスホールとホテルを兼ねている。蓄音機とウーリッツァー［電気ピアノのメーカー］自動ピアノがあり、音楽に不足はなかった。この連中のような集団がやってくるのもめずらしくはなく、ヘグランドもヒグビーも何度か訪れたことがあって、カッコいい店だぞと吹聴していた。食い物はうまいし、道路もいかしてるんだ。店のすぐ下を小さな川が流れていて、そこで少なくとも夏は舟遊びや釣りができる。冬に氷が張っていればスケートするやつらもいる。確かにこの時期——一月——には、道路に雪がビシッと積もってるけど、通っていくのはわけないし、景色はきれいだ。エクセルシャーからそう遠くないところに小さな湖があるから、この季節にはそこも氷が張ってるぞ。いつも度はずれな空想家ではしゃぎやのヘグランドの言うには、みんなでそこに行ってスケートするのもいいじゃん。

「みんな、聞いたか、こんなドライブに行こうというのにスケートしようなんて言ってるやつがいるぞ」とラッタラーは皮肉っぽい差し出口をはさんだ。こういう場合はそんなスポーツなんかにかまけたりしないで、ひたすらナンパにいそしむべきだ、という考え方なのだ。

「ケッ、てやんでェ、おもしろいこと思いついたからって、いちいちこきおろされなきゃなんねえってか」思いつきを口にした本人が言い返した。

このような成り行きに多少とも後ろめたさを覚えていたのは、スパーサーを別にすればクライド一人だけだった。クライドからすれば、利用する車がスパーサーでなく雇用主の所有するものであるという事実は、はじめから懸念のもとであり、ほとんど腹立たしいほどだった。他人のものを、たとえ一時的にせよ持ち出したりするなんて、気に入らなかった。何か起きるかもしれない。見つかってしまうかもしれないじゃないか。

「ぼくたち、こんな車で出かけたりするのは危ないと思わないのかい」ドライブに出かける数日前クライドは、車がどこから持ち出されるのかすっかり理解できた段階でラッタラーに訊いてみた。

「さあ、どうかな」とラッタラーは答えた。こんな考え方ややり方に慣れていたから、大して気にしていなかったのだ。「車を持ち出すのはおれじゃないし、おまえでもないだろ。あいつが持ち出したいというなら、こっちの知ったこっちゃないさ。あいつがいっしょにきてくれと言うなら、おれは行くよ。行っちゃいけないわけなんかあるか。おれはただ時間どおりにここに連れて帰ってきてほしいだけさ。おれの心配はそれだけしかないね」

それにヒグビーもそこに来合わせ、まったく同じ受けとめ方を吐露した。だがクライドの心配はおさまらなかった。この企てはうまくいかないかもしれない。こんなことしたために仕事を失うかもしれないじゃないか。だが、あんなすばらしい車でホーテンスや他の仲間たちといっしょにドライブに行くと思うとすっかり夢中になり、出かける誘惑に抗しきれなかった。

この週の金曜日、正午直後にドライブの参加者数名が、示し合わせていた地点に集合した。鉄道操車場近く、十八丁目とウェスト・プロスペクトの交差点でヘグランド、ラッタラー、ヒグビー、クライドが落ち合う。ヘグランドの彼女メイダ・アクセルロッド、ラッタラーのガールフレンド、ルシール・ニコラス、ヒグビーの女友だちティーナ・コーゲル、それに、ティーナ・コーゲルがスパーサーに紹介するために連れてきたもう一人ローラ・サイプが、ワシントン通り二十丁目で合流。ただ、ホーテンスだけは間際になって、家に何かを取りにいかなきゃなんないから自宅のあるジェネシー通り四十九丁目まで回り道してきて、などとクライドに伝言してきたので、遠回りしたのだが、みんな文句タラタラだった。

一月下旬のその日は、雲が低く垂れこめ、とくにカンザスシティとその周辺あたりは曇りがちの天候だった。ときどき今にも雪が降りそうになる——一行にとっては、はなはだ趣があり絵になりそうな眺めが期待できた。雪が好きなのだ。

「あら、ヤバイ。降ってくれないかなあ」誰かがその可能性を口にすると、ティーナ・コーゲルはそう叫んだ。ルシール・ニコラスは「ワア、あたし、たまに雪が降るの見てるのが大好きなの」と付け足した。ウェストブラフ道、ワシントン通り、二丁目通りを通ってからハンニバル橋を渡り、ハーレムに入っていって、そこから歩哨のように並んでいる丘のあいだを縫うように川沿いを曲がりくねって走る道路を通り、ランドルフ・ハイツからミナヴィルまで行く。その先モスビーやリバティまでの道路に入るが、その路はさらに快適だったし、小さな農場や一月らしい荒涼として雪に覆われた丘がちらりと見えたりして、興味が尽きなかった。

クライドはカンザスシティに引っ越してきてからずいぶん経っているにもかかわらず、あまり遠くまで出かけたことがなかった。西はカンザス・シティのカンザス州側へ越えたあたりまで、東はスウォープ・パークの原生林まで、カンザス川やミズーリ川方面にしてもアージェンティンとランドルフ・ハイツにはさまれた地域あたりぐらいまでしか行ったことがなかった。だから、こういうドライブの経験すべてが旅とは何かをそれとなく教えてくれているような気がして、すっかり我を忘れた——遠くへの旅。日常見慣れた光景とは何もかもすっかり違ってる。しかもこの日のホーテンスは、やけに愛想がよくて親密な態度を示してくれる。座席でクライドに寄りそうように座った。クライドは、他の連中がすでにそれぞれの彼女を親しげに抱き寄せているのに気づき、自分も相手に手をまわして引き寄せてみたら、べつに拒まれもしなかった。それどころかホーテンスは顔を上げ、「あたし、帽子を脱がなきゃなんないみたいね」と言った。他の連中は吹き出した。そのすばやくきびきびした反応には、ときにどことなく笑いを誘うところがあった。そればかりか、新しい髪型に結い、また一段と器量よしなところを発揮してきたので、みんなに見てもらいたくて仕方なかったのだ。

「向こうにはダンスできるところがあるの?」ホーテンスは他の者たちに目をくれようともせずに話しかけた。

「アタリキさ」とヒグビーは言った。すでにティーナ・コーゲルに帽子を取るように説き伏せ、しっかり抱きしめている。「あそこにゃ自動ピアノと蓄音機があるんだからな。おれもうっかりしてなきゃ、コルネットもってきたんだがな。おれはあれでディキシー吹けるんだぜ」

車は雪に覆われた畑のまっただなか、白い雪道を猛スピードで突っ走った。実のところスパーサーは、自分がこの瞬間は車のほんとうの所有者然とかまえているうえに、運転の名手だと自負しているものだから、こんな道路でどれくらいの速度が出せるか試してみようとしていた。

左右を暗い影絵のような林が走りすぎる、遠くの畑や歩哨のような丘が浪のように上がったり下がったりする。あるところでは、案山子《かかし》が腕を広げ、朽ちかけたとんがり帽子を飛ばされそうになりながら風にあおられているのが間近に見えた。そしてその近くから一群のカラスが飛び立ち、前景の雪景色の奥に見える薄く鉛筆で書いたような遠くの林目ざしてまっしぐらに去っていった。

運転席にはスパーサーがローラ・サイプを横に座らせ、こんな超高級車も慣れたものさ、というような顔で運転している。ほんとうはホーテンスに食指が動いているのだが、とにかく当面はローラ・サイプに多少とも心遣いを見せてやるのが義務だと思っていた。そして、色事に関して他の連中に引けをとるものかとばかり、片手で運転しながらもう片方の腕をローラ・サイプの体にまわしている。この離れ業にクライドは、そもそも車を持ち出すことにまだ疑念を払拭しかねているのだから、気が気でない。こんなスピードの運転では事故でも起こしてひどい目に遭うことになるかもしれない。ホーテンスはと言えば、スパーサーが明らかに自分に関心を示しているし、ローラ・サイプに多少とも心遣いを見せているのは、好きであろうと嫌いであろうと仕方なしにやってるという事実に、もっぱら気をとられている。それで、スパーサーがローラを引き寄せ、カンザスシティで車を乗りまわすなんてやったことあるかなどと偉そうに訊いているのを目にしても、ホーテンスはただ腹のなかでニヤリとするだけだった。

だがラッタラーは、運転席の風向きに気づくとルシール・ニコラスを肘でこづき、それを受けてルシールがヒグビーをこづき、前方の席で進行中のいちゃつき合いに目を向けさせた。

「そっちの前の席で調子よくなってきてるじゃないか、ウィラード」とラッタラーは愛想よく声をかけた。友だちになっておこうというつもりだ。

「そんなところだ」とスパーサーは振り返ることなく、陽気に答えた。「あんたはどうだい、カワイ子ちゃん」

「あら、あたし、いい気分よ」とローラ・サイプは答えた。

一方クライドが考えていたのは、ここにきている女の子たちのなかにホーテンスと同じくらいきれいな子は一人もいないということだった——足もとにも及ばないね。ホーテンスは赤と黒のドレスに、それと合わせた黒っぽい赤のボンネットをかぶったいでたちでやってきていた。そして左の頬には口紅をつけた小さな口の下あたりに、前に写真で見かけた美女の真似をして小さなつけぼくろを貼っていた。じつは、ドライブが始まる前から同行の誰よりも目立ってやろうと決心してきたのであり、今や自分が成功しているという実感を味わっているのだった。クライドも心ひそかにホーテンスに同意していた。

「きみはこのなかでいちばん魅力的だよ」とクライドは、ホーテンスをやさしく抱き寄せながらささやいた。

「ヤバイ、あんた、その気になれば甘い言葉も吐けるのね」とホーテンスは素っ頓狂な声をあげたので、みんな大笑いし、クライドはちょっぴり顔を赤くした。

ミナヴィルを過ぎて六マイルほど行ったあたりで窪地の曲がり角にさしかかる。そこにあった田舎の店でヘグランド、ヒグビー、ラッタラーが車から降り、キャンディ、タバコ、ソフトクリーム、ジンジャーエールを買ってきた。それからリバティを通り、エクセルシャースプリングズの手前数マイルまでくると、例のウィグワム亭が見えた。高台を背にしてひっそり立っている古い二階建ての農家にすぎない。しかし、その片側にもっと新しくて大きな一階建ての増築部分がくっついていて、そこに食堂、ダンスフロアがしつらえられてあり、その片端には仕切りで隠してあるようなバー［禁酒法違反を隠蔽する弥縫策］もあった。このなかの大きな暖炉には、心地よさそうな火が燃えさかっていた。道路の向こう側の窪地にはベントン川という、じつは川というよりほんの細流があって、今は凍っているはずだった。

「ほら、川だぞ」とヒグビーが陽気な声をあげながら、ティーナ・コーゲルを助けて車から出してやった。道中何杯か飲んだためにすでにかなり酔っていた。一行はしばらく立ち止まって、木々のあいだをうねっている川筋を感心したような面持ちで眺めていた。「おれはスケート持ってきてあそこに行こうって言ったのによ」ヘグランドはため息をつく。「なのに、みんなその気がねえなんて言いやがって。まあ、仕方ねえだよ」

そのときにはすでにルシール・ニコラスが、この旅籠の小さな窓の一つにちらちら光る炎が映っているを見つけ、「まあ、見て、暖炉もあるんだわ」と声高に言った。

車を駐車し、みんなでぞろぞろ旅籠へ入っていくと、ヒグビーが早速大きなジュークボックスのところまで行って五セント玉を入れ、騒がしくけたたましい音楽をかけた。これに負けじとばかりいたずらっ気を起こしたヘグランドは、片隅にあった蓄音機に駆けつけると、そこにたまたまあった「グリズリー・ベア」［ジョージ・ボッツフォード作詞、アーヴィング・バーリン作曲、一九一〇年の流行歌］のレコードをかけた。

みんなが知っているこの曲が鳴りだしたとたん、ティーナ・コーゲルは叫んだ。「ねえ、あれに合わせてみんなで踊ろうよ。あっちの古ぼけた機械を誰かとめてくれない」

「いいよ、曲が終わったらね」ラッタラーが笑いまじりに説明した。「あいつをとめるには、五セント玉を食わせないようにするしかないからな」

　だがそこにウェイターが入ってきたので、ヒグビーはみんなの注文をとりまとめだした。そしてその間にホーテンスは、自分の魅力をひけらかそうとしてフロアの真ん中に出ていき、グリズリー・ベアが後足で立って歩く真似をしはじめた。その身ぶりはなかなか剽軽《ひょうきん》だった——じつにじょうず。するとスパーサーは、フロアの真ん中にこの子がひとりでいるのに目をつけ、何とか気を引きたいと思っていたから、自分もそのあとについていき、背後で動作を真似しはじめた。ホーテンスはスパーサーが器用で、ダンスしたがっていると見ると、しまいにクマの真似をやめて、両腕を預けてはみごとなほどきびきびしたワンステップで部屋中を踊りまわった。ダンスがそんなにうまくもなかったクライドは、たちまち嫉妬心にとらわれた——苦しいほどだった。ホーテンスに夢中になっている身としては、こんなに早々と見棄てられるなんて不当だという気がした——まだことが始まったばかりじゃないか。だがホーテンスは、世慣れているらしいスパーサーに興味をもちだしていたから、しばらくはクライドにまったく目もくれず、新たな征服目標たるこの相手とダンスを続けた。虜にしてやったこの男のリズム感は、あたしのリズム感とぴったり合ってるみたい。すると、他の連中も乗り遅れまいとして、すぐに相手を選び出し、踊りはじめた。ヘグランドはメイダと、ラッタラーはルシールと、ヒグビーはティーナ・コーゲルと。この結果クライドに残されたのはローラ・サイプだけになったが、あまり好きになれそうもない相手だった。申し分のない女の子とはほど遠い——ふっくらとした丸顔に色気に乏しい青い眼——それに、クライドはすごい技巧など持ち合わせていなかったから、ありふれたワンステップでしか踊れないが、他の連中ときたら、屈むわ、よろめくわ、旋回するわの華やかさ。

　胸が悪くなるほどの憤怒に駆られながらクライドが見てとったことには、スパーサーはまだホーテンスといっしょにいるばかりか、きつく抱きしめて相手の目をまっすぐのぞき込むようにしている。ホーテンスはされるがままでいる。こんなのを見せつけられると、胃の底に鉛の塊でも転がっているような気がする。あの車を持ってきたこんな成り上がり野郎をホーテンスが好きになりだしたなんて、許されるだろうか。しかも、あのプレゼントをしたのだから、ぼくを好きになってくれるという約束だったじゃないか。ホーテンスの気まぐれさ加減が身にしみて覚らされた——もしかしたらほんとうはぼくに関心なんかないんだ。どうにかしてやりたい——ダンスをやめて、ホーテンスをスパーサーからふりほどいてやるとか。だが、今かかっているこのレコードの曲が終わるまではどうにもならない。

　やがて、ちょうどこの曲が終わったとき、ウェイターがトレーを持って戻ってきて、小さなテーブルを三つつなぎ合わせたのに、カクテル、ジンジャーエール、サンドイッチなどを並べた。みんなダンスをやめてそちらへやってきたが、スパーサーとホーテンスだけはやめなかった——その事実をクライドはすばやく心にとめた。あいつは薄情な浮気女だ！　やっぱりほんとうはぼくのことなんか気にかけちゃいないんだ。しかも、好きだなんてぼくに思わせたあげく、それもつい先日のことじゃないか——それで、あのコートについてはぼくに助けさせたくせに。あんな女、どうとでもなれ。今に思い知らせてやる。それなのにぼくはあの女がなびいてくれるのを待ったりしてた。これじゃ堪忍袋の緒もきれたぞ。しかし、暖炉のそばにしつらえられたテーブルのまわりに他の連中が集まりだしたのを見ると、ホーテンスとスパーサーはダンスをやめて近づいてきた。クライドは顔面蒼白、むっつりしていた。片端に突っ立ち、無関心を装っていた。そしてローラ・サイプはすでにクライドの激怒に気づき、そのわけも悟っていたから、クライドから離れてティーナ・コーゲルのそばに寄っていき、そのわけについて説明した。

　そのうちホーテンスは、クライドの仏頂面を目にとめて、「グリズリー・ベア」の一節を口ずさみながらそばへやってきた。

「ヤバイ、愉快だったわね」と話しだす。「ヤバイ、ああいう音楽に合わせて踊るのって、あたし大好き！」

「そりゃ、きみには愉快だったろうさ」とクライドは応じた。羨望と落胆で煮えくりかえっていた。

「あら、どうしたの」ホーテンスは心証を害したように声を低くして尋ねたが、察しもつかないようなふりをしながら、相手が何で怒っているのか十分承知していた。「まさか、あたしがあの人と最初に踊ったから頭にきたなんて言うんじゃないでしょうね。まあ、何てバカバカしい！　あのとき出てきて、あたしと踊ったらよかったじゃない。あの人があそこに出てきたんだもの、ことわるわけにいかないでしょう」

「ああ、そりゃもちろんことわれないだろね」クライドは皮肉っぽく答えたが、やはり張りつめながら声を低くしていた。他の連中に聞かれたくないのはホーテンスと変わらなかったからだ。「だけど、あいつにすっかりしなだれかかって、うっとりと目をのぞき込んだりすることはなかったじゃないか」かなりカッカとしている。「そんなことしなかったなんて言っても無駄だぜ。ぼくは見てたんだから」

こう言われてホーテンスはクライドに奇妙な一瞥をくれた。クライドが殺気だっているだけでなく、自分に対してはじめてこれほど大胆な態度に出たということにも気づかされたのだ。この人はきっとあたしをすっかりものにできたなんて思いはじめてるのね。ちやほやしすぎたかしら。同時に、自分はこの人が好きだと相手に信じ込ませようとしているけれど、実はそれほど好きなわけではないなどとさらけ出したりしては、今はまだまずいということも承知していた。約束ずみのあのコートがほしいんだもの。

「まあ、ヤバイ、でも、あれはやりすぎってわけでもないでしょ」と腹立たしげに答えたが、何よりも気に障ったのはむしろ、クライドの指摘が図星をさしていたことだった。「気むずかしいこと言わないの。まあ、あなたにそんな焼きもち焼きになられたら、あたし、どうしようもないわ。あの人とちょっぴりダンスしただけなのに。あなたがそんなに頭にくるなんて、思いもよらなかったわ」ここでそっぽを向いて立ち去りかねないような動きを見せたが、二人のあいだに取り決めができていて、ことがうまく運ぶためには相手をなだめておかねばならないことに思い至り、クライドの上着の襟を引っ張って、他の連中の耳に届かないところまで連れていった。みんなの注目を集め、聞き耳を立てられていたからだ。そしてこう切り出した。

「ねえ、いいこと。こんなふうにぷりぷりしちゃだめ。あたしのやったことに何の意味もないんだから。ほんとよ、何にも。なにしろ、今は誰だってあんな風にダンスするものなの。だからって意味なんか何もないのよ。前にあたしが言ったように、あなたにやさしくしてあげようとしてるのに、そうしてもらいたくないっていうわけ？　それとも、してもらいたい？」

　そして今度はすがるように、愛くるしく、計算高いまなざしでまっすぐ相手の目を見つめ、あたかもここにいる仲間のなかでもあなただけがほんとうに好きな人であると言わぬばかりの顔をする。それから、気取って下心たっぷりに艶《なま》めかしく唇をすぼめる――ホーテンスにしかできない芸当――まるでぼくにキスせずにいられないみたいな唇の動きをしてみせる――ぼくを誘惑し、気もそぞろにさせる口だ。

「わかったよ」とクライドは言って、弱々しく譲歩しながらホーテンスと目を合わせた。「ぼくはバカだとは思うけど、きみが何をしたのかちゃんと見てたんだよ。だって、ぼくはきみに夢中なんだよ、ホーテンス――気も狂わんばかりなんだ！　自分でもどうしようもないのさ。ときにはどうにかしたいと思うんだけど。こんなバカな真似はしないようになりたいよ」相手を見つめ、悲しげだった。他方ホーテンスは、自分にはこの人を支配する力があり、じつにたやすく操れるという感を深くしながら、こう答えた。「まあ、あなた――そんなふうに考えちゃだめ。あとでキスしてあげる。他の人たちが見てないときに、いい子にしてたらね」同時にホーテンスが意識していたのは、スパーサーの視線が自分に注がれているということだった。あの男は自分に強く引きつけられているし、自分も近ごろ会った誰よりもあの男が気に入ったということも。

第十八章

　しかし、この日の午後のお楽しみが最高潮に達したのは、踊ったり飲んだりを何度か繰り返したあと、ヘグランドがまたもやみんなに、小川で遊べそうだと言いだしたときだった。ヘグランドは窓からふと外に目をやり、突然こう叫んだのだ。「あそこの氷、どうなってる。あのいかした氷、見るだよ。あそこまで行って滑ってみようってやつはいねえのかよ」

全員がどやどやと外へ出た——ラッタラーとティーナ・コーゲル、スパーサーとちょうどそのときダンスの相手をしていたルシール・ニコラス、ヒグビーと目先の変わった相手として見込まれたローラ・サイプ、それにクライドとホーテンスが、それぞれ手に手をとって走り出る。だが氷まできてみると、葉の落ちた木々の茂みのあいだを曲がりくねって流れる細い小川が凍り、ところどころ雪が風で吹き飛ばされてむき出しになっているだけのこと。それでも一行はそこに降りて、昔日《せきじつ》の若きサチュロスかニンフ［ギリシア神話の山川草木の精。サチュロスは半人半獣の淫乱な男、ニンフは美女としてあらわされる］に似た振る舞いを始めた。てんでに駆けだし、滑ったり転んだりする——ヒグビー、ルシール、メイダはたちまちひっくり返り、大笑いしながら立ち上がろうともがく。

そしてホーテンスは、最初クライドに助けられながら、あっちへよちよち、こっちへよちよち歩いていた。だが間もなく走ったり滑ったりしはじめ、怖がるふりをして金切り声を上げた。そしてスパーサーばかりかヒグビーも、もうクライドにはお構いなしにホーテンスに目をつけだした。ホーテンスといっしょに滑ったり、あとを追いかけて走ったり、転ばすような格好をしながら、転びそうになると抱きとめてやったりしている。やがてスパーサーは、ホーテンスの手をとり、本人も嫌がり他の者たちもあまりいい顔をしないことなど気にもしないみたいに、どんどん上流の方へ引っ張っていき、曲がり角をまわって見えないところへ行ってしまった。もう監視したり嫉妬したりしているざまをさらすまいと決意していたクライドは、取り残された。それでも、スパーサーはこの機会にデートの約束をしたり、キスさえしているかもしれないなどと心配しないではいられなかった。あの女はそれぐらいのこと、してもらいたくないようなふりをしながらも、やらせることができないわけではないし。はらわたが煮えくりかえる。

クライドはどうしようもない苦痛にさいなまれ、我を忘れるほどにいらだってきた——二人の様子が見られたらいいのにと思いだした。だがヘグランドがみんなに手をつながせ、クラック・ザ・ホイップ［手をつないで一列になって走り、先頭の者が突然向きを変えることで後続の者をよろけさせる遊び］をすると言いだしたので、クライドはルシール・ニコラスの手をとった。ルシールはヘグランドにつながっていたし、ヘグランドはメイダ・アクセルロッドと手をつなぎ、その反対側にはラッタラーがつながっている。そしてヒグビーとローラ・サイプが尻尾につながろうとしていると、スパーサーとホーテンスがするりと戻ってきた——手をつなぎ合って。それでこの二人がしんがりに連なった。それからヘグランドが音頭をとってみんなで走りだし、急角度にあちらこちらと方向を変えたから、メイダよりも後ろにいた連中はみんなつぎつぎに転んで、列から離れていった。そしてクライドの目に入ったことには、ホーテンスとスパーサーが転がりながらたがいに折り重なるように、雪や葉っぱや小枝が積もっている岸辺まで滑っていった。するとホーテンスのスカートは、どこかよじれて、膝上までめくれてしまった。だが、ホーテンスはクライドの予想にも期待にも反し、恥ずかしいと思っている素振りも見せず、あっけらかんとしてしばらくそのままへたり込んで、いかにもおもしろそうに笑い声さえあげていた——しかもスパーサーがいっしょにいて、まだその手をとっている。それからローラ・サイプがヒグビーの足をすくうような形で転んだので、ヒグビーは女の上に重なり、二人でそこに倒れて、クライドの目にはやけに卑猥に映る姿勢のまま笑っている。ローラ・サイプのスカートも膝上までめくれているのがクライドには見えた。そしてスパーサーは上半身を起こすとローラのきれいな脚を指さし、歯がおおかた見えるほど大口開けてゲラゲラ笑う。そして他の者たちもみんな大笑い、ワッハッハ、キャーキャーと大騒ぎだった。

「クソ食らえ！」とクライドは思った。「あいつはいったいなぜ、いつまでもあの女にまとわりついてなきゃなんないんだ。楽しくやりたきゃ、なぜ自分の女を連れてこないんだ。二人で人目につかないところに行ってもいい権利なんか、あいつにあるはずないじゃないか。それに、あの女、こんなことしても何の下心もないと、ぼくに考えてもらえるなんて思ってるんだ。ぼくといっしょにいるときに、あんなふうに心の底から笑ったことなんかぜったいない。あんな子どもだましみたいなことでぼくをなだめすかすことができると思うなんて、ぼくを何だと考えているんだ」クライドの顔はつかの間むくれて暗い表情を浮かべたが、そんな思いとは裏腹に、遊びの列が間もなく作り直され、今度もまたルシール・ニコラスがクライドの手をつないだ。スパーサーとホーテンスがまた最後尾になった。だがヘグランドは、クライドの気持ちがわかるはずもなく、遊びをおもしろくしたいという一心で、「誰か別のやつ、ケツについてもらうほうがおもしろくねえか」と呼ばわった。それで、この考えももっともだと受け入れられて、ラッタラーとメイダ・アクセルロッド、クライドとルシール・ニコラスが尻尾のほうへまわり、ヒグビーとローラ・サイプ、ホーテンスとスパーサーが前のほうへ移った。それでもやっぱりクライドが目をつけたように、ホーテンスはまだスパーサーと手をつないでいたが、ただし今度はちょうどクライドの直前にくることになり、ホーテンスと手をつなげることになった。クライドがホーテンスの右隣となり、スパーサーは左隣でクライドとは反対側の手をつないでいる。それがクライドには腹立たしい。こいつ、ローラ・サイプにくっついてりゃいいじゃないか。こいつのために連れられてきた女なのに。それにホーテンスも、こいつをつけあがらせてるんだ。

クライドはひどく悲しくなり、腹立たしく苦々しい思いにもとりつかれて、こんな遊びなんかできそうもなくなった。こんなことはやめてスパーサーと喧嘩したい気分だった。だがみんなは、快活で熱中しているヘグランドにつられて、クライドがその気にならないうちに走りだした。

すると、そんないきさつで走りながらも転ばないようにがんばったけれど、クライドはルシールやラッタラー、メイダ・アクセルロッドといっしょに投げ出され、氷の上を髪鏝《かみごて》のようにくるくる回転しながら滑った。だがホーテンスは、ぎりぎりの瞬間にクライドの手を放し、スパーサーにしがみつくのがいいと考えたらしい。クライドたちのほうは絡みあって回転しながら、滑らかで緑色の氷の上を四十フィートも滑っていき、雪の積もった土手にぶつかって折り重なった。ようやく止まってから見ると、ルシール・ニコラスが自分の膝の上でうつぶせになって倒れていて、まるでお尻をたたいてくれといわぬばかりの格好だったので、クライドも笑わないではいられなかった。メイダ・アクセルロッドはラッタラーの横で仰向けに倒れていて、両脚をまっすぐ空に向けていた。わざとだなとクライドは思った。この女は下品で奔放すぎて、ぼくの好みじゃない。もちろんキャーキャー、ワーワーという歓声がどっと湧き起こった——半マイル離れたところでも聞こえたと思えるくらいに大きな声だった。ヘグランドは滑稽なことにはいつでも大げさに反応するたちだったから、膝をつくほど体を折り曲げ、腿をたたいて、馬鹿笑いした。スパーサーは大きな口を開けて高笑いし、顔をくしゃくしゃに赤くした。こんな反応の感染力は絶大で、クライドも嫉妬をしばし忘れたくらいだ。自分もそれを目にして笑った。とはいえクライドの気分がほんとうに変わったわけではない。あの子のやり方は不当だという憤懣はまだ消えていなかった。

こんな遊びの果てに、ルシール・ニコラスとティーナ・コーゲルはくたびれて抜けてしまった。ホーテンスも同様。クライドはそのあとに従い、グループから離れた。つぎにラッタラーもルシールのあとを追った。すると他の者たちもばらばらになり、ヘグランドはメイダ・アクセルロッドを後ろから押すようにして下流のほうへ行き、曲がり角の向こうに姿を消した。ヒグビーはこれをきっかけと受けとめたみたいに、ティーナ・コーゲルを上流のほうへ引っ張っていき、ラッタラーとルシールは何かおもしろいものを見つけたような格好で、笑いさざめきながら林のなかへ飛び込んでいった。スパーサーやローラすら取り残された形となったのでぶらぶらとどこかへ立ち去り、クライドとホーテンスだけがあとに残った。

そこで二人は、小川と平行に並んでいる倒木のほうへ何気なく歩いていき、その木にホーテンスが腰かけた。だがクライドは、心に痛手を負ったと思い込んでいるためにその疼きに耐えかねて、しばらくものも言わずに突っ立っていたが、それぐらいのことはホーテンスも感づいていて、相手の外套のベルトをつかむと引っ張り寄せた。

「ハイシドー、おウマちゃん」ホーテンスはふざけてみせた。「ハイドードー。おウマちゃん、さあ、氷の上であたしにスケートさせてちょうだい」

クライドは、内心にらみつけるような気持ちでむっつり黙り込み、自分が受けたと感じている傷からそうたやすくはぐらかされまいとしていた。

「何であのスパーサーってやつをしょっちゅうつきまとわせておくのさ。ちょっと前にきみがあいつと上流のほうへ行くのを見たぞ。あそこであいつは何て言ったんだい」

「何も言ったりしなかったわ」

「へえ、そうかい、もちろん言わなかったんだろうさ」皮肉がこもり、恨みがましい言い方。「じゃあたぶん、キスもしなかったんだろね」

「当然よ」きっぱりとして意地悪そうな答え方だった。「いったいあたしを何だと思ってるのか、お聞きしたいわ。はじめて会った人にキスなんかさせる女じゃありませんから、うぬぼれやさん。よく覚えていてほしいわ。あなたにだってさせなかったじゃない」

「はあ、それもけっこうだね。でも、きみはあいつが好きなのと同じぐらいにもぼくが好きになったわけじゃない、とくるのかい」

「あら、好きになったわけじゃないですって。そうね、もしかしたらそのとおりかも。でも、あたしがあの人好きだなんて、あなたにどんな資格があってそんなこと言えるのよ。あたし、あなたに四六時中監視されないでは、ちょっとばかり遊ぶこともできないってわけなの、お聞きしたいわ。あなたにはうんざりよ。そんなことばっかり言うんだもの」ホーテンスは、クライドが自分を我がもの顔に扱っているように見えることにすっかり腹を立てていた。

こうなるとクライドは、突然反撃を食らって多少たじろぎ、口調を和らげるほうが得策かもしれないと即座に判断した。何と言ってもこの女は、ほんとうにぼくが好きだとは一度も言ってくれてないのだから。思わせぶりな約束はさんざんしてくれたけれど。

「ほう、そうかい」間をおいてから不機嫌そうに言ったが、その声に幾分悲哀がこもってないでもなかった。「ぼくだってわかってることが一つある。ときどききみがぼくに気があると言ったように、ぼくが誰かに気があるといったん口にしたら、ぼくはきみがここでしてるみたいに別のやつといちゃつきたいなんて思いもしないね」

「あらまあ、ほんと?」

「ああ、ぼくならいちゃつくもんか」

「そう、でもいったい誰がいちゃついてるのよ、お聞きしたいものだわ」

「きみがさ」

「あたし、いちゃついてなんかいないわ。あたしに喧嘩を売るしか能がないなら、どこかへ行って、あたしをひとりにしてちょうだい。あそこのレストランであの人とダンスしたからというだけで、あたしがいちゃついてるなんて考えてもらっちゃたまらないわよ。ああ、あなたにはうんざりよ。そんなことばっかり言うんだもの」

「そうかい」

「そうよ」

「それなら、ぼくはもういなくなって、きみにはいっさい迷惑かけないようにするのがいいかもしれないね」母親にそなわっている勇気の片鱗が湧き起こり、クライドは言い返した。

「そうね、そうするのがいいかもね。もしあなたがあたしに対して、これからもずっとそんなふうに感じるのなら ね」ホーテンスはそう答えて、靴のつま先で氷を邪険に蹴った。だがクライドは、こんなことをいつまでもやり抜くことなんかとてもできそうもないと感じはじめていた――やっぱりぼくはこの女に夢中になりすぎてる――あまりにも引きまわされてる。弱気になり、相手をビクビクしながら見つめた。そしてホーテンスは、またあのコートのことを考え、丁寧に扱ってやらなくちゃと心に決めた。

「あいつの眼のなかをのぞき込まなかったかい」クライドはホーテンスがスパーサーとダンスをしたときのことを思い返しながら、弱々しく訊いた。

「いつよ」

「あいつとダンスしてたときさ」

「いいえ、そんなことしなかったわ、いずれにしても、あたしの覚えてるかぎりはね。でも、したとしても。だからどうだって言うの。あたしには何のつもりもなかったんだから。ヤバイ、タマゲタ、好きなときに人の眼をのぞき込んじゃいけないってわけ」

「きみが見つめたみたいにかい。誰か他の人が好きだって口に出した以上は、いけないって言いたいね」そしてクライドの額の皮膚が上がったり下がったりし、眼が細くなった。ホーテンスはいらだたしげに憤然と舌打ちをした。

「ツ！　ツ！　ツ！あなたって処置なしね！」

「それにさっき、あそこの氷の上でもさ」クライドは決意したように言い続けたが、憐れみを請うかのようでもあった。「あっちの上流のほうから戻ってきたとき、ぼくがいたところに戻ってこずに、あいつといっしょに列の最後尾まで行ったじゃないか。ぼくは見てたんだ。それにきみは戻ってくる途中ずっと、あいつと手をつないでもいた。それからきみが転んだとき、あいつがきみと手をつないでいたから、きみはあそこに座り込むしかなかっただろ。あれがいちゃついてるというのでないとしたら、何と言えばいいのか、教えてほしいね。他に言いようがないじゃないか。あいつだってきっとそう言うにちがいないさ」

「へえ、そう、でも、あたしがあの人といちゃついてなかったことに変わりないわ。あなたが何と言おうと、あたし、かまわない。でも、あなたがそう受け取りたいなら、そう受け取ったらいい。差し止めることなんか無理だもの。めっちゃ焼きもち焼きなものだから、他の人には何もやらせたくないのね。そこがあなたのいけないとこよ。氷の上で遊ぶのに、どうして手をつながないでできるの、お聞きしたいわ。ヤバイ、タマゲタ。あなたとルシール・ニコラスとはどうなのよ。あの子があなたの膝の上で筋交いになって寝そべっていて、あなたが笑ってるのを、あたし見たわよ。だからってあたし、何とも思わなかったわ。あたしにどうしてほしいって言うのよ――ここまでいっしょにきて丸太のこぶみたいに座ってろって？――あなたの尻を追っかけろって？　それともあなたがあたしを追っかけるの？　あたしをいったい何だと思ってるのよ。ノータリンだとでも」

あたし、クライドに叱られてるんだわ、というのがホーテンスの受けとめ方だった。そしてそれが癪にさわった。スパーサーのことが頭に浮かぶ。あの人のほうがクライドよりもじつに魅力があると、そのときは思った。あの人のほうがもっと実利的であり、ロマンチックなこととは縁遠いし、もっと直截だわ。

クライドはそっぽを向き、帽子を脱いで頭をこすり、ふさぎ込んだ。ホーテンスはその様子を見ながら、はじめはクライドのことを、つぎにはスパーサーのことを考えた。スパーサーのほうが男らしいし、こんな泣き虫なんかじゃない。きっと、こんなふうにそばに突っ立って泣き言並べたりしないもの。たぶんすっぱり別れていき、もうあたしと縁を切ってしまうだろうな。でもクライドは、それなりに惹かれるものをもってるし、役にも立つ。この人があたしのためにやってくれたことをやってくれるような人が、他にいるかしら。それに、今みたいに他の連中がどこかにしけこんでしまい、この人もあたしに同じことをさせようとするかもしれないと不安だったのに、とにかく、この人は無理やりあたしを連れ込んだりしようとはしないもの——あたしの目論見や望みが実現してないのに。こうして喧嘩したおかげで、そんなことにならずにすんだんだわ。

「ねえ、いいこと」ホーテンスはちょっと間をおいてから言った。クライドをなだめておくのが最善だし、何と言ってもこの人を操るのはむずかしくないと判断していた。「あたしたち、いつも喧嘩ばかりすることになるのかしら、クライド。何だか無駄じゃない？　喧嘩ばかりしてるんだったら、何であたしをここに連れてきたのよ。あなたが一日中そんなことするってわかってたら、あたし、くるんじゃなかったわ」

ホーテンスはくるりと背を向け、かわいらしい靴のつま先で氷を蹴った。するとクライドは、またしてもいつものようにそんな魅力に呪縛され、ホーテンスに腕をまわしてきつく抱きしめると同時に、その乳房をまさぐり、相手の唇に自分の唇を押し当てて、愛撫しようとした。だがこのときは、スパーサーが急に好きになってきたところでもあり、またクライドに対する当座の感情が心のしこりにもなっていたから、ホーテンスは相手の抱擁をふりほどいた。自分と相手の腑甲斐なさに心がかき乱されている。あたしがしたいと思ってもいないことを、ここでこの人に無理強いされて、とにかくやらせてあげなければならないのかしら、と疑問に思った。今日この人の望み通りになってあげるなんて約束してはいない。まだ早い。とにかく今のところは、この人にこんなふうに扱われたくないし、この人が何をしてこようと、されるがままになるつもりなんかない。こうなるとさすがにクライドも、自分に対するホーテンスの気持ちがいかなるものかを感じとり、引き下がったが、依然として陰鬱な飢えたまなざしで相手をにらみつけていた。そしてホーテンスのほうも見つめ返すだけだった。

「きみはぼくが好きだって言ってくれたと思ってたんだけど」クライドはもはや野蛮とも言えそうな調子で詰問した。この日の幸せな遠出を夢見ていた気持ちは無に帰しつつあることがわかってきた。

「そりゃあ、好きよ。あなたがやさしくしてくれてるときはね」ホーテンスの答えは狡猾にはぐらかそうとしていた。もともとの約束がこじれてしまうのを何とか避けようとしていたのだ。

「そう、好きなんだってね」不平がましい言い方だった。「どんなふうに好きかってことがぼくにもわかったよ。まあ、今ここに二人でやってきたのに、きみはぼくに触らせもしないんだから。きみが言ったことはいったいどういう意味だったのか、教えてもらいたいね」

「さあ、何て言ったかしら」とホーテンスは、ただ時間稼ぎのためにだけ言った。

「とぼけるのか」

「あら、そうね。でも、今すぐにという意味じゃなかったでしょ。あたしのつもりでは、あたしたちが話し合って——」あやふやになって口をつぐむ。

「きみが言ったことは覚えてるさ。でも今わかったのは、きみはぼくが好きではないということだ。それだけのことで、他に意味なんてないんだ。ほんとうにぼくが好きだったら、今やさしくしてくれても、来週や再来週やさしくしてくれても同じじゃないか。ヒェーッ、ヤベ、きみにとって大事なのは、ぼくがきみのために何をしてやれるかであって、ぼくが好きかどうかなんてどうでもいいんだな」苦痛のあまり神経が張りつめ、思い切って痛烈な言葉を吐くことができた。

「そんなことないわ!」ホーテンスは図星を指されてキッとなり、憤慨した面持ちで相手をさえぎるように言った。「だけど、そんなこと言ってもらいたくなかったわね。知りたきゃ教えてあげるけど、あたし、あんな古ぼけたコートなんてもう何とも思ってないんだから。だからこれからはもう、あたしにつきまとわないでちょうだい。あなたの助けなんか借りなくても、あたし、どんなコートでも手に入れられるんだから」こう言い捨ててくるりと向きを変え、歩み去った。

　だがクライドは、いつものようにホーテンスをなだめるのに懸命となり、そのあとを追いかけて走った。「行かないでくれ、ホーテンス」と泣きつく。「ちょっと待って。あんなこと本気で言ったんじゃないから。本気じゃなかったとも。ぼくはきみに夢中なんだ。ほんとに夢中さ。きみだってわかってるだろ。ああ、ヤバイ、行かないでって。何か見返りがほしくってあの金あげてるわけじゃないんだ。そのほうがいいって言うんなら、何の見返りもなしに受け取ってくれたらいい。ぼくにとってきみみたいな人はいないし、これまでだっていなかったんだから。あんな金、全額きみが持っていこうが、ぼくの知ったことじゃない。返してなんかもらいたくない。でも、ヤバイ、きみはぼくを少しは好きになってくれてると思ってたんだけど。ぜんぜん好きじゃないのかい、ホーテンス」クライドは見るからにおびえ、おろおろしているので、ホーテンスはうまく支配できたと感じとり、多少態度を和らげた。

「もちろん好きよ」と言い切る。「でも、だからって、あなたがあたしを古くさいやり方で扱っていいなんてことにはならないのよ。女の子って、あなたがやってもらいと思ってることを何でも、まさにやってもらいたいときにやってあげるってわけにはいかないの、それがあなたはどうもわかってないみたいね」

「それってどういう意味」女がほんとうはどういうことを言いたいのかよくわからなくて、クライドは訊いた。

「言ってることがつかめないよ」

「まあ、あなただってわかってるでしょう」わからないなんてホーテンスには信じられなかった。

「ああ、ぼくにも、きみの言ってることがわかってきたかもね。何を言おうとしているのか、もうわかったよ」クライドはがっかりして言葉を継いだ。「女の子なら誰でも弁じるおなじみの言いぐさだな」

　このセリフは、ホテルのボーイ仲間たちの言葉を片言隻句、その口調までほぼそっくり繰り返してるだけだった――ヒグビー、ラッタラー、エディー・ドイル――みんな、女とのつきあいでこのような状況に陥ったときについて話してくれて、女というものはせっぱ詰まったときにこんなふうに嘘を言うことがあると教えてくれたのだが、おかげでクライドにも、それが何を意味するかはっきり呑みこめたのだった。

「ヤバイ、でも、意地悪ね」ホーテンスは心外なふりをして言った。「あなたには誰も何も言えなくなりそう、何言っても信じてもらえそうもないんだもの。でも、あなたが信じようと信じまいと、あたしの言うことはやっぱりほんとうなのよ」

「ああ、きみがどういう人間かわかったよ」クライドは悲しげながらいささか尊大な態度で答えた。あたかもこんなことは何度も経験ずみだと言わぬばかりの顔だ。「きみはぼくが好きでない、それだけのことだろ。もうわかった、いいよ」

「ヤバイ、でも、意地悪」心外だという思いを装いつつ言い張る。「ぜったいほんとうのことなんだから。信じようと信じまいと、あたし、誓うわ。嘘偽りのない真実よ」

クライドはその場に立ちつくした。こんなけちな欺瞞に差し向かわされては、何と言えばいいのか、ほんとうにわからなかった。この女に何かさせようと強いることなんかできるはずもない。相手が嘘を言って平気を装うつもりなら、自分も相手を信じるふりをするほかない。そうではあっても、大きな悲しみが自分を包んでやりきれない。けっきょくこの女をぼくのものにすることなんかできそうもない――それははっきりしてる。クライドはそっぽを向いた。それでホーテンスは、自分が嘘をついていることを悟られたと確信し、何とかしなければならない羽目に陥ってると感じた――もう一度この人を口説き落とさなければ。

「お願い、クライド、ねえ」とありったけの技巧を発揮して持ちかけるに及ぶ。「あたし、本気で言ってるのよ。ほんとうにそう。あたしの言うこと信じてくれないの？　でも来週ならきっと。間違いなくしてあげられる。信じてくれない？　あたしが言ったことはみんな本気で言ってたのよ。ほんとにそうだったんだから。あなたが好きよ――大好き。それも信じてくれないの――お願い、信じて」

するとクライドは、こんなふうにひけらかされた新味の技巧に頭のてっぺんからつま先までぞくぞくさせられ、信じると答えた。そしてまたもや笑顔になり、陽気さを取りもどしはじめた。そして数分間ホーテンスの手を握り、何度もキスしていたが、時間になったからみんな車に戻ってこいとヘグランドに呼ばれて車に戻ってきたころには、自分が抱いてきた夢が実現すること確実だと、すっかり信じるまでになっていた。ああ、あの夢が実現したあかつきは、栄光に包まれるんだ！

第十九章

カンザスシティへの帰途、クライドが耽溺していた痛快きわまる夢想を損なうようなことは、おおよそ何ひとつ起きなかった。クライドの隣にはホーテンスが座っていて、頭を肩にもたせかけてくれていた。だが出発前、スパーサーは運転席に入る前にみんなが乗り込むのを外で待っている間に、ホーテンスの腕を強くつかみ、それに答える意味ありげな目配せをしてもらったのだが、これにクライドは気づかなかった。

しかし、予定よりも遅い時刻になっていたし、ヘグランド、ラッタラー、ヒグビーがそろって急かせるし、ホーテンスから秋波《しゅうは》を送られたためにスパーサーは浮かれ、酔いしれる気分に浸っていたし、あっという間に郊外の家々の灯火がちらほらと見えるところまできてしまった。車はむちゃくちゃに飛ばしていた。ところが、東部からの幹線鉄道が市内に入っていくあたりの踏切で、貨物列車が二本すれ違い通過するまで、予期していなかった長くいらだたしい信号待ちを強いられた。さらに中心街へ向かって走っているうちに、ノースカンザスシティあたりで雪が降りだした。湿り気を帯びたやわらかで大きな雪片が路面をふんわりと覆い、滑りやすい泥の膜となって、運転にはますます気をつけなければならなくなった。時刻は五時半。ふだんなら、大急ぎで行けばあと八分もあれば、ホテルから一、二ブロックのところまで行けたはず。だがこのときは、ハンニバル橋近くの踏切でまた遅れをとり、六時二十分前になってようやく橋を越えてワイアンドット通りまでたどりついた。すると一行の若者四人全員、このドライブの楽しみも、女の子たちにつきあってもらった喜びも、すでにすっかり忘れてしまった。というのも、はたして時間に間に合うようにホテルに着けるかどうか、心配になってきたからだ。

スクワイアズさんの取りすましてやかまし屋らしい姿が、みんなの目の前に浮かんでこぬばかりだった。

「ヤベ、これより早く走れなきゃ」ラッタラーは、そわそわと時計をいじくっているヒグビーに言った。「間に合いそうにないぜ。これじゃ、着替えの時間すらとれそうもないや」

それを聞いてクライドは叫んだ。「わあ、クソッたれ！　もう少し急いでくれないかな。ヤバイ、今日はこなけりゃよかった。間に合わないとひどいことになるぞ」

するとホーテンスは、クライドが急に緊張して落ち着きをなくしたことに気づき、言葉をかけた。「間に合いそうもないって言うの？」

「こんな調子じゃね」とクライドは答えた。だがヘグランドは、窓の外で雪が舞い、点々と落ちてくる綿毛に覆われていく外界をじっと見つめていたと思ったら、突然わめいた。「オイ、こら、ウィラード。もっと早く走らねえとだめだよ。間に合わねえと、はちゃめちゃだぜ」

それからヒグビーは、いつもの賭博師然とした図々しい落ち着きもさすがに失い、「何かうまい作り話でも考えておかなきゃ、おれたち、お払い箱になっちまうぞ。誰かうまい話、思いつかないのか」と言い添えた。クライドときたら、おそるおそるため息をつくばかり。

まもなく、さらに苦悶を加えてやろうとばかりに、ほとんどどの交差点でも予期せぬ交通渋滞に見舞われるようになった。また、スパーサーはこの窮地に追い込まれていらいらしていたうえに、ワイアンドット通り九丁目の交差点で交通巡査が停車するように突きつけてきた手をじれったそうににらみつけていた。「ほら、あいつめ、また手をあげやがる。どうしようもないぜ！　ワシントン通りのほうにターンしてもいいんだが、それで時間が稼げるかどうか、わからんからな」

発進してもよいという合図をもらうまでに、たっぷり一分間は過ぎた。そこでスパーサーは車を右折させ、三丁先のワシントン通りに進めた。

だがそこでも状況は変わらなかった。びっしりつながった車列が左右に一列ずつできて反対方向へ動いていた。

そして街角にさしかかるごとに、交差する道路の交通が途切れるまで待たされ、貴重な時間が失われた。交差点を過ぎたら車は、他の車の間を縫うようにして、とにかくつぎの交差点まですっ飛んでいく。

ワシントン通り十五丁目までくると、クライドはラッタラーに大声で「十七丁目で車を降りて歩いていったらどうかな」と声をかけた。

「そんなことしたって何にもならんさ。おれがあの角を曲がれたらな」とスパーサーは怒鳴った。「歩くよりも早く行けるんだから」

前の車をあおるように車間距離を一インチでも詰める。ワシントン通り十六丁目でスパーサーは、左折すればその先の道路が一丁ばかりかなり空いていると見てとると、ハンドルを切ってそちらへ突き進み、またワイアンドット通りに戻ってくるまで吹っ飛ばした。その交差点の角に近づき、歩道の縁石ぎりぎりまで車を寄せながら高速ターンを切ろうとしたとたん、九歳ほどの小さな女の子が横断歩道のほうへ走ってきて、車の真ん前に飛び出してきた。ハンドルを切って女の子をよけようとする暇もあらばこそ、車を停めることができたのは、その子にぶつかり何フィートも引きずったあとでしかなかった。同時に、事故を目撃した少なくとも五、六人の女たちがつんざくような叫び声を上げ、同じくらいの人数の男たちがわめいた。

たちまち誰もが子どものほうへ駆けよった。子どもは車輪の下に巻きこまれて轢かれていた。スパーサーは外をうかがい、倒れている子どものまわりに人びとが集まってきたのを見ると、わけのわからない恐慌をきたした。そのために警察、監獄、父親、車の所有者、さまざまな厳罰などが脳裡を駆けめぐった。そして、車中の連中がみんな腰を浮かし、「ワアッ、ぎゃあ！　女の子をはねたぞ」「ワア、ヤバイ、こいつ、子どもを轢き殺しやがって！」「まあ、たいへん！」「ああ、神さま！」「あら、まあ、どうしましょう」などと、悶々たる叫びをあげているのもかまわず、振り向きざま「チクショウ、サツのやつら！　おれもこの車もここから抜け出さなきゃなんねえんだよ」と怒鳴った。

そのあげくスパーサーは、まだ腰を浮かしたまま恐怖のためにほとんど口もきけないでいる他の連中に目もくれず、車のギアをローからセカンド、それからトップへ矢継ぎ早に切り替えながらアクセルをいっぱいに踏み込み、前方つぎの角まで突っ走った。

だがそこには、このあたりの他の街角と同様に警察官が配置されていて、西の方角にある交差点で何か騒ぎが持ち上がっていることを見てとり、何ごとか確かめようとすでに部署を離れようとしていた。そのとき、「その車を停めろ」――「その車を停めろ」――という叫び声がこの警官の耳に届いた。それにひとりの男が、事故現場から車を追いかけて走りながら車を指さし、「その車を停めろ、停めるんだ。そいつら、子どもを轢き殺したんだぞ」と怒鳴った。

そこで警官も事情を察し、車のほうに向かいながら警笛を口に当てた。だがスパーサーは、怒鳴り声を耳にし、こちらに向かってくる警官を目にしていたから、警官の横をさっとかすめるように通り抜け、十七丁目通りに入っていくと、時速ほぼ四十マイルまで速度を上げた。トラックの車輪ハブに接触したり、別の車のフェンダーをかすったり、他の車や通行人にすれすれでぶつかりそうになったりしながら飛ばす。その間、後部座席にいる連中はおおかた腰かけたまましゃちほこばって、目は見開き、手は握りしめ、顔や口はこわばらせる――他方ホーテンスやルシール・ニコラスやティーナ・コーゲルなどは「おお、神さま！」『ワア、どうなるのかしら』などと繰り返している。

だが、警官や追跡に乗り出した者たちが、そんなにやすやすと出し抜かれるはずもなかった。警官は、車のプレートナンバーが読みとれず、車の動きから停車するつもりが見られないと判断すると、ホイッスルを力いっぱい長々と鳴らした。それからつぎの交差点にいた警官は、車が猛スピードで通っていくのを見て事の次第を悟り、ホイッスルを鳴らしたが、すぐにやめて、通りかかったツーリングカーのステップに跳び乗り、追跡するように命じた。これを見て、すわ、何か事件が起きたとばかりに別の車三台、冒険好きが運転していたらしいのがカーチェースに加わり、いずれもけたたましく警笛を鳴らしながら走りだした。

だがパッカードは、追跡してくるどの車よりもはるかにスピードに勝っていた。追跡が始まったばかりの数ブロックを走っているあいだは、「その車を停めろ！」「その車を停めろ！」という声が聞こえていたけれども、他車を寄せつけないスピードのおかげでそんな声も間もなく聞こえなくなり、届いてくるのは、遠くで狂ったように長々とあらんかぎりの音で鳴っているクラクションだけになった。

スパーサーはもうかなり追っ手を引き離したし、直線コースをとれば追っ手に利点を与えるだけだと気づいたので、さっとハンドルを切ってマッギー通りに入っていった。比較的交通量の少ない大通りだったが、そこを数丁突っ走ったあげく、道幅が広くて曲がりくねったギラム・パークウェイに乗り、それを南の方角に向けて走った。だがこの道を短距離、ものすごいスピードでたどってから、また——三十一丁目で——方向を変えることにした——遠くに見えてきた家並みに動転し、追っ手をかわすには北にあるまだ田舎っぽい郊外に行くほうが有利であるように思えたのだ。そこで大きく左へハンドルを切って、あの大通りに戻った。そのときスパーサーの頭のなかにあった考えは、このような比較的交通量の少ない大通りに沿ってそれを出たり入ったりしていけば、追跡を振り切れるということだった——少なくとも、乗せている連中をどこかで降ろし、車を車庫へ戻しておくだけの時間を稼げるんじゃないか。

そしてスパーサーはそれをやってのけることもできたかもしれなかった。ただ、じっさいにそうすることができなかったのは、その地域のいっそう辺鄙なところでハンドルを切って、ろくに家も歩行者も見かけないような通りの一つに入っていくと、ヘッドライトを消すことにしたからだった。そのほうが車の居所を隠蔽しやすいと考えたのだ。その後、依然としてスピードも落とさず、東へ北へ、それから東へ南へとつぎつぎに進路を変えているうちに、しまいに、数百フィート進んだあとは急に舗装がなくなる道路に突き進んでしまった。だが、百フィートかそこら先方に交差している道路が見え、そこに入っていけばまた舗装道路に乗ることができるだろうと思い込んだので、スパーサーはそのままの速度で走りつづけ、それから急カーブで左折したら、舗装用砕石の山に激しく衝突してしまった。舗装工事の用意に請負業者が積んでおいた石の山だった。ライトを消していたのでそれが見分けられなかったのだ。おまけに、この石積みの道路をはさんだ斜め向かいに、家屋建材が歩道予定地と平行に並べて積んであった。

砕石の山の端にぶつかってはね返り、車はひっくり返りそうになったが、反対側に積み上げられている材木めがけて突き進み、そこに衝突した。ただし真正面から突っ込みはせず、材木の山の片端にぶつかったから、材木は崩れて散らばったけれども、残った材木の山に右側の車輪を乗り上げた。それで車は左側へ完全に転覆し、歩道を越えて雪をかぶった草地に横倒しになった。そしてそこで、乗っていた者たちは、ガラスが割れる音に包まれ、たがいの身体にぶつかり合いながら、左前方に投げ出されて積み重なった。

その後どうなったかは、クライドだけでなく他の者たち全員にとっても、多かれ少なかれ謎めいていて、錯綜の極みと言うほかなかった。具体的に言えば、スパーサーとローラ・サイプは前部にいたから、フロント・ウィンドーと屋根に打ちつけられ、気を失っていた。スパーサーは肩と腰と左膝が捻られていて、救急車が到着するまでそのままそっとしておくほかないありさまだった。ドアから運び出すこともままならなかった。車が横倒しになっていてドアは上を向いていたからだ。二列目の座席にはクライドが、左側のドアのそばにいて、その横にホーテンス、ルシール・ニコラス、ラッタラーがいたから、その連中の下敷きになって身動きもとれずにいたが、つぶされてはいなかった。というのもホーテンスは、転覆の瞬間にクライドをきれいに飛び越し、左側の壁になった屋根に脇を下にして落ちていたからだ。そしてルシールは、その上に重なり、クライドの肩にだけ引っかかるようにして投げ出されていた。他方ラッタラーは、四人のなかで一番上になり、転覆の瞬間に前の座席まで投げ出されたが、スパーサーの手から離れて目の前に飛び込んできたハンドルをとっさにつかんだおかげで、落ちるときの衝撃が和らげられた。とはいえ、顔や手は切り傷や打撲を受け、肩や腕や腰は多少捻挫していた。それでも負傷は、他の連中を救い出せなくなるほどひどくはなかった。すぐに、自分と同様他の者たちもひどい状態にあると見てとり、悲鳴にじっとしていられず、身を起こすと他の者たちの上に這い上がって、頭上にきていたサイド・ドアをうまく開けて外へ出た。

一度外に出たあとラッタラーは、転覆した車のシャーシの枠によじ登り、そこから下に手を延ばして、もがきうめいていたルシールをつかまえた。他の者たちと同様、這い上がろうとするもののどうにもできないでいたのだ。それでラッタラーは全力を振り絞り、「じっとしてろ、もうあんたをつかまえたから。だいじょうぶだ。引っぱり出してやるからね」と大きな声をかけながら、ルシールを引っぱり上げてドアの側板に座らせ、それから雪の上におろしてやった。するとルシールは、座り込んだまま泣きだし、腕や頭をさすりはじめた。それからつぎにラッタラーはホーテンスの救出にかかった。ホーテンスは左頬、額、両手をひどくすりむいて血を流していたものの、重傷ではなかったし、本人もそのときは気づいていない。すすり泣きながらブルブルガタガタ震えている——最初の衝撃直後のほぼ無意識状態に近い茫然自失に続いて起きる悪寒に襲われていたのだ。

このときクライドは、わけのわからぬまま車のドアから上に頭を出した。左頬、肩、腕に打撲傷を負っていたが、それ以外には怪我もなく、自分もなるべく早くここから抜け出さなくちゃと考えていた。子どもが死んだんだ。車を持ち出し、大破させてしまった。失業するのはほぼ間違いない。警察が追いかけてきてるし、今にも見つかるかもしれない。そしてクライドの下、車のなかにスパーサーがいたが、倒れたままぐったりしていて、ラッタラーがもう介抱に取りかかっていた。スパーサーの隣にローラ・サイプがいたが、やはり気を失っていた。自分も何かしなけりゃならないような気がした——ラッタラーがローラ・サイプを、傷つけないように気をつけながら抱き上げようとして手を下に突っ込んでいるのを手伝うとか。そう感じたもののクライドはボーッとして、何の手伝いもせず突っ立っているだけになりかねなかった。が、ラッタラーが「手を貸せよ、クライド、おい、ローラを運び出せるか、やってみようぜ。気絶してるぜ」と、いらだたしげに呼びかけてくれたので気を取り直せた。そこでクライドは車の外へ這い上がろうとしていたのをやめて、車のなかからローラを持ち上げはじめた。ガラスが割れた窓の枠を足場にして、スパーサーの身体からローラの身体を引き離して押し上げようとしてみる。だが不可能だった。身体がぐったりしすぎていた——重すぎる。身体を引きはがすだけで精いっぱい——スパーサーから引き離してやる——それで、車の第二列目と第一列目の座席のあいだの横壁にローラを横たえた。

その間、最後部席ではヘグランドが、上に這い出るにはもっとも近いところにいたし、ちょっと度肝を抜かれただけだったので、近くのドアに手をかけて何とか開けることができた。こうして、運動神経がよかったために身体を持ち上げて外へ出ていきながら、「チェッ、チクショー、何ていう始末だ！ ああ、やれやれ、こりゃねえよ！ チェッ、チクショー、サツッポこねえうちに、ここからずらからねえとな」と口走った。

とはいえさすがに、他の連中が自分の下でもがいているのを目にし、悲鳴を耳にすると、それを見棄てるようなきたない真似をしようとは思いもよらなかった。それどころか、いったん外へ出るや振り返り、足もとにメイダを見つけると、「さあ、頼むから、手を延ばせよ、引っぱってやる。ここからずらからねえとだめだよ、しかも大急ぎでな」とわめいた。それから、出てきてさしあたりは怪我で痛む頭をさすっているメイダを尻目に、もう一度シャーシの上の方へ昇っていき、手を下へ突っ込んでティーナ・コーゲルをつかまえた。ティーナは動顚しただけだったから、ヒグビーの上にずっしり乗っかったまま上半身を起こそうともがいていた。そのヒグビーも、自分の上に折り重なっていた連中がどいてくれると、膝をついてさっさと身を起こし、頭や顔を撫でまわしていた。

「手延ばせや、デイヴ」とヘグランドは怒鳴った。「急ぐだよ！ 頼むからよ！ こんなとこで暇つぶしてるわけにいかねえんだ。怪我したか。チクショー、ここからずらからねえとだめだっていうのさ。あっちから誰かくるのが見えるだよ。サツかどうかわかんねえけど」ヘグランドがヒグビーの左手をつかもうとしたが、ヒグビーは相手の手をはねのけた。

「よせやい」とヒグビーは声をあげた。「引っぱるなよ。おれはだいじょうぶだから。自分で出られらあ。他のやつらを助けてやれよ」そして立ち上がると、頭がドアよりも上に突き出したので、踏み台になるものが何かないか探して、車のなかを見まわした。背当てのクッションが前に転がり落ちていたので、それに足をかけて、ドアの高さまで身体を引き上げ、そこに腰かけてから脚を引き出した。それからまわりを見渡し、ヘグランドがスパーサーを引き上げようとしているラッタラーとクライドに手を貸そうとしているのを目にすると、その手助けに向かった。

　車の外では、わけのわからないおかしなできごとがすでに起きていた。というのも、クライドよりも先に引き出してもらっていたホーテンスが、急に顔を撫ではじめたと思ったら、左の頰と額がすりむけているだけでなく、血も出ていることに突如気づいたのだった。そして、この事故のために自分の美貌が永久に損なわれたのかもしれないという思いにとりつかれ、たちまち身勝手なパニックに投げこまれた。そのために、他の連中の窮状や怪我なんかまったく意に介さなくなってしまっただけでなく、警察に見つかるかもしれない危険性も、子どもを轢いてしまったことも、こんな高価な車をめちゃめちゃにしてしまったことも、じっさい何も眼中になくなっていた――自分自身のことや、自分の美貌がぶちこわしになるかもしれないし、そうなりそうだということ以外は何も。早速泣きだし、両手を挙げたり下げたりしはじめた。「まあ、たいへん、たいへん、たいへんだわ！」やけになって叫んでいる。「まあ、何てひどいこと！　ああ、何て恐ろしい！　おお、あたしの顔は傷だらけじゃないの」そして、何とか手当でもしなければというやむにやまれぬ衝動に駆られ、突然歩きだす（しかも誰にも一言の断りもなく、クライドがまだ車のなかにいてラッタラーを手伝っているというのに）。三十五丁目を南の方へ、明かりが見えて人通りも多い街路のある地域めざして歩いていく。脳裡を占めるのは、一刻も早く家に帰って、自分で何らかの手当ができるようにしたいという思いだけだった。

　クライドも、スパーサーやラッタラーや他の女の子たちも――ホーテンスにとってはほんとうにどうでもよかった。今さらあの人たちなんかどうだっていうの。轢かれた子どもに思いが及ぶのは、自分の美貌が損なわれたことを気にする合間に、ほんのちらりと頭をかすめたに過ぎない――そのことの恐ろしさをほとんど気にしていない。もしかしたら警察に追われることも、あの車がスパーサーのものでなかったことも、あれがめちゃめちゃになったことも、このために全員逮捕される恐れがあることも、どうでもいい。クライドについて思うことと言えば、あいつこそこんなついてないドライブに誘った張本人だということだけ――だから、ほんとにあいつが悪いのよ。あいつら、けだものじみた男どもめ――こんなことにあたしを引っ張り込んでおいて、も少しうまく切りまわせるような才覚もないいんだから。

他の女たちは、ローラ・サイプを除けば誰も大した怪我もなかった——誰もだ。何よりも肝をつぶしたのだが、こんなことになってしまったからには警察に追いつかれ、逮捕され、世間に公表され、罰せられることになるのではないかと、おびえきっていた。それでまわりをうろうろしながら「ああ、ねえ、早くしてよ。まあ、何てこと、ここからみんな逃げなくちゃ。ああ、とんでもないことになっちまったわ」などとがなり立てていた。しまいにはとうとうヘグランドに、「クソッたれ、静かにしてられねえのか。こっちだって懸命にやってるだよ。わからねえのか。てめえら、サツに居場所知らせて、きてもらおうとしてるみたいじゃねえか」と怒鳴りつけられた。

すると、ヘグランドのこの言葉に応えるかのように、男が一人あらわれた。その場から畑を隔てて四丁ばかり離れたところに住んでいる郊外生活者で、夜分に衝突の音や叫び声が聞こえたので、何ごとが起きたのか見に、一人っきりで歩いてきたのだったが、近くまできて立ち止まり、行き暮れた集団と車に目を奪われたのだった。「事故を起こしたんですね」男はなかなか親切そうに声をかけた。「どなたか重傷でも？　ヤバイ、こりゃひどい。しかもこいつはすばらしい車じゃないですか。何か手助けしましょうか」

クライドはこの声が聞こえてきたので車の外を見て、ホーテンスがどこにも見当たらないことに気づいた。スパーサーには車のなかに横たえておく以上に何もしてやれなかったから、必死にあたりをうかがうほかなかった。というのも、警察のことややつらがきっと追跡にきてるにちがいないということが、頭から離れなかったからだ。ここから逃げ出さなきゃ。こんなとこで捕まるわけにはいかない。捕まったりしたら自分はどうなるか、考えてもみろ——どんな辱めを受けることか、おそらく罰を受けるのだろう——何も言えないうちに、ぼくが夢見るような世界はすっかりはぎ取られてしまうんだ。母さんも耳にするだろうな——スクワイアズさんも——誰も彼も。牢屋に行くことになるのは間違いない。ああ、それを思うだに何と恐ろしいことか——パルプ製造機の刃が体に食い込んでくるような痛みを感じる。スパーサーのためにもう何もしてやれないし、ぐずぐずしていれば捕まるのを待つだけじゃないか。そこでクライドは誰にともなく「ミス・ブリッグズはどこに行ったんだ」と言いながら、よじ登って車の外へ出てくると、ホーテンスの姿を求めて暗い雪原を見まわしはじめた。あの子がどこへ行きたがろうと、まずあの子を助けてやりたいという一心だった。

だがちょうどそのとき遠くから、少なくとも二台のオートバイがこちらに向かって急行する爆音や警笛が聞こえてきた。さっきの郊外生活者の妻が、遠くで衝突音や叫び声がしたのを聞きつけるやいなや、こちらで事故が起きたと、すでに警察に電話で通報していたからだ。それに郊外生活者も「あれは警察ですよ。電話して救急車を呼ぶように妻に言っておきましたからね」と説明してくれた。するとこれを聞いてみんないっせいに浮き足立った。どういう事態かわかったからだ。おまけに、畑の向こう側を見ると、近づいてくるオートバイのライトが見えた。二台そろってクリーヴランド街三十一丁目まできていた。それから一台は南に曲がって、クリーヴランド街をこちらへ向かってくる。もう一台は三十一丁目をそのまま東に進み、事故の現場を探しに向かう。

「ずらかれ。いいな、てめえたち」ヘグランドは張りつめた声でささやいた。「散るんだ!」そう言うと同時にメイダ・アクセルロッドの手をつかみ、車が横倒しになっている三十五丁目通りを東の方へ駆け出した——市の東側のはずれに広がっている郊外の方向だ。だがすぐに、これはうまくない、通りをたどって逃げれば追跡されやすいと判断し、北東へ進路を変えると、市から逸れる方角の広い畑地にまっすぐ入っていった。

他方クライドは、捕まればどうなるか——自分の夢見るような快楽なんかすっかり吹っ飛び、きっと屈辱とおそらくは投獄の憂き目に終わるということを急に実感しながら、やはり逃げ出した。もっともクライドは、ヘグランドや他の連中のあとは追わずに南へ曲がって、クリーヴランド街を市の南端のほうへ進んだ。だが、ヘグランドと同様に、そんな逃げ方では追いかける者から見れば尾行しやすいことになると察して、やはり広い畑地に入っていった。ただしそれまでのように市から逃げ出すのではなく、南西に向きを変え、四十丁目の南側に続いている街区目ざして走った。ところが、そこに着く前に広々とした空き地が目の前にあらわれ、少し先には灌木の茂みが見えてきた。オートバイのライトがすでに背後の路面を嘗めるように近づいてきていたから、クライドはその茂みまで走っていって、しばらくその陰に身を隠した。

車のなかに残されていたのはスパーサーとローラ・サイプだけで、ローラはそろそろ意識を取りもどしはじめていた。それに、車の外にはさっき駆けつけてきた近所の男が、狐につままれたような顔をして立ちつくしていた。

「何だ、そうだったのか!」男は突然思いついた。「あいつらがあの車を盗んだんだな。あいつらのものであるはずがないよなあ」

ちょうどそのとき、最初のオートバイがその場に到着し、それほど遠くないところに隠れていたクライドは、その場のやりとりを盗み聞きすることができた。「どうだ、けっきょくまんまと逃げおおせることはできなかっただろ。自分じゃ如才ないなんて思ってただろうが、うまくやれなかったわけだな。おまえはお尋ね者だ。仲間の他の連中はどうなった、ええ。どこに行ったんだ」

すると、この郊外在住の男は、自分にはいっさい関係がないし、この車にじっさいに乗っていた者たちはたった今逃げ出したばかりだから、おまわりさんがその気になればまだ捕まえられるかもしれないと、きっぱり言った。クライドはまだその問答が聞こえるところにいたので、あわてて逃げ出し、はじめは雪のなかを四つん這いになって南の方へ、それから南西へ、たえずあの遠くの街区のどこかを目ざして進んでいった。もし捕まりさえしなければ、あちらの南西の方向に見える、灯火でぼうっと明るんでいるあの街のなかに、間もなく身を潜めることができると期待していた——まぎれこんで逃げるのだ——運さえよければ——今やこの状況の行く手にきわめてはっきりと見えてきた惨めな境遇と受刑、はてしない憾みや失意のどん底から、離脱できるかもしれないじゃないか。

第二部

第一章

所はサミュエル・グリフィスの家。この家があるニューヨーク州ライカーガスは、ユティカとオルバニーとの中間に位置し、人口約二万五千の市。時は夕食の頃。家族が食事のために集まりだすのはいつも通りである。もっとも、この日の夕食の支度はいつもよりも凝っていた。この家の夫であり父親であるサミュエル・グリフィス殿が、この四日間留守にしていたあと帰宅するからである。グリフィス氏はシカゴでのワイシャツ、カラー製造業者の会合に出席していたのだが、西部の新興業者が価格を下げたので、東部の業者が妥協して価格調整をする必要に迫られ、そのために開催された会合だった。今はもう戻ってきており、午後早くに電話で、町に着くことは着いたが、そのまま工場の事務所に行き、夕食の時間まで仕事をしてから帰ると知らせてきていた。

自信家で、自分のくだす判断や決定は堅実である——とにかくたいていの場合はほぼ最終決定に等しい——とみなしているような、鼻息の荒い実際家の夫のやり方に長年慣れているグリフィス夫人は、そんな電話も何とも思わなかった。そのうち姿をあらわして、あいさつしてくれるでしょうよ。

夫人は夫がラムの脚肉を何よりも好物にしていると知っていたから、器量はよくなくても有能な家政婦であるトルーズデール夫人と相談の上、ラムを注文した。それから、野菜やデザートは何がいいか打ち合わせをすませると、長女のマイラについて思いをめぐらせはじめた。マイラは数年前スミス・カレッジ〔東部名門女子大の一つ〕を卒業したのに、まだ結婚していなかった。その理由は、グリフィス夫人も人前で認める気にはなれないにしてもよくわかっていたように、マイラがあまり美形とは言えないことにあった。鼻が長すぎ、両眼のあいだが狭すぎ、顎は若い女性らしい愛嬌を感じさせる丸みに乏しい。だいたいのところあまりに思いにふけりがちで、勉強熱心——概してこの市のありきたりな社交生活に興味を示さない。きれいとは言えない女の子だって、男たちを引きつけるあの独特な魅力はさておき、せめてもの社交的如才なさをそなえている人もなかにはいるのに、それもこの娘には欠けている。母親の見方からすれば、マイラのものの考え方はほんとうにあまりにも批判的、理知的で、周囲の世間からちょっと超越しているみたいだった。

比較的贅沢な暮らしのなかで育ち、生計を立てるための不快な瑣事に煩わされもせずにきたマイラは、にもかかわらず、人とのつきあいにおける知遇や愛顧という面では、自分なりの生き方でやっていこうとしても困難にぶち当たってきた――そういう面で実をあげようとしても、美貌や魅力に欠けていては、乞食が大金持ちになろうとするのと変わらないくらい難しい。それに、もう十二年間も――十四歳になってからずっと――自分の行動範囲たるこの小さな世界で、他の青年男女がじゅうぶん華やかに過ごしているのを見せつけられてきたけれど、自分の生活は読書、音楽にほぼ限られ、用事と言えば、なるべくきちんと恥ずかしくない装いに整えて友人宅を訪問しては、どこかで自分に関心を寄せてくれるような人に何とか出会わないかしらと期待することぐらいしかない。そんな現実を思い知ってマイラは、腐るとまでは言えなくても悲しくなった。しかも、両親も自分も物質的に恵まれている点では並外れているというのに。

そのときもちょうどマイラは、母の部屋を通り抜けて自室へ引きあげていったところだったが、まるで何ごとにも関心がないような顔つきをしていた。母親は、自分のなかに閉じこもっている娘を引っ張り出せるように、何かを勧めてやれないものかと考え込んでいた。そこへ年下の娘ベラがパッと飛び込んできた。フィンチリー家の屋敷に寄り道して帰ってきたばかりのところで、この裕福な隣人の家にスネデカー学園からの帰途立ち寄ってきたのだった。

背が高く、黒髪で、やや血色の悪い姉とは対照的に、ベラは、背はそれほど高くないけれど、はるかに優美でぴちぴちした肢体だった。髪は茶色――黒に近い――日に焼けたオリーブ色の肌に赤みがさし、茶色でにこやかな瞳は熱中して何かを追求する輝きに燃えている。健康的でしなやかな体に加えて、はつらつとしていて生気にあふれている。腕や脚は端正で軽快。自分の置かれた境遇がすっかり気に入っていることは明瞭――人生をありのままに享楽している――したがって姉とは大違い、男性や若い男たちにとって――老若男女誰にとっても――

並外れて魅力的だ――父母もじゅうぶんに承知している事実である。年ごろになれば、結婚の申し込みがなくて困るような心配なんかない。母親の見るところ、すでにあまりに多くの若者や男性が取り巻きだしていて、いい結婚相手をどう選んだらいいかという問題が持ち上がりつつあった。すでに、市の最上流層を構成する、由緒があり保守的な家族の子弟と昵懇《じっこん》の友になっていける素質を発揮していた。そればかりか、母親にとっては好ましからざる傾向ながら、新興の、したがってこの地域の社交界では重要性に劣る家族の子弟とも親密になっていた――ベーコン、食品保存用ジャー、電気掃除機、木製品や籐製品、タイプライターなどの製造業者の息子や娘たちで、市の財界の堅実な一部となっているものの、地元の社会では「成り上がり者」と見なしうる層を構成している家族の子弟である。

グリフィス夫人の意見によれば、ダンスだの、キャバレー遊びだの、あっちの町こっちの町へのドライブだの、社交上の監督もろくに受けないで出かけることが多すぎる。でも、姉のマイラにくらべれば、ほんとにほっとする。グリフィス夫人が、ベラの近ごろの友だちづきあいや願望やはしゃぎようにたびたびハラハラさせられたり、反対さえしたりするのも、ちゃんとした付き添いがついていないという観点からのものにすぎなくて、ベラが無事に宗教にのっとった結婚をしてくれるまでのことにすぎない。娘を守ってやりたいだけなのよ。

「おや、どこに行ってたんだい」娘が部屋に飛び込んできて本を投げ出し、あかあかと燃えている暖炉のそばへ寄ってくると、夫人は詰問した。

「ねえ、どう思う、ママ」ベラはごく無頓着に、ほとんど見当違いな話を始める。「フィンチリーさんのお宅では、今度の夏はグリーンウッド湖の別荘を手放して、トウェルフス湖のパインポイント近くまで行って過ごすんですって。そこに新しいバンガローを建てるのよ。ソンドラの話じゃ、今度のは湖のほとりすぐのところに建つんですって――こっちの別荘みたいに湖から離れてなんかいないってわけ。それに、ハードウッドフロアの大きなベランダもついてるのよ。それに、大きな艇庫もついてて、そこに、フィンチリーさんがスチュアートのために買ってくれる、三十フィートもある電気モーターボートを入れておくんですって。すばらしいじゃない。それに、ソンドラが言うには、ママの許しさえもらえたら、あたしもそこに行って過ごしてもいい、夏中でも、好きなだけいたらいいって。それに、ギルも行きたいのなら、どうぞごいっしょに、ですって。そこは湖の対岸に、ほら、あのエメリー・ロッジやイーストゲート・ホテルがあるのよ。それに、ほら、あのファントさん、ユティカのファント家よ、あの家の別荘もすぐそば、シャロンの近くにあるんですって。すばらしいじゃない。すごくない？　ママやダディもいつかあのあたりに別荘建てる気になってくれたらなあ。このあたりで少し羽振りのいい人はほぼ誰だって、あっちの北のほうに別荘を移していくみたいなんだもの」

ベラはものすごい早口でしゃべり、顔をあっちへ向けたりこっちへ向けたりする。火床で燃えている炉の火を見ていたかと思うと、つぎの瞬間には、前庭の芝生や冬の薄暮《はくぼ》のなか電灯に照らし出されているワイキーギー街を見わたせる高い二つの窓の外へ目をやる。だから母親には、話が一段落するまで口を差しはさむ暇もなかった。それでもやっと、こう言えるようになった。「そうかい。でも、アントニー家やニコルソン家やテイラー家はどうなんだい。あの人たちがグリーンウッドから出ていくなんて話は聞いたことないけどね」

「あら、そりゃ、アントニー家もニコルソン家もテイラー家も出ていかないわよ。あの人たちが移っていくなんて誰が思うものですか。あんまりにも旧式の人たちなんですもの。どこかへ移っていくようなタイプじゃないでしょ。そんなこと思う人誰もいないわよ。でも、グリーンウッドなんかトウェルフス湖と比べものにならないわ。ママだって知ってるでしょ。サウスショアにいるひとかどの人物はきっとみんな、あっちの北のほうに移っていくのよ。来年はクランストン家が移るんですって、ソンドラが言ってるわ。そのつぎはハリエット家も行くに決まってる」

「クランストン家にハリエット家にフィンチリー家にソンドラねえ」母親はなかばおもしろがり、なかばいらだたしげに言った。「クランストン家とか、おまえやバーティンやソンドフ——近ごろ聞かされるのはそんな人たちのことばかりだねえ」そんなことを言うのも、クランストン家といい、フィンチリー家といい、地元でこの新興の成り上がりたち同士が結託してある程度の成功を得ていたものの、他の誰よりも芳しくない評判を立てられていたからだ。この人たちは、クランストン籐製品製造会社をオルバニーから、フィンチリー電気掃除機製造会社をバッファローから移転してきて、モホーク川の南岸に大きな工場を建てた連中であった。もちろんそれだけでなく、ワイキーギー街に豪壮な屋敷を新築し、そこから約二十マイルほど北西に行ったグリーンウッドに避暑用の別荘を建てて、この地域の裕福な人たちみんなにとって派手派手しく、それだけにちょっと厭《いと》わしいお手本を見せてくれていたのだ。着るものといえば流行の最先端、自動車や娯楽となれば最新流行を追うことにふける。それほど金回りはよくなくても、自分たちの地位や羽振りはそれなりに安定し、魅力があり、悪くないと思っていた人たちからは、癪のタネと見なされていた。クランストン家やフィンチリー家は、ライカーガスのエリート層から見ると目の上のたんこぶみたいなもの――あまりにこれ見よがしであり、あまりに押しが強すぎるのだもの。

「さんざん言って聞かせたじゃないの。バーティンとか、あのナディーン・ハリエットやあの子のお兄さんとかとも、あまりつきあってほしくないって。あんまり図々しいんだもの。やけに遊びまわって、おしゃべりで、これ見よがしなんだから。あの人たちについてはお父さんだってわたしと同じ見方をしてるのよ。ソンドラ・フィンチリーだって、あの子がバーティンやおまえといっしょに出かけたがってるにしても、おまえはもうあの子といっしょに出歩くのではありません。それに、おまえが誰かに付き添ってもらいもせずにどこかに行くなんて、お父さんが賛成するはずないでしょ。まだそれだけの歳になってないんだから。それに、トウェルフス湖のフィンチリーさんの家に行くなんてことだって、まあ、うちの家族みんなといっしょでなければ、行かせるわけにいきませんからね」そこでグリフィス夫人は、金回りがよくないとは限らないにしても由緒が古い家族の流儀や方策のほうが頼りになると思っているものだから、娘を嘆かわしげに見つめた。

にもかかわらずベラは、そんなことを言われて腹も立てず、恥じ入りもしなかった。それどころか、母親のことは心得ていたし、自分を可愛がってくれていることも承知していた。その上さらに、あたしの容姿のすばらしさにも、この地域の社交界であたしが成功を確実なものにしていることにも、ママは誑《たぶら》かされているんだとわきまえていた。その点はダディとても同じことで、あたしを完全無欠と見なしており、あたしがさんざん練習して身につけた微笑みをちょっぴり見せてやるだけで、メロメロになってしまうんだから。

「歳になってない、歳になってない」ベラは母親の言葉を非難がましく繰り返した。「よく聞いてね。あたし、七月には十八になるのよ。ママやダディはいつになったら、あたしがママたちといっしょでなくてもどこかへ行けるぐらいの歳になったって思ってくれるの。ダディやママが二人でいくところならどこにでもあたしは行かされるし、あたしが行きたいところどこにでも二人もいっしょについてくるんだもの」

「ベラ」と母親はたしなめた。それからちょっと沈黙の間が生じ、娘はその場に落ち着きなく立っていたが、母親は話を続けた。「もちろん、ママたちにはそうするほかないじゃないの。おまえが二十一か二十二になって、それまでに結婚していなかったら、一人で出かけることを考えてもいい時期と言えるかもね。でも今の歳じゃ、そんなこと考えてはいけません」ベラは可愛らしく首を傾げた。そのとき階下の脇のドアが開く音がしたからだ。

そして、一家のひとり息子ギルバート・グリフィスが家に入り、階段を昇ってきた。物腰や貫禄という点ではともかく容貌や体格は、西部にいるいとこクライドにとてもよく似ている。

ギルバートはこのとき二十三歳の、精力的で自己中心的、虚栄心の強い青年であり、二人の姉妹とは対照的に意志堅固で、はるかに実利的だった。ビジネスの方面ではおそらくもっとずっと長けていて意欲的だった——姉妹のどちらにとっても、そっちはさっぱり興味の持てない方面なのだが。態度はきびきびして気短《きみじか》だ。自分の社会的地位はみじんも揺るぎのないものだと考えていて、金銭的成功以外のことには洟《はな》も引っかけない。そのくせこの地域の社交界の動向には、じつに深い関心を抱いていて、自分も家族も社交界における最重要人物であると任じている。地域社会で自分の家族が威厳や社会的地位を保てるようにたえず用心しているから、みずからの言動もそれにふさわしく律している。ちょっと見にはたいてい、なかなか鋭く傲慢な人間だと受け取られ、年齢から予期されるような若々しさも茶目っ気もないみたいに見える。それでも若いし、容姿もよく、人目を引かないわけではない。話しぶりは才気煥発とは言えないまでも、辛辣な口を利く——ときには切れ味のいい皮肉な言葉を吐くだけの才能がある。家柄や地位のおかげで、ライカーガスの結婚適齢期の独身男性のなかでもっとも好ましい花婿候補とも見なされている。にもかかわらず、自分のことばかり気にかけているものだから、どんな他人に対しても鋭敏で聡明な理解を及ぼすだけの余裕は、ほとんど見出せないでいる。

ギルバートは階段を昇っていった。ベラは、家の裏側に面した自分の部屋の隣にある兄の部屋に入っていったその足音を聞きつけると、すぐに母親の部屋から出てその部屋まで行き、ドアの前で「ねえ、ギル、入っていい」と声をかけた。

「いいよ」兄は元気よく口笛を吹きながら、どこかに遊びにいくつもりらしく、夜会服に着替える支度をしていた。

「どこへ行くのよ」

「べつにどこにも。夕食のためさ。そのあとでワイナント家に行くのさ」

「あら、コンスタンスがお目当てなのね」

「いいや、コンスタンスじゃない、ほんとだよ。そんな噂、どこで仕入れてきたんだ」

「しらばっくれちゃって」

「よせよ。そんなこと言いにここにきたのかい」

「いいえ、そんな話をしにきたんじゃないわよ。ねえ、どう思う。フィンチリーさんのお宅じゃ、今度の夏、トウェルフス湖に別荘建てるんですって。湖に面したところで、ファント家の隣にですって。フィンチリーさんはスチュアートに三十フィートもあるモーターボート買ってくれて、それを収納するために、水の上に張り出したサンルームつきの艇庫も建てるってよ。いかしてるじゃん」

「『いかしてる』なんて言うんじゃない。『じゃん』というのもだめだ。下卑た言葉を使わないようになれないのか。まるで女工みたいな口を利いて。あの学校ではそんなことしか教えないのか」

「下卑た言葉を使わないようにしろだなんて、よく言うわね。兄さん自身はどうなの。家でいいお手本を示してくれてるじゃないの」

「なに、ぼくはおまえなんかより五歳も年上なんだぞ。それにぼくは男だ。マイラはそんな言葉を使ったりしないだろ」

「あら、マイラなんか。でも、こんな話もうやめましょ。考えてほしいのは、あのお宅が建てようとしている新しい家や、今度の夏に北のほうであの人たちが楽しむことになるすてきな暮らしのことだけよ。あたしたちもあちらに移りたいって思わない？　その気になれば移れるはずよ——ダディやママが賛成してくれさえしたら」

「うーん、それがそんなにすばらしいことかどうか、わかんないな」と兄は答えた。とはいえ、ほんとうはやっぱり興味津々だった。「トウェルフス湖だけが避暑地じゃないし」

「あそこしかないなんて誰も言ってないわよ。でも、このあたりのあたしたちの知り合いにとっては、あそこしかないの。今どき、オルバニーやユティカの上流の人たちがあそこ以外のどこに行くって言うの。あそこは本格的な中心地になっていくのよ、ソンドラが言ってるわ。西岸にすばらしい屋敷がずらりと並んでね。何てったって、クランストン家やランバート家、ハリエット家も間もなくあちらに移るんですって」ベラは断固としてけんか腰で言い添えた。「そうなったらグリーンウッド湖にはあまり人もいなくなるわよ。ほんとに上流の人はね。アントニー家やニコルソン家はこちらにとどまるとしてもね」

「クランストン家が北へ移るって誰が言ったんだい」ギルバートはもうすっかり引き込まれて訊いた。

「そりゃ、ソンドラよ！」

「ソンドラは誰から聞いたんだ」

「バーティン」

「ヤベ、あの連中はますます派手になっていくなあ」兄は話から逸れた感想をややうらやましそうに述べた。

「もうすぐライカーガスじゃあいつらを抱えきれなくなるぞ」そう言いながら蝶ネクタイを中央へまわそうとして引っぱり、きついカラーにちょっと喉を引っかけられて妙なしかめ面を作った。

というのも、ギルバートはクランストン家の息子グラントを妬《ねた》んでいたからだ。ギルバートは最近、父に製造部門総監督を担ってもらいながらカラー、ワイシャツ産業に入ったばかりで、最終的には事業全体の経営、支配に当たる前途が間違いなく約束されていたのに、自分と同年齢の青年グラント・クランストンは、肉体的に人目を引く魅力をそなえていて、げんに年下の若い女の子たちに対して自分よりももっと大胆に振る舞い、受けももっとよかった。クランストンは父親の下で仕事をしながら、ギルバートには真似のできないような男女交際をある程度たしなんでもいいと思っているようだった。いや、ほんとうは、グリフィスの息子はクランストンの息子を、できればふしだらだと告発してやりたいくらいだったが、これまでのところ後者はどうにか節制の範囲内に無事に踏みとどまっていた。それに、クランストン籐製品製造会社は、ライカーガスの主要産業の一つとして足場を固めつつあることが明白だった。

ちょっと間をおいてからギルバートは話を続けた。「そうか、あの会社は急成長してるってわけか。ぼくが任されたとしたら、あんなに急いだりはしないけどな。世界一の金持ちでもないんだから」とはいえギルバートはやっぱり、クランストン家はぼくや両親と違って、社交界でがむしゃらにとまでは言えなくても、人生をもっと大胆に満喫してるんだな、と考えていた。それがうらやましかった。

「だけど、それだけじゃないの」ベラは自分の目論見に引きつけようとして言った。「フィンチリーさんのところでは、艇庫の二階にダンスフロアを設けるんですって。それに、ソンドラの話では、スチュアートがこの夏、兄さんにあちらにきてゆっくり過ごしてもらいたいって言ってるんだって」

「へえ、そうかい」と答えたギルバートは、少しうらやましそうながら皮肉な調子で言った。「あいつが言ってるのは、おまえにきてもらってゆっくり過ごしてほしいってことじゃないのかい。ぼくはこの夏、仕事があるからね」

「そんなこと言ってるんじゃないわよ、意地悪。それに、押しかけて行ったたって、あたしたちの損にはならないでしょ。グリーンウッドじゃ、たいしておもしろいことなんかないって、もう見え見えだもの。いつもながらの女だけのパーティばっか」

「そうかい。お母さんはそんな言葉聞かされたら喜ぶぞ」

「それで兄さん、告げ口するのね」

「いいや、そんなことしないさ。でもうちが、フィンチリー家やクランストン家のあとを追ってトウェルフス湖まで行くなんてことはしないと思うな。おまえが行きたきゃ、行ったらいいさ、ダディの許しが出たらね」

ちょうどそのとき、また階下のドアが開く音がして、ベラは兄との口げんかも忘れ、父親を迎えるために階下へ走り降りていった。

第二章

グリフィス一族のうちライカーガス在住の家の父長は、カンザスシティにいる家族の父長とは対照的で、きわめて人目を引く人物だった。〈希望の扉〉を運営している弟とはもう三十年間顔を合わせたこともないけれど、背丈が劣り錯乱気味の弟に似ず、こちらは身長が平均よりも少し高くて、比較的細身ながら筋骨たくましく、目つき鋭く、態度や話し方もきりりとしている。長年独力でがんばることに慣れていて、実績はもちろん努力を通じても、自分には人並みすぐれた明敏さや商才があると確信するようになっていたから、そうでない連中に対してときにはちょっと手厳しく当たりがちになる。その態度は狭量とか不快とかというわけではないが、いつも冷静で厳正な体裁を保とうと努めている。自分の型にはまった言行を内心ひそかに弁解するために、わしは自分や自分みたいに成功した者たちに世間が付与する価値を額面どおりに受けとるだけだ、とみずからに言い聞かせている。

この家長は、およそ二十五年前、幾ばくかの資本と決意を携えライカーガスにやってきて、もちかけられた企画に応じ、カラー製造の新企業に投資した結果、その後大きな期待さえ上まわるような成功を遂げたのだ。それだけに当然ながら成功を鼻にかけるようになった。この当時――つまりあれから二十五年後――家族は、ライカーガスで一、二を争っていることに疑問の余地のない、趣味のいい造りの邸宅に住んでいた。また、この地域の上流に属する少数の家族のうちに数えられてもいた――ライカーガス一の旧家ではないにしても、少なくとももっとも保守的で、上品な、出世した家族であると。長女はべつにしても下の子ども二人は、若くて華やかな集団に囲まれ、社交界でもっとも目立っていたし、これまでのところ、家長の信望を損ねたり汚したりするようなことは何ひとつ起きたことがなかった。

この日家長はシカゴから帰ってきたばかりで、あちらでは今後少なくとも一年間の事業の順調な進展、繁栄を約束してくれるような協定を結んできただけに、とりわけご機嫌で、世間とうまくやっていけてるという満ち足りた気分でいた。旅行中も支障は何ひとつ生じなかった。社主の不在中もグリフィス・カラー・シャツ製造会社は、社主が在社しているのと変わらず順調に操業していた。製品受注状況は今のところ活発だった。

自宅の玄関に入ったとたん重い鞄やしゃれた造りの外套を投げ出し、多少心待ちしていたものを見ようとして体の向きを変えた――自分のほうへ駆けつけてくるベラを。ベラはまさに寵児だった。自分勝手な見方ながら、これまでの生涯がもたらしてくれたもののなかで、もっとも喜ばしく格別な美術品のようなものだ――若々しさ、健康、陽気さ、頭のよさ、情愛の深さ――それらすべてが凝縮されてきれいな娘の姿となっているのだ。

「あら、ダディ」ベラは父親が入ってくるのを見て、じつに愛らしく媚びるように声をかけた。「お帰りなさい」

「ああ、ただいま。少なくともこれでやっと自分が取り戻せたような気がするよ。わしのかわいいお嬢ちゃんはお元気かな」父親は腕を広げ、飛びついてくる末っ子の身体を受けとめた。「これは元気で、健康で、いい女の子だわい」愛情をこめた唇を娘の唇から離しがてら言い放った。「わしの留守中、悪い子ちゃんはちゃんとお行儀よくしてたかな。今度はウソついちゃいかんよ」

「なに、だいじょうぶよ、ダディ。誰に訊いてくれてもいいわ。これ以上ないくらいよ」

「お母さんは元気?」

「だいじょうぶよ、ダディ。二階のお部屋にいるわ。ダディの帰ってきた音が聞こえなかったんだと思うわ」

「それからマイラは？　オルバニーからもう帰ってきたかね」

「はい。お部屋にいるわ。たった今もピアノを弾いてる音が聞こえてたもの。あたしもちょっと前に帰ってきたばかりなの」

「ハハアン、また道草くってきたね。ちゃんとわかってるんだから」警告するように人差し指を立ててみせるが、口調はやさしい。ベラは父親の片腕にぶら下がるようにしがみついて、歩調を合わせながら階段を昇っていく。

「まあ、違うわ、道草なんか」ベラは抜け目なく甘ったれ声で応じた。「ダディったら、あたしのあら探しばっかりして。ソンドラのところにちょっと寄っただけよ。そしたらね、ダディ、驚くじゃない、ソンドラの家じゃグリーンウッドの別荘を処分して、トウェルフス湖にもうすぐ大きなカッコいいバンガローを建てるんですって。それに、フィンチリーさんは、スチュアートのために大きな電動モーターボートを買ってくれて、つぎの夏はあちらで過ごす予定なんですって。たぶん五月から十月までずっと。それに、クランストン家もたぶんそうするって」

グリフィス氏は末娘の手管には慣れっこになっていたから、娘が伝えたがっていたこと――トウェルフス湖のほうがグリーンウッドよりも社交界では好ましい避暑地になったということ――には、その場で大して心を動かされはしなかったが、むしろ、フィンチリー家が社交上の理由だけで、こんなに急になかなか高額な出費をできるようになったという事実には興味をそそられた。

グリフィスはベラの話に応ずることなく階段を昇りつづけ、妻の部屋に入っていった。グリフィス夫人にキスしてから、マイラの部屋をのぞきにいった。マイラはドアまでやってきて父親と抱擁を交わした。それから今度の旅行がうまくいったことを話した。妻を抱いている様子からは、夫婦の間に好ましい相互理解が成り立っているることがうかがわれた――不和は少しもない――また、マイラを迎える様子からは、この娘の気質やものの考え方にしっくり共感できないとしても、少なくとも父親としての愛情を注ぐことにためらいはないと知れた。

三人がおしゃべりしていると、トルーズデールさんが食事の用意ができましたと知らせてきた。ギルバートも身繕いを終えてやってきた。

「実はね、ダディ、気になることがあるので、明日の朝、話を聞いてくれませんか」

「いいよ。わしはあちらに行ってるから。昼ごろにきなさい」

「さあ、みんないらっしゃい。お料理が冷えてしまいますよ」グリフィス夫人は本気で心配して言った。そこでギルバートは階下に向かって階段を降りはじめ、そのあとからグリフィスがついていくが、その腕にはまだベラがつかまっていた。それからそのあとにグリフィス夫人と、部屋から出てきたマイラが続いた。

一家は食卓を囲んで席につくと、地元で最近話題になっていることについておしゃべりしはじめた。そうなったのはベラが皮切りにしゃべりはじめたからだが、ベラは一家のためのゴシップ仕入れ係であり、社交界のニュースとなれば何によらずたちまち蔓延するらしいスネデカー学園から、たいていのネタを集めてくるのだった。ベラは不意に話しだす。「ねえ、ママ、どう思う。ディストン・ニコルソン夫人の姪だというあのロゼッタ・ニコルソン、去年の夏オルバニーからこちらに訪れてきた人よ――うちの芝生で同窓会の園遊会をした夜にやってきたわよね――覚えてる？――金髪でやぶにらみの青い眼をした若い女の人――お父さんがあちらの大きな食料品の卸屋をやってるとかいう――ね、あの人がユティカのハーバート・ティカムと婚約したんですって。去年の夏ランバート夫人のところに訪ねてきていた人よ。あの人のこと覚えてないでしょうけど、あたしは覚えてる。背が高くて、黒髪で、何だか気詰まりな人だったけど、すごいハンサムだった――ああ、映画に出てくるヒーローそこのけよ」

「そらきましたよ、グリフィス夫人」とギルバートはすかさず口をはさみ、皮肉な口調で母親に言った。「スネデカーお嬢様学園の代表団は、こっそり映画なんか観にいって、ヒーローについての最新情報を仕入れてきてるんですよ」

そこで父親は唐突に話を切り出した。「わしは今回のシカゴで妙な経験をしたよ。おまえたちにも興味がありそうなことなんだがね」念頭にあったのは、二日前シカゴで偶然に出会った青年が、聞いてみると自分の弟アサの長男だとわかったことだった。加えて、この青年に関して自分がくだした結論も話す気でいた。

「あら、どんなこと、ダディ」ベラはすぐに聞きたがった。「お話しして」

「ビッグ・ニュース聞かせてよ」とギルバートも言った。いつも父親に引き立ててもらっていたから、うちとけた親しげな口を利くのが常だった。

「実はな、わしがシカゴのユニオンリーグ・クラブ［南北戦争中連邦政府支持のために創設された秘密結社によりいくつかの大都市に設立された民間高級社交施設］に泊まってるあいだに、血縁に当たる青年と出会ってな。つまりおまえたち三人のいとこでな、わしの弟アサの長男なんだが、アサは今デンヴァーに住んでるそうだ。弟とはこの三十年間会ったこともなければ、音信も不通だったんだけど」そこでちょっと間をおき、半信半疑の面持ちで思いにふけった。

「どこかで説教師をしてるって人じゃなくって、ダディ」ベラは目をあげて訊いた。

「そう、説教師さ。少なくともわしの知ってるかぎり、家を出てからしばらく説教師をしてた。だが息子が言うには、もう辞めたのだそうだ。デンヴァーで何かの仕事をしてるとか――ホテルか何かだと思うがね」

「でも、その息子ってどんな人」とベラは訊いた。今のところ自分の社会的地位や監督を受けている立場が許す範囲内の、育ちのいい、いかにも保守的な青年たちとしかつきあいがないから、強い関心をそそられたのだ。西部のホテル経営者の息子だなんて！

「いとこだって。いくつなんだい」ギルバートもすぐに訊いた。どんな人物なのか、どんな地位にあり、どんな能力をもっているのか、好奇心をかき立てられた。

「まあ、とても興味深い青年だと思うね」グリフィスはためらいがちに話を続けた。おぼつかなげだったのは、このときにいたるまで、クライドをどう思ったらいいのか、ほんとうは決めかねていたのだ。「なかなかの美男子だし、立ち居振る舞いもきちんとしてる――ほぼおまえと同年配だよ、ギル、それにおまえにとてもよく似てるんだ――すごくな――目や口や顎がそっくりでな」息子をあらためるかのように眺めまわす。「違いがあるとしたらあっちのほうがちょっぴり背が高いかな。少し痩せぎすに見えるが、ほんとうはそうでもないと思うな」

自分と似ているいとこ——あらゆる点から見て自分と同じくらい魅力があるかもしれず——姓も自分と同じだなんて考えると、ギルバートはぞっとして、多少気が立ってくる思いだった。というのも、ここライカーガスでこれまで自分は、父親の事業の経営権を受け継ぐはずのひとり息子であり、全資産の最低三分の一かそれ以上の推定相続人として知られてもきたし、優遇されてもきたからだ。それなのに今さら、親戚、同年配のいとこがいて、そいつが自分に顔つきから物腰までそっくりだなんてことが、偶然にせよ明るみに出るようなことになったら——そう思ってギルバートはキッとなった。その結果、そんなやつは嫌だと決めつけてしまった（自分には理解もできず、うまく制御することもできない心理的反応だった）——好きになれっこない。

「そいつは何をしてるのさ」とぶっきらぼうに尋ねる。自分では何とか抑えようとしてみたのだが、その声には敵意がこもっていた。

「それがな、たいした仕事についてはいないんだ、残念ながらな」サミュエル・グリフィスは微笑みを浮かべたが、思いをめぐらしているようだった。「今のところ、シカゴのユニオンリーグ・クラブでベルボーイをしてるだけなんだが、とても感じがいい、紳士的な若者だと言いたいね。惚れ込んでしまったよ。実は、今の職場では昇進の見込みがあまりないので、やりがいのある仕事ができてひとかどの人物になれる可能性があるようなところに転職したい、なんて話してくれたもんで、こちらにきてわが社で運を試してみたいなら、多少は世話をしてあげられるかもしれない、と言ってやったのさ——あの青年に何ができるか見せてくれるなら、少なくともその機会ぐらいはあげようってな」

甥にそこまで関心をもったことをただちに打ち明けるつもりはなかったのだが——妻にも息子にもいろいろな折りに様子を見ながら少しずつ話していくよりは、いい機会が生まれてきたように思えるこの際、すべて話してしまった。そして話してみると、むしろこれでよかったと思えた。クライドがあまりにもギルバートに似ていたから、少しは世話をしてやりたいと思っていたからだ。

　だがギルバートは息巻き、にべもない態度になった。他方ベラやマイラは父親の考えに多少引かれた。ただ、ひとり息子をことごとく贔屓していたグリフィス夫人はそういかなかった——息子には、血縁の者であろうとなかろうといかなる競争相手もあらわれてほしくない、とさえ思っていたのだ。グリフィスという姓の好男子で、ギルバートとほぼ同年齢のいとこ——しかも、父親の言うには、感じがよくて立ち居振る舞いもきちんとしてるって——そう聞くとベラもマイラも喜ばしいと思ったけれども、グリフィス夫人は、ギルバートの表情が暗くなったことに気づくと、それほどうれしくは思わなかった。この子はそんな青年なんか好きになれるはずないわ。だが、何ごとにもあらわれる夫の権威と能力に敬意を払うのが常だったから、すぐには何も言わずにいた。だが、そういかないのはベラだ。

「ワア、その人をうちの会社に採用してやるってわけね、ダディ」とベラは言う。「おもしろそう。その人、他のいとこたちよりもましな顔立ちならいいんだけどな」

「ベラ」とグリフィス夫人はたしなめた。マイラは、数年前ヴァーモント州からやってきて数日間滞在していった無骨な伯父といとこのことを思い出して、訳知り顔に微笑んだ。他方ギルバートは、腹の底から煮えくりかえる思いで、心中ひそかに父親の案に猛反対していた。どうにも納得いかない。「もちろんうちの会社じゃ、今のところは、見習いで働きたいという求職者を門前払いするようなことはしてませんからね」ときつい調子で言った。

「ああ、そりゃわかってる」と父は答える。「だが、そういう連中はいとことか甥とかと同じじゃないからな。おまけにあの青年は、たいへん頭がよくて向上心旺盛と見たんだがね。わが社に親戚のひとりぐらい入れて、どれほどの能力があるか試してみても、あまり害にはならんだろ。あの青年を雇ってならない理由は特にないと思うがね」

「ギルはライカーガスに姓が同じでよく似た人がいるなんて、思うだけで嫌なんじゃないの」ベラはふざけた調子であてつける。兄にいつもあげつらわれることへの仕返しをしてやろうという悪意も多少こもっている。

「チェッ、くだらんことを！」ギルバートはかりかりして噛みつく。「たまにはまともなことを言ったらどうだ。そいつの姓が同じだろうとなかろうと、何でぼくが気にするっていうんだ——似てるかどうかなんてことだって」このときは格別機嫌が悪そうな表情になった。

「ギルバート！」母は頼み込むようにしていさめる。「何て口の利き方なの！　しかも妹に向かって」

「そうか、ここで波風が立つようなら、わしはこの青年に何かしてやりたいとも思わんのだが」父親は話を続ける。「ただね、わしの知るかぎり、あの青年の父親は実際的な才覚がからっきしない男だったから、クライドにはほんとうの機会が与えられたことはなかったんじゃないかと思ってな」（いとこのファーストネームがこんなふうになれなれしく親しみをこめて呼ばれたことに、ギルバートは身のすくむ思いがした）「わしの考えは、あの男をここへ呼んで、新たな出発をさせてやろうというだけのことだ。あの男がうまくやれるかやれないか、ぜんぜん見当もつかない。ものになるかもしれんし、ならんかもしれん。もしならんかったら——」ここで片手をあげて、「ならんかったら、言うまでもなく放り出せばいいだけだ」と言わぬばかりの素振りをしてみせる。

「そうね、お父さん、それはとても思いやりのあるあしらいだと思いますわ」グリフィス夫人は夫に逆らわないように愛想よく言った。「期待どおりになってくれたらいいですわね」

「それからもう一つ言っておきたいことがある」グリフィスは抜け目なく、取り決めを申し渡すみたいな口調でつけ加えた。「この青年がわしに雇われたからといって、また、わしの甥だからというだけで、工場の他の従業員と異なる扱いを受けるようなことは、わしの望むところではない。あの男はここに仕事をしにくるんだからな——遊びにくるんじゃない。だからあの男がここにいるあいだ、おまえたちは社交的な世話を焼いたりしちゃいかん——ほんの少しでもな。なにしろ、わしたちの世話になりたがるような青年ではない——少なくともわしにはそうなふうに見えなかったし、わしらと対等な立場にしてもらえるなどという考えをもってここにやってくるようなことはないはずだ。そんな考えはバカげている。時間が経って、あの男がほんとに立派な人間で、ちゃんと身を処していけるし、立場をわきまえて則を越えることがないと証明できて、おまえたちのほうでも少しはっきあってやってもいいと思うようになったら、まあ、そのときは、見さわめもついてる頃だろうが、それ以前はだめだぞ」

　この話が終わる頃には、トルーズデールさんのお手伝いをしている女中のアマンダが食器を片付けはじめ、デザートを出す支度に取りかかっていた。だが、グリフィス氏はデザートをめったにとらなかったし、ふだん、客が同席していないかぎり、この時間を使って、書斎の小さな机にしまってある株や銀行関連書類に目を通すことにしていたから、椅子を引いて立ち上がり、家族に失礼と詫びを言うと、隣室の書斎へ入っていった。他の者たちはあとに残った。

「どんな人なのか、会ってみたい気がするんだけど、ママはどう思う」とマイラが母親に訊いた。

「そうね。お父さんの期待にすっかり沿ってくれたらいいんだけど。もしそうでなかったら、お父さんががっかりなさるでしょうからね」

「ぼくには納得いかないなあ」とギルバートが意見を言った。「今抱えている連中の面倒も見きれていないのに、人を入れるなんて。それに、このあたりの口さがないやつらが、ぼくたちのいとこはこっちにくるまでホテルのベルボーイにすぎなかったなんて嗅ぎつけたら、何て言うことか、想像してみたらいい」

「あら、でも、そんなこと知られるとは限らないでしょう」とマイラが言った。

「へえ、限らないって。まあ、本人がしゃべってしまうのは防ぎようもないじゃないか――しゃべるなってぼくたちが言っておかなけりゃね――あるいは、あちらで本人を見たことのある誰かがやってこないとも限らんし」目が意地悪くぎらつく。「とにかく、本人がしゃべったりしないでほしいね。この町でそんなことされたら、ぼくらにとって一文の得にもならないもの」

　そこでベラは言い添えた。「アレンおじさんとこの二人の息子とは違って、退屈でない人であってほしいわ。あんなにおもしろみのない男の子たちに会ったことなんてなかったくらいだもん」

「ベラ」母親はまたたしなめた。

第三章

サミュエル・グリフィスがシカゴのユニオンリーグ・クラブで出会ったと語ったクライドは、三年前カンザスシティから逃亡した人間とは幾分変貌を遂げていた。二十歳になり、背が少し高くなって、相変わらず頑健とはいえないものの身体つきもしっかりして、人生経験をかなり積んできたことは言うまでもない。というのも、カンザスシティの家庭や職場から離れ、世の荒波にもまれるようになって――その間は下賤な仕事、みすぼらしい部屋住まい、親しいと言える者はひとりもいない日々を経験し、何とかしてせいぜい食いつないでいくしかなかった――おかげで、三年前には片鱗もうかがえなかったような、ある種の自立心や慇懃な話しぶりを身につけるにいたったのだ。カンザスシティから飛び出した頃ほどしゃれた身なりはしなくなったものの、今は上品さを意識した一種の威儀がそなわっていて、それがはじめから人の目を引くわけではなくても、好感を与えた。それにまた、カンザスシティから無賃で有蓋貨車に乗ってこっそり立ち去った頃とかなり大きく変わったことには、かつてよりもはるかに用心深く控えめな雰囲気を漂わせるようになっていた。

こうなったのも、カンザスシティから逃げ出してからずっと、やむをえずさまざまなあこぎなやり方で生き延びてきたあげく、自分の将来を築くには自分に頼るしかないという結論に到達していたからだ。クライドがすでにはっきりと感じとっていたように、家族は何の助けにもなりそうになかった。実際的な事柄にあまりに疎く、あまりに貧しいんだもの――母さんも、父さんも、エスタも、誰にしたって。

とはいえ、家族の困窮はじゅうぶん承知しながらも、みんなを恋しく思う気持はやみがたかった。とりわけ母さんが恋しい、また、子どもの自分を包んでくれていたなつかしい家庭――弟や姉妹、エスタだって恋しいことに変わりはない。だって、今になってみればよくわかるけど、エスタもたぶん自分にはどうにもならない環境のために破滅させられたわけで、おれと同じじゃないか。そして思いは幾たびとなく過去へ戻っていき、どうしようもなく心を乱す煩悶に陥っていった。カンザスシティでの職歴が突如断ち切られたいきさつだけでなく、おれが母さんに与えた仕打ちについても、慚愧の念に堪えない――ホーテンス・ブリッグズを失った――強烈な衝撃だ。その後も数々の困難に見舞われた。母さんやエスタに苦労がふりかかったのも、おれのせいだったにちがいないんだ。

逃避行を始めて二日後セントルイスに到着し、貨車に隠れていたところを二人の制動手に見つかって、もっていた時計と外套をはぎとられ、カンザスシティから百マイルも離れた土地で、冬の払暁の薄明のなか雪原に手荒に放り出された。そのあとすぐに、カンザスシティの新聞――『スター』紙――を拾って見たら、あの事件に関する最悪の懸念がやっぱりすべて現実のものになっていたと知った。二段ぶちぬきの見出しがあり、一段半に及ぶ記事が事件の全貌を伝えていた。カンザスシティの裕福な家庭の娘である十一歳の少女が車にはねられ、ほぼ即死――一時間後に死亡した。スパーサーとミス・サイプは病院に収容されると同時に拘束され、病院に配備された警官による監視下にあって回復を待っている。高級車は大破した。車の所有者は不在だったが、その所有者に雇われているスパーサーの父親は、息子の犯罪と見られる愚行や無謀さに、ただちに怒りを爆発させ、ひどく嘆いてもいる。

だが、もっと困ったことに、不運なスパーサーはすでに窃盗と殺人の罪で告発されていて、おそらくこの重大な破局に関わる自分の責任をなるべく減らしたいと思ってのことだろうが、自分といっしょに車に乗っていた者全員の名前を――とりわけ男性たちの名前とその勤め先のホテルの住所を明かした――だけでなく、この連中はあのとき、車のスピードを上げろと、その気はなかった自分をあおったのだから、連中の罪の大きさも自分のと変わりはないなどと訴えていた――この主張は当たってる、とクライドにも諒解できた。それに、スクワイアズ氏はホテルでインタビューを受け、警察や新聞に若者たちの両親の名や住所を明かしていた。

記事のなかでもこの最後の部分がいちばん堪える衝撃だった。というのも、これに続いて、それぞれの両親や親戚が若者たちの罪について知らされてどう受けとめたかを伝える、暗澹たる事実が描き出されていたからだ。

トムの母親であるラッタラー夫人は泣き崩れ、息子は気立てのいい子だから意図して悪さをするはずなんかないと信じている、と言っている。それからヘグランド夫人――息子思いで年老いたオスカーの母親――は、あれほど正直で大らかな子なんてどこにもいないくらいなのだから酒でも飲んでいたにちがいない、と言っている。そしてクライド自身の母親は――『スター』紙が伝えるところによれば、顔面蒼白、とても驚愕、憔悴して突っ立ち、両手を握りしめたり開いたりしながら、まるで何のことか理解するのもままならぬ様子で、息子がそんな仲間に加わっていたなんて信じられないし、きっと間もなく帰ってきていっさいを釈明してくれるにちがいない、と誰に向かっても請け合い、何かの誤解が生じたにちがいないとも言っている。

しかしながらクライドは帰りはしなかった。その後は何の便りもなかった。何ヶ月もクライドのほうから便りを出さなかったためだが、それは警察を恐れたからだ。言うまでもなく母が怖かったせいでもある――あの悲しみにみちて絶望に打ちのめされたような眼を思うと。その後一度、自分は元気だから心配しないようにとだけ書いた手紙を母宛に出した。自分の名前も住所も書かなかった。そのあとはまた放浪暮らしをつづけた。あれこれと半端仕事に就きながら、セントルイス、ピオリア、シカゴ、ミルウォーキーと渡りあるいた――レストランの皿洗い、郊外の小さなドラッグストアでのソーダ水販売員、靴屋の見習い店員、食料品店の店員、等々。首になったり、一時解雇されたり、自分のほうから嫌気がさして飛び出したり。あるときは十ドル――また別のときには五ドル、母に送金もした。それくらいなら割いてやれると思ったまでだ。一年半近く経ったのち、捜査の手もゆるんだか、あの犯罪で自分の果たした役割が忘れられたか、追及するほど重要な罪障と見なされなくなったのかもしれないと判断した――だから、シカゴで配達荷馬車の御者という週十五ドルになる仕事に就いて、並の暮らしに戻れるようになると、母に便りを出そうと決意した。まともな職に就いているし、本名は名乗っていないにしても、だいぶん前からきちんとした暮らし方をしていると言えるようになっていたからだ。

そこで、当時住んでいたシカゴのウェストサイド――ポーライナ通り――の、廊下を仕切っただけの借間で、母宛につぎのような手紙を書いた。

母さんへ

まだカンザスシティでお暮らしですか。お手紙で何かと様子を知らせていただきたいです。またお便りいただけて、よろしければこちらからもまた便りをさし上げることができたら幸いです。それがぼくの偽らぬ気持ちです、母さん。ここではとても寂しく暮らしています。ただし、ぼくの居所を誰にも知られないように気をつけてください。知られたりしたらろくなことにならないし、ぼくがせっかく出直そうとしているのに、ご破算になりかねません。あのとき、ぼく自身は何も悪いことをしません。新聞はあんなこと書きたてているけれど、ほんとうに何もしてないのです——ただ同行してただけです。でも、こちらがやってもいないことのために罰せられるのが怖かったのです。あのときはどうしても帰ることができませんでした。ぼくに責任があるわけではないのですが、母さんや父さんがどう思うかが心配でした。でも、ぼくは誘われたのです。あの男が言っているような、もっと速く走れとか、あの車を盗んでこいとか、けしかけたりすることなんか、ぼくはしていません。あの男が自分で車をもってきて、ぼくや他の仲間をいっしょに行こうと誘ったのです。もしかしたら、あの女の子を轢いた罪はみんなにあるのかもしれませんが、故意にやったのではありません。故意なんて誰も。それにぼくはあれからずっと悔い続けています。母さんにどんなに迷惑おかけしたかと思うと！　しかも、母さんがぼくを一番必要としていたときだったのに。よくもまあ！　母さん、ぼくを赦してください。お願いです！

いかがお過ごしかとたえず気にしています。エスタやジュリアやフランクや父さんはどうしてますか。母さんがどこでどうしているか、知りたくてたまりません。ぼくが母さんをどんなに慕っているか、おわかりですよね、母さん。ぼくも今では、前よりもとにかくもっと分別がつきましたし、ものの見方も変わりました。世間で何かひとかどのことを成し遂げたいと思います。成功したいです。今の仕事はそこそこといったところで、KCでしていた仕事ほどのうまみはありません。でも悪くはないし、仕事の中身が違います。でも、もっとましな仕事に就きたいと思っています。とはいっても、ホテルの仕事に戻ることは、なるべくしたくないです。あれはぼくのような若い男にとってはあまりいい仕事でありません――あまりにきらびやか、とでも言いましょうか。ぼくもそちらにいた頃よりはずいぶんものがわかってきたと思いませんか。今の職場ではみんなに好かれてうまくやっているのですが、世間でもっとのし上がらねばなりません。なのに実は現在のところ、ここでの生活費しか稼げていません。部屋代、食事代、衣料費だけで精いっぱいです。それでも少しは貯金して、手に職をつけて昇進できるような方面に転職しようと心がけています。今の時代、何らかの専門をもたなければだめです。ぼくにもそのことがわかってきました。

手紙をください。みんなどうしているか、母さんはいかがお過ごしか、お知らせくださ い。お知らせくだされればうれしいです。フランク、ジュリア、父さん、エスタによろしくお伝えください。みんなそちらでいっしょに暮らしているのですか。ぼくが母さんを思う気持に変わりはありません。母さんもぼくを、何はともあれ、少しは気にかけてくれてますよね。ぼくの本名はここに書きません。まだ危険かもしれませんから。（KCを離れて以来、本名は使っていないのです。）でも別の名前を書いておきます。近いうちにこんな名前は棄てて、 もとの名前に戻るつもりです。この手紙でそうすることができればいいのですが、まだ怖いものですから。お手紙くださるのなら、宛先はつぎのように書いてください。

ハリー・テネット
シカゴ郵便局留め

何日か後には受け取りに局に行ってみます。結びの署名はつぎのように書きますが、母さんにもぼくにも余計な面倒がかかってこないようにするためです。ご承知ください。でも、あの例の件が過ぎ去ったともう少し安心できるようになりしだい、本名を使うことにします、必ず。

愛をこめて
あなたの息子――

クライドは本名を書くべき位置に線を引いて、その下に「ご存知の」と書き、手紙を投函した。母親はこの間ずっと息子のことを心配し、どこにいるやらと気にしていたから、この手紙に折り返し、間もなく返信を出した。消印はデンヴァー発信になっていたから、クライドはひどく驚いた。母からの手紙はてっきりカンザスシティからくるものとまだ思い込んでいたからだ。

愛しい息子へ

わが子の手紙を受け取って驚くとともに、おまえが生きていて無事であると知り、とてもうれしく思いました。わたしはおまえがまっすぐで狭い道に――いかなる成功と幸福にも導いてくれるただ一つの道に――戻ってくれて、無事で息災にどこかで働き、ちゃんと暮らしているという便りが届きますようにと願い、神さまに祈っていました。神さまはその願いを叶えてくださることはわかっていました。神さまの聖なる御名が祝福されますように。

おまえはあのひどい災厄に巻きこまれ、おまえ自身とわたしたちにあれほど大きな苦しみと恥辱をもたらしましたが、それはすべておまえが悪かったせいだなどと、わたしは思っていません――悪魔がわたしたち人間を、とりわけおまえのような子どもを、いかに誘惑しつきまとうものか、わたしにはよくわかっているからです。ああ、息子よ、そういう落とし穴にはまらないように、どれほど気をつけていなければならないか、わきまえてさえいてくれたらいいのですが。それに、おまえにはこの先まだ長い前途があります。これからは、母さんがたえずおまえたち愛しい子どもたちの頭や心に植えつけようとしてきた我らが救い主の教えから、ぜったいに逸れることのないよう用心してくれませんか。じっと耳を傾け、常にわたしたちとともにいまして、この世のわたしたちには想像もつかないほど美しい天国へいたる険しい道を進むわたしたちに、安全な足どりをお示しくださる我らが主のお声を聞き届けてください。わが子よ、約束してください。おさない頃に受けた教えすべてをしっかりと守り、「正義は力なり」［古い格言「力は正義なり」を転倒させた諷喩］ということをいつも念頭に置いてください。そして、わが子よ、いかなる種類の酒も、誰に勧められようとけっして飲んではいけません。酒こそ悪魔が栄華の極みにあって君臨し、弱き者を組み敷いて勝ち誇ろうと構えている罠なのですから。「濃き酒は人をして騒がしめ、酒は人をして嘲らす」［第一部第二章に引かれていた「箴言」二〇・一参照］という、わたしがおまえに何度も言って聞かせた言葉をぜったいに忘れないでください。おまえが誘惑されるたびにこの言葉がおまえの耳のなかで鳴り響くよう、心の底から祈っています――というのも、それこそあの恐ろしい事故を引き起こした真の原因なのだろうと、今では確信しているからです。

あのことではひどく苦しめられたのですよ、クライド、しかも、エスタのことであんなひどい試練に立ち向かわなければならなかったのとちょうど同じ時期でしたからね。すんでにあの子も失うところでした。あの子はとてもつらい目に遭いました。かわいそうに、あの子は罪をあがなうために高い犠牲を払いました。わたしたちはとても大きな借金をせざるをえなかったので、それを返すのに時間がずいぶんかかりました――でもようやく借金も片づき、今は前ほど困っていません。まずまずです。

おわかりでしょうが、わたしたちは今デンヴァーにいます。ここでわたしたち自身が運営する伝道所があり、家族が住める宿舎もついています。その上貸間にできる部屋もいくつかあって、それをエスタが管理しています。ところで、エスタは今はニクソン夫人と名乗っています。すてきな男の子の赤ちゃんができて、その子を見ると父さんも母さんも、おまえが赤ちゃんだった頃のことを思い出すね、などと話し合っています。赤ちゃんはおまえが昔やったのとそっくりな仕草を何度もやってくれるので、わたしたちはおまえがまたきてくれたみたいな気がするのです――昔のままのおまえが。それがときには慰めにもなります。

フランクやジュリーはすっかり大きくなって、ずいぶんわたしの役に立ってくれてます。フランクは新聞配達の仕事を手に入れ、お金を多少稼いでくるので助かります。エスタは二人をなるべく長く学校へ通わせたいと言ってます。

お父さんはあまり体調がよくありませんが、言うまでもなくもう歳ですから、精いっぱいがんばっているのです。

おまえがあらゆる点で自分を向上させようと大いに努力しているとうかがい、クライド、わたしはとてもうれしく思います。昨夜もお父さんがまたお話ししていましたが、ライカーガスにいるおまえのおじさんサミュエル・グリフィスは、とてもお金持ちで出世しておられるそうです。だからわたしが思ったことに、もしかして、おまえから手紙を出して、何か実業を習い覚えられるような仕事をいただけないか頼んでみたら、仕事をくださるかもしれませんよ。くださらないはずはないと思うのですが。何と言っても、おまえはあの方の甥ですからね。知ってのとおり、ライカーガスで大きなカラー製造業をやっていらして、たいへんなお金持ちだという噂です。あの方に手紙を出してみてはいかがでしょうか。何となくわたしには、おまえの働き口を見つけてくれそうな気がします。そうしたらおまえにも努力する目標ができるでしょう。手紙を出して返事をもらえたら、何と言ってきたか教えてください。

どんどん便りをいただきたいです。どうかクライド、手紙を書いて、おまえのことを何でも伝えておくれ。どのように暮らしているのか教えて。きっとですよ。もちろんわたしたちは今までどおりおまえが大好きだし、正しく生きるよう導いていくためにできるかぎりの努力をします。おまえが思っている以上にわたしたちは、おまえに成功してもらいたいと願っているのです。でも、善良な青年となり、清らかな正しい生活をしていってほしいとも願っています。というのも、息子よ、全世界を手に入れても自分の魂を失ったら、何の意味もありませんから［「マタイ伝」一六－二六参照］。

クライド、母さんに手紙を書くんですよ。母さんはいつもおまえを思っていますからね――おまえを導いていきますから――主の御名において正しいおこないをするようにお願いします。

愛情こめて

母より

この手紙をもらったおかげでクライドは、伯父サミュエルを意識しはじめ、伯父と出会うずいぶん前から、伯父の大会社のことに思いをめぐらせるようになった。また大いに安堵したことには、両親はもう、自分が家を出たときのような経済的困窮に苦しんではいないし、おそらくこの新しい伝道所に付属しているらしい宿屋か、少なくとも下宿屋のような住居に、無事落ち着いたこともわかった。

それからクライドは、母の手紙を受け取って二ヶ月経ち、何とかしなければならない、しかも早急になどと、決意をほとんど毎日のように新たにしていた頃、ある日たまたま、勤め先の店でシカゴ滞在中の旅行者が購入したネクタイとハンカチの包みの配達に、ジャクソン・ブールヴァードに面したユニオンリーグ・クラブまで行った。その玄関に入ったとたんばったり出くわしたのは、誰あろう、クラブ従業員の制服を身につけたラッタラーだったのだ。玄関で受付兼小荷物受取係をしていたのである。クライドもラッタラーも、ふたたびたがいに顔をつき合わせているなんて、すぐにはピンとこなかったけれども、一瞬の間をおいてからラッタラーは「クライド！」と素っ頓狂な声をあげた。それから相手の腕をつかみ、熱くなりながらも用心しつつ、とても低い声で言った。「何だい、よりにもよって！　たまげたなあ！　元気なのか。それはそこに置いたらいい。いったいどこからきたんだい」そしてクライドも負けずに熱くなって叫ぶ。「あれまあ、トムじゃないか。元気かい。ここに勤めてるんか」

ラッタラーは（クライドと同様に）一瞬、二人のあいだに横たわる厄介な秘密もほぼ忘れて、言葉を続けた。「そうとも。決まってるじゃないか。もう一年近くもここで働いてるのさ」それから急にクライドの腕を引っぱって、「黙ってろ！」と言わんばかりに片隅へ連れていく。クライドが入っていったときに話をしていた相手の青年に聞こえないところまで行き、さらに言う。「シーッ！　おれは本名で勤めてるんだけど、KCからきたとは知られたくないんだ。クリーブランドからきたことにしてるんでね」

そう言うとともにラッタラーはクライドの腕をつかんでいた手にやさしく力をこめ、全身を見まわした。クライドも同様に感動し、「わかった。だいじょうぶ。乗り換えがうまくできてよかったじゃないか。おれの名前はテネット、ハリー・テネットっていうんだ。忘れないでな」とつけ加えるように言った。こうして二人は、昔のなじみを取り戻せてうれしくなり、顔を輝かせた。

だがラッタラーは、クライドの配達員の制服に気づくと、感じたままを述べた。「配達荷馬車の御者かよ。ヤベ、おかしいね。あんたが配達荷馬車の御者だなんて。想像することもできなかったな。腹の皮がよじれるぜ。何でそんなことする気になったのさ」すると、現在の仕事に触れられるのがこの世でもっともうれしいなどと思っているわけでないと、クライドの表情からわかったし、クライドもすぐに「まあ、何だか食いつめてたものでね」と応じたので、話題を変えた。「ところで、ねえ、ゆっくり会いたいものだね。どこに住んでるんだい」

（クライドが住所を教える）「わかった。おれはここを六時に退ける。あんたの仕事が終わったらこちらに寄ってくれないかい。いや、そうだ——どこかで落ち合ったら——えーと、ランドルフ通りのヘンリチじゃどうかな。それでいいかい。七時に、としておこう。おれは六時に退けるから、その頃にはあそこまで行ける、あんたさえよければね」

クライドは、ふたたびラッタラーと会えたうれしさに有頂天になり、嬉々としてうなずいた。

クライドは荷馬車に乗り込み、配達を続けたけれども、午後の残りの時間は、ラッタラーとの待ち合わせが間近だということばかり考えていた。だから五時三十分に厩舎まで駆けつけ、それからウェストサイドの借間に帰って外出着に着替えると、ヘンリチへ急いだ。街角に立って一分も待たないうちにラッタラーが姿をあらわした。とてもにこやかで友情にあふれ、前よりもむしろこざっぱりした服装だった。

「ヤベ、なつかしいよ。あんたと顔合わせるなんていい気分だ」ラッタラーは話を切り出した。「だって、KC出てから昔の仲間に会ったのはあんただけなんだからなあ。ほんとだぜ。おれたちが地元を飛び出したあと妹からもらった手紙によると、ヒグビーもヘギー〔「ヘグランド」の短縮〕も、それにあんたもどうなったのか、誰も知らないそうだぜ。あのスパーサーのやつ、一年間ブタ箱入りだったって——あんたの耳には入ってたかい。つらい話さ、な。けど、チビの女の子死なせたことより、車もちだして無免許で走らせたうえ、停止の指示を無視した罪のほうが重かったって。そのためにやつはぶち込まれたのさ。だけどさあ」——ここでラッタラーは意味ありげに声をひそめる。「おれたち、捕まってたら同じ目に遭ってたところだぜ。うへっ、ヤベ、びびったよなあ。だから逃げたね」そこでまた笑いだすが、笑うにしてもややヒステリーじみている。「何てドタバタしてたっけ、な。おれたち、あいつとあの女を車のなかに置き去りにしたりしてさ。ああ、まあ、ひどいことしたな。けど、他に何ができた。全員ぶち込まれることとなんかないだろ。あの女の名前、何ていったっけ。そう、ローラ・サイプだ。それにあんたときたら、おれも気づかぬうちにトンズラしてたな。あんたのカワイ子ちゃんのあのブリッグズもな。あの子を送っていったのかい」

クライドは首を横に振った。

「とんでもない」と大きな声を出す。

「そうかい、それじゃどこに行ったのさ」とラッタラーは訊いた。

クライドは話した。そして自身の放浪暮らしについて一部始終を語ってやると、ラッタラーはつぎのように反応した。「ヤベ、あんた知らなかったんだな、あのカワイ子ちゃんのブリッグズがあのあとすぐ、あの町の男とニューヨークへ駆け落ちしたってこと。タバコ売り場に勤めてたやつだって、ルイーズが伝えてきたんだ。妹はあの事件のあと、あの女が駆け落ちする直前に、真新しい毛皮のコートやら何やらで着飾ってるのを見かけたそうだよ」（クライドは悲しくて身のすくむ思いがした）「ヤベ、それにしてもあんな女に手を出すなんて、あんたもおめでたいやつだったな。あいつ、あんたにしろ誰にしろ好きになったりしないんだから。だけどあんた、ぞっこんだったんじゃないかい」そしてクライドを見やっていかにもおかしそうにニヤニヤしながら、人をからかうときに前はよくやっていたように腋の下をくすぐった。

だが、自分のこととなるとラッタラーは、クライドが語った話とは大違いの、冒険談としては地味というしかないような話をしはじめた。ビクビクしたり、クヨクヨしたりしたという話なんかではなく、したたかな勇気を発揮し、自分の運や可能性を信じたという話だった。そしてとうとうこの口に「ありついた」わけだが、それもラッタラーの言い方によれば、「シ〔「シカゴ」の短縮形〕ではいつだって何か見つけられる」のだから、というだけのこと。

そしてその後ずっとここに勤めている――「言うまでもなく、いたっておとなしくしてるんでね」、だって、誰にも文句ひとつ言われたことなんかないもの。

そこですかさずラッタラーの説明が始まる。今すぐとなるとユニオンリーグには欠員がないけれど、クラブの管理人であるヘイリー氏に話をしてみてやる――クライドにその気があり、ヘイリー氏に心当たりがあるというのなら、どこかに空きがあるか、あるいは空きができそうか、おれが探してみてやろう。もし空きがあれば、クライドがそこに滑り込めるはずだ。

「だけど、そんなクヨクヨ話はやめろよ」その夜の会談の終わり頃、ラッタラーはクライドに言った。「クヨクヨしたって何にもならないからな」

こんなきわめて元気づけられるような会話をしてからわずか二日経ったばかりで、クライドが今の仕事を辞めて本名に戻り、あちこちのホテルに求職をしてみたものかどうか、まだ踏ん切りがつかないでいるうちに、一枚の通知が部屋に届けられた。ユニオンリーグのボーイがもってきてくれたもので、こう書いてあった。「明日正午前にグレート・ノーザン・ホテルのライトール氏に面会すること。あのホテルに欠員あり。極上の口ではないにしても、いずれもっとましなところに移るための糸口になるはず」

だからクライドはこれを頼りに、病気でその日は出勤できないと部長に電話し、一張羅を着込んで当のホテルへ向かった。そして、面接でいい照会元をあげることができたおかげで、採用された。しかもほっとしたことには本名で就職できた。それに、ありがたいことに、給料は月二十ドル、食事つきと定められた。しかしチップは、その場で教えられたところでは、週十ドルを上まわらないとのこと――それでも、食費が浮くことを思えば、今の稼ぎよりもはるかによくなると思って、自分を慰めた。仕事もずっと楽になる。たとえもとの仕事に戻る分、見つかって逮捕される危険が増すことをまだ心配しなければならないとしても。

このことがあってからあまり日も経たないうちに――三ヶ月ばかりしてから――ユニオンリーグ従業員に欠員が生じた。ラッタラーは、しばらく前から従業員団長の昼間担当補佐になっていて、団長とはいい関係にあったから、この欠員の補充にうってつけの人間を知っていると、団長に話をすることができた――クライド・グリフィスという人で――今はグレート・ノーザン・ホテルに雇われています。そこでクライドが呼ばれ、この新しい上司にどう接するのがいいか、どう受け答えすればいいか、ラッタラーから前もって注意深い指導を受けたおかげで、採用にこぎ着けた。

ところがここは、クライドにも見てとれたように、グレート・ノーザンとは大違いで、社会的格式からしても建物の規模や等級からしても勝っていたし、グリーンデヴィッドソンをさえ凌駕していた。そんなホテルでクライドはまた、不幸にも、地位や名声というものについての感覚がひどく狂わされるような生活様式を、間近に観察するようになった。というのも、このクラブには、クライドがこれまでどこでも見たこともないような、精神的にも社会的にもこの世のエリートと思われる客、米国各州からだけでなくあらゆる国々、大陸からやってくる自己陶酔的、自己中心的な者たちが、日々出入りしていたからだ。北部、南部、東部、西部からやってくるアメリカの政治家たち――それぞれの地方で大立て者とされている政治家やボス、あるいは自称憂国の士――アメリカだけでなく全世界から集まってくる外科医、科学者、名声を博した医者、将軍、文学界や社交界の有名人などが。

ここにはまた、クライドに深く印象づけ、好奇心や畏怖の念さえ起こさせた事実があった——あのセックスの要素が影すら見られなかったのである。セックスこそは、グリーンデヴィッドソンや、もっと最近ではグレート・ノーザンで見かけたホテル生活のほとんどあらゆる局面を彩る要素だったのに。いや、それどころか、思い出せるかぎり、セックスこそ、これまでこのようにして経験してきたホテルの実態の、すべてとは言えないまでもほとんどあらゆる局面に織り込まれ、原動力として働きかける要素であるように思えたのだった。だが、このクラブにはセックスがうかがえない——影も形も。ここは女性立ち入り禁止になっている。先にあげた各界の有名人たちは、たいてい単身で出入りし、超一流の成功を遂げた者たちの特徴である物静かな精気や慎みをそなえていた。食事も一人ですることが多く、会話も二人ないし数人で粛々となされる——新聞や本を読んでいることもあるし、流れるように運転される自動車に乗り込んであちこちへ出かけることもある——しかし、たいていの場合、性的情熱など知りもしないか、少なくともそんなものに動じることはないような顔をしている。だが、この頃までに成熟しきれていなかったクライドの頭で考えるかぎり、自分のこれまで属していた低俗な世界ではこの性的情熱こそが、きわめて多くの物事を推し進めたり、攪乱したりしていると見えるのであった。

このように非凡な世界で地位を得たり保ったりするなんて、セックスなどという、言うまでもなく恥ずべき情熱に無関心でいないかぎり、おそらく不可能なことなのだろう。したがって、こういう人たちがそばにいて目を光らせているところでは、時おり人間を揺り動かすような思いなど念頭にないかのように振る舞ったり、見せかけたりしなければならないのだ。

クライドは、このクラブやここにやってくる各界の著名人の影響を受けながらしばらく勤めた結果、きわめて紳士的で慎み深い態度を身につけるにいたった。クラブそのものの構内にいるあいだは、おのれが実際の自分とは違う人間であるかのように感じた——実際よりも控えめで、夢想に走る情熱に乏しく、現実的な人間であるみたいな気になり、ここで努力して世間のまじめな人たちの、そういう人たちだけの真似をしていれば、いつかは自分も、大成功を遂げるとまでは言えなくても、せめて今までよりはずっとましな人間になれるかもしれない、などと思えるようになった。先のことなんか誰にもわからないんだ。ここできちんと仕事をし、つき合う相手の選択を間違わず、自分の振る舞いには細心の注意を払うようにしていれば、どうだろうか。ここを出入りするのを見せつけられているこういう有力者たちのなかから、おれを気に入ってくれて、これまで経験したこともないようなどこかの重要な地位につけてくれるような人があらわれないともかぎらないじゃないか。そうしたらそれを足場にして、これまで知らなかったような世界へ這い上がっていけるかもしれないぞ。

こんな考えにふけったのも、実を言えば、クライドは成長する見込みのない人間だったからだ。明晰な知性や内的志向に従う応用力が決定的に欠けていたのだが、多くの人びとにとってはそういう素質こそ、人生に充ち満ちている事実や道筋のなかから自分の向上に直接役立つものを選び出せるようにしてくれる原動力なのだ。

第四章

しかしながら、その頃クライドは、自分がこれほど情けない生き方をするようになったのは、教育に欠けているからだと思い込んでいた。自分は幼い頃からあんなふうに都市から都市へと移り住んだために、どんな分野の実際的な訓練も身につけることがかなわなかったので、こういう有力者たちが属している偉大な世界にあこがれる資格さえ欠けている、そう思っていた。それでも、そういう世界へのあこがれはやみがたいものになってきた。すばらしい家に住み、高級ホテルに泊まり、スクワイアズさんやここのボーイ長のような男たちをかしずかせ、身のまわりの面倒を見させる人たちの世界。ところがおれはまだベルボーイでしかない。もう二十一歳になろうとしてるのに。そう思うとときにはたまらなく悲しくなる。何か、出世してひとかどの人間になれるような仕事につけますようにと、望みに望んだ——いつまでもベルボーイのままでいられるものか。とはいえときに襲ってくる、一生ベルボーイをする羽目になるかもという不安。

クライドが自分をこのように見定め、将来の見通しがよくなるように裏づけてくれる方策はないものか、考え込みはじめたこの頃、伯父サミュエル・グリフィスがシカゴにやってきた。シカゴでの取引相手にはこのクラブの利用を礼儀と心得ているようなのがいたから、伯父はクラブに直行して数日間そこに滞在し、来客と会談したり、そこからあちこちへ忙しげに出かけたりする。顔合わせしておくのが重要と思われる人たちに会ったり、会社を訪れたりするのである。

ときに、サミュエルが到着して一時間も経たないうちに、ラッタラーがクライドに合図を送ってきた。ラッタラーは玄関で滞在者の名札掲示板を管理する昼間の当番をしていて、ついさっきこの伯父の名札を掲示板にかけたばかりのところだった。クライドがそばまでやってきたところで訊いてみる。

「あんた、グリフィスという名のおじさんか何かが、ニューヨーク州のどこかでカラー製造業してるなんて言ってなかったっけ」

「言ったさ」とクライドが答える。「サミュエル・グリフィスっていうんだ。ライカーガスに大きなカラー工場をもってる。どの新聞にも広告が載ってるの、見ただろ。向こうのミシガン街にも電飾広告があるだろ」

「顔を知ってるのかい」

「いいや。生まれてから一度もお目にかかったことはないね」

「きっとその人に間違いないよ」とラッタラーは言いながら、さっき受け取った小さな宿泊者カードを再確認した。「ここ見ろよ――サミュエル・グリフィス、ライカーガス、N.Y.。おそらくその人じゃないかい」

「たしかに、間違いない」クライドは興味津々、興奮さえしてきた。これこそ前からずっと考え続けていた伯父その人にほかならなかったからだ。

「たった今そこを通っていったぞ」ラッタラーは話を続けた。「あの人の鞄はデヴォイがK室へ運んでいったよ。見かけもすてきな男だ。目をぱっちり開いておけよ。また降りてきたらよく見るんだ。あんたのおじさんかもしれんからな。背は中くらいで痩せぎす。ごま塩のちょび髭を生やして、パールグレーの帽子かぶってた。好男子さ。合図して教えてやるからな。おじさんだったら、取り入ることだよ。何かいいことしてくれるかも——カラーの一本や二本くれるとかさ」こうつけ加えて、笑った。

クライドもこの冗談を大いに楽しんだふりをして笑ったが、ほんとうはあわてていた。サミュエルおじさんだって！　しかもこのクラブにいる！　そうか、なら、おじさんに自己紹介するチャンスだぞ。ここに就職するなんて思いもしていなかった以前、手紙を出すつもりでいたけれど、今じゃこのクラブにいて、その気になれば話しかけることができるかもしれないってわけか。

だが待てよ！　自己紹介するとしても、おじさんはおれのことをどう思うかな。またベルボーイの身分に戻って、このクラブでこの仕事をしているんだから。つまり、とりわけクライド——このおれ——みたいないい歳をして、ベルボーイなんかしてるような若者に、おじさんはどんな態度をとるだろうか。もう二十歳を過ぎて、ベルボーイとしてはかなり年長になりつつあるのだもの。別の仕事で一人前になろうというつもりなら手後れじゃないか。あんなに裕福で地位も高い人なら、ベルボーイなんて卑しい職業だと見るかもしれない。とくに、たまたま自分と血のつながりのあるベルボーイとなると。そんなやつとは関わりたくないと思うかもしれない——どんな形にせよ、話しかけてなんかほしくないとさえ思うかもしれない。クライドは、伯父がこのクラブにやってきたと知ったあとたっぷり二十四時間も、こんな精神状態のまま過ごした。

しかしながら、翌日の午後になると、少なくとも五、六回は伯父を見かけ、きわめて好ましい印象をもてた。おじさんはとても頭が切れ、動きがきびきびして、辛辣な口を利く人のようだ——あらゆる点で父さんとは大違い、たいへんな金持ちで、ここにいる誰からも尊敬されている——クライドはこんな貴重な機会をむざむざ逃してしまうのではないかと思いはじめ、ときには不安に襲われさえした。だっておじさんはなにしろ薄情な人間には見えないもの——むしろ反対——とても好人物そうだ。それで、ラッタラーに促されて伯父の部屋へ行き、メッセンジャー・ボーイに配達させる手紙を預かったのに、伯父は自分をろくに見てくれもせず、手紙と半ドル硬貨を渡されただけだった。「それをすぐさま届けさせるように手配してくれ。お金はきみのものにしたらいい」と言いつけられる。

クライドはこのときすっかりのぼせてしまって、自分が甥だということにおじさんが気づかないなんて不思議だと思ったくらいだった。だが気づいていないのは明らかだった。それでちょっとがっかりしながら引き下がった。

その後、伯父宛の手紙が五、六通キーボックスにたまっていたので、ラッタラーはクライドにそのことを指摘してやった。「もう一度ぶつかってみる気があるなら、いいチャンスだぞ。あれをあの人のところへもっていったらいい。今なら部屋にいると思うよ」そこでクライドは、多少のためらいはあったものの、けっきょくはその手紙を受け取って届けるために、再度伯父のスイートまで行った。

伯父はそのとき書きものをしている最中だったから、「お入り！」と声だけあげた。それでクライドは部屋に入っていき、謎めいた微笑を浮かべながら「グリフィスさま、お手紙が何通かまいってます」と言った。「これはどうもありがとう、きみ」と伯父は答え、小銭を出そうとチョッキのポケットに指を突っ込んだ。だがクライドはこの機会を捉えてはっきりと、「いえ、困ります。そういうものをいただくつもりはありません」と言った。それから、伯父が銀貨を差しだそうとするのを無視して、口を開く暇も与えず続けて言った。「グリフィスさま、わたしはあなたの血筋を引いている者だと聞いているのですが。ライカーガスのグリフィス・カラー製造会社のサミュエル・グリフィスさまですよね」

「そうだ。あの会社には多少関係しているのは間違いないがね。きみは何者かね」鋭いまなざしでクライドを見据えながら、返答した。

「わたしはクライド・グリフィスと申します。父のアサ・グリフィスはあなたさまの弟にあたると私は承知しているのですが」

一族の誰もが知っているように世間的にはどう見ても成功したとは言えないこの弟の名前を耳にすると、サミュエル・グリフィスの顔はわずかながらも曇った。アサの名前にともなって、ズングリとして身なりがいいとはけっして言えない弟の、長年見たこともない姿が目の前に浮かんできて、ちょっと不愉快な思いをしたからだ。記憶に残っているなかではっきりしている最後に見た弟の姿は、ヴァーモント州バーウィックの近くにある父の家で会ったときの、このクライドと同じ年頃の青年だった。それにしても何という違いであろう！　クライドの父親はあの頃背が低く太り気味で、身体つきだけでなく頭も締まりのないやつだった――ぶよぶよして、いわば何だかおかゆみたいだった。顎の線が弱く、目は翳《かす》んだような薄青色、髪の毛はチリチリだった。それとは対照的にこの息子は、こざっぱり、きびきびしていて、美男子だし、見たところ立ち居振る舞いもきちんとしてるし、頭もよさそうだ。もっともベルボーイなんてたいていそんなふうだけれども。こういう見方をしながら、この若者は好ましいと思った。

それにしてもサミュエル・グリフィスは、父親のささやかな遺産の大部分を長兄のアレンと分け合って相続していたが、そうなったのはジョセフ・グリフィスが末息子に偏見を抱いていたせいだったから、もしかしたらアサに対して不正を働いたのかもしれないと、かねがね気にかけていたのだ。というのも父親は、アサが実際的な能力も知力も乏しいとわかると、アサをはじめのうちこき使い、やがて無視するようになって、しまいには今のクライドと同じ年頃になったところで追い出してしまったからだ。そしてその後、遺産の大部分およそ三万ドルを、年上の息子二人に山分けするように与えた――アサにはわずか千ドルを遺贈しただけ。

この弟についてそんなことを気にしていたからこそ、サミュエルはクライドに心をそそられて目を凝らすようになったのだ。なぜなら、見た目にクライドは、とうの昔に父親の家から追い出された弟とは似ても似つかぬ青年だったからだ。むしろ自分の息子ギルバートに似ている。見れば見るほど似てくる。それだけでなく、クライドがくよくよ思い惑っていた懸念に反して、この精彩あるクラブで、いかなる仕事にせよ勤めているという事実にも、明らかに感銘を受けていた。というのもサミュエル・グリフィスは、ライカーガスというどちらかと言えば狭い活動範囲や環境にこもりがちだったために、このクラブの特徴や格式を尊敬するべきものであるとしか見なせなくなっていたからだ。しかも、ここの若者たちはこれほどの施設にやってくる客に仕えて、だいたいにおいて有能で慎み深い態度を身につけているのだもの。そんなわけで、さっぱりとした灰色と黒の制服を身につけて、少なくとも社交上の作法は申し分のない態度で目の前に立っているクライドを見ると、好ましく思わずにはいられなかった。

「まさか!」サミュエルは感に堪えない声をあげた。「それではきみはアサの倅というわけか。驚いたなあ! そりゃ、もう、びっくりだな。知ってるだろうが、きみのお父さんとは長らく会ったことも、手紙をもらったこともないんだからな、少なくとも——そうさなあ、なにしろ二十五、六年にはなるか。最後に受け取った便りでは、ミシガン州グランドラピッズで暮らしてるってことだったと思うんだが、いや、ここだったかな。まさか、今もここシカゴに住んでるっていうのじゃないだろうね」

「はあ、そんなことございません」クライドはそう答えることができてほっとした。「家の者はデンヴァーに住んでおります。こちらにいるのはわたしひとりでございます」

「お父さんもお母さんもお元気なんだろうね」

「はい、おかげさまで。両親とも健在です」

「まだ宗教の仕事をしてるのかね——きみのお父さんは」

「ええ、まあ、そうですね」クライドは多少あいまいな答え方をした。父が取り組んでいるような宗教事業は、さまざまな社会的活動のなかでももっとも貧弱で空疎なものであるという確信が、依然として揺らいではいなかったからである。「ただし、父が今携わっている教会には宿泊施設が付属しておりまして。たしか四十室ぐらいはあるかと思いますが。父と母はそれを経営しながら伝道所も運営しているのです」

「ほう、そうかね」

クライドは伯父に、実際に裏づけられそうな状況よりもよいと思われたい一心で、多少は誇張することもためらわなかった。

「まあ、なかなかうまくやってるというのはけっこうなことだね」とサミュエル・グリフィスは続け、クライドのすっきりとしてはつらつたる姿に目を引かれて、「きみはこういう仕事が好きなんだろうね」と言った。

「さあ、そうとばかりも言えません。いいえ、ほんとは好きでございません」クライドはすかさず答えた。この質問からどんな話にもつながりかねないと、ただちに察したからだ。「収入は悪くないのですが、ここでもらえるお金の稼ぎ方が好きになれないのです。わたしの考えるお給料とは、こういうものではありませんので。それなのにこの仕事に就いたのは、何か専門の仕事を身につける勉強をしたり、どこかの会社に就職したりする機会に恵まれなかったからなんです。仕事を覚えながら身を立てていける機会がいただけるような会社にでも入れればよかったのですが。母は以前、わたしがあなたさまに手紙を書いて、そちらの会社で下からたたき上げていただけないかうかがってみるように言ってくれたのですが、わたしはそんなことを申し上げてはご迷惑かもしれないと慮り、けっきょくお手紙を出さなかったしだいです」

クライドはここで話を切り、ニッコリ笑って見せたが、目には穿《うが》つような表情を浮かべていた。

伯父はしばらくクライドを重々しいまなざしで見つめていた。クライドの顔つきや、この場合の話のもっていき方は好感がもてると感じていた。それから返答した。「そうか、いい話だね。そういう望みがあったのなら、手紙を書いてくれたらよかったのに――」そこで、何ごとにおいてもいつもそうするように、途中で用心深く言葉を切って黙った。クライドにも見てとれたように、伯父はこの男を励ましていいものかどうか迷っていた。

ちょっと間をおいてからクライドは思い切って言ってみた。「お宅の会社に、わたしがさせていただけるような仕事が何かございますでしょうか」

サミュエル・グリフィスは考えにふけりながらただクライドを見つめた。こんな直截な頼み方が気に入りもしたし、気に障りもした。しかしながらこの男は、少なくとも目的に合わせてすぐに適応していける人間であるみたいだ。頭がよくて向上心旺盛らしく見える――自分の息子とよく似てる。種々の製造工程についての知識を獲得したら、息子のもとで、どこかの部門の主任か補佐ぐらいわけなくやってのけるようになるかもしれん。とにかく試しにやらせてみてもいい。そうしたところで何の害もあるまい。そのうえ弟の存在があり、この弟には、もしかしたらわしも兄のアレンも、弁償の義務とは言えないまでも、何らかの負い目を抱えているかもしれないのだから。

「そうだな」とサミュエルはちょっと間をおいてから言った。「そいつはちょっと考えさせてもらわなければならん問題だな。そんな口があるかないか、即座に答えられるものではないからな。第一、きみがここでもらっているほどの給料は、わが社じゃ払えないよ」と釘を刺す。

「ああ、それはいいんです」クライドは声を大きくした。伯父の会社には入れるかもしれないと思うだけで心躍り、他のことは二の次になった。「もちろん、それなりの能力を身につけるまでは、大して給料がいただけるなんて期待しておりませんから」

「そのうえきみは、いったんカラー事業に入ってみたものの、それが気に入らないとわかったりするかもしれんし、会社のほうできみが気に入らんということになるかもしれん。長い目で見て誰もがこのビジネスに適しているとは限らんからな」

「ああ、それならわたしを解雇してくだされればすむことでしょう」とクライドは言い切った。「でも、おじさまと会社の話を聞いてからずっと、わたしはその仕事にぴったりだと思ってました」

この最後の言葉はサミュエル・グリフィスを喜ばせた。見た目に明らかだが、この若者にとってわしとわしの業績は理想の域に達しておるのだな。

「よろしい。今はこの件にこれ以上時間を割けないがね、なにしろあと一、二日はここに滞在する予定だから、よく考えておこう。何かしてあげられるかもしれないが、今ははっきりしたことは言えないね」そう言うと唐突に、届けられた手紙のほうに向き直ってしまう。

それでクライドは、この状況下望めるかぎりの好印象を与えることができたし、何らかの成果があらわれるかもしれないと感じて、お礼の言葉をたっぷり連ねてから、早々に引き下がった。

翌日、サミュエル・グリフィスはじっくり考えて、あの男はあれほどハキハキとして知能もありそうだから、求職者として他に引けをとるようなことはあるまいと判断し、自社の事情についてもよく検討してから自社にいささかでも欠員が生じたらすぐに知らせてあげる、とクライドに伝えた。しかし、欠員がすぐにでも生じるなどと請け合うようなことまでするつもりはなかった。待ってもらわねばならん。

したがってクライドは、伯父の工場での就職口が自分のために用意されるとしても、それがいつになるのか、憶測するしかなくなった。

他方サミュエル・グリフィスは、ライカーガスへ帰っていった。そして、その後息子と相談した末に、少なくともこのビジネスで最底辺をなす部門ぐらいにはクライドを入れてやってもいいだろうと決めた――グリフィス工場の地下にある、カラーの製造に必要なあらゆる生地の防縮加工がおこなわれている部門のことで、この産業の技術をほんとうに身につけようとしている初心者が配置される部署である。クライドはこのビジネスの下から上までだんだん仕込まれていくべきだというのが、サミュエルの考えだったからだ。それにまた、クライドには、ここライカーガスでのグリフィス家の地位にあまりにもそぐわない形にならない程度に、自活してもらわなければならないから、十五ドルという、初任給としては気前のいい金額を支給してやることにした。

サミュエル・グリフィスにしても息子のギルバートにしても、こんなのは（ふつうの見習いの給料とは違う、クライドのような親戚の給料としては）少ない額だとわかってはいたものの、父子ともに使用人のこととなると温情家どころか実際家として対処しがちだったから、この工場の新入りの待遇は、必要最低限にして無理強いとも思えるようなきわどいところまで切り下げられれば、それに越したことはないと考えていた。父子ともに、資本主義的搾取に関する社会主義的理論などは容認できなかった。両人の見方によれば、階級的に下の者たちがあこがれることができるような上流の社会秩序が、幾重にも存在していなければならないというのだった。身分制を守らなければならない。誰かを不当に優遇してやったりしたら、愚かにも、必要不可欠な社会規準を阻害し攪乱することになる――たとえ親戚に対してであろうと。商取引上あるいは財力的に自分よりも劣る階級や知能の者たちと交渉をもつときには、そういう者たちが慣れ親しんでいる規準に従って扱ってやらなければならない。そして、なかでも最良の規準は、金を手に入れるのはいかに難しいかを、そういう下流の者たちにはっきり認識させておくことである――上流の者も下流の者もそろって、この世で真に重要な唯一の建設的事業と見なしているもの――物資の工業生産という事業――に従事しているあらゆる人びとが、この建設的事業を成り立たせているすべての細部や過程において厳しく系統的な訓練を受けることがいかに必須か、このことをわきまえることの必要性について理解させておくこと。また、そういう訓練を通じて、切り詰め節制する暮らしに慣れていく。それが人びとの人格形成に役立つ。上昇する見込みのある者たちの頭脳や精神を涵養し強化する。また、見込みのない者たちは現状そのままに押しとどめられて当然なのだ。

こういうしだいで、約一週間後には、クライドにどういう仕事をさせるかということもようやく決まり、サミュエル・グリフィス直筆の手紙がシカゴのクライドのもとに配達された。手紙には、その気があるならば今後数週間以内に出頭されたいと書いてあった。ただし、迎える支度をきちんとしておいてやりたいから、出頭の少なくとも十日前にはその旨、手紙で知らせていただきたい。そして、到着次第、工場の事務室にいるギルバート・グリフィスを訪ねていただきたい。この者が貴方の着任を取り仕切る予定である。

この手紙を受け取るやいなや、クライドはすっかり舞い上がり、早速母宛に、ほんとうに伯父のところに就職できたので、ライカーガスに向かいますと手紙を書いた。また、今度は本物の成功を遂げてみせますとも書いた。それへの返信として母は長い手紙を書き、みずからのおこないや友だちづきあいにはぐれぐれも気をつけるようにとお説教した。おまえのように出世したがっている若者が過ちや失敗を犯すのは、ほとんどすべての場合、悪い友だちとのつき合いがもとになっています。心がよこしまだったり、愚かで無鉄砲だったりする若い男女とはつき合わないようにしさえすれば、何ごともうまくいくでしょう。おまえのような顔立ちや性格をもっている若い男は、すぐに悪い女に誘われて道を誤るものです。カンザスシティでどういう目にあったか、おまえにもわかっていますね。でも今度は、おまえもまだ若いし、おまえがこれから仕事をする会社の主はとてもお金持ちで、その気になればおまえにお力を貸してくれることもできる方なんですからね。あちらでのおまえの努力がどう実を結んだか、まめに手紙を書いて知らせておくれ。

そこでクライドは、要請にしたがって伯父に通知の手紙を出したあと、いよいよライカーガスに向かって旅立った。しかし、伯父から最初に受け取った手紙には工場を訪れるべき時刻について具体的な指定がなかったので、到着後すぐには出頭せずに、ライカーガス一のホテル、ライカーガス・ハウスに行って宿泊の手続きをした。

そのあと時間はたっぷり残されているし、これから自分が働くことになるこの市がどういうところで、そのなかでの伯父の地位がいかなるものか、知りたくてたまらなかったから、町の様子をざっと見てみようと出かけた。いったん出頭して仕事を始めたら、あらためてそんな時間をとることは当分できまいという思いがあったからだ。それで、ライカーガスの中心部セントラル街をぶらりと歩いてみた。セントラル街には繁華な通りが何本か交差し、セントラル街自体とその両側数ブロックにわたる市の中心街を形づくっているようだった――ライカーガスの生気や晴れやかさをありったけ見せてくれている。

第五章

だが、この街にきて歩きまわってみると、先日まで自分が住み慣れていた世界とは何もかも違っているように見えた。というのも、こうして見たかぎりでは、あらゆるものがひどく小ぶりだったからだ。つい半時間前に降り立った停車場にしてもやけに小さくて活気に乏しく、往来で賑わうこともあまりなさそうだとすぐに見てとれた。それに、この小さな市街の――モホーク川をはさんだ――対岸に広がる工場地区は、赤色や灰色の建物が集まって立てこみ、あちこちに煙突がそびえているだけで、他に目を引くものなどほとんどない。工場地区と市街とは、二つの――五、六丁隔てて架けられている――橋でつながっている――そのうちの一つは停車場のすぐそばに架かる橋で、商店や住宅が並ぶセントラル街のカーブに沿って路面電車も走る、幅広い車道の一部になっている。

だが、さすがにセントラル街は、通行人や自動車の往来で活気を呈していた。投宿したホテルには、大きな板ガラスの窓がずらりと並び、そのガラス越しに鉢植えの椰子や円柱のあいだに配された椅子がいくつも見える。ホテルの向かい側に見えるのはスターク商会衣料百貨店で、白レンガ張りの四階建て、間口は少なくとも百フィートの、なかなか堂々たる構えである。さまざまなショーウィンドーは色彩あざやかで人目に立ち、どこの品にも負けないしゃれた見本がふんだんに陳列されている。他にも大きな商店やもう一つのホテルや各社の自動車ショールームや映画館一軒が並んでいる。

クライドはぶらぶら歩いていくうちにいつの間にか急に商店街から離れ、住宅地を通る広い並木道に入っていた。そこに並ぶ邸宅はどれもこれも、これまで見たこともないほど広い建坪の家で、敷地の芝生も広く、全体に快適そうでゆったりとして、威厳をそなえていた。要するにそこは、この市の中心部をざっと見たかぎりで感じたところ、小都市の街路に過ぎないとしてもきわめて特別な地区のようだった——裕福で、贅沢とさえ言える。それぞれの屋敷に見られる堂々たる錬鉄製の垣根、路地を縁取る花々、庭木や植え込みの数々、屋敷内の車寄せに駐車したり、外の広い道路を疾走したりしているかっこいい高級車。そして、近くの商店——起点となるセントラル街などの中心街から入ってすぐの、この広くて美しい並木道に面した店々に展示されているのは、金に余裕のある人びとの気を引くのも不思議ではないような、高価そうでいかにもしゃれた品々——自動車、宝石、ランジェリー、皮革製品、家具などである。

それにしても、さて、おじさんやその家族はどこに住んでいるのだろうか。どのお屋敷か。何という通りなのか。そのお屋敷は、この通りで今見た家々よりももっと大きくて立派なんだろうか。

すぐに戻らねば、とクライドは思い立った。おじさんに面会するんだ。工場の所番地を調べなければ。おそらく川向こうの地区なんだろうが。そこまで行っておじさんに会うんだ。何を言い、どう振る舞えばいいのか。おじさんはおれにどんな仕事をさせようとするのだろう。いとこのギルバートってどんなやつだろう。おれのこと、どんなふうに思うだろうか。おじさんがくれた最後の手紙にも、息子のギルバートに触れてたっけな。クライドはセントラル街を停車場まで引き返し、探していた当の大きな会社に間もなく行き着いたと思ったら、その建物の壁の前に立っていた。赤レンガ造りの六階建て――間口は千フィート近くもある。全体が窓だらけみたい――少なくとも最近増築された、もっぱらカラー製造部門で占められている部分は、そう見える。クライドはあとで知ったのだが、旧社屋は新社屋といくつもの渡り廊下でつながっている。この二つの建物はモホーク川と平行に並んで立ち、南側の壁を川岸に向けている。その壁の前にきてみてわかったことに、リヴァー通り沿いに百フィートあまりの間隔をおいていろいろな出入り口もある――それぞれの出入り口に制服を着た守衛がいる――出入り口には一番、二番、三番などと番号をふってある――以上は「従業員専用通用口」と標示されている――四番の出入り口は「事務所」とある――五番、六番は荷物の搬入や出荷に用いられているようだ。

クライドは事務所と示されているところに入っていき、誰に妨げられもしなかったので、自在ドアを二つ通り抜けて進んでいくと、受付の電話を担当している女性の前に出てきてしまった。女性が腰かけている前にある電話台は囲いのなかにあり、この囲いに小さな門扉がついていて、見たところそれが事務所内部に通じる唯一の出入り口だった。だからこの女性は門番でもあった。背が低く、太っていて、三十五歳、さえない女だ。

「いらっしゃいませ」と女は、入ってきたクライドに声をかけた。

「ギルバート・グリフィスさんにお会いしたいのですが」クライドはおずおずと切り出した。

「どういうご用件でしょうか」

「じつは、まあ、わたしはあの人のいとこなんです。クライド・グリフィスと申します。伯父のサミュエル・グリフィスさんからの手紙をもっています。お会いいただけると思いますが」

クライドは女の前に手紙を出してやり、女のそれまでのいかにもいかめしく無関心そのものといった表情が変わって、好意というよりは畏怖の念をあらわにしたことに気づかされた。というのも女は、クライドの言ったことだけでなくその顔立ちにも明らかに度肝を抜かれ、ひそかに穿鑿するような目つきでこちらをジロジロ眺めまわしはじめたのだ。

「いらっしゃるかどうか、うかがってみます」女は前よりもぐっと丁寧に答え、同時にギルバート・グリフィスさんの専用事務室に通じる電話につないだ。ギルバート・グリフィスさんは目下多忙につき面会謝絶という回答がどうやら返ってきたらしいが、女は折り返して、「お見えになっているのはギルバート・グリフィスさんのいとこにあたる方で、クライド・グリフィスさんとおっしゃる方です。サミュエル・グリフィスさんのお手紙をお持ちです」と通話した。それからクライドに「お掛けくださいませ。ギルバート・グリフィスさんは間もなくお目にかかるでしょうから。今はちょっと取りこみ中とのことですが」

そこでクライドは、常になく丁重に扱われていることを心にとめた——生まれてから一度も受けたこともないような敬意の払われ方だ——そのために変な感動を味わっていた。おれがこの裕福で有力な家族直系の親族だなんて思うだに！　この巨大な工場！　間口も奥行きも高さもこんなに——すでに見たように——六階建てだ。それに、ついさっき川の対岸を歩いたときに、開け放してあるいくつかの窓から見えたけど、屋内では脇目もふらずに働いている女工たちがひしめいている。それでクライドは我にもあらず心を躍らせたばかりだった。建物の高いレンガの壁が何となく、エネルギーや実利一辺倒の成功を象徴しているように思えたからだ。クライドの見方によれば、その種の成功こそほとんど完全無欠なのだった。

クライドはこの外来客用の待合室で灰色の壁を眺めていた——内側に通じるドアに「グリフィス・カラー・シャツ製造株式会社、社長サミュエル・グリフィス、総務担当重役ギルバート・グリフィス」と書いてある文字が見える——そして、内部はいったいどんなふうなんだろうと考えていた——ギルバート・グリフィスってどんなやつかな——冷たいのか、やさしいのか、つきあいやすいのか、そっけないのか。

するとそのとき、そこに座って想像をめぐらせていたクライドに向かって、女が突然声をかけてきた。「さあ、どうぞお入りください。ギルバート・グリフィスさんの事務室はこの階の一番奥、川の方向へいらした突き当たりにございます。中にいる事務員ならだれにお尋ねくださっても、ご案内いたします」

女はドアを開けてくれるつもりなのか、なかば立ち上がりかけたが、クライドはそれを察して、そばをすり抜けるように進んでいき、「けっこうです。ありがとう」と心から礼を言った。そしてガラス戸を開けて室内に目をやったとたん、百人を超える従業員の執務している部屋の光景が視界に飛び込んできた――主として若い男女だ。しかも全員、目の前の仕事に没頭しているようだった。たいていの者たちは額にグリーンのまびさしをつけている。ほぼ全員がアルパカ製の短い事務服を着て、ワイシャツの袖を保護するカバーをつけている。若い女性の大部分は、さっぱりとして見映えのいいギンガム製のドレスかスモックを着ている。この広い事務室には間仕切りもなく、白い円柱がところどころに立っているだけで、このスペースを中心にしてまわりにぐるりと並んでいる事務室には、会社の中間管理職やら重役やらの名前が貼り出されいる――スマイリー氏、ラッチ氏、ゴットボーイ氏、バーキー氏、といった具合。

受付で電話番をしていた女が、ギルバート・グリフィスさんは一番奥にいますと言ってたので、クライドはあまりためらいもせずに、手すりで仕切ってある通路をどんどん進んで奥まで行くと、なかば開きかけているドアに「総務担当重役ギルバート・グリフィス」と書いてある。そのまま入っていっていいのかどうか、わからなかったので立ち止まり、それからノックしてみた。すぐに鋭くよく通る声で「入れ」と言われたので、入室すると目の前に青年が立っていた。見ると、自分よりもむしろ小柄で、多少老けていて、はるかに冷淡で小ざかしい男だ――要するにクライドが自分もそんなふうに見られたいと空想していたような――経営者としてのセンスを磨くように訓練され、見るからに権威と効率性をそなえた青年だ。クライドがすぐに目をつけたように、身なりは、明るい灰色でとても派手な柄のスーツできめていた。また春がめぐってくる季節だったからだ。髪はクライドのよりも明るい色で、こめかみや額から後ろのほうへきれいになでつけ、油でつやを出している。そしてその眼は、クライドがドアを開けた瞬間から射すくめられていると感じるような、灰色がかった青緑色で、澄んだ潤いを帯びている。机に向かっているときにのみ使う鼈甲縁《べっこうぶち》の大きなメガネをかけていて、そのメガネ越しにクライドをすばやいながらに何ごとも見落とさないまなざしで見まわした。靴の先から、手に持っていた茶色の丸いフェルト帽まで見てとっていた。

「きみはぼくのいとこなんだってねえ」クライドが前に進み出て立ち止まると、ギルバートはやや冷やかに言葉をかけた――唇にはうっすら、どう見てもあまり好意的とは思えない笑みを浮かべている。

「はい、そうなんです」とクライドは答えた。相手の落ち着きはらって、むしろよそよそしいあいさつに気勢をそがれ、戸惑ってしまった。そこでたちまち悟ったことには、このいとこに対しては、伯父に対してもてたような尊敬や評価をとてももてそうもなかった。伯父の偉大な力量があったればこそ、こんな価値ある産業が打ち立てられたのだ。このいとこときたら、偉大な産業の相続人に過ぎない若造のくせに、偉そうな態度で優越感に浸っているけれど、前もって父親が技倆を発揮してくれてなかったら、そんな態度をとれなかったはずなのに、という思いがクライドの心の奥深くでわだかまっていた。

同時に、この会社での高配を求めようとする自分の資格など、あまりに薄弱で取るに足らないし、何か世話してもらえるだけでありがたいと思っていたから、すでに大きな恩義をこうむっているような気がして、とってお きの愛想笑いをしてみせようとした。しかし、ギルバート・グリフィスはただちにそれをちょっとした図々しさのあらわれと受けとめたようで、たかがいとこごときに、おまけに自分や父親に取り立ててもらおうとしているやつなんかに、そんな真似をさせておくわけにはいかない、と言わぬばかりだった。

しかしながら、父がこの男にわざわざ興味を示し、その意志には逆らえない立場におかれている以上、ギルバートは相変わらず皮肉な笑みを浮かべつつ、心中では相手を検分しつづけて、こう言った。「きみが今日か明日はあらわれると予想してたよ。ここまでの旅は快適だったかね」

「はあ、とても」とクライドは答えたが、この質問にはいささか面食らった。

「それじゃ、カラー製造について多少は勉強してみたいと思ってるわけだね」口調や態度は、相手を見くだしていることがこれ以上ないくらいにあからさまだ。

「手に職をつけて昇進できるような仕事を何か覚えたいと思っていることは確かです」と愛想よく答えたクライ

ドは、若いいとこをなるべく懐柔したいという思いに駆られていた。

「まあ、父はシカゴできみと話をしたって言ってたけど。父から聞いたかぎり、きみにはどうも実務の経験が少しもないらしいね。簿記も知らないんだろ」

「はい、知りません」とクライドは残念そうに答えた。

「それに、速記者とか、何かそういうたぐいの仕事もできないのだね」

「はい、できません」

クライドはこう言いながら、あらゆる実業訓練からいかに自分が隔たっていたことか痛感した。またギルバート・グリフィスも、こいつはこの会社にとっての人材として箸にも棒にもかかりそうもないな、と言わぬばかりの顔つきでクライドを見やった。

「そうか、じゃあ、きみにとって最善なのは、ぼくの思いつくかぎりじゃ」ギルバートは、あたかもこの件に関してどうするべきか、父親から事前に指示を受けていなかったかのような調子で話を続けた。「手始めに防縮加工室で働いてもらうことだろうな。そこは、このビジネスにおける製造部門のとっかかりになる部署だし、きみもこのビジネスの基礎から見習うのがいいだろうからね。そのあと、あの地下できみがどれくらいの仕事ができるのか見せてもらったら、わが社としてもきみにどんな待遇をしてやれるのか、も少しわかるはずだ。事務職の技能でも身につけてくれていたら、地上階で使ってやることもできたんだけどね」（こう言われてクライドの顔は曇り、それを見逃さなかったギルバートは気分をよくした。）「だけど、どんな仕事をするにしても、ビジネスの実際面を学んでおくのは悪くないんだから」と言い添えた口調は冷ややかで、クライドを少しでも慰めてやろうというのではなく、たんなる事実を述べるだけにすぎない。クライドが何も答えないと見てとると、ギルバートは続けて言った。「ここでどんな仕事をすることになるとしても、まずどこかに住むところを見つけるのがいいんじゃないかね。まだどこにも部屋を借りてないんだろ」

「はい、正午の列車で着いたばかりでして。旅の汚れを落としておきたいと思って、すぐにホテルに入ったものですから。住まいはいずれあとで探すつもりでした」

「そうか、そりゃよかった。だけど、むやみに探したりしてはいけないよ。工場長にぼくから言っておくから、よさそうな下宿屋に案内してもらうといい。この町については工場長のほうがきみよりも知ってるからね」このときのギルバートは、何と言ってもクライドは血のつながったいとこだし、どこに住んでもらってもかまわないというわけにもいかない、と気をもんでいた。同時に、クライドがどこに住むのか、一家はとても気を遣っているなどと思わせないように、とも案じていた。じっさいのところ、そんなことは一家の誰もまったく気にかけちゃいないんだから。ギルバートの気持ちを突き詰めれば、クライドを扱いやすいところに据えておいて、誰にとっても――父親にとっても、家族にとっても、会社の従業員にとっても――いかなる意味でも、クライドが重要人物にならないようにしておきたいということに尽きた。

デスクの上のボタンに手を延ばし、それを押した。すると、緑色のギンガムのドレスを着て、やけにしかつめらしくよそよそしい美人があらわれた。

「ホイッガム氏にきてもらってくれないか」

女は引っ込み、間もなく中背の、神経質そうながら身体つきは人並みにがっちりした男が入ってきた。まるで何かの重圧に耐えているような顔つきをしている。歳はおよそ四十くらい――抑圧を抱え、あたりさわりのない態度――何かまた新たな面倒に巻きこまれやしないか心配でもしているみたいに、きょろきょろと疑わしげに見まわしている。すぐにクライドの目についたところ、慢性的に頭を前に垂れている。それでいて同時に、まるでほんとうは眼を上げたくないような目つきで上目づかいをする。

「ホイッガム」グリフィスの若様は権柄づくな言い方で切り出した。「こちらはクライド・グリフィスといってうちのいとこなんだ。この前話したことは覚えてるね」

「はあ、覚えております」

「よし、この人にはさしあたり防縮加工室に入ってもらうことにする。どういう仕事なのか、説明してやってくれたまえ。そのあと、ブレイリー夫人に、部屋を借りられそうなところを教えてやってくれるように指示してくれたまえ」（こんなことはすべて一週間も前にギルバートとホイッガムとのあいだで話し合い、取り決めてあったことなのに、今さらはじめて指示するような言い方をしてみせる。）「それから、出勤簿にこの人の名前を登録して、明日の朝から勤務するように手配すること。いいね」

「はあ、承知しました」ホイッガムはうやうやしくお辞儀をする。「他に何か」

「いや、それだけでけっこう」ギルバートは歯切れよく言い切る。「グリフィスくん、ホイッガムについていったらいい。どうすればいいか、教えてくれるから」

ホイッガムは向き直り、「では、グリフィスさん、いっしょにまいりましょうか」と、クライドにもすぐわかるくらいうやうやしい口調で言った——見るからにこちらを軽んじているいとこの態度を見透かしてるくせに——そしてクライドの先に立ち、部屋から退出した。ギルバート青年もそれに負けないくらいきびきびした動きで自分のデスクに向かったが、同時に首を横に振った。このときの思いは、クライドなんてたぶん、都会のホテルの優秀なベルボーイ程度の頭の持ち主にすぎないさ、というものだった。さもなけりゃ、こんなふうにノコノコここまでやってくるもんか。「ここで何ができると思ってるんだ。どこまで這い上がれると思ってるんだ」などと思い続けた。

他方クライドは、ホイッガムさんのあとに従いながら、ギルバート・グリフィス様は何てすばらしい地位におさまっていることか、などと考えていた。好きなように振る舞ってるにちがいない——出社は遅いし、退社は早く、このご立派な街のどこかで両親や姉妹ととてもすてきなお屋敷に住んでる——言わずと知れたこと。ところが、今の自分ときたら——ギルバートのいとこであり、金持ちの伯父の甥であるこのおれが、この大会社の取るに足らない部門で働くところまで連れていってもらおうとしてるんだ。

とはいえ、ギルバート・グリフィス様の目も声も届かないところまでやってくると、クライドはこの大工場の光景や音響に気をとられて、それまでとは多少気分が変わった。広大な事務室を通り抜け、同じ階をその先まで行くともっと広い部屋に入っていったのだが、そこには幅五フィート足らずの通路をはさんで何列もの製品蓄蔵庫が並んでいて、クライドにも見てとれることには、サイズ別の段ボール箱に詰められた膨大な量のカラーがそこに納まっていた。蓄蔵庫は、箱詰め室から箱入りのカラーを大きな木製の台車で運んでくる在庫管理係によってたえず補充され、他方で、受注係によってつぎつぎに空にされていく。受注係は小さな木製台車を押しながら、手に持った複写式チェックリストと首っ引きで注文に応じた製品を積み込んでいくのだ。

「これまでカラー工場で働いたことなんかないでしょうね、グリフィスさん」ホイッガム氏はギルバート・グリフィスがいないところにくると、いくぶん元気づいた口ぶりで言った。クライドはさんづけて呼ばれたことにハッとした。

「いいや、ないですね」クライドはすかさず答えた。「これまでこういうところで働いたことは一度もありません」

「でも、この業界の製造部門全体について知識を吸収しようというわけですかな」ホイッガムはそんな話をしながら、長い通路の一つを足早に歩いていったが、あちこちに油断なく目を配っているのが、クライドにも見てとれた。

「そうしたいと思ってるんですが」と答えた。

「まあ、世間で考えられているよりはもう少し複雑な知識が必要なんですよ。こんなものに大してむずかしいところなんかない、なんてよく言われたりするでしょうけどね」ドアがまたもう一つ開けられ、薄暗い廊下を通り抜けるとまた別の区画に入っていく。そこにもさっきと同じような蓄蔵庫がいっぱい並び、そのなかに何反もの白布が積み上げられてある。

「防縮加工室から仕事を始めなさるなら、これについて多少知っておいてもいいでしょうな。カラーが作られる原料なんですから。カラーも裏地もです。織布《しょくふ》っていうんです。ここにある巻いた布一本一本が織布です。こいつを地下へ運んでいき、収縮するんです。このままでは使い物になりませんからね。このままだとカラーは裁断したあとで縮んでしまいますんで。でも、あとで見ればおわかりですよ。こいつを桶に入れて水に漬け、そのあと乾燥させるんです」

ホイッガムはもったいぶった歩調で進んでいった。それでクライドはあらためて感じ入ったが、この男はおれをなにしろふつうの従業員とは見なしていないのだ。さんづけといい、クライドがこのビジネスの製造部門全体について知識を吸収しようとしているなどと思い込んでいることといい、もちろん、こういう織布について説明するときのへりくだってみせるものの言い方も、すでにはっきりと悟らせてくれたように、おれは少なくともちょっとばかりおだててやる必要のある人物と見なされているんだ。

これがどういう意味をもつことになるのか気になりはしたが、ホイッガム氏についていくとやがて広々とした地下室にたどりついた。三つ目の廊下の突き当たりにある階段を降りて入っていく。ここには、長く四列をなして並んでいる白熱灯の光を頼りに見ると、陶製の盥ないし水槽が部屋の端から端まで縦に、壁から壁にいたるまで何列も並んでいる光景があらわれた。そしてそのなかには、ついさっき上階で見たばかりのと同じあの織布がまちまちの分量入っていて、湯気を立てて見るからに熱そうな湯のなかに漬けられている。そしてその近く、水槽の南と北に、この部屋の縦に並んだ全長百五十フィートもある水槽に平行して据えられていたのは、巨大な乾燥ラックだ。すなわち、上下左右、熱いスチームの通るパイプで囲まれ、パイプのあいだにあるローラーの上には、やはりあの織布が巻いた状態からほどかれ、濡れて、広げられているが、上下左右のパイプの熱を受けやすいように花綱みたいにつながれて、部屋の東端から西端へ向かってゆっくりとローラーの上を動いていく。その動きは、クライドにも見てとれたように、長い帯状の布を東から西へ移動させながら自動的に揺するラチェットの突起が立てるすさまじい噪音をともなっている。そして布は乾燥しながら移動し、それからこのラックの西の終点でふたたび木製の巻き取り枠に自動的に巻き取られて、その後巻いた布の「取りはずし」役をつとめる若者によってこの動く乾燥台から持ち上げられる。クライドが見ていると、ある青年は西端でこんな軌道二本を一人で担当して「取りはずし」をしている。東端では自分とほぼ同年齢の別の青年が「取りつけ」作業をしている。つまり、すでに半ば収縮されているもののまだ濡れている巻布を持ち上げて、その片端を動く鉤のようなものに引っかけ、布がゆっくりきちんとほどけていって、乾燥台の上でその軌道全体を移動してゆくように整える。その巻布がすっかりほどけて移動する織布になるやいなや、つぎの巻布を取りつける。

部屋の中央の水槽二列のあいだには巨大な回転分離器つまり乾燥機があり、収縮させるために水槽に二十四時間漬けられていた織布はそのなかに入れられて、この遠心分離装置でできるだけ脱水されたのち乾燥ラックに広げられるのである。

この部屋にはじめて入ってクライドに把握できたことと言えば、こんな物理的様相だけにすぎなかった――その噪音、熱気、蒸気、さまざまな工程で作業に従事している十人あまりの男たちに気をとられた。男たちは例外なく、袖無しのアンダーシャツのみを着て、腰にベルトを締めた古ズボン、素足にゴム底のズック靴という身なり。室内に充満する湿気や熱気、水しぶきのために、そんな格好をするしかないのは一目瞭然だった。

「ここは防縮加工室です」入室ぎわホイッガム氏が教えてくれた。「他の区画ほど気持ちいいところではありませんが、製造工程の出発点なんですからね。ケメラー！」人を呼んだ。

背が低く、ずんぐりして、胸板の厚い男があらわれた。顔は青白くむくみ、腕は白くてたくましい。汚れてしわだらけのズボンとネルの袖無しシャツを身につけている。ギルバートの前に出たときのホイッガムと同様に、ホイッガムの前でやけに萎縮しているみたいだ。

「こちらがクライド・グリフィスさん、ギルバート・グリフィスさんのいとこだ。この前話したことは覚えてるね」

「はあ、覚えております」

「最初のお勤めをここでなさることになった。明朝出勤される」

「はあ、承知しました」

「あんたのほうの出勤簿にこの人の名前を書いておいてくれ。出勤時間は通常どおりにな」

「はあ、承知しました」

ホイッガム氏はこれまでになくそっくりかえり、単刀直入で横柄な話し方をする。ここではもう下っ端ではなく、お偉いさんらしくなった。

「七時三十分がここの始業時間です」ホイッガム氏はクライドに教え諭すように言った。「ですが、みんな少し早めに出勤します——七時二十分かそこらですね。着替えをして持ち場の機械のところへいく時間を見込むためですがね。

「ところでもしよかったら、今日お帰りの前に、明日はどういう仕事をなさるのか、ケメラーさんに教えてもらったらいいじゃありませんか。そのほうが多少は時間の節約になるでしょう。でなきゃ、ご都合しだいで明日にしてもらってもかまいませんよ。わたしのほうはどっちでもいいんです。ただし、五時半には正面玄関の電話番をしている受付嬢のところに戻ってきてくださいね。そこでブレイリー夫人がお迎えするよう手配しておきますから。夫人が下宿に案内してくれるはずです。わたしは顔を出しませんが、夫人については受付嬢にお尋ねくだされぱけっこうです。わかるようにしておきますから」ホイッガム氏はきびすを返し、「では、これで失礼します」と付け足すように言った。

氏が頭を垂れて去りかけたところにクライドは「やあ、ホイッガムさん、たいへんお世話になりましたね」と声をかけた。氏は答える代わりに片手をあやしげにちょっと上げてみせ、そのまま行ってしまった——水槽のあいだを通って西端のドアのほうへ。そこでケメラー氏はすぐに話しだした——まだ見るからにびくびくして気圧されている。

「ところで、グリフィスさん、あなたにしていただく仕事なんてどうってことないですよ。明日は手始めに、上の階から織布を運びおろしてもらいますか。それにしても、何か古着でももってるなら、そいつを着てくるほうがいいですよ。そんなスーツはここでは長持ちしませんからね」クライドの安物とはいえとてもすっきりしたスーツを不思議そうにジロジロ見ている。ケメラーの態度もさっきのホイッガム氏の態度とよく似ていて、ここでのクライドの立場が不確かなくせにほんのわずかながらも権威を帯びていることに応じたちぐはぐさ——この上ない敬意とそれでいて内心にわだかまる猜疑とが入りまじり、時が経たなければ解きほぐせないようなもつれに絡まれた態度だ。この会社でグリフィス一族の一員であるというのは、言うまでもなくあだやおろそかにできぬことなのだ。たとえこちらはたんなる血縁の一人にすぎず、しかも勢力のある親類から血縁の者らしい歓迎を受けていないのかもしれないとしても、そこは変わらないらしい。

内実をはじめて目にしてクライドは、この会社にかけていた漠然たる夢がいかなるものであったかを思い返し、反発したくなった。というのも、ここで見たたぐいの工員たちは、一見して評価を下すかぎり、ここで同僚として知り合いたいと望んでいたような人間とはほど遠い低級なタイプだったからだ——知性の点でも溌剌さの点でも、ユニオンリーグやグリーンデヴィッドソンで雇われていた連中にはるかに劣る人たちだ。なおいけないことには、ここの者たちのほうがずっと卑屈で、陰険で、無知であるような気がする——じつにただの置き時計みたいなやつらじゃないか。それにやつらの目ときたら。ホイッガム氏について入っていったとき、やつらは見てないふりをしていたけれど、おれたちのやってることを一つ残らずしっかり見ていた、そうクライドには感じとれた。ほんとうはおれとホイッガム氏を盗み見ることしかしてなかったんだ。他方、ろくに服も着ず実用一点張りの連中の身なりは、ここでの仕事に関係して何らかの洗練に与《あずか》れるなどという期待を一撃で粉砕してくれた。おれが技能の訓練を受けてないために、上階での事務か何かそういった仕事に就けてもらえないなんて、まったくけったくそわるいや。

クライドはケメラー氏について歩いていき、わざわざ説明を受けてまわった。これは織布を一晩で収縮させるための水槽です——これは遠心分離器の脱水装置です——これは乾燥ラックです。そのあとで、もう帰っていいと言われた。だがまだ、三時になったばかりだった。

クライドは手近の戸口から外へ出た。いったん出てしまうと、こんな大会社に就職できてよかったと喜ぶ一方で、ケメラー氏やホイッガム氏の期待にそえるかどうか心配になってきた。もし期待にそえなかったら。あるいは、こんなところに耐えられなくなったら。こりゃかなりきついぞ。まあ、いいや、最悪の事態になったらシカゴに引き返せばいいさ、とその時は思った。いや、もしかしたらこの先のニューヨークまで行って、仕事を見つけるのもいいじゃないか。

それにしてもサミュエル・グリフィスは、どうしておれを迎えに出てきて歓迎してくれるだけの親切心を見せてくれなかったのか。あのギルバート・グリフィス若様ときたら、何であんな皮肉な笑いをしてみせたのか。それに、ブレイリー夫人というこの女はどんなやつなんだろう。こんなところにやってくるなんて、おれは馬鹿なことしたんじゃあるまいな。おれがここにきてるっていうのに、ここの一家はおれのために何かためになることをしてくれるんだろうか。

そんなことを考えながらリヴァー通りを西の方へぶらぶら歩いていった。通りにはいろいろな工場がいくつも並んでいる。また、そこから北へ別の通りも何本か延びており、さらに工場が立っている――ブリキ製品工場、籐細工工場、絨毯真空掃除機の大きな工場、敷物製造会社、等々――その先に行くと、しまいにみじめなスラムに行きあたってしまった。規模は小さいながらも、シカゴやカンザスシティ以外では見たこともないほどのひどいスラムだった。その貧困ぶりや反社会性や毒々しさにクライドは腹立たしくなり、気が滅入ってきた――そこで目にするものいっさいが、たった一つの事実つまり社会の悲惨さを物語っているとしか思えない――だからすぐに引き返した。そしてさらに西へ進んだところにある橋を渡ってモホーク川の対岸側に戻ってきてみたら、そこはそれまでとはまるっきり違う区域だった――工場を訪れる前に見物して感心させられたのと同じような邸宅が並ぶ地域だった。さらにもっと南の方へ歩いていったら、あの広い並木道にたどり着いた――さっき見たのと同じ並木道だ――表面的な外観を見ただけでも、ライカーガス一の高級住宅街とわかる。道幅はとても広く、きれいに舗装されていて、人目を引くような邸宅がずらりと並んでいる。クライドはすぐにこの通りの住人がすごく気になってきた。伯父のサミュエルが住んでいるのはほぼ間違いなくこの通りだという思いにたちまち取りつかれたからだ。邸宅はほぼどれもこれも、フランスやイタリアやイギリスの建築様式を採り入れ、しかもそれぞれの佳き時代の様式を模している。もっともクライドはそんなことまで知るよしもなかった。

しかし、そんなクライドも家々の美しさや広さには驚嘆し、つぎつぎに見物しながら歩くあいだ、これらのなかでいったいどれが伯父の住まいなんだろうなどと考えては、これほどの富にともなう影響力の大きさに圧倒された。いとこのギルバートだって、毎朝どこかのこんなお屋敷から出社したりしては、どんなに優越感にひたり、人を見くだしたくなることか。

やがて一軒の屋敷の前で立ち止まった。庭木や小径、花はつけていないにしても手入れの跡も真新しい花壇、奥に見える大きな車庫、居宅の向かって左側にある大きな噴水、その真ん中に白鳥を抱えて立つ少年の像、また、向かって右側には数匹の鋳鉄製の犬に追われている一頭の鋳鉄製の雄鹿の像などに目を引かれ、見とれずにはいられなくなった。そして、昔のイギリス様式を擬したスタイルのこの邸宅の品格に魅入られてしまった。それでクライドは、通りかかった見ず知らずの人に尋ねてみた――労働者風であまりさえない風采の中年男だ。「あのう、あれはどなたのお宅ですか」すると男は答えてくれた。「ああ、ありゃサミュエル・グリフィスの住まいさ。川向こうの大きなカラー工場の持ち主でね」

たちまちクライドは冷水を浴びせられたかのようにシャンとなった。おじさんのだって！　おじさんの住まいだって！　じゃあ、あの裏手の車庫の前に駐まっている車はおじさんのなんだな。車庫の開いてる戸口からは、中にあるもう一台の車も見えてる。

いや、それどころではない。知的に未熟で心理的にもほんとうは蒙昧にとどまっているクライドの頭は、突然、バラと香水、光と楽音にみたされたような雰囲気に満たされたのだ。この華麗さ！　安逸なさま！　おじさんがこんな暮らしをしてるなんて、おれの家族のなかで誰がいったい想像できただろうか！　この瀟洒なこと！　ところがおれの二親ときたら、あんなにみすぼらしい――あんなに貧乏で、カンザスシティ、いやきっとデンヴァーの街頭で説教してる。伝道所なんか運営してるんだ！　だけど、こちらの一家のなかにはこれまでのところ、あの冷ややかないとこだけが、しかも工場のなかで会ってくれただけで、その他に誰ひとりわざわざ迎えてくれる者はいないし、あてがってくれた仕事は、無頓着にも肉体労働的なものにすぎなかったのに、それでもおれは喜び勇んでいたんだ。それにしてもこのおれは、何と言ってもグリフィス姓を名乗る者であり、この屋敷に住む二人の有力者の直系の甥であり、直系のいとこであり、これからこの会社に雇われて少なくとも何らかの働きをしようとしているじゃないか。それでも、こういう立場なのに多少の将来性ぐらい約束されないなんてことがあるか、これまでのどの境遇よりもましな将来性ぐらい。だって、この街のグリフィス家とは何者であるか、考えてみるがいい。まあ、カンザスシティの――いや、デンヴァーのグリフィス家が「ナニモノ」であるのか、対比してみたらいい。ものすごい違いじゃないか！　これは、できるだけ人に知られないように気をつけていかなければならない事実だ。こう考えると同時にクライドはまたたちまち意気消沈した。というのも、こちらのグリフィス家が――おじさんなり、いとこなり、あるいはあの二人の知人か手先かが――おれの両親やおれの過去を調べたりするようになったらどうなる。たいへんだ！　カンザスシティで子どもを轢き殺した事件！　親たちのみじめなその日暮らしの身空！　エスタ！　クライドの顔は急に暗くなった。夢は暗雲に覆われてしまった。あの人たちに悟られたりしたら！　勘づかれたりしたら！

ああ、クソッ――そもそもおれは何者なんだ。じっさいどんな見込みがあると言うんだ。こんなすばらしい世界から、ほんとうに何かおこぼれなんかいただけるものか。おれが何でわざわざこんなところまできたのか、あの人たちに知られてしまったら。

クライドはちょっとむかついてきて気が沈み、向きを変えて引き返した。自分がほんとうにしがない人間だと、突如思い知ったからだった。

第六章

同日にブレイリー夫人に助けてもらいながら借りることにした部屋は、伯父が住んでいるあたりとは距離的にはそう離れていないにしても、質的にはとんでもなくかけ離れている地域であるソープ通りに位置していた。その通りに面して立っている茶色や灰色や黄褐色のありきたりな家々は、煤けたり朽ちかけたりしている――葉もすっかり落ちて冬の厳しさにさらされている並木は、煙や土埃に覆われながらも、もうすぐ訪れる新生の息吹を待ちかねているさま――五月の新緑や開花を。ところが、ブレイリー夫人についてその通りに入っていくと、何の取り柄もなくさえない風采の男女や、夫人と同類のオールドミスたちが、川向こうのあちこちの工場から家路についてぞろぞろと歩いているのに出くわした。やがて夫人とクライドを戸口で迎えてくれたのは、洗練とはおよそほど遠いけれども、ダークブラウンのワンピースにさっぱりしたギンガムのエプロンを身につけた女性だった。この女性に案内されて三階の一室に入ってみると、狭すぎるわけでもなく家具調度の居心地が悪そうでもない部屋――女性が言うには、賄いなしで四ドル、賄い付きで七ドル半の部屋だった――これは同じ賃料で借りられる部屋としてはましなほうだとブレイリー夫人から助言されたこともあって、クライドはこれを借りることに決めた。そして、夫人に礼を述べたあと、ここにそのまま居残ることにした――やがて始まった夕食に同席した少人数の一団は、工場街の商店や工場の従業員たちであり、シカゴでユニオンリーグ界隈のましな住まいに移る前に住んでいた、ポーライナ通りの下宿で多少は見慣れていたたぐいの連中だった。食事をすませてからクライドは外出し、ライカーガスの中心街に行ってみたが、得体の知れない工場労働者の群衆を目にするだけ――昼間見たかぎりでは、夜にこれほどの人波を目にするとは思いもよらなかったほどの群衆だった――出身国も人品骨柄もさまざまな青年、壮齢の男女――アメリカ人、ポーランド人、ハンガリー人、フランス人、イギリス人など――そして、おおかたは――全員とは言えないにしても、どこか独特な特徴を帯びている――無知ないしは心身の鈍重さをうかがわせ、あるいは趣味とか溌剌さや大胆さが欠如している。ついその日の午後目にしたばかりの、地下室にいた連中誰もが見せていたのと変わらないと思える特徴。だが、商店街で見かける年若の男女、とりわけワイキーギー街近く店々にたむろする者たちの風采はましだった。川向こうのいろいろな会社でさまざまな事務職についている者たちらしい。いや、きっとそうにちがいない――身ざれいで活気があるもの。

こうしてクライドは、八時から十時まであてもなく歩きまわる。そのうち、まるで申し合わせていたかのように、人出の多い街路を埋めていた群衆は急に消え去り、街中はガランとなってしまう。歩きまわっているうちは、たえずあたりの様子をシカゴやカンザスシティと比べる。（ラッタラーなら今のおれを見てどう思うだろうか——おじさんの豪邸や工場を見たら。）そして、こぢんまりしているためかもしれないが、ここが好きになりかけてきた——ライカーガス・ホテルもこぎれいで明るく、地元の活力にみちた社交生活がここを中心にして繰り広げられているみたいじゃないか。それに、郵便局やカッコいい尖塔がついている教会もあるし、そこの古めかしく興味をそそられる墓地と仲良く隣り合っているのは自動車販売店。それに、ちょっと横町に入れば新しい映画館。また、さまざまな青年、壮齢の男女があちこち歩きまわり、なかにはいちゃつきあっている者たちも目につく。そんなこんなをやんわりと包むかのようにたちこめる、希望や情熱や青春の気配——どこの世界でも建設的なエネルギーすべての根底に渦巻いている、あの希望や情熱や青春の息吹。そしてようやくソープ通りの自分の部屋に戻ってきたときには、この街が気に入ったし、ここに踏みとどまりたいという結論に達していた。あのワイキーギー街ってとてもいい！　おじさんの工場のりっぱなこと！　どこへ行くのか、目の前を急ぎ足に過ぎていく大勢のきれいではつらつとした女の子たちときたら！

一方、ギルバート・グリフィスはと言えば、父親がこのときニューヨークに行って留守（クライドは知らなかったし、ギルバートが教えてくれることもなかった事実）だったから、母親や姉妹に自分がクライドに会ったことを伝え、最悪のぼんくらだとは言わないまでも、この世でもっとも興味深い人物でもないことは間違いないなどと話していた。クライドが姿をあらわしたその日、五時半に帰宅して最初にマイラと出くわしたので、「やあ、例のシカゴのいとこがね、今日ふらりと舞い込んできたぜ」と教えてやった。

「あら、そう！　どんな人だった」とマイラは言った。父親がクライドを紳士的で頭がいいと評した事実には興味を引かれていたのだ。もっとも、マイラはライカーガスがどういうところか、ここの工場の生活実態や父親の所有している工場で働いている者たちが見込める将来性はどんなものか、よくわかっていたから、クライドがどうしてわざわざこんなところまでやってくる気になったのか、不思議に思っていた。

「まあ、あまり大したやつとは見えないね」とギルバートは答えた。「頭は悪くないし、顔立ちもまずくないけど、実業上の訓練は何ひとつ受けたことがないって白状するのさ。ホテルで働く若いやつらの誰とも変わらんよ。身なりのことだけで頭がいっぱいなのじゃないか。薄茶のスーツを着て、それに合わせた茶色のネクタイと帽子、茶色の靴というでたちさ。ネクタイは派手すぎるし、三、四年前みんながよく着てたような派手なピンク縞のワイシャツを着ててさ。おまけにスーツの仕立てがおかしいのさ。やつがノコノコやってきたからって、ぼくは何か言ってやる気もなかったけどね。長続きするかどうかもわからないんだから。もし長居して、ぼくらの親戚づらするようになるんなら、派手なのは控えてもらわなきゃね。何なら親父さんに、ちょっと意見してもらいたいと頼んでみてもいいかな。その点を除けば、あいつもそのうちどこかの部門でうまくやっていけるんじゃないか。現場主任か何かになってね。将来はセールスマンになれるかも知れないね。それにしても、そんな見通しのどこに、ここまでやってくる意味があると思ったのか、気が知れないね。ほんとうはね、よほどの天才か何かでなけりゃ、ここじゃ出世の機会なんかほとんどないってこと、親父さんはちゃんと伝えなかったんじゃないかと思うよ」

ギルバートは燃えさかる大きな暖炉を背にして立っている。

「あら、それなら、お母様が先日その人のお父さんについて言ってたこと知ってるでしょ。だからその人、生まれてからずっと何らの機会も与えられなかったとダディが感じてるって、お母様は思ってるのよ。工場で雇うかどうかは別にしてその人のために何かしてあげたいって、たぶんダディは思ってるんだわ。お母様から聞いた話では、その人の父親が自分たちの父親から不当な扱いを受けたってダディは感じてるらしいの」

マイラはそこで口をつぐんだ。ギルバートは前にやはり同じような話を母親から聞いていたのだが、その含みを無視することにした。

「へえ、そうかい、そんなこと、ぼくの知ったこっちゃないね」とギルバートは続けた。「あいつが何か特別な仕事に向いているかどうかはさておいて、親父さんがここに雇いつづけたいというなら、そりゃ親父さんの問題だからね。ただし親父さんは、どこの部門でも効率が大事だとか、能なしは追い出せとか寄せつけるなとか、やかましく言ってる張本人なんだからな」

その後、母親やベラと顔を合わせたときも、ギルバートはその知らせをもちだして、ほぼ同じような考え方を披露した。グリフィス夫人はため息をついた。なにしろライカーガスのような土地で自分たちみたいな家柄では、親戚だとか同姓だとかという人間によほど慎重に振る舞ってもらい、マナーや趣味や社会通念に気をつけてもらわなければ困るからだ。夫が、そういうことやその他の点で悖《もと》っている人間を連れてきたりするのは、分別に欠けていたのじゃないかしら。

他方ベラは、兄の伝えるクライド像が正確だと納得するつもりなんか少しもなかった。クライドを知っているわけではないけれど、ギルバートのことはわかっていた。兄は常々、あれこれの人物についてほとんどどの点から見ても欠陥があるとすぐに決めてかかるけれども、ベラの目から見るとじっさいはそんなに悪くもない、ということをわきまえていたのだ。

「あら、そう」夕食の席でギルバートが、クライドの変なところについて重ね重ね話しつづける批判がましい言葉を聞いていたベラは、とうとう口を切った。「ダディがその人を必要としているのなら、きっと雇いつづけるか、そのうち何かしてあげるわよ」この言葉にギルバートは内心ギクッとした。父親の威を借りて工場で偉そうに振る舞っている自分の横っ面を平手打ちされたようなものだったからだ。その権威をあらゆる方面へ及ぼそうと懸命になっている兄の底意を、妹はしっかり見抜いていた。

話変わってクライドは翌朝、また工場にきてみたら、自分の名前か顔つき、いや、その両方が相まってのことかもしれないが――自分がギルバート・グリフィスさんに似ていることが――はじめのうちはどう見積もればいいのかよくわからなかったのだが、何か独特な利点として働くらしいということがわかった。というのも、たとえば一番通用口に入りかけたとたん、そこの守衛がギョッとしたような顔になったからだ。

「アッ、クライド・グリフィスさんですね」と守衛が尋ねた。「ケメフーさんのもとで働くことになってる方？　はい、承知しております。ええと、あなたの鍵はあそこのあの男があずかってますよ」ずんぐりして尊大そうな老人を指さしてくれる。あとでクライドが知ったことには、その人は「ジェフ老」と呼ばれているタイムレコーダー係であり、廊下のずっと奥のカウンターにいて、七時三十分から七時四十分までのあいだ鍵を受け渡してくれる。

クライドがその人に近づいていき「クライド・グリフィスという者です。階下のケメラーさんのところで働くことになってます」と言うと、老人もやはりギョッとして、「承知してますとも。わかりました。はい、これです、グリフィスさん。ケメラーさんから昨日あなたのことについてお聞きしましたよ。七十一番があなたの鍵になります。デュヴェニーさんが前に使っていた鍵です」と言った。クライドが防縮加工室に続く階段を降りていってしまうと、老人はそばに寄ってきた守衛に「たまげるじゃないか。あの男、ギルバート・グリフィスさんそっくりだな。まあ、瓜二つと言ってもいいくらい。いったい何者だと思う、兄弟かい、いとこかい、それとも何なんだ」

「知るもんか」と守衛は答えた。「おれだってはじめて見たんだから。まあ、親戚であるのは間違いないね。はじめて見たときゃギルバートさんかと思ったよ。帽子を脱ぎかけてから、こりゃ違うってわかったくらいさ」

そしてクライドが防縮加工室に入っていくと、ケメラーは前日と変わらずやはり丁重で、はぐらかしてばかりいる。というのも、ケメラーも前日のホイッガムと同じで、この会社とクライドがほんとうはどんな関係になっていくのか、まだつかみかねていたからだ。ホイッガムがケメラーに前日教えてくれたことによると、ギルバートさんは、クライドに楽な仕事をまわしてやってくれと匂わせるようなことは何ひとつ言わなかったそうで、ましてきつい仕事をなんて匂わせもしなかったそうだ。それどころか、ギルバートさんが言うには、「勤務時間や仕事の内容については他の従業員並みにしてもらいたい。特別扱いは無用だ」というのだった。なのにクライドを紹介したときには、「こちらはぼくのいとこだ。このビジネスの勉強をすることになる」なんて言ったのだから、こいつはときが経つにつれて部門から部門へつぎつぎに異動して、会社の製造部門全般の概略をつかむことになる、とほのめかしているみたいではないか。

それゆえにホイッガムは、クライドが立ち去ったあと、ケメラーにも他の何人かにもこっそり、クライドはやがて社長の秘蔵っ子だったということにもなりかねないぞとささやいた――だから、少なくとも、この会社でのあいつの立場がどんなものかはっきりわかるまでは、「慎重に振る舞う」ことにしようぜ。それでクライドは、このことに勘づいてかなり機嫌がよくなった。というのも、いとこのギルバートがどう考えていようと、あるいはどうしたいと思おうとも関係なく、こういうこと自体が、伯父のほうから自分のためになる何らかの引き立て策をとってくれそうだと容易にうかがわせる前兆だ、と思わずにいられなかったからだ。それでケメラーが、仕事はかなりきついのじゃないかなどと心配しなくていいとか、さしあたってすることなんか大してないとか説明しだすと、クライドはやや目下の者をねぎらうような態度で受けとめた。その結果ケメラーはますます丁重になった。

「帽子とコートをあちらのロッカーのどれかにかけてください」と穏やかに話した。取り入るようにとさえ言える口調だ。「それから、奥にあるあの箱形の台車を一台押して、上の階に行き、織布を何巻かおろしてきてください。どこにあるかは他の連中が教えてくれますから」

その後に続く日々はクライドにとって気晴らしにはなったけれども、厄介でもあった。まず何よりも、自分が入り込んでしまったこの独特な社会生活や単調な労働からなる世界や地位に、ときには戸惑いを覚え、ときには狼狽させられた。一つには、工場ですぐ身のまわりに居合わせるようになった連中は、ふつうなら仲間として選びそうもないような人間だった――どこのベルボーイや御者や店員よりもはるかに低級な連中だ。今ではクライドにもはっきり見てとれたが、どいつもこいつも知的にも身体的にもぶよぶよでやぼったい。身につけているものも最低の肉体労働者しか着ないような衣服だ――自分の外見などちっとも気にかけない者たちがふだん着るような衣服――労働し腹いっぱいになることだけがすべてなのだ。おまけに連中は、クライドが何者なのか、あるいはクライドが入ってきたことによって自分たちそれぞれの地位にどんな変化が起こりうるのか、わかっていないので、疑心暗鬼になりがちだった。

しかし一、二週間後には、クライドが社長の甥であり、総務担当重役のいとこであり、したがってこの部門で長期にわたって肉体労働に従事しそうもないと理解できるようになると、連中はいくらかうちとけてきたが、そのために卑屈な思いをさせられることもあるので、当初とは別の形で妬んだり疑ったりするようにもなった。あいつはおれたちとは違ってるし、そういう事情ではおれたちと同じになれるはずもないじゃないか。なるほど、ニコニコしたり礼儀正しかったりするかもしれない――だけどやつはいつも上のやつらと通じてるんだろう――あるいはそんなとこだ、と連中は思ったのだ。連中の見方によれば、やつは金持ちの上流階級の一員だ。そして貧乏人は誰でも、それがどういうことを意味しているかわかってる。貧乏人はどこでも団結してなきゃならんのだから。

だがクライドのほうも、働きはじめてから数日も経たぬうちに、弁当を食べるために職場のあちこちに席をとっては連中の話を聞いていて、あきれてしまった。こいつらは何でこんな退屈でおもしろくもないことにかまけることができるんだ――上からおろされてくる織布の質だとか――巻布の重量不足や織り方の欠陥だとか――さっきおろされてきた二十巻の織布はその前におろされてきた十六巻ほどうまく収縮してないみたいだとか。あるいは、クランストン籐製品社は先月より工員を減らしてるとか――アントニー木製品製造社が、去年は五月中旬から土曜半休を始めたのに、今年は六月一日まで土曜の半休を実施しないと掲示を貼り出したとか。みんな自分たちの単調で決まりきった仕事に埋没してるみたいだ。

この結果クライドは過去のもっと楽しかったときの思い出にふけりだした。ときにはシカゴかカンザスシティに帰りたくなる。ラッタラー、ヘグランド、ヒグビー、ルイーズ・ラッタラー、ラリー・ドイル、スクワイアズさん、ホーテンスのことが思い出される――みんな若くて向こう見ずな連中で、おれもその一員だったっけ。そして、連中はどうしているか知りたくなった。ホーテンスはどうなったかかな。けっきょくあの毛皮のコートを手に入れたんだ——たぶんあの葉巻売りの店員に買ってもらったんだろ。それで、あんなにおれに惚れてるなんて抜かしたくせに、あいつと駆け落ちしてしまったんだな——可愛げぶったけだものめ。おれからあんなに金を巻き上げたあげくに。あの女のことを思い浮べたり、事態がああならなかったらどんなに誑かされていたことか想像したりするだけで、吐き気がしてきそうだ。今は誰に愛想を振りまいてることやら。カンザスシティを飛び出してからはどんな風の吹きまわしになったことか。おれが今ここにいて、すごいコネのおかげをこうむってるところだなんて知ったら、あの女、どう思うかな。ヤバイ！　ちょっとは頭冷やしてやれそうだ。とはいっても、今のおれの部署なんか目もくれないだろうな。そうにきまってる。だけど、おじさんやいとこ、この工場やおじさんの家族が住んでる大邸宅を見たりしたら、もう少しおれを見直すかもしれんぞ。そしたらおれの機嫌をとろうとするのがあの女のやりそうなことだ。まあ、そのときは目にもの見せてやる。どこかでまた出くわしたらの話だが——もちろん、けんつく食らわせてやるのさ。そのときはこっちもきっと、それぐらいのことができるようになってるはずなんだから。

第七章

カピー夫人の下宿屋での暮らしにしても、クライドの置かれた境地はあまり楽しくはなかった。というのも、そこはありきたりな下宿屋にすぎず、そんなところに集まってくる下宿人と言えば、せいぜい工場や商店の保守的な従業員だったからだ。自分の職や給料、それにライカーガスの中産階級的宗教界の考え方こそ、世界の秩序と安寧にとってもっとも重要であると見なしているような連中なのだ。娯楽や歓楽という観点からすれば、おおよそきわめて退屈なところだった。

他方、ウォルター・ディラードという人物——フォンダから最近この地へ引っ越してきた頭のからっぽな若造——がいるおかげで、クライドにとってこの下宿屋も、まったくおもしろみがないというわけでもなかった。この男――クライドとほぼ同年齢で、同様に世俗的な野心に燃えている青年だ――けれども、人生を左右する物事についてはクライドほどの如才なさや眼識にも欠けていた。スターク社の男性用服飾品販売部に勤めている。すばしこく、何ごとにも意欲的で、身体つきも悪くなく、金髪に近い髪、同様に明るい色で目立たない口髭をたくわえ、田舎町のボー・ブランメル［一九世紀ロンドンのファッション・リーダーだったジョージ・ブライアン・ブランメル］気取りで、華奢な物腰をそなえている。何らかの社会的地位についたことも、資産を運用したこともまったくない――父親は田舎町の衣料品店の商売をしていたが、それを食いつぶした――その息子は、その血に何か隔世遺伝的な勢いかあおりでも流れているのか、何らかの社会的地位を築くことにやけに熱心だった。

しかしこれまでのところは何の成果も上げられずにきているので、出世した者たちに興味を抱き、羨む――その思いの激しさはクライドさえ及ばないほどだ。この町で重きをなす家々の華やかな暮らしや動向にはとめどない関心を抱いている――ニコルソン家、スターク家、ハリエット家、グリフィス家、フィンチリー家、等々。だから、クライドが引っ越してきてから数日後に、この新入りがそういう家族たちの世界と、やや変則的な形ではあれ親族関係にあると知ると、俄然興味を示した。何だって！　グリフィス家の一員だって！　ライカーガスの金持ちサミュエル・グリフィスの甥！　なのに下宿屋にいる！　おれと同じ食卓について隣に座ってるなんて！　たちまち興味津々になったディラードは、この未知の人物とできるだけ早く親しくならねばならぬと決心した。間違いなく上流社会に入っていける機会が向こうからやってきてくれたようなものだ――最上流の家族の一つとつながるコネなんだから！　しかもこいつも若くて好男子だし、たぶんおれみたいに野心家なのじゃないか――できればいい遊び仲間になってもらおう。さっそくクライドに話を持ちかける。まるでウソみたいにうまい按配になったものだ。

こうしてディラードはすぐさま散歩に出かけようと誘った。じつはモホーク劇場でちょうど今かかってる映画、とてもいいんです――すごくいかしてるって。行ってみませんか。それで、この男が垢抜けしていてスマートだったから――工場やこの下宿屋の他の者たちにまつわる単調さや重苦しい実務一点張りとは大違いの何かを感じさせたから、クライドはつき合う気になった。

だが、こうなると念頭に思い浮かんできたのは、この町には偉い親戚がいるのだから行動に気をつけなければならないという考えだった。こんな自由で気楽な付きあいをしても、大きな過ちを犯していることにならないななんて言えるか。自分が接したかぎりで言えば、グリフィス家の人たちは──あの人たちが属していることにならない体も──ああいう人たちの立ち居振る舞いから察するに、この町の一般大衆とはめったに交わらないにちがいない。クライドは理性よりも本能に従って、よそよそしく尊大な態度をとるようになっていた──そういう態度を見せつけてやった相手は、いま目の前にいるこの青年をはじめとしてみんな、自分にいっそう敬意を示すようになるので、自分もますますそんな態度をとる気になる。だから、青年の熱心な──さらに言えば──見ようによっては頼み込んでいると言ってもよいような求めに応じて、いっしょに行くことにしたものの、それでも警戒を怠らずに出かけた。そしてその鷹揚で慇懃にへりくだった態度を、ディラードはたちまち「上品さ」や「結構な縁故」のしるしと解した。それで、こんな冴えないクソ下宿屋でこんな男に出くわすなんて、思ってもみろ。しかもおれがここに入ってきてすぐに──この土地でキャリアを積もうと取り組みはじめたばかりの時期に。

だからディラードの態度は、おべっか使いを地でいくようなものになった──このときのクライドよりもましな職に就いていていたし、収入も多かったというのに。週給二十二ドル。

「そのうちあなたはこの町のご親戚や友人と過ごすことが多くなるでしょうね」二人ではじめていっしょに散歩に出かけた際にディラードは、口さがもなく探りを入れてきた。そして、クライドが洩らしてもいいと思った情報をできるかぎり聞き出したけれども、それもほとんど無に近かったのに、自分のほうからは、訊かれもしないまま身の上話を多少披瀝した。たっぷり粉飾をほどこした話だ。父親は今だって衣料品店を経営しているとか。自分がここにやってきたのは何か他の商売のやり方を勉強するためだとか、云々。この町におじさんがいるんです──スターク社に勤めてます。この町の上流の人に何名か──まだそれほど大勢じゃないけど──会ったこともあります。自分もこの町にきてまだ日が浅いですから──都合四ヶ月ってところで。

それにしてもあなたのご親戚ときたら！

「どうです、あなたのおじさまの資産は百万ドルを超えてるにちがいありません、そうじゃありませんか。そういう噂ですよ。ワイキーギー街に並んでいる邸宅、まったくすごいですね。オルバニーでもユティカでもロチェスターでも、ここ以上にすごいのなんか見かけませんからね。あなた、サミュエル・グリフィスの甥なんですってねえ。たまげたなあ！　まあ、それはここでは間違いなくたいへんなことですよ。わたしにもそんなコネがあったらいいんですけど。そいつにもの言わせてやりますからね」

ディラードは熱意と期待をこめてクライドに笑いかける。おかげでクライドは、この血縁がほんとうにどれほど重要なものか、あらためて実感した。この見知らぬ青年にとってそれがいかに意味深いか、考えてもみるがいい。

「さあ、どうですかねえ」とクライドは疑わしげに答えたが、こんなふうに伯父と親密だと思い込まれていることに、少なからず心ときめかした。「わたしはカラー製造業の勉強にきたのでしてね。遊びまわるためじゃありません。おじからもそれを忘れないようにと盛んに言われてますからね」

「そりゃそうでしょうね。どういうことかわかってますよ」とディラードは答えた。「わたしのおじさんも同じ考え方ですよ。ここでの仕事に打ち込めって言って、あまり遊びまわったりしてはいけないってね。おじさんはスターク社で仕入れ係をしてましてね。でも、人間は四六時中働くわけにもいきませんよ。たまにはお楽しみも必要ですよね」

「はあ、そうですな」とクライド——目下の者にちょっとへりくだってみせる言い方を生まれてはじめてした。

それからしばらく二人は何も言わずに歩いた。それからまた言葉を交わす。

「ダンスはしますか」

「はあ」とクライドは答えた。

「そうですか。わたしもしますよ。このあたりには安いダンスホールがたくさんあるんですが、そういうところには一度も行ったことがありません。そんなところに行ってると、品のいい人たちとは付きあえませんからね。そういうことにかけては、ここはひどく窮屈な町だって話です。ちゃんとした人たちと付きあってないと、上流の人たちから見向きもされなくなるんですよ。フォンダでも同じですけどね。上流に『所属』してないと、どこにも出かけられないってわけで。それはそれで正しいんでしょうけどね。でも、やっぱりね、この町にも付きあってくれるすてきな女の子はいくらでもいますよ――ちゃんとした立派な家庭の娘たちがね――もちろん社交界に属してるってわけではありませんが――でも、スキャンダルになるような女じゃありません、おわかりでしょ。それに、尻込みするような女でもありません。なかにはなかなか積極的なのもいますよ。おまけに、何も結婚してやる必要なんかないんですから」こいつはここで新たな生活を始めるにあたってちょっと入れ込みすぎてるのかもしれないな、とクライドは思いだした。同時に、この男が何となく好きになってきた。「ところでつぎの日曜日の午後、何か御用がおありですか」とディラードが話を続けた。

「まあ、今のところはこれといってとくに何もありませんが」とクライドは答え、何か新しい問題を突きつけられそうな気がしてきた。「そのときになれば、何かしなければならないことが出てくるかもしれないのですが、今のところはわかりませんので」

「じゃあ、とくにお忙しいというのでなければ、ご一緒してくださいませんか。こちらにきてからかなり多くの女の子と知り合いになりましてね。すてきな子たちとね。よろしかったらぼくのおじさんのところへお連れして、そこの家族にご紹介します。いい人たちですよ。そしてそのあと――わたしたちふたりで会いにいける女の子を二人知ってますから――カワイ子ちゃんぞろいですよ。一人は店に勤めてましたが、今はやめてます――今は何もしてません。もう一人のほうはその子の友だちです。蓄音機があってダンスできるんですよ。この土地じゃ日曜日にダンスしちゃいけないことになってるのは承知してますが、誰かに知らせる必要もありませんからね。あの子たちの親は気にしません。ダンスのあとは、映画が何かに連れていってやりましょうや――あなたさえよろしければね――あっちの工場街でやってるのじゃなくて、もっといい映画にね――いいでしょ?」

ここでクライドの心のなかに浮かんできたのは、こんな誘いにどう応じるべきかという疑問だった。シカゴやってきたばかりのこの町では――カンザスシティでの一件ゆえに――なるべく自重して慎重に振る舞ってきた。というのも――あのことがあったあとでもあるし、クラブに勤めているうちに、そこのしかつめらしく見える雰囲気に刺激されてなじむようになった規範に背かないように暮らしてみよう、などという出来心にとりつかれてしまったからだ――保守主義――勤勉な勤務態度――貯蓄――きちんとした紳士的な風采を大事に。それこそ、まるでイヴのいないパラダイスといった暮らし。

ところが、この町でのクライドを取り巻く環境は平穏だったにもかかわらず、その雰囲気からそれとなくうかがえるところでは、この青年が誘ってくれているような気晴らしが――おそらくは罪のない遊びであっても、女の子たちやその娯楽と結びついているような浮かれ騒ぎが――どこかでおこなわれているようだ――この町には、目に入ってくるだけでも、若い女がこんなにたくさんいるのだもの。夕食後ともなればあちこちの街角は見目よい女子たちでにぎわい、若い男たちも入りまじる。だけど、この青年が誘ってくれるような遊び方や気分に調子を合わせているところを見られたりしたら、知り合ったばかりの親類たちからどう思われるだろうか。こいつだってたった今、ここはひどく窮屈な町であり、誰が何をしてるかなんてほとんどすべて知れわたってしまうって言ったばかりじゃないか。クライドは危ぶんで、すぐには答えなかった。今すぐ決めなくちゃならないのか。そのあげく、寂しくて仲間がほしくてたまらなかったから、「ああ――そうだね――よさそうですね」と答えた。とはいえ、ちょっと心配そうに「もちろんこの町の親戚が――」と言い足した。

「ああ、わかってます、その点はだいじょうぶ」ディラードはそつなく答えた。「もちろんあなたは気をつけなければいけませんよね。まあ、わたしだってね」グリフィス家の一員といっしょにあちこち出入りすることができさえすれば、この町では新参者で知り合いもろくにいない自分も――信用がだいぶつくんじゃないか。きっとそうだ――げんにもうついてるとさえ思えてくる。

そこでディラードはその場でクライドに、タバコをおごりましょうなどと言い出す――ソーダか――お好きなもの何でもいいですよ。しかしクライドは、まだ勝手がわからず心許ない気がしていたので、ちょっと間をおいてから失礼することにした。社交界や有力者を崇めていい気になっているこの青年に多少辟易したからだ。そして自分の借間に戻った。母親に手紙を出すと約束していたから、帰って手紙を書く方がいいと思ったし、ついでに、こんな新たな交際を始めるのが賢明かどうか、少し考えてみることにした。

第八章

ところが翌日は土曜日。この会社では年間を通じて半休となる日であり、ホイッガム氏が給料袋を渡しにやってきた。

「はい、グリフィスさん」あたかもクライドの身分に格別敬意を表するかのような言い方をする。

クライドは給料を受け取り、さん付けで呼ばれることに気をよくしながらロッカーまで行ってから、袋を破って金をポケットに収めた。そのあと帽子とコートを手に取ると、ぶらぶらと外へ出ていき、下宿屋に帰って昼食をとった。だが、とても寂しかったし、ディラードは仕事があったから不在だったので、市街電車に乗ってグラヴァーズヴィルまで行くことにした。人口約二万人の都市で、ライカーガスほど美しくはないにしても、劣らず活気があるという評判だった。行ってみるとそこは、ライカーガスとは人びとの雰囲気が大いに違っていたから、おもしろかったし退屈しなかった。

だがつぎの日――日曜日――は、ライカーガスでぼんやり過ごし、独りであちこちさまよっていた。というのもディラードが、どういうわけかフォンダに帰らざるをえないということになり、日曜に出かけることになっていたはずの当てがはずれてしまったのだ。しかし、月曜の夜クライドと顔を合わせるとディラードは、つぎの水曜日の夜にディグビー街の会衆派教会地下室で、軽食の出る社交会が開かれることになっていると教えてくれた。ディラード青年によれば、少なくとも行ってみるだけの価値があるという。

そのときのこの青年の言いまわしでは、「そこに二人で行って、女の子たちにちょっと声をかけてみてもいいじゃありませんか。おじ夫婦にも会っていただきたいし。いい人たちですよ。女の子たちもね。ぐうたらな淫売なんかじゃありませんからね。それからそのあとそっと抜け出せばいい、そうね、十時頃にですね。そしてゼラかリタのところへ行きましょう。リタのほうがいいレコードをたくさんもってますが、ゼラはダンスにもってこいのところに住んでます。ところであなた、夜会服はもってきていらっしゃらないのでしょう」と質問する。ディラードはすでに、クライドの留守の間に自分の部屋の上に当たる三階のクライドの部屋に入っていって調べ、クライドには夜会服のケースしかなくてトランクもなく、どうやら夜会服などどこにも置いていないということを突きとめていたから、クライドの父親はホテルを経営してるとか、クライドはシカゴでユニオンリーグ・クラブに勤めていたとか言ってるにもかかわらず、社交のための装いにはまったく無関心な男なんだな、などと考えていた。あるいは、そうでないとしたら、社交的な付きあいでできた知人なんかからの援助に頼らずに、自分なりのやり方で評判を築きたいとがんばってる男なのか。そうだとすると、ほんとうはおれの好みじゃない。男ならそういう社交上不可欠な身支度をおろそかにすべきじゃないんだ。とはいえ、クライドはグリフィス一族の一員だし、そのことだけが重要であり、それ以外のことは何であれ、とにかくさしあたってはたいてい目をつぶってやるつもり。

「ええ、もってきてません」こういう危険を冒すことに価値があるのかよくわからない――この段になってもまだふっきれない――寂しいくせに――「でも、一着買うつもりでいるんですがね」とクライドは答えた。この町にやってきてからは、夜会服をもっていないことを前から気にしていたし、近ごろようやく貯めたお金から少なくとも三十五ドルは切り崩して、夜会服になりそうなスーツを一着奮発しようと考えはじめていたのだ。

ディラードはぺらぺらとしゃべりつづけ、ゼラ・シューマンの家族は金持ちとは言えない――でも、住んでる家は借家なんかじゃないし――ゼラがつき合ってるのは良家の子女が多い、などと教えてくれた。リタ・ディッカーマンだってそうです。ゼラの親父さんは、フォンダの近くのエッカート湖の畔に小さな別荘を持ってます。

夏になったら――夏の休暇や天気のいい週末なんかには、いつかわたしといっしょにあそこを訪ねてくださってもいいじゃありませんか、あなたにリタもまんざらじゃないと思ってもらえたらですけどね。なにしろリタとゼラはいつもくっついていてめったに離れないんですよ。おまけに二人とも美人なんですから。「ゼラは黒っぽい髪、リタは金髪に近いですね」その言葉には熱がこもっている。

クライドは、女たちが美人であり、このディラードという男が青天の霹靂のようにあらわれて、孤独に悩んでいる自分の現状を打破してくれようとこれほどちやほやしてくれるという事実に、気をそそられないわけにはいかなかった。でも、この男に手放しに巻きこまれてしまうのは賢いことだろうか。それが問題だ――何と言っても、この男のことをほんとうは何も知らないのだから。それに、ディラードの態度、今度のお出かけにやけに浮《うわ》ついて興奮する様子から推して、この男が女の子たちに興味を示すのは、女の子たちが属している世界に潜んでいる社交的な可能性によりも、この子たちの女としての魅力――二人が示しているある種の自由奔放さなり、うちに秘めている淫らさなり――そういうものに惹かれてるのではないかと思われる。だが、それこそおれがカンザスシティで足をすくわれた躓きの石だったじゃないか。ここライカーガスでは他のどこでよりもそのことを忘れちゃいけないんだ――今みたいに、何かもっとましな境遇に這い上がろうとしているときだというのに。

それでもやっぱり、つぎの水曜日の夜八時三十分になると二人そろって出かけていき、クライドは熱い期待に胸ふくらませた。そして九時には二人とも、この半ば宗教的、半ば社交的、半ば異性ハントの催しである教会行事のまったただ中にいた。行事の目的は教会の資金集めだった――だがじっさいに果たしている役割は、年配の者たちにはゴシップを語り合う機会を提供し、年若の教会員たちにはたがいにこきおろしたり、たとえ表向きはさりげなくてもじつは熱烈な求愛やいちゃつきがかなり活発におこなわれたりする場となることにあった。いろいろなものの売り場であるブースがあちこちに出ていて、教会員によって持ち込まれ、売り上げを教会に寄付するための売り物として、パイ、ケーキ、アイスクリームからレース、人形、あらゆるたぐいの小間物まで並べられていた。牧師のピーター・イスラエルス師とその妻も出席していた。ディラードのおじ夫妻もいた。元気はいいけれどおもしろみのない夫婦で、クライドの感じたかぎりでは、この場で世間的な威信を保てていない。夫妻はあまりにも愛想がよく、もっぱら近所づきあいの意味での社交性を発揮している。スターク社の仕入れ係だというおじさんグローヴァー・ウィルソンは、ときにはしかつめらしくもったいぶった態度をとろうと努めてはいるのだが。

この人は小柄でずんぐりしていて、服の着こなし方がよくわかっていないか、そんなことを気にする余裕もないみたい。甥のほとんど非のうちどころのない服装とは対照的に、着ているスーツはまったく身についてない。アイロンもかかってないみたいにしわだらけで、ちょっと汚れてもいる。ネクタイも同様。店員じみたもみ手をしたり、ときどきおでこにしわを寄せ、頭の後ろを掻いたりする癖がある。まるで深く考え抜いた末に到達した、この上もなく重要なことを言おうとしているかのような仕草だ。ところが、クライドにさえ見抜けたように、この人の言葉には何の重要性もありはしなかった。

がっちりと大柄なウィルソン夫人も同様。クライドに位負けしないように虚勢を張っている夫のかたわらで突っ立っている。まるまる太った顔にただただ笑顔を浮かべている。どっしりと重たげで、顔はピンク色、二重顎になりかかっている。やたらにニコニコしているのは、根っから愛想がいいし、この場では努めて行儀よくしようとしているせいだからというのが大きな理由だとしても、それだけではなく、そのときはとくにクライドが何者であるかということを意識しているせいでもあった。というのも、クライド自身にも見てとれたように、ウォルター・ディラードが、クライドはグリフィス一族の一員であるという事実を早々と親戚に告げたからだ。それにまた自分は、クライドに出くわして友人になり、今はこの土地で付き添い役を果たしているところだとも告げていた。

「ウォルターからうかがいましたが、おじさまの会社に勤めるためにこちらへいらしたばかりなんですってね。今はカピー夫人のところにご滞在中とか。夫人を個人的に存じているわけではありませんが、とても上品で洗練されたお宿を経営なさってるって評判は前から存じておりますのよ。今もあそこにお住まいのパースリーさんは、わたしと学校の同窓なんですの。わたしはもうあまりお目にかかっていませんけど。もうお会いになりまして?」

「いいえ、お目にかかったことはありません」とクライドは返した。

「そうですか。ご存じのとおり、わたしたち、この前の日曜日にあなたさまがお食事にいらしてくださるものとお待ちしていたのですけど、あいにくウォルターが家に帰らなければならなくなったものですから。でも、そのうちいらしてくださいね。いつでもかまいませんから。お迎えできたらうれしいですわ」夫人は笑顔を絶やさず、灰色がかった茶色の小さな目をきらめかせた。

クライドには見てとれたように、伯父の名声ゆえに自分はじつに社交上の掘り出し物と見なされていた。ここに集まってきている他の者たちにしても、老いも若きもその点に変わりなかった――ピーター・イスラエルス師とその妻。地元の印刷インキ販売業者であるマイカ・バンパスさんとその妻や息子。干し草、穀物、飼料の卸売り、小売り業者であるマクシミリアン・ピック夫妻。花屋のウィットネス氏。地元の不動産業者スループ夫人。この連中のなかに、サミュエル・グリフィスとその家族の評判を知らない者はいなかった。そこにいた誰にとっても少なからず興味深く奇妙に思えたのは、あれほど裕福な人物の実の甥たるクライドが、ここにきて自分たちに入りまじってくれているということだった。それでただ一つ具合が悪かったのは、クライドの態度がやけに柔和で、しかるべき図太さに欠けていることだった――押しが強くて傲慢なところがあまり見られないじゃないか。ところが、そこにいた者はたいていい、尊大さをたてまえでは非難していても、本音では敬服するようなたぐいの頭の持ち主だったのだ。

若い女の子たちときたら、クライドを社交上の掘り出し物と見なす傾向をさらにあからさまにした。ディラードがクライドとただならぬ関係にあることを誰にでもぬけぬけと見せびらかしていたからだ。「こちらはクライド・グリフィスです。サミュエル・グリフィスの甥、ギルバート・グリフィスさんのいとこなんです。おじさんの工場でカラー製造業を勉強するためにこちらにお見えになったばかりでしてね」それでもクライドは、そんな吹聴の浅薄さを見抜きながらも、それがもたらす効果に少なからずほくそえみ、感じ入った。このディラードというやつのあつかましさときたら。クライドをダシにして、ここにいる人たちに恩着せがましい態度をとるときの鉄面皮なこと。この催しのあいだクライドをあちこち引きまわし通して、ひとときたりとも独りにしておこうとしない。じじつディラードは、ここにきている女の子や若者たちで自分のお気に入りの知人ひとり残らずに、クライドが何者であり、どういう身分の人間かということを知らせてやろう、そして、そういう人間の紹介役は自分が勤めるんだ、と心に決めていた。それにまた、気に入らないやつらにはなるべく会わせないようにしてやる、とも――紹介なんかしてやるもんか。「あの娘はどうってことありません。親父さんはこの町の小さな自動車修理工場をやってるだけですからね。わたしがあなただったら、あの子は無視しますね」とか、「あの男はこのあたりじゃ大した人間じゃありません。わが社の店舗に勤めてる店員にすぎません」とか。他方、別の者たちには満面笑顔でお世辞タラタラ、あるいは最悪の場合は、社会的地位に欠ける者のために弁解してやったりする。

やがてゼラ・シューマンとリタ・ディッカーマンに紹介された。この二人は、自分たちなりの理由により少し遅れて来場したのだが、その理由のうち小さからぬ部分を占めていたのは、ここに集まってきている他の者たちよりももう少しものがわかっていて、垢抜けしていると見られたいという願望だった。その後間もなくクライドにもわかったように、この二人はたしかに違っていた――ディラードがそれまで紹介してくれた女の子たちほど単純素朴でも堅物でもない。他の者たちほど宗教的、道徳的に凝りかたまってはいないのだ。お目にかかったとたんにクライドにさえ見抜けたように、この二人はみずからそうと認めないながらも異教的な快楽を追求し、みずからの正体に忠実な生き方を貫いて、かつ世間から烙印を捺されないですむかぎりは、ぎりぎりまでその道を進もうとしている。したがって二人の態度には、初対面のあいさつをするときの雰囲気からして、この教会集団の他の者たちの口調とは、どこか違っていると感じさせるところがあった――厳密に言えば、道徳的、宗教的に不健康というのではなく、他の者たちよりもずっと闊達で、抑制や遠慮にとらわれていない。

「あら、じゃあ、あなたがクライド・グリフィスさんなのね」とゼラ・シューマンが言った。「まあ、おいとこさんとよく似てるわね。あの方がセントラル街で車を走らせてるのをよくお見かけするんですのよ。あなたのことは何かとウォルターからうかがってますわ。ライカーガスはお気に召して？」

「ウォルター」という呼び方のみならず、その声にこめられた親密で我がもの顔の調子をも聞きつけて、クライドはすぐに、この女がディラードの言っている以上に親しく気のおけない関係にあるつもりになっているにちがいないと感じとった。深紅のビロードのリボンを喉元で蝶結びにして、耳には小さなガーネットのイヤリングをつけ、とてもすっきりとして体にぴったり合い、裾ひだをたっぷりあしらった黒のドレスを着ていたから、自分の体型をあらわにすることに抗うどころか得意がっていることを見せつけているようだった。それでいて同時につつましく、やや控えめな態度を装っていて、さもなければこのような場では物議を醸すこと間違いなしという体裁である。

他方リタ・ディッカーマンは豊潤なブロンド系で、ピンク色の頬、明るい栗色の髪、青灰色の眼をしていた。ゼラ・シューマンの特徴である攻撃的な抜け目なさには欠けているが、それでもクライドから見るとリタも、秘められてはいても奔放なゼラの気風と釣りあっているような何かを発散していた。クライドにも見てとれたように、リタの態度はゼラほどの隠れた無鉄砲さは感じられず従順であって、生まれついて誘うような色気があるだけでなく、触れなば落ちん風情でもあった。この子がおれの気を引く手はずになっているのだな。リタはゼラ・シューマンにすっかり魅せられ、その尻を追いかけていたから、この二人の女性は切っても切り離せない仲になっていた。それでもクライドに紹介されると、とろけるような官能的な笑顔を見せてくれたので、クライドは少なからず動揺した。というのも、ここライカーガスでは、みずからに言い聞かせていたように、自分が誰と親しくするかという点に関してはいたって気をつけなければならなかったからだ。しかしながら、困ったことに、ホーテンス・ブリッグズの場合と同様にリタも、クライドを悩ますような親近感を、たとえ背徳的でもなく微かではあってもかき立ててくれた。でもおれは慎重でなければならない。こういった女たちの態度だけでなく、ディラードがほのめかしていたようなこんななれなれしい付きあい方こそまさに、以前おれを面倒に巻きこんだ元凶だったじゃないか。

あいさつ代わりの簡単な言葉を二、三やりとりしたあと、ディラードは「さあ、ちょっとアイスクリームとケーキを食べませんか」と提案した。「そのあとなら、ここからいっしょに抜け出してもいいでしょ。お二人はいっしょに一回りして、何人かにちょっと声をかけてきてください。そのあとアイスクリーム売り場で落ち合いましょう。食べたあとは、あなたたちさえよければ、わたしたちいっしょにここから出ていくってわけ。いかがですか」

ディラードは「どうすればいいか心得ているだろう」と言わぬばかりの顔つきでゼラ・シューマンに目配せし、ゼラはニッコリ微笑んで答える。「それがいいわね。このまますぐに抜け出すわけにもいかないものね。あそこにいとこのメアリーが見えるし、お母さまもいる。フレッド・ブルックナーも。リタとあたしだけでしばらく一回りしてくるわ。そのあとで合流するわ。いい?」するとリタ・ディッカーマンもすぐに、もう通じ合っているかのような親しみのこもった笑顔をクライドに向けた。

二十分ばかりぶらぶらしたり出店を冷やかしたりしたあと、ディラードはゼラから合図を受けとり、クライドといっしょにアイスクリーム売り場で足を止めた。部屋の真ん中に椅子を何脚か並べてある売り場だ。間もなくゼラとリタが何気なしに加わり、そろってアイスクリームとケーキを食べた。そのあとは一応の義理は果たしたし、そろそろ帰っていく人も出てきたところで、ディラードは「ずらかりましょうや。きみの家に押しかけていってもかまわないでしょうね」と言った。

「もちろんよ」とゼラは小声で言い、四人そろってクロークへ向かった。クライドはこんなことをしてもいいのか、まだ確信がなかったから、口数がちょっと少なくなった。リタに惹かれているのかどうか、自分でもわからなかった。だが、通りに出て、教会も、催しから出てきて家路についた人たちも見えないところまでくると、クライドとリタが連れだって歩くかたちになっていた。先のほうではゼラとディラードが連れだって歩いている。クライドは礼儀上そうしなければと思ってリタと腕を組んだが、リタはたくみにその腕をはずし、あたたかな手で愛撫するようにクライドの肘をつかんだ。そして肩と肩が触れあうようにぴったりと寄りそってきてなかばもたれかかりながら、ライカーガスでの暮らしぶりについておしゃべりしだした。

その声には毛皮でなでられるような感じがつきまとうようになった。クライドはそれが気に入った。その身体にはどことなく物憂くけだるい気配がただよい、光線か電子のようなものを発して、クライドを意志に反してそそのかし、おびき寄せる。その腕を愛撫したくなり、その気になればそうすることもできそうだと感じた――腰に手をまわすことさえできそうだし、しかもこんなにも早々にそんなことしてもいいみたいじゃないか。だが、思い返すだけの抜け目のなさは失っていなかった。待てよ、おれはグリフィス家の一員じゃないか――ライカーガスのグリフィス家の――そのためにこんな特別扱いされることになる――おかげで、この教会の親睦会にきた女の子たち誰もがおれに興味をもち、親しげにするみたいに見えるんだ。けれどそう思いつつも、クライドはリタの腕をほんの少し力をこめて抱き寄せてみたが、別に憤慨されたり文句を言われたりしなかった。

こうしてシューマン家の住まいに着いた。古風な大きな四角い木造家屋で、角張った小塔がついていて、庭木や芝生に囲まれ、道路から引っ込んだところに立っていた。四人はそのなかに入ると、クライドがこれまで住んだことのあるどの家よりもはるかに立派な家具調度の居間でくつろいだ。ディラードはすぐにレコードを選びはじめた。とても慣れているふうだ。それからかなり大きな絨毯を二枚引きはがして、滑らかなハードウッドフロアをむき出しにした。

「ここのいい点は、この家や庭木やソフトトーンのレコード針なんでしてね」ディラードがそんなことを言うのは、言うまでもなくクライドに教えようというつもりなのだ。クライドはこの町での自分の行動に気をつけているすこぶる抜け目のない人間かもしれない、いや、きっとそうだ、とまだ思い込んでいるのだ。「この蓄音機の音は通りには聞こえないんですよ、そうだろ、ゼル。二階にもね、ほんとうに。ソフトのレコード針を使えばね。ここに何回かきて蓄音機かけて、朝方三時か四時までダンスしたことあるけど、二階の親父さんたちは気づきもしなかったんです、そうだろ、ゼル」

「そのとおりよ。でも、お父さまはちょっと耳が遠いし、お母さまも部屋にこもって本を読みはじめると何も聞こえなくなってしまうんですもの。おまけに音が聞こえにくい家だから」

「おや、この町の人たちはそんなにダンスに反対しているんですか」とクライドは尋ねた。

「なあに、反対なんかしてませんよ――工場の人たちはね――ちっとも」とディラードは口をはさんだ。「でも、教会の人たちは反対してます。わたしのおじ夫婦も反対してますよ。今晩教会で会った人たちはほとんど全員ね。ゼルとリタは別ですが」その二人には、大いに目をかけて励ますような顔をしてみせる。「お二人とも心が広いから、そんなつまらんことに頭を使ったりしませんよ。そうだろ、ゼル」

ディラードにすっかり惚れ込んでいるこの若い娘は、笑ってうなずいた。「そのとおりよ。ダンスのどこが悪いのか、あたしにはわからないわ」

「わたしもよ」とリタが口を出す。「お父さまもお母さまも同じ。ただそんなことについて何も言いたがらないし、わたしにもっとやってもらいたいと言いたいわけでもないのでしょうけどね」

ディラードはすでに「茶色の瞳」〔一九二五年、アルフレッド・ブライアン作詞、ジョージ・W・メイヤー作曲の流行歌〕という曲をかけていた。それでクライドとリタ、ディラードとゼラが踊りだした。クライドは相手の子と、自分でもどうなるのか見当がつかないような深みに、ぐいぐいと引き込まれていきそうな気がしてきた。リタは情熱的にダンスに熱中した――体をくねらせ揺さぶり、抑圧されてきたあらゆる種類の情欲をうかがわせる。また唇にも、こうしたがっていた欲望を暗示するような抒情的な笑みがすぐにまつわりだす。それにすごくきれいだ。ことにダンスして微笑んでいると、いつもよりずっときれいだ。

「ふるいつきたくなるような女だな」とクライドは思った。「ちょっと甘すぎるところもあるけど。誰にだってそれと変わらない付きあい方をするんだろうけど、おれが名うての人物であると見込んでるから、気に入ってくれてるんだ」するとちょうどそのときリタは「とっても楽しいじゃありません？　だって、グリフィスさん、ほんとにダンスがお上手なんですもの」と言ってくれた。

「いいえ、とんでもありません」と答えながら、相手の目をのぞき込むように笑いかける。「あなたこそ天性の踊り手ですよ。ぼくが踊れるのもあなたがいっしょにダンスしてくれてるからです」

リタの腕はたっぷりとしてやわらかであり、胸が年の割に大きいことをクライドはすでに感じとっていた。ダンスに有頂天になっているそのさまを目にすると陶然としてくる。その身ぶりには挑発がこめられているのに近い。

「茶色の瞳」が終わったとたんディラードは「今度は『ラブ・ボート』［一九二〇年、ジーン・バック作詞、ヴィクター・ハーバート作曲の流行歌］をかけましょう」と声をあげた。「今度はあなたとゼラがいっしょに踊ってください。リタとわたしはスピンをやりますから。いいだろ、リタ」

ところがディラードは、もともとダンスを楽しんでいるばかりか自分の踊り手としての才能に惚れ込んでいるものだから、つぎのレコードをかける前に、もう待ちきれないとばかりにリタの腕をとって踊りだし、あちらこちらへ滑るように動いていっては、クライドなどにはとても真似できないようなステップやフィガー［社交ダンスの型のこと］をしてみせ、すぐに自分の踊り手としての優秀なところを見せつけた。そうしたあげくにディラードはクライドに「ラブ・ボート」をかけてくれと頼んだ。

だが、一度ゼラと踊ったあとにはクライドにも呑みこめたのだが、こういうやり方は、ともにいい相手を得た二組のカップルが、けっしてたがいに邪魔しあうことなく、それどころか、それぞれの組でうまく事を運べるように、たがいに助け合うさまざまな企てを通じて愉快につき合っていこうという計画なのだった。それにしても、クライドと踊っているあいだゼラは、ダンスはうまいし話もそらさないのだけれど、関心はディラードにあってディラードだけを気にし、ずっといっしょにいたいのだということを、クライドにも感じとらせた。その証拠に、二、三曲ダンスをしたあと、クライドとリタがソファに腰かけて話をしていると、ゼラとディラードは部屋から出ていき、飲み物をとりに台所へ行ってしまう。しかも、クライドがうかがっていると、飲み物一杯とりにいくにしてはずいぶん長い間帰ってこなかった。

そして同じく、この合間に、クライドとリタはさらに間近に身を寄せ合うことになったのは、まるでリタが謀ったかのようだった。というのもリタは、ソファの上で交わしていた話がちょっとはかどらなくなってきたと思ったら立ち上がり、何のきっかけもなく――音楽をかけるわけでもなく、言葉をかけるわけでもなく――もっと踊ろうと手招きをしたのだ。さっきディラードとダンスしたときのステップをクライドに教えてやろうというふりをした。だが、そのステップの按配からして、リタとクライドは前よりもいっそうくっつきあうことになった――ほんとうにぴったりと。それほど密接に接触して立ち、クライドの肘や腕をとってどう動かすか教えてくれていると、リタの顔や頬が間近に迫ってくる――クライドの意志や決意ではこらえきれないほど間近に。自分の頬をリタの頬に押しつけると、リタは笑みを浮かべて向き直り、励ますようなまなざしを投げかけてくる。そのとたん、自制心は消え、唇にキスした。それからもう一度――また何度も。するとリタは、顔を退くのではないかと思ったのに、退くどころかキスされるままになっている――もっとキスできるように、顔の位置を変えもせずにじっとしている。

そこでもう、ぴったりくっついている温かな体がぐったりともたれかかってきて、こちらの唇の動きに応じて相手の唇が押しつけられてくるのを感じると、クライドは急に、自分には変えることも言い逃れることも容易にはできない関係にはまり込んだことを悟った。それにまた、抵抗することもはなはだ困難であることも。おれはこの女が好きになっているし、明らかにこの女もおれが好きなんだから。

第九章

つかの間の戦慄と歓喜を味わったこのようないきさつからクライドは、この土地で自分がどう振る舞うべきかという問題にまたもや突き当たる仕儀にもなった。というのも現にこの女がいて、こんな直截にして思わせぶりなやり方で接近してきてるからだ。しかも、この町では振る舞い方をすっかり変えると自分自身にも母さんにも言ってからまだ間もないのに――カンザスシティでの破滅の原因となったような付きあい方や関係はもうこりごりだと。なのに――なのに――

クライドはそそのかされて苦しいほどだった。リタとの接触から、今度は自分のほうからさらに関係を深める手順を踏むように期待されていることが、ひしひしとわかったからだ。でもどうやって、どこで。このだだっ広い、勝手のわからぬ家でというわけにいくまい。ディラードとゼラがこれ見よがしに引きこもってしまった台所とは別の部屋もないわけではない。でも、だからといって、そんな関係にはまってしまったら！ そのときはどうなる。そんな関係を続けていくものと期待されないだろうか。さもなければ、これっきりにした場合に生じかねない感情的なもつれにとらわれてしまわないだろうか。クライドはリタとダンスしながら大胆かつ猛然たる勢いで愛撫した。だが、そうしながらも考えていたのは、「それにしてもこんなことをおれはしちゃいけないはずだったのでは。ここはライカーガスなのに。おれはこの町のグリフィス一族の一員なのに。この連中がおれをどう思ってるか、おれにはわかってる――親たちの気持ちだって。おれはほんとうにこの娘が好きなんだろうか。この子はすぐその気になるたちみたいじゃないか。それじゃあ、ここでのおれの将来を考えてみたら、危険とまでは言わないにしても釈然としないな――あまりにも早くなれなれしくしてくるんだもの」クライドが感じていたのは、カンザスシティの売春宿で経験したあの気持ちといくぶん似通った気分だった――引きつけられながらも嫌悪感をかき立てられる。キスしたり愛撫したりしながらもやや自制して、それ以上に進めないでいるうちに、ようやくディラードとゼラが戻ってきた。そうなるともう、それまでのようにいちゃつくわけにはいかなくなった。

どこかで時計が二時を打つ音がして、リタは帰らなければいけないと突然気づく――あまり遅くまで外出してると親たちに叱られるわ。だがディラードはゼラから離れる気配も見せなかったから、当然クライドがリタを家まで送ることになった。うれしかるべき運びだったが、双方とも何となく期待はずれで挫折感を味わっていたために、気持ちは浮き立たなかった。おれはこの子の期待に応えられなかったんだな、とクライドは思った。わたしがせっかく誘いをかけてやったのに、どうやらこの人はそれに乗ってくるだけの勇気もまだないのね。そんなふうにリタは解釈していた。

リタの家まではそれほど遠くなかったし、近いうちにまた会えたらもっとうまくいくかもしれないと匂わせるような話を交わしながら歩いていった――家の前に着いてもリタはまぎれもなく誘いかける素振りだった。二人はそこで別れたが、それでもクライドは、この新しい異性関係があまりにも速く進みすぎてると考えていた。この土地でこんな関係をもつようになってもいいのか、自信がなかった――とにかく早すぎる。この町にくる前にしてきたあの立派な決心は、どこに行ってしまったのか。これからどうしようというのか。しかしながら、リタの官能的な肉体の温かみや磁力ゆえに、クライドはみずからの決心をいまいましく思い、そんな決心なんかに煩わされずに振る舞うことができないのを腹立たしく思った。

このいきさつについて最終的にクライドの進退を決定した二つのできごとは、ごく短期間に相継いで起きた。一つはグリフィス家の人びと自身の態度に関連していた。ギルバートを別にすれば、家族みんながクライドに反感をもったり、まったくの無関心だったりというわけではなく、問題はむしろ、まずリミュエル・グリフィスも、また父親の影響で他の家族たちも、少しくらいは好意を示してやるか、ときどきは誠意をもって相談に乗ってやるかしなければ、クライドがこの町で孤独と言えないまでも容易でない立場に立たされるということを理解しそこねていた点にあった。しかしサミュエル・グリフィスは常に多忙を極めていたから、少なくとも最初の一ヶ月間はクライドに思いをめぐらすことなどほとんどなかった。聞き及んだところでは、クライドはこの町にきてちゃんと勤め口に就き、ゆくゆくはきちんと面倒を見てもらえるはずだ――少なくとも今の段階ではその程度でじゅうぶんではないか。

それでまるまる五週間も何の措置もなされず、おかげでギルバート・グリフィスもほっとしていたが、クライドは地下作業室の世界で、自分にどういう待遇が与えられることになっているのかいぶかしく思いながら、見通しのない日々を送るままに放置されていた。ディラードやあの女の子たちをはじめとする周りの人びとがとる態度のために、しまいには、ここにおけるクライドの立場が妙にちぐはぐなものに見えはじめた。

しかしながら、クライドがやってきてから約一ヶ月経った頃、クライドについての報告がギルバートからはさっぱり出てこなかったので、父親は自分のほうからある日こう質問した。

「さて、おまえのいとこはどんな具合かね。近ごろどうしてるんだ」

そこでギルバートは、この質問がどんな話につながるのかちょっぴりながらも不安に思いつつ、「ああ、あの男なら問題ありませんよ。手始めに防縮加工室で働いてもらってます。それでいいでしょ」と答えた。

「ああ、それでいいだろう。あれが最初に就く部署としては申し分ないとわしも思うよ。それより、おまえはこれまで見てきたかぎりであれをどんな人間だと思うんだ」

「まあ、どうでしょうかね」ギルバートはごく控えめに、それでいて自分独自の見解をきっぱりと述べた——父親が日頃感心している態度である——「大した人物じゃありませんね。そこそこってところでしょう。何とかやってけるかもしれませんがね。この業界で頭角をあらわすような男になるとは思えませんよ。何の教育もろくに受けてないですしね。誰が見たってすぐわかりますよ。それに見かけがどうも積極性に欠けてるし、活気も乏しい。線が細すぎるんだと思います。でも、こきおろす気はありません。こなしていけるかもしれませんから。お父さんの気に入ってるんですから、ぼくの見方のほうが間違っているかもしれません。それにしてもぼくには、あの男がここにやってきたのは、親戚だからというだけでお父さんに特別な世話をしてもらえる、なんて考えてるからじゃないかって思えてならないんですよ」

「ほほう、そんなふうに考えてるんだって。まあ、そうだとしたら考え違いということだよ」だが、それだけで打ち切らず、冷やかすような笑いを浮かべながら、こう言い足した。「だがね、あれもおまえが思ってるほど物事を知らないわけでないかもしれないぞ。まだこっちにきてあまり日も経っていないのだから、わしらにはほんとうのところが見抜けてないんじゃないか。シカゴで会ったときは、そんな考え違いをするようには見えなかったがな。それに、たとえあれが世界最高の才能の持ち主じゃないとしても、会社にはいろいろな部署がこまごまとたくさんあるから、あれの性に合っていいてやっていけそうな、会社にとっても大して無駄にならないような職場も見つかるんじゃないか。一生つまらん仕事をしてもかまわんというなら、こっちの知ったことじゃない。わしにはどうしようもないからな。だが、いずれにしても、あれを放り出す気にはまだどうしてもなれんのだ。それに出来高払いの労働者をさせたくもない。世間体がよくないだろう。何と言ってもあれはわしらの親戚なんだからな。まあ、しばらくは気ままにさせておいて、独力ではどうするのか見ててやろうじゃないか」

「わかりました、親父さん」と息子は答えた。父親がうっかりして、クライドを今の職場に——工場のなかでは最下層の部署にとどまらせることにしてくれそうだと期待していたのだ。

ところが、あに図らんや期待に反して、サミュエル・グリフィスはこうつけ加えるに及んだ。「近いうちにあれを家に招いてご馳走してやらねばなるまいね。前から考えていたんだが、これまでわしにその余裕がなかったんでな。もっと前にお母さんに言っておくべきだったんだが。まだ家にきたことはないのだね」

「はい、ぼくの知るかぎりきたことはありません」ギルバートは不機嫌そうに答えた。こんな話はまったく気に入らなかったが、その場で反対を言いだすほど機転が利かないわけでもない。「家の者たちもお父さんが何か言いだすのを待っていたんだと思いますがね」

「よろしい」とサミュエルは話を続ける。「あれがどこに住んでるのか調べて、きてもらうように手配してくれ。つぎの日曜日でも悪くないだろう。他に何か予定でもないかぎりはな」息子の目に疑問ないし不賛成の色がちらつくのに気づいて、言い足す。「ギル、何と言ってもあれはわしの甥であり、おまえのいとこなんだぞ。だからまったく無視するわけにはいかんのだ。そんなことしたら道義にも反するだろ。今晩お母さんに伝えてくれないか。でなきゃわしが伝えよう。そして手配するんだ」何かの書類を探すために開けていた机の引き出しを閉めると、立ち上がって帽子とコートを手に取り、執務室を出ていった。

この話し合いの結果、クライドのもとに招待状が届いた。つぎの日曜日、六時三十分にグリフィス邸においでくださり、家族と食事をともにしていただきたいというのだった。日曜日の一時三十分には家族の正餐が用意され、そこにふだんはさまざまな地元の友人や遠来の客のなかから一、二名かわるがわる招待されて同席する。六時三十分にはそういう客もたいてい帰ってしまい、ときには家族のなかの一人二人も外出するので、グリフィス夫妻とマイラが残り物の料理を囲む食事となる――ベラやギルバートは余所で予定されている会合に出かけていくのが通例になっている。

　しかし今回は、グリフィス夫人とマイラとベラが相談の上決めたことによれば、家族全員が同席することになった。ただしギルバートは、別の約束があっただけでなくもともとその気になれなかったから、ほんのちょっとだけ顔を出してから出かけると言い訳した。こうして、ギルバートが内心ほくそ笑みながら見てとったように、クライドは招待され、食事をともにするとしても、午後にたまたま訪れてくるかもしれないもっと重要な客人たちに接触したり、紹介されたり、説明されたりする事態は起きそうもなくなったわけである。それに家族は、自分たちがどんなふうに関わろうとしているのかを伏せたまま、この親戚をみずからの目で観察し、ほんとうはどう考えたらいいか決める機会も与えられるわけだ。

　だが、もう一方のできごととして、ディラードやリタ、ゼラとの関係で新たな展開が生じてきた。あの関係から引き起こされた進退にかかわる問題ゆえに、グリフィス家で決められたこのほかならぬ招待とかち合うことになる展開である。というのも、シューマンの家で過ごしたあの夜のあと、また、あのときクライドがためらったにもかかわらずリタ自身を含めた三名は相変わらず、クライドがリタの魅力にまいったにちがいない、いや、少なくともまいるだろうと確信していたので、それとなくいろいろなことを持ちかけてきたばかりか、ついには、ディラードから、自分とクライド、それにあの二人の女の子とのあいだにゆるぎない仲間意識が打ち立てられたからには、いっしょにどこかに週末旅行へ出かけようという、直截な招待とも提案ともつかぬ話まで聞かされる羽目になった――ユティカかオルバニーに行ければいいよね。あの子たちももちろんいっしょだ。そんなことうまく話がつけられるかどうか、クライドが疑ったり不安に思っているなら、リタにあんたとつき合えとゼラを通じて説得してやってもいい。「あの子はあなたが好きだってこと、おわかりでしょう。ゼラが先日ぼくに話してくれたことによると、あの子はあなたを男前だと思うって言ってたそうですよ。あなたも相当の女たらしですな、えー」そこでクライドは、ディラードに脇腹を愛想よく親しげにこづかれた――この新しい高尚な世界に暮らすようになったと思いはじめたおれに、こんな真似しやがって――それに、この町でのおれの立場を考えてみれば、こんなことされて、通例のように肝胆相照らす仲のしるしと受けとっていい気になることなんかできるものか。こういうやつらときたら、自分たちよりも多少上流の人間と見るとやけに厚かましく出しゃばってきやがって！　こちらはお見通しさ！

　同時に、こいつが今もちだしてきているこの提案は――ワクワクするような魅力的な話と見えないこともないけれど――はてしない面倒を引き起こしてくれることにもなりそう――そうじゃないだろうか。そもそもおれには金がない――ここでは今のところ週給わずか十五ドルだ――それでこんな豪勢な遠出にかまけるものと期待されたって、フン、どうにもできないのは言うまでもないや。汽車賃、食事代、ホテルの宿泊費、おそらく二人で乗るタクシー代も要るだろう。それに遠出のあとはこのリタという女と昵懇になるだろうが、どんな女なのかまだほとんど知りもしないんだ。それに、ここライカーガスでもさしでがましくおれに対して親しげに振る舞いだすのじゃないか、もしかしたら――しょっちゅう訪ねてきてほしいと言いだしたり――あっちこっちに連れていってほしいとか――そうなったら――そりゃヤバイ――もしグリフィス家の人たち――いとこのギルバートなんかの耳に入ったり、目についたりしたら。ゼラはライカーガスのあちこちの街頭でギルバートをしょっちゅう見かけるって言ってたじゃないか。それにおれたちがどこかであいつとばったり会ったりしないだろうか――いつか――おれたち四人がいっしょにいるときなんかに。そしたら、ディラードのような、けっきょくはたかが店員風情にすぎないようなやつと親しくしている男であるというのが、おれの通り相場になってしまうじゃないか。それで、この土地でのおれの出世の道もおしまいということになりかねないや！　遠出の結果がどういうことになるか、わかったものではないぞ。

　クライドは咳払いをしてから、あれこれ言い訳をした。ちょうど今は仕事がしこたまたまってまして。そのうえ――そういう思い切ったことをするのは――まずよく見きわめなければ。親戚のこともありますから、おわかりでしょう。おまけに今度の日曜日とそのつぎの日曜日は、工場で臨時の仕事が入っているので、ライカーガスから離れるわけにはいかないんですよ。そのあとでなら考えてみますが。クライドは実のところ、優柔不断の性格から——それに、リタの魅力についてのさまざまな悩ましい思いがちらちらとよみがえってくるので、やってみるのもいいのじゃないかなどと迷っていた——巻きこまれまいという決心はどこへやら、二、三週間はできるだけ倹約暮らしをして、何とか行くことにするほうがいいかな。新しい夜会服と折りたたみシルクハットを買うために多少は貯蓄してきたことだし。その一部を使ったらよくないか——この計画がまったく無茶だとはわかっているのだけれど。

あの色白で、ふっくらして、肉感的なリタ！

ところがちょうどそのとき、まったく同時にというわけではないが——そのあと少し経ってから、グリフィス家からの招待状が届く。クライドはある夜、仕事帰り、すっかり疲れきっているくせに、ディラードが提案したあの楽しげな遠出計画について考え込みながら、部屋に戻ってきてみると、テーブルの上に手紙が置いてあった。分厚く上質の紙を使っていて、留守中にグリフィス家の召使いが届けにきた手紙だった。封筒の折り返しに「E・G」というイニシャルが型押しされてくっきりと浮き出ていたから、ますます印象的だった。すぐに封を切って、食い入るように読んだ。

親愛なるわが甥へ

貴方がこちらにいらしたあと主人は留守がちでしたので、前からお招きしたいとは思っていたのですが、主人に余裕ができるまで待つのが最善と思慮したしだいです。近ごろは主人も余裕ができましたので、ご都合許すかぎり、今度の日曜日六時、夕食においでいただければ幸甚です。ごく内輪の——うちの者たちだけでの——食事ですので、おいでになれる、なれないにかかわらず、お手紙やお電話でのお返事をくださるには及びません。また、とくに正装していらっしゃる必要もございません。ただご都合よろしければおいでください。お目にかかることができれば幸いです。

敬具、伯母より、

エリザベス・グリフィス

これを読んだとたんクライドは、これまでずっと何の便りももらえず、厭でたまらない防縮加工室での仕事を果たしてきたあいだ、立身出世を目ざす自分の苦心もけっきょく無駄となるかもしれないし、偉い親戚からは除け者にされてまともな接触なんかできそうもないという思いに、だんだん押しつぶされそうになっていたから、きわめてロマンチックで現実離れした空想で心をときめかせた。だって、これを見るがいい——こんな仰々しい手紙がここに届いていて、「お目にかかることができれば幸いです」とあるじゃないか。これはどうも、あの人たちもやっぱりたぶん、おれをそんなに見下げてはいないことを示してるようだぞ。サミュエル・グリフィスさんはずっと留守だったのか。そういうわけだったんだ。これで伯母さんやいとこたちに会って、あの大邸宅の内部も見られるぞ。すごくすばらしいにちがいない。これからはおれを引き立ててさえくれるかもしれない——先のことはわからないからな。それにしても、今になって取り立ててもらえるなんて、絶妙だな。何もしてくれそうもないとあきらめる寸前だったのに。

するとさっそく、ゼラやディラードは別にしてもリタに対して抱いていた弱みだけでなく興味さえ、雲散霧消していった。何だって！　このおれが——グリフィス一族の一員が——この町での社会的地位からしてはるか下にいるような連中と交わるなんて、しかも、あのお偉い家族とのコネを危うくするような危険を冒して。とんでもない！　そんなことはたいへんな間違いになる。ちょうどこんなときに届いたこの手紙が、それを実証してくれてるじゃないか。それに幸いなことに——（何て運がよかったんだ！）——おれもいい勘してたから、まだ何にも深入りしていない。だからこうなったら、大して苦労もせずに、どうせいずれそうしなければならなくなりそうだから、ディラードとのこんな付きあいから徐々に身を退くことも――カピー夫人の下宿屋から引き払うことも――もし必要になったらできるというもの。あるいは、おじさんから注意を受けたなんて言ってやってもいい――何でもいいから、とにかくこの連中とはもういっしょに出歩いたりしないことだ。それはもううまくない。そんなことしてたら、この新しい展開に沿ったおれの胸算用が台無しになっちまう。だからクライドは、リタとかユティカとかのことで頭を悩まさなくなり、またもやグリフィス家における家庭生活がどんなものなのか、家族がどんなすばらしい土地を訪れ、どんな興味深い人たちとつき合うのか、想像するようになった。そして急に夜会服、あるいは少なくともタキシードとズボンを買う必要を思い出した。そこで翌朝、ケメラーさんから十一時に会社を出て一時までは戻らなくてもいいという許可をもらい、そのあいだに何とか上着とズボンとエナメル革の靴、それに絹製の白いマフラーを買いそろえ、今まで貯めていたお金で払った。こういういでたちならだいじょうぶと思えた。好印象を与えなければならないのだ。

そのときから日曜の夜までのあいだクライドはずっと、リタとかディラードとかゼラなんかのことはもう思い浮かべもせず、今度の招待について考えつづけた。あんな立派な人たちにお目通りが許されるなんて、ちょっとした事件であるのは明らかだ。

こういう成り行きすべてにとって唯一の難点は、クライドにもじゅうぶん感じとっていたように、ほかならぬギルバート・グリフィスだった。いつどこで会っても、やけにきつく冷たい目でじろじろ探ってくる。あの男も同席するのかもしれないが、そうなったらきっとあの偉そうな態度をとるだろうな。できればおれに、劣った地位にあることを思い知らせようとする――そしてクライドには、ときにはそれを思い知らされたと認めてしまうような弱さがあった。それに、この家族の前であまりいいふりしようとすると、ギルバートはあとで工場の仕事にからめて何とか腹いせしようとしてくるにちがいない。たとえば、おれのことについて不利な話ばかりを父親に吹き込むように仕組むかもしれない。そして、こんなせこい防縮加工室にとめおかれ、それっきり放って置かれるようになったら、出世の見込みもへったくれもあるもんか。ここにやってきてみたら、ほかならぬこのギルバートという自分とそっくりとも言えるぐらいのやつがいて、どう見ても何の理由もないのにおれに反発してくるなんて、まさに運としか言いようがない。

しかし、懸念はいろいろあるにせよ、この機会をできるだけ有効に活かそうと心に決めた。そこで日曜日の夜六時にグリフィス邸に向かった。目前に待ちかまえる試練のために神経がぎりぎりまで張りつめていた。錬鉄製で大きなアーチ型の正門の前に立った。そこからレンガ敷きの広い歩道がカーブを描いて正面玄関まで続いている。大きな鉄の門扉を押さえてある重い掛け金をはずしながら、冒険に乗り出す重圧に身震いするほどだった。歩道をたどって玄関へ向かうあいだも、自分が批評的な目で観察されているにちがいないと感じる。たぶんサミュエル・グリフィスさんかギルバート・グリフィスさん、あるいは二人の姉妹のどちらか一方が、あのずっしりとしたカーテンの掛かっている窓のどれかから、まさに今おれを覗き見てるんだ。階下には照明がいくつか灯り、柔らかく招き寄せるような光を放っている。

しかし、つかの間に気分はがらりと変わる。というのも、すぐに召使いがドアを開けてコートを受けとると、広々とした居間に招き入れてくれたからだ。息をのむほどすごい部屋だった。グリーンデヴィッドソンやユニオンリーグに勤めてきたクライドから見ても、これはみごとな部屋だった。すばらしい家具や、高価そうな絨毯、壁掛けがふんだんに配されている。広くて高い暖炉には火が燃えさかり、その前を囲むようにソファーや椅子がたくさん並んでいる。あちこちにランプや背の高い時計や大きなテーブルが置いてある。部屋に入ったときは誰もいなかったが、クライドがもじもじしながら辺りを見まわしているうちに、やがて背後に衣擦れの音が聞こえてきた。階上の部屋から降りてくる大階段があるほうからだ。すると階段にグリフィス夫人があらわれ、こちらへやってくる。そつがなく、やせ形で、容色に影をさす歳は隠せない女性である。だが足どりはきびきびしているし、態度は、いつもの癖であたりさわりのないものだったにしろ、礼儀正しかった。だから少し言葉を交わすうちにクライドも、落ち着きを取りもどせて、この女性の前ではかなり人心地がついた。

「甥御さんですのね」と言って、夫人は微笑んだ。

「はい」とクライドはあっさりと答えた。そして自意識過剰のためにいつもに似合わぬ重みをこめて「クライド・グリフィスでございます」と言った。

「お目にかかれてうれしゅうございますわ。私どもの家によくおいでくださいました」グリフィス夫人は、この土地の上流社会と長年接してきたおかげでようやく身についてきた相当の落ち着きを見せつつ話しはじめた。「子どもたちももちろん喜びますわ。ベラは今ちょっと外に出ております。ギルバートも出ていますが、二人とも間もなく帰ってくると思います。主人は休息中ですが、つい今しがた足音が聞こえてましたから、すぐに降りてきますわ。こちらにお掛けになりません?」二人のあいだにあった大きな長椅子を指して言った。「日曜の夜はほとんどいつもこの家で家族だけの食事をいたしますの。それで、おいでいただければ水入らずでお目にかかれるからいいのじゃないかしらと思ったしだいでしてね。ライカーガスはもうお気に召しまして?」

夫人は暖炉の火の前にあった大きな長椅子の一つに身をもたせかけ、クライドはややぎこちなく、夫人に敬意を表して距離をおいたところに腰かけた。

「はあ、たいへん気に入っております」つとめて感じよく、笑顔を見せながら言う。「もちろんまだろくに見てはいないのですけど、これまで見たかぎりでは気に入りました。この通りなんか、どこでも見たことのないほどすばらしいですね」さらに熱をこめてつけ加える。「お屋敷はどれもとても大きくて、敷地も美しいですものね」

「ええ、ライカーガスのこのあたりの者もワイキーギー街を自慢してますのよ」グリフィス夫人は微笑んだ。この通りに面した自分の家が優美で高級であることにかぎりない満足を覚えていたのだ。ここまで登りつめるまで夫とともにどれほど長年苦労してきたことか。「この通りを目にした人は誰でもみんな同じように感動するみたいですの。この通りが設計されたのは昔、ライカーガスがまだほんの小村にすぎなかった頃でした。今のようにきれいになってきたのは、この十五年足らずのことなんですのよ。

「そんなことよりも、ご両親のことについてお聞きかせくださいな。もちろんご存じでしょうけど、なにしろわたし、一度もお目にかかったことがないのですもの。主人がよくご両親のお噂するのは聞いてます――いえ、つまり主人の弟のお噂ですけど」と訂正する。「お母さまには主人もまだお目にかかっていないと思いますわ。お父さまはお元気ですか」

「はあ、いたって元気です」とクライドはあっさりと答える。「母も元気です。今はデンヴァーに住んでいます。しばらく家族でカンザスシティに住んでいましたが、三年前に引っ越しまして。つい先日母から手紙をもらいました。万事順調と書いてました」

「じゃあ、お母さまと文通を続けていらっしゃるんですのね。すばらしいわ」夫人は顔をほころばせた。クライドの容貌に惹かれ、総じてむしろ魅入られるようになっていたからだ。とてもきちんとしていて、どこに出しても見苦しくなく、自分の息子とあまりにも似ているので、はじめはちょっとギョッとしたが、そのために引きつけられもした。強いて言えば、クライドのほうが背が高く、身体つきもしっかりしているから、男前は上だった。ただしその点を認める気に夫人はどうしてもなれない。というのも夫人から見てギルバートは、真情でもあり習慣でもある愛情表現を演じつつ、ときには母親の自分にさえ狭量で侮蔑的な態度をとるけれども、誰の前であろうと自分を押し出し自説を譲らない、活力満々の勇猛果敢な人物であることに変わりなかったからだ。それに対してクライドときたら、人当たりが柔らかで、ぼうっとしていて、たどたどしい。息子の力強さは、夫の持って生まれた才能を受け継いでいるちがいないけれど、ギルバートに似ていなくもないわたしの家系の血筋のおかげもあるはず。他方クライドはおそらく、両親の人間的卑小さから弱さを受け継いだのよ。

この問題を息子に軍配を上げるかたちで解決すると、グリフィス夫人はクライドの兄弟姉妹について尋ねようとしかかったのだが、そのときサミュエル・グリフィスがやってきたので、話は打ち切られた。サミュエルは、立ち上がったクライドをあらためて鋭い目つきでぐるりと検分し、少なくとも外見は文句のつけどころがないと見てとると、「やあ、ここにやってきたな、ふうん。わしがきみに一度も会わなくたって、会社が仕事をくれただろ」

「はあ、おかげさまで」クライドはこんな偉い人の前に出て、やたらにかしこまり、なかばお辞儀した。

「ああ、それでけっこう。腰かけたまえ！　さあ、さあ！　会社が採用したと聞いて、わしも喜んでるのさ。今のところは下の防縮加工室で働いているんだって。快適なところとは言えんが、手始めとしてはそう悪い部署でもない——下から積み上げるにはな。最高の人たちのなかにも、ときにはあそこから始めたのもいるし」ニッコリ笑って言い足す。「きみがやってきた頃わしは留守にしててな。そうでなきゃ会ってたはずなんだが」

「はあ、そうでしたか」と答えたクライドは、グリフィス氏が長椅子のそばのとてつもなく大きくふっくらした椅子にどっかと沈むように腰かけるまでは、遠慮して立ったままでいた。氏はクライドが通例のタキシードを着て、しゃれたひだつきのシャツに黒ネクタイを締め、前回シカゴであったときに身につけていたクラブの制服とは大違いで、前よりももっと好男子に見えると思いはじめていた——息子のギルバートが言ってたほど、どうでもいいつまらん男には見えんじゃないか。とはいえ、ビジネスには力強さや活力が必要だということを意に介さないはずもなく、クライドにはそういう素質が断然欠けていると感じたから、もう少し気力があったらいいのにと思った。そうすれば、家族のグリフィス側の血筋をもっと立派に見せることになるし、息子ももう少し気に入るかもしれない。

「今の職場は気に入ったかね」目下の者をいたわるように言う。

「はあ、まあ、つまり、ほんとうは気に入ってるとは申しかねます」とクライドはごく正直に答えた。「でも、だからといってやる気がしなくなったというわけではありません。手始めの仕事はどこでも同じようなものでしょうから」そのとき頭のなかにあった思いは、もっとましな仕事のほうが自分に向いていると伯父にわからせたいということだった。それに、いとこのギルバートがその場にいないことで、そんな言葉を口にする勇気もふるうことができた。

「そうか、それはいい心がけだ」とサミュエル・グリフィスはわが意を得たりとばかりに言った。「あそこは工程のなかでいちばん快適な職場でないことはわしも認めるよ。だが、まず知っておくべき一番重要な部分の一つなんだよ。それに、近ごろではどんなビジネスにしても一人前になろうとしたら、もちろん多少時間がかかるものだからな」

この言葉を聞かされてクライドは、階下のあの薄暗い世界にいつまで放って置かれることになるのかと心配になった。

だが、クライドがそんな思いに沈んでいるときにマイラがやってきた。いとこに好奇心を抱き、どんな人間だろうかと知りたがっている。そして、ギルバートから聞かされていたほどつまらない人ではないと見てとり、すっかりうれしくなる。マイラの見るかぎり、クライドの目には何か潜んでいる——神経質そうで、どこかおずおずしていて、人に訴えるか求めるかしているような目——マイラを惹きつけるとともに、自分も社交界の花形からはほど遠かったから、みずからのうちに潜んでいる何かを思い起こさせもするまなざしのよう。

「マイラ、おまえのいとこのクライド・グリフィスだよ」とサミュエル・グリフィスが無造作に言うと同時にクライドは起立した。「娘のマイラだ」とクライドに言ってから、「わしが話していた青年だよ」とつけ加えた。

クライドはお辞儀をして、マイラが差しだした冷たくてあまり生気のない手をとった。それでもその手はやはり、他の者たちよりも親しみと思いやりのこもった歓迎の気持ちを感じさせてくれた。

「そうですか。こちらにいらしたのですから、ここがお気に召すといいのですが」マイラはやさしく話しかけた。「わたしたちはみなライカーガスが気に入っているのですが、でも、シカゴからいらしたら大した町には思えないでしょうね」微笑みかけられてクライドは、上流の親戚がずらりとそろった前ですっかりよそ行きの物腰になり硬くなって、ぎこちなく「ありがとうございます」と返事をしてから腰を下ろしかかったところへ、玄関のドアが開いてギルバート・グリフィスがつかつかと入ってきた。その前にモーター音がしていた——東側の大きな玄関の外に停車した車のモーター音だ。「ちょっと待ってて、ドルジ」ギルバートは外の誰かに声をかけた。「長くはかからないからね」それから家族のほうに向き直って「ちょっと失礼、皆の衆。すぐ戻ってくるから」と言った。奥の階段を駆け上がっていったかと思うと、少ししてから戻ってきて、他の家族に向けるのとはちがう顔つきでクライドの前に立った。工場ですでに悩まされたのと変わらぬ、あの冷たく思いやりに欠けた態度だ。明るい色のやけに派手な縞柄のベルト付きカー・コートを着て、黒っぽい革製縁なし帽に革手袋といういでたちは、軍人のような感じだ。クライドにちょっとぎこちなくうなずいて見せてから「こんにちわ」と声をかけ、父親の肩に親しげに手をかけながら言う。「やあ、ダッド。おかあさん、こきげんいかが。申し訳ないけど、今晩は付きあえなくて。だってたった今ドルジやユースティスとアムスターダムからやってきたばかりで、コンスタンスとジャクリーンを迎えにいくとこなんでね。ブリッジマン家でちょっとした催しがあるんで。でも、朝までには帰ってきます。でなければ、とにかく事務室には戻りますよ。グリフィス社長、それで万事オーケーですね」。

「ああ、わしのほうは差し支えない」と父親は返す。「それにしても、ずいぶん夜更かしするようだな」

「えーっ、そういうことじゃないんです」クライドのことなどすっかり無視している。「ぼくが言ってるのは、二時までに戻れないようだったら、向こうで泊まってくるというだけのことで、いいでしょ」またもや父親の肩を親しげにたたいた。

「あの車をいつもみたいに飛ばさないでおくれね」と母親が訴える。「ほんとに危ないんだから」

「時速十五マイルね、おかあさん。時速十五マイル。規則は知ってますよ」高慢そうにニヤリとしてみせる。

クライドは、こういうやりとりにともなうわざとへりくだったり横柄だったりする口調に気づかずにはいられなかった。ここでも工場でと同様にこの男は明らかに、一目置かれている人物なのだな。おそらく父親を除けば敬意を表さねばならぬような相手は、ここにも一人もいないんだ。何て偉そうな態度か!とクライドは思った。

自分では一文たりとも稼ぐ必要なんかなかったくせに、それでもこんな大層な身分で、自分を本気で大物と思い込み、これほどの支配力や権威を揮えるような息子になれたら、さぞすばらしいことにちがいないだろうさ。この若造がおれに対し、かさにかかって冷淡なものの言い方をするのも、現にそうしてるように仕方ないかもしれない。それにしても、こんなに若いくせにこれほどの権力をわが物顔に揮えるなんて、考えてもみろ!

第十章

このとき、夕食の用意ができたと女中が知らせにきて、ギルバートはさっさと出かけてしまった。同時に家族は立ち上がり、グリフィス夫人は女中に「ベラはまだ電話かけてきていない?」と訊いた。

「いいえ、まだでございます」と女中は答えた。

「それじゃあ、トルーズデールさんに、フィンチリーさんのとこに電話してベラがいないか訊いてみるように言っておくれ。すぐに帰ってきなさいとわたしが言ってると伝えるのよ」

女中は暫し場をはずし、一座の者たちは食堂に向かった。食堂は居間の奥にある階段の西側にある。ここでもまたクライドが目にしたのは、みごとにしつらえられた部屋だ。全体が薄茶色の色調にまとめられ、真ん中にはクルミ材に彫刻をほどこした長テーブルがあって、これは特別の場合にだけ使用されるものであることが一目瞭然である。そのまわりには高い背もたれのついた椅子が並んでいて、またテーブルの上に一定間隔で置いてある枝つき燭台が照明の輝きを放っている。その向こう側のアルコーブは、天井を低くしてあるけれども広さはじゅうぶんな半円形で、南側の庭に臨んでいて、そこに六人用の小さめなテーブルが据えられている。今夜の食事をする場所はこのアルコーブなのか。クライドが何となく期待していた待遇とは違ってる。

落ち着きはらって着席するまではよかったが、質問に答えさせられる立場になってしまった。主として家族のこと、過去から現在まで家族がどんな暮らしをしてきたのかということについての質問だ。お父さんはいくつになったのか。お母さんは?　デンヴァーに引っ越す前の住まいはどこだったのか。兄弟姉妹は何人いるのか。お姉さんはいくつ、エスタといったっけ。何をしてるのか。他の者たちはどうか。お父さんはホテルの経営が気に入ってるのか。カンザスシティではどんな仕事をしてたのか。そこにはどれくらい住んでいたのか。

こんなふうに続々と質問されてクライドは少なからずまいってしまい、ドギマギさせられた。質問はサミュエル・グリフィスと夫人の口から息もつがせぬほど矢継ぎ早に、大まじめな調子で出されてくる。クライドが、とくにカンザスシティでの暮らしぶりに関してはおずおずとしか答えられないのを見て、夫妻は、この子にはまともに答えられず困ってしまうような質問もあるのだなと推察した。この親戚の極端な貧乏暮らしゆえの当惑であろうと考えたのは言うまでもない。「ホテルの仕事を始めたのは、カンザスシティで学校を卒業したあとだったのだね」と訊いてみたら、クライドは顔を真っ赤にしたではないか。だがクライドの頭に浮かんだのは、盗んだ車での事故のことや、学校教育はほんのわずかしか受けていないということだったのだ。何よりも確かなのは、自分がカンザスシティでホテル勤めをしてたなんて知られたくないということ、とりわけグリーンデヴィッドソンに勤めていたなんて。

だが、運のいいことにこのときドアが開き、ベラが入ってきた。クライドの目にもすぐにこの世界に属していると見分けのつくような女の子二人もいっしょだった。ついこの前まで心惑わされていたと思っていたリタやゼラとは大違いだ。はじめはどれがベラなのかもちろんわからなかったが、そのうち、家族にいちばん親しげな口を利くのがベラだとわかった。だが、他の二人——一人はソンドラ・フィンチリー、あの、ベラや夫人がしきりに話題にしていた娘だが——クライドがこれまで見たこともないほど垢抜けていて、うぬぼれの強い、愛くるしい女性だ——おれの知ってるどの女とも違っていて、飛び抜けた深窓の令嬢ふう。ピッタリとした男物ふうのスーツを身につけ、体の線を際立たせている。それに釣りあわせて、黒っぽい小さな革製のハットを目深にかぶっている。首には同色の革製ベルトを締めている。革製のリードでフレンチブルドッグを引き連れ、片腕にブラックとグレイの市松模様が目を引く外套をかけている——派手すぎではないにしても、男性用のしゃれた外套に似せた趣を帯びている。クライドの目には、生まれてはじめて見るような最高に慕わしい女性らしさだと映った。それどころか、電流に撃たれたような気がした——鳥肌が立った——欲しても手に入らないものに対して抱く、妙にシクシクするような感覚が呼び覚まされる——口説き落としたくてたまらないのに、この子からは一瞥すら与えてもらえないに決まってると、苦しいほど感じさせられるのだ。クライドはその思いにさいなまれ、面食らった。一瞬、目を固く閉じてこの子を視界から閉め出したくてたまらなくなる――つぎの瞬間には、この子ばかりをいつまでも見続けていたくなる――そんなふうにクライドは心底虜になってしまった。

だがソンドラは、クライドを目にした素振りをはじめはおくびも見せず、イヌを叱りつけた。「これ、ビッセル、お行儀よくしないと外に連れていって、あそこにつないでおきますよ。ああ、この子がもう少しお行儀よくしてくれないと、あたし、ここにいられなくなっちゃう」イヌはここで飼われているネコを見つけて、そのそばへ行こうとリードを引っぱっていたのだ。

ソンドラのそばにもう一人の女の子がいて、そちらはクライドの好みにそれほど合わなかったけれど、その子はその子なりに垢抜けしていて、見る人によってはソンドラに引けをとらないくらいの魅力をそなえている。その子はブロンド系――亜麻色の髪の毛――目は澄んでアーモンドの形をした灰緑色、小柄で優雅な、ネコのような身体つき、そしてやはりネコのようにしなやかな身ごなしの女性だった。入ってくるといきなり部屋を突っ切って、グリフィス夫人が座っているテーブルの端までにじり寄っていき、夫人にもたれかかるようにして猫なで声で話しかける。

「ああら、おばさま、お元気ですか。またお目にかかれてうれしいですわ。こちらにうかがうのは久しぶりですもの。でもあたし、おかあさまといっしょにでかけておりましたの。今日はおかあさまとグラントがオルバニーに行ってます。それであたし、ランバートさんとこでベラやソンドラと落ち合うことになっちゃって。お宅では静かに水入らずのお夕食なさっていらっしゃるんですね。お元気、マイラ」と声をかけてから、グリフィス夫人の肩越しに手を延ばしておざなりにマイラの腕に軽く触れたが、見るからに形ばかりのあいさつだった。

他方、クライドから見るとソンドラのつぎに可愛らしいベラは、声高にしゃべっていた。「あら、あたし遅刻しちゃったのね。ごめんなさい、お母さま、ダディ。こんな謝り方じゃ今回は足りないかしら」それからクライドに目を向けた。クライドは三人の娘が入ってきたときに立ち上がり、ずっと立ち続けていたというのに、ベラはまるではじめて気づいたような素振り。なかばふざけて神妙なふりをし、口をつぐんだ。他の二人も同様だった。それでクライドは、こういう態度や金持ちらしい風采にはめっぽう弱かったから、紹介されるのを待ちながらも、劣等感に襲われて震えあがっていた。こんな身分におさまりながら若くて美しいというのは、女性としては最高の地位に登りつめたことになる、としか考えられなかったからだ。リタは言うまでもなくホーテンス・ブリッグズもこの子たちほど魅力はなかったとはいえ、ああいう女性にまいってしまったことがすでに示していたように、クライドは、人間的長所なんかよりも見かけのきれいな女らしさに惹きつけられやすいのだった。

「ベラ」とサミュエル・グリフィスは、クライドがまだ立っているのを見て重々しく言った。「いとこのクライドだよ」

「あら、そうね」ベラはクライドがギルバートにきわめてよく似ているると観察しながら答えた。「はじめまして。あなたが近いうちにいらっしゃるってお母さまから聞いてましたわ」握手代わりに指を一、二本さしだし、友人たちのほうを向いて「あたしのお友だち、ミス・フィンチリーとミス・クランストン。こちらはグリフィスさん」と言った。

二人の女性はやけに堅苦しい形式張ったお辞儀をした。同時にクライドをごく念入りに、無遠慮なくらいジロジロと見つめた。ソンドラは近くに寄ってきたバーティンに「おやまあ、ギルにそっくりじゃない」とささやいた。そしてバーティンは「こんなにそっくりなんて見たこともないくらい。でもはっきり言ってこの人のほうがいい男よね——ずっと」と応じた。

ソンドラはうなずいた。まず何よりも、この人がベラの兄よりも多少いい男であるのを見て気味がいいと思った。あのお兄さん、あたし好きじゃないもの——つぎに思ったのは、この人、あたしにまいってることをあからさまにしちゃってる、ということだった。そんなふうに見とれてもらえるといつも、当然の見料をいただいてるだけと決めるのがソンドラの常。だが、そうと決まって、どうすることもできないみたいにしつこくあたしを見つめ続けているると見てとると、もうこの人を無視してやってもだいじょうぶと判断した。とにかく今のところはもういい。射止めるのがあまりにもたやすい人なのね。

しかしグリフィス夫人は、こんな訪問客を予期していなかったし、こんなときに友だちを紹介したりしたベラにちょっと業を煮やしていた。おかげで、この町でのクライドの身分という問題がただちに持ち上がってきてしまったからだ。それでこう言いだした。「お二人ともコートを脱いで、おかけなさいな。新しいお皿をこちら側に並べるようにナディーンに言いつけますから。ベラ、お父さまの隣の席にいってちょうだい」

「あら、いいんです。とんでもありませんわ」とか、「ほんとに、いけませんわ。あたしたち、家に帰る途中なんです。すぐにでもお暇しなくちゃ」などという言葉がソンドラやバーティンの口から発せられた。でも、もうここにきているんだし、クライドがあのとおりのいい男だとわかったことだし、二人は言葉に反して、この人に社交界で受けるような素質が多少ともあるのか見きわめてみたいという気にもなっていた。二人とも承知しているように、ギルバート・グリフィスは、一部の人たちのあいだでは好かれているどころでなかった——とりわけ自分たちのあいだでは、ベラがいかに好かれていてもギルバートは嫌われていた。この二人のような自己中心的な美人にとってギルバートはあまりに押しが強く、ときには依怙地で傲慢無礼だ。それに対してクライドは、見かけから判断するかぎり、少なくともはるかに御しやすそうだ。それでこの人の身分がギルと等しいとか、グリフィス家ではそう見なされているとかわかったら、この地域の有力な花婿候補になるのはまちがいないのじゃないかしら。いずれにしても、この人が金持ちなのか、わかったらおもしろいのだけど。だがそんな疑問は、グリフィス夫人がほとんど間髪も容れずに解決してくれた。夫人がバーティンに、かなりずけずけとわざとらしい言い方でこう言ったからだ。「グリフィスさんはわたしたちの甥で西部出身なんですけど、主人の工場に就職できるか尋ねにいらしたのですのよ。若くても独力で身を立てていかねばならない身の上なので、主人が思いやり、機会を与えてやることにしたというわけなんです」

クライドは顔を赤らめた。夫人の言葉は、ここでの自分の社会的地位がグリフィス家やこのお嬢さんたちよりも断然低いのだぞ、と思い知らせる申し渡しであることが歴然としていたからだ。それと同時にやはり気づかされたことに、財産と地位を兼ねそなえた若い男にしか興味のないバーティン・クランストンの顔が、好奇心にみちた表情からまぎれもない無関心に変わってしまった。他方ソンドラ・フィンチリーは、容姿端麗で家の財産も他を凌駕していたので仲間うちでも抜きんでているのに、バーティンほど打算的ではまったくなかったから――クライドを見直しながら、かわいそうにという思いだけをはっきりと顔に浮かべた。この人ほんとに美男子なのに。

そのときサミュエル・グリフィスがソンドラに声をかけた。サミュエルは、こすっからくてちゃっかりしているからとグリフィス夫人も嫌っているバーティンとは違って、ソンドラには格別な親しみを感じていたのだ。「なあ、ソンドラ、イヌはあっちの食堂の椅子にでもつないでおきなさい。こっちにきて、わしの隣にかけなさいよ。コートはあの椅子に引っかけておいたらいい。それ、ここにあんたの席が空いてるよ」手招きで呼び寄せる。

「でも、無理なんです、おじさま」ソンドラは、これ見よがしに親しげながら愛らしい声をあげ、仲のよさを見せかけることによって取り入ろうとした。「もうすでに遅れてるんですもの。それにビッセルはお行儀よくしてくれませんもの。バーティンとあたしは帰宅の途中なんです、ほんとに」

「ああ、そうそう、パパ」とベラがすかさず口を差しはさんだ。「バーティンのウマがね、昨日釘を踏んじゃって、今日はびっこひいてるの。なのにグラントもお父さまも留守してて。何かいい手当てを知らないかパパに訊いてみてって言うの」

「どっちの足かね」グリフィスは興味を引かれて尋ねた。その間クライドはソンドラをむさぼるように見つめ続けていた。ふるいつきたくなるような人だ、とクライドは思った――あんなにこぢんまりとしてツンと反った鼻――いたずらっぽく鼻に向かってアーチを描いている上唇。

「左の前足ですの。昨日の午後イースト・キングストン・ロードまで乗っていったんですが、ジェリーったら蹄鉄落としてしまいましてね。それで棘か何か刺さったにちがいないんですが、ジョンにもそれを見つけることができないんです」

「それが刺さったままでだいぶん乗ってたのかね」
「八マイルくらいかしら――帰り道ずっとでした」
「そうか、何か塗り薬つけて包帯巻くようにジョンに言いなさい。そして獣医を呼んだらいい。きっとよくなるよ」

娘たちはいっこうに立ち去る様子を見せない。しばらく除け者にされたかたちのクライドは、これは何て気楽で心地よい世界なんだろうなどと考えていた――この地元の社交界って。どうやらたがいにまったく気がおけない仲らしいのだもの。おしゃべりの話題と言えば、建築中の家だの、乗ってるウマだの、会った友だち、行く予定の場所、する予定の遊びのことだの。ギルバートだって、ついさっき出かけていったけど――一団の若者たちといっしょにどこかへドライブときた。それにいとこのベラも、この界隈の美しい邸宅でこういう娘たちと遊び暮らしてる。ところが自分のほうは、カピー夫人の下宿屋で三階の小部屋に押し込められ、どこに行くあてもない。週わずか十五ドルの給料で食いつないでるんだ。朝になったらまたあの地下で働くことになる。だがこちらのお嬢さんたちはその頃にようやく起き出して、またお楽しみに出かけていくんだ。おまけに遠くのデンヴァーでは両親がケチな下宿屋と伝道所を運営してるけど、それがどんなところか、ここではまともに話して聞かせることすらはばかられる。

出し抜けに娘たちはもう帰らなくちゃと言いだし、そそくさと出ていった。それでふたたびクライドとグリフィス家の人たちだけになった――クライドは、自分はまったく場違いな人間で、ここでは無視されていると痛感させられた。サミュエル・グリフィスも、夫人も、マイラは別にしてもベラも、なにしろ、おれとは縁のない世界をのぞかせてやっているだけだと思ってるふうじゃないか。それにまた、おれは貧乏なのだから、とても仲間入りなどできそうもない世界なんだって思ってるだろ――こういうすばらしい女の子三人と付きあいたいなど と、おれがどんなに夢見たところで無理。そしてたちまち悲しくなってきた――ただならぬほど――眼にも雰囲気にも暗さがあふれ出てきた。そのあまりの暗さに、さすがにサミュエル・グリフィスだけでなく夫人やマイラも気づかずにいられなかった。この世界に入れないなんて、何の方法も見つけられないなんて。だが、クライドが孤独で消沈しきっているのかもしれないと感じとったのは、一同のなかでもマイラだけで、他の者たちは誰もそこまで思わなかった。したがって、やがてみんなが席を立ち、（サミュエルがベラに、いつも家族を待たせることについて小言を言いながら）あの広々とした居間へ戻りだしたとき、マイラだけはクライドのそばに寄ってきて、こう言ってくれた。「ここでしばらくお暮らしになれば、あなたもきっと今よりはライカーガスが好きになってきますわよ。このあたりには観光にいいところがけっこうたくさんありますから——湖なんか。それにアディロンダック山地だって、ここから北へ七十マイル行ったところなんですよ。夏がきて家族がグリーンウッドの別荘に落ち着いたころに、あなたにたまにはいらしていただけたら、お父さまもお母さまもきっと喜びますわ」

ほんとうにそうかしら、マイラにはまったく自信がなかったけれど、このような状況では、ほんとうかどうかは別にして、そういう話をしてやりたかったのだ。おかげでこのあとクライドはマイラと少しは話がしやすくなり、ベラや他の家族を無視しない程度にマイラと話し込んだ。そして九時半になると、不意にとても場違いなところにいるような気がして寂しくなり、立ち上がると、もう帰らなければなりません、明朝は早起きしなければなりませんから、と言った。帰りかけるとサミュエル・グリフィスが玄関までついてきて、送り出してくれた。それも、マイラと同様サミュエルも、クライドはなかなか好感のもてる男だと思いはじめていたからだ。とはいえ、この男は貧乏だから、これからも家族からだけでなく自分にもないがしろにされそうだなとも思ったので、できれば償ってやりたいという気持ちをこめて、せいぜい愛想よく言葉をかけてやった。「外は気持ちがいいねえ。ワイキーギー街が本領を見せてくれるのはまだこれからだよ。まだ春になってないからな。だけどあと二、三週間かな」うかがうように空を見上げ、四月下旬の空気をクンクンと嗅いでみせる。「きみにもきてもらわなけりゃな。その頃になると木も草花もいっせいに開花するから、ここがどんなにすばらしいか、きみにもわかるさ。おやすみ」

サミュエルはニッコリ笑って、声にもとても温かみをこめてくれた。だからクライドは、ギルバート・グリフィスがどんな態度に出ようとも、父親のほうはきっとおれにまったく無関心というわけではないんだ、とあらためて思った。

第十一章

日々はいつの間にか過ぎていき、その後グリフィス家からは何の音沙汰もなかったのだけれど、クライドはあの夜一回きりの接触を過大評価しつづけ、ときには、あのときの女の子たちと楽しく集ったり、そのあげくそのなかの誰かと恋に落ちたりしたら、どんなにすばらしいだろう、などと夢想しそうになっていた。あの子たちが暮らしている世界の麗しさ。自分が属しているこの現実とは正反対の贅沢さや艶やかさ。ディラードなんか！リタだって！　フン！　やつらなんかおれにとっちゃ消えたも同然だ。クライドは、まったくの別世界にほかならないと見るにいたったあの世界にあこがれ、ディラードなんかとはできるだけかけ離れた人間であることを見せつけようとしはじめた。そのためにディラードのほうもクライドからだんだん遠ざかっていき、ついにはすっかり疎遠になった。クライドをスノッブと断じたからだが、ディラードだってお望みの高みにたどり着けさえしたらスノッブになっていたはずなのだ。ところがその後、ときが経つにつれてクライドにも察しがついてきたように、相も変わらぬ安賃金や防縮加工室でのせこい人間関係にうんざりしながら働いているのに、そのまま顧みられることもなく終わりそうだった。そのうちついに頭をよぎるようになった思いは、リタやディラードのもとに戻ろうなどということではない――もはやあの連中には不満しか感じられないのだもの――そうではなくて、この町での出世を目ざすのはあきらめて、シカゴに引き返すかニューヨークに行ってみるかしよう、と考えはじめたのだった。あちらでは、必要となればどこかのホテルに就職することもできるという自信もあった。ところがその頃、あたかも勇気を取りもどさせ、以前の夢を裏づけてくれようとでもするかのように、自分は確かにグリフィス親子——父と息子——から、親戚らしい待遇をしてくれるかどうかは別にしても、人材として評価されはじめていると思わせるできごとが起きた。そのできごととは、春のある土曜日、サミュエル・グリフィスがジョシュア・ホイッガムを従えて、工場全体の視察をしようと決めたことだった。昼ごろに防縮加工室に到達したサミュエルは、クライドがランニングシャツにズボンという身なりで二台の乾燥ラックの取りつけ口で働いている姿をはじめて目にして、いくぶん狼狽した。甥は「取りはずし」ばかりか「取りつけ」の作業に必要な技術をすでに身につけてるのか。そして、ほんの二、三週間前に自宅にあらわれたときにはあれほどきちんとしていて、どこに出しても見苦しくない格好だったことを思い出し、あまりの違いに深く心を揺さぶられた。一つには、シカゴでも自宅でも、クライドがきちんとして好ましい風采をしていると印象づけられていたせいでもある。それにサミュエルは、グリフィス家という家名のみならず外見的な体裁にも傷がつかないように汲々としていることでは、息子とほとんど変わらず、世間一般に対してはもちろん工場の従業員の前でさえも気にかけていた。だから、ここでクライドが、ギルバートそっくりの容貌なのに、袖無しのシャツにズボンという格好でここの工員にまじって働いている姿を見ると、あれが自分の甥であるという事実をこれまでになく痛烈に思い知らされた。そして、こんなまぎれもない肉体労働をもうこれ以上続けさせておいてはいかん、とも感じさせられた。他の従業員たちには、わしがこういう血縁の者を不当なくらい無頓着に扱っていると見えるかもしれないからな。

しかしサミュエルは、そのときはホイッガムにも他の誰にも何も言わず、息子が市外まで出かけていた旅行から帰ってきた月曜日の朝まで待っていた。その朝、息子を執務室まで呼び出すと、「土曜日に工場の視察をしてみたらな、あのクライドがまだ防縮加工室にいたぞ」と話を切り出した。

「それがどうかしましたか、ダッド」と息子は答えたが、父が今頃になって何でこんなふうにクライドのことなんか言いだすのかといぶかしく思った。「あの地下で働いていたやつは、あの男の前にもほかにいますが、だからといってひどい目にあったのは誰もいませんよ」

「まったくそのとおりだろうが、その連中はわしの甥ではなかったからな。それに、あの男みたいにおまえそっくりというわけでもなかっただろ」――ギルバートの神経をひどく逆なでする指摘だった――「ありゃいかん、わかるか。わしには正しいやり方とは見えん。他の従業員たちにだって、あの男がおまえにそっくりなことを見られてるし、おまえのいとこでわしの甥だと知られてるんだから、おかしいと思われそうで心配なんだよ。わしもはじめは気づかなかったが、近ごろは下に降りてなかったからな。だが、あの男に下であんなことさせておくのはいいやり方とは、もう思えんのだよ。ありゃいかん。変えなきゃならん。あんな格好しなくてもすむような、どこか他の部署へまわさなきゃ」

父の目に暗い影がさし、額にしわが刻まれていた。古着を身につけ、おでこに汗を吹き出させているクライドを見たときの印象は、心地よいものではなかったのだ。

「でも、ダッド、実情を申し上げますけどね」ギルバートは、クライドに対して根っからの嫌悪を抱いているために、できれば今の部署にとどめておきたくてたまらないものだから、頑固に言い張った。「あの男に合った適当な部署が今すぐどこかに見つかるかどうか、ちょっとわかりません――少なくとも、長年わが社でまじめに働いてきて、おかげでようやく昇進したような誰かを異動させなければ、見つかりそうもないです。あの男は、今やってる仕事以外に何の訓練も受けたことがないですし」

「そんなこと、わしにはわからんし、どうだってかまわん」父親のほうは、息子がちょっと自衛意識過剰になっており、そのためにクライドを公平に扱えなくなっているのだなと思いながら、答えた。「あれはあの男にふさわしいところじゃない。わしはもうあの男をあそこにおいておきたくないのだ。あそこにはもうじゅうぶん長くいたのだろ。この家族のなかの誰であれ、この家名が今このあたりで得ている評判に背くようなことをされたのでは、わしには我慢できん――慎み、有能、精力、すぐれた判断力に恵まれた家系だという評判にな。さもないと商売にもよくない。少しでも評判にたがうような真似をしたら不利になってしまう。わかったかな」

「ええ、ちゃんとわかってますよ、親父さん」

「それじゃあ、わしの言うとおりにすることだな。ホイッガムを使って、何か別の仕事を考え出させるんだ。出来高払いの仕事や肉体労働じゃなくてな。そもそもあんなところにおいたのが間違いだった。どこかの部門に、あの男をはめ込めそうなちょっとした部署ぐらいありそうなものじゃないか。何かの主任とか、誰かの第一補佐か第二補佐、第三補佐とか。きちんとしたスーツを着て、ひとかどの人物らしく見えそうな部署ぐらい。それに、やむをえない場合は、そういう部署が見つかるまで里に帰らせ、給料を払ってやってもいい。いずれにしても異動させてもらいたい。ところで今は給料いくらなんだ」

「およそ十五ドルだと思いますが」とギルバートはそつなく答えた。

「不十分だな。この町でちゃんとした格好をしようとするのならな。二十五ドルにしてやりなさい。あの男の値打ちを超えてる給料だというのはわしにもわかってるが、この場合は仕方がない。この町にいるあいだはちゃんとした暮らしができる給料を払ってやらねばならん。今後、あの男に対するわしらの扱いがおかしいと思われるくらいなら、それくらいの給料を払ってやるほうがましだ」

「わかった、わかりましたよ、親父さん。そんなことでどうかそんなにプリプリしないでくださいよ」ギルバートは父親の苛立ちを見てとり、なだめるように言った。「ぼくだけの責任じゃありませんよ。最初ぼくが提案したときに賛成なさったじゃありませんか。とはいっても、おっしゃることはもっともだと思いますよ。ぼくにまかせてください。あの男にちゃんとした部署を見つけてやりますから」それからギルバートは退室し、ホイッガムを探しにかかった。もっとも同時に心のなかでは、ことをどう運べばクライドに、この会社の人材として少しでも重んじられているなどと思い込ませないですむか、と考えていた――今度の措置は情実でなされるのであって、クライド自身に取り柄が認められたからではないと思い知らせてやらねば。

そしてすぐに見つかったホイッガムは、ギルバートからたっぷり含みのこもった指示を受け、知恵を振り絞って頭を掻いたあげくにどこかへ行った。しばらくしてから戻ってきて言うには、クライドには専門的訓練が欠如しているのが明らかなので、思いつく部署と言えば、リゲットさんの補佐ぐらいしかありませんということだった。リゲットさんとは、五階の広い縫製室五室を担当している職長なのだが、その監督下に抱えていた一つの小部門は、特別な技術を要しないながらもなかなか独特な作業に携わっている。この小部門が、もっぱらそこを監督するための女性か男性の職長補佐を必要としている、というのだった。

そこは刻印室――縫製作業フロアの西端にある別室で、ここでは上階の裁断室から毎日七万五千から十万ダースもの、型もサイズもまちまちな未縫製のカラーが搬入されてくる。そしてこの部屋で一団の女工がこれに、カラーのサイズや型を指示するスリップないし指示伝票に従ってスタンプを捺す。ここを担当する職長補佐の唯一の仕事は、ギルバートも熟知しているように、職場の風紀や秩序を維持するのは当然として、この刻印作業が滞りなく進むように気をつける程度のことだった。それからまた、七万五千から十万ダースのカラーがきちんと刻印されて、刻印室のすぐ外のもっと広い部屋にいる縫製工のもとへ送り届けられたら、その数を帳簿に正確に記入しておく仕事もあった。女工ひとりひとりが刻印したダース数を正確に記録し、それぞれが受けとる賃金が仕事量に応じたものになるように監督もするのだ。

この目的のためにここには小さなデスクがあり、サイズ別、型別の帳簿が置いてある。裁断工がカラーにつけてくるスリップは、刻印係によって束からはずされて、一、二ダースずつ職長補佐に届けられる。それを職長補佐が分類して紡錘形の書類刺しに保管する。職長補佐と言ってもじつはささやかな事務職とほとんど変わらず、これまでは会社の人事の都合次第で、ときに若い男女が担当することもあれば、年寄りの男性や中年女性が担当することもあった。

ホイッガムがクライドについて懸念し、すぐにその場でギルバートにご注進に及んだことに、この人は経験不足で年若だから、はじめのうちは、この部屋で必要とされる作業能率を下げないように圧力をかけることができるような職制にはなれないかもしれない、という心配があった。あそこには若い女の子しかいません――なかにはかなりの美形もいますよ。それにまた、あのように若さと美貌をそなえた青年を、あれほど大勢の若い女性のなかに配置するのはいかがなものでしょうか。あの若さなら影響を受けやすいでしょうから、なめられやすいということにもなりかねません――厳格さが足りなくてですね。女たちがつけこむかもしれません。そうなったら、あの人をあそこにあまり長くは置いておけませんね。でもあの部署は今のところ空席になってますし、さしあたって工場内の唯一の空席ですからね。当面はあの人を上階に送り込んで試してみるのもいいかもしれません。いずれ近いうちに、どこか別の空席ができたとか、あそこの仕事にあの人が向いているのかどうか、リゲットさんかわたしの耳に届くとかするでしょう。そうなったら、再異動させるのも簡単ですから。

そんなわけで、同日月曜日のうちに午後三時頃クライドは呼び出され、ギルバートのいつものやり方どおりおよそ十五分は待たされたあげく、拝謁を許されたのであった。

「やあ、今いるあの下の職場ではどんな具合かね」とギルバートは冷ややかに、尋問するかのような調子で訊いた。クライドは、どこであれ、このいとこのそばに出るといつでも必ず気持ちが沈むから、かろうじて作り笑いを浮かべながら、「まあ、相変わらずでございますよ、グリフィスさん。文句を言える立場にはいませんから。それなりにしっくりしてきました。多少は仕事も覚えてきてるのかもしれません」と答えた。

「かもしれませんだって」

「いえ、もちろん、いくつかは身についたことに間違いありません」とクライドは言い足し、顔を赤らめた。腹の底では憤懣やるかたなかったけれども、なかば取り入るような、なかば弁解するような笑みをどうにか浮かべていた。

「そうか、それならいくらかましな言い方だな。それだけの期間、下のあそこにいて、何か学んだかどうかもわからないなんてありえないのだから」そのあとで、言い方があまりきつすぎたと思ったのかもしれないが、ギルバートは口調を少し和らげて、こうつけ加えた。「けれど、そんなこと訊きたくて呼び出したんじゃない。話したいことが別にあるんだ。きみはこれまで人を、自分以外の誰かを監督したことなんてあるかね」

「どうもおっしゃることがよくわかりませんが」とクライドは答えた。ちょっと焦って動転していたので、質問の意味を正確につかむことができなかったのだ。

「手下に何人かをしたがえて働かせたことがあるかって訊いてるのさ——どこかの何かの部局で何人か預けられ

て指図したことが。何かを担当する職制なり、主任補佐なりになったことなんか」

「いいえ、一度もございません」とクライドは答えたが、あまりに硬くなっていたのでどもりそうになった。ギルバートの口調はやけにきつくて冷ややか——すごく人を馬鹿にした言い方じゃないか、と感じたからだ。同時に、質問がどういうことだったのかはっきりしてきたので、その含みがわかってきた。いとこはおれにつらく当たり、不作法なほどだけれども、それでも見えてきたことには、雇い主としてはおれを職制にしようと考えてるんだ——誰かを——何人かをおれの部下にしようと。そうにちがいないぞ！　たちまち耳や指がむずがゆくなってくる——髪の毛のつけ根がジンジンしてくる。「でも、クラブやホテルで監督がどのようにおこなわれているか、見てきました」とすぐに言い足した。「試しにやらせていただければ、わたしにもできると思います」頬は真っ赤になる——目は水晶のようにきらめく。

「いや、いや、同じとは言えん」ギルバートは語気鋭く言いつのる。「見るとやるとじゃ大違いさ。経験のない人間はあれこれ頭を捻ったりするけれど、いざじっさいにやる段になったら、そんなことすっかり吹っ飛んじまうのさ。とにかく、これだけはほんとうにものがわかってる人間にしかできない仕事なんだ」

ギルバートはクライドを、難癖つけて冷やかすような目でにらむ。そのうちクライドは、自分のために何かしてもらえそうだと思ったのは勘違いだったと感じはじめ、興奮も冷めてくる。頬はいつもの青白さを取りもどし、目から光も消え失せる。

「はあ、おっしゃるとおりかもしれません」と答える。

「なに、この場合は、かもしれませんなんて通用しないんだよ」ギルバートはさっきと同じ難癖をつけた。「わかるか。そういうのが、ものの わかってない人間の困ったところなのさ。いつも、かもしれないですまそうとする」

実のところギルバートは、いとこのために部署を見つけてやらねばならぬ羽目になり、しかもこいつはそうしてもらうのにふさわしいことなど何一つしてないくせに、と思うとはらわたが煮えくりかえって、不機嫌さを隠しきれないでいたのだ。

「おっしゃるとおりです。わかってます」とクライドはなだめるように言った。さっきほのめかされた昇進の話にまだ期待をかけていたからだ。

「まあ、ほんとはな」とギルバートは話を続けた。「きみが最初にやってきたとき、専門的技能を身につけてさえいたら、会計課に配置してやってもよかったんだよ」（「専門的技能」という言葉はクライドを威圧し、脅迫した。それが何を意味するのか、ほとんど理解できなかったからだ。）「ところがじっさいのところ」ギルバートは平然と話しつづける。「われわれとしては、きみのためにできるだけのことをしてやるしかなかったのさ。下のあそこはあまり気持ちのいいところじゃないってことはわかっていたけど、あのときはあれ以上のことはしてやれなくてね」デスクを指でこつこつたたき続けている。「だけど、今日きみをここに呼んだわけはこういうことなのさ。上階のある部門に生じた一時的空席についてきみと話し合いをしたくてね。これをきみに埋めてもらえるかどうか、われわれ――父とわたし――は考えてるんでね」クライドは驚くほど元気を取りもどす。「父もわたしも、きみに多少のことはしてあげたいとしばらく前から考えていたんだがね、言ったとおり、きみはどんな種類の実務訓練も受けたことがないため、われわれとしてはとても難しいわけで。商業教育も工業教育もまったく受けてないのだろう。それで二重に困難になるのさ」ここで口をつぐみ、この言葉が胸のなかに落ち着くにたる猶予を与える――クライドに自分がほんとうはもぐりにすぎないと実感させるためだ。しばらく間をおいてから言葉を継ぐ。「それでも、きみをここへ呼び寄せるのがいいとわれわれも思った以上は、今やってもらっているのよりはましなことを試してもらおうと決めたわけさ。そこで、わたしの考えてることについて少し話させてくれたまえ」それから、五階でどういう作業がおこなわれているかについて説明するに及ぶ。

　そして、しばらくしてからホイッガムが呼ばれ、やってきてクライドとあいさつを交わし終わるのを待ってから、ギルバートはこう述べた。「ホイッガム、今朝われわれが話し合ったことを、ここでいとこに言って聞かせていたところなんだ。あの部門の責任者としてこの人を試用してみようという、きみにも話したあの計画についてだよ。そこで、この人を連れてリゲットさんのところまで上がっていき、リゲットさんか誰かに、あそこでの作業がどういうものか説明してもらってくれたまえ」ギルバートはデスクのほうに向き直る。「そのあとでこの人をわたしのところへ引き返させてくれ。まだ話したいことがあるのでね」

それからギルバートは立ち上がり、二人とも退室するように促す気配を見せた。するとホイッガムは、今度の措置にはまだいくらか疑問を抱いていたものの、クライドがこれから何様になるやら見当がつかないのでいやに愛想よくなり、リゲットさんのいるフロアまで案内してくれた。そこに着くとクライドは、機械の轟音が響くなかをビルの西端まで連れていかれ、他と比べてずいぶん狭い区画のなかに入った。大きな部屋からは低いフェンスで区切られているだけの区画である。そのなかに二十五人ばかりの女工と、バスケットを抱えた助手たちがいて、上階から何本かの落とし樋《ひ》伝いに絶え間なく流れ落ちてくる縫製前のカラーの束を、懸命に処理している様子だった。

そしてクライドは、リゲットさんに紹介されたあとすぐに、柵で囲ってある小さなデスクまで連れられていった。そこに腰かけていたのは、背が低くて太った、年齢はクライドと同じくらいの魅力に乏しい娘で、二人が近づいてきたのを見て立ち上がった。「こちらはミス・トッド」とホイッガムは切り出した。「ミセス・アンジャーがいなくなったあと臨時でこの部署に就いてもらって、もう十日ばかり経ってるんですがね。ミス・トッド、きみにお願いしたいのは、こちらのグリフィスさんに、きみが今ここでやってることをできるだけ簡単明瞭に説明してあげるってことです。それから今日中に、あとでこちらの方が戻ってくるから、この人がどうすればいいのかが呑みこめて、自分でできるようになるまで実地にやってもらって、それを助けてあげてください。そうしてくれますね」

「それはもう、ホイッガムさん、喜んでそういたします」とミス・トッドは承諾した。そしてすぐに記録簿を取り出してきて、搬入や搬出の記録をどのように記帳するのか、クライドに教えだした――それからまた、刻印の仕方とか――バスケットをもった女たちが落とし樋から落ちてくる束を取り出して、刻印係の仕事の進み具合を見ながらむらなく配布していくとか、またそのあとで、刻印がすみしだいその束を別のバスケット女たちがフェンスの外にいる縫製工のところまで運んでいくとかを教えてくれた。それでクライドは大いに興味を覚え、これなら自分にもできそうだと感じた。ただすごく覚束ない感じがしたのは、同じフロアでこんなに大勢の若い女性に囲まれて仕事をするということだった。じつに多数の女性がいる——何百人となく集められて——白く塗った壁や柱を覆わんばかりにずらりとビルの東端まで埋めつくしている。そして、床から天井まで達する高さのある数々の窓からは、まさに光の洪水とも言うべきものが注ぎ込んでいる。ここにいる女たちがみんなきれいというわけじゃないな。クライドは女たちを尻目に見ながら、はじめはミス・トッドが要点を教えこもうとして話してくれる言葉を聞いていたが、その後ホイッガム、さらにはリゲットまでもいろいろ助言してくれた。

「大事なことはですね」しばらくしてからホイッガムが説明しだした。「ここに下ろされてきて刻印される何千ダースものカラーの数量を間違えないことです。それにまた、刻印して縫製工のもとへ運び出すのに遅れを生じさせないことです。そして、女工たちの勤務記録を正確に記入して、就業時間の計算に誤りがないようにすることもです」

しまいにはクライドにも自分がしなければならない仕事の内容や、職場の状況がわかってきたので、呑みこめたと答えた。すっかりのぼせてしまったけれど、この娘ができる仕事ならおれにだってできると早々と決断した。だがリゲットもホイッガムも、この男がギルバートと親戚関係にあるということを忖度して、あなたにできないことなんかありません、間違いないですよ、などと言ってはごく親しげに振る舞い、その場にずるずると引き止めておこうとするので、クライドがホイッガムとともにギルバートの部屋に引き返したきた頃には、かなりの時間が経っていた。ギルバートはクライドが部屋に入ってくるのを目にするや、いきなり問いただした。「さて、答えはどうだ。イエスかノーか。あの仕事ができると思うか、それともできないと思うか」

「はあ、わたしにできるとわかりました」クライドとしてはたいへんな勇気をふるって答えた。とはいえ、そのときでもまだ心中ひそかに、運にかなり恵まれなければうまくやれないかもしれない、などと感じていた。ずいぶんいろいろなことに気を配らねばならないだろう――まわりの者たちだけでなく、上の人たちからも気に入られなければならない――でも、みんながいつも贔屓にしてくれるだろうか。

「それならたいへんけっこう。まあ、ちょっとかけたまえ」ギルバートは話を続ける。「上のあそこでの仕事に関してもう少し話しておきたいことがあるんだ。あれはやさしそうに見えるだろ」

「いいえ、やさしく見えるなどと言う気にはなれません」と答えたクライドは緊張しきって、少し青ざめていた。というのも、経験不足ゆえに、これはすごいチャンスだ――これをものにするにはもてる才覚と勇気すべてを発揮しなければならない、と思っていたからだ。「そうではありますが、わたしにはできると思っています。ほんとうにできると確信がありますし、やってみたいのです」

「そうか、まあ、それならさっきより少しましな答えだ」ギルバートはてきぱきと、それまでよりも愛想よく応じた。「そこでもう少し話しておきたいことがあるんだが、女があんなに大勢いるフロアがあるなんて、想像もしていなかったんじゃないかい」

「はい、想像もしておりませんでした。このビルのどこかにいるとは存じておりましたが、それがほんとはどこなのか知りませんでした」

「そのとおり。この工場は地下から屋上まで実質的には女たちによって操業されているのさ。製造部門では男一人に対して女十人はいると言ってもいい。そのために、ここで何らかの責任ある地位についてもらう者全員について、道徳的および宗教的にどういう人間なのか、会社が知っておく必要があるわけだ。きみは親戚だし、親戚だからこそ少しはきみのことがわれわれにもわかってると思うんだが、そうでなかったら、きみのことがわかるまでは、この工場の上階にあるあそこにせよ、他のどこにせよ、きみを人の上に立つような地位に据えようなどとは考えもしなかったはずなんだ。しかし、きみが親戚だからといって、上で生じるいっさいのできごとやきみの振る舞いの責任を、われわれがきみに対して厳密にとらせることまでしないだろうなどと考えてはいけないよ。責任はとらせるからね。きみが親戚だからこそ、なおいっそう厳しくね。わかったかね。なぜそうなのかとか――

──この町でグリフィス家という名前のもつ意味とかも」

「わかっております」とクライドは答えた。

「それならたいへんよろしい」とギルバートは続ける。「わが社では誰かを人の上に立つ地位に就けようとしたら、常に紳士らしく振る舞うと絶対的に保証されてる人物であることを条件にしてるのだ──つまり、ここで働く女性がいつも礼儀正しい扱いを受けることになるとね。わが社に入社してくる若い男が、あるいはその点では年取った男でも同じだが、いつであれ、ここには女性がいるからといって遊びまわったり、仕事を怠けていちゃついたり、スキャンダル起こしたりしても許されるなんて考えたりしたら、そんなやつはここには長くいられない定めだよ。わが社で働く者は男であれ女であれ、自分はまず何よりも従業員であり、最後まで、また四六時中そうであると感じてもらわなければならん──しかも町に出ていったときもそういう態度を持していてもらわねばならんのでね。そうできなくて、変な噂でもわれわれの耳に入ったりしたら、そういうやつらとわが社との関係はそこで切れることになる。そんなやつらは必要でないし、雇っておくつもりもないからね。いったん縁を切ったら、永遠に縁を絶つのさ」

ギルバートはそこで話を切り、クライドをじっと見つめた。「さあ、これでおれの言いたいことははっきり伝わっただろう。それに、おまえに関するかぎり、今後いかなる面倒をかけられることもまっぴら御免だからな」と言わぬばかりの顔だ。

そこでクライドは答えた。「はい、わかりました。おっしゃるとおりだと思います。いえ、ほんとうにそうでなければならないと信じております」

「おまけにそうあるべきなのさ」とギルバートは付け足した。

「おまけにそうあるべきなのです」とクライドはオウム返しに言った。

同時に、実情がほんとうにギルバートの言うとおりになっているだろうかと怪しんだ。女工たちがげんに慰み者にされている話を耳にしたことだってあるじゃないか。しかしそのときのクライドには、あの上階にいる女たちを自分に関係づけて考えてみるような意識などなかった。当座の気持ちとしては、自分が若い女に異常なほど興味をもっているからには、あの女工たちといっさい関係しないでいるほうが楽だった。話しかけたりせず、ごくよそよそしく冷ややかな態度をとり続けること、ギルバートがおれに対してとっているような態度でいるほうがいいだろうと思った。そうでなけりゃだめだ。少なくともここでこの地位にとどまりたいなら。それでクライドは、この地位を守り抜こう、そしてそのためにはいつも、いとこが望むとおりに振る舞うことにしようと、決心するにいたった。

「そうか、じゃあ、それなら」ギルバートはまるでこの問題についてのクライドの思いを補足するかのように、言い続けた。「訊いておきたいんだけど、もしわたしがきみを、一時的にせよ、あの部署につけるための面倒を見るとして、きみは大勢の女性や女の子たちに囲まれて働いていても、その事実に頭が変になったりかき乱されたりしないで、冷静にものを考え、まじめに勤務に励むだろうと信頼していいだろうかね」

「はい、もちろんのことでございます」とクライドは答えたが、いとこの端的なものの言い方にはぐっときた。リタの一件があったあとだけにちょっと怪しげなところもなくはなかったけれど、

「それができないのであれば、今のうちにそう言うんだな」とギルバートは念を押した。「血縁によりきみはわが家族の一員なのだ。だからわが社の社員に対して、とりわけこの種の地位についたとなると、きみはわが一族の代表ということになる。いかなる場合であってもわが社で、きみに関係してよからぬことが多少とも起きるようなことは認めるわけにいかん。だから今後は細心の注意を払い、身を慎んでもらいたい。誰かに悪評を立てられるようなことをいささかも起こしてはだめだ。わかったかね」

「はい、わかりました」クライドはこれ以上ないほどの厳粛な面持ちで答えた。「承知しました。しかるべく行動します。それができなければ辞職します」そしてそのときは、自分にはできるし、するつもりだと本気で思っていた。上階にわんさといる女の子や女性なんか縁もゆかりもない連中であり、今やどうということもない。

「たいへんけっこう。では、もひとつやってもらいたいことを言うことにしよう。本日はこれで切り上げて帰宅

し、寝ながらでもこのことについてじっくり考えてみてほしいんだ。それでも考えが変わらなければ、明日の朝また出勤して、上階のあそこで仕事をしたらいい。今後きみの給料は二十五ドルになる。部局の責任者をしている他の者たちにとっても模範となるような、きちんとしたきれいな身なりをしてきてもらいたい」

ギルバートは冷淡にして他人行儀な態度で立ち上がったが、クライドは、服装をよくしろと言ってもらえただけでなく突然の大幅昇給まで告げられ、すっかり元気づき舞い上がって、いとこに感謝するあまり仲良くなりたいとさえ思うほどだった。たしかにこの男は厄介で冷たく、うぬぼれの強いやつではあるが、でもおれのことを少しは考えてくれているにちがいない。おじさんもだ。でなきゃ、おれのためにわざわざこんなにいろんなことを、しかもこんなに一気に、してくれたりするものか。万一にでもこの男と親しくなり、うまく取り入って贔屓してもらえるようになれたら、仕事の面でも社交の面でもどんなに明るい前途が開けることか。

このときクライドは有頂天になっていたために、この大工場から颯爽とした足どりで堂々と退社してくる途中、あれこれ決心したのだが、なかんずく、これからはいかなることが起きようとも、人生や仕事におけるみずからの価値を証し立てるつもりで、伯父やいとこがおれに対して露骨に求めているとおりの人間になってみせるぞと決意した――今度の職場にいるあの女たちに対しては冷静で、冷淡でさえあり、必要によっては血も涙もない人間になってやる。ディラードとかリタとか、ああいう連中とはもう付きあわないぞ、ともかく当分は。

第十二章

週給二十五ドルの重み！　若い女性二十五人を働かせている部門の長だなんて！　前みたいにまともな格好の服装をすることができるようになる！　部屋の隅にある事務机に向かって座り、そこから眺めのいい川を見渡しているとしみじみ思えてくるけれど、地下であの肉体労働に従事して二ヶ月近くも過ごしたあげく、ようやくこの巨大な企業で多少は重要な役職につくことになったんだな！　それに、おれの親族関係や新たに与えられた地位のおかげで、リゲットだけでなくホイッガムまでもつきまとい、ときどき助言や親切で有益な教えを与えてくれるんだから。それに、他の部門の責任者たちのなかには、経営にたずさわってる何人かを含めて、時折通りがかりに足を止めて声をかけてくれる人もいる――監査役とか広告宣伝担当者とか。それから、仕事も細目まで一応覚えてしまうと、ときにはまわりを見まわす余裕もできて、製造過程や資材調達を含めた一つの全体として工場を把握したいという興味がわいてきた。たとえば大量のリンネルや木綿はどこからくるのかとか、今いる部屋の上にある巨大な裁断室で、何百人もの高給取りの熟練裁断工たちによって、それがどのように裁断されているのかとか。工員の新規採用にあたっている人事部、会社専属の医師、社員病院とはいかなるものか。本館ビルにある特別食堂とはどんなところか。そこで食事するのを許されているのは会社の役員だけ――他の者は立ち入り禁止――だけれど、クライドも公認の部門責任者になったのだから、その気になって金に余裕さえあれば、この特別食堂での昼食に他の者たちと同席することができるようになった。さらにまた、間もなく知るにいたったことに、ライカーガスからモホーク川沿いに数マイル離れたヴァン・トループという名の小村の近くに、企業相互交流用カントリー・クラブがあり、そこにあちこちの工場の部課長がたいてい所属しているのだが、残念ながら、やはりやがて知ったことには、グリフィス社は自社の役つき職員が他社の職員と交わることをほんとうは推奨していず、そのためにグリフィス社の部課長でこのクラブの会員になっている者はほとんどいなかった。だがクライドなら、グリフィス家の一員なのだから、リゲットが一度言ったことがあるように、その気になればおそらく会員になることもできるだろう。しかしクライドは、ギルバートからの強い警告も受けていることだし、この家族の近親でもあるのだから、なるべく関わらないようにするほうがいいだろうと判断した。そんな具合だったから、誰に対してもとてもにこやかで、できるだけ愛想よくしていたとはいえ、にもかかわらず、たいていいつも、またディラードやその同類を避けるためにも、そこまでしなくてもよさそうなほどひどく寂しく過ごして、土曜日や日曜日の午後には下宿に引っ込んでいたり、ライカーガスかどこか他の町の公園で過ごすかしたり、さらに、伯父やいとこに気に入ってもらい、自分の信用を高めるのにも役立つだろうと思ったので、この町最高級の長老派教会に通いはじめさえした——第二教会あるいはハイ・ストリート教会と呼ばれる教会で、グリフィス家の人たちがそこに時たま出入りしていると前から聞いていたからだけど、じっさいには一度も顔を合わせなかった。あの家族は六月から九月まで、週末はグリーンウッド湖で過ごしていたのだもの。この湖はまだ今のところ、ライカーガス地域における社交界の大部分が出かけていく避暑地だったのだから。

じじつ、社交界に関するかぎりライカーガスの夏は、きわめて活気に乏しかった。この時期、市中では目を引くようなことが何ひとつ起きなかった。その前、五月には、グリフィス家やその友人知人に関係したさまざまな催しがあり、クライドも新聞記事で知ったり、遠目に見かけたりしていた——たとえばスネデカー学園卒業式記念レセプションやダンスパーティとか、グリフィス邸での園遊会。邸内の芝生の片隅に縞柄の天幕を張り、あちこちの庭木に提灯をぶら下げる。それをクライドはある夜、町をぶらついていたときにたまたま見かけたことがあった。それでこの家族や、その高い社会的地位や、自分との関係などについていっそう気になりだし、さんざん考えこんだりした。だがグリフィス家の人たちは、大して世話の焼けないささやかな役職にクライドをちゃんとつけてやったので、もうすっかり気にかけなくなっていた。あの男の暮らし向きもよくなっていることだし、もしかしてもう少し面倒を見てやるとしても、いずれそのうち考えてやるさ。

その後少ししてからクライドがライカーガス『スター』紙の記事で読んだことによれば、六月二十日に毎年恒例の花自動車パレード五市（フォンダ、グラヴァーズヴィル、アムスターダム、スケネクタディ、ライカーガス）対抗コンテストが催されることになっており、それが今年はライカーガスを会場にしておこなわれるという。『スター』紙の表現によれば、これはこの地方で例年、湖や山へ出かける余裕のある人びとが大移動を始める前におこなわれる最後の重要行事である。そして、コンテスト参加者ないしライカーガスの美名の守護者として、ギルバートはもちろん、ベラ、バーティン、ソンドラなどの名が言及されていた。パレードは土曜の午後におこなわれたので、クライドは一張羅を着込んではただの見物人になりすまし、断じて人目につかないようにしながら、この前一目見ただけで夢中になってしまったあの女の子をもう一度見ることができた。見てすぐわかるとおり、モホーク川に関係したインディアンの伝説に登場する娘に扮し、黄色い水仙の花で飾った櫂を操って、水面にただよう白いバラの花をかき分けながら川を進んでいく姿を演じていた。黒っぽい髪の毛をインディアン流に束ねて黄色の羽根とマツカサギクで結んだその艶やかさは、賞を獲得するだけでなくクライドの空想をふたたびかき立てるのにも、じゅうぶんの威力を湛えていた。ああいう世界に入れたら何てすばらしいことか。

このパレードにギルバート・グリフィスが加わっているのも目にした。とても魅力的な女性を同乗させて、四季をあらわす山車《だし》四台のうちの一つを運転していた。その山車は冬にあたり、同乗している地元社交界の令嬢は白い貂《てん》の毛皮をまとい、まわりに雪をあらわす白バラをあしらっていた。そのすぐ後ろに続く山車には、春をあらわすベラ・グリフィスが乗っていて、濃いスミレの花で造形された滝のかたわらに、薄くやわらかな布に包まれた身を屈めていた。その情景はじつにみごとで、クライドは恋愛、青春、ロマンスにひたるような気分に投げこまれ、陶酔しながらも沈痛な思いに襲われた。もしかしたらやっぱりリタを押さえておくべきだったかな。

そうこうしている間もクライドの暮らしは以前と同様に続いていた。もっとも、ものの見方が広がってきてはいた。具体的に言えば、増額した給料を受けとって最初に考えたのは、カピー夫人の下宿屋を引き払って、どこかの私邸にもう少しましな部屋を借りようということだった。少しくらい便利が悪くなっても、近隣の柄はよくなるようにできるはず。ディラードとの接触を断つことにもなる。それに、おじさんが昇進させてくれた今となっては、おじさんかギルバートの使いの者が、何かの用でおれに会いにきたいなどと言いだすかもしれない。そしたらそういうやつは、今住んでるようなちっぽけな部屋に暮らしてるおれを見て、どう思うだろうか。

そんなわけでクライドは、昇級後十日ばかり経った頃、グリフィスという名前のおかげもあって、前よりもましな界隈のましな住宅に部屋を借りることができるようになった――ジェファソン街というところで、ワイキーギー街と平行しているけれども二、三ブロック隔たっている通りである。その住宅は、ある会社の工場長だった夫に先立たれたある寡婦の持ち家で、この家を維持するために二部屋が賄いなしの貸間になっていたのだ。家はライカーガスでその程度の地位にあった者の住居としては並外れていた。また、ペイトン夫人はこの市に長年暮らしてきたし、グリフィス家のことはよく知っていたから、姓が同じであることだけでなく、クライドがギルバートに似ていることもすぐにわかった。そしてそのことに興味をそそられたし、クライドの風采にも惹かれて、すぐに週五ドルという破格の家賃でこの上等の部屋を貸そうと言ったので、クライドはただちに借りることにした。

しかしながら、工場での仕事のほうでは、部下である女工に関してあれほど峻厳な決意をしたにもかかわらず、単調で型どおりの仕事だけを心にとめておく、つまりこの一団の女工たちを女として考えないようにするなんてことは、いつまでも続けられそうになかった。なかには可愛らしい娘も少なくとも何人かはいたからだ。季節も夏になっていた——六月下旬である。だから工場全体が、とくに午後も二時、三時、四時となり、はてしなく繰り返される作業が誰の心にも帷《とばり》を下ろしたように感じられる頃になると、けだるさや、ときには官能とも無縁ではないような放心状態に浸されるように思えてくる。なにしろ、これほどさまざまなタイプや気質の女性や娘たちがこれほど大勢いるときている。しかもここにいる女たちは、男たちからも、いかなるかたちの気晴らしからも切り離され、実際上クライドだけを連れにして閉じ込められている。それにまた、工場内の空気はほとんどいつもむっとして体をだらけさせるし、床から天井まで届いているいくつもの窓は開け放たれて、その向こうには、渦巻き波立ちながら流れるモホーク川や、青々とした草に覆われ、随所に木陰を呈している土手も見えている。その景色はいつだって、岸辺を散策すれば味わえそうな愉悦をほのめかしているみたいだ。それで、ここにいる労働者たちは、ごく機械的な作業に従事させられているだけで、心はあれこれの楽しみを求めてさまようにまかされていたので、だいたいはいつも自分自身の思いにふけったり、こんなきまりきった作業に縛りつけられていなかったらやってみたいことについて空想したりしている。

それに、女たちの気質は快活で情熱的だったから、多くの場合もっとも身近なものに意を注ぎやすかった。そして、クライドがほとんどいつもその場にいるたった一人の男性だった——それに近ごろは一張羅できめていた——から、女たちの注意はクライドに引かれがちになった。いや、それどころか、グリフィス家やその同類とどんな個人的関係を結んでいるのか、どこに住んでいてどんな暮らしをしているのか、どんな女性が好みなのか、などといったことについて、とんでもない想像をあれこれとたくましくしていた。またクライドのほうも、ギルバート・グリフィスから言われたことの記憶にあまり縛られないかぎり、女工たちに思いをめぐらせていた——とくに何人かの若い女に——肉欲すれすれの思いを。というのも、グリフィス社からの要請にもかかわらず、またリタを振り捨ててきたにもかかわらず、あるいはもしかしたらリタとの件があったからこそ、職場の娘三人に図らずも関心をもちはじめたのである。いずれも異教徒的な、遊び好きの性格だった——この三人組——それぞれがクライドをなかなかの美男子だと見なしていた。ルーザ・ニコフォリッチ——ロシア系アメリカ娘——大柄のブロンドで動物的、目は潤んだ茶色、しし鼻で肉づきのいい顎の持ち主は、クライドにぞっこんになっていた。ただ、クライドの態度がいつも近づきがたいので、自分がそういう思いを抱いていると認める気になれない。髪の毛をきれいに分け、派手な縞柄のワイシャツを着て、その袖をこの陽気のために肘までまくり上げている男の姿は、現実とは思えないほど完璧であるように見える。きれいに磨き上げた茶色の靴、ピカピカのバックルがついている黒革のベルト、ゆったりと結んであるネクタイに惚れ込んでしまう。

それからマーサ・ボルダルーがいた。太めの、活発な、フランス系カナダ人で、むっちりしていても整った身体つきやくるぶしに魅力があり、赤みがかった金髪、目は青緑、ふっくらしたピンクの頬、ぽっちゃりしていても小作りな手。無知で異教的なこの女から見たクライドは、そっちがその気さえあれば一時間でも歓待してやりたいような相手だった——しかも熱烈に歓待してあげる。同時に、野生味を帯びたネコのような女だから、図々しくもこの男の関心を引こうとでもするような女がいれば、誰彼の見境もなく憎んだ。だからルーザを忌み嫌った。というのも、ルーザはクライドが手の届くくらいまで近づいてくるといつでも肘でこづいたり、もたれかかったりするのが、マーサの目に入ったからだ。他方マーサ自身も、知ってるかぎりの手管を使って気を引こうとする——ブラウスの胸元をはだけて、白い乳房が盛り上がりはじめるあたりまでさらけ出したり、作業している間もスカートをふくらはぎの上まで小粋に持ち上げたり、まるまるとしてむっちりした腕を肩までむき出したり、少なくとも体は付きあうに値する女であると見せつける。それから、クライドがそばにくると、そっとため息をついたり、ものうい視線を投げかけたりするので、ルーザもたまらず、ある日は「あのフランス女の牝ネコめ！　あいつもあんな女なんかに目をくれたりして！」と怒鳴った。そしてクライドのために、マーサをひっぱたきたくてたまらなくなるのだった。

それにまた、ずんぐりしているけれども陽気なフローラ・ブラントもいた。明らかに下層のアメリカ人タイプで、粗野ながらに気を引くような顔つき、髪は黒く、長いまつげに縁取られて潤んでいる大きな黒い眼、ツンと上を向いた鼻に、ぽってりとして官能的ながら可愛らしい唇、強健そうで端麗でなくもない肉体だ。クライドがこの職場にきてからしばらくの間、くる日もくる日もまるでこう言わぬばかりの目つきで視線を送ってきた――「なあに！　あたしに魅力がないとでも言うの」それから「何であたしを無視し続けることができるの。あんたのようにあたしから目をかけられたら、ありがたがる男はしこたまいるのよ」とでも言わぬばかり。

こんな女三人に関してクライドがそのうち思いいたったことには、みんな普通の女より一風変わっていて、見たところ低俗で、あまり保護されてもいず、男女関係の因襲的な駆け引きにとらわれる気持ちもなさそうだから、このなかの誰かと遊ぶこともできそうだし、しかも人に見とがめられもせずにすますこともできそうだ――あるいはいっそ、興が乗ってきさえするなら、三人全員とかわるがわる遊んでも――暴露されることもないかもしれない。とくに、そもそもこの女たちに目をくれたりするのは、こちらから恩を売ってやるだけのことだと、前もってよくよく思い知らせておいたら、きっとうまくいく。あの子たちは、ああいう振る舞いから判断すれば、進んでどこかでこちらの望み通りにさせてくれたあげく、おれがここでの自分の地位を守るためにはそうせざるをえないように事後は目もくれてやらなくても、平気でいてくれるのは間違いない。とはいえ、ギルバート・グリフィスに約束してしまっている以上、まだそれを反古にする気にはなれなかった。三人の女についての妄想も、きわめて処しにくい状況に直面した場合などにときどき頭に浮かんでくる考えにすぎなかった。クライドは、性の化学作用や美の定則に容易に、しかもしばしば強烈に燃え上がらせられる性分だった。性の衝動に容易に抗えないことはもちろん、性の魅力にも太刀打ちできない。だから、この女たちがかわるがわる見せる素振りや働きかけに、ときに誘惑されたのも確かだった。この頃の暑くてけだるい夏の日々のさなかとあってはなおさらだった。気晴らしするにもどこに行くあてもなく、語り合える親しい友もいなかった。誘惑することに熱中しているほかならぬこの子たちのほうへ、ときにはどうしようもなく引きつけられることも避けられない。とはいえ、女たちの、人目を盗みそこねて露骨になることも少なくない色目や媚態に刺激されても、クライドにしては驚くほどこらえて、超然とした無関心を装った。

ところがちょうどその頃、注文が殺到していた。そのためにクライドは、ホイッガムからもリゲットからも受けた助言に従い、臨時の「見習い」女工を組み入れなければならなくなった。技術を習得するまでは現行の歩合制の率に応じたほんのわずかな給料しかもらえなくても働く気のある女工たちを使うのだ。もちろん、技術さえ身につけば給料は増える。一階の本部事務室にある新規採用課には、そういう志望者が多数応募してきた。不景気のときはどんなに応募者がいてもすべて追い返されるか、「工員不要」という掲示が出されるのだが。

だがクライドは、今の部署には比較的不慣れで、これまで誰かを雇ったり解雇したりしたことがなかったから、ホイッガムとリゲットが相談の上、こうして送りこまれる女工全員をまずリゲットが審査することにした。リゲットも臨時の縫製工を求めていたのだ。その上で、刻印工に向きそうな者が見つかったらクライドのほうにまわして、見習いとして使うように伝えるということになった。ただしリゲットは誰かをクライドにまわす前に、こういう臨時採用や解雇には一つの方式があるということを、きわめて慎重に説明した。新たに採用された従業員には、試用中に能力が完全に証明されるまでは、いかにいい仕事をしたとしても一応こなせた程度にすぎないと思わせなければならない。並はずれてうまくできたなどと思わせたりすると、出来高給の労働者としての正常な発達の妨げになり、一人の人間から引き出しうる最大の成果を得られなくなる。それにまた、こんな繁忙期に対処するためには女工を必要なだけ何人受け入れても気にしなくていいし、需要急増が収束したら好きなだけ解雇できる——ただし、新入りのなかに非常に能率のいい働き手がたまに見つかるので、その場合は別だ。そういうときは、そいつを手放さないようにするのが常道。そのためには、見劣りするやつを解雇するか、誰かをどこか他の職場へ移すかして、新しい血とエネルギーを取り入れる余地を作るのだ。

この需要急増対応策の通知があった翌日、女工が四人まわされてきた。一人ずつ別々にあらわれ、その都度リゲットが付き添ってきてクライドに説明した。「こちらはあなたのお役に立ちそうな人です。ミス・ティンダルという名前です。見習いとして使ってみてください」とか、「この子がお役に立つかどうか、使ってみてくれませんか」とか言う。するとクライドが、今までどこに勤めていたか、だいたいどんな仕事を経験してきたか、ライカーガスで自宅住まいをしているのか、それとも一人暮らしをしているのか（独身暮らしをしている娘は工場ではあまり望ましいと思われていない）などと質問する。それから仕事の内容や給料について説明する。それからミス・トッドを呼ぶ。そこでミス・トッドはまず新入りたちを休憩室に連れていく。そこにはロッカーがあり、上着をそのなかに仕舞わせる。そのあとで作業台に連れていき、どんな手順で作業するのか教える。さらに後ほど、新入りがどれほどうまくやっているか、このまま採用するに値するかを見定めるのが、ミス・トッドとクライドの役目となる。

これまでのところクライドは、あれほどすっかり蕩《とろ》かされた娘たちを別にすれば、ここで働いているような女の子にはあまり好ましい印象をもっていなかった。たいていはおもしろみのない、ちょっと頭の悪そうな連中だと見ていて、もっとあかぬけた容姿の子を迎えることができるかもしれないと期待を募らせていた。できないはずがあろうか。ライカーガスの工場社会にはかわいい子が一人もいないのだろうか。ここにいる娘たちの大多数は、ずんぐりした手、平べったい顔、太い脚にむくんだようなくるぶしをしてる。なかには言葉に訛りがあるのさえいる。ポーランド人かポーランド系移民の子で、工場の北にあるあのスラムに住んでるんだ。この連中だれもが「ええ男」をつかまえて、あとでどこかのダンスホールに行き、それからも少し何かしたい、なんてことにしか関心がない。さらにクライドの気づいたことに、ここにいるアメリカ人タイプの娘たちは、この連中とは印象が大違いで、もっと痩せ型、神経質型だったし、たいていは骨張った身体つきで、人種的偏見、道徳的、宗教的先入見からくる自制のために、どうやら他の女工仲間や男たちとも交じり合えないらしい。

ところが、その日とそれに続く数日間にクライドのところにまわされてきた臨時工ないし見習い工のなかから、これまでここで見てきたどの子よりも興味をそそる若い女がついにあらわれた。一目見るなり判断できたのだが、この子は他の者たちよりも頭がいいし、感じもいい——もっと知的——もっとほっそりと優美な身体つきながら生命力に劣るようには見えない。じっさいはじめて眼にしたとき、この部屋の他の誰にもそなわっていないような魅力を湛えているように思えた。ある種の物欲しげで驚嘆に打たれたような風情、それが独立独行を期する勇気や決意と結びつき、この子が相当の意志力と信念の持ち主であることを即座にあらわしていた。にもかかわらず、この子の弁によれば、この種の仕事には経験がなく、ここであれどこであれ自分が何かのお役に立つことができるかどうか、まったく自信がないという。

名前はロバータ・オールデン。すぐに始めた身上説明によると、ここにくる前は、ライカーガスの北五十マイルにあるトリペッツミルズという町で小さな靴下工場で働いていたという。とても新しいとは見えない茶色の小さな帽子を、こぢんまりとととのって可愛らしい顔も隠れそうに目深にかぶり、明るい薄茶色の髪が後光のようにその顔を取り巻いている。眼は澄んだ灰青色。ささやかなスーツはありふれた型であり、靴はあまり新しそうではないけれども、ごくしっかりした造りである。堅実でまじめそうだが、とても明るく清らかで意欲的であり、希望と生気をみなぎらせていたから、はじめに面接したリゲットと同様クライドも、たちまちこの子が気に入ってしまった。この部屋にいる女工たちよりも秀でているのははっきりしてる。クライドは面接しながら、この子についてもっと知りたくてたまらなくなってきた。この子はあたかも人冒険に臨んでいるかのようにやけに緊張して、この面接の結果をいくらか不安に感じているみたいだもの。

話を聞けば、これまではビルツという町の近くで両親の家に住んでいたのだが、今はこの町で友人と同居しているとのこと。その話し方はとても正直そうで飾り気がないので、クライドはすっかり心を動かされ、それゆえ力になってやりたくなった。同時に、今応募しているような仕事にはもったいなすぎるぐらいの人ではないかと思った。眼がいかにもつぶらで青く賢そう——唇も鼻も耳も手もじつに小ぶりで愛らしい。

「じゃあ、ここに就職できたらライカーガスに住むおつもりなんですね」何よりもこの子と話していたいがために、言葉をかける。

「ええ」こちらに向けたまなざしのひたむきで率直なこと。

「では、もう一度お名前をお願いします」ここで書類綴りを取りあげる。

「ロバータ・オールデンと申します」

「で、ここでのご住所は」

「テイラー通り二二八番地です」

「それはどこのことなのか、ぼく自身にもよくわからないのですけどね」クライドはこの子と話していたかったから、言わなくてもいいことまで話した。「ぼくもこちらにきてからまだ日も浅いものですから」あとになってみると、何でこんなに早々と自分のことをわざわざ話したりしたんだろうと不思議に思った。それから付け足すように「リゲットさんがここでの仕事についてすべてお話ししたかどうかわかりませんけど、出来高払いの仕事なんですよ、カラーに刻印を捺すんです。実地見学してもらいますから、どうぞこちらへいらしてください」と言い、刻印工が働いている近くの作業台へ連れていった。作業の様子を一通り観察させたあと、ミス・トッドを呼びもせずに自分みずからカラーを一本取りあげると、前に自分が受けた説明をそっくりなぞるように説明してやるに及んだ。

同時に、こちらの顔や身ぶりを見つめるときのひたむきさ、こちらの言葉を一つも聞き漏らすまいとしているらしい一途さにほだされて、クライドは多少緊張し、まごついてしまった。この子のまなざしには、かなり鋭くて食い入るような感じがある。ひと束につきいくらになるか、稼ぎが多いのもいれば少ないのもいるということをもう一度説明してやっても、見習いで働きたいという意志に変わりはないと確認した上で、ミス・トッドを呼んだ。ミス・トッドは娘をロッカー室まで連れていき、帽子と上着をハンガーに掛けさせた。間もなく戻ってきた娘が見えた。明るい色の髪の毛が額にかかり、頬がわずかに赤らみ、眼には一心不乱な表情を浮かべている。ミス・トッドに指図されたとおり袖を肘までまくり上げ、きれいな腕の肘から先がむき出しになっている。それから仕事に取りかかった。その動作から見て、すばやく正確な作業ができる女工になれそうだとクライドは踏んだ。この仕事口を手に入れて手放すまいとしてるみたいだものな。

娘が作業を続けてしばらく経った頃にクライドはそばに寄っていき、かたわらに積み上げられたカラーを取り出しては刻印し、それを反対側へ放り出している様子を見守った。その迅速さや正確さも見てとった。すると娘は、ほんの一瞬振り向いてクライドを見やり、無邪気ながらも明朗で度胸のある微笑みを投げかけてきたので、クライドはすっかりうれしくなって微笑み返した。

「ほう、だいじょうぶやっていけそうですね」クライドは思いきって言ってみた。そう思わずにいられなかったからだ。するとすぐに、ほんの一瞬ながらも娘はこちらを向いてまたニコッとした。それでクライドはつい舞い上がった。たちまちこの娘が好きになってしまった。だけど、ここでの自分の地位にももちろんさしさわりがあるし、ギルバートに約束した手前もあり、この部屋の女工誰とも親しくなったりすることには気をつけなくちゃならないんだ、とみずからに言い聞かせた——こんな魅力のある娘であっても。そりゃだめだ。他の女工に対しても自制してきたんだし、この娘にもそうしなきゃ。そのときの自分にとってはちょっと覚束ない次第だけど。この子にすごく惹かれてるんだもの。すごくきれいで愛らしい。でも、今さら思い出したけど、この子は女子労働者でもある——ギルバートに言わせりゃただの女工だ。それにおれはこの子の上司だ。それにしてもほんとにきれいで愛らしい。

すぐにクライドは、この日採用された別の娘たちを見回りにいった。それから最後にミス・トッドのところまで行って、ミス・オールデンがどんな具合かなるべく早く報告するように頼んだ——それこそぼくの知る必要のあることなんでね。

ところが、クライドがロバータに話しかけ、ロバータが笑みを返したのと同時に、二台おいた横の作業台で仕事をしていたルーザ・ニコフォリッチは、隣で仕事をしていた娘を肘でつつき、誰にも気づかれないようにまずウィンクしてから、クライドとロバートのほうに顎をかすかにしゃくってみせた。あの二人を見ろという合図。そしてクライドが立ち去り、ロバータが先ほどまでのように作業しだすと、ルーザは隣の娘のほうに体を寄せて、「あいつ、もうあの子がお気に入りだって言ってるよ」とささやいた。それから眉をつり上げ、唇をぎゅっと引き締めた。すると隣の娘は誰にも聞こえないようにそっと答えた。「なかなか手早いじゃないの、フン。あいつ、前は誰にだって目もくれなかったくせにね」

それから二人はいかにも訳知り顔にニヤリと笑った。おたがいだけに通じるとっておきの仕草。ルーザ・ニコフォリッチは妬いていた。

第十三章

ロバータのようなタイプの娘がグリフィス社でこの時期、こんな職種に求職するにいたった理由は、多少述べておくに値する。というのも、ロバータは、家族や人生との関係においてクライドといくぶん似通った意味で、自分の暮らしに大きな失望を感じていたからだ。農民タイタス・オールデンの娘——百五十マイルほど北にあるミミコ郡の田舎町ビルツ近くの出身である。子どもの頃から貧乏暮らししか知らないと言っていいくらいだった。父親は——この地域の農民だった先代イーフレイム・オールデンの息子三人のなかの末弟——まったくの甲斐性なしで、四十八歳にしてまだ、父親から相続した段階ですでに古ぼけて修理の必要に迫られていたのに、今や崩れ落ちそうになっている家に住んでいる。この家そのものは、もともとニューイングランドのふつうの町や通りに趣を添える快適そうな破風作りの住宅を生み出した、あのすぐれた趣味の模範のようなすてきな家だったのに、もはやペンキもはげ、こけら板も抜け落ち、かつては道路際の門から玄関入り口まで湾曲して続いていた歩道の敷石もなくなっているありさまで、何とも侘びしい姿を世間にさらし、まるで咳き込みながら「まあ、万事が思わしくありませんで」などとつぶやいているようだ。

家の内部も外部に見合っていた。床板も階段の踏み板もがたがたになり、ときにはいやに不気味な音を立てた。窓にブラインドのついているのもある——ついていないのもある。家具は旧式のも新しい型のものもあるが、いずれもどことなくくたびれた感じで、描写するまでもないような茫漠たるかたちに混じりあわされ、据えられている。

ロバータの両親について言えば、事実を無視し幻想を尊ぶあのアメリカ精神に育まれた土着民タイプの人間のこの上ない見本だった。タイタス・オールデンは、生まれてきて世間を渡り、何ひとつまともに把握することもないまま消えていく、無数の人びとの一員だった。この世に生まれ、まごまごしたあげく、霧に包まれるようにして生涯を終えるのである。年上ながらやはり同じように影の薄い二人の兄たちどちらとも変わらず、タイタスも、父親が百姓だったからという理由だけのために百姓になった。つまり、この農場にいるのは、相続したのだし、他所へ出ていくよりもここにとどまってこの農場を成り立たせてみようとするほうが気楽だったからなのだ。それとは別共和党支持者であるのも、前は父親が共和党支持者だったし、この郡は共和党の地盤だったからだ。それとは別の道を歩もうなどとは思いもよらなかったのだ。そして、政治や宗教に関してと同様に、何が正しく何が間違っているかという観念もすべて、周りの人たちからの借り物ですませていた。知的な、つまり物事を正しく伝える堅い本など、一冊でも読んだことのある者は、この家族のなかに一人としていない——一人として。それでも、因習や道徳や宗教の及ぶかぎりは立派な人たちだった——正直で、高潔で、敬虔で、堅気の人たちだ。

こういう両親から生まれたこの娘に関するかぎり、生まれ出たこのような環境よりは多少ましな生き方もしていけそうな素質をそなえていたにもかかわらず、それでもやはり少なくとも部分的には、その土地や時代に支配的だった宗教的、道徳的観念を——地元の牧師や一般信徒が抱いていた見方を引き写しに信じていた。同時に、温かみのある、想像力にみちた、官能的な気質に恵まれているので——十五、六になった頃には——イヴの娘ならいかに醜かろうと美しかろうと、この世の開闢《かいびゃく》以来取りつかれてきた夢に胸をふくらませていた——自分の美しさか魅力によって、いつか近い将来、誰か特定の男性ないし世の男性一般を魅惑して、抗えないほどの虜にしてやれるかもしれないという夢に。

そういうわけでロバータは、幼い頃から少女時代が過ぎるまで、恵まれず辛い貧乏生活の話ばかり聞かされ、経験させられてきたのに、もって生まれた想像力のおかげか、もっとましな暮らしをいつも思い描いていた。もしかしたらいつか、オルバニーかユティカのようなもっと大きな都会に出られるかもしれない。わかるもんですか！　新しい、もっとすばらしい暮らしにならないともかぎらないわ。

それにしても何という夢であることか！　やがて十四歳から十八歳になるまでの年ごろになると、五月はじめの陽光が年老いた木々にもピンクのランプのような花々を開かせ、散りしきる芳《かぐわ》しい花びらが絨毯のように地面に敷きつめる春の日の果樹園で、立ちつくしては深呼吸し、ときには笑い声を上げ、またため息さえ漏らし、両腕をさし上げるように広げて、生を迎え入れようとした。生きているという実感！　青春があるし、行方には世界が広がっている。たまたま通りかかって目を向けてくれた、どこか地元の青年のまなざしや笑顔が思い浮かぶ。もう二度と会うこともないかもしれないけれど、でもやっぱりああいう笑顔を見せてくれただけで、若い魂が揺さぶられ、夢をかき立てられる。

とはいえロバータははにかみ屋だし、引っ込み思案だ――男性を恐れた。とりわけ、この地域によく見られるありふれたタイプの男性が怖かった。そしてそういう男たちも、ロバータの内気さや上品ぶりに恐れをなし、肉体的魅力には惹かれつつも、こんな田舎にはあまりにも優雅すぎるような気がして、尻込みしがちだった。それでもロバータは十六歳になると、ビルッに出てアップルマン衣料品店で週給五ドルの仕事に就き、気を引かれた若い男も少なからず目にした。だがここでは、自分の家庭の社会的地位について引け目を感じているし、世慣れぬ目から見ると男たちが自分よりもよほどいい身分にいるように見えたから、関心をもってもらえるわけはないと思い込んでいた。だからここでもまた、自身の気のもちようのせいで、男たちをほぼ完全に遠ざけることになったのだ。にもかかわらずロバータは、十九歳近くになるまでアップルマン衣料品店に勤め続け、自分を頼りにしているみたいな家庭や家族にあまりにも気を遣いすぎていて、自分自身のためになるようなことは何ひとつしていないと感じていた。

だがその頃に、広い世界のなかのこんな地方にとってはほとんど革命的とも言える変化が生じた。というのも、こういう僻地の労賃は安価なので、小さな靴下工場がトリペッツミルズに建設されたのだ。するとロバータは、このあたりで支配的なものの見方や規範に縛られていたから、この種の労働を何となく自分の品位に関わると見なしていたのだけれど、高賃金がもらえるらしいという話を耳にするとやはり引きつけられた。そこでトリペッツミルズに出ていって就職し、以前にビルツに住んでいた隣人の家に下宿して、毎週土曜日の午後には帰宅する暮らしをするようになった。そのうち何かもっと品のいい実務的教育を受けられるよう、学資を稼ごうという計画だった――ホーマーかライカーガスかどこかの専門学校に入り、もう少しましな仕事につけるような課程で勉強したい――簿記なり速記なり。

こうして夢を抱きながら貯蓄の努力をしているうちに、一年の歳月が過ぎた。そしてその間、稼ぎは増えていった(最終的には週十二ドルになった)けれども、家族のなかの誰か彼かがささやかながらもあれこれと入り用に迫られると、自分も嘗めたつらい窮乏を他の家族には少しでも軽くしてやりたいと思うものだから、稼ぎの大部分はそのために費やされた。

それにまたここでもビルツでと同様に街頭で、知的にも気質的にも自分に似合っていると思えるような青年が目に入る――でもやっぱり、ただの女工なんかどう見ても取るに足らないとあしらわれるのが落ちだった。しかも、ロバータはただの女工などというタイプからほど遠いのに、女工たちと付きあってきたので、そういう者たちのいじけた心理に、やはりいくぶん染まりがちになっていた。はっさり言えば、自分が興味を持てそうな男性は誰も自分に振り向いてくれるはずがないと考えて、かなりあきらめかけていた――少なくとも、いやらしい下心もなく付きあってくれる人なんかいるはずもない、と。

そのうちに二つの出来事が起こり、そのため、結婚について真剣に考えさせられたにとどまらず、自分が結婚できるのかどうかという将来についても考えさせられるようになった。というのも、ロバータの三歳年下でもう二十歳になった妹アグネスが、少し前までオールデン家の近くの小学校で教鞭を執っていた若い教師と最近再会し、自分が学校に通っていたときよりもこの人は好感が持てると悟って、結婚に踏み切るということになったのである。こうなるとロバータも悟ったように、自分も早く結婚しないとオールドミスと見られかねなくなった。とは言っても、どうするべきか見当もつかないでいたのだが、やがてトリペッツミルズの靴下工場が突然閉鎖になり、再開の見込みもないということになってしまった。そこでロバータは、妹の結婚準備を手伝うだけでなく母親の援助のためにも、ビルツに帰ったのだ。

ところがその後、第三の出来事が起こり、思い描いていた夢や計画に決定的な影響を及ぼした。トリペッツミルズで知り合った女工グレース・マーがライカーガスに移り、数週間後にはフィンチリー電気掃除機製造社にうまく就職して週給十五ドルの給料をもらうようになると、すぐにロバータに手紙を書いて、今ならライカーガスには勤め口がたくさんあると知らせてきたのである。具体的には、毎日の通勤時に通りかかるグリフィス社の東側にある新規採用課の入り口の上に「女工募集」の掲示が出ているのを見かけた、という。探ってみたら、この会社の女工は、はじめこそ九ドルか十ドルと決められているけれど、すぐにいろいろある出来高払いの手間仕事の一つを教えこまれ、熟練してくれれば能力次第では十四ドルから十六ドルも稼げるようになることもめずらしくないそうだ。それに、賄い付き下宿は稼ぎから七ドル支出するだけですむから、大好きなロバータに、もしよかったらあなたもこちらにきて同居してくれないかと、嬉々として持ちかけてきたわけである。

ロバータは、農家暮らしにもう耐えられなくなり、もう一度自分なりの生活を築いていかなければならないという気になっていたから、母親と相談の上ようやく家を出ることにして、自分の稼ぎでもっと直接的に家計を助ける算段をした。

だが、ライカーガスにきてクライドのもとで働くことになっても、ロバータの生活は、これほど大きな変化にともないそうな自分本位の暮らし方を、はじめのうちこそ満喫できたような気がしたものの、ビルツやトリペッツミルズにいたときと比べて付きあいがそれほど広がったわけでもないし、さらに言えば経済的に豊かになったわけでもなかった。グレース・マーは機嫌よく昵懇《じっこん》の間柄になってくれた――グレースはロバータほど器量がよくはない娘であり、だいたいは見せかけながら陽気に振る舞ってくれる魅力的なロバータといっしょにいれば、さもなければ味わえそうもない快活さや交わりが得られるというわけで、ロバータをあてにしている――だからといって、ロバータが引っ張り込まれたこの世界も、飛び出してきた世界とあまり変わらず、開放的でも変化に富んでいるわけでもなかった。

というのも、まず第一に、同居するようになったニュートン夫妻という、グレース・マーの姉と義兄は、不人情というのではないにしても、いかにも田舎町のきわめてありふれた工場労働者らしい人たちで、ビルツでもトリペッツミルズでもしじゅう接していた人たちよりも凡庸だった――信心深く、相当偏狭な人たち。ジョージ・ニュートンは、誰の目にも明らかだったように、感情豊かでロマンチックな人などとは言えないにしても人当たりはよく、自分の将来についてのさまざまな慎ましい計画をこの上もなく重要なものと見なしているような人物だった。なかでも最優先目標は、クランストン籐製品社で編み細工職人として稼いだ給料からちびちびと精いっぱい貯蓄にまわし、自分では適性があるつもりでいる何かの事業に乗り出せるようになりたいということにあった。それでこの目標に近づくために、また、貧弱な貯金をもっと殖やすために、妻と力を合わせ、間貸しができるほどの広さのある古家を借りる企てに取りかかった。家賃を賄うだけでなく、家族と五人の下宿人の食費も捻出できるだけの部屋数を用意し、そのために払わなければならない労力も気苦労も意に介さなかった。他方で、ニュートンの細君メアリーもグレース・マーも、どこに住もうと、ささやかな所帯を築くことにまつわるつまらない雑事をこなすことに、社会生活から得られる満足の大部分を見出すような性格の女性だった。自分の世帯の重みや清廉さを、きわめて因襲的でしがない近隣地域のなかで認めてもらい、一宗派の信条でしかないようなものの見方から人生や人間のおこないを見守ろうとするのだ。

そんなありさまだったからロバータは、この一家の一員となってしばらく暮らすうちに、ライカーガス全体とは言わないまでもこの一家が偏狭で堅苦しいことを認識するようになった――ビルツのあちこちで見かけた偏狭で堅苦しい家庭とまったく異なりはしないじゃないの。でも、ニュートン夫妻やその同類に言わせれば、そういう家庭のあり方こそ厳に護持されるべきもの。これに背いたりしたらろくなことにならない。工場従業員なら、淳良なキリスト教徒の工場従業員たちと交わり、その慣習に従うべきであるというわけ。したがってロバータは毎日――しかも、この町にやってきてからあまり日も経たないうちから――起きるとすぐにニュートン家の食堂で、まずまずとも言えないような朝食を仕方なく食べる羽目になった。朝食には通常グレースやほぼ同年齢の娘二人――オーパル・フェリスとオリーヴ・ポープ――が同席した。二人ともクランストン籐製品社に雇われている。加えてフレッド・シャーロックという名の、市の配電所に勤めている若い電気工もいた。それから、朝食後すぐに長い行列に加わる。くる日もくる日もこの時間になると、川向こうの工場地区をめざして進んでいく行列だ。家を一歩出たらたちまち、ほぼ似たような年齢の若い女工や工員の集団に必ず呑み込まれてしまう。年老い疲れきった顔つきをして、人間というよりも死霊に近いと見える女たちも大勢まじっていることは言うに及ばず。みんな、近所の通りや家から出てきた連中だ。この群衆があちこちの通りから続々と流れ込んでくる人波のために、セントラル街が芋の子を洗うように混雑しだすと、ある種の工員たちがきれいめの娘を見つけては盛んに気を引こうとする。ロバータの目についたかぎりでも、こういう男たちは、知り合いでもない相手に対してさえ淫らな接触やそれ以上の手出しをしようとする。ところが、ある種の若い女のほうも、クスクス笑ったりニタニタ笑ったりするのだ。これまでよその土地で見てきた娘たちのなかにはほぼ見かけなかったようなしどけなさ。ぞっとするほどだ！

夜にも同じような群れが工場で再形成され、停車場のそばの橋を渡って、もときた道を帰っていく。だがロバータは、人づきあいや道徳に関して今まで受けてきた訓練や、もちまえの気質のために、誰の目にも明らかな美貌や魅力があり、強い欲望を抱えているくせに、独りぼっちで誰にも相手にされていないような気がしていた。ああ、周囲がこんなに楽しげなのに、あたしはこんなに寂しいなんて。それに帰宅はいつも六時過ぎだった。だから夕食をすませたら、ほんとはこれといってすることなんかなかった。せいぜいグレースといっしょにどちらかの映画館に行くか、ニュートン夫妻やグレースにメソジスト教会の集まりに出ようと誘われ、何とかその気になって行ったりするのが関の山。

そうではあっても、この一家の一員におさまり、クライドのもとで働くことになってみると、変化したこと自体に喜びを感じた。この大都会。お店や映画館があるこのすばらしいセントラル街。ああいう大工場。それにまたあのグリフィスさん。あんなに若々しくて、魅力があって、にこやかで、あたしに関心をもってくれてるもの。

第十四章

同様にクライドも、ロバータに出会ったとたん心を大いに揺さぶられた。ディラードやリタ、ゼラとの付きあいが尻切れトンボに終わってから、またそのあと、グリフィス家に招待されて、ベラとかソンドラ・フィンチリーやバーティン・クランストンといったご令嬢に紹介されてもどうやら大して意味もなかった経験をしてから、クライドはじつに孤独を感じていた。あの雲の上のような世界！　だが、おれがあのなかに入れてもらえるはずもないのは明らかじゃないか。なのに、あの世界に愚にもつかぬ夢をかけていたからこそ、身近な連中からこんなふうにわざわざ手を切ってきたんだ。それでどこに行き着いた。前よりもむしろ孤独になっただけじゃないか。行き着いた先がペイトン夫人か！　職場の行き帰りにちょっと会釈したり、とりとめもない話をしたりするだけの人たち――あるいは、セントラル街に店を構えながら進んでこちらに声をかけてくれる何人かの商店主なんかと、いかにも和やかにおしゃべりする程度のこと――でなけりゃ職場で、こっちには興味もない、親しくなるわけにもいかないような女工と言葉を交わすぐらいしかない。そんなもの、何だ。じつに無意味なだけ。なのに、これに輪をかけるかのように、おれはもちろんグリフィス家の一員で、そのためにみんなから敬意を払われ、うやうやしく扱われる資格さえあるときてる。ほんとに何という状況だろう！　どうすればいいんだ！

他方こちらのロバータ・オールデンのほうも、以上に述べたようないきさつでこの地に住みつき、その環境もだんだんわかってくるとともに、クライドの地位やその魅力、つかみどころがないながらにはっきり感じられる自分への関心も胸にしみて、自分がどういう立場におかれているのか、心を悩ますようになってきた。というのも、この地の家庭の一員になってみると、地元のいろいろなタブーや制約があることを意識させられるようになったからだ。そのために、クライドなり職階上自分より上にいる人なりに関心を示すなんてことは、ここではいつだって不可能そうに思えた。女工が上司にあこがれたり、関心を寄せる気になったりするのは、この町ではタブーとされていたからだ。信心深く道徳的で慎みのある娘ならそんなことはしない。それにまた、ロバータにも間もなくわかったことには、ライカーガスにおける貧富を分ける境界や階層化は、まるでナイフで切り分けたか、高い塀で隔てられたかしたみたいに、くっきりと線引きされていた。それからもう一つのタブーは、外国出身の家族の娘や若者だった――無知で、低俗で、不道徳で、非アメリカ人的なやつらのことだ！　誰だって――何があろうと――そういう人たちとかかわってはならない、というわけ。

しかし、ロバータにも見てとれたように、こういう人たち――自分や知己みんなが属している、宗教的で道徳的な下層中流階級――のあいだでは、ダンスはもちろん地元でのちょっとした気晴らしも――街の散歩や映画館通いまでも――タブーだったのだ。なのに、ロバータ自身はこの頃ダンスがおもしろいと思いだしていた。さらにひどいことには、はじめのうちグレース・マーといっしょに通ったあの教会の若い男女は、ロバータやグレースを対等の人間と見なしてくれそうもなかった。教会員はたいていこの町に古くから住んでいて、成功した部類の家族に属していたからだ。そんなわけで二人は、教会の行事や礼拝にほんの二、三週間出席したぐらいでは、最初のときからほとんど変わりのない扱いしか受けなかった――型どおりに迎え入れられるものの、同じ教会に属していても、ましな身分にある者たちがふつうは享受しているような娯楽や気晴らしには加えてもらえなかった。

そんな情況だったからロバータは、クライドとめぐり会い、この人が属しているにちがいないと思い込んだ上流の世界を嗅ぎつけるとともに、その人柄の魅力に引きつけられ、クライドを悩ましていたのとまさに同じ野心や疑懼というウイルスにとらえられてしまった。だから今や毎日、工場に出勤するたびにあの人から、目立たないながらも求めるような、それでいて覚束ないまなざしを注がれていることに、気をとられないではいられなかった。でも向こうも、こちらに誘いをかけてもどう受けとられるか自信がないので、はねつけられたり、無礼だと解釈されたりする危険を冒す気になれないでいるにちがいないとも感じていた。それにしても、この職場にくるようになってから二週間経ったころには、ときには、話しかけてくれたらいいのになんて心待ちにしている——何かきっかけを作ってくれたらいいのに——でも別のとき思うには、そんな大それたことしてくれたら困るわ——そんな恐ろしいこと、とんでもない。その場にいる他の女工たちがすぐに見破るにちがいないわ。あの人たちがあの人を、自分たちにとって立派すぎて、あまりにもかけ離れている人間と見なしてるのは明らかなんだもの。あたしのことだけ例外扱いしてるとすぐに気づいて、あの人たちらしい解釈をくだすにきまってる。グリフィス工場の刻印作業室で働いているようなたぐいの女工がくだす解釈は、あたしにだってわかるけど、まずたった一つしかない——ふしだらだって言うにきまってる。

同時に、クライドの側から見れば、ロバータに心を寄せたりすることには、ギルバートから命じられたあの規則が立ちはだかっていた。あれゆえにこれまでは、特定の女工に目をかけたり気を遣ったりしているなどと見られないようにしてきたのに、それでもやっぱりロバータがきてからは、ほとんど無意識にロバータのいる作業台のほうへふらふらと近づいていって、そばに立ち止まってその作業ぶりを見ていることが多くなった。見ると、クライドにもはじめから察しがついていたとおり、ロバータは機敏で頭のいい働き手であり、大して教わりもせずにすぐに作業のコツをすっかり呑み込んでいた。したがって、他の女工とほぼ同額の給料を稼いでいた——週十五ドルだ。しかも、いつも作業を楽しんでいるふうで、ここで働ける特権を得てうれしいと言わぬばかりの様子。それに、おれに少しでも見てもらえて喜んでるじゃないか。

他方、感情的にも官能的にも、繊細な詩的色彩を帯びた一種の豊潤さや快活さをそなえていることに気づかされて、とても洗練された別種の女性であるように見えていただけに、意外に思った。さらに、外国からの移民の女工たちとは違っていて控えめなのにもかかわらず、そういう女工とたいてい親しくなり、ものの見方を理解してやることもできるらしい。具体的には、まずレナ・シュリクトからはじまり、ホーダ・ペトカナス、アンジェリーナ・ピッティ、その他、間もなくわざわざ話しかけてくるようになった女工たちとロバータとが、この工場での仕事について話し合っているのを聞いていると、クライドは、ロバータが他のたいがいのアメリカ生まれの娘たちとはちがって、因襲的な考え方にとらわれてもいないし、お高くとまったりもしないようだという結論に達した。それでいて、アメリカ生まれの娘たちに見くだされることもないみたい。

そんな具合で過ぎていくある日の昼休み、クライドはふだんよりも少し早めに階下で昼食をすませて戻ってきてみると、ロバータと移民家庭の娘たち数名が、アメリカ生まれの娘たち四名も交えて、ポーランド出身のメアリーを囲んでいた。メアリーは移民家庭の娘たちのなかでももっとも快活で粗野な部類であり、かなりキンキラ声で、前夜知り合ったどこかの「ええ男」がビーズバッグをどんなふうにくれたとか、どういう狙いでくれたとか説明していた。

「あたい、そいつについていってって彼女になってやらなきゃなんないってわけ」興味をそそられた一座の者の目の前でバッグを振りまわしながら、はしゃいだ声で披露する。「でもね、あたい、こいつ受けとって、考えちゃってさ。きれいですてきなバッグじゃん、えー」バッグを高く掲げ、ぐるりと回してみせる。「ねえ、教えてよ」ロバータのほうにバッグを突き出し、挑発するような、それでいておそらく衒《てら》っているだけの、まじめくさった目つきをしてみせる。「こいつ、どうしたらいいのさ。こいつもらっておいてあいつの彼女になるか、それとも返してしまうか。かなり気に入ってるんだけどさ、このバッグがね」

するとロバータは、クライドの推測では教えこまれてきた掟に従えばこんな話にショックを受けるにちがいなかったのに、見てるとじっさいはそうならなかった――ショックとはほど遠い。その表情から判断すれば、大いにおもしろがっている。

朗らかな笑みを浮かべながらすぐに答えるには、「そうねえ、その男性がどれくらいハンサムかによるわね、メアリー。すごい美男子だったら、あたしならとにかくしばらく釣っておいて、バッグはできるだけ手元に置いておくわね」

「ホー、でもあいつ、待ったなしなんだから」とメアリーは茶目っ気たっぷりに言い放つ。事情に孕まれている危険性は鋭く見抜いていることが明らかであり、近寄っていったクライドにウィンクする。「あたい、今晩バッグを返すか、彼女になるか、どっちかにしなくちゃ。こんなすごいバッグ、自分じゃ貰えっこないもん」いたずらっぽく、かつ悪党ぶってバッグを見やりながら、事態の滑稽さに興じて鼻の頭にしわを寄せる。「これじゃあ、どうしたらいいの」

「やばい、ミス・オールデンのような可愛らしい田舎娘には、こいつはかなり刺激が強い話じゃないか。たぶんこういうのは好きじゃないだろうな」とクライドは内心で思った。

しかしながらロバータは、クライドにもわかってきたように、うまく調子を合わせていけるようだった。困りはてたような顔つきをしてみせるぐらいだったからだ。「やばい、にっちもさっちもいかないってわけね。こうなったらあなたがどうすればいいのか、あたしにもわからないわ」と言って、目を見開き、いかにも心配そうなふりをする。しかし、クライドには見てとれたように、ただ芝居をしているだけなのだが、とてもじょうずにやってのけている。

すると縮れっ毛のオランダ娘レナが乗り出してきて、「あんたがそいつ厭なら、あたい、バッグをもらってそいつも引き受けてあげるよ。そいつ、どこにいるのさ。あたい、今は男ひでりなんだもん」と言いながら、メアリーからバッグを奪いとらんばかりに手を延ばすので、メアリーはあわててそれを引っ込める。そこで部屋中の女工たちほとんど全員がけたたましい笑い声を上げる。この常軌を逸した悪ふざけに打ち興じているのだ。ロバータさえ声をあげて笑っている。それを見てクライドは好ましく思った。こういう粗暴なおふざけは罪もない遊びだと思っているので、嫌いではなかったからだ。

「そうね、レナ、あなたの言うとおりかもしれないわよ」ロバータがそう言う声をクライドが耳に入れたちょうどそのとき、汽笛が鳴り、隣の部屋の何百ものミシンがうなりを上げはじめた。「いい男がいつでも見つかるわけじゃないものね」ロバータの青い眼がきらめき、いかにも気をそそる形をした唇が開いて顔がほころぶ。その言葉にこめられているのは何よりもおふざけやはったりだ。それはクライドにもわかったから、この子はおれが心配してたほど杓子定規じゃないんだなと思った。人間味があり、快活で、包容力もあり、気立てがいい。茶目っ気たっぷりであることも間違いない。それに着ているものは貧弱で、はじめてここに勤めにやってきたときに身につけていたのと同じ、茶色の小さな丸帽と青い羅紗《らしゃ》のドレスという身なりだけれど、誰よりもきれいだ。それに、外国移民の娘たちみたいに口紅を引いたり頬紅をつけたりする必要もない。ときにはピンクの糖衣のかかったケーキみたいな顔に化粧している娘たちとは違う。おまけに腕も首も何てきれいなんだ――ふっくらして恰好のいいこと！　それから、仕事に打ち込んでいるときには、まるでほんとに楽しんでるみたいに、全身からある種の優美さや奔放さを発揮してる。日中もっとも暑くなる時間帯に仕事に精を出していると、上唇や顎、額に汗が小さな粒となって浮かんでくるので、それをハンカチでぬぐうために仕事の手を一時休めるのが常なのだが、汗の玉もクライドにとっては宝石に等しいと思えるくらいで、魅力をいっそう高めているとしか見えない。

その頃はクライドにとって毎日がすばらしい日々だった。というのも、日がな一日この職場でそばにいて、じっくり眺めては賞翫し、だんだん憧れを募らせていくことのできる女性がまた見つかったからだ。自分にも燃え立たせることができるらしいとわかった強烈な欲望のありったけにのめり込んだ――ホーテンス・ブリッグズに憧れたときの欲望と同じだ――ただし、自分の見るところ、こちらの子はもっと純真でもっとやさしい堅気の女性だから、前ほどみじめったらしい思いにとらわれることのない欲望に燃えあがった。そしてロバータは、最初のうちこそしばらくクライドにほとんど関心もなく、意識もしていないように見えた、あるいはそんなふりをしていたのだけれど、そんなことはやはりはじめから真情に反していた。ただ自分としてはどういう態度をとるのが適切なのか、思い惑っていただけなのだ。あの人の顔や手の美しいこと――髪の毛の黒くてやわらかそうなこと、眼に宿る暗さや憂いや色気。あの人ってすてき――ああ、ほんとにすてきだわ。あたしの目には、まさに美男子そのものとしか見えない。

その後間もないある日のこと、ギルバート・グリフィスがこの職場に通りかかり、立ち寄ってクライドと言葉を交わすのを見かけると、ロバータは、クライドの社会的、経済的地位がそれまで自分の考えていたよりもはるかにもっと高いんだと想像するようになった。というのも、ギルバートが近寄ってきたときに、ロバータの横で作業していたレナ・シュリクトが身を寄せてきてこう言ったのだ。「ほら、ギルバート・グリフィスさんがくるよ。あの人の父ちゃんがこの工場全体の持ち主なのさ。そいで、父ちゃんが死んだら、あの人がもらうんだって。それに、あいつがいとこなのさ」クライドのほうを顎で指し示しながら言い足す。「あいつらすごく似てるだろ」

「ええ、似てるわね」とロバータは答え、クライドだけでなくギルバートをもじっくり盗み見た。「ただ、クライド・グリフィスさんのほうがいくらかハンサムだと思うんだけど、そうじゃない？」

ロバータの向かい側に腰かけていたホーダ・ペトカナスは、この言葉を耳にはさむと笑いだした。「ここにいる人たちはみんなそう思ってるさ。あの人、あっちのギルバート・グリフィスさんみたいに高慢ちきじゃないしね」

「あの人もお金持ちなの？」とロバータは、クライドのことを訊くつもりで尋ねた。

「知らないわ。そうじゃないって噂だけど」ホーダは心もとなさそうに唇をすぼめる。他の者たちと同じようにこの娘もクライドにちょっと関心を抱いているのだ。「あの人、ここに上がってくる前は下の防縮加工室で働いてたのよ。たぶん日給で働いてただけだと思うけど。でも、このビジネスの勉強のためにちょっと前にこちらにやってきたばかりだったんだって。もしかしたらこの職場にもあまり長くはいないんじゃないの」

この最後の言葉を聞いてロバータは急に心配になってきた。クライドをロマンチックな夢に絡めて考えたことはなかった、あるいは考えたことはないと自分に言い聞かせようとしてきたのに、あの人は今にも急にいなくなり、もう二度と顔を合わせることもなくなるかもしれないと思うと、もはや安穏としていられなかった。あんなに若々しく、あんなに溌剌として、魅力がある人なのに。それに、あたしに関心を示してもくれてる。そうよ、間違いないわ。でも、あの人があたしに好意を寄せてくれると考えたりするのは――あるいは、こちらから少しでも誘いかけるような素振りを見せたりするのは、間違ってる。この会社ではあんなに重要な人物なんですもの――あたしなんかよりはるか上の。

そんなふうに思うのも、身についたコンプレックスがもろに出たのか、クライドがそんなに高い地位の人とコネがあり、お金持ちでさえあるかもしれないと聞かされたとたん、あの人が自分に、いやらしい下心もなく関心を寄せるなんてことがありうるなんて、思えなくなってきたからだ。なぜって、あたしなんか貧しい女工じゃないの。ところがあの人は大金持ちの甥でしょ。あたしと結婚してくれるなんて、もちろんあるはずないもの。だけど、あの人があたしに、ちゃんと法にかなった関係以外に何を求めてくるやら。あの人のことでは気をつけなくちゃ。

第十五章

この時期にクライドがロバータやライカーガスでの自分の立場について考えていたことは、およそ混乱していて、心をかき乱す一方だった。だって、職場の女工と関わりを持ってはならぬとギルバートに警告されているではないか。他方、現実の日常生活に関するかぎり、人づきあいの面では以前と変わっていなかった。ペイトン夫人の家に引っ越したために前よりもましな界隈に暮らすようになったとはいえ、実際はカピー夫人の下宿屋にいたときほど順調ではなかった。というのも、あそこにはああいう若い連中と交渉があって、こっちがつき合ってもかまわないと思った場合には、けっこういい気晴らしに誘ってくれたからだ。ところがこちらには、ペイトン夫人と同じくらい年老いた独身の弟と、三十歳の息子――ライカーガス市中のある銀行に勤めている、ほっそりしてつつしみ深い男――以外に、いっしょに遊んでくれたり、その気になってくれそうだったりするような人は誰もいなかった。その二人も、クライドが接するようになった他の人たちと同様に、この人には立派な親戚がいるのだから何かの娯楽に誘ってやったりする必要もないし、そんなことをすればかえって出しゃばりと受けとられかねない、などと考えていた。

他方、ロバータはクライドが憧れているあの上流の世界に属していないにしても、計り知れないほどの魅力をただよわせていた。くる日もくる日もクライドは、あまりにも孤独だったし、さらに、まぎれもなくせせり出てくるきわめて強烈な化学的ないし気質的な牽引力に引きずれられるために、もうロバータから目を離せなくなった——あるいはロバータのほうも同じだった。二人のあいだに、おずおずながらも張りつめて熱のこもった瞬時の見つめ合いが交わされた。そして、そんな見つめ合いが交わされると、ロバータには、クライドと目を合わせようというつもりなどまったくない——時折こっそりちらりと視線を向けてくれただけ——それでもクライドは全身の力が抜け、さらに熱に浮かされたような気がしてくるのだった。あのきれいな口、可愛らしい大きな眼、輝くばかりながらたいてい恥じらいを含みおずおずとした微笑み。それに、ああ、何てきれいな腕をしてるんだ——あんなにととのっていて、しなやかで、敏感そうで、軽やかな容姿や身ごなし。あの子と親しくするだけの勇気さえあれば——思いきって話しかけ、その後どこかで会うことにすることができたら——あの子がその気になってくれさえしたら、そして自分が勇気を出せさえしたら。

惑乱。熱望。何時間にもわたって身を焦がし、心を燃やす。そうなるのも、自分のここでの暮らしが呈するただならぬ逆説的な矛盾に悩まされるだけでなく、ほんとうは腹を立ててもいたからだ——おれは孤独で憂愁に沈んでいるのに、それに反するような、世間から見たら気楽で有利な職に就いているなどと、知人たちにおしなべて思い込まれている事実に向き合わされている。

だから近ごろクライドは、土曜の午後や日曜には、自分がじっさいにはぜんぜんされてもいない歓待を受けていて、身分にふさわしい何らかのやり方で気晴らしをしてるにちがいないなどと思い込んでいるような連中の目を逃れるために、他愛ない観光旅行に出かけるようになった。グラヴァーズヴィル、フォンダ、アムスターダムなどや、グレイ湖、クラム湖など、ボートやビーチや水着のレンタルもある更衣所などがそろっているところへ行くのだ。そういうところで水泳やダイビングを習い覚えて上達するようになったのは、何かの拍子にグリフィス家に迎え入れられたりしたら、社交に役立つ技能をなるべくいろいろ覚えておく必要があると前から考えていたし、水泳やダイビングのうまいある男と知り合い、気に入られたおかげだった。だが、ほんとに夢中になったのはカヌー遊びだった。野外向きシャツとズック靴で絵に描いたようなサマースタイルに身支度し、時間貸しの真っ赤や緑や青のカヌーに乗ってクラム湖を漕ぎまわるとご満悦だった。そして、そんなときのこのあたりの夏景色は、青空高くに夏雲が一つか二つぽっかり浮いたりしていれば、幻想的なおとぎの国のような趣を呈した。そこで心は白日夢にふけりだし、北にあるもっと有名なリゾート地に出かける金持ち集団の一員になったらどんな感じがするのか、などと空想する――ラケット湖、スクルーン湖、ジョージ湖にシャンプレーン湖――そういうところに出かける余裕のある者たちとともに、ダンス、ゴルフ、テニス、カヌーなんかを楽しむんだ――ライカーガスの金持ちたちと。

ところがやはりその頃、ロバータは友人のグレースといっしょにクラム湖に出かけ、これこそ人出も少なく、このあたりの比較的地味な湖畔リゾートのなかでも最良の行楽地だと見定めて、ニュートン夫妻の許しも得た上でたびたび通うことにした。そういうわけで、土曜か日曜の午後になるとこの二人も、この湖畔のパビリオンまで電車に乗っていくようになった。そして向こうに着くと、西岸のよく踏み固められた歩行者道を歩き、叢林で木陰に座って湖水を眺めた。どちらもボートを漕げるわけでも泳げるわけでもなかったからだ。それに、摘むのにちょうどいい野花やベリーの茂みもあった。さらには沼地もいくつかあって、思いきって二十歩かそこら水をかき分けて進んでいけば、繊細な黄色の花芯を見せている白いスイレンに手が届き、摘むこともできた。それらはじつにたまらなく魅力的で、この花盗人たちは腕いっぱいに抱えるほどの花を野原や湖岸から摘んで、すでに二度ほどニュートンの細君のために持って帰ってきていた。

七月の第三日曜日の午後クライドは、相変わらず孤独で反抗的な気分で紺色のカヌーを乗りまわし、湖の貸しボート屋からおよそ一マイル半ほど離れた南岸に沿って漕いでいた。上着と帽子は脱ぎ、ものほしくてなかばいきり立つような気分で、自分がほんとうは送ってみたいと思っている暮らし方をむなしく空想していた。湖上には点々と、青少年から壮年にいたる男女が乗り込んでいるカヌーや、それよりもっと鈍重な手漕ぎボートが見えていた。それで時折、その連中の笑い声や会話の切れ端が水面越しに聞こえてきた。遠くにいる他のカヌーやそれに乗っている夢想家たちは恋愛の幸せを満喫している最中にちがいない、そんなふうに決めこむのがクライドの常だったが、そういう光景こそ自身の侘びしいありさまときわだった対照をなすがゆえであった。

いずれにせよ、そんなふうに恋人と愛を語らっている若者を見かけるだけで、クライドのうちに抑圧に抗おうとしながら潜んでいたリビドーは、不協和音を発しつつ騒ぎだす。すると、それが引き金となってまた別の想像が心のなかに浮かんでくる。その想像のなかでは自分も、まずはじめに幸運な生まれだったとして、スクルーン湖かラケット湖かシャンプレーン湖でソンドラ・フィンチリーか誰かそんな女の子とカヌーに乗り、こんなところよりももっといかした景色の岸辺を眺めながら漕ぎまわっているはずだった。さもなきゃ、乗馬してるか、テニスをしてるか、あるいは夜にダンスしてるか、高速の自動車でソンドラを横に座らせてあちらこちらに走りまわっているかも。そういうことといっさいからおれは閉め出されている気がする。ほんとに孤独で落ち着かず、ここで目にするものすべてに心がかき乱される。どちらを向いても目に映るのは、恋愛だったり、ロマンスだったり、ご満悦の態ばかりみたいじゃないか。どうすればいいのか。どこに行きゃいいんだ。いつまでもこんなふうに独りぼっちでいられるもんか。みじめすぎるじゃないか。

顧みて心に浮かんでくるのは、あの恐ろしい事故が起きる前カンザスシティで味わった、あの短くも楽しく幸せだった日々の気分ばかりでなく、いろいろな記憶もよみがえってくる——ラッタラー、ヘグランド、ヒグビー、ティーナ・コーゲル、ホーテンス、ラッタラーの妹ルイーズ——つまりはあの陽気な一団だが、自分がその仲間に入りかけていた矢先だったのに、あのひどい事故が起きちゃったんだ。それからつぎはディラード、リタ、ゼラ——あの連中とつき合っていたら、今のこんなありさまよりましだったにちがいないんだ。グリフィス家の人たちはもうおれのためには何もしてくれないのか。おれがここにやってきたのは、いとこに鼻であしらわれ、金持ちの伯父の子どもたちをはじめとする輝かしい子女たちの集団から押しのけられ、いや、むしろ完全に無視されるためだけだったのか。しかも、今この夏枯れのシーズンですらいくつも催されているおもしろそうなイベントからもはっきりうかがえるように、あの集団の連中はいかにも特権に恵まれ、のうのうとしていて、どう見ても幸せそう。地元新聞には毎日のように掲載される誰それの往還についての記事。ギルバートやサミュエル・グリフィスがライカーガスにいるような日には、それぞれの大きな高級車が会社事務棟正面玄関の前に駐まっている――ときには、誰かが町に一時間ないし一晩だけ帰ってきたからといって、社交界の若手の一団がライカーガス・ホテルのグリルの前、あるいはワイキーギー街のすばらしい邸宅の前に集まっているのが見かけられる。

それから工場自体においても、どちらかが――ギルバートにしろサミュエルにしろ――やってくるときはいつも、最高にスマートな夏服で身繕いし、スマイリー氏かラッチ氏かゴットボーイ氏かバーキー氏か、いずれにしても会社の重鎮に付き添われて、広大な工場内をやけに厳粛な、王の巡察みたいな様子で見てまわったり、あれこれの末端部局の責任者と協議したり、報告を受けたりする。なのに、こっちにはおれがいる――ほかならぬこのギルバートの血縁のいとこであり、このお偉いサミュエルの甥のこのおれが――独りぼっちでさまよい、思い焦がれるにまかされている。それも、今ではっきりわかってきたが、おれがお眼鏡にかなわないという、ただそれだけの理由でしかないのだ。父さんがこっちの偉い伯父ほど有能でない――母さんが（神さま、どうか母さんをお助けください）あの冷たく傲慢で無神経な伯母ほど気品はないし、世慣れてもいないって。ずらかるのが最善ではないだろうか。こんなところまでやってきたのは、けっきょく愚かな振る舞いをしてしまったことにならないか。あのお高くとまってる親戚はおれのために、どうにかしてくれるとしても、いったい何をしてくれるというのか。

孤独と憤懣と失望にまみれながらクライドの心は、グリフィス家やその世界、とりわけ、思い出すたびに鋭く突き刺されるようなときめきを感じるあの麗しいソンドラ・フィンチリーを尻目にさまよい、ロバータや、この町で暮らしている自分もロバータも属している世界へと向かっていった。だって、貧しい女工でありながらあの子は、自分が毎日接しているああいう他の女工の誰よりも魅力があることに変わりないのだもの。

グリフィス父子がおれのような部署にいる人間に、たとえばロバータのような娘とつき合ってはならぬと命じたりするなんて、何て不公平でバカげていることか。しかもただ、工場で働いている女工だからなんて理由で。あのおかげで、あの子と友だちになることすらできず、こんな湖に連れてくることも、家まで訪ねにいくこともできないんだ。そのくせ、もっとご立派と見なされるのかもしれないような女性とは、資金も乏しいし出会いもないのだから、いっしょに出かけることなんかできないときてる。しかもあの子はあんなに魅力がある——格別だ——特別惹かれるものを感じる。機械に向かって、機敏に優美な動作で作業している姿が目に浮かぶ。形のいい腕や手、滑らかな肌、見上げて微笑みかけてくれるときの輝かしい瞳。工場で襲われるいつもの感情とそっくり同じ感情に染められた思いがよみがえってくる。貧しかろうとなかろうと——ただ運が悪くて女工になってるだけじゃないか——あの子といっしょになれたらどんなにうれしいことか、ありありと思い浮かんでくるのだ。ただし、結婚しなくてすむならばの話だ。そんな思いに取りつかれたのも、結婚をめぐる野望が、グリフィス家の圏内に入ることをめざす方向にがっちり引きつけられるようになっていたからだ。なのに、ロバータなんかに、いかにも生々しい欲情を駆り立てられていた。思いきってあの人にもっと話しかけることさえできたら——いつか工場から家まで送っていっしょに歩いていけたら——土曜か日曜にこの湖に連れてきて漕ぎまわれたら——あの人といっしょにのんびりと夢心地の時を過ごせたらなあ。

クライドは、木立や藪が点在している岬を回りこむように漕いでいくと、その陰になっていた浅瀬に出た。そこにはスイレンの花がいくつも浮かんでいて、波一つない湖面にその大きな葉が平らに並んでいた。そして左側の岸辺に一人の娘が立っていて、花を眺めていた。帽子は脱いでいて、太陽のほうに向いているために目の上に手をかざし、水面を見おろしている。何気なく花に見とれていて、唇がちょっと開いている。すごくきれいな娘だなと思い、漕ぐ手を休めてその子に見とれた。ペールブルーのブラウスの袖は肘までめくってある。それに、も少し濃いめのブルーでフラノ地のスカートも、その肢体の端正さをあらためて目立たせている。あれ、ロバータじゃないか！　まさか！　いや、やっぱりそうだ！

まだほとんど見きわめもつかないうちにクライドは、ロバータのすぐそば、岸から約二十フィートばかりのところまで近づいていた。相手を見上げるその顔には、とつぜん、信じがたいかたちで夢が現実になる経験に見舞われた者の見せる輝きがあふれ出ていた。そしてロバータのほうも、まるで好ましい幽霊がどこからともなく急に呼び出されてあらわれたかのように、煙か脈動するエネルギーから詩魂が形を借りてあらわれてきたのを目にしたかのように、クライドを見つめて立ちつくしていた。その唇には、幸せな気持ちになるといつもあらわれる、うねったような美しい線があらわれている。

「あれっ、オールデンさん。あなたじゃありませんか」とクライドは声をあげた。「さっきからそうかなと思ってたんですが。あっちのほうから見てたんじゃ、よくわかりませんでしたから」

「もちろん、あたしです」ロバータは戸惑いながらも笑い声で答えた。そして再度クライドが現実に目の前にいることにドギマギした。こうしてまたクライドに会えて言うまでもなくうれしいし、その気持を押し隠せたのもほんのつかの間のことに過ぎなかったにせよ、相手にかけてきた自分の思いが間もなくよみがえってきて、不安に襲われはじめたのだ――この人に接近したら厄介なことに巻きこまれるぞという予感。なぜって、こんなふうに出くわしたりしたらたぶん接近して仲良くなることになりそうだし、人にどう思われようと、この人の魅力にはもう逆らえそうもない気持ちになってるんだもの。それにしても、ここには友だちのグレース・マーもきてる。あの友だちに、クライドのことやあたしの気持ちを知らせていいのかしら。ロバータは心配だった。なのに、この人に微笑みかけ、すなおに迎えるまなざしで顔を見合わせないではいられない。あんなにもこの人のことを思い続け、幸せで安定した、世間に認められる何らかの形で、この人といっしょになりたいと思ってきたんだもの。それが今、目の前にこの人がいる。それに、ここにこの人がいたって、何もやましいことなんかないのよ――あたしがここにいることだって。

「ちょっと散歩に出てきたというわけですか」クライドはやっと言葉をかけた。もっとも、ほんとうはうれしさと恐れが入りまじった気持ちだったから、すぐ目の前にこの人がいるとなると、少なからずばつの悪い思いをしていた。同時にこの人があんなに一心に水面を見つめていたことを思い出し、「あのスイレンの花がほしいんですか。あれを見つめていたんでしょ」と言い足した。

「はあ」とロバータは答え、笑みを浮かべたままクライドをまっすぐ見つめていた。風になびいている相手の黒っぽい髪や、襟を開け、袖をまくって着ているペールブルーの野外用シャツや、カッコいい紺色の舟の上に引き上げて支えている黄色い櫂を目にすると、ぞくぞくしてくるからだ。こんな青年を自分自身のものにすることさえできたら――世界中の他の誰のものでもなく、あたし自身のものに。まるで天国みたい――この人を自分のものにできたら、この世で他には何ひとつほしいものなんかありそうもない。しかもここに、あたしの足もとすぐのところでこの人が、夏の盛りの世界で七月の晴れた午後に、こんなすばらしいカヌーに乗ってきてくれている――何て目新しく、ウキウキすることだろう。それに、今まさにあたしに、あんなにもまじまじと見とれるような顔で笑いかけてくれている。グレースはヒナギクを探しに岸から離れたどこか遠くまでいってる。応じていいのかしら。応じるべきなのかしら。

「あそこのスイレンのどれかまで行けないかしらと思って見てたんですの」ロバータはちょっとそわそわしながら言葉を継いだ。怖じ気が声の震えとなってあらわれてきそうだった。「こちら側のこのあたりでは今まで見たことなかったものですから」

「お好きなだけとってあげますよ」とクライドはハキハキとした明るい声をあげた。「そこにそのままいてください。ぼくがとってきますから」だがつぎの瞬間、この舟にいっしょに乗ってくれたらどんなにすばらしいことかと思いつき、こうつけ加えた。「でも、ほら――あなたもこれに乗ったらいい！　このなかは広くて余裕たっぷりですし、お好きなところどこへでも連れていってあげますよ。スイレンなら、この湖のもっと先のちょっと行ったところや向こう側の岸辺にたくさんありますから。ちょうどあの島のかげになってるところでは何百となく見ましたし」

ロバータは見まわした。すると、別のカヌーの漕ぎ進んでいくのが目に入った。クライドと同年配の青年と自分と同じ年頃の娘が乗っていた。娘は白いドレスとピンクの帽子を身につけ、カヌーはグリーンだった。そのもっと先の、クライドの言った島の岬あたりの湖面には、また別のカヌーが見える——こちらはあざやかな黄色で、ひと組の若い男女が乗っている。ロバータは、できれば連れを伴わずに乗せてもらいたいと思った——やむをえなければ連れもいっしょに乗せてもらうか。この人を独り占めしたくてたまらない。ここに独りできてたらよかったのに。というのも、グレース・マーは、いっしょに乗ることになったらこの出会いのことを知って、あとで噂するかもしれないし、いつかあたしとこの人とのことについて何か聞きつけては勘ぐりそうなんだもの。それにしても、あたしが乗らなかったら、この人はもう好きになってくれないんじゃないか、心配だ——あたしを嫌いにさえなったり、あたしの気を引くのはあきらめようと思ったりするかもしれない。そんなことになったら滅茶苦茶だわ。

ロバータは立ちつくして宙をにらみ、考えにふけっていた。それでクライドは、こんなときに相手が見せる躊躇や、自分自身の寂しさに耐えかねてますます募るこの子への欲情に悩まされ、苦しまぎれに不意に叫んだ。

「ねえ、どうか厭だなんて言わないで。乗ってみてください。気に入りますから。乗ってほしいんです。そうしたらお好きなだけスイレンを探しに行けますよ。下りたくなったらお好きなところどこででも下ろしてあげますから——何だったら、十分間乗ってくれただけのすぐあとでも」

「乗ってほしいんです」という言葉をロバータは頭に焼きつけた。おかげで慰められ、力づけられた。見てわかるけど、あたしをだましてやろうなどという気なんか、この人には少しもないのだわ。

「でもあたし、友だちといっしょにきてるんですもの」悲しくうろんなことを打ち明けるみたいに叫ぶ。独りだけで乗せてもらいたいとまだ思っていたからだ——生まれてこの方、これほどグレース・マーが邪魔だと感じたことなんてなかった。何であの子を連れてきてしまったのかしら。あの子、あまりきれいじゃないから、クライドの気に入らないかもしれない。そしたらせっかくのこんな機会も台無しになってしまう。「それに、あたしだって乗らないでいるほうがたぶんいいんじゃないかしら」とほとんど息もつかずに付け足したが、心のなかではさまざまな思いがせめぎ合っている。「安全ですの？」

「そりゃそうです。だから、乗るほうがたぶんいいですよ」とクライドが笑いとともに冗談めいた答え方をしたのは、ロバータが折れてきていると見てとったからだ。「ぜったい安全です」と熱をこめてつけ加えた。それからカヌーを岸に寄せた。岸は水面から一フィートばかり高くなっている。カヌーを安定させるために木の根をつかむと、「もちろん何の危険もありません。さあ、お望みならお友だちをお呼びなさい。お二人を乗せて漕いであげますよ。二人分の広さはあるし、あちらにはいたるところスイレンがわんさかあるんですから」と言って、湖の東岸のほうに顎をしゃくった。

ロバータはもう逆らえなくなり、身体を支えるために、たれさがっている木の枝をつかんだ。同時に「グレーース！　グレーース！　どこにいるの」と呼びはじめた。友だちといっしょのほうがいいと最後は腹を決めたからだ。

遠くからすぐに返答が聞こえてきた。「ヤッホー、何の御用」

「こっちにきてちょうだい。すぐに。お話ししたいことがあるの」

「あら、だめよ。あなたがこっちにきなさいよ。ヒナギクがとってもすばらしいんだから」

「だめ、あなたがこっちにくるのよ。あたしたちを舟遊びに連れてってやりたいって人がこちらにいるんだから」こう大きな声で呼ぶつもりだったのに、どういうわけか、声がうまく出なくなり、友人は花摘みをやめようとしなかった。ロバータは顔をしかめた。どうしたらいいかわからなくなった。「まあ、じゃあ仕方ないわ」と急に決断すると、背筋を伸ばして「あの子のいるところまで舟でも行けますわよね」と言った。

そこでクライドは喜び勇んで、声を高くした。「ええ、そんなことはお安いこと。行けますとも。さあ、乗ってください。まずここにあるのを摘んで、それでもまだお友だちがこなかったら、いるところの近くまで漕いでいくことにしましょう。真ん中のここに入ってきてください。それでバランスがとれますから」

クライドは身体を反らせるようにしてロバータを見上げた。ロバータは不安そうに、それでも昂揚したまなざしで相手の目をのぞき込む。じつにその姿は、あたかも急に歓喜をみなぎらせ、バラ色の靄に包まれたかのようだ。

片足を上げて踏み出そうとしながら、「ぜったい安全なんですね」と言う。

「そのとおり」とクライドは力をこめて言った。「ぼくが押さえて安定させてますからね。そっちのその枝をつかんで、体の支えにしてください」クライドが舟を押さえているあいだに、ロバータが片足を舟底に下ろした。するとカヌーはわずかに傾いたので、ロバータは小さな叫び声を上げながら、クッションを敷いてある座席に倒れこんだ。それはまるで赤ん坊の声のようにクライドには聞こえた。

「もうだいじょうぶ」安心させるように言う。「そこの真ん中に座ってればいいんです。ひっくり返ることなんかありませんから。ヤバイ、それにしてもおかしいなあ。ぼくにもわけがわかりませんよ。じつはね、あの岬を回りこんでいるときにちょうどあなたのこと考えてたんです——いつかこんなところにいらしたらきっと気に入るんじゃないかなんてね。それが今こうしてここにあなたもいてぼくもいるってわけで、まるでちょうどこんなふうに現実になったんですからね」片手をくるりと回しながら指をパチンと鳴らす。

するとロバータは、この告白にうっとりしながらもちょっと怖いような気もして「ほんとうですか」と言った。

クライドのことを自分も考えていたことを思い出していた。

「ええ、それだけじゃありません。ほんとは一日中あなたのことを考えていたんです。ほんとです。今朝どこかであなたにお会いして、ここに連れてこれたらいいのにって思ってました」

「まあ、いけないわ、グリフィスさんたら。心にもないことを」とロバータが訴えるように言ったのは、この不意の出会いがあまりにも急速に、あまりにも親密で情緒的な展開に転じないか、心配になったからだ。そんなことになるのは厭だった。相手にも自分にも不安を覚えていたからだ。そこで、多少冷ややかな、あるいは少なくとも気のなさそうな態度を見せようとしたけれども、ちっともうまくいかない。

「だって、そんなこと言ったって事実なんですから」とクライドは言い張る。

「そうね、あたしだってここはすばらしいと思ってます。あたしももう何回かここにきてましたのよ。お友だちといっしょにね」クライドはまた喜び勇む。この子はもう笑顔に戻り、感動に包まれている。

「おや、そうなんですか」とクライドは声をはずませた。それから、なぜここにくるのが好きなのかとか、どういうわけで泳ぎを覚えることになったのかなどということについておしゃべりした。「でも考えてもごらんなさい。ぼくがこちらに回りこんでみたら、あなたが岸にいてスイレンを眺めていたんですから。奇妙じゃないですか。も少しで舟から転げ落ちそうになりましたよ。たった今あそこに立ってたときのあなたくらいきれいな人は見たことありませんもの」

「まあ、いけません、グリフィスさん」ロバータはふたたび用心深く訴えるように言った。「いきなりそんなことおっしゃるものではありませんわ。やけにお世辞がうまい方なのかと心配になります。こんなに出し抜けにそんなことおっしゃったりしたら、そう思うほかなくなるじゃありませんか」

クライドはまた心もとなさそうにロバータを見つめた。その顔がますますハンサムだと思えたので、ロバータは顔をほころばせていた。でも、この人があの岬を回りこんでくるちょっと前まであたしもこの人のことを思い浮かべながら、グレースでなくてこの人がいっしょにここにきてくれてたらいいのになんて考えていたことを打ち明けたら、この人何て思うかしら、とも感じていた。並んで座っておしゃべりし、もしかしたら手を取り合ったりしたら、どんなふうかしら。腰に手をまわしてくれるかもしれず、こちらもそれを許すかもしれない。そんなことしたらとんでもない、というのがこのあたりの一部の人たちの見方だ。それはあたしだってわかってる。だから、この人にわたしが思ってたことを知られちゃいけないのだわ——けっして。そんなことするのは懇ろになりすぎ——大胆すぎる。でもそんなこと空想してたのはやっぱり事実だ。だけど、今あたしやこの人がじっさいにしてることを、ライカーガスの人たちはどう思うかしら。こんなカヌーに乗せてもらって遊んでるところを見かけたりしたら！　この人は工場の職制、あたしはその下で雇われている従業員。そこから出てくる結論なんて！　スキャンダルにさえなるかもしれない。なのにグレース・マーがいっしょだ――いや、すぐにやってくる。でも、あの子には釈明できる――それはだいじょうぶ。この人が舟遊びに出てきていて、あたしとは知り合いだから、スイレンをとるお手伝いをしてくれる気になったからって、おかしくはないでしょ。やむにやまれぬいきさつのせいよ――今みたいにこの人といっしょにいるのは、そうでしょ。

クライドはもうカヌーを操って、浮かんでいるスイレンの花々のただなかに分け入っていった。そしておしゃべりしながら櫂を脇に置き、手を延ばしてはスイレンの花を引き抜いていた。長くて濡れた茎ごと、ロバータの足もとに放り出す。ロバータは座席にもたれ、他の女の子たちの仕草を見習うように、カヌーの船端から手をたらして水につけている。そしてこのつかの間は、クライドの頭や腕や、眼の上に垂れている乱れ髪の美しさに見とれて、心配も忘れかけていた。この人、何て美男子なんでしょう！

第十六章

この午後のいきさつは両人にとってじつにすばらしいできごとだったから、その後何日間もその思い出にふけらずにいられなかったし、こんなにロマンチックで楽しい偶然のおかげで、あんなに親しく交わりを結べたなんて不思議に思った。どちらも相手を、従業員と上司の関係以上に親しくなったりするのはまずい人間と見なしていたから、なおさらのことだった。

舟のなかでしばしクライドは、スイレンがきれいだとか、とってあげることができてうれしいとか、軽口をたたいていたが、やがて友だちのグレースを迎えにいって舟に乗せ、しまいには貸しボート屋に引き返した。いったん陸に上がると、それからどうしたらいいのか、クライドもロバータも少なからずまごついてしまった。いっしょにライカーガスへ戻るという問題にぶち当たってしまったからだ。ロバータの見方では、いっしょに戻るのは体裁が悪く、噂を立てられる恐れもあった。クライドの側からしたら、ギルバートや他の知人が気になっていた。そのために厄介なことが起きるかも。ギルバートが噂を耳にしたら何て言うだろうか。だから、クライドもロバータも、グレースまでも、いっしょに電車に乗って帰ってもいいのか、すぐに危ぶみはじめた。グレースは自身の評判が落ちるかもしれないし、クライドが自分にそっけないことに気づいていることもあって、機嫌を損ねていた。それでロバータはそれを態度から察し、「あたしたち、これで失礼するほうがよくはないかしら」と言った。

クライドの気を損ねないでうまく袂を分かつにはどうすればいいか知恵を出そうとロバータは、ただちに頭を捻った。自身としてはうっとりした気分をすっかり味わったばかりだったから、一人だったらクライドといっしょに電車で帰るほうを選んだだろう。でも、グレースがいるし、こんな警戒をしはじめた情況では、とてもそんなことできそうもない。何か別の口実を考え出さなくちゃ。

また同時にクライドも、これからどうしたらいいのか考えていた――誰かに見られてギルバート・グリフィスに伝えられるかもしれない危険をものともせずに、二人といっしょに電車に乗っていくか、それとも何か口実を設けて、そうするのを避けるか。しかしながら、どうにも考えがまとまらず、二人に同行して電車のほうへ向かおうとしたとき、ニュートンの世帯で同居しているあの若い電気工シャーロックがパビリオンのバルコニーにきていて、声をかけてくれた。小さな車をもっている友人についてきていて、これから町に帰ろうとしているところだった。

「あれっ、偶然ですな」とシャーロックは叫んだ。「お元気、オールデンさん。こんちわ、マーさん。あなたたちもぼくらと同じで、帰るところじゃないですか。もしそうなら車に乗せていってあげますよ」

この言葉はロバータだけでなくクライドの耳にも届いた。そこでロバータはすぐに応じて、もう時間も遅くなってきてるし、あたしとグレースはニュートン夫妻といっしょに教会の礼拝に出席する予定があるから、そうさせていただければありがたいと言いかけた。とはいえ、シャーロックがクライドも誘ってくれて、クライドもその誘いに乗ってくれたらいいのに、という淡い期待にとりつかれてもいた。ところが、シャーロックが誘ってもクライドは即座にことわった。もう少しここに残っていることにするからと弁解する。それでロバータはクライドと別れたが、感謝の気持ちや楽しかったという思いをまぎれもなく伝える表情を浮かべてみせた。とても楽しかったわね。またクライドのほうも、そんなことするのはバカげていると重々承知ながらも、自分とロバータだけでここにもっと長くとどまれないなんて残念至極だ、などとくよくよ考えていた。そして、みんなが立ち去ってしまうとすぐに一人で町へ帰ってきたのだった。

翌朝クライドは、いつにもましてロバータにまた会いたくてたまらなくなった。そして、この工場での作業は衆目環視のなかでおこなわれるというのが特徴だったから、気持ちをあからさまにあらわすのは不可能だったけれども、クライドはそれでも讃嘆の思いもあらわに、ものほしそうな笑みをさっと顔面に走らせ眼を光らせるので、前夜にも増してとまでは言わずとも変わらぬくらいに夢中になっていることが、ロバータにはわかった。またロバータのほうは、何か危なっかしいことが起きそうに感じ、秘密にしておく工夫をしなければならないことに腹立たしい思いを覚えながらも、熱く相手に呼応する目つきで見返さずにいられなかった。あたしがこの人の気を引いてるなんて不思議！　すばらしくてぞくぞくするわ！

クライドはすぐに、働きかけが依然として功を奏していると見きわめた。適当な機会ができたら、思いきって何か声をかけてみてもいいかなとも思った。そこで、一時間ばかり待ったあげく、ロバータの両隣の女工が二人とも席を離れたのを見てとると、その機会を捉えてさりげなく近づいていき、ロバータが刻印したばかりのカラーを一本手にとって、まるでそのカラーについて何か言うようなふりをしながら、こう言った。「ゆうべはお別れしなければならなくなって、ほんとに申し訳ありませんでした。今日もこんなところじゃなくてあそこに行けてたらなあって思ってるんです。あなたとぼくだけでね。そう思いませんか」

ロバータはクライドと向き合った。クライドの側からの働きかけをこれ以上受け入れるのか拒むのか、今こそはっきりさせるべきときだとは意識していた。同時に、そのために引き起こされる問題なんかそっちのけにしても誘いに応じようと、気も遠くなるほどやきもきしていた。この人の眼！　あの髪！　あの手！　そして、いかなる形でも戒めたり冷たくしたりすることなく、ただ相手を見つめただけだった。しかも、意志薄弱でとろけるようなまなざしだったから、言うなりになるけれど不安だという気持らぐらいしか伝えようがなかった。クライドには、自分もそうであるようにロバータもどうしようもなく自分に惹かれていることがわかった。そこですぐさま、折りを見つけてもっと突っ込んだ話をしてやろうと決意した。誰もついてこないところで会えないかなどという話を。なぜなら、この人もおれと同じくらい、人に見られたくないと思っているのは明らかじゃないか。クライドは自分が危険な道に踏み込もうとしていることを、今日はこれまでよりもずっとはっきり自覚していた。

　クライドは勘定も間違えだし、ロバータがこんなに近くにいては目の前の仕事にろくに手が着かないと感じはじめた。あの子はあまりにも魅力があり、いろんな面から有無を言わせぬ力で迫ってくる。とても温かで明るく、迎え入れてくれそうな雰囲気をただよわせているのだもの、愛してくれるように口説くことができたら、おれはこの世でもっとも幸運な男の部類になるはずと思った。しかし例の規則があるし、昨日湖にいたときには、この工場における自分の立場が思われているほど申し分ないなんてまったく言えないと結論しそうになっていたけれど、ロバータがここにいて、どうやらずっと居続けるらしいとなれば、おれもそうするほうがずっと楽しいのじゃないか。グリフィス家の連中から今後も無視されたって、少なくとも当分は我慢できるんじゃないだろうか。それに、こちらがあの連中の逆鱗に触れさえしなけりゃ、いつかまた社交界に加えてもいい人間として目を向けられるようにならないとも限らないじゃないか。なのにおれはこの段になって、まさに禁じられていたことをやらかそうとしてるんだ。それにしても、ギルバートがおれに命じたこの禁止令なんて、どうってことないじゃないか。あの子と何らかの諒解を取りつけられたら、どうにか人目につかない仕方で逢い引きすることができるかもしれないし、そうすれば、非難される可能性をあらかじめ取り除いておけるかも。

　そんなふうにクライドは、デスクに向かったり巡回したりしながら考えていた。仕事をしている最中でさえ、心を占めているのはもうほとんどロバータのことばかりで、他のことは考えることができなくなっていたからだ。

まず手始めに、もしロバータにその気があるなら、モホーク川沿いのいちばん近くの郊外にある行楽地から西へちょっと行ったところの小さな公園で落ち合うことにしないか、と提案するつもりになった。だが、女工たちがたがいに肩を接するようにして作業しているので、その日は一日中ロバータに連絡する機会をつかめなかった。じっさいのところ、昼休みになって階下へ昼食をとりにいったあと、少し早めに戻り、ロバータが仲間から離れた場所にいるのを見つけて、どこかで会いたいのだがとそっと告げることができないかと期待したのだが、ロバータはすでに女工たちに取り囲まれているありさまだった。そんなわけで午後もずっと好機は一度も見出せなかった。

しかし、退社の時刻になると、帰り道のどこかでうまくロバータ一人に会えたら話しかけてみることを思いついた。だって、あの子はおれに話しかけてもらいたがっている――表向きはいつ何と言おうとも、そう欲してることがおれにはわかる。だから、他の者たちはもちろんあの子からも、まったく偶然に会ったのであって企まれた出会いではないと見えるようなやり方を見つけなければだめだ。ところが終業の汽笛が鳴り、あの子が工場から出ていくときは、もう一人の女工と連れだって帰っていったから、仕方なく別の工夫をこらすしかなくなった。

しかしながらその日の夜は、近ごろだいたいそうしていたようにペイトン宅でぶらぶらしたり、映画館に行ったり、あるいは不安と孤独をまぎらすためにどこかを独りぼっちで歩きまわったりしないで、テイラー通りにあるロバータの住まいを探しに行くことにした。その住まいは居心地のよい家ではないと即断する。カピー夫人の下宿屋や、今クライドが住んでいる家に比べても見劣りがする。あまりに古ぼけた茶色の家で、近所も地味とは言ってもあまりにも魅力に乏しい。とはいえ、こんな早い時刻からあちこちの部屋に明かりが灯っているおかげか、親しみや楽しさをただよわせている。家の前にある数本の立木も和やかな感じだった。ロバータは今何をしてるんだろ。工場ではおれを待ってくれてもよかったじゃないか。今おれが家の外にいると感づいて、出てきてくれたっていいじゃないか。クライドは、自分が表にきてることを何とかロバータに感じとらせ、外へ出てこさせることができますように、と真剣に念じた。だがロバータは出てこなかった。それどころかシャーロック氏が出てきて、セントラル街のほうへ行ってしまうのが目に入った。さらにその後、その通り沿いのあちこちの家からつぎつぎに人が出てきて、セントラル街目ざして歩いていく。おかげで人目を避けるため、自分も一丁ほどせかせかと歩く羽目になった。同時にしきりにため息をついた。すばらしい夜だったからだ――九時半ころに満月が昇ってきて、煙突のてっぺんの先にどっしりとした黄色い円を描き出している。クライドはこよなく寂しかった。

だが十時になって月があまりにも明るくなりすぎ、ロバータは姿をあらわさないので、クライドは立ち去ることにした。ここでいつまでもぐずぐずしてるのはうまくない。しかし夜があまりにもすばらしいので、自分の部屋のことを思い浮かべると恨めしくなり、帰りもしないでワイキーギー街を行ったり来たりしながら、そこに並ぶ立派な邸宅を眺めた――伯父サミュエルの屋敷もそのうちの一軒だ。今頃はそこの住人たちみんなが避暑地に出かけていて不在。どの邸宅も暗かった。それに、ソンドラ・フィンチリー、バーティン・クランストン、それからその同類の連中――こんな夜に連中は何をしてるんだろ。どこでダンスしてることやら。どこをドライブしているか。どこでいちゃついてるか。貧乏ってのは何てつらいことか。金も地位もなく、望みどおりの人生を送ることができないなんて。

それで翌朝クライドは、いつもよりも意気込んで六時四十五分にはペイトン宅を出ると、ロバータにあらためて近づくための手を何か見つけることにうつつを抜かした。というのも、あの群衆をなす工場労働者がセントラル街を北へ進んでいき、ロバータももちろん七時十分頃にはそのなかにまじっていたからだ。だが、工場までの出勤中に首尾よく目的を遂げることはできなかった。郵便局の近くの小さなレストランでコーヒーを一杯飲んでから、工場に向かってセントラル街を通り抜け、タバコ屋の前に立ち止まって、偶然にでもロバータが通りかからないか見ていたら、努力の甲斐あってその姿を目にしたものの、またグレース・マーといっしょに歩いていたのだった。とたんに、この世は何て不快な出来損ないなんだと決めつける。こんなしがない町なのに、誰かと二人きりで会うことがこんなに難しいだなんて。誰もがほとんどみんなたがいに知り合いなんだから。それだけじゃない。ロバータだっておれが何とか話しかけようとしてることを知ってるはずじゃないか。それなのに何で一人で歩いてこないんだ。昨日はさんざん目配せしてやったのに。なのに、ここにグレース・マーといっしょに歩いてきてる。それで満足してるみたいじゃないか。いったい何を考えてるんだ。

工場に着いたころにはすっかり不機嫌になっていた。だが、ロバータが作業台に向かって腰かけ、愛想よく「おはようございます」とあいさつするかのように明るい笑顔を見せてくれると、クライドの機嫌も直り、何もかも期待できなくなったわけではないと思えるようになった。

午後三時になると、昼過ぎからの暑さのせいで襲ってくる眠気や、休みなく続けられる作業からくる疲れや、戸外の川面から反射してくるまぶしいほどの光が、作業室全体を覆う。一度に何十本ものカラーに金属製スタンプで刻印している、ポン、ポン、ポンという音――隣の縫製室のミシンが立てるブンブン、ウィーンという雑音よりもほんの少し耳につくのが常であるあの音が、いつもより多少小さく聞こえるようになる。そして、ルーザ・ニコフォリッチや、ホーダ・ペトカナス、マーサ・ボルダルー、アンジェリーナ・ピッティ、レナ・シュリクトもそこにいて、誰が歌いだしたか、「スイートハーツ」〔一九一三年、ロバート・B・スミス作詞、ヴィクター・ハーバート作曲の流行歌〕という歌の合唱に加わっている。そんななかでロバータは、クライドの視線や機嫌をたえず気にしながら、いつになったらあの人は、何かについてひとこと言うためにこちらのほうへやってくるのかしら、などと考えていた。というのも、そうしてほしいと願っていたからだ――昨日ささやいてくれたあの言葉からして、それほど長く待つまでもないはず、と確信していた。言葉をかけたいという気持ちは抑えておけないはずだし。昨夜のあの人のまなざしが物語っていたもの。それにしても、この状況にまつわる障碍が数々あるので、どうやって言葉をかけようかとクライドが思案に暮れているにちがいないことは、ロバータもわかっていた。とはいえ、ときにはこれでよかったとも思うのだった。これほど多くの女工たちがそばにいてくれることで、自分の身の安全を守るのに必要な護衛を与えられたような気がするからだ。

そして、他の者たちと並んで作業台に向かい、スタンプを捺しながらそんな思いにふけっているうちに、突然気づいたことには、すでに十六インチという刻印をひと束近く捺してしまったカラーが、もっと小さなサイズだった。それにパッと気づいてそわそわしはじめ、それから、こうなったらやれることは一つしかないと思いいたった――この束を除けておいて、クライドをはじめとする職制の誰かから文句を言われるのを待つのだ。それとも、すぐにクライドのところへもっていくか――こっちのほうが断然いい。そうすれば、クライドより先に他の職制にそれを見られないですむから。何かミスを犯したら女工はみんなそうしていた。それに、熟練した女工だって、この種のめずらしくもない失策をするのがあたりまえということになっていた。

なのに、いざこうなると、言葉を交わしたいとあれほど切々と願っていたにもかかわらず、ロバータはためらった。そんなことをすればクライドとじかに向き合うことになり、あの人が見つけたがっている機会を与えることになるからだ。いや、もっとぞっとすることには、そうすれば、あたしの求めている機会が与えられることになるのだ。ロバータは、上司たるクライドの部下として忠実でありたい気持ちや、自身の新たな抗いがたい欲望に対立する古くさい因習と、クライドに話しかけてもらいたいという抑圧された欲求との板挟みになって動揺した――そのあげく、ミスした束をもっていき、クライドのデスクの上にそれを置いた。だが、そうしたときの手は震えていた。顔面は蒼白――喉が引きつる。そのときクライドはたまたま、目の前に積まれた伝票を手がかりに女工各人の作業成績を計算しようとしながら、自分のやっていることに気持ちを集中するのに難儀し、ほとんど無駄な努力をしているところだった。そこで顔をあげて見ると、ロバータが前屈みになって目の前に立っていた。クライドの神経は張りつめ、喉も口もカラカラになる。だって、こんな機会がここで訪れるなんて。だが、おれが見てもわかるが、ロバータもみずからの大それた行為や自己欺瞞に怖じ気づき、神経や心臓にかかる緊張から息も詰まりそうになっている。

「ヤヤマリができてしまいました」(誤りと言うつもりだったのだ)「上からおりてきたこの束です。この束の刻印が終わりかけるまで、わたしも気づきませんでした。十五インチ半なのに、ほとんど全部に十六インチというスタンプを捺してしまったんです。申し訳ありません」

クライドにも見てとれたように、そう言いながらロバータはちょっと笑みを作って冷静を装おうとしていたが、頬は血の気も失せ、手は、とくに束をもっている手が震えていた。規律と秩序を守ろうという気持ちからロバータはこの誤りを報告しにやってきたのだが、とは言ってもそれだけでない動機もあることが、クライドには即座にわかった。弱々しくおびえてはいても、恋心に引きずられてこの人は、おれに言い寄ってきてるんだ。おれが求めていた機会を差し出して、うまく利用してもらいたがってる。それでクライドは、この突然の好機到来に戸惑い狼狽しつつも鼓舞され、それまでこの子に感じたこともなかったような、一種のなれなれしさや色男ぶりを見せる気になった。この娘はおれを求めてる——それは明らかだ。その気があるし、おれが話しかけることのできるような機会を作れるだけの利口さもある。すごいや！　こんなに大胆になってくれるなんてうれしいじゃないか。

「なに、だいじょうぶ」と言って、ロバータに対してそのときでもまだほんとうは感じていない勇気や豪気さを装った。「それを下の洗濯室に送るだけです。そうすれば刻印し直せないかわかりますから。ほんとうはこちらの誤りではないですよ」

クライドは思いやりをたっぷりこめた笑顔を見せてやると、ロバータは自分なりの控えめな笑みで応じてから、早くも引き返そうとした。自分が出てきたほんとうのわけをあまりにもあからさまにしすぎたのではないかと不安になったのだ。

「でも、行かないでください」クライドはあわてて言い足した。「お願いがあるんです。ぼくは日曜日以来ずっとあなたとひとことお話ししようとしていたんですから。どこかで会ってくれませんか。ここには、主任がその下で働いている女工と関係してはならぬという規則があります——工場外で会ったりしてはだめっていうことなんですけど。でも、やっぱり会っていただきたいんです、いけませんか。おわかりでしょう」いじらしげに甘えるような笑顔で相手の目をのぞき込む。「あなたがここに勤めるようになったときからぼくはもう気も狂いそうにあなたが好きになってたんですが、日曜日のことがあってからはますます夢中になってしまいました。こうなったら何としてでも、古くさい規則なんかにぼくらのことを邪魔させたりなんかしないつもりなんです。いかがですか」

「まあ、そんなことできるかどうかわかりません」とロバータは答えたが、自分が望んでいたことをまんまとやり遂げてしまったものの、そんな大それた真似をして我ながら身のすくむ思いにうたれ、かしこまっていた。びくびくしながら見まわし、部屋中の目という目が自分に注がれているような気がしてくる。「わたし、ご存じのように、お友だちのお姉さんと義兄にあたるニュートン夫妻のところに住んでいるですが、あのご夫妻はとても厳格なんです。勝手が違うものですから――」ロバータは「自宅にいるときのように思うようにはできません」と続けるつもりだったのだが、クライドがそれをさえぎった。

「いや、どうかだめとは言わないでくださいよ。お願いです。お会いしたいんです。ご迷惑おかけしたいわけではありません。それだけは確かです。さもなきゃ喜んでお宅に伺うところなんですが。仕方ありませんよ」

「あら、だめ、そんなことしてはいけません」ロバータは諫めた。「とにかく今すぐはいけません」すっかり混乱していて、自分の言ったことが、いずれいつかは訪ねてもらうのを期待してるとクライドに解させることになるとは、まるで気づいていなかった。

「そうですか」クライドはニヤリとした。相手がいくぶん譲歩しかかっていると見抜けたからだ。「じゃあ、市内のどこか町はずれあたりをいっしょに歩いてもいいかもしれませんね――もしよかったら、お住まいのある通りでも。あの先のほうには家なんかろくにありませんからね。でなかったら小さな公園はどうですか――モホーク公園――モホーク通り線の電車で行ってドリームランドで下り、ちょっと西に行ったところにあります。川に面している公園です。あそこならいらしていただけるでしょう。電車の停留所でお迎えしますよ。そうしてくれますか」

「さあ、そんなことするなんて怖いとしか思えません――そこまでやるなんて、ということですが。これまでそんなことしたことありませんもの」こう言ったときのロバータはとても無邪気で率直に見えたから、クライドはその愛らしさにすっかり心を奪われた。なのに、この娘と人目を忍ぶ逢い引きの約束をしようとしていると思うとたまらない。「あたし、この町では一人で出歩くのが怖いと思ってるくらいなんです。ここの人たちはみんなすごく噂好きだと聞いてますし、きっとあたし、誰かに見られてしまいそうですし。でも――」

「ええ、でも、何ですか」

「あたし、ここのデスクのそばにきて長くいすぎてるんじゃないか、心配なんです。そう思いません?」まぎれもなくあえぎながらそう言った。それでクライドは、こうしてそばにいること自体ほんとうは別段変わったことでないのに、やはり衆目にさらされていることを気にして、早口に有無を言わせぬ口調で話しだした。

「そうですね。じゃあ、お住まいのある通りのはずれあたりではいかがですか。今晩ほんのちょっとの間でもあそこまでいらしていただけませんか――半時間かそこらぐらいならいいでしょ」

「あら、今晩はそんなことできそうもない、と思います――そんなに急には。まずよく検討してみなくちゃ、おわかりでしょう。つまり、手はずを整えなくちゃ。いずれ別の日にでも」自分が乗り出すこんな大冒険にすっかり興奮、煩悶したために、その顔は、ときにクライドの顔もそうなるように、なかば笑顔になったりなかばしかめ面になったりするのだが、そんな変化が顔にあらわれているという自覚はなかった。

「そうですか。じゃあ、水曜日の夜八時半か九時頃ではどうですか。それでもいけませんか。ねえ、お願いですから」

ロバータが考え込む様はいかにも愛くるしく、臆病そうだった。その瞬間のその挙措にクライドは心底から魅了された。まわりをうかがいながら、自分が衆目を集めているのじゃないか、こんなところにはじめて出てきたのに長居しすぎているのじゃないか、などと気にしている様子なのだ。

「もう作業に戻ったほうがよさそうですね」と返事するが、じつは訊かれたことに答えていない。

「ちょっと待ってください」とクライドは懇願する。「水曜日の何時にするか、まだ決めてないじゃありませんか。会ってくれないんですか。九時なり八時半なり、お好きな時間に決めてください。何だったらぼくはあそこで八時から待ってますよ。それでいいでしょ」

「わかりました。それなら、あたしが行けたら、たとえば八時半、あるいは八時半から九時のあいだに、ということでいいでしょうか。行けたら、ということですからね。何かさしつかえが起きたら、あくる日の朝にお話しします。いいですね」ロバータは顔を赤らめ、またまわりをうかがい、うろたえて呆けた表情になったまま、あわてて作業台の自分の席に戻った。頭のてっぺんからつま先までジンジンするような気がしながら、何か恐ろしい犯罪の現場を取り押さえられたみたいに後ろめたそうな素振りを見せていた。またクライドもデスクに座ったまま、興奮に息も詰まりそうになっていた。びっくりしたなあ、あの子が承知してくれたなんて！　おれがあんなふうに話をすることもできたなんて。あの子がこのライカーガスでおれとデートする気になってくれたなんて。おれの顔がこんなに知れわたってるこの町で！　ワクワクしてくる！

ロバータのほうは、月の光に照らされながらあの人と歩いたり話したりするだけでも、どんなにすばらしいことか、と考えていた。あたしの体にまわしてくるあの人の腕を感じたり、あの訴える調子のやわらかな声を耳にしたりすることができたら。

第十七章

ロバータがクライドに会うために水曜日の夜そっと出かけたときは、もうすっかり暗くなっていた。だが出かける前まで、そんなことを進んでする気になって約束までしたにもかかわらず、いかに呵責を覚え、思い悩んだことか。自分の心のなかで分別をつけきれない迷いを克服するのが難しいだけではなかった。加えて、ニュートン夫妻の家に住んでみてわかった、ありきたりな宗教的で狭量な雰囲気に浸っていることから生じるさまざまな厄介ごとも乗り越えなければならなかったからだ。ここにやってきてから、出かけるときはほとんど必ずグレース・マーといっしょだった。しかもこの場合――クライドに話すのを忘れていたのだが――ギデオン・バプテスト教会にニュートン夫妻やグレースといっしょに出かける約束をしていた。その教会で水曜祈祷会が予定されていて、そのあとにゲームやケーキやティーやアイスクリームなどを楽しむ懇親会も予定されていたのだ。

その結果ロバータは、どうすればいいのか困りはてていたが、やがてふと思い出したことには、前日か前々日リゲットさんが、手早く無駄のないロバータの仕事ぶりに目をつけて、隣の部屋でおこなわれている縫製作業の一部でも習う気があるなら、いつでもブレーリー夫人の弟子にしてもらうよう掛けあってやるから、習いに行ったらいいと言ってくれたのだった。それでロバータは、クライドからの誘いとあの教会の行事とが同じ日の夜にかち合ってしまったからには、帰ったらブレーリー夫人の家に行く約束をしたと言うことに決めた。ただし、ブレーリー夫人が家にくるように呼んでくれたと話すのは、水曜日の夕食直前まで待つことにしようとも決めた。それでクライドに会いにいける。そして、ニュートン夫妻とグレースが帰宅するころまでには、あたしは戻れる。ああ、あの人に話しかけてもらったら、どんな感じがするかな――ボートのなかで言ってくれたみたいに、岸に立ってスイレンを探してるときのあたしぐらいきれいな人は見たことなかったなんて、また言ってくれたら。さまざまな思い――漠然として、怖くもあり、華やかでもある思いに襲われる――二人でどのように、どこへ行くのだろうか――どうなるのか――どうするのか――これから、自分もあの人も傷つくことのないようにしながら仲良くなっていけるように、手はずを整えることさえできたらなあ。必要となったら工場を辞めて、どこか別のところに職を見つけるようにしてもいい、とさえ考えた――そんなふうに変わったら、あの人もあたしに関して責任を問われなくなるはず。

しかしながら、このいきさつをめぐって感情のみならず分別をもかき乱すような問題がもう一つあった。つまりそれは身なりの問題だった。というのも、ライカーガスにきてからつくづく思い知らされたことに、こちらではちょっと頭のいい娘たちなら、ビルツやトリペッツミルズあたりの連中よりも身ごしらえが上手だった。他方ロバータは、稼ぎのかなりの部分を家族に送っていた――それを手元に残しておけたらとてもすてきな服装をととのえることもできたのに、などと今さら思いいたる。けれども、クライドにがっちり心をとらえられてしまった今は、自分の身なりが気になって仕方がない。それで、工場で言葉を交わした日の夜は、自分のささやかな持ち物をあさったあげく、クライドがまだ見ていないブルーのやわらかな帽子に、青と白の格子縞のフラノ地スカート、去年の夏ビルツで買った白のズック靴を取り合わせることにした。ニュートン夫妻とグレースが教会に出かけていくまで待って、そのあとさっと着替えて発つという計画を立てた。

八時半、夜の帳もすっかり落ちたころ、ロバータはテイラー通りを東へセントラル街まで行き、それから遠回りして逢い引きの場所に向かうために西へ引き返した。するとクライドがすでにそこにいた。五エーカーほどのトウモロコシ畑を囲ってある古い木柵に寄りかかり、今出てきたばかりのこの小都市を振り返って興味深げに見つめていた。無数の家々の明かりが木の間越しに見えていた。空気は芳しい香りに満ちていた——さまざまな草や花の匂いが入りまじっている。背後に立ち並ぶトウモロコシの長い剣のような葉が微風に揺れている——頭上の木の葉も揺れている。それに星々も出ている——大熊座に小熊座、それに天の川——ずっと昔に母さんが教えてくれた星座だ。

それからクライドは、ここでの自分の立場がカンザスシティにいたときといかに違っていることかと思い、感慨にふけっていた。あちらでは、ホーテンス・ブリッグズや他の女の子に対しても、ほんとうはビクビクばかりしていた——どの子に対しても話しかけることさえ怖いくらいだったっけ。ところがこちらでは、とりわけ刻印作業室の責任者になってから、自分が今まで思っていたよりも好男子であると意識するようになってきたみたいだ。女の子たちが自分に引きつけられているし、自分もあの子たちが前ほど怖いと思わなくなった、とも意識しはじめてるし。今日だってロバータの目つきを見れば、いかにおれに惹かれているか、明らかだったじゃないか。あの子はおれの女だ。だからあの子がやってきたら、腰に腕をまわしてキスしてやるんだ。そしたらあの子もおれに逆らえなくなるさ。

クライドは耳をすましながらたたずみ、夢想しながらも見張っていた。背後でそよぐトウモロコシの葉の音に古い記憶が呼び覚まされてきた。そのとき不意にロバータのやってくる姿に気づいた。こぎれいで溌剌としているのに、おずおずしているようにも見えた。街路が途切れるところまできて立ち止まり、おびえて警戒する動物のようにあたりを見まわしている。クライドはすぐにそのそばまで駆けつけ、そっと声をかけた。「やあ、ヤバイ、会いにきてくれてうれしいなあ。何か面倒な目に遭いませんでしたか」脳裡に浮かべていたのは、ホーテンス・ブリッグズやリタ・ディッカーマンなんかよりこの子のほうがずっと好ましいという思いだった。一方はあまりにも打算的だったし、他方はあまりにも官能的で奔放、相手選ばずという感じだったもの。

「面倒な目に遭わなかったかですって？　ああ、面倒どころじゃありませんでしたわ」そこでさっそく、くわしい話をありありと語りはじめる。ニュートン夫妻の教会での夜の予定やいっしょに行く約束をしていたことについて忘れていたことだけでなく、グレース・マーが教会の懇親会にはいっしょに行ってくれなくちゃ厭と決めこんでいるために、ちょっとしたごまかしを言わなくちゃならなかったことまで話す。ああ、何てひどいことでしょう、ブレーリー夫人のところに縫製を習いにいくなんて嘘をついたのよ――リゲットとロバータのあいだでそんな打ち合わせができていたなどとは、それまでクライドは耳にしたこともなかったので、大いに気になった。なぜなら、それを聞いてすぐに思ったのは、リゲットはロバータをすでにクライドの配下から異動させる気になっているのかもしれないということだったからだ。クライドは詮索しはじめ、ロバータになかなか話の続きをさせようとしない。詮索のわけをロバータは察知し、それで喜びにひたった。

「ところであたし、あまり長くはいられないんですの」ロバータは機会を見つけるやいなや、きっぱりと温かみのある言い方で弁解した。クライドのほうは相手の腕をとると川のほうへ向かって歩きだす。北の方角で、そちらへ行けば人家なども見当たらない。「バプティスト教会の懇親会って十時半か十一時くらいまでしか続かないから、あの人たちも間もなく帰ってくるんです。だからあたし、あの人たちが帰ってくる前に何とか戻るようにしなくちゃ」

それから、自分が十時過ぎまで外出しているのはうまくない理由を縷々述べだす。クライドは当惑したものの、その妥当性には納得するほかないような理由だ。クライドはもっと長く引き止めておきたいと思っていたのだが、時間があまりないとわかるとますます、もっと親密な接触をしたくなってきた。それで、帽子やケープがきれいだと褒め、ほんとによく似合っているとおだてはじめた。さっそく相手の腰に腕をまわそうとしたのだが、ロバータはそれではあまりにもせっかちな行為だと感じて、その腕を押しのけた、あるいは少なくとも押しのけようとした。そしてごくやさしく、なだめすかすような声で「これ、これ、いけません――品がよくないですよ。あたしと腕を組むだけではいけませんか。あたしがあなたの腕をとりましょうか」と言った。とはいえロバータは、腰に腕をまわすのをやめるように説きつけてしまうとクライドの腕をとり、クライドの目につくほどもしがみついてすり寄るような恰好になると、歩調を合わせて歩きだした。その瞬間クライドは、この子はいったんうちとけると、何て自然で気取らない振る舞い方をするものかと感銘を受けていた。

それに何てしゃべりまくることか。あたし、ライカーガスが気に入ってます、ただしここは、これまで住んだことのある町のなかでいちばん信心深いところだと思いますわ――その点にかけてはビルツやトリペッツミルズよりもなお困るくらい。それで、ビルツやトリペッツミルズがどんなところか――それに自分の家についても――しぶしぶ多少は説明する羽目になる。じつは、そんな話などしたくなかったのに。それからまたニュートン夫妻やグレース・マーの話に戻り、あの人たちがどんなふうに自分の一挙手一投足を監視しているかということについて語る。おしゃべりを聞きながらクライドは、この子がホーテンス・ブリッグズやリタ、あるいはこれまで知り合ったどんな娘ともまったく違っているんだなあ、と考えていた――はるかに純朴で、包み隠しがない――リタみたいになよなよなんかまったくしてないし、ホーテンスみたいに厚かましかったり、うぬぼれが強かったり、見栄っぱりだったりでもない。それでいてほんとにきれいだし、はるかに可愛らしい。この人に気のきいた服装をさせたら、さぞすてきになるだろうな、とクライドは考えずにいられなかった。それからまた、この人に対する自分の接し方とは対照的な、ホーテンスに対する自分の接し方についてこの人が知ったとしたら、自分のことをこの人はどう思うだろうか、とも考えていた。

「あのねえ」と、クライドは口を挟めそうになったとたんに切り出した。「ぼくはきみが工場に働きにきはじめたときからずっと話しかけようとしてたんだよ。だけど、みんなどれほど目を光らせてることか、わかってるよね。我慢にもほどがあるというもの。ぼくがあの部署にまわされたとき、そこで働いてる女工に気を引かれてはならんなんて命令されてね。それでぼくも我慢してたんだ。だけど、こうしないでいることなんかできるはずなかったんだ、そうだろ」愛情をこめてロバータの腕をしめつけ、それから不意に立ち止まると、組んでいた腕をほどいて両腕を相手の体にまわす。「ねえ、ロバータ、ぼくはきみを思って気も狂いそうなんだ。ほんとだよ。きみほど大切な、可愛らしい人はいない。ああ、ねえ、ぼくがこんなこと言ってもかまわないだろ！　きみがあの職場に姿をあらわしてからというもの、ぼくはほとんど眠れなくなってた。ほんとのことさ——嘘じゃない。きみのことを思いに思ってるんだ。そんなにすてきな眼や髪の毛をして。今夜はじつに魅力的だ——愛らしいって思う。ああ、ロバータ」クライドは突然ロバータの顔を両手で挟み、キスした。じっさい、かわす余裕も与えなかった。キスしたあともクライドはロバータを抱きつづけ、ロバータは逆らおうとしたけれど、どうにもできそうもなかった。それどころか、自分もクライドの体に腕をまわすか、クライドにしっかり抱きしめてもらいたいと思ったくらいで、こんな気持ちになるのが不思議でもあり、悩ましくもあった。恐ろしいわ。人はどう思うことかしら——どう言うかしら——このことを知ったら。あたし、悪い女なんだ、ほんとに。それにしてもこんなふうにしていたい——この人のそばにいたい——これまでになかったほど今は。

「まあ、いけません、グリフィスさんたら」と哀願するように言う。「ほんとにいけませんったら。お願い。誰かに見られるかもしれないじゃありませんか。誰か近づいてくる足音が聞こえますわ。お願い、さあ」ロバータはすっかりおびえきった表情であたりを見まわした。他方クライドは恍惚として笑い声を上げた。人生はついに甘美な歓喜をおれに与えてくれたんだ。「ねえ、あたし、こんなことこれまで一度もしたことがないんですから。嘘じゃありません。一度も。お願い。あなたがおっしゃるものだから——」

クライドは体をピッタリ押しつけ、ひと言も答えない——青ざめた顔と飢えたような黒い眼を相手の顔間近に寄せていた。ロバータが抗うのもかまわず何度もキスする。あまりにも美しいその小さな口元や顎や頬に——とてもたまらないくらい魅力がある――そのあげくに、哀訴するようにささやく。思いあまって、まともに話すこともできなかったからだ。

「ああ、ロバータ、たいせつな人、お願いだから、ぼくを愛してると言っておくれ。どうかお願いだ！　愛してくれてることはわかってるんだ、ロバータ。ぼくにはわかるさ。お願いだから言っておくれ。きみに首ったけなんだ。時間がないじゃないか」

　頬や口にまたキスした。すると急にロバータの身体がぐったりとなったのを感じた。じっと立ってもがきもせずに抱かれたままになっている。クライドは何かに対する不思議の念に打たれた――それが何なのかはわからなかった。突然ロバータの顔に涙が流れるのが感じられた。その顔は自分の肩に埋めている。それから、「そうよ、そうよ、そうよ、あたし、あなたを愛してるわ。そうよ、そうよ。愛してます」というロバータの声が聞こえてきた。

　その声にはすすり泣きがこもっていた――なかばみじめさから、なかば歓びから発せられたすすり泣き――それがクライドにもわかった。この娘の誠実さや純真さにほろりとさせられ、クライド自身の眼にも涙があふれてきた。「だいじょうぶだよ、ロバータ。だいじょうぶ。どうか泣かないでおくれ。ああ、きみって何て可愛らしいんだ。ぼくは心底そう思うよ、ロバータ」

　クライドが見上げると、目の前の東の空、市内の家々の低い屋根の上に七月の三日月が昇ってきていて、細く真っ黄色の弧を見せていた。そのときあたかも人生が自分にすべてを与えてくれたかのように思われた――すべて――人生に対して望みうるいっさいを。

第十八章

　この逢い引きの絶頂も、尽きることもなさそうなくらいに続く触れ合いや至福の序曲に過ぎない、それがクライドにもロバータにもわかっていた。二人は恋を見つけたのだ。それを覚ったことにいかなる問題がからんでいようとも、今は心地よく幸福感にひたっていた。だが、それを持続していくための手立てとなれば、そうはいかなかった。ニュートン夫妻との関係が、クライドとの関係を通常の形で維持するには障碍となるだけでなく、グレース・マーの存在もまた別の独自の問題を突きつけていた。グレースはロバータよりもはるかに強固な殻のなかに束縛されていた。美貌に恵まれていないという欠陥のためばかりか、幼い頃から受けてきた家庭教育や宗教教育の偏狭な教えの影響のためでもあった。それでもグレースは、愉快で自由な暮らしをしたいと望んでもいた。それで、陽気でもあればときには自惚れが強いとも思えるロバータに、グレース自身が縛られている因習の枠をやっぱりはみ出さないかぎりで大らかそうな友人を見出したと思い込んでいた。そういうわけでグレースはロバータにべったりだったし、ロバータからしたら多少うっとうしい伴侶だった。グレースときたら、二人のあいだでなら、恋愛生活やらそれぞれが抱いている夢などについての考えや冗談や打ち明け話などを交しても、たがいを傷つけあうことなくつき合っていけると思い込んでいる。そして今まではそれだけが、グレースにとって陰鬱なだけのこの世における欠くことのできないただ一つの慰めになっていた。

しかしロバータは、クライドが自分の人生に入りこんでくる以前でさえ、そんなふうにしがみつかれたくはなかった。うんざりだった。ましてあれ以後、グレースの前でクライドの話をするのは禁物と思うようになっていた。というのも、グレースが急に見棄てられたような気になって憤慨するのはわかりきっていたし、自分自身も、とつぜんこんな大変革に突き進むような気分にとらわれたことを正面から受けとめてみたいなんて思えないと承知していたからだ。クライドに会うと同時に恋に落ちてしまったので、二人が何らかの関係を結ぶとしても、自分はいったいどういう関係ならいいと許す気になっているのか、考えてみるのも怖かった。階級の違う者同士がこんなふうにつき合ったりするのは、この土地では禁じられてるのじゃないかしら。禁じられてることはわかってる。だから、あの人のことについては口にする気になれないの。

こうして、湖に遊びにいった日曜日の翌日、グレースが月曜日の夜にやけに浮かれて気安い調子でクライドとはその後どうしたなどと尋ねてきたとき、ロバータはすぐに、グレースがすでに勘ぐっているほど自分があの男に関心をもっているなどと気取られないようにすることにした。だから、あの人はとても愛想がよかったし、グレースの安否を問うたりした、という程度のことしかロバータは話さなかったのだが、その言い方のためにかえってグレースは探るような目つきになり、その後のいきさつをちゃんと話してくれてるのか疑うようになった。

「あの人ずいぶん親しげにしてたから、あなたに惚れてるって思いかけてたんだけどな」

「まあ、バカバカしい！」ロバータは抜け目なく応じたが、ちょっとギクッとした。「だって、あたしになんか目もくれないいんだから。それに、会社には、あたしがあそこで働いているうちは、そんなことしてはいけないという規則があるんですもの」

この最後の言葉は何にもまして、クライドとロバータに関するグレースの勘ぐりを鎮める効果があった。なぜならグレースは、会社の規則を破るような人間がいるなどとは考えも及ばないような、因習に縛られた頭の持ち主だったからだ。にもかかわらずロバータは、自分とクライドがどうにか人目を忍んで関係しているなどとグレースに思われはしないか心配になり、クライドのことでは用心にも用心を重ねることにした——自分では思ってもいないような隔たりを感じていると装うことにしようっと。

だが、こんなことは、先に起きた湖でのできごととは無関係ながら、その後すぐに生じてきたあれこれの困難により引き起こされる苦労や緊張や恐怖の前触れでしかなかった。というのも、クライドとは感情面で完全に通じ合えるという諒解に達したものの、あんな人目を忍ぶやり方でしか会う方法が見つからなかったし、それもとても希少で不確かな機会を待つしかなかったから、つぎはいつ会えるか約束することもできないありさまだったのだ。

「いいこと、こんな具合なのよ」とロバータはクライドに事情を話した。あれから数週間経ったころ、ロバータが何とか家を一時間ばかり抜け出すことができて、二人でテイラー通りのはずれあたりからモホーク川まで歩いたときのことで、そこは気持ちのいい川に面して広々とした畑や低い土手になっている。「ニュートン夫妻はどこに行くのにもあたしを誘うの。それに、夫妻が誘わないとしても、グレースはわたしがいっしょじゃなくちゃ出かけようとしないのよ。あの人がそんなふうにまるであたしが家族の一員であるみたいに扱うのは、トリペッツミルズではあたしたち、ずっといっしょだったからというだけのことなの。でも、今はもう違う。なのに、どうすればあそこからそんなにすぐ抜け出せるか、わからないわ。どこに行くと言ったらいいのか、誰と会うと言ったらいいのか、わからないのですもの」

「事情はぼくにもわかるよ」クライドはそっとやさしく答えた。「ほんとにその通りだね。でも、それじゃあぼくたちはどうすればいいんだ。きみだってぼくに、工場でただきみを眺めて我慢してろなんて言わないだろ」

真剣な切々たる思いをこめたまなざしでクライドに見つめられて、ロバータは同情をかき立てられ、その憂さをいたわるために言い足した。「いいえ、そんなこと言わないわ。言うはずないってわかってるくせに。でも、あたし、どうすればいいの」そしてやさしく訴えるような手をクライドのほっそりして繊細な手の甲に載せた。

しばらく考えていた末に、話を続けた。「でもね、ちょっと思いついたんだけど。あたし、ニューヨーク州ホーマーに住んでる妹がいるの。ここから三十五マイルばかり北に行ったところよ。いつか土曜日の午後か日曜にそこに行ってくるって言ってもいいのじゃないかしら。妹は訪ねてきてほしいって手紙くれてたんだけど、これまであたし、そんな気になれなかったの。でも、行ってもおかしくないわよね――つまり――行くって言っても――」

「ああ、そうしたらいいじゃないか」クライドは声をはずませた。「そりゃいい！　名案だよ！」

「よく考えてみなくちゃ」ロバータはクライドの歓声も無視して言い足した。「あたしの記憶が間違っていなければ、まずフォンダまで行って、そこで乗り換えなくちゃならないのよ。でも、ここから何時の市街電車に乗っていっても、フォンダから出る列車は日に二本しかない、土曜日は一本が二時発、もう一本が七時発なの。だから二時前にここを発てばいいでしょ。それで二時の列車に乗り遅れても、だいじょうぶ。七時のに乗ればいいんだから。そしたらあなたにはあちらに行っててもらってもいいし、途中で落ち合ってもいいじゃない。ただ、この町の人には見られないようにしなくちゃね。そのあとあたしは先へ行き、あなたは戻ってくればいい。アグネスとは打ち合わせしておけると思うわ。手紙を出しておきさえすればいいのよ」

「でも、今からそれまでのあいだはどうなるのさ」とクライドはだだをこねるみたいな口を利いた。「それまでが待ち遠しくなるじゃないか」

「そうね、何かいい案があるか、考えてみなくちゃ。でも自信がないわ。頭を振り絞らなくちゃ。だからあなたも考えて。あら、もう帰る時間よ」最後に不安そうに言い添える。すぐに立ち上がったから、クライドも仕方なく立ち上がり、時計を見たら、もうすでに十時近くになっていた。

「だけど、ぼくらのことはどうなるのさ」しつこく言い張る。「つぎの日曜日はいつもの教会とは別の教会に行くとでも言って、どこかでぼくと会ってくれたらいいじゃないか。連中に知らせる必要なんかないだろ」

そう言ったとたんクライドはロバータの顔が多少曇ったことに気づいた。ロバータの少女時代の思い出や培われてきた信念にまだ固く結びついていて、侵害されることを許さない領域に、自分が足を突っ込むような言葉を吐いてしまったと感づいたのだ。

「ううん」とロバータは重々しく答える。「そんなことしたくありません。そんなことしたら間違いを犯すような気がするでしょう。それに、そんなことはほんとに正しくないことなんですもの」

すぐにクライドは危険領域の圏内に踏み入りそうになっていたと覚り、持ち出しかけた案を引っ込めた。いかなる意味でもロバータの感情を害したり、おびえさせたりするのは厭だったからだ。「ああ、そうだね。きみの言うとおりにしよう。他の方法が思いつかないみたいだったから、ぼくなりに考えただけなんだ」

「いいえ、そうじゃないの」ロバータは自分が感情を害してると受けとられたことに気づいて、そっと訴えるように言った。「いいのよ。ただ、あたし、そんなことしたくないだけ。できそうもありませんし」

クライドは首を横に振った。自身の少年時代に抱えていた抑圧を思い出し、あんな案を持ち出したりしたのは道理に反していたかもしれないと感じるにいたった。

二人はテイラー通りのほうへ帰りはじめたが、フォンダへ出かける話をした以外にははっきりした解決策など思いつかぬままだった。それどころか、何度も何度もキスしてから別れる直前にクライドが口にすることができた案はせいぜい、できればフォンダの前にも会えるような何らかの方法を、二人ともそれぞれ考えてみようということでしかなかった。そしてロバータは、相手の首に腕をまわすようにしてつかの間抱きついたあと、テイラー通りを東の方角に走り去った。そのか細い姿は月の光を浴びながら揺らめいていた。

しかしながら、ロバータがブレーリー夫人の家で二回目のお稽古に行くという口実で会えるようになった一夜を別にすれば、つぎの土曜日、ロバータがフォンダに出かけるときまで会う機会はもてなかった。それでクライドは、時刻表を調べてから市街電車で先に出発し、フォンダに出かけるときまで会う機会はもてなかった。それでクライドは、時刻表を調べてから市街電車で先に出発し、西へ向かう最初の停留所でロバータと落ち合った。そのあと夕方、ロバータが七時の列車に乗らなければならなくなるときまで、二人はどちらにとってもあまりなじみがないこの小都市をうろつきまわり、言いようもないほどしあわせな時間を共にした。

具体的に言えば、フォンダまで数マイルあたりの郊外でスターライトという遊園地に通りかかったのだが、そこには、旋回飛行機塔やら観覧車やら回転木馬やら古風な水車やらダンスフロアやら、他愛ない娯楽施設に加えて、小さな湖に面する貸しボート屋もあった。それなりに牧歌的なところであり、湖の真ん中近くの島には小さな野外ステージがあったり、岸にはいかめしい風采のクマのいる檻があったりする。ロバータはライカーガスにきて以来、付近の俗っぽい行楽地を訪れるなんてことをしたこともなかった。この遊園地はまさにそういう場所であり、むしろさらにけばけばしいくらいだった。これを目にしたとたん二人とも「ウワア、あれ見て！」と叫んでしまった。そしてクライドはすぐに「ここで電車を降りようや――いいだろ。どう思う。フォンダまではうすぐだし、ここのほうがおもしろそうだよ」と言いだした。

すぐに二人は電車を降りた。ロバータの旅行鞄を一時預かり所に預けてから、クライドが先に立ち、まずホットドッグ屋に立ち寄った。それから、回転木馬が景気よくまわっていたから、二人でいっしょに乗ってみなければ収まりがつかなかった。それで二人はすっかりはしゃいだ気分で回転台に上り、クライドはロバータをシマウマに乗せると、自分はそのすぐそばに立って相手の腰に腕をまわし、いっしょに真鍮の輪につかまるようにした。何もかもありきたりで騒々しく派手派手しかったけれども、二人にとっては、とうとう誰にも見られずにたがいを独り占めできたという事実だけで、じゅうぶん一種の陶酔に浸れた。薄っぺらで安っぽいこの場にはまったくつり合っていない恍惚感だ。騒々しい音を立てながら回転する機械に乗ってぐるぐる回りながら、つぎつぎに目に入ってくるまばらな行楽客を見やる。それ、湖上でボートを浮かべているのがいる。今度は、どぎつく緑と白に塗り分けた飛行機に乗って空中をまわっているのもいれば、観覧車につるされたケージのなかで上がったり下がったりしているのも見える。

二人には湖の向こうの森や空が見えた。天幕張りのダンスホールで夢見るような表情で心ときめかせながら踊ったり見物したりしている者たちも見えた。そこでクライドは不意に「ダンスできるんだろ、ロバータ」と訊いた。

「ええっ、だめ、できないわ」と答えたが、ちょっと寂しそうだった。ちょうどそのときロバータも、しあわせそうにダンスをしている者たちを口惜しそうに見ながら、これまでダンスするのは許してもらえなかったなんて何て残念なことだろうと考えていたのだった。たぶん正しいことでも品のいいことでもないかもしれない――自分の属している教会がそう言ってる――でも、こんなところにきてるし、こんなふうに恋人同士がいっしょにいるのに――ここにいる他の人たちはあんなに楽しげで幸せそうだし――緑と茶色の枠のなかでさまざまな色が寄り集まり、くるくる回ってるのはきれい――これがそんなに悪いことだとは思えないわ。とにかくなぜダンスをしてはいけないのかしら。あたしみたいな娘とクライドみたいな若者が。弟や妹たちはもう、両親の考え方がどうであろうとおかまいなしに、機会があったら習うつもりだなんて言い放ってるんだもの。

「ああ、そいつは残念だなあ！」クライドはロバータを抱いて踊れたらどんなにうれしいことかと思いつつ、声を強めた。「きみが踊れたら楽しいんだけどな。よかったら一、二分で教えてあげることもできるんだけどなあ」

「さあ、どうかしら」いぶかしげな返答だが、その目には誘われてまんざらでもない思いがあらわれている。

「あたし、ああいうことにはあまり器用でないんですもの。それにダンスって、あたしの田舎じゃあまり上品でないと見られてるんですもの。あたしの教会だって許してないし。両親だってあたしがダンスするのを喜ばないにきまってるわ」

「ええっ、まいったな」クライドは当惑しながらはしゃいだ声で応じた。「何てくだらんこと言うんだい、ロバータ。ねえ、近ごろじゃ誰だってダンスしてる、ほぼ誰もがね。あれのどこが悪いって思ってるのさ」

「あら、あたしだって知ってるわよ」ロバータは妙に古風な答えを出した。「あなたのお仲間ではみんなダンスしてるかもしれないわね。あの女工たちだってたいていダンスしてることも、もちろんあたしにはわかってる。まあ思うに、お金と地位がありさえすれば人は何をやっても正しいということになるんだわ。でも、あたしのような女の子にとっては、そうはいかない。あなたのご両親はあたしの両親ほど厳格でなかったということもあるでしょうね」

「さあ、それはどうかな」と言ってクライドは笑ったが、「あなたのお仲間」とか「お金と地位がありさえすれば」などという言葉を聞き漏らしはしなかった。

そして続けてこう言った。「まあ、きみは知らないだろう。ぼくの両親はきみの両親に負けないくらい厳格だったし、もっと厳格だったたって賭けてもいいくらいさ。それでもぼくはダンスしたんだ。なあに、ダンスに何の害もありゃしないんだよ、ロバータ。さあ、教えてあげる。ほんとにすばらしいんだから。いいだろ、ねえ」

相手の体に腕をまわしてその眼をのぞき込むと、ロバータはなかば折れた。クライドを欲するあまりにすっかり力が抜けたようになっていた。

ちょうどそのとき回転木馬が止まり、二人は計画していたわけでもないのにどちらが言いだすともなく、本能に導かれるようにしてダンスフロアのある天幕のほうへふらふらと近づいていった。そこにはダンスをしている者たちが――大勢ではないとしても熱心な者たちが――溌剌と動きまわっていた。フォックストロットやワンステップの曲がかなりの規模のオーケストレル〔自動ピアノに似たリードオルガンの一種で「ワンマン・オーケストラ」などと呼ばれた〕によって演奏されていた。天幕小屋のまわりは衝立《ついたて》でぐるりと囲われ、一箇所空いているところにある木戸口には美人の改札係が座って切符を受けとっている――ダンス一回につき各カップル十セントだ。だが、ダンスをしている者たちがリズムに乗ってあちらこちらへ滑るように動いていくその色や音楽や動きに、クライドもロバータもすっかりとらえられてしまった。

オーケストレルの演奏が終わると、ダンスをしていた者たちは出てきた。しかし、その連中が退場するやいなや、つぎのダンスのための入場券が五セントでまた売り出されはじめた。

「あたしにはできそうもないわ」クライドに木戸口まで引っぱられていきながら、ロバータは拝むように言った。「へぼすぎてさまにならないんじゃないかしら。ダンスなんか一度もしたことないんですもの」

「きみがへぼだなんて、ロバータ」クライドは吐き出すように言った。「何てバカなこと言うんだ。ほら、きみほど上品できれいな人なんかいないんだよ。そのうちわかるさ。きみはすばらしい踊り手になるよ」

入場券はもうクライドが買ってしまっていたから、二人はなかに入っていった。

クライドは、自分がライカーガスの上層階級の一員で財産や地位のある人間だとロバータに思われているということに四分の三は負っている虚勢を張って、天幕の片隅まで進み入り、すぐに各ステップをやって見せはじめた。それは難しくなかったし、ロバータのように天性の優美さや熱意がある娘にとってはやさしいくらいだった。曲が始まりクライドに引き寄せられると、ロバータは苦もなく姿勢をとってステップを踏みはじめ、二人はいっしょにリズムに乗って本能的に動いていった。クライドに抱かれてあちこちへリードされていくときの愉快な感覚が、ロバータはすっかり気に入ってしまった――あたしの体に合わせて動いてくれるこの人の体から伝わってくるリズムのすばらしさ。

「やあ、いいねえ」とクライドはささやく。「きみ、とびきり上手な踊り手じゃないか。もうすっかりつかんじゃってるよ。天才じゃなけりゃ何なんだい。信じられないくらいさ」

音楽がやむまで二人はフロアを二度、三度とまわりながら踊り、演奏がやむころには、ロバータはそれまで味わったこともないような快感にのめり込んでいた。このあたしがダンスしてるだなんて！　それに、ダンスってこんなにすばらしいなんて！　しかもクライドと！　とてもすらりとしていて優雅――このフロアにいるどの青年より美男子だ、とロバータは思った。またクライドのほうも、ロバータほどかわいい人には会ったこともない、と考えていた。とても明るく、いじらしく、従順なんだもの。ぼくを何かのために利用しようなどとするはずもない。だけど、ソンドラ・フィンチリーはどうだ。なあに、あの娘はおれを無視してるんだから、こっちだってきれいさっぱり吹っ切ることにするほうがいいんだ――しかしながらクライドは、ここにロバータといっしょにきていても、あの娘のことをすっかり忘れることができないでいたのだ。

五時半になり、客がいなくなってきたのでオーケストレルの演奏がなくなり、「次回演奏は七時三十分」という掲示が出たときも、二人はまだ踊ってる最中だった。そのあとはアイスクリームソーダを飲みに行き、それから軽食をとったが、時はまたたく間に過ぎていき、その頃にはもう、つぎの電車をつかまえてフォンダの駅まで行かなければならない時間になっていた。

電車が終点の駅に近づいていくころには、クライドもロバータも、翌日の手はずをどう決めればいいのかという問題で頭がいっぱいになっていた。具体的に言えば、ロバータは翌日帰途につくのだから、日曜日少し早めに妹のところから出てくることができれば、クライドはライカーガスからやってきて落ち合えるわけだ。そうすれば少なくとも、ホーマーから南下する最終列車の予定時刻である十一時までは、二人でフォンダをぶらついていられる。そして、ロバータはその列車で帰ってきたふりをするのだ。顔見知りが誰も同乗していないとすれば、ライカーガスまで二人で列車に乗っていけばいい。

こうして打ち合わせておいたとおりに二人は落ち合い、フォンダの暗い郊外の道を歩きながら、話し合ったり計画を立てたりした。そうしながらロバータはクライドに、故郷ビルツで家族とともに過ごした暮らしについて少し――あまりくわしくない程度に――話して聞かせた。

だが大事なことは、二人の相思相愛の感情や、キスや抱擁によるその直接的表現を別にすれば、今後どのようにどこで会うことにしたらいいかという問題だった。何らかの手を見つけなければならない。ただ、じっさいはロバータも見抜いていたように、策を見つけ出す、しかも早々に見つけ出すのは、ロバータ一人にかかっていた。というのも、クライドは見るからに、できるだけロバータといっしょにいたいとジリジリするほど渇望しているくせに、どうやら案を立てるとなると大して気がきかない――役に立つような案を出してくれそうもなかったからだ。

たしかに、ロバータにもわかっていたことだが、案を見つけるのはたやすくなかった。ホーマーの妹をまた訪ねたり、ビルツの両親を訪ねたりするという口実も、一ヶ月以上は間をおかなければとても使えそうもない。それが使えないとなれば、他にどんな口実があるだろうか。工場で――郵便局で――図書館で――YWCAで――新しい友人ができたなんて。どれも歩きながらクライドが出してくれた案だけど、せいぜい一、二時間会えるだけの口実じゃないの。それでいてクライドが期待してるのは、今回みたいな週末をまた過ごしたいというんだから。しかも、この夏の週末はもう残り少なくなってきてるのに。

第十九章

ロバータとクライドの帰途は、二人で出かけたときと同様、誰の目にもつかなかった、と二人は思っていた。フォンダから乗った列車のなかで見知った顔には一人も会わなかった。そしてニュートンの家に着いたら、グレースはすでに寝床に入っていた。グレースは目を覚ましたものの、旅行についていくつか質問するのが関の山だった――それもその場限りの無頓着な質問だった。妹さんはお変わりなかった？　ずっとホーマーにいたの、それともビルツかトリペッツミルズまで行ったの？　(妹のところにいたとロバータは説明した。)　あたしも近いうちに両親に会いにトリペッツミルズまでいかなくちゃ。そのあとグレースは眠りに落ちた。

ところがつぎの日の夕食のときのこと、オーパル・フェリス、オリーヴ・ポープ両嬢が、フォンダから、それもロバータが土曜の午後過ごしたところから帰ってきたのが遅かったので、朝食には顔を見せなかったのだが、夕食には席についていて、ロバータが入っていくなり二言、三言、愛想よく悪意のない言葉を投げかけてきた。とはいえ、ロバータにしてみれば迷惑千万な差し出口だった。

「あら、お帰りなさい！　スターライト公園からご帰還の方がおでましね。オールデンさん、あそこでダンスなさっていかがでした。わたしたち、あなたを見かけたのよ。でも、あなたはわたしたちに気がつかなかったわね」それから、ロバータがどう答えたらいいのか思いつく暇もないうちに、ミス・フェリスがつけ加える。「あなたの目を引こうとしたんだけど、あなたったらお相手の人のほかは目に入らなかったみたい。あなたダンスがお上手だこと」

ロバータはこの二人のどちらとも大して親しくしたこともなかったし、こんなに唐突で言い抜ける余地もないすっぱ抜きを思いがけずも浴びせられては、それをうまく切り抜けるだけの図太さも機転も持ち合わせていなかったから、すぐに赤面した。ほとんど口もきけなくなりただ目を丸くするだけ。すぐに頭に浮かんだのは、グレースには妹のところにずっといたと説明したことだった。しかも向かいの席にはグレースがいて、まっすぐ自分を見つめている。まるで「あらまあ、よりにもよって！　ダンスですって！　男の人と！」と叫びださんばかりに口を開きかけている。おまけにテーブルの上座に座っている、痩せて口やかましく詮索好きのジョージ・ニュートンが、眼も鼻も鋭く顎のとがっている顔を自分のほうに向けている。

だがその瞬間ロバータは、何か言わなくちゃと気づいて、「あら、そうなんです。ちょっとあそこに行ってましたわ。妹の友だちが行こうというので、いっしょに行きましたの」と答えた。「あまり長くはいませんでした」と言いかけたが、思いとどまった。というのも、母親から受け継いだ一種の闘争心が、前にもグレースに向かってあらわれたことがあったが、このときもむくむくと湧いてきて救ってくれたのだ。何てったって、あたしが行きたけりゃスターライト公園に行ってどこが悪いの。ニュートン夫妻だってグレースだって、他の誰だって、そんなことであたしにとやかく言う権利なんかあるはずないわ。お金だって自分で払ってるんだし。とはいえ、故意に嘘をついたところを押さえられたわけだし、こうなるのもすべて、ここに住んでいてたえず些細な動きもいちいち詮索され監督されているせいだ、と思い知らされた。ミス・ポープは好奇心むき出しで「あの人、ライカーガスの若者じゃなかったと思うわ。このあたりであんな人見かけた覚えがないですもの」と追い討ちをかける。

「そうなんです。この町の人じゃありません」とロバータはぶっきらぼうに冷たく答えた。グレースの目の前で嘘を言っている現場を見られたと覚ってかなり動揺していたからだ。それに、グレースはこんなつき合いを秘密にされたり裏切られたりしたことにものすごく憤慨するだろう、とも覚った。ロバータははじめ、席を立って出ていき、二度と戻ってきたくない気分だった。だがそうはせずに、落ち着こうと精いっぱい努力して、親しくしたこともない二人の相手を油断なく見据えた。同時にグレースやニュートン氏にも反抗的なまなざしを向けた。これ以上何か言われたら、架空の名前の一つや二つもちだしてやるつもりになっていた――ホーマーにいる義弟の友人か何かということにして。いや、何の説明もしてやらないことにするほうがいいかも。何であたしが弁解しなくちゃならないの。

とはいっても、その夜あとで悟らされたように、弁解を拒否するというわけにはいかなかった。グレースがこのあとすぐに二人の部屋に戻ってくるなり、「あなたはあそこに行ってるあいだ、妹さんのところにずっといたって言ったじゃないの」と、責めるような口調で言いだしたのだ。

「あら、そう言ったからってどうだっていうの」ロバータは挑戦するように辛辣とさえ言えるような口調で答えたが、言い訳するような言葉はひと言も発しなかった。道徳上の見地から問い詰めようとしているふりをしながら、グレースの怒りや不満のほんとうの原因は、あたしがグレースから離れていき、ないがしろにしはじめている点にあることに間違いない、と思うようになっていたからだ。

「そうね、今後あなたがどこに行くにしても、誰と会うにしてもかまわないけど、あたしに嘘をつかないでほしいということよ。あたしはあなたにくっついていきたいなんて思ってないんですもの。それに、もっと言えば、あなたがどこに行こうと、誰と行こうと、知りたくもないですから。ただお願いしておきたいのは、あたしには何か言っておいて、あとでジョージやメアリーにそれが事実ではないって知られる羽目になったりしないでほしいということ。あなたがあたしからすり抜けようとしていただけで、あたしが自分を守るために嘘をついてたなどとあの人たちに思われるじゃないの。そんな立場にあたしを追い込んでもらいたくないの」

グレースはとても傷つき、悲しみ、食ってかかるような口調になっていたから、ロバータのほうも、こんな難しい状態から抜け出るには引っ越すほかなかそうだと読みとった。グレースってヒルみたい——腰ぎんちゃく。自分自身の生き方なんて知らないし、それを築いていくこともできないんだから。どこであろうと近くにいさえすれば、あたしにべったりでいたがる——あたしの思いや気持ちに同化しようとして。なのに、あたしがクライドのことを話してやったりすれば、きっとショックを受けて難癖をつけ、けっきょくは敵にまわるか言いふらすかするのは間違いないんだ。そこで、「あら、そう、お望みならそう受けとっていただいてけっこうよ。あたしはかまわないから。その気にならないかぎりもう何も申しませんﾞ」とだけ答えた。

それですぐにグレースは、ロバータがもう自分に好意を持っていないし、つき合うつもりもないんだという考えに行き着いた。すぐに立ち上がると部屋から出ていく——頭をツンと反らして、そっくりかえった姿勢で。そしてロバータはグレースを敵にしてしまったと悟り、この家から出ていきたいと思うようになった。とにかくこの連中はみんな了見が狭すぎる。クライドとのこんな人目を忍ぶ関係なんか、理解することも許すこともけっしてできないんだ——あの人の釈明によればやむをえないつき合い方——ある見方からすれば、あたしにとってはあまりにも厄介で屈辱的ですらありながら、やっぱりかけがえのない関係なのに。あの人が好きで好きでたまらないのだもの。だから自分とあの人を守るために何らかの方法を見つけなくちゃ——どこか別の借間に引っ越すんだ。

ところがこの場合そうするには、自分には奮い起こすことができそうもないほどの勇気や思い切りが必要だった。知人もいない家で部屋を借りるなんて尋常じゃないし、何の庇護も期待できない。世間体だってある。あとで母や妹にどう説明したらいいの。でも、こんなことがあったあともここに居続けるなんてほぼ不可能だし。なぜなら、グレースもニュートン夫妻も――とりわけグレースの姉ニュートン夫人は――昔のピューリタンかクエイカー教徒が、大罪を犯している「ブラザー」や「シスター」〔いくつかのキリスト教宗派において教会員同士で用いられる呼称〕を発見したときみたいな態度を見せてくるんだもの。ダンスをしてたですって――しかもこっそり！　スターライト公園にいたのはともかく、故郷のほうへ旅行に行ったからというだけではじゅうぶん説明のつかない、そんな青年がいたということだって問題じゃないの。加えてロバータの心を占めた懸念は、グレースが見せる不快で尊大な態度はまだしも、今後は確実に監視が強まってくるだろうから、今すぐにでも会いたくてたまらないクライドといっしょに過ごせる機会が狭まるということだった。したがってロバータは、二日ばかり悶々と悩んでからクライドに会って相談し、知っている者もスパイする者もいない新しい部屋に移ってすぐに一人暮らしを始めることに大賛成してもらったので、一、二時間外出許可をもらって部屋探しするに及んだ。ニュートン夫妻やニュートン家で知り合った人たちと接触する可能性がもっとも少なそうな、町の南東部に見当をつけて、そのあたりを探してみると、一時間ばかりで気に入った物件が見つかった。それはエルム通りの古いレンガ建ての家で、家具職人夫妻と娘二人が住んでいた。娘の一人は地元の帽子店に勤め、もう一人はまだ学齢期の子だった。貸してくれるという部屋は小さな正面ポーチの右側にあって、通りに面している。このポーチから離れたところにある玄関が居間に通じていて、借間は家の他の部分から隔離され、他の部分を通らずに出入りできるようになっていた。クライドとの逢い引きをまだ秘密にしておく気になっていたロバータにとって、そこは肝心な点だった。

　さらに、この家の母親ギルピン夫人と一度話をしてみて察するに、この家庭はニュートン家ほど厳格でも知りたがりでもなかった。ギルピン夫人は大柄でおっとり型、きれい好きであまり機敏でない五十歳ほどの人だった。夫人がロバータに言うには、金に困っているわけでもないので、ふだんは下宿人や間借り人をおきたいなどと思っていなかったのだが、表側にあるあの部屋は家の他の部分から切り離されているので家族がめったに使わないし、夫も別に反対しないので、貸すことにしたのだそうだ。さらにまた、ロバータのような勤め人――男性でなく女性――のほうが望ましいとも言った。家族といっしょに朝食や夕食を喜んで食べてくれる人がいいと。家族や係累について質問することもなく、ただロバータを興味深そうに見て、その外見に好ましい印象を抱いてくれたようだったので、ロバータは、この家ならニュートン家を支配しているようなうるさいたてまえなどあるまいと推測した。

それにしても、こんなふうに引っ越すなんて考えるだけで、いかに居心地の悪い思いをすることか。なぜなら、こういうこそこそした行動全体に、自分の目から見ても、何となく不適切で、罪を犯してさえいるような感じがまつわっていたからだ。さらに何よりも、これまでこの町にきてからただ一人の女友だちであるグレース・マーと喧嘩し、さらには訣別しなければならないとは。また、そのためにニュートン夫妻とも。自分がそもそもここに住んでいるのもまったくグレースのおかげだということは、重々承知しているのに。もしも両親かホーマーにいる妹が、グレースの知り合いを通じてこのことを耳にし、こんなふうにライカーガスで一人暮らしをしに出ていったのはおかしいなどと思うようになったら。正しいのかしら。あたしにこんなことができるなんて、ほんとにだいじょうぶなのかしら――しかも、こちらにきてまだ間もないというのに。ロバータは、これまで傷ひとついていなかった自分の生活規範が崩れていくような気がしはじめた。

だけど今はクライドがいる。あの人をあきらめることなんかできるかしら。

ロバータは心痛にさんざん苦しんだあげく、あきらめることなんかできないと心に決めた。だから敷金を払って、数日中に引っ越してくる手はずをととのえてから工場に戻り、その夜の夕食後にニュートン夫人に、自分は引っ越すつもりだと告げた。前もってひねり出しておいた口実として、弟や妹を呼び寄せていっしょに暮らそうと考えはじめていたのだが、間もなくそのうちのどちらかか二人ともがやってくるという話になったので、その準備をしておくのがいいと思ったのだと言ってやった。

するとグレースだけでなくニュートン夫妻も、こうなったのはすべてロバータが近ごろ新しいつき合いを始め、そのためにグレースと疎遠になってきた成り行きに起因していると思ったから、今では出ていってくれるのはありがたいくらいの気持ちだった。この子はまぎれもなく、自分たちにはとても許すことができそうもないような危ない橋を渡ろうとしてる。グレースにとってこの子は、はじめに期待していたような役に立ってくれそうもなくなったのも明らかだ。この子も自分が何をしているのか、おそらくわかっているはずだ。だけど、トリペッツミルズで送っていたようなつつしみ深い暮らし方にそぐわない、享楽本位の人生観に惑わされていくのが関の山さ。

そしてロバータ自身も、この引っ越しをやり遂げ、新しい環境に落ち着いてみたら（クライドとのつき合いは、前よりもぐっと自由にできるようになったことを別にすれば）、今回自分が選んだやり方に対する疑懼を覚えだした。もしかしたら――もしかしたら――急いで腹立ちまぎれの引っ越しをしてしまって、後悔することになるかもしれない。でも、やったことはやったこと、もう仕方がない。それで、しばらくは試しにやってみようという気になった。

ロバータは何よりも自身の良心のとがめを和らげるために、すぐに母や妹に手紙を書き、なぜニュートン家を出ざるをえなかったかについて、いかにももっともらしい理由を述べた。グレースがあまりにも支配欲をむき出しにし、横柄でわがままになってしまったのです。もう耐えがたいほどでした。でも、お母さん、心配に及びません。満足できるお部屋も見つかりました。自分ひとりだけの部屋を借りましたから、今度はトムやエミリー、お母さんやアグネスにここへ訪ねてきてもらっても、泊めてあげられます。そうしたらギルピン家の人たちにも紹介してあげられます。そしてその人たちについての説明を書くに及んだ。

にもかかわらず、ロバータが今度の成り行きについて心の底で抱えていたのは、クライドの自分に対するひたむきな熱情――またあの人を求める自分の思い――それを考えてみれば、自分がじつは火遊びをしているだけではないか、おまけに、世間の誹《そし》りを受けるような真似をしているのじゃないかという懸念だった。何しろ、この部屋をはじめて見たときに、それが――図面上その部屋が家の他の部分に対して占めている位置が――自分にとって最大の利点と感じたという事実を、このときみずから直視する気には、意識的にはほとんどなれなかったけれども、しかし無意識的にはそれをじゅうぶんに承知していたのだから。自分がたどっている道筋は危険だ——それはあたしもわかってる。それにしてもどうすればいいの。ロバータは、実行可能性や社会道徳に関する自分の分別に背く方向へ走り出そうとする欲望に急きたてられては、何度もそう自問するようになった。

第二十章

しかしながら、ロバータもクライドもやがて思い知ったように、近隣の市を簡便に結ぶ電車で行けるような場所あちらこちらで逢い引きしながら数週間過ごすうちにも持ちあがってきた、いろいろな障碍が依然として残っていた。なかでも主要な問題は、この部屋についてロバータ、クライドそれぞれが抱いていた考え方をめぐるもので、この部屋をどんな形にせよ二人で使うとすれば、どう利用したらいいのかという点にあった。具体的に言えば、クライドは、因襲的な通念にしたがって交際している女性相手に青年が求めるまともな関係とは多少とも異なる関係を、ロバータとの間に築きたいと思っているなどと、あからさまに自認することはこれまでなかったにもかかわらず、ロバータがこの部屋に引っ越したとなるとやはり、男性の奥底に抜きがたく存在していて、非難されるにふさわしいのかもしれないけれども、じつに人間的で、ほとんど不可避的な、もっと何かを求めるあの欲望があらわれてきたのだ——ロバータともっともっと親密になって、すべての面でその思考や行動を支配し、最終的には完全に自分のものにするという可能性を求める欲望が。だが、どうすれば自分のものになるというのか。結婚や、その後ふつうはそれに続くありふれた因襲的で持続的な生活によってか。そんなことをしてみようなどとは、これまで一度も思い浮かばなかった。というのも、この町のグリフィス家と同等の人たち（たとえばソンドラ・フィンチリーやバーティン・クランストン）よりも社会的地位の低いロバータあるいは他の女の子といちゃついたからって、結婚を選択するのが妥当だなんて——主として新たに見つかった親戚たちの態度や、この町におけるその高い地位に影響されたために——思いもよらなくなっていたからだ。あの人たちに知られたらどう思われることか。ここにやってくる前までならともかく、今となっては自分は社会的に、ロバータのような女性なんかよりも上に属していることになっているし、そういう立場を当然利用するべきなんだ。それに、この町には自分の知己や、少なくとも言葉を交わす程度の者たちがわんさといるし。だが他方で、クライドはロバータの人柄にすっかり惚れ込んでいたから、あの子は自分にふさわしくないとか、仮にあの子と結婚するのが可能だったり当を得たおこないだということになったりしても自分は幸せになれないとか、そんなこと言う気にも今のところとてもなれない。

それからもう一つ、事を複雑にする状況が持ち上がってきた。それは、秋が冷たい風と霜のおりる夜を従えて近づいてきたことである。すでに十月一日も近づき、少なくとも九月のなかばまでは娯楽を提供してくれて、しかもライカーガスからはかなり離れているので人に見られる心配の少ないあちこちの屋外行楽地は、すでにたいていシーズンを終えて閉鎖されてしまった。それにダンスも近くの町々のホール以外では当分の間取りやめになったし、ダンスホールはロバータの気持ちにそぐわないので行けなかった。ライカーガスの教会や映画やレストランとなると、今のような事情ではクライドの立場もあるのに、そんなところで人目についたりしてもいいか。二人で話し合った末に、それはまずいということになった。こうして、ロバータの行動に制約がなくなったのに行き先がなくなったから、二人の関係を何とか取りつくろってクライドがギルピンの家にロバータを訪ねられるようにでもしないかぎり、どうにもならなくなった。だがそんなことを考えてみようとする気は、クライドにもわかっていたように、ロバータにはなかったし、クライドにもそんなことを言いだす勇気はなかった。

どうにもならないまま、ロバータが新しい部屋に引っ越してからおよそ六週間経った十月初旬のある夜、二人はある通りのはずれに立っていた。星がきらめいていた。空気は冷たかった。木の葉は色が変わりはじめていた。ロバータは、この季節に着ることにしているグリーンとクリーム色の縞柄の七分コートを引っぱり出してきて着ていた。帽子はブラウンで、茶色の革の縁がついていて、よく似合うデザインだった。何度も何度もキスが交わされた——はじめて会ったときからずっと二人を支配してきて変わらぬ——いや、むしろますます顕著になってきた熱情に駆られて。

「寒くなってきたね」口を利いたのはクライドだった。もう十一時になっていて、冷え込んでいた。

「そうね。ほんとに寒いわ。もうすぐもっと厚手のコートを買わなくちゃ」

「これから先どうしたらいいか、ぼくにはわかんないや。きみはどう。遊びに行ける場所もあまりないし、こんなふうに毎晩街を歩くのもあまり快適じゃないしね。たまにはギルピンさんの家にきみをぼくが訪ねていけるように都合つけてくれないかな。あそこはニュートンさんのところとは違うんだろ」

「ええ、そうね。でも、あのご夫妻は毎晩十時半か十一時頃まで居間を使ってるのよ。それに娘さん二人がとにかく十二時近くまでしじゅう出たり入ったりして、居間にいることも多いの。どうしたいいかわからないわ。それに、あなたはそんなふうにあたしといっしょにいるところを誰にも見られたくないって言ってたじゃない。だけどあなたがあそこにくるのなら、紹介しないわけにいかないでしょう」

「ああ、でも、ぼくが言ってるのはそんなやり方じゃないんだ」とクライドはびくとも引かずに答えた。それにしても、ロバータは潔癖すぎるし、もし披瀝してるとおりにおれが好きだというなら、何とかも少し思いきった接し方をしてくれてもいい時期じゃないか、とも感じていた。「ほんのちょっと寄るのが何でいけないんだい。あそこの家の人たちに知らせることなんかないよ」時計を取り出し、マッチを点けて見ると十一時半になっていた。その時刻をロバータに見せて「もう誰もいないんじゃないか」と言った。

ロバータは首を横に振って拒んだ。そんなことを考えるだけで、恐ろしいばかりか虫ずが走る。この人、そんなことまで言いだすなんて、ずいぶんはしたなくなってきたのね。さらに、そんなやり方には、げんに自分のうちに潜んでいるものの、今のところはまだまともに向き合う気になれないでいた、ひそかな恐れや抗いがたい気持ちをかき立てる気配がまつわっていた。そんなことには何か罪深く下劣で気味悪いところがある。あたしはしたくない。それだけは確かだ。同時に内面では、あの抑圧され恐れてきた欲望の圧倒的な衝迫が承認を求め、意識の入り口で激しく扉をたたいていた。

「いや、いやや、そんなことあなたにさせるわけにいかない。正しいはずないもの。あたしは厭よ。誰かに見られるかもしれないし。あなたの顔見知りに会うかもしれないじゃないの」この瞬間は道徳的嫌悪感があまりにも強かったために、無意識的に抱擁から身をふりほどこうとした。

クライドはこの突然の反発がいかに根の深いものか感じとった。だからこそいっそう、もう手が届かなくなってしまったのではないかとなかば恐れるあの目標に到達したいという欲望に駆り立てられた。誘惑するための言いぐさがいくつも口をついて出てくる。「なあに、こんな夜遅く、いったい誰が見てるって言うのさ。あたりに誰もいないじゃないか。ぼくらがその気になれば、ちょっとばかりあそこに寄ってもかまうもんか。聞きつける人なんか誰もいないって。そんな大声で話す必要もないし。道行く人だって誰もいないさ。家の近くまで歩いていき、起きてる人がいるかどうか見てみようよ」

ロバータはこれまでクライドに家から半丁以内に近づくことも許していなかったから、危ぶむだけでなく強硬に異を唱えた。にもかかわらずクライドは、この場合ちょっと依怙地になっているみたいだったし、恋人であると同時に上司でもあるクライドにロバータは何となく気圧されて、歩いていくのを阻みきれず、家から数フィートあたりまできてしまってから立ち止まった。どこかで吠えているイヌの声を除けば、どこからも物音ひとつ聞こえないし、家にも灯りはひとつもついていない。

「どうだい、誰も起きてなんかいないじゃないか」とクライドは安心させるように言い張った。「ぼくらがその気になれば、ちょっとばかりあそこに寄ったっていいんじゃないか。誰にも知られるはずないし、大きな音立てる必要もないしさ。第一、何がいけないっていうんだい。他の連中だってやってるんだ。女の子が自分の意志で、部屋に男の子をちょっとぐらい入れたからって、そんなに悪いことをしたことにならないさ」

「あら、そうですか。まあ、あなたのお仲間ではそれでいいんでしょうね。でも、あたしは何が正しいことかわきまえてますし、そんなことが正しいとは思いませんから、あたしはしません」

こう言ったとたんロバータの心臓は、痛恨と意気阻喪に襲われてズキンときた。というのも、そんなことを言ってしまったことで自分は、クライドにこれまで見せたこともないような、あるいは自分でも見せることができるとは思ってもいなかったような、独立不羈にして反抗心旺盛な本性をあらわにしてしまったからだった。そう思うと少なからずぞっとした。こんな口の利き方をしていったら、もしかしたらこの人はもう、あたしがあまり好きでなくなるかもしれない。

クライドの気分はたちまち暗転した。どうしてこの子はこんな態度をとるんだろう。いやに用心深いし、多少とも生気や快楽をかき立ててくれそうなことを何によらず怖がる。他の子はこんなんじゃない——リタにしたって工場の他の女たちにしたって。この女はおれを愛してると見せかけている。通りのはずれの木の下でおれに抱かれてキスされても逆らわない。だけど、それ以上に少しでも踏み込んだ親密な交わりとなると、承知しようとしない。いったいどういう女なんだ。こんな女を追いかけたって無駄じゃないのか。手練手管や言い抜けばかりだったホーテンス・ブリッグズの焼き直しなのか。もちろんロバータはホーテンスとはいかなる意味でも似ていないけど、それにしてもやっぱりいかにも強情だ。

暗くて顔は見えなかったけれど、クライドが腹を立てていて、しかもこんなふうに怒ったのははじめてだということは、ロバータにもわかった。

「じゃあ、いいよ。厭なら無理にとは言わないよ」という言葉が聞こえてきたが、まぎれもなく冷ややかな響きがこもっていた。「ぼくには他に行けるところもあるからね。だって、ぼくの望むようなことをきみは何でも嫌がるらしいとわかったからね。ぼくらはどうすればいいと思ってるのか教えてもらいたいね。毎晩街をほっつき歩くわけにはいかないよ」その口調は暗く不吉だった——二人のあいだではこれまでなかったような、いがみ合う辛辣な言い方だ。それに、他に行けるところなどと言われたことにロバータはショックを受け、おびえた——たちまち自分自身の気分も変わってしまいそうになった。この人の世界に出入りする他の女の人たちのことなのね！　きっとときどき会ったりしてるんだわ。工場にも他の女工たちがいて、しじゅうこの人に色目を使ってるんだもの！　げんにそうしてるところをあたしも見てるし、しかも一度や二度じゃない。あのルーザ・ニコフォリッチ――いたって柄が悪いけれどきれいだし。それにあのフローラ・ブラント！　それからマーサ・ボルダルー――ゲッ！　この人みたいなすてきな男性が、あんなあばずれどもに追っかけまわされるなんて考えるだけでも。しかしながら、そんな思いに取りつかれたために、自分があまりにも扱いにくい女だと思われはしないかと怖くなった――この人が上流社会で見慣れている女性のような如才のなさや思い切りのよさなんか、ちっとも持ち合わせていない女だと。それで、そういう女性の誰かに心変わりすることになるんじゃないかしら。そうなったらあたしはこの人を失うことになるわ。そんなことは思っただけでぞっとする。たちまちロバータは、反抗的な態度から哀願して説き伏せようとする態度に変わった。

「ねえ、お願い、クライド、あたしに腹を立てたりしないでね。あたしができることならしないはずないってご存じのくせに。ここでそんな真似はできないの。あなたにだっておわかりでしょ。ご存じのはずよ。だって、きっとばれてしまうんだもの。誰かがあたしたちを見かけてあなたに気づいたりしたら、あなただって困るんじゃない」訴えるようにクライドの腕に手をかけ、さらにその手を腰にまわす。それでクライドにも、ロバータがついさっきは激しく拒絶したものの、ひどく心配している――苦しいほどなんだな、とわかった。「どうかそんな無理なことをあたしに言わないで」とロバータは許しを請うように言った。

「そうかい。じゃあ、何でニュートンの家を出たいと思ったんだい」クライドはむっとして訊いた。「たまにきみのところに行かせてもくれないとしたら、他にどこに行けばいいのかわからないよ。他に行けるところなんかないじゃないか」

ロバータは考えあぐねた。こんな関係が通常のやり方で維持していけないのは明らかだった。同時に、そのことを自分がどうして受け入れることができるか、見当もつかなかった。あまりにも仕きたりに反してる――あまりにも道徳に反してる――邪なことだ。

「あたしたちがあそこを借りることにしたのは」弱々しくも言いくるめようとして言う。「ただ、土曜や日曜にあちこち行けるようにするためだと思っていたわ」

「だけど今は、土曜や日曜にどこに行けると言うんだい。どこもかしこも閉鎖されてるじゃないか」

二人に降りかかってきているこんな解答不能な難問にロバータはまた行きづまって、「ああ、どうしたらいいのかがわかればいいんだけど」と無益な叫びをあげた。

「なあに、きみがその気になればわけなく解決するんだけど、いつものきみらしく、その気になれないっていうんだから」

ロバータが棒立ちになっている間も、夜風が枯れ葉を揺らしてささやくような音を立てている。クライドのことでずっと前から恐れていた問題が、はっきりとした形で自分にのしかかってきてる。これまで受けてきた正しいしつけも甲斐なく、この人がやろうと言いだしたことに今さら従うことなんかできるだろうか。どちらのほうにも強力にたゆみなく引っぱっていこうとして内面でせめぎ合っている力が、ロバータを揺り動かしていた。あるときは、道徳や世間の目を気にする気性からしていかに苦痛であっても、相手の言うなりになろうかという気になる――別のときには、自分の目には大それて不自然としか思えないような誘いなんかきっぱりと拒否しようと。でもやっぱり、後者の力にもかかわらず、また、有無を言わせぬ愛着に引きずられるがゆえに、クライドにはやさしく、かつすがりつくように接する以外になすすべもない。

「あたしにはできないわ、クライド。できないのよ。できるものならしてあげたいけれど、できないの。そんなこと、正しいはずないもの。無理にでもそうできるならしてあげたいんだけど、できないわ」クライドの顔を見上げる。闇のなかにボーッと浮かびあがる青ざめた楕円形の顔。自分を見て同情してくれ、自分のためを思って心を動かしてくれないか、見定めようとする。ところがクライドは、こういう明確な拒絶を受けて腹を立て、同情するどころではなかった。そのときの受けとめ方によれば、こういう成り行きは、ホーテンス・ブリッグズに言い寄ったときにさんざん嘗めさせられたあの一連の敗北を思わせた。もうあんな目に会わされて我慢したりするもんか。この女がこんなふうに振る舞うつもりなら、まあ、そうするがいいさ――ただしおれがその相手になったりするのは御免蒙る。今のおれは女なんか何人でも見つけられる――わんさかいるんだ――もっとましな扱い方をしてくれるのがな。

　クライドはロバータの目の前で、腹立ちまぎれに肩をすくめてみせるとすぐに、くるりと向きを変えて立ち去ろうとした。そのとき「ああ、それならいいよ。きみがそういうふうに思ってるのならね」と言った。それでロバータは唖然として恐れおののき、そこに立ちつくした。

「お願い、行かないで、クライド。お願いだから置き去りにしないで」不意に痛切な叫び声をあげ、抗う気持ちも勇気も、悲しいことにすっかり消えていた。「行っちゃ厭。あなたをとっても愛してるのよ、クライド。できるものならしてあげる。わかるでしょ」

「ああ、そのとおり、わかってるさ。でも、そんな話は聞きたくないんだ」(こんな態度をとらせたのは、ホーテンスやリタとの経験がなせる業だった。)体をひねって相手の腕からすり抜けると、暗い通りをさっさと歩きだした。

　するとロバータは、どちらにとっても苦痛にみちたこの急展開に打ちのめされて、「クライド！」と呼びかけた。それからあとを追いかけてちょっと走った。クライドを立ち止まらせ、自分の訴えにもっと耳を傾けてもらいたいと思ったからだ。だが、クライドは振り返りもしなかった。それどころかすたすたと行ってしまった。だからさしあたって自分にできることと言えばせいぜい、あとからついていったりしないことだけ、必要なら力ずくでも引き止めるしかない。あたしのクライド！　それでも走りだしてあとを追いかけたけれども、不意に立ち止まった。自分が許しを請うたり、訴えたり、迎合したりする態度にはじめて陥っていることに気づいて、一瞬、足が動かなくなったのだ。一方では今まで受けてきた因襲的なしつけが、一歩も譲るな――こんなふうに自分を安売りするな――と迫ってくる。他方で、恋や共感や友好的交わりを欲する熱望が、手後れにならないうちに、そしてあの人がいなくならないうちに、走って追いかけろとあおり立てるからだ。あの人の美しい顔。あの人の美しい手。あの眼。でもやっぱり、あの人の足音は遠ざかっていく。しかしながら、これまでたたき込まれてきた因習の力はきわめて根強かったから、二つの力のあいだの均衡が破れ、ひどく苦しい思いを引き起こしつつ、ロバータの足を止めたのだった。進むことも立ち止まっていることもできないと感じる――二人のすばらしい友情に突然生じたこの亀裂を理解することも、それに耐えることもできない。

苦痛に心臓が締めつけられ、唇の血の気も失せた。ロバータは麻痺したように口もきけず、その場に立ちつくした――いかなることも声に出すことができない。呼びかけようとして喉元までこみあげてくるクライドの名さえ。その代わりに、「ああ、クライド、どうか行かないで、クライド。ああ、どうか行かないで」という思いだけがひたすら頭のなかを駆けめぐる。なのにクライドは、もう声も届かないところまで行ってしまった。むっつりしたまますたすたと歩いていき、遠のいていくその靴音がしだいにかすかになって、苦しむロバータの耳朶に落ちてくる。

それははじめて体験する恋愛の傷心であり、ギラリと光る刃で目もくらませ、血をほとばしらせたのだ。

第二十一章

その夜のロバータの精神状態を記述するのは容易ではない。というのも、ここには純真ながらも悲しみにみちた恋があり、青春時代の純真ながらも悲しみにみちた恋は耐えがたいからだ。おまけにこの恋には、この地域におけるクライドの資産や社会的地位に関する、きわめて人心を惑わす誇大な幻想と結びついていた――クライドの所業とは何ら関係なく築き上げられ、むしろ、クライドには制御できるはずもない憶測やゴシップにもとづいて作りあげられた幻想と。それに、ロバータ自身の家庭も個人的な身の上も、あまりにも恵まれていなかった――クライドのあとを追う以外に何の見込みもない。それなのにこの段になって、あの人と喧嘩してしまった――怒らせて追い返してしまったのだ。それに引き換えあの人だって、あんな厄介な、きっと恐ろしいことになるにちがいない無軌道な昵懇の仲になろうと、あまりにも激しく迫ってきだしたのだもの。そんなことを正しいと見なしたりするのを、道徳的にしつけられたあたしの良心が許すはずもないじゃないの。こうなったらどうすればいいのかしら。何と言えばいいの。

その夜自分の部屋に帰ってきてから、ロバータは心のなかで自分にこう言い聞かせていた。思いに沈みながらのろのろと服を脱ぎ、大きくて古風なベッドにそっと潜り込んでからだ。「いやよ、あんなことするもんですか。しちゃいけない。できっこない。もしやったら悪い女になってしまうわ。たとえあの人がそうしてくれと言って、ことわったら別れるぞと脅してきたとしても、そんなことしてあげてはいけない。そんなこと頼んでくるなんて、あの人こそ恥じるべきよ」だがその瞬間、あるいはつぎの瞬間に、こんな状況では他に仕方ないじゃないの、と反問していた。というのも、人に見つからずに遊びに行けるところなんかほとんどどこにもないというクライドの言い分にも、一分の理があるのは確かなんだもの。会社のあの規則って何て不公平だ。あの規則はさておいても、グリフィス家の人たちは、あたしなんかとかかずらったりするのはあの人にふさわしくないって思うんでしょうし、そういうことになれば、ニュートン家の人たちもギルピン家の人たちも、あの人がどういう人物か聞きつけたり知ったりしたら、同じことでしょうね。だから、そんなことがあの人たちに知られたりしたら、あの人もあたしも傷つくことになる。あの人を傷つけるような真似はしたくない――ぜったいに。

そこまで考えてからハッと思いついたのは、自分がどこか別のところに勤め先を見つければいいんだということだった。そうすればこんな問題は解決する――その瞬間には、クライドが自分の部屋に入りたがっているという、もっとさし迫った秘めごととはほとんど関係がない問題みたいに見えてくる。でも、そうしたらもうあの人に日中には会えなくなる――夜にしか会えないことになる。その場合でも、毎晩というのはどうしたって無理だろう。そこに思いいたって、他の就職先を探そうという案は棄てることにした。

同時に頭に浮かんできた思いは、夜が明けたら明日になり、工場にクライドがあらわれるということだった。でも、あの人があたしに口も利かず、あたしもあの人に声もかけられないなんてことになったりしたら。とんでもない！　バカげてる！　ぞっとする！　そう思っただけで寝ていられず、ベッドでむっくり身を起こした。すると、よそよそしく冷ややかな顔を自分に向けるクライドの幻影が、狂おしくも目に浮かんでくる。

即座に立ち上がり、部屋の真ん中にぶら下がっている一つきりの白熱灯を点けた。隅にある古くさいクルミ材の化粧台にかかっている鏡のところに行き、自分を見つめた。目の下にもう隈ができているのも見えるような気がした。身体が麻痺して冷え切っているような感じがして、よんどころなく取り乱した様子で首を横に振った。ああ、あの人がそんな意地悪なはずない。今さらわたしにそんなに冷酷な仕打ちをするはずない――するかしら。ああ、どんなに難しいことか、あの人がわかってくれさえしたら――あの人があたしに要求してることはどんなに無理なことか！　ああ、朝がきて、あの人の顔がもう一度見られたら！　ああ、いつかまた別の夜に、あの人の手をとることができさえしたら――あの人の腕を――あの人の腕があたしを抱いてくれるのを感じられたら。

「クライド、クライド」なかば声に出して呼びかける。「まさかあたしに向かってあんな顔しないわよね――できるはずないわ」

古ぼけて色あせ、いくぶん壊れかけているけれどやたらに詰め物をしてある椅子へ向かう。部屋の中央に置いてあり、そばには小さなテーブルがあって、その上には得体の知れない本や雑誌が載っている――『サタデー・イヴニング・ポスト』、『マンシーズ』、『ポピュラー・サイエンス・マンスリー』、『ベベズ・ガーデン・シーズ』など。心をかき乱し身も焦がすような思いをまぎらそうと、その椅子に座る。膝に肘をつき、両手で顎を支える。だがうずくような思いはやまず、寒けに襲われたので、ベッドから掛け布団を取り出して体に巻きつけ、それから『シーズ』のカタログを開く――すぐ投げ出すだけだった。

「だめ、だめ、だめ、あの人そんなことあたしにできないわよ。するもんですか」そんなことさせちゃいけない。だって、あたしに夢中だと何度も何度も言ってくれたじゃない――気も狂いそうにあたしに恋してるって。二人でいっしょにいろんなすばらしいところにも行ったし。

そしてもはや、自分が何をしているのかもじつは意識しなくなり、椅子からベッドの端に移る。膝に肘をつき、顎を両手で支える。そうかと思うと、鏡の前に立ったり、落ち着きなく外の暗闇をのぞき込んでは、夜明けの兆しが見えないかうかがったり。そして六時になり、また六時半になって夜が明けはじめ、着替えの時間近くなってもまだ一睡もせず――椅子に座ったり、ベッドの縁に腰かけたり、隅の鏡の前に立ったりしている。

とは言っても、たった一つのはっきりした結論に到達していた。それは、何としてでもクライドに棄てられないように手はずをととのえなければならないということだった。棄てられるようなことになっちゃいけない。これからもまだあの人にあたしを愛してもらえるように仕向ける言葉かやり方が、何かあるにちがいないのよ――たとえ、たとえ――そうよ、たとえときどきは、ここであるいは別のところで、あの人を泊めなくちゃならなくなっても――どこかの下宿屋の部屋なら、前もって何らかの手はずをつけておくことができるかもしれない――あの人はあたしの兄か何かだと言ってやったら。

だがクライドを支配している気分は、それとは違う方向に向かっていた。それを正確に理解してやる、つまり、強情さや不機嫌なけんか腰の態度がなぜ突発したのかを徹底的に理解してやるためには、カンザスシティに立ち帰り、ホーテンス・ブリッグズのためにダンスの付き添いをさせられたあげく無益に終わってしまった、あの時期まで遡ってみなければなるまい。それにまた、リタをあきらめるほかなくなった――しかも何の得るところもなかった事情も、考慮に入れてやらねばなるまい。つまり、今の状況はあれとは違っているし、ホーテンスから受けたあんな不当なあしらいをロバータもしてきやがって、などと責めることのできるほどの道徳的優位性がこちらにあるわけではないにしても、それでもやっぱりもう一つの事実があることに変わりはない。女というものは――どんな女にしても――言うに及ばず石頭で、自己保存の本能に支配されていて、いつも並みの男には近づこうともせずに見くだしさえするくせに、男どもには自分のためにあれこれさせたあげく自分は何のお返しもしようとしない、という事実だ。だから、ラッタラーだっていつもおれに言ってたじゃないか。女に関しては、おまえはバカみたいだ――人がよすぎる――あわてて手のうちをさらし、相手の女にぞっこんになっていると知らせてしまうんだからって。ラッタラーが言ってくれたことによれば、おまえは美貌を――まさに「商品」を――所有しているのだから、おまえに夢中になってもいない女なんかの尻を追っかけまわす必要もあるまいって。そしてあのときは、そんな考え方やお世辞に大いに感銘を受けたっけ。ホーテンスやリタとは大失策をやっちまったからこそ、そんな見方が今ではますます身にしみる。なのに、ここに至ってまた、ホーテンスやリタの場合と同じ災厄に、ふたたびみずから飛び込むような危険に直面しているなんて。

同時に、やましい思いもないわけではなかった。こんな不義密通を要求すれば、道理に反し将来の危険をはらんでいるような関係にしゃにむに入っていくことになるのは明々白々だからだ。なぜなら、覚束ないながらに漠然と考えるようになったことに、あの子が偏見やしつけのために邪としか見なせないような関係をこちらが求めたら、そのことによって将来、はねつけるのも容易でない見返りを請求できる権利が、あの子の側に生じてしまうのではないか。何と言っても加害者はおれだから——あの子じゃない。だからそのために、また、その結果どのようなことが起ころうとも、あの子は、おれが与えてもいいと思う以上のものを請求することのできる立場になるかもしれないじゃないか。だって、あの子と結婚するつもりがおれにあるだろうか。心の奥底には、あの子と結婚なんかぜったいしたくないといまだに断言する何かが潜んでいた——この土地の上流の親戚がいるのも無視して、そんなことできるはずない。だから、こういう要求をしても当然じゃないか——あるいは、そんなことするべきじゃないのか。さらに、そんなことしたら、将来どんな請求も受けないですむ保障を無効にすることになってもいいのか。

クライドはこんなふうにはっきりと自分の内奥の気持ちを心のなかで言いあらわしたわけではなかったが、そのおおよその趣旨は以上のようなものだった。しかしながら、ロバータの人柄や肉体にあまりにも強く引きつけられていたから、こんな要求を押しとおすのは危険だとささやいてくれる虫の知らせめいた直感が働いているにもかかわらず、部屋に入れてくれないかぎりもうあの女とはいっさい関係をもたないぞ、などとみずからに言い聞かせていた。ロバータを求める欲望が何ものにも勝ろうとしていたのだった。

男女が最初に結合する際に、結婚の含みがあろうとなかろうと必ず生じるこのような闘争が、翌日の工場でたたかわされた。だけど、どちらからも言葉が発せられはしない。クライドは自分ではロバータを深く恋慕しているつもりだったけれども、まだそれほど深い関係になっていなかったから、この場合は、生まれついてのわがままで欲深でしつこい性格がのさばり続けて、他のどんな衝動も抑えつけていただけだった。それで、感情を害されたのはこちらだと言わぬばかりの態度をとることに決めていて、ロバータの側から自分をなだめてくれそうな何らかの譲歩がなされないかぎり、もう親しくしないし、いかなる形でも折り合ったりするもんか、と思い定めていた。

その結果クライドは、朝、刻印作業室に入ってきたときには、前夜のできごととほとんど関係のない用事に忙殺されている者みたいな顔つきや態度をしてみせた。とはいえ、自分がそんな態度をとったとしても何かの効果があるとはとても自信を持てなかったから、内心では鬱屈し拗《す》ねていた。というのも、ロバータが寝不足の青ざめた顔はしていても、相変わらずすてきな姿でいそいそと出勤してきたのを目にすると、こちらの勝利など、すぐにしろ追い追いにしろ、とても遂げられそうもないと思い知らされたからだ。したがって、あの子のことはもう自分なりに知り抜いているつもりだったから、あちらから折れてくれるかもしれないと期待することによって、かろうじて持ちこたえていた。

クライドはロバータの目を盗んではたびたびその姿に目を向けた。そしてロバータのほうも、繰り返しクライドを見やった。だが、はじめのうちはクライドが目をそらしているときだけ目を向けたのだが、やがてクライドがこちらを直視しようとしまいと、自分を視野に入れているにちがいないという気がしてほっとした。とはいえ、目礼などはしてもらえなかった。そのうちやがて、恨めしくもがっかりしたことに、クライドは故意に自分を無視するだけでなく、たがいに深く関心を抱くようになってからははじめてのことだが、他の女工たちに、あからさまと言うほどではないにしても少なくともそれとわかる意図的な視線を注ぎだしたのだ。女工たちときたら、いつもあの人に惹かれていて、前からずっとあたしにも察しがついていたように、あの人のほうから少しでもちょっかいを出してくれないかとたえず待ちかまえているし、あの人の言うなりに身をまかせようとしてるのに。

そら、あの人ったら、ルーザ・ニコフォリッチの肩越しにのぞき込んでいる。あの女、ししっ鼻で顎のないようなぽっちゃりした顔を思わせぶりに振り向けて見上げる。二人で愚にもつかぬ笑顔を交わしているからには、どうやら手がけている作業とはあまり関係のないことをしゃべってるみたい。それからまた間もなく、今度はマーサ・ボルダルーのそばにきてる。あの人のすぐそばに、あの女のむっちりしたフランス女らしい肩や腕が腋の下まで袖をまくり上げてさらけ出されているじゃないの。その体は肉づきがよすぎるくらいでまるっきり異国ふうだけれども、それでもたいていの男たちが好きになりそうな妖気をただよわせている。そしてクライドはそんな女ともじゃれ合おうとしてるんだわ。

それからまた少しすると、今度はフローラ・ブラントになった。あの、やけに官能的で器量も悪くはないアメリカ女だ。この子にクライドがときどき近づこうとしている様子は、前からロバータの目にも入っていた。そうではあっても、あの人がこんな女たちに興味をそそられるなんて、ロバータは信じたくもなかった。あの人にかぎってそんなことあるはずない。

なのにあの人、もうあたしに目を向けそうにもない――ひと言声をかける暇さえなさそう。あの連中にはさんざんおべんちゃらや愛想のよい笑顔を振りまいてるのに。ああ、何てひどい！　何て冷酷なんだろう！　あの人をあたしから奪おうとして色目使ったり、あけっぴろげな誘いかけしたりしてるあの女たちなんか、心底から軽蔑してやる。ああ、たまらないなあ。あの人はきっともうあたしに敵意をもってるにちがいないわ――さもなきゃこんな真似できるはずないもの。とりわけ、二人であれほどいろいろなことをしてきたあとなのに――愛を告白した――キスも交わしたじゃない。

どちらにとっても時間の進み方がやけにのろかった。クライドにとってもロバータにとってと同様に辛かったのだ。というのも、クライドは自分の夢が実現するかどうかということになると熱くなり、我慢がきかなくなる性格で、それが遅れたり頓挫したりすることと容易に折り合いをつけられなかったからだ。それこそ、どういう種類の夢であれ、男性の野心につきものの目につく主たる特徴ではあれ。クライドは、ロバータを失うことになるか、取りもどすにはロバータの願望に屈するしかないという思いに、刻々とさいなまれていた。

また、ロバータのほうで心を悩ましていたのは、部屋に入れるという件で譲らなければならないかどうかという問題ではなく（その点はもうほとんど心配のタネでなくなっていた）、その点で譲ったらクライドは、部屋のなかで神妙に何かの社交をするだけで満足してくれるだろうかという疑問だった――満足してくれないかも。満足してくれたらお友だちのままで居続けられるんだけど。だって、あたしにはそれ以上のことを許す気なんてないもの――ぜったいだめ。それにしても――こんな宙ぶらりん状態。よそよそしくされることの辛さ。これには一時間どころか一分も耐えることができそうもなくなってきた。それでとうとう、こんなことになったのは自分がバカだったからだという思いでたまらなくなり、午後三時頃に休憩室までずらかって、床に落ちていた紙片を見つけ、もっていた鉛筆でつぎのような短い手紙を書いた。

クライド、どうかあたしに腹を立てないでください。お願い。どうかあたしを無視せずに、声をかけてください。昨夜のことはごめんなさい。ほんとうに後悔しています――苦しいほど。今夜八時半にエルム通りのはずれでお会いしたいのですが、いらしてくださいますか。お話ししなければならないことがあるのです。どうかいらしてください。だから、どうかあたしに目を向けてください。そして、たとえお腹立ちであろうとも、いらしてくださると伝えてください。後悔させるようなことはしません。とても愛してます。あなたもご存じのように。

悲しみに暮れる
ロバータより

そして、中毒に苦しみながらもアヘンを求める者にも似た気持ちでその紙片を折りたたみ、作業室に戻るとクライドのデスクのそばに近づいていった。そのときクライドはデスクに向かっていて、何かの伝票を処理していた。ロバータはさっと通り過ぎざま、その両手のあいだに紙片を落とした。さっと見上げるクライドの黒い眼にはその瞬間も、その日一日浮かべていた苦痛と不安と不満と決意の入りまじった硬い表情を湛えていた。だが、手紙を目にするとともにロバータの後ろ姿を見やった途端、緊張がゆるんで、その眼にたちまちうれしさだけでなく戸惑いを含んだ満足感をも浮かべる。手紙を開けて読む。すると身体全体に、温かみがあるけれども力がすうっと抜けていくような感じの光にたちまち満たされた。

また、ロバータのほうは、自分の作業台に戻って、誰かに見られていなかったか確かめようと立ち止まり、緊張して不安げな表情を眼に浮かべながら、用心深くあたりを見まわした。だが、クライドがまっすぐ自分のほうを見て、眼には勝ち誇りながらも謙虚な輝きを湛え、口もとには微笑みを浮かべて、承諾のしるしにうれしげにうなずいて見せてくれると、ロバータはとつぜん目のくらむような感覚に襲われた。あたかもこれまで収縮した心臓や狭窄していた神経のために鬱滞していた血液が、突如どっと流れ出したかのようだ。それで、魂のなかで干上がっていた沼やひび割れていた岸——身体のなかに点在しながら悲惨さに干上がっていたように思えた細流や小川や湖——それらすべてが、この豊かにわきたぎる生と愛の力に浸され、みるみるあふれていく。

あの人は会いにきてくれる。今晩は会えるんだ。今までのようにあたしを抱いてキスしてくれる。あの人の眼をのぞき込むこともできる。もう喧嘩なんかしない——そうよ、あたしの力の及ぶかぎり、もう二度とするもんですか。

第二十二章

諍《いさか》いをおさめ、ためらいを乗り越えて、新たな段階の濃密さに達した接触から与えられた驚嘆と歓喜！　二人ともももっと深い親密な関係に入ることには、たがいに相手もそれを望んでいると知っているくせに無駄な抵抗をしてきたのだが、ようやくその欲望にいったん身をゆだねてしまうと、昼日中から夜が近づいてくるのを待ちわび、恐ろしい熱病にも似た情炎に身を焦がすようになった。だって、ロバータのほうはどんなに良心の呵責にさいなまれたことか――どんなに抵抗したことか。クライドのほうもどんなに決断を必要としたことか、しかも罪悪感も――誘惑した――弱みにつけ込んで過たせたという思いからも免れられず。だが、その行為を一旦やってしまったら、熱烈で発作的な快楽に二人とも突き動かされるようになる。とはいえロバータは、そういう交わりに及ぶ前に強く要求するのをおろそかにしなかった。その要求の主旨は、けっして見棄てないで、ということ――何が起きても（このような熱烈な情交から生じる自然な結果である妊娠が、ロバータの気がかりになっていたのだ）。あなたの援助がなければあたしはどうにもならなくなるのだもの。しかし結婚について直截に問いただしはしなかった。そしてクライドは、みずからの欲望にすっかり圧倒され振りまわされていたから、けっして見棄てないよと心にもないことを誓った――ぜったいに見棄てるもんか。少なくともそのことだけは信じてくれてもいいよ。とはいえ、そう言っているときにさえ、結婚はクライドの念頭になかった。結婚なんてするもんか。それでも幾晩も――当分はいっさいのためらいもかなぐり捨てて、また昼間はロバータがくよくよと思い悩み、自責の念に駆られたにせよ――二人ともたがいに完全に身をまかせて愛慾におぼれた。そしてそのときの喜悦を後々まで埒もなく赤裸に反芻して、夢心地に浸る――しばらくは毎日、日が暮れるのを待ち焦がれた――何もかも隠してくれるし恵みをもたらしてくれる熱狂的な夜がすぐくるようにと。

そしてクライドもこれは罪だと感じていて、そのことを固く痛々しいほど確信していたロバータとあまり違いはなかった――劫罰をもたらし、許されざる罪だ――母さんも父さんもそのことを何度も力説してたんだから――誘惑者だ――姦夫だ――結婚という神聖な領域の外で餌食をむさぼる者だって。ロバータも、見通しのきかない将来を不安に駆られてのぞき込み、どうなることかと訝《いぶか》しむ――もし万一、何かの拍子にクライドが心変わりしてあたしを見棄てるようなことになったら、どうなるかしら。それでも、夜がまたくると気分が変わり、クライドばかりかロバータも逢い引きの場所へ急ぐのだった――そのあとは必ず、真夜中のしじまのなか、灯りを点けていないあの部屋に忍び込む。その部屋こそ、二人とももう二度と経験できないかもしれないような天国だとも思える――それほど狂おしく二度と取りもどすこともできないのが、若いころの情火の激しさなのである。

それにクライドは、他の点ではまだ自信がなかったり不安だったりだとしても、これまで熱病に浮かされたような歳月を送ってきたあげく、じつははじめて経験することに、ロバータがこんなふうに急に自分の欲望に身をまかせてくれたおかげで、自分もついに一人前の男になった——ほんとうの意味で女というものがわかりはじめたと——ときには——感じるようになった。それで、言葉にしてこう言っているのも同然の態度や素振りをとるようになった——「どうだ、おれはもうほんの二、三週間前の、青二才で誰にも相手にされないようなぼんくらとはちがうんだぞ。今やれっきとした人間なんだ——人生について多少はわかっているひとかどの人物さ。おれのまわりにいるああいうきざな若者たちや、派手な甘ったれた声でいちゃついてる娘たちだって、おれにないものでももってるってかい。おれだってその気になりゃ——も少し勝手なことする気になりゃ——何やらかすものか、わからないんだからな」だから今度のことは、近ごろリタとのあいだで演じてしまった醜態は言わずもがな、ホーテンス・ブリッグズとのいきさつから植えつけられそうになっていた考え方なんか事実に反する、ということを証明してくれたと思えた——つまり、女に関するかぎり自分はうまく立ちまわることのできない男か、不運に生まれついている男だなどという考え方なんか。おれはさまざまな失敗を犯したり抑圧を抱えたりしているけれども、突きつめてみれば、ドンファン［スペインの伝説的遊蕩貴族］型かロサリオ［一八世紀英国演劇の登場人物で放蕩者の代名詞となった］型の若人なのさ。

それに、ロバータだってこんなふうに、見るからに喜んでおれに身を捧げてくれたからには、他にもそんな女がいるにちがいないじゃないか。

こんな具合だったからクライドは、グリフィス家の人たちから見向きもされていない現状にもかかわらず、これまでよりもさらにもったいぶって歩きまわるようになった。たとえあの家族からもその同類からも認めてもらえなくても、ときどき鏡に自分を映してみては、これまで感じたこともなかった自信や自賛の気持ちをかみしめた。こうなったのも、この頃はロバータが、おのれの将来はひとえにクライドの意志や気まぐれにかかっていると感じているために、ほとんど絶え間なくおだてて、できるかぎり言われたとおりに振る舞い、何かと支えてくれるようになったおかげだ。人生のあるべき秩序に関してロバータが抱いている考え方に従えば、まさに、自分は今やクライドだけのものであり、どこの妻も夫に対してそうであるのとまったく同じで、どう扱われても当然の身だったのだ。

したがってしばらくはクライドも、この土地で自分が顧みられもせずに過ごしていることを忘れ、将来のことを大して考えもせずに、ロバータとの交わりにひたすら没頭することで満足していた。ただひとつ、ときおり頭をよぎった不安は、ロバータがはじめに口にした恐れに関係して何か不都合が生じるかもしれないという思いだった。そんなことが起きれば、ロバータがひたすら自分だけに身を捧げてくれていることを思えば、ややこしいことになるかもしれない。そのくせクライドはこのことについて、あまり深く考えてみようともしなかった。今おれはロバータをわがものにしている。自分たちが知るかぎり、あるいは推測するかぎり、二人の関係は秘密を保っていて人には知られていないし。この似非ハネムーンの歓喜も絶頂になってきてるじゃないか。晴れて暖かな小春日和に恵まれた十一月も残り少なくなり、十二月も初旬がやがて過ぎようとしている――じつにまるで夢のなかのよう――単調で因襲的でみみっちい、その日暮らしのこの世の中にいながらにして経験する、一種の天国のような恍惚境。

この間グリフィス家は、六月なかばにこの市を発って以来ずっと不在だった。クライドはあの家族や、自分と市にとってあの人たちが有する意味について、あれこれ思いにふけっていた。一家の屋敷は、ときどきそばを通りかかるときに、庭師たちやたまに姿をあらわす運転手とか召使いなどが見えるだけで、立て切ってあって静まりかえっていたが、クライドの目には神殿さながらに映った――運命がどこかで急転すれば自分もそのうち駆け上がらないとも限らない高みを象徴していた。自分の将来はここに繰り広げられている壮観と何らかの形でつながっていくにちがいないという思いを、頭から払拭することができずにいたからだ。

とはいえ、グリフィス家やその同輩たる社交界のお歴々がライカーガスの外でどう過ごしているかということについては、地元の新聞二紙の社交欄でときたま記事を読むぐらいしか知りようがなかった。そういう記事は、市の大物たちの縁者なら誰の動静も、ほとんど媚びへつらうような調子で伝えている。そんな記事を読んだあとクライドは、ロバータといっしょにどこかの冴えない行楽地に出かけている最中にさえ、どこかのしゃれた行楽地でギルバート・グリフィスが大きな車を走らせたり、ベラやバーティンやソンドラがダンスをしたり、月明かりのなかカヌーを漕いだり、テニスをしたり、乗馬をしたりしていると新聞に伝えられているさまを、心のなかで思い浮かべてみるときもあった。そうするとほとんど耐えがたい苦痛を感じ、ときにはロバータとの関係の真相が照らし出され、有無を言わさぬ明瞭さを帯びて見えてくる。ロバータなんて、つまり何なんだ。ただの女工じゃないか！　百姓をして暮らす両親の娘で、自分も生きるために働かざるをえない女だ。それに引き換えこのおれは――おれは――運にもう少し恵まれさえしたら――！　こんなことしてたら、この土地で将来もっと上等な暮らしをしようと思ってるおれの夢も、すべて終わりということになっちまわないか。

ときにクライドは気分が沈んだりしたとき、そんなふうに考えるようになった。ロバータが身をまかせてくれてからはとりわけ顕著になった考え方だった。あの女は、ほんとうはおれと身分が違う――少なくともグリフィス家とは身分が違う。そしておれはやっぱりあっちの身分に強く憧れるな。しかしそれとは裏腹にクライドは、『スター』紙で読んだ記事にいかに刺激されたとしても、やっぱりロバータのもとへ、その姿を思い浮かべながら帰っていくのだった。なぜかと言えば、ロバータに惹きつけられたときの気持ちがまだ少しも褪せていなかったからだ。美や快楽や甘美さを求める立場からすれば、喜ばしく、尊く、この上ない価値がある――歓喜をもたらしてくれる対象にそなわる、あのような属性や魅力をそなえているのだもの。

しかしグリフィス家やその同輩が町に帰ってきて、ライカーガスがふたたび、一年のうち少なくとも七ヶ月間はいつもこの市の特徴となる、あの産業と社交の中心地としての活気を取りもどすと、クライドはまたその雰囲気に呑まれ、前よりもさらにのめりこんでいった。ワイキーギー街に立ち並ぶさまざまな邸宅や隣接する商店街の美しいこと！　そこにまぎれもなく漲《みなぎ》っている、躍動や生命力のただならぬ魅力にみちた気配。ああ、おれもその一部になれさえしたら！

第二十三章

ところでその頃、十一月のある夜、クライドがワイキーギー街を歩いていたときのこと。セントラル街と平行してそのすぐ西側を通る、地元で名高いあの街路である。この通りを会社への行き帰りに通るのは、クライドがペイトン夫人の家に引っ越してからの慣わしになっていたが、このとき起きたことは、クライドとグリフィス家との関係にからんで、誰も予見できるはずもなかった一連の事件をもたらす発端になった。その夜クライドの心は、若さや野心の勢いに乗って歌い出さぬばかりの浮かれようで、その年がもう終わりかけていることも、哀愁どころか浮かれ調子に拍車をかけてくれているみたいな具合であった。おれの今の境遇は悪くないな。この町では敬意を払われているし。下宿代を差し引いたあと週に十五ドルもおつりがきて、おれ自身とロバータのための小遣いにすることができるんだから。グリーンデヴィッドソンやユニオンリーグでもらっていたのには及ばない収入だが、それでも今は、ホテルに勤めてたときみたいに困ってる家族の面倒を見ることもないし、シカゴにいたときみたいに孤独に打ちひしがれることもないからな。それにロバータにも、秘密を守りながら尽くしてもらっている。それでも、ありがたいことに、グリフィス家の人たちにはそのことを知られていないし、知られるはずもないんだ。もっともクライドは、厄介なことが生じた場合にどう切り抜けるべきかなどということには、頭を悩ませようともしなかった。ごくさし迫った心配事以外は気にかけようともしない性格だったのだ。

しかも、グリフィス家の人たちやその同輩はクライドを社交の相手として認めないようにしていたけれども、地元の社交界とつながっていない他の人たちは、クライドの身分を知りさえすれば、みんなだんだん目をかけてくれるようになった。ついその日も、おそらくクライドがこの春に主任に引き上げられたせいか、サミュエル・グリフィスが最近わざわざ立ち寄って言葉をかけてくれたせいか、何人かいる副社長代理のうちの一人ルドルフ・スマイリーさんなどという重要人物までが、きわめて丁重に、それでいてなにげなさそうに、ゴルフはなさいませんか、もしなさるのなら、来春、アモスケーグの会員になる気はありませんかなどと訊いてきた。市から五、六マイル以内にあるゴルフクラブとしては高級な二大クラブのうちのひとつである。さてこうなると、スマイリー氏がクライドを社交界に入りそうな人物と見なしはじめたということにほかならないではないか。氏も工場の他の連中もおれを、工場にとってはそうでもないにしてもグリフィス家にとっては多少の重みのある人間と見なしはじめたということではないか。

そんなことを考えていたから、もう一つの期待――夕食後はまたロバータと落ち合って、十一時、いやもっと早くにもあの子の部屋にしけこむ予定になってるという期待――ともあいまって、その夜のクライドは上機嫌で、足どりも軽く歩いていたのだ。それも、こうした秘密の逢い引きをさんざん重ねてきたために、二人とも無意識のうちに大胆になりかけていたからだった。これまで見つからなかったのだからこれからもだいじょうぶ、などと思うようになっていた。あるいは、見つかったとしても、クライドはロバータの兄かいとこだということにして、とにかくさしあたっては切り抜け、すぐにスキャンダルが広まるのは防げるだろう。そのあとで、ロバータがどこか別のところに引っ越して、噂されたりばれたりする危険をかわす必要があるかもしれないけれど、引っ越しちまえばまたそれまでどおりのやり方でやっていけるはず、そう二人は相談をまとめた。だって、それなら簡単だし、少なくとも自由に会えなくなるよりましだろ。それでロバータもその案にやむをえず同意した。

しかしながら、その夜に起きたある出会いによってクライドの思いは茶々を入れられ、それまでとはまったく違う方向へ傾いていくことになった。クライドがワイキーギー街のなかでもとくに重厚な邸宅群の最初の屋敷に通りかかり、そこの住人が誰なのか知るよしもなかったけれど、その高い鍛鉄製の塀を感心しながら見つめていたときのことだった。塀の内側には手入れの行き届いた芝生も街灯にぼうっと照らされて見えていたし、芝生の上にはかき集められて積まれたばかりの落ち葉の山がいくつもあり、それを吹き散らすように戯れる風に揺すられ、崩されていくのも見てとれた。クライドの目にはこの屋敷全体がいかにも厳粛で、落ち着いていて、奥ゆかしく、美しいと映ったから、その威厳や壮麗さにすっかり惚れ込んでしまった。正門の上端に門灯が二つ、光の輪を描いて灯っている。そちらへクライドが近づいていったときに、大きくてがっしりした箱形自動車が門の真ん前にきて停まった。そして運転手が門を開けに降りてきたとき、車のなかで身を乗り出しているソンドラ・フィンチリーをクライドは瞬時に見分けることができた。

「勝手口のほうにまわってね、デーヴィッド。それで、あたし、これから夕食のおよばれでトランブル家に行くから、待ってられないってミリアムに言ってちょうだい。でも、九時までには帰りますってね。ミリアムがいなかったらこのメモを置いてくるのよ。急いでね」その声と口ぶりは、この春にクライドをとりこにした、あの尊大ながらも心地よい響きだった。

そのときソンドラは、歩道を歩いてやってくる人影を見てギルバート・グリフィスだと思い込み、こう呼びかけた。「あら、これはこれは、今晩はお散歩？　ちょっとお待ちいただければ、乗せていってあげますわよ。デーヴィッドに手紙をもたせてちょっと家に行かせたところなんです。すぐに戻ってくるでしょうから」

ところでソンドラ・フィンチリーは、ベラやグリフィス家にその裕福さと信望の厚さゆえに惹かれていたのは事実だったにせよ、ギルバートに同様の好感を持っていたかと言えば、とんでもなかった。近づきになろうとしてこちらが下手《したて》に出てやったのに、ギルバートははじめからそっけなかったし、その後もそれはずっと変わっていなかった。ソンドラの誇りを傷つけたのだ。だから、虚栄心と自惚れにみちたソンドラにしてみれば、それは決定的な侮辱だったし、赦せるはずもなかった。他人にほんの少しでも自惚れをひけらかされたりしたら、堪え忍ぶことなんかできないし、するつもりもない女性だったから、ベラの兄であれ、あんな見栄っぱりで冷酷で自己中心的な人間にはとりわけ反発した。ソンドラの見方によれば、あの男は自分を買いかぶりすぎ、虚栄心ではち切れそうになっていて、他人のために何かしようなどと考えることもできない。「フン！　あのボケなすめ」ギルバートのこととなると、そんな言葉が心のなかに浮かんでくるのが常だった。「いったい何様だと思ってるのよ。このあたりじゃ大物だって思ってるのは確かよね。ロックフェラー家かモルガン家のお坊ちゃまだとでも思ってるんでしょ。だけど、あたしから見たら、あいつのどこに見所があるのかわからない――これからだってわかりっこない。ベラは好きよ。あの子は愛らしいと思うわ。でも、あのきざ男ったら。きっと、どこかの女の子にかしずいてもらいたがってるんだ。けっこうなこと、あたしはまっぴらだけど」ギルバートの言動を他の者たちから伝え聞かされるとソンドラは、だいたいはこんな調子で反応していた。

そしてギルバートはギルバートのほうで、ときどきベラからソンドラのこれ見よがしの振る舞いや、気取りっぷりや、憧れなどについて話を聞かされると、「何だって！　あの小生意気な女め！　自分は何様だと思ってやがる。あんなに自惚れ屋の小娘もめったにいねえぜ！……」などと言い捨てるのが常だった。

しかしながら、ライカーガスの社交界の範囲はごく限られ、そこにまともに加入できる資格を有する者は数少なかったから、「仲間入り」している者たちにとっては、「仲間入り」している他の者たちにせいぜい礼を尽くすことが必要でもあり、ほとんど義務ですらあった。ソンドラがこのときギルバートと思い込んだ相手に声をかけたのも、そういう意味でのあいさつだったのだ。そして車に迎え入れるために体をわずかに奥にずらして席を作ってくれたので、クライドは、この予期せぬあいさつを受けて石にもなりかねないほど硬くなり、日頃の気取りや自意識もどこへやら、自分の聞き違いじゃなかったかという不安に襲われながら、そばへ近づいていった。その格好はほとんど、血統がよく性格もおとなしいイヌが、なつこうとしながら物欲しそうに尻尾を振り振り近づいていくさまを思わせる。

「やあ、こんばんは」帽子をとってお辞儀しながら声高にあいさつする。「お元気ですか」そう言いつつ、これは間違いなくあの美人で洗練されたソンドラなんだと心に刻みこむ。何ヶ月か前に伯父の家で会い、その社交界での活躍ぶりをこの夏のあいだ新聞で読まされてきた当人じゃないか。それが今ここで、相変わらずの愛らしさを見せながらこのすばらしい車のなかに腰かけて、どうやらおれに声をかけてくれている。だがソンドラは、自分の犯した人違いや相手がギルバートではないことにすぐ気づき、すっかり面食らって、控えめに言ってもちょっと滑稽でしかないこの状況をいったいどう切り抜ければいいのか、瞬時には見当がつかなかった。

「あら、ごめんなさい。クライド・グリフィスさんですわよね。人違いでしたわ。ギルバートかと思ったものですから。この明かりじゃ見分けがつかなかったのですもの」ソンドラもつかの間は当惑して、もじもじとしてしどろもどろの話し方になっていた。そのことにクライドは気づき、そこからうかがえるように、この人違いが自分にとってのお世辞になるわけはないし、ソンドラにとっても気持ちのいいことではなかったのだと覚った。おかげで今度はクライドのほうがうろたえ、逃げ出したくなった。

「おや、こちらこそ失礼しました。でも、気になさらないでください。邪魔立てしようなどというつもりはありませんでした。ただぼくの考えていたのは……」顔を赤くして、困惑のあまり後ずさりした。

だがここでソンドラは、クライドのほうがそのいとこよりもむしろはるかにいい男で、ずっと謙虚だし、自分の社会的地位のみならず美貌にも明らかにすっかり感じ入っていることをすぐに見抜くと、艶やかな微笑みを浮かべ、「いいえ、気になさらないでね。どうぞお乗りください。いらっしゃるおつもりのところまで送らせてくださいな。ねえ、ぜひ送らせてくださいな。そうしてくだされればあたしもうれしいんですから」と言えるだけの余裕を取りもどした。

ソンドラがこう言いだしたのも、クライドの素振りには、自分が呼びとめられたのは人違いのせいだったとわかっていかにも傷つき、恥じ入り、失望していることを、ソンドラにさえ覚らせる効果があったからだ。あの人の眼には面目をなくした思いがあふれ、唇のあたりに弁解じみた悲しそうな微笑が消え入りそうになりながらも浮かんでいるわ。

「ええ、まあ、もちろんですとも」クライドはしどろもどろに答える。「つまり、お望みなら、ということですが。どうしてこうなったのか、ぼくにもわかりますから。いいんです。気にしていただかなくてもだいじょうぶですから。どうぞご無理なさらないでください。ぼくはただ……」なかば向きを変えて立ち去らぬばかりの格好だが、後ろ髪を引かれる思いが強いためぐずぐずしていると、ソンドラがまた声をかけてくれる。「あら、どうかお乗りになって、グリフィスさん。そうしてくださるほうがあたしもありがたいのですから。デーヴィッドもすぐ戻ってきますから、お好きなところまでお乗せしますよ。それに、さっきのことでは失礼しました。ほんとにすいません。でも、あたし何も、ただ、あなたがギルバート・グリフィスでないからといって――」

クライドは立ち止まり、それから当惑した様子で進み出ると、車のなかに入ってソンドラの隣の席に滑り込んだ。するとクライドの人柄に興味をそそられていたソンドラは、ギルバートでなくてよかったと思いながら、すぐに相手の顔をまじまじと見つめだした。もっとよく見えるように、また、われながら圧倒的だと思っている美貌をもう一度見せてやるために、天井の車内灯のスイッチを入れた。やがて運転手が戻ってくると、どちらへ向かわせましょうかとクライドに尋ねた――告げるのになかなかためらわれる住所だもの。ソンドラの住んでいる街区とはあまりにも違うし。自動車のスピードが上がるにつれクライドは、このつかの間の機会を何とかうまく利用して、自分に好感を持ってもらえるようにしたいという熱望に取りつかれだした――そうなるかもしれないじゃないか――いつかもう一度会ってみたいと、この子にかすかにでも思わせるように仕向けてやりたい。それくらい心底からソンドラの世界に入りこみたがっていた。

「こんなふうに乗せてくださるなんて、ほんとうにご親切ですね」ソンドラに顔を向けて微笑みながら話しだした。「ぼくは自分のいとこと間違われたとは思わなかったものですから。そうとわかっていたら、あんなふうに近寄っていったりしなかったのですが」

「あら、そんなことはもういいじゃありませんか。もう言いっこなしよ」とおちゃめな返事をしたソンドラの声には、まともではないほどの甘美さがこもっていた。あたしがこの人から受けた最初の印象は、今思い返してもこれほど強烈ではなかったんだけどなあ。「間違えたのはあたしのほうで、あなたじゃありませんもの。でも今は何しろ、間違っちゃってかえってよかったと思ってるぐらいなんです」この付け足しは、誘うような笑みとともにやけにはっきりと言ってもらえた。「とにかく、ギルを拾うよりあなたを拾ってよかったと思ってるんです。あたしたち、あまり仲がよくないんです、あたしとあの人とはね。どこかで会ったりするといつも喧嘩ばかり」ソンドラは一時的な戸惑いからもすっかり立ち直って笑顔になり、お姫様然とした悠々たる格好で座席の背にもたれかかって、クライドのよくととのった顔立ちに興味深げな視線を走らせ、この人の眼にはあんなやさしい笑みが潜んでるのね、などと思っている。それに何と言ったたって、この人はベラやギルバートのいとこなんだし、裕福そうに見えるわけよ。そんなふうに理屈づけたりもするに及んだ。

「へえ、それはいけませんね」とクライドはしゃちほこばって言ったが、この女の前で自信ありげで鷹揚に見せようとしながら、とてもぎこちない虚勢にしかならなかった。

「いえ、ほんとうは大したことありませんの。ちょっと喧嘩するだけなんです、たまにね」

自分の前では相手がビクビクして気弱になり、機転もまったく利かなそうになったのをソンドラは見てとり、こんなふうにこの男をまごつかせ、眩惑させる力が自分にはあるんだと思ってほくそ笑んだ。「おじさまのところにまだお勤めなんですか」

「はあ、そうです」クライドは、もし勤めを辞めたとなれば見限られてしまうとでも思っているかのように、あわてて答えた。「今ではあそこのある部門の主任をまかされています」

「あら、そうなんですか。知りませんでしたわ。あのとき一度お会いしたきりで、その後お目にかかりませんでしたものね。お出かけするお暇はあまりないのでしょうね」賢《さか》しらな目つきで、「ご親戚の方々にあまりかまってもらえてないのでしょう」とでも言わぬばかりだった。とはいえソンドラは、ほんとうにこの男が気に入りだしたからそんなことは言わずに、「夏中ずっと町にいらしたのでしょう」と言った。

「はあ、そうなんです」とクライドは率直に愛嬌よく答えた。「やむをえません。仕事があるのでここにいなければなりませんから。でも、あなたのお名前は新聞でしょっちゅう見てましたよ。乗馬なさったりテニスの大会にお出になったりしたことなんかも読みました。それから、先の六月にあったあの花自動車パレードでもあなたをお見かけしました。まるで天使みたいにお美しいと思いましたよ」

クライドの眼には、感嘆し訴えるような思いがあふれてきらめいたので、ソンドラはすっかり有頂天になった。何て感じのいい青年なんでしょう――ギルバートとは大違い。でも、この人がこんなにもあからさまに、どうしようもないほど夢中になっているのに、あたしはこの人に行きずりの興味しかもてないと思うと。ちょっとかわいそうな気がしてきて、それだけ親切にしてやろうという気になる。それに、ギルバートはいとこが完全にあたしにまいったと知っただけで、どう思うかしら――どんなに腹を立てるかしら――あんなにあからさまにあたしのことを小娘みたいに扱ったりするあの男が。クライドが誰かに取り立てられて、あいつ（ギルバート）なんか望めもしないほどちやほやされたりしたら、あいつにはいい薬になるんだけどな。そうなったらとても胸がすーっとしそう、とソンドラは思った。

しかし残念ながらこのとき、車はペイトン夫人の家の前に寄せて停まった。クライドにとってもソンドラにとってもこの椿事はそれで終わったみたいに思われた。

「そんなことおっしゃってくださって、とてもおやさしいのね。忘れませんわよ」ソンドラはいたずらっぽい笑みを浮かべる。運転手がドアを開けてくれてクライドは車から降りる。この出会いのすばらしさや大切さを感じて神経が張りつめている。「じゃあ、ここにお住まいなんですね。冬はずっとライカーガスにいらっしゃるご予定ですか」

「はあ、そうです。きっとそうなるでしょうね。いえ、そうしたいと思ってるんです」やけに熱をこめて言ったが、何を言いたいのかは眼にありありとあらわれている。

「そうですか、それなら、いつかどこかでまたお会いするかもしれませんわね。とにかくそうなるといいんですが」

ソンドラはうなずき、指をさしのべる。心をつかむ花輪のような微笑みを投げかけてくれる。それでクライドは愚かしいほど熱をこめて「はあ、ぼくもそうなるといいと思ってるんです」と言い添える。

「さようなら！　おやすみなさい！」という声とともに車はさっと走り出し、クライドはそのあとを目で追いながら、もう一度こんなふうに間近で親しそうに会うことなんかあるだろうかと訝った。こんなふうにまた会えるなんて考えるだけで！　それに、あの子は最初のときとはがらりと違う態度を見せてくれた。はじめて会ったときは、今でもはっきり思い出せるが、おれなんかにぜんぜん関心を示さなかったのに。

期待に胸をふくらませながら下宿のほうへ向かって歩きだしたが、いくらかやるせない思いに浸されてもいた。

　そしてソンドラはと言えば……疾走する車中で思案していた。グリフィス家の人たちはあの人をないがしろにしてるらしいけれど、どういうわけかしら。

第二十四章

　このまったくの偶然による出会いは、ひとかたならぬ惑乱をもたらす結果になった。せっかくロバータに慰めと満足を見出していたのに、この土地で成り上がっていけるかもしれないという見込みが、こういう具体的でうっとりするような経緯を通じて、またしてもそっくりそのまま浮上してきたからだ。しかも、いかにも不思議な巡り合わせながら、上流階級の意味そのものを何よりも体現し拡大して見せてくれる、あのほかならぬ上流階級の娘を介して。あの美人のソンドラ・フィンチリー！　あの愛らしい顔、スマートな着こなし、陽気で自信たっぷりな物腰！　はじめて会った折にあの子を何とか惹きつけることができてさえいたらよかったんだけど。いや、これからでもできるならなあ。

　ロバータとの関係が今のようなものになっているという事実は重く深刻だとしても、ソンドラのような女性やその身が体現しているいっさいの可能性が帯びている牽引力には、気質の面からも想像力を通じても惹きつけられて抵抗できなかった。ウィンブリンガー＝フィンチリー電気掃除機製造社がこのあたりで最大級の製造業者だ、ということを考えてみるだけでいい。その工場の高い塀や煙突がモホーク川の向こう岸にそびえ立っているじゃないか。それに、ワイキーギー街のグリフィス邸の近くにあるフィンチリー家の住まいは、立派な家が建ち並んでいるなかでもひときわ目を引く。建築様式としてはこのあたりで最新の、目の肥えた趣味を見せつけている――イタリア・ルネッサンス様式だ――クリーム色の大理石とダッチェス郡［ニューヨーク州南東部の石材を産出する由緒ある郡］産砂岩を組み合わせてある。それに、フィンチリー家はこの土地でももっとも名高い名家のひとつだ。

ああ、こんな完璧な女性ともっと親しくなれたらなあ！ 好意をもって見てもらえたら——そんな好意のおかげで、あの人が属しているあのすばらしい世界に入っていけたらいいのに。おれだってグリフィス家の一員じゃないか——容貌にしても、どう見たってギルバート・グリフィスに劣らないし。金さえあれば同じくらいもてるはず——あいつの財産の一部だけでもあればな。ギルバート・グリフィス流のファッションで装えたら。あいつが乗りまわしているようなカッコいい車で走りまわれたらな！ そしたら、ああいう女だって喜んでおれを認めてくれるにきまってる——もしかしたら、恋に落ちてさえくれる。そうならないとは誰にもわからないさ。エル・アスシャールとガラス細工を入れた籠の話［『千一夜物語』「床屋の第五の兄エル・アスシャールの物語」参照］さながらだ。だけど今おれにできることと言えば、憧れに憧れるしかないや、などと考え、クライドは暗澹たる気持ちになった。

チクショー！ 今夜はロバータのとこなんか行くもんか。何か口実をでっち上げてやる——明日の朝はロバータに、伯父かいとこに呼び出されて何かの仕事をさせられたんだと言ってやろう。今みたいな気分のままあの子のとこに行けるわけないし、行くつもりもないね。

他方ソンドラは、クライドとの出会いをあとになって振り返ってみると、胸のときめきとしか言いようのないものに間違いなくとらえられていた。あの人のいとこから受けた侮辱とは正反対の好感を与えられただけに、いっそう強く惹かれたのだ。会社で何か役職に就いているという意味の、あの人がふともらした言葉から、あの人の身分はあたしがこれまで想像していたよりもましなのかもしれないと思えるだけでなく、服装も態度もそれを示しているみたいだった。とはいえ、やはり思い出されるのは、夏中ベラといっしょに過ごしていたし、ときどきはギルバートやマイラやご両親とも会ったのに、クライドについてはひと言も話題にのぼらなかったということだった。それどころか、あの人についてこれまで耳に入ってきたのは、はじめにグリフィス夫人から聞いた話だけで、その話によればあの人は、ご主人が西部から呼び寄せ、多少は援助してやることにした貧乏な甥だということだった。だけど、この夜のクライドを見たかぎり、しがないだけの人ではないし、貧乏に打ちひしがれているともまったく思えなかった――なかなか興味をそそる、ちょっと頭のよさそうな、大いに魅力のある男じゃないの。それに、ソンドラにも見てとれたとおり、あたしのような女性にまともに扱ってもらいたくて仕方ないと感じてるのは見え見えね。しかもそれがギルバートのいとこ――グリフィス家の一員だっていうんだから――うれしくなってくるわ。

トランブル家というのは、家長のダグラス・トランブルが、繁盛している弁護士にしてやもめ、地元の投機家でもあり、その上品な物腰や法律的専門知識のおかげのみならず、よくできた子どもたちのおかげもあって、ライカーガスの社交界でうまくのし上がって最高級の人物と見なされるにいたった家族だが、ソンドラは弁護士の娘二人のうちの姉にあたるジル・トランブルに、その邸宅に到着するなりいきなり「ねえねえ、あたし今日おもしろい経験したのよ」と打ち明けた。そして、起きたことすべてをくわしく語るに及んだ。のちほど、夕食の席でソンドラは、ジルがその話をすごくおもしろがっているようだったので、妹のほうのガートルードとトランブル家の一人息子トレーシーにまた語って聞かせた。

「ああ、そうだ」と、父親の法律事務所で弁護士見習いをしているトレーシー・トランブルが言った。「ぼくはたしかそいつを、セントラル街で三度か四度見かけたことがあるよ。ギルとそっくりだよね。ただあんなに威張ってはいないけどさ。この夏二、三度会釈してしまったよ。一瞬ギルかと思ったものでね」

「あら、あたしも見たことあるわ」とガートルード・トランブルが言う。「ときどきギルバート・グリフィスみたいに、キャップをかぶってベルト付きコートを着てるでしょ。一度はアラベラ・スタークが指さして教えてくれたんだけど、そのあともジルとあたしがある土曜日の午後スタークさんのお宅にいたとき、あの人が通りかかるのを見たわ。どこから見てもギルより美男子よね」

これを聞いてソンドラは、自分のクライド観に対する確信を深め、こう言い足す。「バーティン・クランストンとあたしはこの春、グリフィスさんのお宅で夕方あの人と会ったことあるのよ。そのときはあたしたち、あの人あんまり内気すぎると思ったんだけど。でも、今のあの人はあなた方にも見せたいぐらい――断然ハンサムだし、やさしい眼をして、すてきな笑顔なのよ」

「まあ、ソンドラったら」とジル・トランブルは言ったが、ジルはスネデカー学園の同級生だったから、バーティンやベラは別にしてこの町のどの女の子よりもソンドラに近しかったのだ。「あなたがそんなこと言うのを聞きつけたら、誰かさんは妬くわよ」

「ギル・グリフィスなら、いとこのほうがいい男だなんて聞かされたら、そりゃむくれるさ」とトレーシー・トランブルも調子を合わせる。「ああ、やれやれ——」

「何よ、あんな人」ソンドラはむかついて吐き捨てるように言う。「いやにお高くとまってさ。あたし、何だって賭けてもいいけど、グリフィス家の人たちがいとことつき合わないのはあいつのせいよ。考えてみれば、それに間違いないわ。ベラはもちろんつき合うはずよ。春に、あの人は美男子だってあの子が言ったのをあたし聞いたもの。それにマイラは誰かにいやな思いをさせるようなことはしない人だしね。そのうちあたしたちのうちの誰かがあの人を取り立てて、あっちこっちに招待してやったりしたらおもしろいんじゃない——もちろん、ほんのときたまよ——ただのお慰みにね。あの人どうするか見るのよ。それに、グリフィス家の人たちがどう受けとるかも見ようってわけ。あたしには、お父さんやマイラやベラは何とも思わないという確信があるの。でもギルは、きっとめっちゃ腹を立てるにきまってる。あたしはベラと仲良しだから、自分でそんなことするわけにはいかないんだけど、それができて、あの家族も文句を言えない人は知ってるわ」そこで言葉を切って、バーティン・クランストンのことを思い浮かべ、あの子がギルやグリフィス夫人をどんなに嫌っているかを顧みる。「あの人、ダンスか乗馬かテニスか何かそういうことができるかしら」そこで話を打ち切り、楽しげに考え込む。その間まわりの人たちはソンドラを観察している。そして、ソンドラほどの美貌や華やかさはないものの、気が早くて熱中しやすい点では劣らぬジル・トランブルが、「おもしろいいたずらになりそうね。グリフィス家の人たち、ほんとに大して嫌がらないかしら」と言った。

「嫌がるからって、別にどうってことないでしょ」とソンドラは話を続けた。「あの人たちだって、あの人を無視するぐらいのことしかできないわよ。無視したからって誰が気にするって言うの。あの人を招待する人たちの知ったことじゃないわよ」

「おいおい、きみたち、この町でいざこざ起こそうっていうのかい」とトレーシー・トランブルが口を挟む。「ぼくは何を賭けてもいいけど、そんなことしたらけっきょくはいざこざが起きるにきまってる。ギル・グリフィスがそんなこと喜ぶはずない。賭けてもいい。ぼくがあいつの立場だったら、ぼくだって気に食わんよ。この町で大いに波風立てたいなら、やるがいいさ。でも、いざこざになるのは間違いないからね」

ところでソンドラ・フィンチリーときたら、素質からしてこの種の思いつきには夢中になる性癖に染まっていた。しかしながら、この思いつきは当座はおもしろいと思えたものの、具体的な実行に移されないままに終わったかもしれなかったのだが、実際には、こんな話し合いがなされ、また、バーティン・クランストン、ジル・トランブル、パトリシア・アントニー、アラベラ・スタークなどを交えたおしゃべりの話題にものぼった果てに、この危なっかしい計画の噂が、ギルバート・グリフィス評も多少交えられてギルバート本人の耳に届いたために、事態が動き出した。しかも噂を本人に伝えたのはコンスタンス・ワイナントで、この地方のゴシップによればギルバートが婚約する見込みの相手と見なされていた女性であった。またコンスタンスも、ギルバートがゆくゆくは結婚してくれると期待していたから、ソンドラがクライドにちょっかいをかけることにしたからといって、バカげているとしか思えないことを根拠に、クライドのほうがギルバートよりいい男だなんて言ってのけたなどという噂に、みずからも腹を立てたのだ。そこでコンスタンスは、できればソンドラに復讐してやる計画を立てるためだけでなく、自分自身の腹いせのためにも、ギルバートに何もかも伝えた。それを聞かされるやいなやギルバートのほうは、クライドやソンドラをあれこれとこきおろすに及んだ。その酷評が、コンスタンスのつけ加えた尾ヒレとともにソンドラに伝わり、狙いどおりの効果をあげた。ソンドラは、仕返しせずにおくものかという強烈な願望をかき立てられたのだ。あたしがその気になれば、クライドに愛嬌を振りまいてやったり、他の人たちにも愛想よくさせたりするのなんか簡単なんだから。そうしたらおそらくギルバートは、思いがけず社交界で一種のライバルと対決させられることになるんだわ――しかもそれが自分のいとこであり、そのいとこが、たとえ貧乏であってもみんなのあいだでの人気はずっと高い、ということにもなりかねないってわけ。何て愉快なことかしら！　これと同時にソンドラの頭には、クライドを至極容易にみんなに紹介できて、しかも紹介しているとは見えず、狙いどおりの結果にならなかった場合にもこっちには大して損害が及ばないやり方が思い浮かんだ。

具体的に言えば、ライカーガスには、子弟をスネデカー学園に送っているような上流家庭の青年子女からなり、気のおけない晩餐会やダンスパーティを催す「折節《おりふし》の会」と呼ばれた、幻のようなクラブがあるということに思いいたったのだ。このクラブには一定の組織もなければ、役員も事務所もない。階級的社交的なコネによって資格があり、所属する気になった者誰でも、他の会員を自宅に集めて、晩餐会やダンスパーティやお茶会を催すことができることになっていた。

それでソンドラは、クライドを紹介するのに都合のいい手段を模索しているうちに、これに所属している自分以外の誰かを説き伏せて、何かの催しを開かせ、そこへクライドを招くように焚きつけてやることができればじつに簡単ではないか、と考えついたのだ。たとえばジル・トランブルが「折節の会」の晩餐とダンスの会を催し、そこへクライドが招かれるようにするなんて、わけないじゃない。この策略がうまくいけば、あの人とまた会えるし、どの程度あたしの意に染むか、どんな人なのか、見きわめることができるようになりそう。

こうして、クラブとその仲間のためのささやかな晩餐会が、ジル・トランブルをホステスとして十二月の第一木曜日に開催されると発表された。この会に招待されたのは、ソンドラとその兄スチュアート、トレーシー・トランブルとガートルード・トランブル、アラベラ・スターク、バーティンとその兄、加えてユティカやグラヴァーズヴィル在住の数名だった。それにクライドである。だが、クライドにはソンドラだけでなくバーティンやジルやガートルードも付き添って、クライドが何かヘマをしたり、不適切な言葉を吐いたりしないように気を配ることにした。ダンス相手の名簿プログラムに空欄がないように、また、晩餐の席でもダンス・フロアでも独りぼっちにならないように、その夜が終わるまでうまく引きまわしてつぎつぎにお相手があらわれるようにしようと、みんなで気をつけることにした。というのも、そうすることによって他の人たちもクライドに関心をもつようになるだろうし、その結果、ライカーガスの上流階級のなかでソンドラだけがクライドを贔屓にしているなどという見方も成り立たなくなるばかりでなく、ベラやグリフィス家の他の人たちは別だとしても、ギルバートに対する見せしめの棘が鋭くなるはず。

そしてこれは計画どおりに実行された。

また、そういう次第でクライドは、ソンドラに出くわしてから二週間ほど経った十二月初旬のある夜、工場から帰ってきてみると驚いたことに、化粧台の鏡にクリーム色の封書の立てかけてあるのを目にしたのである。表書きは読みにくくて見慣れないでかでかとした筆跡だった。それを取りあげてひっくり返してみたが、差出人は誰なのかさっぱりわからない。裏側にはB・TなのかJ・Tなのか、どちらとも判読できない筆記体の頭文字を凝った形に組み合わせた刻印がある。封を切ってカードを取り出してみると、以下のような文面だった。

折節の会は
今冬最初の晩餐とダンスの会を
ワイキーギー街一三五番地
ダグラス・トランブル宅にて
十二月四日木曜日に開催いたします
貴下のご臨席を賜りたくご招待申し上げます
諾否のご回答をミス・ジル・トランブル宛お寄せくだされば幸いです。

さらにこのカードの裏には、封筒の表書きと同じ読みにくい筆跡でつぎのように書いてあった。「拝啓グリフィス様。あなたもおいでになりたいかもと思いまして。まったくざっくばらんな会です。きっとお気に召すと思います。その気になりましたら、ジル・トランブルにご連絡くださいませんか。ソンドラ・フィンチリー」

クライドはすっかり度肝を抜かれ、ぞくぞくするほどうれしくなって、目を丸くしたまま立ちつくした。ソンドラとのあの二回目の出会い以来ずっと、自分が今いるような下層の身分から何らかの形で引っぱり上げてもらえるはずだという夢に、これまでよりもさらに強烈に取りつかれていたからだ。今のクライドの見方によれば、自分は、まわりを取り巻くありきたりな世界に埋もれてるなんて、ほんとうはもったいないぐらいの人間なのだった。だけど、こんなふうにこれが届いてる――「折節の会」からの社交的招待状だ。そんな会のことなどこれまで聞いたこともなかったけれど、こういう良家の人たちに後押しされているからには、しかるべき団体にちがいない。それに裏には、ほかならぬソンドラからの自筆のメッセージもあるじゃないか。まったく、びっくりしちゃうよな！

あまりの意外さに、うれしくてたまらなくなってじっとしていられず、たちまち部屋のなかをうろうろ歩きだした。鏡に自分を映してみたり、手や顔を洗ってみたりしたあげく、ネクタイが合ってないかもしれないと断じ、別なのに取り替えてみる――何を着たらいいかと先のことを考えているかと思うと、前回会ったときにソンドラが自分にどんなまなざしを向けてくれたかなどと思い返している。どんな微笑みを見せてくれたことか。他方でこの瞬間でさえ、ロバータがどう思うだろうかと気にかけずにいられない。もし千里眼か何かの力で、たった今、この手紙を受けとって喜んでるおれを見たとしたら。だって、おれはもう両親から植えつけられた因襲的な考え方にはとらわれていないし、おれのこんな思いを知ったらロバータはきっと苦しみのどん底に突き落とされるに決まってるけど、おれはそんな行き先目ざしてのめり込もうとするばかりで、もちろん踏みとどまる気なんかないのだもの。それを思うとクライドは少なからず忸怩たるものを感じたけれども、だからといってソンドラにかける思いは少しも揺るがなかった。

あのすばらしい女性！

あの美人ぶり！

あの女性が生活している富と地位に恵まれた世界！

同時に、こういったこといっさいに関するクライドの考え方は生来異教的で反因襲的だったから、自分の思いがソンドラに向かい、ロバータから離れていくとしても、今はソンドラがより深い歓びをもたらしてくれてる以上、このままこの流れに乗ってはなぜいけないのかと自問するようになる。しかも大まじめに疑問を持つようになった。ロバータにこのことが知られるはずはない。おれの心のなかをのぞき込むことなんかできるか――おれがしゃべらないかぎり、こんな尋常でない経験なんかに気づくはずもないんだ。しかもおれにはもちろん、しゃべるつもりなんかないんだから。それに、おれのような貧乏青年があんな高みに憧れるからって何が悪い、とクライドは自問するに及ぶ。おれと同じくらい貧乏な青年だって、ソンドラのような金持ち女と結婚したのがいるじゃないか。

だって、ロバータとはすでに深い関係になっていたとは言え、おれは今でもはっきり憶えているように、結婚するという言質を与えたことはないのだもの。ただ、ある事情が生じたら話は別ということになるかもしれないが、そんな事情は、とりわけカンザスシティでくわしく教わってきた知識を踏まえている以上、生じそうにない、とクライドは考えていた。

おまけにソンドラが。こんなふうにふたたび目の前に不意にあらわれてきたとなると、空想をかき立てる熱病と変わらない。まったく思わせぶりな、金箔銀箔で光り輝く神殿に鎮座ましますこの女神が、もったいなくも、こんなあからさまで直截なやり方で心付けをくださり、おれを招待せよというお告げを宣《のたも》うてくださったのだ。それにあの女自身もその場にやってくるのは疑いない。それを思うだけで計りしれないほどワクワクした。

それに、ギルバートやグリフィス家の人たちは、おれがこの催しに出席することになったなどと聞きつけたら、どう思うことだろうか。聞きつけるにきまってるさ。あるいは、その後もソンドラが招いてくれるかもしれないまた別のパーティで、おれと顔を合わせたりしたら。考えてもみろ！　あいつらは腹を立てるだろうか、それとも喜んでくれるだろうか。おれを見下げるようになるか、それとも見直すようになるか。というのも、何と言ってもこれはおれの仕業じゃないのは間違いないからな。ライカーガスであいつらと変わらぬ地位にいる人たちが正式に招待してくれたんだから。あいつらだって敬意を払わざるをえない人たちがな。だから何もこっちが仕組んだわけでもないんだ——まったくの偶然——その間の事情で、おれが図々しいせいでこうなったと言われるような事実なんてないのは確かだ。クライドには、微妙な心理の綾を識別できるほどの知性に欠ける憾みがあったけれども、これでギルバートやグリフィス家の人たちも、好むと好まざるとに関わらず自分を無視するわけにいかなくなったのではないかと考えたら、ひそかにその皮肉を味わってほくそ笑むことはできた——おれをやつらの家に招待せざるをえなくなるんじゃないか。だって、ああいう連中が招待してくれるんだもの、やつらだけがそうしないでいられるものか。ああ、気持ちいい！　しかも、ギルバートの高飛車な侮辱に仕返ししてやれるんだ。それを思うとついひとり笑いを抑えきれない。ギルバートがいかに憤慨しようとも、伯父やマイラは腹を立てたりしそうもないのだから、このことで復讐したいという気持ちをギルバートが隠しもったとしても、あまり危険なこともあるまい、と感じていた。

それにしても、この招待は何てすばらしいんだ！　ソンドラがおれに多少とも惹かれていないかぎり、こんな思わせぶりな走り書きをしたりするもんか。他に理由なんてあるか。そう思っただけでゾクゾクして、その夜は夕食もろくに食べられなかった。招待状のカードを手にとり、添え書きの筆跡にキスした。そして、いつものようにロバータに会いにいくのはやめにして、ソンドラに再会した最初の夜と同様に、ちょっと散歩してから下宿に戻り、早々と就寝した。それでつぎの日の朝には前のときと同様に、何か口実を設けてやればいいんだ——グリフィス邸か、会社の部課長の誰かのところに出かけ、仕事に関連した説明を受けていたと言ってやるんだ。そんな話し合いはしょっちゅうあるんだから。だって、こんなことになったのに、今夜ロバータに会ったり言葉を交わしたりはしたくないもの。そんな気にはなれない。もう一つの思いのほうが——ソンドラのことや自分が関心をもたれていることを思うと——あまりにも抗いがたいのだもの。

第二十五章

　だがその間クライドは、ロバータと顔を合わせている際ソンドラについてはひと言も触れなかった。ところがじつは、工場なりあの借間なりでロバータがそばにいるときにさえ、想像するほかない上流社交界でソンドラがどうしているかということに、つい思いをめぐらせるのが病みつきになっていたのだ。他方ロバータのほうは、自分とは何の関係もなさそうなことにクライドが心を奪われぼうっとしていることに、ときどき気づかされるだけで、この人は近ごろいったい何にこんなにすっかり没頭しはじめたのかしらと怪しんでいた。また、クライドのほうは、ロバータに見られていないときには、しきりに考えていた――もしかしたら――かりに――おれがソンドラのような女の気を惹くことができたんだとしたら（だってあの女、わざわざ自分からおれによろしくとあいさつするようなことをしてきたんだもの）。そうだとしたらロバータはどうなる。どうする。しかも、二人のあいだはもうこんな深い仲になってしまってるというのに。（クソッ！　ヘマやっちまった！）しかもおれはロバータが好きなんだ（そう、それは確かだ）。けれども今は――この新しい星が発する直射光線を浴びてるなかでは――もうロバータがほとんど見えなくなってる。こっちの光線がそれほど強烈なのだ。おれは過ちを犯してるだけか。こんなふうになるのは邪なのか。母さんならそう言うだろうな。父さんだって――いや、人生について正しい考え方をする人なら誰だってそう言うかもしれない――たぶんソンドラ・フィンチリーだって――グリフィス家の人たちだって――みんな。

　だからといって！　だからといって！　その年の初雪がフワリフワリと落ちてくるなかクライドは、ワイキーギー街のトランブル邸に向かって歩いていた。そのいでたちは、新調した折りたたみ式シルクハットに白い絹のマフラーできめていたが、どちらの品も、親しい紳士用品店主――最近この町でつき合いはじめたオリン・ショート――が薦めてくれたものだ。それに、雪をよけるために真新しいシルクの傘をさしている。トランブル邸は、豪壮とは言えないまでもなかなか瀟洒《しょうしゃ》な家であり、風変わりで、屋根が低く、横に広がっている。おろしてあるいくつものブラインドの隙間から屋内の灯火の光がもれていて、クリスマス・カードの絵のような趣きを醸している。また、家の前には、クライドの到着した時刻がまだ早かったのに、さまざまな型や色のカッコいい車が五、六台も並んでいた。屋根やステップやフェンダーに降ったばかりの片々たる雪がうっすらと積もっている車を目にすると、クライドはそうすぐには乗り越えられそうもない弱点を思い知らされ、劣等感を味わった——こんな必需品をまかなえるだけのじゅうぶんな資力なんかないもの。そして玄関に近づいていくと、話し声や笑い声や会話の交じりあう物音が家のなかから聞こえてきた。

のっぽで痩せぎすの召使いに帽子とコートと傘を預け、なかに入ってみたらジル・トランブルが迎えてくれた。どうやらクライドの到着を見張っていたようだった——なめらかなカールしたブロンドの髪の女性で、どきどきするほどの美人ではないが溌剌として垢抜けていて、腕や肩をむき出しにした白いサテンのドレスを身につけ、人造ダイヤのヘアバンドを前頭部にはめている。

「お名前は存じ上げておりますから、名乗っていただくには及びませんのよ」と気さくに言いながら近づいてきて、クライドに手をさしのべた。「あたしがジル・トランブルです。ミス・フィンチリーはまだお見えじゃありません。でも、わたしがおもてなしさせていただいてもかまいませんわよね。さあ、どうぞお進みください。他の方々はおそろいですから」

先に立って、直角をなしてつながっているように見えるいくつかの部屋を通り抜けていきながら、「あなたはギルバート・グリフィスととてもよく似てらっしゃいますのね」と言い足した。

「そうですか」とクライドはあっさり答え、度胸を据えて微笑んだ。こんなふうに比較されてすっかりうれしくなったのだ。

天井は低かった。着色したシェードのついたきれいな照明が黒っぽい壁に沿って点々と続いている。二間続きの部屋それぞれに暖炉の火があかあかと燃えていて、クッションの効いた座り心地のよさそうな家具を照らし出している。絵画や書物や美術品が見える。

「ねえ、トレーシー、あなた、ご紹介してくださいな」とジルは声をかけた。「兄のトレーシー・トランブルです。グリフィスさんよ。みなさん、クライド・グリフィスさんがいらっしゃいました」とその場にいた者たち全員に向かってつけ加えると、みんなもそれぞれの思いをこめた視線をクライドに注いだ。その間にトレーシー・トランブルが握手してくれる。クライドはみんなからまじまじと見つめられていると感じて居心地が悪かったが、それでも何とか愛想のよい笑みを浮かべてみせた。同時に、少なくともその一瞬は会話がやんだことに気づいたので、「みなさん、ぼくにお構いなくお話を続けてください」と、微笑みながら言ってのけた。おかげでその場にいたたいていの者たちはクライドを、気さくで如才ない男だと見てくれるにいたった。すぐさまトレーシーが言い添える。「ぼくは、ひとりひとり紹介してまわるような真似はしませんからね。ここに立ち止まったまま、順々に名前を言っていきますよ。あれが妹のガートルード、あちらでスコット・ニコルソンとしゃべってるでしょ」ピンクのドレスを着て、可愛らしいけれどもませて辛辣そうな顔の、小柄で黒髪の娘が会釈してくれたのをクライドは目にとめた。そしてその横にいる、流行の最先端の格好で立派な体格をした赤ら顔の青年が、ぴょこりとお辞儀をしながら「オッス」と言ってくれた。それから、この二人から数フィート離れた出窓のそばに立っていたのは、背が高くてどう見ても美人とは言えないけれども黒髪のしとやかな女性で、背は追いつかないけれど肩幅が広く胸板の厚い男と話をしていたが、それぞれ名前はアラベラ・スタークとフランク・ハリエットだと教えてくれた。「あの二人は先だっておこなわれたコーネル大対シラキュース大のフットボール試合のことで議論してるんですがね。……あちら、ユティカからきたバーチャード・テイラーとミス・ファント」クライドが記憶にとどめる暇もないくらいに矢継ぎ早に名指してくれる。「それからパーリー・ヘインズとミス・ヴァンダ・スティール。……まあ、今のところはこんなところかな。あっ、いやいや、今やってきたのがグラント、それにニーナ・テンプル」クライドが立ち止まり見守っていると、背が高くてちょっと伊達男ふうの、角張った顔にくすんだ灰色の眼をした青年と、そのあとからついてきた、淡黄色がかった灰色のドレスを着て、三つ編みにした薄茶色の髪を額の上にぐるりと巻きつけて丹念にとめた、さっぱりして若々しくぴちぴちした女の子とが、部屋の中央まで進み出てきた。

この男が「やあ、ジル。よう、ヴァンダ。こんちわ、ウィネット」などとあいさつの言葉を投げかけているさなかに、クライドはこの二人に紹介されたが、二人とも大して気にとめた様子はなかった。「ぼくらはこられないかと思ったよ」とクランストン青年がみんなを一緒くたに相手にして話を続けた。「ニーナはきたくないって言ったんだけど、ぼくはバーティンとジルに約束しちまったからね。さもなきゃぼくもこなかったね。ぼくら、バグリーのとこにいってたんだけどね。誰がきてたと思う、スコット。ヴァン・ピーターソンとローダ・ハルだぜ。日帰りでこっちにきてるんだって」

「まさか」とスコット・ニコルソンが声高に言った。強情で自己中心的な顔つきの人物だ。その場にいる誰もが安定した身分と気楽さを享受しているとつくづく感じさせられ、クライドはグッときた。「どうしてやつらを連れてこなかったのさ。ぼくはローダともう一度会ってみたかったのに。ヴァンともね」

「連れてくるわけにいかなったんだ。早く帰らなきゃならないって言ってたよ。あとでちょっとくらい寄るかもしれないけどね。ヤバイ、晩餐はまだかい。すぐにでも食卓につけるのかと思ってたんだけどな」

「この家の人たちは法律家なんだからね！　法律家ってあまり食事しないって、知らないのかい」と言ったのはフランク・ハリエット。背は低いけれど立派な胸囲のにこやかな青年で、とても人当たりがよく、美男で、歯がそろっていて白い。クライドは好感を抱いた。

「そうかい、法律家がどうしようが、ぼくらは食べるよ。ここでだめならぼくは外に行くさ。来年コーネル大ボート部の整調手に誰が推されているか、聞いてないかい」ハリエットやクランストンなどが話している、コーネルがらみの大学ネタのおしゃべりは、クライドには理解できなかった。この連中にはいかにもおなじみらしいあちこちの大学のことなんか、ほとんど聞いたこともない。同時に、これが弱みになると感じとるだけの頭のよさはあったから、大学に関係した質問や話題に引き込まれないように気をつけていた。とはいえ、そのためにすぐに除け者にされているような気がした。この連中はおれよりもものを知っている――大学に行ったんだ。おれもどこかの学校に行ってたと言うほうがいいかもしれない。カンザスシティではカンザス州立大学の噂を聞いたことがある——市からそう遠くないところにあったっけ。それにミズーリ大学というのもあったな。シカゴにはシカゴ大学がある。そのどれかに行ったと言ってもいいかな——とにかくしばらくのカンザスの大学に通ったって。訊かれたらそう言ってやることにすぐ決めたものの、そのあと、大学について自分はいったい何を知っていると言えるのか、考え込んでしまった——たとえば何を専攻したことにできるか。数学専攻なんて話をどこかで聞いたことがある。それでいくことにしてもいいか。

だがこの連中は自分たちのことしか念頭にないものだから、おれのことなんかもう気にかけていない、とクライドにもわかった。おれはグリフィス家の一員ということで他所ではちやほやされるかもしれないけれど、ここではどうってことはないんだ——いわばたんなるあたりまえの事実にすぎない。それに、トレーシー・トランブルがウィネット・ファントと話しはじめて、しばらくそっぽを向いてしまったので、クライドは孤立無援の思いに襲われた。立ち往生のまま寄る辺なく、話しかける相手もいない。だがちょどそのとき、あの小柄で黒髪の娘ガートルードが近づいてきた。

「全員そろうのが少し遅れてましして。いつもそうなんですの。八時と言ったら八時半か九時にくるんですから。いつもそんなものじゃありませんか」

「確かにそうですね」クライドは救われたような気がして、できるだけ快活でくつろいでいるふりをしようと努めながら答えた。

「わたし、ガートルード・トランブルと申します」あらためて自己紹介をする。「美人のジル・トランブルの妹」皮肉っぽいながらもおもしろがっている笑みが口もとや目もとに浮かんでいる。「さっきあなたは会釈してくださったけれど、ほんとうはわたしのことおわかりにならなかったのでしょう。けれどもわたしたちはあなたのお噂をさんざん聞かされてきたのですのよ」できればクライドをちょっと困らせてやろうとからかっているのだ。

「ここライカーガスに、誰もお知り合いになれていない謎のグリフィスさんがいるってね。でもわたし、セントラル街で一度あなたをお見かけしたんですのよ。リッチ菓子店にお入りになるところでしたわ。でも、お気づきにならなかったでしょ。キャンディーがお好きなんですか」

「エッ、ええ、キャンディは好きです。なぜそんなことを」クライドはからかわれていると感じてすぐに問い返したが、焦ってもいた。キャンディを買っていたのはロバータのためだったからだ。この子は皮肉っぽくあまり美人でもこの子といっしょにいるほうが多少気が楽だと思わずにいられなかった。他方、他の女の子たちよりないけれど、物腰がにこやかだし、今は孤立とそれゆえの気後れから抜け出す逃げ道に導いてくれているからだ。

「そんなことおっしゃって、たぶん口先だけなのでしょう」と笑いとばし、眼には冷やかしの色を浮かべる。

「誰か女の方のためにお買いになっていたみたいに見えましたけど。いい人がいるんでしょう」

「なぜそんな――」クライドはほんの一瞬口がきけなくなった。こんなことを訊かれてロバータが心に浮かび、「おれがロバータといっしょにいるところを誰かに見られたのかな」という疑問が頭をよぎったからだ。同時に、この子は何て大胆で、からかい上手の、鋭敏な女なんだとも考えていた。これまで知り合ったどの子とも違っている。それでもあまり間を空けずに「いいえ、そんな人いません。なぜそんなことお尋ねですか」と言い添えた。

そう言いながらも、自分がそんなふうに答えるのをロバータが聞いたらどう思うだろうか、という疑問がちらりと浮かぶ。「それにしても何という質問をするんですか」とやや不安を覚えながら続けた。「人をからかうのがお好きなんですね」

「誰が、わたしがですか。あら、とんでもございません。からかったりするもんですか。だって、あなたにはやっぱりいい人がいるって、わたし確信してるんですもの。わたしときどきは、じっさいに考えてることを知られたくないって思ってる人に質問して、その人が何て答えるか試してみるのが好きなんですのよ」ガートルードはクライドの眼をのぞき込むように笑いかけ、挑戦するかのように「だってわたし、あなたにはやっぱりいい人がいるってわかりますもの。美男の方々ってみなさんそうなんですから」と言う。

「へえ、ぼくが美男ですって」クライドは落ち着きなく顔を輝かした。冗談を受け流すふりをしつついい気になっている。「そんなこと誰が言ったんです」

「まるでご存じないみたいなことおっしゃって。そう、いろんな人たちがね。たとえばわたしなんかも。それにソンドラ・フィンチリーも、あなたが美男だって言ってますわ。あの人、美男の男性にしか興味ないんですもの。そんなこと言えば、姉のジルだって。美男の男性だけが好きなんです。わたしは違います。わたし自身があまり美人じゃありませんから」ガートルードは眼をぱちくりしながら皮肉っぽくからかうようにクライドの眼をのぞき込んだ。そのためにクライドは、こういう女性にとうてい太刀打ちできそうもない自分が妙に場違いな人間であるような気がしてきたが、同時に大いにおだてられて気をよくした。「でも、あなたはおいとこさんよりも自分が美男だってお思いじゃありません？」辛辣な言葉が続き、有無を言わせぬほどたたみかけてくる。「そうお思いの方々もいらっしゃいますわよ」

クライドは、自分もできれば信じたいと思っていることをはっきり打ち出してくれたこの質問には、ちょっとたじろぐとともにうれしいと思わされたし、この女が自分に示してくれる関心にも惹きつけられたけれども、たとえ自分でもそう思っているにしてもそんなことを思いきって口にするなんて、さすがに夢にも思わなかった。そんなことをちらりと思うだけでも、ギルバートの攻撃的で強情で、ときには復讐心に凝りかたまって見える顔つきが、ありありと目に浮かぶ。こんな話を噂にでも聞こうものならカッとして、躊躇なくおれを首にするにきまってる。

「いえいえ、そんなこと考えたこともありません」とクライドは笑ってみせた。「正直な話、ありませんよ。言うまでもありませんが」

「あら、そう、じゃあ、そうお思いにならないということにしておきましょう。でも、やっぱりあなたのほうが美男であることに変わりありませんわ。でも、そうだからといって、あまりあなたの助けにはなりませんけどね、お金持ちでないかぎり――つまり、お金のある人たちと張り合っていきたいとおっしゃるなら、ということですけど」ガートルードはクライドを見上げ、こともなげにこうつけ加えた。「人は容貌よりもお金のほうが好きなんですからね」

こいつは何て辛辣な女なんだ、とクライドは思った。何て非情で冷酷な言葉だ。たとえこの子にそんなつもりなんかなかったとしても、おれにはグサリときた。

だがちょうどそのときソンドラその人が入ってきた。クライドの知らない青年が同伴している——背が高くひょひょろしているけれど、服装ははなはだ垢抜けしている。そしてその後ろからバーティンとスチュアート・フィンチリーとが、ぞろぞろとついてくる他の者たちといっしょに入ってきた。

「ほら、あの人がお出ましよ」とガートルードはちょっと意地悪な口調で言った。ソンドラが自分や姉よりもはるかに美人だし、クライドに関心があるなどとおおっぴらに言ったりしたことに、腹を据えかねていたからだ。「あの人、自分がどんなにきれいなことか、それにあなたが気づいてくれるかどうか見きわめようとしますからね。がっかりさせちゃいけませんよ」

事実そのままを正確に言いあてたこの言葉にけしかけられるまでもなく、クライドは目を見張るどころか食い入るように見つめた。ソンドラは、この地方における地位や財力や服装の趣味や立ち居振る舞いの良さは当然としても、クライドを何よりもとらえた気位や気質の権化といってもいい存在だったからだ——いくぶん洗練されたホーテンス・ブリッグズにほかならない。自己中心的なことにかけてはほとんど変わらないけれども、（財力や地位に恵まれたおかげで）あれほど野蛮でないだけのことだ。アフロディテ［ギリシャ神話中の愛と美の女神］だ。女神と比べれば小振りではあれ、恋を漁るときの熱烈さでは劣らない。多少なりとも人目を引く男に対しては、自分の魅力にそなわる破壊力を証明しようと夢中になりながら、同時に自身の心身が何らかの厄介な関係にとらわれたり、屈辱を嘗めたりしないように気をつけている。しかしながら、自分でもよく説明のつかないさまざまな理由により、クライドには心が惹かれたのだ。この人は社会的にも経済的にもどうってことないかもしれないけれど、気にかかって仕方がないの。

したがってこの場でも油断なく、まずクライドがきてるかどうか確かめ、つぎに自分がまずクライドに目をつけたとは覚られなかったことを確認し、そのあげくにクライドのためとでも言わぬばかりに精いっぱい尊大に振る舞ってみせる――ホーテンス流のやり方であり、計算ずくで相手に感銘を与えようとする志向である。クライドが見つめている目の先にソンドラがいる――その黒い眼や髪をこの上もなく引き立てる、薄い黄色から濃いオレンジ色へ徐々に変化する色合いの薄絹製ダンス用フロックコートに身を包み、あちらこちらにヒラリヒラリと動きまわっている。そして、十人以上もの人と「あら、こんばんは」などとあいさつを交わし、地域のできごとについてあれやこれやとおしゃべりする相手をつぎつぎに替えたあげく、クライドが近くにいることにようやく気がついたふりをしてくれる。

「あら、ここにいらしたのね。けっきょくいらっしゃることにしたのですね。きてみるだけの値打ちがあるとお考えくださるかどうか、心配しておりましたの。みなさんへのご紹介は、もちろんすんだのでしょうね」もしすんでいないのであれば、自分がお役に立ちましょうか、とでも言わぬばかりの顔つきでまわりを見まわす。他の者たちはクライドにあまり感銘を受けていなかったけれども、ソンドラが興味を示したという事実には少なからず好奇心をそそられていた。

「ええ、ほぼみなさんとあいさつをすませたと思いますが」

「フレディ・セルズはまだよね。たった今あたしといっしょに入ってきたところですもの。さあ、こちらへ、フレディ」と、背が高く華奢な青年に声をかける。ほっぺたはツルリとして、髪の毛にカールをかけていることが明らかだ。この男が近寄ってきて、クライドを見おろす姿は、体にピッタリ合った燕尾服を着て、若い雄鶏が雀を見おろすのにも似ていた。

「こちらはクライド・グリフィスさん、あなたにお話ししていた方よ、フレッド」快活に話しだす。「ギルバートにとってもよく似てるでしょ」

「あれっ、確かに似てますね」この気立てのよい人物は大きな声で言った。身を乗り出してきたからには、多少近視らしい。「聞くところではギルのいとこなんですってね。ぼくはギルのことよく知ってます。プリンストン大にいっしょに行ってましたから。ぼくは、スケネクタディのジェネラル・エレクトリック社に入社する前は、このあたりによく遊びにきてましてね。もっとも今でもよくきてますがね。あなた、あそこの工場に関係してらっしゃるんでしょうね」

「ええ、そうです」と答えたクライドは、明らかに自分よりもはるかに立派な教育を身につけてるらしい青年のまえで、少なからず萎縮していた。この人物が自分には理解できそうもないことについて話を始めるのではないかと不安になってきた。一貫した専門的教育はいかなるものも受けたことない自分には細かい知識が欠けているような話題を。

「どこかの部門の責任者をなさってるんでしょ」

「ええ、そうです」クライドは慎重に、不安を覚えながら言った。

「ところで」セルズ氏は技術のみならず商業面の資質もあるところを披瀝し、興味を引こうとするかのようにてきぱきと話を続けた。「ぼくはずっと疑問に思ってたんですが、カラー製造業には金儲けできるということは別にして、いかなる意義がありますかね。ギルとぼくは、大学にいたころこの問題についてよく議論したものですよ。ギルは、カラーを製造したり販売したりすることには何らかの社会的な価値があるとぼくを説得しようとしてました。安価なカラーがあれば、洗練とか身だしなみとかにもともと縁のない連中にも、そういう美徳を身につけさせることができるようになるってね。そんな説をどこかで読みかじっただろうと思いますがね。ぼくはいつも笑って相手にしませんでしたよ」

クライドはもうすでにこんな問題には及びもつかないような気がしていたのに、応えようとしかけた。「社会的な価値」だなんて。いったいどういうことを言おうとしてるんだ——こいつが大学で仕入れてきた何か深遠な科学的知識なのかな。クライドは、どうとも受け取れるような、さもなければまったくの無知をさらけだす返答をしようとして、すんでのところでソンドラに救われた。クライドがそんな窮地に陥ってるとは考えもしないし知りもしないで、こう叫んでくれたからだ。「ねえ、議論はやめて、フレディ。そんなことおもしろくないじゃないの。それに、この人を兄やバーティンに会わせてあげたいし。ミス・クランストンを覚えていらっしゃいますね。この春、おじさまのお宅に伺ったときにあたしといっしょにいた人ですわ」

クライドはソンドラのほうに向きを変え、話の腰を折られたフレッドはただソンドラに目を向けるだけで我慢していた。やはりソンドラに感服していたのだ。

「ええ、もちろんです」とクライドは口を利きはじめた。じつは、他の者たちはともかくこの二人に目を凝らしていたのだ。クライドにとってバーティンは、ソンドラを別にすれば、きわめて魅力がある女性に見えた。もっとも、とても理解しきれないところもあった。ひねくれていて、誠実さに欠け、ずるがしこいので、太刀打ちできそうもないとただただ困惑させられ、したがって、この子の独特の世界がどのようなものかつかみきれないと思わされた——それ以上は不可解。

「あら、お元気ですか。またお会いできてうれしいですわ」と気取って言う。その間、緑がかった灰色の眼が笑みを含みながらもよそよしく、探るような目つきでクライドを眺めわたす。クライドを好男子と見なしていたけれども、自分の好みから言えば、気転にも度胸にもやや欠けていると思っていた。「お仕事できっとすごくお忙しかったのでしょうね。でも、こうして一度おいでになったのだから、もうこれからはもっとお会いできるようになるんじゃないかしら」

「そうですね。そう願いたいものです」とクライドは答えて、きれいに並んだ歯を見せた。

バーティンの眼は、自分が今しゃべっていることを自分自身もクライドも本気にしていないけれども、何かこんなたぐいのことを言わなければ間がもたないし、もしかしたら気晴らしぐらいにはなるのじゃないかしら、とでも言ってるみたいだった。

そして、これと似たようなあいさつが、多少言い方は変わっているものの同じ心性に彩られて、ソンドラの兄スチュアートの口から発せられた。

「やあ、はじめまして。お知り合いになれてうれしいですな。妹からあなたのことについて聞かされていましたよ。ライカーガスにこれからずっとお住まいですか。そうなったらいいですな。ときどきはばったり出会ったりするでしょうから」

クライドはこんなふうに自信たっぷりな態度をとることはできなかったが、スチュアートが笑ったり歯並びのいい歯を見せたりするときの、くつろいだ軽薄そうな仕草には感心させられた――浮かんではすぐ消える、愛想のいい、こともなげな笑いだ。くるりと向きを変えて、通りかかったウィネット・ファントの白い腕をさっととらえる仕草にも。「ちょっと待って、ウィン。訊きたいことがあるんだ」そのままスチュアートは行ってしまった――となりの部屋へ――背を屈めてウィネットに顔を近づけ、早口でしゃべりながら。着ている服の仕立ても完璧だ、とクライドには見てとれた。

何て華やかな世界なんだ、とクライドは思った。何て溌剌とした世界なんだ。そしてちょうどそのときジル・トランブルが声高に開会を宣した。「さあ、みなさん、おまちどおさま。わたしのせいじゃありませんことよ。コックが何か文句を言ってますし、何しろみなさんも遅かったんですもの。食事はさっさとすましてしまいましょう。そのあとはダンスといきませんか、いかが」

「あなたはあたしとミス・トランブルのあいだの席に座ったらいいのよ。ミス・トランブルがみんなの席をそれぞれ決めていきますからね」とソンドラは安心させるように言った。「すてきじゃない？　さあ、あたしの手をとって連れていって」

その白い腕をクライドの腕の下に滑りこませる。それでクライドは、あたかもゆっくりとながら着実に天国へ昇っていくような気がする。

第二十六章

晩餐そのものは、クライド個人がこの土地で接してきたこととはおおかた何の関係もない場所や人びとや計画などについて、無秩序に交わされるおしゃべりの場だった。しかしながらクライドは、その場から浮いてしまってそれゆえに一部の人たちには見向きもされなくなるという心配を、自身にまつわる謎という魅力のおかげで何とか乗り越えることができた。もっと具体的に言えば、ソンドラ・フィンチリーがこの男に好意をもっているという事実に興味をそそられた一群の若い女性たちが、関心を寄せてくれたのだ。それで、隣席のジル・トランブルはクライドに、いろいろな女の子やその恋人たちに関してバカバカしい冗談が交わされている合間を縫うように、出身はどこかとか、実家での生活や縁故関係はどのようなものかとか、なぜライカーガスに出てくる気になったのかとか尋ねてくる。返答にちょっと詰まるような質問だ。家族に関しては事実をありのままに語る気にはとてもなれない。そこで、父はデンヴァーでホテルを経営しているとぶち上げた――大したホテルじゃないけれど、ホテルであることに変わりはないというわけ。それから、ライカーガスにきたわけは、シカゴで伯父に、カラー業界を見習いにきてはどうかと言われたからだとも語った。この業界に本気で取り組むつもりがあるか、また、やりがいがあると思えないのにいつまでも続けるかどうか、自分にもまだわかりません。とにかく、自分の将来にとってこれがどんな意味をもちうるのか、見きわめようとしているんです。話し相手を務めていたジルのお株を奪わぬばかりに聞き耳を立てていたソンドラは、この発言を聞き、ギルバートが流したとされるいろいろな噂に反して、クライドにはある程度の資産や地位があって、ここでうまくいかないようであれば帰っていけるような先があるにちがいない、と思うようになった。

このこと自体、ソンドラやジルにとってばかりか他の者たちみんなにとっても重要だった。というのも、これだけの容貌や魅力やこの地における有力なコネがあるとしても、この男が、コンスタンス・ワイナントの立てている噂どおり、いとこの家にしがみつこうとしているだけの取るに足らぬ人間だとしたら、気が気でなくなるような話だからだ。文無しの事務員や雇われ人なんかとは、どんなに立派な縁故があるとしても、仲良くしてやる以上の関係になれるはずはないじゃないの。小金でももっていて、どこかの地元の有力な地位でもあるというなら、話はまったく別だけれど。

だからソンドラは、この発言を耳にし、想像していたよりもクライドが仲間に受け入れてやれそうな人であると明らかにしてくれたことでほっとして、さもなければできそうもなかったほどこの人を大切にしてやってもいいという気になってきた。

「食事のあと、ぼくと踊っていただけますか」というのが、クライドがソンドラに最初に話しかけた言葉だ。このあとどこかですることになっているダンスについておしゃべりが始まったさなかに、ソンドラから愛嬌のある笑みを投げかけられたのにつけ込んでかけた言葉だった。

「それはもう、もちろんですわ。お望みなら」婀娜《あだ》っぽく応え、自分に対してもっとロマンチックに振る舞うように仕向ける。

「たった一回だけ？」

「何回お望みかしら。ここには十人以上もいらしてるのよ。入っていらしたときにプログラムをお取りになった？」

「そんなもの見ませんでした」

「ご心配なく。食事のあとで一部もらえます。そしたら三番と八番にあたしの名前を書いておいてください。それならあなたも他の方たちと踊れる余裕ができるでしょ」思わせぶりな微笑みを浮かべる。「どなたにも失礼のないようにしなければならないでしょ」

「ええ、わかってます」まだソンドラから目を離さない。「でもぼくは、この四月に伯父のところでお目にかかってからずっと、ぜひもう一度お会いしたいと思い続けてきたんです。いつも、新聞のなかにあなたの名前が出てないか探してたんですから」

訴え問いかけるようなまなざしで見つめられてソンドラは、われにもなく、こんな純真な告白にとらわれてしまった。あたしの行ったところに行ったり、したことをしたりする余裕なんて、この人にないのは言わずもがなだけれど、それでもあたしの名前や動静をわざわざ活字で追いかけてくれてたのね。これに多少は応えてやりたいという思いを禁じえなかった。

「あら、そうでしたの。うれしいじゃありませんか。でも、あたしについて何て書いてありましたか」

「あなたがトウェルフス湖やグリーンウッド湖にいらしたってことや、シャロンで水泳大会に参加なさったってことなどです。ポール・スミスの店にいらしたことも見ましたよ。ここの新聞には、スクルーン湖のどなたかにあなたはご執心で、その方と結婚するかもしれないなんて書かれてましたけど」

「ええっ、そんなこと。何てバカらしい。ここの新聞て、いつもそんなバカらしいこと言うんですのよ」その口調には、クライドが言い過ぎになりかけているとたしなめる気味があった。それでクライドは困りきった顔つきになる。それを見て機嫌を直したソンドラは、ちょっと間をおいてからまた先ほどまでの調子で話しだす。

「乗馬はお好き?」なだめるようにやさしく尋ねる。

「やったことありません。そんなことをする機会はぼくには一度もありませんでしたからね。でも前から、試してみたらできるようになると思ってました」

「もちろんよ。難しくなんかありません。レッスンを一、二回受ければできるようになりますわよ。そしたら」ここでいくぶん声を低くしてつけ加える。「いつか二人で遠乗りに出かけてもいいじゃありません。うちの厩《うまや》には、きっとお気に召すウマがたくさんいますし」

クライドは期待のあまり、髪の毛のつけ根がピリピリするのを感じた。おれは現実にソンドラから、いつかいっしょに遠乗りにいこうと誘われてる、おまけに自分のウマを使っていいとも言ってくれてるんだ。

「やあ、ぜひやってみたいです。痛快でたまらないでしょうね」

みんなは食卓から離れはじめた。食事に関心のある者はほとんどいなくなっていた。四人編成の室内楽団が到着していて、すでに前触れのフォックストロットの曲が隣の居間から流れてきていたからだ――幅も奥行きもたっぷりある部屋で、邪魔になりそうな家具は、壁ぎわにならべた椅子を残してすべて取り払われていた。

「他の人たちがみんなあっちに行かないうちに、プログラムをご覧になってダンスの相手の名前を入れておいたらいいと思いますわ」とソンドラが注意してくれた。

「ええ、すぐにそうします。でも、あなたとは二回しか踊れないんですか」

「そうねえ、じゃあ、前半では三番、五番、八番としておいてください」とソンドラが言って、さっさと行くように手で晴れやかに合図したので、クライドは急いでダンスのパートナーを決めるカードを取りにいった。

ダンスはどれも当世風の動きの激しいフォックストロット向きの曲ばかりで、それぞれの踊り手の気分や好みにしたがって崩したり変化をつけたりする。前の月はロバータとさんざんダンスしまくっていたから、クライドはすばらしく上達していたし、とうとうソンドラのようなすばらしい女性と社交的な、しかも情のからんだ触れ合いをしていると思うだけで、張り裂けんばかりの調子に乗っていた。

それに、他の女性と踊っているときは失礼のないように相手に関心を示したいと思いつつも、そばをかすめていくソンドラの姿がちらりとでも見えると、目もくらみそうな気がした。グラント・クランストンに抱かれて陶然と夢見るように身体を揺らしているソンドラは、その間もクライドに近づいてくると、素振りも見せないながらに視線を投げかけてきて、何ごとにもじつに優美でロマンチックで詩的な接し方をする女性だなあ、と感じ入ってしまう――ほんとに何という人生の華であることか。すると、そのときちょうど自分のためにわざわざダンスの相手をしてくれていたニーナ・テンプルから、「あの人、優雅よね」と言われてしまった。

「どなたがですか」とクライドはとぼけて訊き返したが、頰や額が赤らんでその言を裏切った。「どなたのことをおっしゃってるのかわかりませんが」

「おわかりじゃないですって。じゃあ、何でお顔を赤くなさるのでしょう」

自分が顔を赤らめていることはクライドもわかっていた。自分の逃げ口上もバカげていることも。クライドがターンしたところでちょうど音楽が終わり、踊っていた人たちは椅子のほうへゆっくり引き上げていく。ソンドラはグラント・クランストンといっしょに引き上げていき、クライドはニーナを書斎の窓際にあるクッションのきいた座席へ連れていった。

つぎにダンスの相手をしてくれたバーティンには、こちらの気遣いを冷ややかで皮肉のこもったよそよそしい態度で受け流されて、ちょっと面食らってしまった。バーティンがクライドに興味をもっているのは、ソンドラがどうやらクライドに興味をもっているらしいという点だけだったのだ。

「ダンスがお上手なこと。こちらにいらっしゃる前にずいぶんなさったのでしょうね——シカゴでですか。それともどこか他所で」

その話し方はゆっくりとして、まるで気がなさそうだった。

「ぼくはこちらにくる前はシカゴにいましたが、ダンスはあまりしませんでしたね。働かなければなりませんでしたから」こういう女性は何でももっていて、ロバータのような女性が何ももっていないのと対照的なんだ、とクライドは考えていた。でも、この場合はロバータのほうが好きだと感じた。もっとやさしくて温かみがあり、親切だ——こんなに冷たくない。

ふたたび音楽が始まり、時折けたたましく憂愁を帯びたサキソフォンのソロが入る曲になると、ソンドラがやってきて右手をクライドの左手に乗せ、腰に腕をまわさせた。気さくでにこやかな、物怖じしない始め方だ。それでも、この女性を夢見てきたクライドにとってはゾクゾクするような滑り出しだった。

それから、あの媚びにみちた技巧的な笑みを浮かべてクライドを見上げる。あたりさわりがなく本音をつかみにくいながらに、何かを約束してくれるようにも見える笑顔を見ると、クライドの心臓は高鳴り、喉が締めつけられるような感じになる。つけている香水の何とも言えぬ香気が、春のかぐわしさのように鼻孔をくすぐる。

「楽しく過ごしていらして？」

「ええ——あなたを眺めてるので」

「眺めるのにいいすてきな女の子がこんなにたくさんいらっしゃるというのに？」

「いいえ、あなたほどすてきな人なんか他にいません」

「それであたし、他のどの子よりもダンスが上手で、ここにいる他のどの子よりも美人だってね。さあ——あなたの代わりに全部言ってあげたわよ。さて、それでつぎにどうおっしゃるかしら」

そこでからかうように見上げられてクライドは、ロバータとはまったく違うタイプの女性を相手にしなければならないことに気づかされ、戸惑って顔を赤らめた。

「わかりました」クライドは大まじめに言った。「そんなことはどこの男からも聞かされているので、ぼくに言ってもらわなくてもいいってわけですね」

「あら、そうじゃありません。男の方みんなとはいきませんわ」ソンドラはクライドの返答の飾り気のなさにほだされるとともに、どう応じたらいいのか窮してしまった。「あたしがきれいだなんて思わない方々も大勢いらっしゃるのよ」

「ほう、でも、そんなことないでしょ」すっかり朗らかになって応じた。からかわれていないことがすぐわかったからだ。とはいえ、さらにお世辞を言ったりする気にはなれなかった。お世辞の代わりに何を言ったらいいのか迷ったあげく、食事の席で乗馬やテニスについて交わした話に戻って、「屋外の活動や運動がお好きなんですね」と訊いた。

「あら、好きかですって」すばやく熱のこもった返答だった。「あれほど好きなものなんて他にないくらい。乗馬、テニス、水泳、モーターボート遊び、水上スキー。もう夢中。水泳はなさるでしょ」

「そりゃもちろん」とクライドは得意げに言った。

「テニスはなさる？」

「まあ、始めたばかりですけど」と答えたのは、ぜんぜんしたことないなどと打ち明けるのが怖いような気がしたからだ。

「わあ、あたし、テニス大好き。いつかいっしょにやりましょうよ」

こんなやりとりをしているうちにクライドはすっかり元気を取りもどした。ソンドラは、流行したラブソングの悲しげなメロディーに乗って曙光のごとく軽々とステップを踏みながら、話しつづける。「ベラ・グリフィスとスチュアートの組やグラントとあたしの組は、ダブルスでいい線いってるんです。この夏グリーンウッドやトウェルフス湖での大会ではたいてい優勝しましたのよ。水上スキーや高飛び込みとなれば、あたしがやってるところをお見せしたいわ。うちには、トウェルフス湖で今いちばんスピードの出るモーターボートがあるんですの――スチュアートのものなんですけどね。時速六十マイルも出るんですのよ」

ソンドラを惹きつけるだけでなく夢中にもさせるたった一つの話題を見つけだしたことに、クライドはすぐ気づいた。大好きであることは確からしい屋外スポーツについて云々するにとどまらず、社交的なつき合いのある人たちに人気のあるスポーツで勝利を収めることによって注目の的になれるからでもある。それに、究極的には、のちになってはじめてはっきりわかったことだが、こういうスポーツではしょっちゅうウエアに着替えることになるので、社交の場での顕示欲をみたす機会を提供してくれる点にも、大いに気をそそられていたからだ。それこそが他の何よりもソンドラを惹きつける最高の関心事だったのだ。水着を身につけた自分はどんなふうに見えるかしら――乗馬服、あるいはダンスの衣装、ドライブに出かけるときのウエアを着たときの自分は！

二人はペアを組んでいるあいだ踊り続け、少なくともその間は、たがいに対して抱いたこの関心が一致していてたんなる思い込みでないと、ともに確認できた歓びに浸っていた――ある種の一時的な興奮ないし熱狂が、親しげに求め合うまなざしの形をとってたがいの眼をのぞき込み、ソンドラの側からは、クライドが運動能力の点でも、財力の点でも、その他の点でも、このような世界に調子を合わせていけるなら、あちこちへ招待してやることも可能だとほのめかす色をうかがわせ、クライドの側からは、そういうことが可能でもあるし、そうなっていくだろうなどという、あからさまで当座は自己欺瞞的な思い込みをうかがわせる見つめ合いとなる。ところが現実としては、その外面上あるいは見かけ上の確信や図々しさの底に、自己不信の深い流れが潜んでいて、それが眼にはやけにひたむきながらもいくらか悲しげな光となってあらわれ、声にはある種の活気や力強さがこもっているものの、ソンドラに把握する能力があればとらえていたかもしれない、自信とはおよそそぐわない何かの響きもうかがえる。

「ああ、ダンスが終わってしまいましたね」とクライドは悲しそうに言った。

「アンコールしてみましょうよ」とソンドラは言って拍手した。楽団は活発な曲を奏でだし、二人はもう一度いっしょにスルスルと踊りはじめた。こちらで身を沈めるかと思うとあちらへ揺らめいていく――二人の調子がピッタリ合って音楽のリズムに身をまかせる――荒れてはいるがやさしくうねる海に弄ばれる二つの小さな木片のように。

「ああ、またご一緒できてうれしいですね――あなたとダンスができるなんて。じつにすばらしい……ソンドラ」

「だめよ、あたしにそんな呼び方をしてはいけませんね。知り合って日が浅いんですから」

「ミス・フィンチリーとお呼びするべきでしたね。でも、ぼくにまた怒ったりしないでしょうね」

顔が青ざめ、ふたたび悲しそうになる。

ソンドラもそれに気づいた。

「いいえ、あなたに怒ったことなんかありまして？　ほんとうは怒ってなんかいませんでしたわ。あなたが好きなんですもの……いくらかは――あなたがセンチメンタルでないときはね」

音楽がとまった。軽々とステップを踏んでいた足は歩きに変わる。

「外はまだ雪が降っているかしら、見てみたいんですけど、いかが」とソンドラが言いだす。

「ええ、そうですね。行きましょう」

動きまわっているカップルたちの間を縫って二人は急いで脇の玄関から、やわらかな綿のように音もなく積もる雪に厚く覆われた世界へ出ていった。静かに舞い落ちてくる雪が中空に満ちていた。

第二十七章

このあとに続いた十二月の日々は、クライドにとっていくらかはうれしいけれども、錯綜して心の安まらない事態の展開をもたらした。というのもソンドラ・フィンチリーは、クライドを自分のとても好ましい賛美者と見なすようになって、はなから忘れたり無視したりするようなことはしなくなったからだ。しかし、社交界ではかなり目立つ立場にいただけに、はじめのうちはどのように事を進めればいいのか、おぼつかない思いでいた。クライドがあまりにも貧しく、グリフィス家の人たちにさえあまりにも無視されているのがはっきりしていたので、クライドへの関心をあからさまにして人に知られたりするわけにいかなかったからだ。

それにこうなっては、こんなことを始めたときの最初の動機——ギルバートにいやがらせするためにそのいとこと親しくしてやりたいという欲望——に加えて、もう一つの動機が生まれてきてしまった。クライドが好きになってしまったのだ。クライドの魅力もさることながら、自分やその地位に対する崇拝ぶりが、ソンドラをうれしがらせ惹きつけた。というのもソンドラは、クライドが寄せてくれる程度のお追従を言ってもらわないでは生きていくこともできない性格だったからだ——誠実でロマンチックなお追従を。それだけではなく、クライドは自分と相性のいい身体的および精神的な特徴をそなえていた——女好きなくせに、とにかくこの段階では怖じ気づいているものだからあまり迷惑をかけてきそうもないし、崇めたてまつってくれるといっても自分をいかにも人間的な存在として扱ってくれるし、自分とうまく調子が合って、いいお供になってくれそうな頭や身体の俊敏さを持ち合わせているのだもの。

したがってソンドラにとっては、あまり世間の注目を引いたり、悪い噂を立てられたりせずにクライドと付き合っていくにはどうすればいいのか、考えるだけで頭の痛くなる問題となった——夜、床についてからも、可愛らしくもずるがしこい頭を悩ませ続ける。しかし、トランブル邸でクライドと会った人たちは、あの夜ソンドラが見せた乗り気や、クライドがなかなか好感のもてる付き合えそうな男であるという事実を、まざまざと見せつけられたから、ことに女性たちが、クライドには交際相手にする資格があると納得するようになっていた。

そしてその結果、二週間後にクライドがスタークの店に行き、父母や姉妹や弟、それにロバータのために、あまり値の張らないクリスマスプレゼントを探しているときに、やはりちょっと時期遅れの買い物にきていたジル・トランブルと出くわし、翌晩グラヴァーズヴィルのヴァンダ・スティールの家で催される予定の、クリスマス休暇歓迎ダンスパーティに行かないかと誘われた。ジル自身はフランク・ハリエット同伴で行く予定だが、はっきりしたことはわからないにしても、ソンドラ・フィンチリーも参加するかもしれないという話だった。あの人は何か別の約束があってさしつかえがあるのだけれど、できれば行くつもりでいると言ってる。でも、妹のガートルードは、あなたにエスコートしてもらえるなら喜んで行くはず――ガートルードのためにとても品よく取りはからってやれることになるし。それに、ソンドラがクライドも参加する予定と聞きつけたら、別の約束なんかすっぽかす気になるんじゃないかしら。

「トレーシーが車で、時間に間に合うように喜んであなたを迎えに立ち寄ってくれますわ」とジルは話を続ける。「でなきゃ――」ここでためらいを見せる――「もしかしたらわたしたちの家にいらしていただいて、いっしょに夕食をすませてから出かけるのがいいかもしれませんね。夕食と言ってもごく内輪の食事に過ぎませんが、あなたにいらしていただければみんな大喜びですわよ。ダンスは十一時まで始まりませんから」

ダンスパーティは金曜日の夜にあたっていたが、その夜クライドはロバータといっしょに過ごす約束にしていた。そのつぎの日にロバータは、ふるさとの実家で三日間のクリスマス休暇を過ごすために出かける予定だったからだ――二人が会えなくなる期間としてはそれまでで最長となる。この事実がクライドの頭に刻みこまれていたのは、ロバータから、新しい万年筆とシャープペンシルのプレゼントを支度したと知らされていたのに加えて、この最後の夜をいっしょに過ごしてほしいと切望されていたからだ。またクライドのほうも、この最後の夜を利用して、白と黒のデザインの化粧セットを贈ってびっくりさせてやるつもりでいた。

　ところが今やクライドは、ソンドラと再会できるかもしれないという思いに心を躍らせ、ロバータと最後の夜を過ごすという約束を取り消すことにした。もっとも、そんなことをするのは道義に反するだけでなく困難に直面することにもならないかと、いくらか疑問を感じないわけではなかった。もうすっかりソンドラに惹きつけられているという事実にもかかわらず、まだロバータに深く愛着を感じていて、こんなやり方で悲しませたくはないからだ。あの人はさぞがっかりするだろう。それはおれにもわかる。そのくせ他方では、遅まきながらこうしてとつぜん見えてきた社交界参入の可能性にすっかり舞い上がり、驚喜するあまり、ジルの招待をことわるなんて考えることもできなくなっていた。何だって。グラヴァーズヴィルのスティール家への訪問をあきらめるだって？　しかも、トランブル家の人たちに同伴してもらい、グリフィス家の人たちからの援助なんか受けなくても行けるというのに。ロバータに対しては不実であり、残酷であり、裏切り行為ということになるかもしれないけれど、ソンドラに会うことができそうじゃないか。

　その結果、ジルには行きますと言ってのけたのだが、その直後に、ロバータのところへまわって弁明し、何か適当な口実を設けなければなるまいと考えた――たとえば、グリフィス家から晩餐の招待が届いたとか。それぐらいのことを言ってやればロバータはじゅうぶん恐れ入って、納得してしまうさ。だが行ってみるとロバータは留守とわかり、翌朝工場で弁解することにした――やむをえなければ手紙ででも。埋め合わせに土曜日にはフォンダまで送ると約束し、そのときにでもプレセントを渡したらいいと判断した。

　だが金曜日の朝、工場で会うと、以前なら真剣に、憤懣やるかたない様さえ見せながら弁解したはずなのに、今回はただつぶやくようにこう言うだけにとどまった。「今晩の約束を破るしかなくなってしまってね、すまん。おじさんのとこに招待されて、行かなきゃならないんだ。それに、そのあとできみのとこに寄れるかどうかもわからない。抜け出せるか試してはみるけどね。でも、それがうまくいかなかったら、明日フォンダ行きの電車のなかで会うことにしよう。きみに贈りたい物を買ってあるからね。あまり気を悪くしないでね。今朝になって連絡を受けたばかりなんだ。そうでなきゃ、もっと前に知らせたんだけど。気を悪くしないでくれるよね」こんなことになって自分も悲しく思っていると見せるために、なるたけ暗い顔をしてロバータを見つめた。

だがロバータは、自分が用意したプレゼントも二人で過ごす最後の夜の幸せも、こんなふうにそっちのけにされ、しかもこんなやり方で台無しにされたのははじめてだっただけに、首を横に振って「悪く思ってなんかいないわ」とでも言いそうな素振りをしてみせたものの、気持ちはすっかり落ち込んでしまい、こんなふうにぎりぎりになって自分をすっぽかしたりするなんて、これからどうなることやらという不安に突き落とされた。というのもクライドはこれまで、気配りそのものという体《てい》で、ソンドラとの近ごろの交渉も見せかけの変わらぬ情愛の覆いの陰に隠し、それで首尾よくだましおおせてきていたからだ。クライドの言うには、こうせざるをえなくなったのは、ことわるわけにはいかない招待が舞い込んできたからだということだが、それも事実かもしれない。でも、ああ、あたしが計画を立ててきた幸福な夜はどうなる！　しかも、二人はもうまる三日間もいっしょに過ごせなくなるのよ。ロバータは工場にいるあいだも、そのあと下宿に戻ってからも、疑念に駆られながら嘆き悲しみ、せめてクライドが、おじさんの家での晩餐会をすませたあと夜遅くても、あたしからプレゼントを渡せるように、あたしの部屋に立ち寄ろうと言ってくれてもよさそうなものなのに、と考え込んだ。でも、その日持ち出された最後の言い訳によると、晩餐会はすごく遅くまで続きそうだし、どうなるかわからないと言うのだもの。晩餐のあとどこか他所に遊びに出かけるなんて話も出ていたそうで。

だがクライドときたら、トランブル家に続いてスティール家に行ってからは、一ヶ月前には思いもよらなかった一連のできごとにのぼせ上がり、自信を深めていったのだ。具体的に言えば、スティール家ではみるみる二十人あまりの人たちに紹介され、その人たちもクライドがトランブル家の人たちに付き添われているのを目にし、グリフィス家の一員であると知って、やはり自分たちのいろいろな催しにとんとん拍子に招待してくれることになった――あるいは、今後予定されている催しについてほのめかし、招待されるかもしれないと思わせた。こうして晩餐会が終わるころまでに、数々の丁重な招待を受けとっていた。たとえばグラヴァーズヴィルのヴァンダム家で催される新年ダンスパーティにまで出席するように招かれたが、ライカーガスのハリエット家が催すクリスマスイブ晩餐とダンスの会にも招待された。これには、ソンドラやバーティンやその他の人たちだけでなく、ギルバートやその妹のベラも招待されているという。

そして最終的には、ソンドラその人がその夜のパーティに登場した。真夜中近く、スコット・ニコルソン、フレディ・セルズ、バーティンといっしょにやってきたのだ。はじめのうちはクライドにまったく気がつかないふりをしていたけれど、もったいつけたあげくにようやく「あら、こんばんは、ここでお目にかかるとは思っていませんでしたわ」などとあいさつしてくれた。深紅のスペイン風ショールを羽織って、うっとりするほどきれいだ。だがクライドは、ソンドラがはじめから自分の存在に気づいていたと見抜けていた。そして機会ができるやいなやそばに近づいていき、思慕の情もあらわに「ぼくとはダンスしてくれないんですか」と尋ねた。

「あら、もちろん。お望みなら。たぶんあたしのことなんかもうお忘れになったと思ってましたけど」とソンドラは嘲るように言った。

「忘れるなんてこと、あるはずないじゃないですか。今晩ここにやってきたのも、またお会いできるかもしれないと思ったからこそなんですよ。先日お会いして以来、あなたのことしか考えられなくなってるんです」

ソンドラの仕草や容姿にぞっこん惚れ込んでしまったので、無関心を装われて腹を立てるどころか、かえってそそられる始末だった。それでクライドは、ソンドラにとっても抗えないほど熾烈な迫力をそなえるようになった。細めたその眼には、見るだに恐ろしいほどの欲望の火がぎらりと燃え立っている。

「おや、あなたはその気になれば、すごいお上手をとてもうまく言ってくれることのできる人なんですね」髪の毛にさしてあった大きなスペイン風の櫛をいじりながら、「しかもまるで本気で言ってるみたいな言い方をするんですもの」と言って笑顔を見せる。

「ぼくの言うことを信じないと言うんですか、ソンドラ」クライドはほとんど熱に浮かされたように問い詰めた。

ソンドラは、この呼び方をされたのは二度目のことだったが、それを耳にしてクライドに劣らずゾクゾクした。

これほどあからさまな心得違いに眉をしかめてみせなければならないような気もしたけれど、自分もまんざらでなかったので見逃してやることにした。

「いいえ、信じてますわよ。あたりまえでしょ」とおぼつかなそうに言った。クライドとの関係ではじめて不安を感じたのだ。この相手を自分がどう御していけばいいのか、手綱を締めるべきか弛めるべきか、決めかねだしていた。「だけど、何番目のダンスがお望みなのか、すぐ決めてくださいな。あたしに話しかけようとしている人があちらから近づいてきてますよ」自分の小さなプログラムを差し出して、おちゃめにけしかける。「十一番目にあなたの名前を入れてくださってけっこうよ。今やってる曲のつぎの曲ですからね」

「それだけですか」

「そうねえ、じゃあ十四番目もね、欲深さん」クライドの眼をのぞき込むようにして笑いかける。すっかり虜にされてしまうような笑顔だ。

そのあとソンドラは、フランク・ハリエットとダンスしながら、クライドがクリスマスイブにハリエット家に招待されたとか、ジェシカ・ファントが大晦日にはユティカに行こうとクライドを誘ったとか聞かされ、クライドももう成功へいたる途上についたのだとただちに呑みこんで、懸念していたほど社交界のお荷物にはならないようだと見込んだ。あの人には魅力がある――そのことに疑いはないわ。それに、あたしに首ったけなんだもの。こうなったら、ここにきている女の子たちのなかからは、あの人がこの町や他所の一部良家の人たちに認められたことを知って目をつけ、惹きつけられさえして、あたしに首ったけなことなんかものともせずに、あの人を奪いとりたいと思うようになるような子もあらわれてくる可能性だっていくらでもある。虚栄心が強く負けず嫌いの性格であるソンドラは、そんなことを許してたまるものかと心に期した。したがってクライドと二度目のダンスをしているさなかに、「クリスマスイブにハリエット家のパーティにお呼ばれなんですって」と訊いた。

「ええ、それもみんなあなたのおかげですよ」とクライドははずんだ声で答えた。「あなたもあそこへいらっしゃるでしょう」

「あら、とても残念ですわ。あたしも招待されているんですから、行くことにしておけばよかったと今さら思っているんです。でもじつは、休暇中にオルバニーに行って、そのあとサラトガに行く計画を少し前から立ててましてね。明日出発の予定なんですが、元旦前には戻ってきますわ。だって、フレディの友だち何人かが大晦日にスケネクタディで大宴会を開くことにしているんです。あなたのおいとこさんのベフと、あたしの兄のスチュアート、それにグラントとバーティンも行きますのよ。もしよろしければあなたも、あたしたちといっしょにあちらにいらっしゃいません?」

危うく「あたしといっしょに」と言いかけて、「あたしたちといっしょに」と言い換えた。これで、ミス・ファントの招待をぶっつぶすことになるから、この人に対するあたしの支配力を他の子たちみんなに見せつけるのは確実だと考えていたのだ。そしてクライドはすぐに、しかも大喜びでこの誘いを受け入れた。またソンドラと会えるからだ。

同時に、ソンドラがこんなさりげない、それでいてごく内輪の的確なやり方で自分をベラと再会させようと計画しているという事実には、びっくりさせられ、ほとんど口もきけなくなるほどだった。ベラはきっとすぐに、クライドがソンドラや他の連中といっしょにきたという知らせを家族に伝えるだろう。でも、それはいったいどういう結果を引き起こすだろうか。グリフィス家はいまだにおれをどこにも招待してくれていないのだから——クリスマスにさえ。クライドがソンドラの車に乗せてもらったことも、その後、「折節の会」に招待されたという事実も、グリフィス家の人たちの耳に入っていた。それなのに、依然として何の手も打たれはしなかった。ギルバートは怒り狂い、両親はどう対処すれば適切なのか迷いはしたけれど、やはり無為のまま過ごしていた。

しかし、ソンドラによれば、一行はスケネクタディに翌朝までとどまるかもしれないということだった。はじめはそこまで話してはくれなかった。それにクライドもすでに忘れていたけれども、ロバータがその頃にはビルツでの長い滞在から戻ってきていて、クリスマス中クライドにはないがしろにされてきただけに、きっと大晦日はいっしょに過ごしてくれると期待しているにきまっている。これはのちに厄介なことになりそうな状況だった。

当座はソンドラが自分のことを考えてくれているということに無上の喜びを見出すのみで、すぐに勢いこみ、我を忘れて同意してしまったのだ。

「ねえ、いいこと」ソンドラは警告するように言った。「あそこでも、ここでも、どこでも、あたしにあまりかまけたりしてはいけませんよ。それに、あたしがあなたによそよそしくしても気にしないようにね。そんなことしたら、お会いできなくなるかもしれませんから。いずれそのわけはお話しします。お父さまもお母さまもちょっとおかしいんですから。ここにきてる友だちにもそういう人がいますの。でも、あなたがうまく立ちまわってくれさえしたら――えーと――ま、さりげなくしてくれてたら、この冬まだまだ何度だってお会いできるようになりますからね。おわかりかしら」

こんなふうに打ち明けられて言葉に尽くせぬほど心を昂ぶらせたクライドは、自分があまり熱烈に迫ったためにこんなことを言われるとよくわかっていただけに、せつなそうに探るような目つきで相手を見つめた。

「でも、それじゃあ、少しはぼくのことを思ってくださってるんですね」なかば詰問し、なかば哀願するように言う。その眼は、ソンドラを引きつけてやまないあの誘うような光で輝いている。それでソンドラは、慎重ながらも魅せられ、官能的にも感情的にもぐらつきながらも自分の行動が分別に反していないか疑問に思いつつ、こう答えた。「そうねえ、どう言えばいいかしら。思ってもいるし、そうでもない。つまり、まだわからないの。あなたのこと、とっても好き。ときどきは他の人たちよりもずっと好きと思うくらい。でもおわかりでしょう、あたしたちまだおたがいによく知り合ってないんですもの。でも、スケネクタディにはあたしといっしょにきてくださるでしょうね」

「行かずにいられるもんですか」

「くわしくはいずれお手紙するか電話しますわ。お電話あるのでしょ」

クライドは電話番号を教える。

「何かの事情で変更になるか、あたしが約束を破らざるをえなくなるかしても、気になさらないでくださいね。

いずれあとでお会いできますから——どこかで、きっとね」ソンドラがニッコリ笑ってくれたので、クライドは息が詰まるような気がした。こんなに開けっぴろげに話してくれて、自分のことをときどきながらとっても好き、なんて言ってくれたと思っただけで、歓喜のあまりよろめきそうになった。この美人が、できればおれを身近に引き止めておこうとしてあくせくしてくれてる、なんて考えるだに——あんなに多くの友人や賛美者たちに取り囲まれていて、そのなかから誰でもお気に入りを選べるはずの、このすばらしい女性が。

第二十八章

翌朝六時半。クライドはグラヴァーズヴィルから帰ってきてわずか一時間の睡眠をとってから起きたところだったが、頭のなかは、ロバータとの関係をどうあしらえばいいのかと考え、悩ましく混乱した思いでいっぱいになっていた。ロバータは今日ビルツへ発つことになっている。おれはフォンダまで送っていく約束をしたっけ。だけど今はもう行く気がしない。とうぜん何らかの口実をでっち上げなきゃ。でも、何て言えばいい。

幸いなことに前日、ホイッガムがリゲットに、今日の終業後にスマイリーの執務室で部課長会議があるからそれに出席してくれ、と話しているのを耳に挟んでいた。クライドは何も言われなかった。クライドの担当部門はリゲットが受け持っている部局の一部にすぎなかったからだ。それでもクライドは、これを口実に使うことができると考え、昼休みになる一時間ほど前に、ロバータの作業台につぎのような手紙を置いていった。

カワイ子ちゃんへ。たいへん申し訳ありませんが、たった今ぼくは、三時から階下でおこなわれる部課長会議に出席するように言われました。こうなると、きみといっしょにフォンダまで行くことはできなくなりました。でも、終業後すぐに、二、三分でもきみの部屋に立ち寄ることにします。きみに贈りたいものがあるので、必ず待っていてください。でも、あまり気を悪くしないで。仕方がないのですから。水曜日に戻ってくるときには必ず会いにいきます。

クライド

ロバータはこれをすぐに読むわけにはいかなかったから、はじめは、その日の午後の予定について何かいい知らせでも書いてあるかと想像して喜んだ。だが数分後、女子トイレに行って手紙を開いたとたん、がっかりしてうなだれた。前夜クライドがすっぽかしたことや、今朝の、よそよそしいとは言えないまでも思いにふけっているような態度も、この手紙と思い合わされて、こんな急な変化がどうして起きてきたのか、疑問がわいた。あの人はおそらく、おじさんの家に呼ばれたら行かなければならないし、会議には出席しないわけにもいかないだろう。だけど、前の日、夜あたしといっしょに過ごせなくなったと言ったときのあの人の態度ときたら、けろりとして、あたしが発つというのに、愛情があるならあらわすはずの侘びしそうなところが見られなかった。何しろ前々から、あたしが三日間いなくなるということは知ってたじゃないの。ほんのしばらくでもあの人から離れていなければならないことほど、あたしにとって辛いことはないということもわかっているのに。

ロバータの気分はたちまち、浮き浮きした期待から深い憂鬱に変わった——ふさぎの虫にとりつかれたのだ。人生はあたしにとっていつもこんなことの繰り返し。今度もそうだ——クリスマスの二日前になって、ビルツへ発たなければならない。あそこに行ったって、あたしが顔を見せるおかげで家族が活気づくだけで大して楽しみもなく、あたしは独りぽっちで、あの人といっしょに過ごす時間もろくにとれないまま発つことになるんだ。ロバータは作業台に戻ったけれども、その顔にはとつぜん襲ってきた不幸がありありとあらわれていた。態度は物憂げで、動作もぞんざいだった——クライドの目にもつくほどの変化だったが、ソンドラへの思いに急激にとりつかれてしまっていた今となっては、悔い改めようという気になれなかった。

一時になると近くのいくつかの工場の大きな汽笛が鳴って、土曜日の終業時間を知らせ、クライドもロバータも別々に会社から出て、ロバータの下宿に向かった。そしてクライドは道々、これからどう言おうかと思いをめぐらせていた。どうすればいいだろうか。この恋が急に凍てつき色あせてしまったというのに、感じてもいないときめきを装うにはどうすればいいのか――わずか半月ほど前ならワクワクして抑えきれないはずだったのに、もうすっかりしぼんで生彩もなくなってしまった二人の関係を、ほんとうはいかに続けていくべきか。もうきみが好きじゃないなんて言ったり、何らかの形で知らせたりするわけにいかない――そんなことしたらあまりにも残酷だし、ロバータが何を言いだすやらわかったものでない。何をしでかすかもわからない。だからといって、自分の憧れや将来をソンドラに賭けているというのに、この関係を誠実でも健全でもないやり方で続け、嘘を並べていくのもよくない。そんなことしても現状を長引かせることにしかなるまい。そんなことできるもんか！しかも、恋が実ってソンドラから愛の告白をちらりとでも聞かせてもらえたら、そのとたんにおれはロバータを棄てたくなって、できるかぎり棄てようとするにきまってるじゃないか。それがあたりまえだろ。ソンドラのような地位がある美人と比べられたら、ロバータがおれに捧げることのできるものなんかあるか。ロバータがあんな身分のくせに、ソンドラの誇示しているコネや可能性を横目に見ながら、あんな競争相手を敵にまわして、自分だけに深い一途な思いをかけ続けてくれなんて要求したり、そうしてくれるのが当然だなどと思い込んだりするとしたら、それでもまっとうだなんで言えるはずあるか。図々しいにもほどがあらあ。

こんなふうにクライドは思案し続けていたが、ロバータのほうは、クライドよりも先に下宿に着いて、こんなにとつぜん自分に降りかかってきたこの事態の正体はいったい何か、と心のなかで問い続けていた――自分というよりクライドに降りかかってきたのよ――この急な冷たい仕打ち、クリスマス前のデートの約束をこうもやすやすと破ったりして。しかも、あたしが帰省し、クリスマスをはさんで三日間も会えなくなるというのに。フォンダまですら送っていく気にもなれないなんて。会議のせいだなんて言うかもしれないけれど、ほんとかしら。やむをえなければ、あたし、四時まで待つことだってできたのに、こちらからそう言いだす気にはなれないようなところがあの人の態度にあった――何となくよそよそしく逃げ腰だったんだもの。ああ、これはいったいどういうことかしら。しかも、このふつうでない関係を結んでからまだ間もないというのに。この関係を結んだおかげで、最初のうちは、また少なくとも今までは、二人が切り離しがたく結びつけられたように思えたのに。これは変化の兆しかしら――二人のすばらしい愛の夢が危機に瀕しているのか、あるいはすでに終わってさえしまったのか。ああ、どうしましょ。しかもあたしはあの人に何もかも捧げてしまったのだわ。こうなったらあの人の誠実さだけにすべてがかかっている――あたしの将来も――あたしの命も。

ロバータが部屋のなかに突っ立ったままこの新たな難問に頭を悩ませていると、クライドがクリスマスプレゼントの包みを小脇に抱えてやってきた。だが、ロバータとの現在の関係をできるだけ解消しようという決意は依然として変えていなかった――とはいえ同時に、なるべく平然とした顔色も変えずに片付けたいとも思っていた。

「ヤバイ、今度のことではほんとに申し訳ないね、バート」とクライドは勢いよく口を切った。その態度には、とってつけたような快活さと同情と不安が入りまじっていた。「二、三時間前までは、こんな会議があるだなんて夢にも思わなかったよ。でも、事情はきみにもわかるだろ。こういうことはどうにも仕方がないんでね。気を悪くしないよね」この部屋にきてからだけでなく工場でも目にした表情から、ロバータがこの上なく暗澹たる気持ちでいると察しがついていた。「でも、これを持ってくる時間ができてよかったよ」と言いながら、贈り物を手渡した。「昨晩持ってくるつもりだったんだけど、あの別の用事ができちゃったものでね。ヤバイ、今度のことでは何もかもほんとにすまなかったね。ほんとに申し訳ない」

ロバータは、この贈り物を前夜受けとっていたら大喜びしたかもしれなかったけれど、今はその箱をテーブルの上に置いただけで、それがもたらしてくれたかもしれないうれしさもすっかり消えてしまっていた。

「昨晩は楽しかったの?」自分からクライドを奪ってくれたできごとの首尾が知りたくなって尋ねる。

「ああ、まあまあだったかな」と答えたクライドは、自分にとってきわめて大きな意味があり、それだけ相手にとっては危険を帯びていた夜について、なるべくとぼけて見せようと苦心していた。「きみに話したようにぼくは、おじさんの家の晩餐に呼ばれたものとばかり思っていたんだ。だけど行ってみたら、ほんとは連中がぼくにしてほしいと思ってたのは、ベラとマイラがグラヴァーズヴィルでの何かの催し物に行くためのエスコート役をしてほしいということだったのさ。あそこの大金持ちスティール家のことは知ってるだろ――手袋製造会社の持ち主さ。まあ、とにかくあの家がダンスパーティを開くというので、ぼくにベラとマイラを連れていってほしいというのさ。ギルが行けないというのでね。でも、大しておもしろくはなかったね。終わったときはほっとしたよ」ベラとかマイラとかギルとかという名前を、まるで昔からの親しい知り合いでもあるかのような調子で口にした――ロバータには耳にするたびにいつも印象深く感じられる親交ぶり。

「じゃあ、適当な時間に抜け出してここに立ち寄ることもできなかったわけね」

「ああ、できなかった。連中が帰ると言うまで待ってなきゃならなかったんでね。抜け出すなんてとてもできなかったよ。そんなことより、プレゼントを開けてみないのかい」と話題を変えたのは、あのすっぽかしにロバータが心を痛めていると察しがついていたから、気持ちをそらしてやりたかったからだ。

ロバータは贈り物の包みのリボンをほどきはじめながら、クライドが隠しとおせずに口に出さざるをえなくなったパーティについて、いったいどんなものだったのかと考えることで頭がいっぱいになっていた。ベラやマイラの他に女の人は誰がいたのかしら。もしかして、この人が近ごろ興味を持ちはじめた、あたし以外の子でもいたのかしら。ソンドラ・フィンチリーとかバーティン・クランストンとかジル・トランブルとかの話を、しょっちゅうするようになってきてたっけ。そういう人たちがこのパーティに出てたのかしら、もしかして。

「そこには、いとこさんたちの他に誰がきてたの」といきなり訊いた。

「ああ、きみの知らない人がたくさんきてたよ。このあたりのいろんな町から二、三十人はきてたな」

「いとこさんたち以外でライカーガスからきてた人は他にいなかったの」しつこく訊く。

「ああ、何人かはいたよ。ジル・トランブルとその妹を車で拾っていったさ。ベラがそうしろって言うもんでね。アラベラ・スタークとパーリー・ヘインズは、ぼくらがあっちに着いたときにはもうきてたよ」自分が惹かれているソンドラやその他の者の名前は出さない。

それでも、答えるときの素振りのためか――声の調子やまばたきからうかがえる違和感のためか、相手の答えにロバータは納得いかない。ほんとうはこの新たな事態に激しい不安を覚えていたが、今のような状況でクライドをあまりしつこく追及するのはまずいとも感じていた。怒り出すかもしれない。何と言ってもこの人は、あたしが知り合ってからずっと、ああいう世界と一体であるみたいな態度だったんだもの。それに、クライドに対して自分には何か特別な権利があると主張しようとしてるなんて思われたくなかった。いや、それこそほんとうは、言ってやりたくてたまらないことだったのだけれど。

そんなことを言う代わりに、「昨夜はあなたといっしょに過ごしてプレゼントを渡したかったのにね」と返した。自分への思いやりを見せてと訴えるだけでなく、自身のわだかまりを振り払いたい気持ちにも駆られての言葉だった。クライドもその声にこめられた悲しみを感じとったようで、かつてと変わらず心を揺さぶられたけれども、今度ばかりは、事情が違っていた以前のようにほだされてしまうわけにはいかなかったし、ほだされまいと懸命になった。

「だけど、どういうわけでそうなったか、きみだってわかってるだろ、バート」ほとんど居丈高と言ってもいいほどの答え方だ。「たった今、話したじゃないか」

「わかってるわ」とロバータは悲しそうに答え、心のなかで荒れ狂っている真情を隠そうとしながら、包み紙を取り去り、化粧セットの入っているケースの蓋を開けた。開けてみたら気分が多少は変わった。こんなに高価で独創的デザインの品を自分のものにしたことは、これまで一度もなかったからだ。「まあ、美しいわねえ」と叫び、一時は我を忘れて見とれていた。「こんなの、思いもかけなかったわ。あたしからのささやかなプレゼントなんて、もう大したものに見えなくなってしまうわね」

すぐに部屋の向こう側までいって、自分からの贈り物をとってくる。だがクライドにも見てとれたように、贈り物がいくら豪勢であっても、冷たい仕打ちによって与えられた気鬱は解消してやれなかった。変わらぬ愛こそいかなる贈り物にもはるかにまして大切なんだ。

「気に入ってくれたかい」とクライドは、プレゼントがロバータの気を紛らしてくれればいいが、という一縷の望みをかけながら尋ねた。

「もちろんよ」とロバータは答え、大事そうにそれを見つめた。「でも、あたしからのは大したものに見えそうもないんだけど」と沈んだ声で言い添え、計画してきたことがあれもこれも概ね失敗に終わったことに少なからず気落ちしていた。「でも、あなたにはとても役にたつものだし、いつもそばに置いてくださるはずよ。あなたのハートの近くにつけておいてほしいの」

ロバータは、みずから選んだシャープペンシルと銀製装飾つきの万年筆を入れた小さな箱を手渡した。これなら工場で仕事をするときに役に立つだろうと思って選んだのだ。一週間前のクライドならロバータを抱き寄せ、自分のせいでみじめな思いに沈んでいるのを慰めようとしたことだろう。だが今はただそこに突っ立ったまま、どうすればあまりよそよそしく見えないで、ロバータをなだめ、かつ、いつもの愛情表現に踏み込んでいかずにすませることができるかと頭を捻っていた。それでそのために、受けとったプレゼントについて、熱烈ながらどことなく空虚な讃辞を滔々と並べだした。

「うわあ、ヤバイ。こいつはすごいよ、きみ。まさにぼくが必要としてるものだよ。これ以上便利な贈り物なんてきっとないぜ。いつだって使えるんだからね」さもうれしそうに贈り物をためつすがめつ眺めたあげく、いつも身につけると見せるためにポケットにさす。そのときロバータはクライドの前に、ひどくうちしおれてせつなそうに立ちつくし、今まで二人が惹かれ合ってきた関係の縮図をその一瞬に見せてくれたようだったから、クライドもたまらずロバータを引き寄せてキスした。この女はいじらしい。このことに疑いの余地はない。それから、ロバータが首に抱きついてきてわっと泣きだすと、きつく抱きしめてやりながら、心配することなんか何もない、きみが水曜日に戻ってきたら何もかも元どおりになるさ、と言ってやった。同時に心のなかでは、そんなことは嘘っぱちだし、何て奇妙な成り行きなんだと考えていた――つい先日までこの子があんなに好きだったのに、おかしなものだ。別の女があらわれたことでこんなふうにおれが変わってしまうなんて、驚くばかりだ。そうではあっても、このとおりなのだ。そして、この女がおれにまだかつてと同じように好かれているなどと思っているとしても、おれにそんな気はないし、二度とそうなる気もない。それだけにほんとうに可哀相だという気がする。

クライドのこんな気持ちの変化が、相手の言葉に耳を傾け抱擁を受けていたロバータにも、いくらか伝わりだす。言葉にも愛撫にも誠実さが乏しい。素振りに落ち着きがなさすぎるし、抱擁もおざなりだし、口調にもほんとうの優しさが欠けている。さらにそれに輪をかけて証拠と言えそうなことが見えてきたのは、一、二分後にクライドが抱擁から身を引こうとして時計を見ながら、こう言ったときだ。「そろそろ行かなきゃならないね。もう三時二十分前だし、会議は三時に始まるんだから。電車で送ってやりたいけど無理だね。でも、きみが戻ったらまた会えるさ」

身を屈めてキスしてくれたけれど、ロバータは今度こそはっきりと、クライドの気持ちが変わって冷たくなったと感じとった。この人は思いやりを示して親切にしてくれるけど、心はうわの空なんだ――しかも一年のうちでもとりわけこのシーズンになって――よりにもよってこんな時期に。ロバータは気力を振り絞り、自尊心を取りもどそうと必死になり、ある程度は立ち直った――しまいにはかなり冷静に、決然とこう言う。「そうね、クライド、あなたに遅刻してもらいたくはないわ。急いで行くほうがいいわよ。でもあたしだって、クリスマスの夜が過ぎるまであちらにぐずぐずしていたくない。クリスマスの午後早くにあたしが帰ってきたら、あなたはここにきてくれるかしら。水曜日の仕事に遅刻したくないんですもの」

「うん、もちろんさ。くるよ」とクライドは快く、真心さえこめて答えた。覚えているかぎりではその日に何も予定が入っていないし、大して日もおかずにまたこんなふうに言い逃れしたりしなくてもよさそうだと見極めがついていたからだった。

時刻は八時ということにした。クライドは、そういう場合ならとにかく再会しても悪くはあるまいと考えた。また時計を引っぱり出し、「でも、もう行かなくちゃ」と言って、ドアから出ていこうとした。

こうした成り行きに不安を覚え、将来が心配になったロバータは、クライドに追いすがり、コートの襟にしがみつきながら相手の眼をのぞきんで、なかば哀願しなかば要求するように、「ねえ、今度はクリスマスの夜なんだから確かよね、クライド。今度は他に何の約束もしないでしょうね」と言った。

「ああ、心配ないとも。ぼくのこと知ってるだろ。あの場合はぼくにはどうしようもなかっただけだって、わかったんじゃないのかい。だけど火曜日はくるよ、きっとね」とクライドは引き返してきてキスをしてから、急ぎ足に部屋を出た。もしかしたら下手な振る舞い方をしているのかもしれないと感じながらも、他にどういうやり方があるのか思いつかなかった。男が女と手を切ろうとするときは、あるいは少なくとも切りたいと思ったときには、多少の手管か技巧を使わなければならないのじゃないか。あんな別れ方じゃ、不器用だったし芸がなかったな。あんなのとは別な、もっとましなやり方がきっとあるにちがいないんだ。こんな思いと裏腹に、頭をよぎるのはもうソンドラや大晦日の夜についての胸算用だった。あの人といっしょにスケネクタディでのパーティに出かけるんだ。そしたら、昨夜あの人が匂わしたとおりにほんとにおれを思ってくれているのかどうか、見抜ける機会もつかめそうじゃないか。

クライドが行ってしまったあとロバータは、侘びしげなくたびれきった様子で窓辺に寄っていき、クライドの後ろ姿を目で追いながら、今後あの人とあたしの関係は、まだ続くとしても、どうなるだろうかと危ぶんだ。何かの理由であたしのことを好きでなくなったりしたら。あの人にあまりにも多くを捧げてしまったのだもの。だからあたしの将来はもうあの人次第、あの人の思いやり一つにかかっている。もうあたしに飽きがきそうになってるのかしら――もう会いたくもないなんて言うのかしら。ああ、そんなことになったら何て恐ろしいことか。そうなったらどうしようか――どうすることができようか。あの人に身をまかせたりさえしなければよかったのに。求められるままにあんなにやすやすと、あんなに早々と譲ったりして。

ロバータは窓外の、葉が落ちて雪化粧した木々の枝を見つめ、ため息をついた。休日だというのに！　こんなふうにこの町から出ていこうとしてるなんて。ああ！　しかもあの人はこの地元の社会であんなに高い地位にいる。それであの人は、あたしが与えることのできるものなんかよりも輝かしくすばらしいものに、やたらと呼び寄せられてるんだ。
心もとなさそうに首を横に振り、鏡に顔を映し見てから、実家に持っていこうと用意したいくつかのプレゼントや持ち物をまとめると、出発することにした。

第二十九章

ビルツにしてもキノコじみた農場が続くその一帯にしても、クライドやライカーガスを知ったロバータの目には、いかにも気の滅入る眺めだった。その土地のあらゆるものが困窮や抑圧をあまりにもしっくり映し出しているので、なつかしい光景にまつわる通常の感情がしぼんでしまうからだ。

駅舎として使われている、さえない古ぼけた山小屋ふうの建物の前で、列車から降りたロバータは父親を認めた。相変わらず十年以上も着古している古い冬用外套を着て、昔からの一家の乗り物である、ガタピシながらもまだ役には立つ二輪馬車に、父と同じくらい痩せこけてくたびれているウマをつないできてくれていて、ロバータを待っていた。ロバータが前から思っていたとおり、その顔には、疲れはてて打ちのめされた男の表情があらわれていた。その顔もロバータを見たとたんに明るくなった。前からお気に入りの娘だったからだ。娘が馬車に乗って隣の席につくと、父はかなり愉快そうにしゃべり出した。馬車は向きを変えて農場に続く道路へ入っていった。どこでも立派な自動車道路がめずらしくなくなっている時代なのに、でこぼこの曲がりくねった砂利道。

馬車が進むにつれロバータは思わず心のなかで、自分にとってなじみのある木や曲がり角や目印一つ一つをたどっていた。だが楽しいとは思わなかった。どれもこれもあまりにみすぼらしい。実家の農場そのものは、タイタスの慢性的な病や無能に加え、末息子のトムや母親も大して手助けできないときているので、相変わらずの重荷になっていた。何年も前に家を抵当にして借りた二千ドルの返済がぜんぜん終わっていなかったし、北側の煙突がまだ壊れたまま、玄関前の階段も前よりいっそう崩れそうになっている。壁も垣根も別棟の小屋も同様だった——ただ、今は冬の雪に覆われて絵のような光景を呈しているだけのこと。家具も昔から変わっていないがらくたのままだった。そしてそこに暮らす母と妹と弟は、ロバータとクライドの関係の真相について何ひとつ知らない——クライドもここではたんなる名前にすぎない——それで、帰省したロバータが家族との再会を心の底から喜んでいると思い込んでいる。だがロバータは、自身の生活やクライドの煮え切らない態度がわかっているだけに、家に帰ってきた今も、前よりかえって意気消沈していた。

　はっきり言って、近ごろの見かけはうまく世間で独り立ちできたように見えるけれど、ほんとうは自分を粗末にして、クライドと結婚でもしないかぎり親たちに理解し肯《うけが》ってもらえるような道徳水準に達しえないありさまだという事実、みんなのために少しずつでもささやかな進歩を遂げつつある社会の先導者になるどころか、社会をさらに堕落させる張本人——社会の破壊者だ——と見なされるかもしれないという事実は、ロバータの気を沈ませ、いじけさせるのにじゅうぶんだった。じつに気の重くなる、身の灼かれるような思い。

　さらに悪いことに、それ以上に苦痛を覚えたのは、クライドとの関係では自分がはじめから幻想にとらわれていたからこそ、この関係について母にも他の誰にも打ち明けた話ができなかったのだ、と自覚させられることだった。打ち明けられなかったのは、自分が少し高望みしすぎていると母に見なされてしまうのではないか、と懸念したからだった。それに母は、あの人とあたしの関係について、答えに窮するような質問をしてくるかもしれないじゃない。かといって、ほんとうに信頼できる打ち明け相手が見つからないかぎり、クライドとの関係についてあたしの抱えている悩ましい疑いは、秘密にしておかなくちゃならないのだもの。

　トムやエミリーとちょっとおしゃべりしたあとでロバータは台所に入った。そこでは母がクリスマスのさまざまな支度で忙しくしていた。ロバータは、この農場での暮らしとライカーガスでの暮らしを比べて自分なりの感想でも話し、おしゃべりの糸口をつけようと考えていた。だがロバータが台所に入っていくと、母は顔を上げてこう言った。「田舎に帰ってきてどんな感じがするかい、ボブ［あるいは以下にあらわれる「ボビー」はロバータの愛称］。ライカーガスと比べたら何もかもみすぼらしく見えるだろうね」ちょっと物欲しげな言い方だった。

ロバータは母のその声の調子や、自分に向けられたほれぼれしたようなまなざしから、母が自分をよほどいい身分にのし上がった人間だと思い込んでいることが読みとれた。それですぐに母のところまで行き、愛情をこめて抱きついて、「ああ、ママ、どこだろうとママがいるところが最高なの。わかってるでしょ」と声を絞り出すように言った。

母はその言葉に答える代わりに、愛情と善意にあふれたまなざしでロバータを見やり、背中を軽くたたいてくれた。それから「そうかい、ボビー」とつけ加えるようにそっと言う。「おまえはあたしとウマが合ってるからね」

母のその声にはどことなく、二人のあいだの長年にわたる情愛にみちた相互理解があらわれていた――たがいの幸福を相互に願う気持ちだけでなく、これまで自分たちの体で覚えてきた感情や気分をすっかりありのままに語り合ってきた率直さにも支えられている心の通い合い――そこにロバータは感動し、涙が出てきそうになった。どんな感情もあらわにしないように心していたのに、喉が詰まり眼が潤んでくる。母に何もかも話してしまいたくなる。同時に、自分があんなふうに自分を粗末にしたという事実のみならず、クライドに依然として抗いがたい情熱を抱き続けているという事実も妨げになることは明らかで、容易に突き崩すこともできないような障壁をみずから築いてしまったと承知している。こんな地方にはびこる因習はあまりにも根強い――母の生きている世界も例外ではない。

ロバータは一瞬ためらった。自分に重くのしかかっている問題をとっとと母にはっきり打ち明けて、助けてもらうのは無理だとしても同情してもらいたくてたまらなかったのだ。けれどもそうする代わりに、「ねえ、ライカーガスでもママがずっといっしょにいてくれたらいいのに。そしたらもしかして――」と言うだけでとどめた。口をつぐみ、もう少しでうっかりしゃべってしまいそうになっていたと覚った。言おうとしていたのは、母がそばにいてくれたら、クライドの執拗な欲望に抗うこともできていたかもしれないということだったのだ。

「ああ、わたしがいなくて寂しいんだろうね。でも、そのほうがおまえにはいいんだよ、そう思わないかい。このあたりがどんなところかわかってるじゃないか。それに今の勤めがおまえの気に入ってるし。気に入ってるんだろね」

「そうね、仕事は悪くないわ。ああいう仕事は好きよ。この家の助けにも多少なってるからありがたいわ。でも、独りぽっちで暮らすのはあまりうれしくないの」

「どうしてニュートンさんのところから出ちまったんだい、ボブ。グレースってそんなにいやな子だったのかい。おまえのいいお友だちになるだろうって思ってたんだけどねえ」

「そりゃ、はじめのうちはそうだったのよ」とロバータは答えた。「ただ、あの子には男の友だちがいなかったの。それで、誰かがあたしにちょっとでも気がありそうとなると、すごく焼きもちを焼くの。あたしがどこに行くのにもくっついていないと気がすまないし、そうでないときでも、あたしにいつでもいっしょにくっついて歩くんだもの、あたしひとりじゃどこにも行けなくなっちゃったわ。それがどんなか、ママにもわかるでしょ。女二人が男一人といっしょに出かけるわけにはいかないでしょ」

「そりゃそうだね、ボブ」と母は言って、ちょっと笑った。それから「その男って誰なの」と付けいる。

「グリフィスさんていう人よ、ママ」ちょっとためらってから、付けくわえるように言った。ここのごく質素な世界と対比されたら自分の恋愛関係はいかに破格であることか、それが目前をよぎる閃光を見るように痛感される。どんなに不安につきまとわれても、クライドと生活をともにする可能性がわずかでもあれば、それはステキこの上もないじゃないの。「でも、この人の名前はまだ誰にも言わないでね。あの人も言ってほしくないって。親戚がすごいお金持ちなんですもの。あたしの会社の所有者なの――つまり、あの人のおじさんがね。でも、会社に勤めてる人みんなが従わなくちゃならない規則があるの――部課長さんたちみんながね。女子従業員とつき合ってはいけないって規則よ。だからあの人も他の女工とはつき合おうとしないのよ。でも、あたしが好きなの――あたしだってあの人が好きなんですもの、あたしたち二人は別よ。それにあたし、そのうち辞めてどこか別のところに職を見つけるつもりなの。そしたらもう、かまわなくなるでしょ。あたしは誰にだって話せるようになるし、あの人だってそうなるわ」

そう言いながらもロバータが頭のなかではわかっていたように、結婚によって最終的に失地回復するための手立てをきちんととってもおかずに身をまかしてしまった自分の仕業はもとより、近ごろのクライドの自分に対する扱いに照らしてみても、自分の言葉は事実を正確に伝えていない。もしかするとあの人は——今のところこれはまだ漠然として、ほとんど形もなしていない不安にしかすぎないけれど——今あたしに誰にも話してもらいたくないのかもしれない——これからもずっと。それに、あの人があたしを今後も愛して結婚してくれるというのでなければ、あたしだってこのことを誰にも知られたくなくなるわ。そんなことでは、みじめで浅ましく難しい立場に陥ってしまったというだけじゃないの。

他方オールデン夫人はこのようにふとした会話から、二人の関係が不釣り合いでどうやら人目を忍ぶものらしいと知り、心配になるとともに解せないと思った。ロバータの幸せを心の底から願っているのに。夫人が心のなかでつぶやくには、ロバータはこんなに善良で純粋で用心深い娘なのに——子どもたちのなかでもいちばん気立てがよく情に厚い頭のいい子なのに——それでもそんなことありえないとも言いきれないのかしら。いえ、いえ、どんな男だって、ロバータを丸めこんだり裏切ったりはやすやすとできるはずがないし、そんなことして無事で済むわけもない。あまりにも保守的で人のいい母親は、こう言いだした。「社長さんの親戚だって——おまえが手紙に書いてきたサミュエル・グリフィスさんのかい」

「そうよ、ママ。あの人の甥なの」

「工場のその若い男がかい」母は問い返しながら、ロバータが何でそんな地位にある男を惹きつけるようになったのかと不思議に思った。クライドが会社を所有している家族の一員だということは、ロバータがはじめから明らかにしていたことだからだ。これはそれだけでも気になる事実だった。世界中どこでもそういう関係がいかなる結末に終わるか、伝統的に見えすいていたから、当然のことに母親は、ロバータが築こうとしているらしい関係がどんなものなのか、気がもめてたまらなくなってきた。とはいえ、ロバータほどの器量と才覚のある娘がその種の関係を結ぶにあたって、自身に損害が及ばないように駆け引きすることもできないなんて、とても信じられなかった。

「そうよ」とロバータはすなおに答える。

「どんな男なんだい、ボブ」

「そりゃあ、すごくすてきなの。とても美男子で、あたしにとても優しくしてくれるの。あの人があれほど洗練されていなかったら、あそこも今みたいに感じのいいところになっていないと思うわ。あそこの女工たちをつけあがらせないように監督してるのよ。会社の社長の甥なんですからね、わかるでしょ。女工たちは当然言うことを聞かないではいられないってわけ」

「そうかい、そりゃあ確かにすてきだね。どこのウマの骨かわからないような男よりも洗練された人の下で働くほうが、ずっとましだと思うよ。おまえがトリペッツミルズでやってた仕事をあまりよく思ってなかったことは、あたしも知ってるよ。その男はたびたび会いにくるのかい、ボブ」

「まあ、そうね、かなり頻繁にね」とロバータは答えたが、ちょっと顔を赤らめた。母親に対して自分がまったく包み隠しをしないというわけにいかないことを思い知ったからだ。

オールデン夫人はその瞬間に眼を上げてそれを目にとめ、それを恥じらいのあらわれと誤解して、「その男が好きなんだね」とからかうように訊いた。

「ええ、そうよ、ママ」ロバータはあっさり正直に答えた。

「その男のほうはどうなんだい。その人はおまえが好きなのかい」

ロバータは台所を横切って窓までいった。窓から見おろすと、食品貯蔵庫やこの農場でもっとも豊穣な畑に続く傾斜地の裾に、どれも崩れかけた納屋がいくつも並んでいて、家族が陥っている貧困状態を何よりも雄弁に物語っている。この十年間というもの、それは無能と窮乏の象徴になりおおせてきた。いずれにしてもこのときには、荒涼として雪に覆われたこれらの建物群が、ロバータの心のなかでは、想像のなかであこがれているものすべての対照物を具現していた。また、不思議でも何でもないが、あこがれているものはクライドによって具現されていた。幸福とは対照的な陰鬱さ――恋の成就か、恋の挫折か。あの人がほんとうにあたしを愛してくれて、こんな陰鬱なところから連れ出してくれるとしたら、あたしにとってもママにとっても、ここの侘びしさなんかどうということもなくなるかもしれない。でも、あの人がそうしてくれないとしたら、あたしのあこがれを駆り立てた、もしかしたら錯覚にすぎなかったかもしれない夢の砕けた破片が、バラバラとあたしの頭上に降りそそいでくるだけでなく、他の家族にも、誰よりもまずママの頭上にも崩れ落ちてくるんだ。ロバータはどう言えばいいのか悩んだが、しまいには「まあ、口ではそう言ってるわ」と答えた。

「結婚してくれるつもりなのかい」オールデン夫人はおそるおそるながら、希望をこめて訊いた。子どもたちのなかでももっともロバータに愛情を注ぎ、期待をかけていたからだ。

「あのね、ママ、ほんとのこと言えばね……」と言いかけたまま尻切れトンボになってしまう。ちょうどそのときエミリーが玄関から大急ぎにやってきて「ねえねえ、ギフが着いた。自動車できたよ。誰かが乗っけてくれたんだ、きっと。おっきな包みを四つか五つ持ってきたよ」と大声を上げたからだ。

そしてそのすぐ後ろからトムが兄といっしょに入ってきた。スケネクタディのジェネラル・エレクトリック社に勤めるようになってはじめて新調した外套を着たギフは、母親に愛情のこもったあいさつをして、そのあとロバータにもあいさつした。

「おやまあ、ギフォード」と母親は声を大きくした。「九時にならないとこないと思ってたよ。こんなに早くどうやってきたんだい」

「そうさ、おれもこんなに早くなるとは思ってなかったさ。スケネクタディでリーリックさんとばったり会ってね。そしたら、いっしょに乗って帰らないかって言ってくれたのさ」それからロバータのほうに向いて「トリペッツミルズでマイヤーズ爺さんがあの家にやっと二階をつけたの見てきたぞ、ボブ。屋根をつけるのは来年のことだろうけどな」と言った。

「そんなところね」と答えたロバータは、このトリペッツミルズの老人のことはよく知っていたのだ。そんなやりとりのあいだも弟が外套を脱ぐのを手伝ったり、もってきた荷物を受けとったりした。荷物は食堂のテーブルの上に置かれ、エミリーが興味津々になって見つめだした。

「触っちゃだめだぞ、エム」とギフォードが小さな妹に怒鳴った。「クリスマスの朝までいじらないこと。クリスマスツリーはもう誰かが切ってきたのかい。去年はおれが切りにいったっけが」

「今年もおまえの仕事だよ、ギフォード」と母親が答えた。「おまえがくるまで待ってってトムには言ってたのさ。おまえはいつも立派なのを見つけてくるんだから」

ちょうどそのときタイタスが、薪を腕いっぱいに抱えて台所のドアから入ってきた。そのやつれた顔や節々の突き出た肘や膝は、子どもたちの希望あふれる姿と比較すると鋭い対照をなしている。ロバータがその対照に目を引かれハッとしたのに、父親は息子に笑顔を見せながら突っ立っている。家族みんなにこれまでよりももう少しましな思いをしてほしいと願っていただけに、ロバータはたまらず父のもとへ歩み寄って抱き寄せた。「サンタさんがあたしの父ちゃんに気に入ってもらえそうなものを買ってきてくれたわよ」それは暗赤色のマッキノー・コートだった。家まわりの雑用をするときに着ればきっと暖かいだろうと思って買ってきたから、早くクリスマスの朝がきて、父にそれを見てもらえたらいいのにと願っていたのだ。

それからロバータはエプロンをとってきて、夕食の用意をする母の手助けをした。二人で内密の話ができるような時間はあの後とれず、二人がともに関心をもっている話題――クライドについての話――を取りあげる機会は見出せないままに何時間か過ぎたけれども、ようやくそれが可能になるとロバータは母にこう答えた。「そう、結婚してくれるわ。でも、まだ誰にも何もぜったいに言わないでね。あの人にあたし、言わないって約束したんだから、ママも黙っててちょうだいね」

「ああ、言わないよ、おまえ。ただ、どうかなと思ってただけでね。おまえだって自分が何をしてるのかわかってるだろうからね。もう自分を守る分別ぐらいつけられる歳になってるんだから、そうだろ」

「そうよ、だいじょうぶ、ママ。あたしのこと心配しないでね」とロバータは言い添えたものの、最愛の母の顔に不信とは言えないまでも心配の影がかすめたのを目にした。ママはこの農場のことであんなにいろいろと悩みを抱えているのに、その上あたしが心配させたりしないように、うんと気をつけなくちゃ。

日曜日の朝にはガベル夫妻がやってきた。ホーマーで自分たちが世間の受けもよく経済的にうまくいっていると吹聴しにきた妹夫妻だ。妹はロバータほどの器量よしではないし、フレッド・ガベルはロバータにとって、どんな境遇になろうととても興味の持てそうにないような男だったけれど、アグネスが人妻の身分におさまり、大して有能でもない夫がいてくれるというおかげでささやかな安定をかみしめて、情緒的にも経済的にも満足げでのんきにしている姿を目にするだけで、ロバータは前日の朝以来心の底から周期的にわいてくるおろおろするような危惧に、ふとまた襲われるのだった。自分が今やクライドとの関係ではまってしまった尋常ではない身分にとどまっているよりは、フレッド・ガベルのような、凡庸で見かけがさえなくても堅実な男と結婚するほうがましなのかしら、などと考えてしまう。だって、目の前でガベルが、結婚してから一年のあいだに自分とアグネスの暮らし向きがいかに向上したかについて、盛んにしゃべり立てているのだもの。この間にフレッドは、ホーマーの教員の職を辞し、小さな書店兼文房具店の共同経営に乗り出すことができて、その店のなかのおもちゃ売り場と炭酸飲料コーナーから、店を支えるような主たる利益をあげているって。商売は繁盛しているんだ。アグネスも万事思いどおりにいったら、来年の夏にはミッション様式［アメリカンカントリースタイルのなかでも伝道所由来のクラシックな様式の家具］の客間家具一式を買えそうだし、フレッドからはもうクリスマスプレゼントに蓄音機を買ってもらったのよ、などと話している。二人の幸福を証し立てるかのように夫妻は、満足してもらえそうな贈り物をオールデン家ひとりひとりにもってきてくれた。

ところでガベルはライカーガスの『スター』紙を一部もってきていて、この夫妻が訪れたのでいつもより遅く始まった朝食の席で、その市のニュースを読んでいた。ライカーガスには、ガベルも取引していた仕入れ先の問屋があったのだ。

「どうだい、ボブ、きみのいる町はやけに景気がよさそうだね」とガベルが言った。『スター』の記事によると、グリフィス社はバッファローでの取引だけで十二万本ものカラーの注文を受けたんだって。あちらでしこたま儲けてるんだな」

「あたしのいるところじゃいつだって仕事がどっさりあるわよ。それぐらいならあたしにもわかるわ」とロバータはハキハキ答えた。「景気がいいにしろ悪いにしろ、仕事が少なくなったと思えるときなんてないですもの。ずっと景気がいいのかもしれないわね」

「連中にとっては楽勝ってとこか。何も心配する必要がないんだからね。あの会社は今度イリオンにシャツだけ作る工場を建てるって話聞いたことあるんだけど、あちらで何か噂でも耳にしたかい」

「ヘェー、いや、聞いたことないわね。どこか別の会社のことじゃないかしら」

「ところで、あんたの職場の主任だってあんたが言ってた若い男の名前は何て言ったっけ。やっぱりグリフィスというのじゃなかったかい」と歯切れよく訊きながら、社説欄の頁に目を移した。そこには、ライカーガスの地元社交界についてのニュースも載っていた。

「そうよ、名前はグリフィス――クライド・グリフィスっていうの。どうして」

「ついさっき、ここにそいつの名前が載ってるの見かけたような気がしたもんでね。同じ男のことかどうか知りたくなっただけさ。やっぱり、ここにあった。これはそいつのことかい」と言ってフレッドは、記事に指をあてながら新聞をロバータに渡した。そこにはつぎのように書いてあった。


グラヴァーズヴィルのヴァンダ・スティール嬢がホステスとして、同市同嬢の自宅において金曜日の夜に催した非公式の舞踏会に、ライカーガス社交界の著名人も出席し、ソンドラ・フィンチリー、バーティン・クランストン、ジルおよびガートルード・トランブル、パーリー・ヘインズ各嬢、ならびに、クライド・グリフィス、フランク・ハリエット、トレーシー・トランブル、グラント・クランストン、スコット・ニコルソン各氏が姿を見せた。宴は、若い年代の集まりの例にもれず、深更に及ぶまで続けられ、ライカーガスより参集した出席者たちは、夜の明ける直前に自動車で帰宅した。この一行は、大晦日にスケネクタディのエラーズリー家で催される同様に華やかな宴に、ほぼ全員ふたたび会合するであろうとすでに取りざたされている。

「そいつはあちらじゃいっぱしの人物らしいじゃないか」とガベルは、ロバータがまだその記事を読み終わらないうちから口をはさんできた。

記事を読んでロバータがまず思ったのは、この参加者の顔ぶれがクライドの話とあまりつじつまが合っていないみたいだということだった。何よりもマイラ・グリフィスもベラ・グリフィスも抜けている。他方、近ごろクライドがしきりに噂するためにすっかりおなじみになった名前は、出席していたと記載されている。ソンドラ・フィンチリー、バーティン・クランストン、トランブル姉妹、パーリー・ヘインズなんかが。あの人は大してておもしろくはなかったなんて言ってたけれど、ここには華やかだったと書いてあるし、大晦日に予定されている同じような集まりの出席予定者としてあの人の名もあげられている。でもその夜は、ほんとはあたしがあの人といっしょに過ごそうと心待ちにしてたのに。この新年を迎える晩の集まりのことなんか聞かされもしなかった。これじゃあ、あの人は、先週金曜日の夜のときと同じように、またぎりぎりになって何か口実を持ち出そうというのかしら。あらまあ！　これは一体どういうこと！

クリスマス休暇の帰省で甘い思いにひたれそうとささやかながら抱いていた期待も、たちまちすっかり吹っ飛んでしまった。クライドが口で言ってるように自分をほんとに思ってくれているのか、危ぶみはじめた。クライドを自分のものにしたいというやみがたい情欲によって引き込まれた暗澹たる思いは、もはやひどい苦痛でしかなくなった。だって、あの人も、結婚も、子どもに囲まれた家庭も、自分が慣れ親しんできたこんな田舎での人並みの身分も得られないとなれば、あたしのような女にこの世で残されているものなんか何があろうか。クライド自身があたしを愛し続けてくれてること以外に――ほんとに気持ちが変わってないとしても、こんなできごとを見せつけられたら、あの人が最後まであたしを棄てたりしないなんて保証はどこにあるの。もしこの記事が事実だとすれば、あたしが誰かと結婚する見込みもこれで危うくなり、不可能にさえなってしまったのかもしれない。しかもあの人を頼りにもできなくなるんだ。

ロバータはぱったり口を利かなくなった。そしてガベルが「それがその男なんだろ」と訊いたのに、答えもせずに立ち上がり、「ちょっと失礼、すいません。鞄からとってきたいものがありますから」と言って、昔自分が使っていた二階の部屋へそそくさと上がってしまった。部屋に入るとベッドに腰かけ、思い悩んだり考え事をしなければならないときの癖で、両手で顎を支えて床をにらんだ。

クライドは今どこにいるんだろう。

スティール家のパーティにクライドを連れていったのは、あそこに書いてあるうちのどの女性だろう。その女性にすごく惹かれてるんだろうか。クライドがすっかり自分に夢中になっていたから、気にしなくちゃならないような目移りの相手になる女が他にいるかもしれないなどとは、この日まで考えてみるまでもなかったのに。

でも、今は――こうなると！

ロバータは立ち上がり、窓辺まで行って、少女時代に幾度となく生の美しさに対する感動を与えてくれた果樹園を見渡した。その果樹園が今はみじめなくらい侘びしく、殺風景だ。木々の腕はやせ細って、氷のように冷たげ――風に揺れている灰色の小枝――どこかでかさこそと音を立てている落ちそこねた一枚の葉。それに雪だ。さらに、修繕を必要としている離れのおんぼろ小屋。おまけに、クライドがあたしにすげなくなってきてる。すると急に、もうここにぐずぐずしていてはいけないし、何とかしくちゃという思いに迫られ、せっぱ詰まってくる――今日一日だってとどまっていちゃいけないんだ。できればライカーガスに帰って、クライドのそばにいなくちゃ。何とかして昔の愛情に立ち帰ってくれるように口説くためにだけでも。あるいはそれがだめでも、せめてそばにくっついていることによって、他の誰かにすっかり夢中になったりさせないように見張るために。たとえ休暇のためであろうと、こんなふうに離れたりしたのはぜったいにまずい。あたしのいないあいだに、あたしを完全に見棄てて他の女のもとへ走るかもしれない。そうなったら、悪かったのはあたしだということになりかねない。その日のうちに帰るためにどんな口実をもうけたらいいか、たちまち考え込んだ。でも、これだけいろいろ支度したのだもの、そんなこと言いだしたら、とりわけママに対して説明のつかないほど理不尽と見られるにちがいないと悟り、予定どおりクリスマスの午後まで我慢し、そのあと帰ったらもう二度とこんなに長くあの人のそばから離れることのないようにしようと心に決めた。

だが、そう考えている合間にもたえず頭をよぎるのは、クライドに将来の結婚を確約してもらうのはもちろん、変わらぬ思いを寄せて生活面でも精神面でも支えてもらえると、いささかなりとも安心できるようになるには、どうしたらいいのか、どんなやり方があるだろうか、という思いだった。あの人があたしに嘘を言ってたとしたら、もう二度とそんなことしないように、多少とも示しをつけるにはどうしたらいいの。あたしたちみたいな間柄で嘘をつくなんて間違ってると思わせるにはどうしたらいいか。どうすれば、別の女の魅力によってかき立てられたかもしれないような夢なんか醒まさせて、あたしこそ確実にあの人の意中第一の女になるようにできるのかしら。

どうすれば。

第三十章

しかし、ロバータがクリスマスの夜にライカーガスのギルピン家の下宿に帰っても、クライドは影も形も見せず、弁解の言葉一つ届かなかった。というのも、この間グリフィス家では、ロバータにしろクライドにしろそれを知ったら少なからず心を動かされたにちがいないような動きがあって、事情が変わってきたからだ。具体的に言えば、スティール家でのダンスパーティのあと、ロバータが読んだのと同じ記事がギルバートの目に触れたのだ。パーティのあった翌日の日曜日の朝、ギルバートは朝食の席につき、コーヒーをすすろうとした瞬間に、この記事が目に飛び込んできた。そのとたん、懐中時計の蓋をパチンと閉めるみたいに歯をカチリと鳴らしながら口を閉じ、コーヒーを飲みもしないでカップを置くと、記事をあらためて丹念に読んだ。食卓についていたのも食堂にいたのも、ギルバート以外は母親だけだったし、家族のなかでは誰よりも母親が、クライドに対する自分の見方に同調していると知っていたギルバートは、新聞を母親にまわした。

「さて、社交界に今やずかずか入りこもうとしているのが誰なのか、見ますか」と辛辣に皮肉をこめた口調で注意を促す。その眼は非情で軽蔑のこもった反感もあらわな光を放っている。「今度はうちもこいつを呼んでやることになるんですかね！」

「誰のことなの」とグリフィス夫人は問い返しながら新聞を受けとり、こともなげに裁判官じみた顔つきで記事を改めていたが、問題の名前にゆきあたったときは、自制しつつもさすがに驚きの色を隠しきれなかった。なぜなら、ちょっと前にはクライドがソンドラの車に乗せてもらったとか、その後トランブル家の晩餐に呼ばれたとか、噂は前から伝わってきてはいたけれど、『スター』の社交界欄となると話は別だからだ。「さあ、どういういきさつであの男がそんなところに招待されるようになったのかねえ」とグリフィス夫人は考え込んだ。こういうことについて息子がどう感じているかをたえず気にしているからだ。

「なあに、あのフィンチリーの小生意気な娘の仕業にきまってますよ、あのうぬぼれ屋のバカ女め」ギルバートはとげとげしく言った。「あの女はどこからか——よく知らんけどたぶんベラからでも——あの男と関わり合いになりたいなどいう気なんか、うちにはないって聞きつけて、これはぼくに仕返しをするのにうまい手段になると考えてるんでね。ぼくがあいつに何かしたことへの仕返しなのか、あるいはあいつがされたと思い込んでるだけのことへの仕返しなのか、わかりませんがね。とにかくあいつ、ぼくに好かれてないって思ってるんで。まあ、そのとおり、ぼくは好きじゃないけど。ベラだってそれは知ってる。それに、あのクランストン家のひけらかし娘にしても同じことでね。あの二人はしょっちゅうベラといっしょに遊びまわってるでしょ。連中はひけらかしの浪費家集団でね。一人残らずみんなね。おまけに、連中の兄貴たちも同じこと――グラント・クランストンやスチュ・フィンチリーなんかね――そのうちあの連中のなかの誰かに何かとんでもないことが起きますよ。ぼくの予断ですがね。ぼくの言葉をお忘れなく！　やつらはろくなこと何ひとつしやしない。揃いも揃って年がら年中遊びまわったり、ダンスしたり、あちこち走りまわったりで、この世にやつらがするべきことは他にないみたいにね。それなのに、お母さんもダッドもベラをあんなふうに連中と遊びまわらせておくなんて、ぼくにはわけがわからんな」

この言葉には母親も黙っていられなかった。この地元の社交界の一部からベラを完全に切り離し、別の家庭にだけ出入りするように仕向けるなんて、あたしにできっこない。みんな自由に行き来してるんだから。それにあの子もおとなになってきて、自分なりの考えもできてきてるんだから。

こんな母親の弁解もやっぱり、あんな記事が公になったあとだけに、クライドの社交界に入ろうとする野心や機会にギルバートが反発する気持ちを少しも鎮めてくれなかった。何だって！　あの文無しのしがない貧乏いとこが。まず何よりも、おれに似てるなどという許しがたい罪を犯し、第二には、ライカーガスにやってきてこんな名家にしがみつくという罪を犯しやがって。しかも、おれが個人的にあいつを好きになれず、いてほしくないし、おれの思いどおりにできるなら一瞬たりとも顔を合わせないようにするつもりだと、はじめから露骨すぎるくらいに見せつけてやってきたにもかかわらず。

「あいつに金なんかありませんからね」しまいにギルバートは母親に苦々しく言い放った。「だから文字どおり必死でここにしがみついてるってわけでね。だけど何のためなんだ。この連中に取り立てられたところで、あいつに何ができる。連中につき合うったって、そうするだけの金がないのは確かなんだし、金を手に入れることだってできないんだから。仮にできたとしても、ここでやってる仕事があるから、どこかに出かけるなんてできるはずないもの。誰かがわざわざ養ってくれないかぎりはね。だから、あいつが仕事をやりながらあの連中につき合っていくなんて、どうしたらやっていけるか、ぼくには想像もつかないよ。あの連中ときたらたえず遊びまわってるんだから」

ほんとうはギルバートも、クライドが今後上流の仲間入りを果たすことになるのか、またそうなったらどうすればいいのか、迷いはじめていた。あいつがこんなふうに取り立てられることになったら、おれにしてもわが家にしても、あいつに失礼のないようにせざるをえなくなるじゃないか。最初からその後に続いたいきさつを見てもはっきりしてるが、父にはあいつを追い返すつもりがないのだもの。

じっさい、以上のような会話がなされたあと、グリフィス夫人は食卓の夫の席の前にその新聞を置いておき、席についた夫にギルバートの見方を伝えたのだが、夫はクライドについてのそれまでの自説を固持して、息子の意見に同調する気配も見せなかった。それどころか、グリフィス夫人の得た感触では、この記事に書かれているような成り行きを、自分の最初のクライド評が部分的に当たっていたということの一つの証拠と見なしたようだった。

「わしに言わせればな」妻の話を最後まで聞いてから夫は切り出した。「あの男がたとえ一文無しでも、ときどきパーティに行ったり、あちこちに招待されたりすることのどこが悪いのか、わしにはわからんね。むしろ、あの男やわが家に対する何よりのご愛想を振る舞ってくれてると思えるがね。ギルがあの男をどう思ってるか、わしにはわかっておる。だがこうなってくるとむしろ、ギルが考えてるよりもクライドはいささかましだったみたいに思えるね。いずれにしろ、こんなことについてわしは何もできないし、したいとも思わんよ。あの男にこちらにきてみないかと言ったのはわしだし、少なくとも、ましな暮らしができるような機会を与えてやるぐらいはわしにもできるはずだからね。どうやら仕事もちゃんとこなしているようだし。おまけに、それぐらいのことをしてやらなかったら、世間からどう見られることか」

そのあと夫は、ギルバートが母親に語った付加的な見方を聞かされたので、こうつけ加えた。「わしなら間違いなく、あの男には、どこかのろくでもない連中とよりはましな人たちとつき合ってもらうほうがいいと思うがなあ――それだけは確かだね。あれはこぎれいで礼儀正しいし、工場で耳にすることによれば仕事もちゃんとやってるそうだ。ほんとのこと言って、この前の夏、わしが持ちかけたとおり、あれを湖に呼んでやればよかったのにと思っとるんだ、せめて二、三日ぐらいはな。今の様子じゃ、わしらがすぐにでも何かしてやらないと、世間の人たちがあれを認めてくれてるのに、まるでわしらだけは認めてないみたいに見られかねないではないか。わしの言うことに一理あると思うなら、ともかくクリスマスか大晦日にでもあれをここに呼んでやりなさい。わしらだって世間の人たち並みにはあの男を認めてると見せつけるためにだけでもな」

ギルバートはこの話を母親から伝えられると、憤慨して怒鳴りだした。「エーッ、まさか！　それならけっこう。ただし、ぼくがあいつを丁重にもてなそうと汗水たらすなんて考えてもらっては困りますよ。あいつが父さんの思うほどそんなに有能なら、どこかでちゃんとした地位を築いてないのは不思議じゃないですか」

こんなやりとりがあったにもかかわらず、つぎのような一事が起きなかったら、何ごともなされずに終わっていたかもしれなかった。つまり、ベラがその日オルバニーから帰ってきてソンドラやバーティンと会ったり、電話をしたりし、クライドをめぐるその後の進展を知るにいたったのだ。スケネクタディのエラーズリー家での大晦日ダンスパーティに、自分たちと同行してクライドも参加するということも知った。ベラは、クライドがものの数に入れられる前から、あらかじめ一行に加わる予定になっていた。

この急転した成り行きがベラによって母親に伝えられると、じゅうぶんな重みがあると受けとめられ、そのために、ギルバートは別にしても、サミュエルだけでなくグリフィス夫人も、どう見ても自分たちが追い込まれてしまったこの事態をうまく取りつくろおうと決断して、クライドを晩餐に呼ぶことにした――クリスマス当日の晩餐――他に多くの人たちも招かれるおごそかな会に。この会に招けば、クライドが一部で想像されているかもしれないほどグリフィス家にまったく無視されているというわけではないと、誰にもただちに諒解してもらえるはずだ、と判断されたのだった。こんな押し迫った時期になしうる合理的な解決策は、これしかないではないか。それにギルバートも、この策を聞かされると、今度こそ自分は手詰まり状態だと悟り、不機嫌そうに叫んだ。

「そうかい、わかったよ。そうしたいならあいつを招待したらいいさ――お母さんやダッドがそんなふうに思ってるならね。そんなことするのがほんとに必要なのか、今でもぼくにはわからないけどね。でも、お好きなように決めたらいい。いずれにしてもコンスタンスとぼくは、その日の午後ユティカに行くんでね。だからその会には出たくても出られませんからね」

ギルバートが考えていたのは、ソンドラのような自分の大嫌いな女が、意地になって策略をめぐらし、こちらのいとこを押しつけてきて、自分はそれをかわすこともできないなんて、何てむちゃくちゃなんだ、ということだった。それに、クライドというやつも、自分が歓迎されていないと知っていながらこんなふうにしがみつこうとしやがって、乞食同然の野郎だな！　とにかく、何という男だ。

そういう次第で月曜日の朝クライドは、グリフィス家からふたたび手紙を受けとった。今回の差出人はマイラで、クリスマスの二時に正餐をともにしていただきたいという文面だった。だが、これならクリスマスの夜八時にロバータと会う約束とはかち合わない、とそのときは思えたので、この招待を喜ぶ思いにひたすらふけるだけだった。とうとうおれも社交界では誰にも負けない地位近くまで昇ったんだ。だって、おれが文無しだとしてもどんなふうに迎えられているか見るがいい――しかもグリフィス家からさえも――他の名家に加えてだ。それにソンドラがおれにあんなにご執心ときてる。じっさい、まるで今にも恋に落ちんばかりの素振りで口を利いたり振る舞ったり。しかもギルバートはおれの社交界での人気ぶりに手が出せなくなってるときてる。どんなもんだい、こいつは。今おれが見るかぎり、少なくとも親戚がおれを忘れていなかったことの証拠じゃないか。あるいは、別の方面で最近おれがおさめた成功を知って、親戚もおれに失礼のないようにする必要があると気づきはじめた証拠だ――競技者として勝利の月桂冠を獲得したのと変わらないような気がする。クライドはその招待状を、あたかも無視されていたことなどまったくなかったかのような歓喜に浸りながら見つめた。

第三十一章

しかしながら不都合なことに、グリフィス家でのクリスマス正餐会にあまりにも驚歎し圧倒されさえしたクライドは、五時が過ぎ六時になっても、席を立つことも、ロバータとの約束をはっきりと思い出してそれを果たそうという気になることもできなくなっていた。会に出席していたのは、スターク夫妻とその娘アラベラ、娘のコンスタンスがギルバートと出かけてしまったのでグリフィス家での正餐に出席することにしたワイナント夫妻、その他ライカーガスの著名人であるアーノルド家、アントニー家、ハリエット家、テイラー家などの人びとだった。しかも、六時ちょっと前、こうして快適なもてなしを受けていた人びと大部分が、ぼちぼち席を立ってあいさつをし、帰りはじめても（またクライドもそれを見習い、ロバータとの約束を思い出すべき頃合いだったのに）、クライドは同席していた子女のひとりヴァイオレット・テイラーに声をかけられ、その日の夜アントニー家で催されることになっている二次会の話を聞かされたうえ、「あなたもいっしょにいらっしゃるんでしょ。そうに決まってるわ」などとやけに熱心に勧められ、すぐに承諾してしまったのだ。ロバータと前に交わした約束があったから、たぶんもう帰ってきていて自分を待ってるだろうと思い出しはしたのだけれど。まだ時間はあるさ、そうじゃないか。

とはいえ、いったんアントニー家に着いて、いろいろな女の子としゃべったりダンスしたりしているうちに、義務感は薄れていった。だが九時になると、多少心配になってきた。その頃にはロバータも部屋に戻ってきて、おれやあの約束はどうなってしまったのかと訝っているにちがいなかったから。しかもクリスマスの夜だというのに。三日間も留守にしていたあとなのに。

クライドは外目にはその日の午後からずっと変わらず快活に振る舞っていたけれども、内心ではだんだん落ち着きを失い、気が気でなくなってきた。だが、そんな気持ちにとっては都合のいいことに、この一行はこの一週間というもの毎晩、神経がほとんど参ってしまうほど踊ったり浮かれ騒いだりしてきたものだから、一人残らずもうくたびれきってしまい、無意識のうちに倦怠感にとらわれて、十一時半には解散してくれた。それでクライドはベラ・グリフィスを玄関まで送ったあと、急いでエルム通りへまわり、もしかしてロバータがまだ起きていないかどうか見にいった。

ギルピンの家の近くまできてみると、雪をかぶった植え込みや立木の隙間からロバータの部屋にともっている明かりがぽつんと見えた。だがしばらくは、何と言ったらいいのか――この弁解の余地のない違約をどう言いわけしたらいいのか――思い惑って、大きな街路樹のそばに立ちつくしながら、どう言おうかと頭をしぼっていた。今度もまたグリフィス家にいたと言い張ってやろうか。それともどこにいたと言ったらいい。前にした作り話では、あの家にはこの前の金曜日に行ったばかりということになってるのだもの。数ヶ月前、社交界とのつながりなんかなくてただ空想してるだけだったころは、でっちあげをつい口走ってしまっても何の良心のとがめも感じなかったっけ。あんなのは現実じゃなかったし、じっさいに自分の時間をとられるわけでも、期待してる逢い引きの妨げになるわけでもなかったからな。だが今では、それが現実となり、自分の昇るところこういう新たなつながりに前途のすべてがかかっているという事実を前にすると、どうもためらってしまう。大急ぎでたどり着いた結論は、その夜こられなかったのは、あのあと二度目の招待を受けたからだと釈明し、併せて、グリフィス家こそ自分の経済的地位向上にとって鍵をにぎっている存在なのだから、そこからの指示を受けてこんなふうにきみをすっぽかすのは、くだらない現実逃避のお楽しみのためどころか、だんだん義務のようなものになってきているのだ、とでも言いきってやろうということだった。おれにはどうすることもできないじゃないか。こんな半分だけ真実の言いわけを今後もずっと使っていこうと心に決めながら、積もった雪を踏み分けていき、ロバータの部屋の窓をそっとたたいた。

すぐに明かりが消え、一瞬後にカーテンが持ちあげられた。それから、悲嘆に暮れて思いにふけっていたロバータがドアを開け、クライドを招じ入れた。その前に、いつものようにロウソクを点けた。なるべく人目につかないようにするためだった。クライドはすぐにささやき声で話しはじめた。

「ヤバイ。いやどうも、ここの社交界のやり方ときたら、目がまわりそうなんだから。こんな町、見たこともないよ。ここの連中といったんあるところに行って何かしたりしたら、決まって何か別のこともしようとくるんだ。のべつ幕なしに遊びまわってる。金曜日にあそこに行ったときには（グリフィス家に行ったという自分のついた嘘を引き合いに出している）、休暇が終わるまではあれが最後になるだろうと思ってたんだがね、昨日になって、ぼくがどこか別のところに行こうと考えていたところに手紙がきてさ、また今日のディナーにきてくださいって言うんだよ」

弁解は途切れなく続く。「それで今日、ディナーは二時に始まるから、終わってからここにくるにしても、約束通り八時には間に合うはずと思ってたら、三時まで始まらないし、終わったのはつい二、三分前という体たらく。たまらんよね。しかも最後の四時間くらいは、ぼくもどうにも抜け出せなくなってさ。きみはどうしてた。楽しく過ごしてきたかい。それだったらいいんだけどね。ぼくがきみにあげたプレゼントは家族の人たちにも気に入ってもらえたかな」

クライドはそんな質問をやつぎばやに口にし、ロバータはそれに短く、いかにもそっけない返事をしたが、そのあいだもずっと、「ああ、クライド、どうしてあたしをこんな目にあわせたりすることができるの」と言わぬばかりの顔つきで相手を見つめていた。

だがクライドは、自分のアリバイがうまく通用したか、それが真実だとロバータに信じてもらうにはどうしたらいいか、ということに気をとられているものだから、外套やマフラーや手袋を脱ぎ、髪をなでつける前にも後にもロバータを直視せず、優しさのこもったまなざしを注ぐことはおろか、再会できて心底喜んでいることを示すようなことは何ひとつしない。それどころか、やけにそわそわし、ちょっと取り乱していたから、ロバータにも感じとれたように、かつていかに熱烈な言葉や行為を見せてくれたにしても、ふたたび会えて多少はうれしいと思っている程度のことで、あたしのことよりもずっと自分や自分の犯した釈明しきれない背信行為を気にしてるんだ。だから、少ししてクライドが抱き寄せてキスしてくれても、土曜のときと同様に、やはり二人は精神的には部分的にしかつながっていないと感じさせられた。別のことが——金曜日も今晩もこの人をあたしから引き離した用事が——この人の心もあたしの心も引っかきまわしてる。

ロバータはクライドを、文字どおりに信じているわけでもなく、かといってまるっきり信じたくないというわけでもない気持ちで見つめた。この人は言ってるとおりグリフィス家にいたのかもしれないし、引き留められたのかもしれない。しかしながら、そうでなかったかもしれないのだ。なぜなら、先の土曜日には金曜日にあそこに行ってたと、この人が言ったのを思い出さずにいられないのに、他方では新聞に、グラヴァーズヴィルにいたと書いてあるんだもの。でも、こんなことについて今問いただしたら、怒りだしてもっと嘘をついたりしないかしら。というのも何と言っても、あたしを愛してくれているということを除けば、ほんとうはこの人に何かを要求する権利なんかあたしにはないのだから。それにしても、この人がこんなに早々と心変わりするなんて、まったく想像もつかない。

「じゃあ、それが理由で今晩こられなかったというのね」これまでクライドに一度も見せたこともないような気迫や苛立ちをこめて訊いた。「何があろうと必ずくると言ったんじゃなかったかしら」少し重苦しそうな口調で追い打ちをかける。

「ああ、そう言ったよ」とクライドは認める。「それに、ほんとにくるつもりだったんだ。ただ、あの手紙がきちゃってね。おじさん以外の人からだったら見向きもしないところだったけど、きみだってわかるだろ、あの家からクリスマス当日にくるように呼ばれたら、ことわれないよ。あまりにも重大なんだもの。ことわったりしたらまっとうとは思えないだろ。きみが午後にはまだ戻ってないはずだったんだから、なおさらさ」

こう言ったときのクライドの態度や口調から、これまで口にしたいかなる言葉よりもはっきりとロバータに伝わってきたのは、クライドが親戚とのこういうつながりをいかに重視しているか、また、二人の関係においてロバータが大切にしていることなんかいかにくだらないと思っているか、ということだった。そのときパッとひらめいたのは、クライドがこの恋愛の最初の段階でのぼせ上がり、派手にかき口説いてくれたにもかかわらず、あたしは自分でも、あたしなんかありふれた女だと思っていたにしても、この人にはそれ以上にもっと取るに足らぬ女だと見られていたのかもしれない、という直観だった。そうだとすれば、これまであたしが抱いてきた夢も払ってきた犠牲も無意味だったことになる。ロバータはぞっとした。

「なるほどねえ」こんな疑念に襲われつつもおそるおそる言葉を継いだ。「でも何とかして、ここに置き手紙でもしていこうとは思わなかったの、クライド、あたしが戻ってきたときに受け取れたじゃないの」あまり怒らせたくないので、穏やかに尋ねる。

「でも、さっき言ったじゃないか。あんなに遅くなるなんて思っていなかったんだよ。とにかく六時には終わると思ってたからね」

「そうよね——まあ——とにかくね——わかるわ——でもやっぱり」

ロバータの顔には、当惑し、思い惑い、おろおろしている表情が浮かんだ。そこには恐怖、悲しみ、気鬱、不信、かすかな憤慨やかすかな絶望が入りまじり、眼の色や動きになってあらわれる。その眼はまるまると見開かれてあらわな球体を見せながら厳粛にクライドを見据えるので、クライドはこの女性を少なからず虐待し貶めてしまったという自責の念にさいなまれるにいたった。その眼がこのことを告発しているように思えるために、クライドの顔はパッと赤くなり、生まれつき青白いほどの頬が深紅に染まった。だがロバータは、これに目をとめる素振りも見せず、このときはそれをいかなる意味でも重視しようとせず、ちょっと間をおいてからこうつけ加えた。「あたし、日曜日の『スター』にグラヴァーズヴィルでのパーティについて書いてあるのを見たんだけど、あなたのいとこたちがそこに行ったとは書いてなかったわよ。あの人たちはほんとに行ったの?」

質問を重ねてきたあげくこのときはじめて、まるでクライドをほんとうに疑っているかのような口調で訊いた——クライドにとっては、ロバータからそんなふうに質問されるとはほぼ予想もしていなかった成り行きだ。それでそのことが何よりもクライドを当惑させ、いら立たせた。

「もちろんきてたさ」と嘘をつく。「きてたってぼくが言ってるのに、何でそんなこと訊くんだい」

「ううん、別に何でということもないのよ。ただどうなのかなって思っただけ。でもあたしが気になったのは、記事にはライカーガスからきた人たちとして、あなたがいつもうわさしている他の人たちはみんな名前があがっていたのにってこと。ソンドラ・フィンチリーとかバーティン・クランストンとかね。あなたはトランブル姉妹のことしか言わなかったわね」

その口ぶりにクライドはむかっとしてへそを曲げたのが、ロバータにもわかった。

「ああ、あの記事ならぼくも見たけど、あのとおりじゃないんだ。その連中もきてたとしてもぼくは見かけなかったね。新聞がいつも何でも正確に伝えるとは限らんからね」こんなふうに窮地に追い込まれたことで不機嫌になりいら立ったにもかかわらず、クライドの態度には説得力が欠けていたし、それを自分でも承知していた。やがてこんなふうに問い詰められているという事実に腹を立てはじめた。何でこいつがこんなことしやがるんだ。おれはこんなふうにこいつに邪魔されたりしないで、この新しい世界を動きまわれるだけの大物じゃないか。

ロバータはそれ以上反駁したりなじったりすることもなく、ただクライドを見つめていた。その表情は傷つけられて悲しむ人らしく悲痛だった。クライドの言うことをまるまる信じるわけにはもういかないけれど、まったく疑うわけでもない。一部はたぶんほんとのことなんだろう。もっと大事なのは、あたしに嘘をついたりひどい仕打ちをしたりする気にはなれないだけの思いやりを見せてくれるってこと。でも、やさしくしようとか正直に話そうとか思ってくれなければ、そんなことどうしてできるかしら。ロバータは数歩身を引いて、お手上げの様子でこう言った。「ねえ、クライド、あたしに作り話なんかしなくていいのよ。そんなことわからないの。あなたがどこに行こうとあたしはかまわないわ。ただ前もってあたしに知らせて、クリスマスの夜こんなふうにあたしを独りぽっちにしてくれたりしなければね。それだけはほんとに辛いのだもの」

「だってぼくは作り話なんかしてないんだよ、バート」とむくれて言い返す。「新聞がそう書いてるからって、ぼくにどう見えたかっていうことはどうしようもないじゃないか。グリフィス姉妹はあそこにきてたさ。証明できるよ。今日だって、ぼくとしてはできるだけ早くここにきたんだ。何で急にそんなに腹を立てたりするんだい。事情は説明したじゃないか。ここではぼくは思いどおりに行動できる身分じゃないんだよ。ぎりぎりになってから呼び出され、出席しろと言われる。だからぼくには逃げるすべもないのさ。だからってそんなに怒っても仕方ないじゃないか」

クライドはすごむようににらみつける。それに対してロバータは、こんな一般的な話でやりこめられてはどう話をしたらいいのかわからなくなってしまった。大晦日のことが気になっていたのだが、今これ以上何かを言うのが得策とは思えなくなった。これまでにもまして痛切な思いで、この人は加わってるけどあたしはお呼びじゃないあの華やかな社会が、クライドとは切っても切り離せなくなってるんだと心に刻んだ。なのにこの段になっても、自分を襲いはじめた嫉妬の痛みがいかに強烈かをクライドに覚らせる気にはなれなかった。あの人たちはあんなすてきなところであんなに楽しそうに過ごしている――この人やこの人の知り合いたちは――だのに、あたしにはほとんど何ひとつないんだから。おまけにこの人は、この頃いつもあのソンドラ・フィンチリーやバーティン・クランストンのことばかり話している――いや、新聞だってそうなんだもの。この人がいちばん惹かれてるのは、この二人のうちのどちらなのかしら。

「あなた、あのミス・フィンチリーという人がとても好きなの」と出し抜けに訊く。何かいささかでも胸がすくようなこと――こんな苦悩のただなかにさしてくる何かわずかな光――でもつかみたいという願望に身を焼かれる思いで、暗がりに隠れている相手の顔を見上げている。

この質問の重大さをクライドもすぐに感じとった――抑えきれない詮索欲や嫉妬や絶望感が、その表情よりも声からもっとはっきりうかがえる。ロバータの声には時折、ことにひどく沈んでいるときには、とてもやさしくほだされずにいられない悲しげな響きがこもってくるのだ。同時に、ロバータがどうやらソンドラに狙いをつけたらしい、その鋭敏というかテレパシーのような直感に、ちょっとギクリとさせられる。ただちに思ったのは、ロバータに覚られてはいけない――そんなことになったら怒らせるだけだということだった。他方では、刻々と安定してくるように思われる、自分のこの地での地位全般に関して虚栄心が生まれてきたために、クライドはつぎのように言ってしまった。

「そりゃあ、多少はあの人が好きさ、確かにね。なかなかきれいだし、ダンスもカッコいいし。それに大金持ちで身なりもいい」そういうところ以外に他の点でソンドラなんかに魅力はないと言い足そうとしたら、そのとたんロバータは、この女性にクライドがほんとうはどんな関心を抱いているか、いくらか見抜き、自分とクライドが属している世界とを隔てる大きなギャップを感じとって、「そりゃそうよ。あんなにお金をもってたら誰だってそうなるわよ。あれだけお金があったらあたしだってそうできるわ」と叫んだ。

そしてそのとたん、クライドがびっくりしうろたえさえしたことに、ロバータの声は急に震えだし、やがて泣きだしたみたいに涙声になった。そして、クライドにも見てもとれるし感じとれもしたことに、ロバータは深く傷ついていた——ひどく痛々しいほど傷ついていた——悲嘆に暮れ、嫉妬にもだえていた。するとすぐにクライドは、最初は腹を立て、またふてぶてしく反発してやろうという気になったのだけれど、急に気持ちが和らいだ。というのも、最近までずっと好きだった相手が、自分を嫉妬して苦しんでいると考えたら、少なからず痛みを覚えだしたからだ。自分自身もホーテンスとの経験があるだけに、嫉妬の苦痛は知り抜いていたのだから。どういうわけか、自分もほとんどロバータと同じ立場にいるみたいな気さえしてくる。他に理由はなくてもそういう理由だけでクライドは、ごくやさしくこう言わずにいられなくなった。「ねえ、バート、ほらほら、まるでぼくが、あの人のことにしても他の誰にしても女の人について話したら、きみは必ずへそを曲げるみたいじゃないか！あの人に特別の興味があるなんて言ったわけじゃないんだよ。ただ、きみがぼくにあの人が好きかって訊いたから、きみが知りたがっていると思ったことを話したまでで、それだけのことじゃないか」

「ええ、わかってる」とロバータは答えた。顔は蒼白、両手を急に握りしめ、クライドの前に立って、身を固くしたまま不安そうに、疑わしそうながらも哀願するような上目づかいで見上げている。「だって、あの人たちには何でもあるんですもの。あなたも知ってるでしょ。だけどあたしには何もないの、ほんとに。だからあたしが望むことをやろうとするのはすごく難しいのよ。しかも、あの人たちみんなを向こうにまわしてね。何の不自由もない人たちをよ」その声は震え、口をつぐむ。眼にいっぱい涙を浮かべ、唇がピクついてくる。そして、すばやく顔を両手で覆い、くるりと背を向けるやいなや肩が震えた。その瞬間、身体がまさにはち切れそうになり、ひどくやけっぱちで痙攣的なすすり泣きがわき起こってきた。あまりの激しさにクライドも、せき止められていた強烈な感情のこの突然の炸裂を目の当たりにして戸惑い、驚き、深く心を動かされ、自分も急にすっかり感情的になった。これが同情を誘おうという手管や演技などではないと一目でわかったからだ。クライドにも感じとれたように、それどころかこれは、ロバータが突然みずからを、味方もいなければ先の見通しもない寂しい孤立した女性として捉え返してたどりついた、耐えがたい自己像が引き金になって生じた惑乱だったのだ。今クライドが夢中になっているあの女性たちとは、あまりにも対照的な自分の姿。あの人たちは自分よりもはるかに恵まれている――ほんとに何もかもお望みのままなんだもの。自分がこんな姿になるまでの過去には、何ものとも深いつながりを見出せなかった長く寂しい歳月が連なっていて、そのために青春時代が損なわれたのも見えてくる。最近帰省してきたからこそ、そのことがつくづく身にしみる。ロバータはじつに強烈に心を動かれていた――圧倒され、どうしようもないほどに。

ここにいたってロバータは心の底から叫びだした。「あたしもあの人たちのような幸運に恵まれていたら――どこかに出かけたり、見物したりすることができたら！　それどころかじつは、ただの田舎育ちで、お金も服も何もないんだもの――あなたにお見せできるような親戚もいないし。アア、アア、ウッ、ウッ、ウッ！」

こんなことを口走ってしまった瞬間からロバータは、あまりに弱音じみて自虐的な告白をしてしまって、ほんとうは恥ずかしくなっていた。なぜなら、自分のそういうところこそ、じつはクライドを困らせている理由だったからだ。

「ねえ、ロバータ、かわいそうに」クライドは自分がしてしまった薄情な仕打ちを心底悔やんで、相手を抱き寄せ、すぐにやさしく言った。「そんなふうに泣いたりしちゃいけないよ。泣かないで。傷つけるつもりじゃなかったんだ。嘘じゃない。ほんとうに、そんなことするつもりなんかなかったんだよ。きみが辛かったのはぼくにもわかるよ。きみの今の気持ちもわかるし、今まであれこれうまくいかなくてどうにもたまらなかったこともわかってる。ほんとだよ。だから泣かないでね。今だって変わらずきみを愛してるんだから。ほんとにそうだよ。これからもずっとね。ぼくがきみを傷つけたとしたら、ごめん。心から謝るよ。今晩こられなかったのは、ぼくにはどうしようもなかったんだ。先の金曜日もね。だって不可能だったんだから仕方ないよね。だけど今後は、何とかすることができるかぎり、あんなひどい真似はもうしないから。ぜったいにしないよ。きみほど可愛らしく、愛しい人はいない。髪も眼もそんなに愛らしいし、容姿もきれいなんだもの。ほんとだよ、バート。それにダンスも誰にも負けないくらいうまい。顔かたちもやっぱりすてきだ。ほんとにそうだよ。ねえ、もう泣きやんでくれないかい。お願いだから。どんなことにしろきみを傷つけたとしたら、ほんとにぼくが悪かった」

時折クライドは何とも言えぬやさしさを見せることがあった。自身のこれまでの経験や失望や苦難によって培われ、このような状況になると誰にでもほとんど見境なくさしのべられるやさしさだった。そういう場合のクライドの声はやわらかく、人の心を蕩かす調子を帯びた。態度も母親が赤ちゃんを扱うときのように懇切丁寧になった。そういうところにロバータのような女性は強く惹きつけられたのだ。同時に、そういう感情はフツフツとわいてくるのだが、あまり長続きはしなかった。突発してかき乱していく夏の嵐のようなもの——さっとあらわれてはさっと去っていく。とはいえ、この場合はロバータに、自分が深く理解され同情されて、おかげでますます好きになってくれたのかもしれないと思わせるにはじゅうぶんだった。ともあれ、事態はさしあたりそれほど悪くなさそうね。あたしにはこの人がいるし、何しろとびっきりの愛や同情を注いでもらっているんだもの。そう思えてとてもほっとしたし、心が静まる言葉を言ってもらえたおかげで、ロバータはやおら涙を拭いて、自分がこんな泣き虫だと思うだに恥ずかしく、泣いたために、染みひとつなかった白いシャツの胸の部分を濡らしてしまって、ごめんなさいと言う。今度だけは許してくれるなら、もう二度とこんなことしないわ——これを聞かされている間クライドは、ロバータにこれほど激しい熱情が潜んでいたとはほとんど信じがたかっただけに感動して、その手、その頰、そして最後に唇にキスしはじめ、やめようとしなかった。

そしてクライドは、こうして愛撫したりなだめたりキスしたりしている合間に、この場合じつに愚かしく不実なことだったが（というのも、ほんとうはソンドラに思いを寄せていたのだから、そしてその思いはロバータへの思いと異なるとしても激しさでは変わらない――いや、たぶんもっと激しいとさえ言える思いを寄せていたくせに）、ぼくは心のなかではきみを最初から最後まで思い続け、いつまでも最愛の人と考えてるんだよ、などとあらためて啖呵を切ったりした――ロバータに、もしかしたら自分はこの人を何もかも誤解していたのかもしれないと思わせることになった言いぐさ。それに、自分の立場が前よりもすばらしいとは言えないまでも、むしろ確実なものになったとも思わせた――この人と社交界で会っていてもこんなすばらしい愛し方ではつながり合えていないあの女の人たちなんかよりも、あたしはずっと確かな関係を結んでいるんだもの。

第三十二章

クライドはもはやこの地方の冬季社交界にすっかり溶け込んでいた。グリフィス家がその知り合いや関係者に紹介してくれたからには、このあたりのたいていの家族に受け入れられることが当然の結果になった。しかしこのきわめて狭い世界では、多少とも顔の知れた者ならたいてい誰もが互いのことを知っているし、当人の懐具合は縁故関係に劣らず、いや、場合によってはそれ以上にも重視される。というのもこのあたりの名家は、家柄のみならず資産こそ、安定した社会生活の礎となるべき幸せな結婚のための、必要にして十分な条件であると信じていたからだ。したがってその結果、クライドは社交界に出入りする資格の点では問題ないと見なされたにしても、財力はやけに乏しいという噂がささやかれていたから、名家の娘との結婚を高望みできるような男とは見なされにくかった。したがって、上流の家々はたいてい招待することに吝《やぶさ》かでなかったにしろ、家中の子女や親戚に関係してきそうになると、あまり頻繁につき合ったりするのは考えものだと匂わせて警戒することにも吝かでなかった。

しかしながら、ソンドラとその仲間たちはクライドに好意的だったし、知人や親たちの見方や意見もまだあまり固まっていなかったから、クライドには引き続いて招待が届いていた。とくにクライドには何よりも興味のもてる種類の集まり――ダンスに始まりダンスに終わるような会合への招待だった。クライドの懐具合は寒々しかったが、何とかやっていくことができた。なぜならソンドラが、いったんクライドに惹かれてしまってから間もなくして、クライドの財力の乏しさに気づきはじめ、自分とつき合うのになるべくお金がかからないように心がけてくれたからだ。こうした心遣いはやがてバーティンやグラント・クランストン、その他の仲間にも伝えられたおかげで、クライドは、ことに会合が地元でおこなわれるときなど、たいていはお金を使わずにあちこち行けるようになった。ライカーガスから離れたところでおこなわれる会の場合であっても、クライドが同行することになったら、誰かの車が拾って連れていってやろうと迎えにきてくれる。

大晦日スケネクタディに出かけたときは、クライド、ソンドラ両者にとって――この折ソンドラはクライドにそれまでになかったほど恋愛に近い感情を抱きかけただけに――じつに重要な意味をもつ夜になったから、その後はしばしばソンドラ自身が、クライドを車に拾う役を買って出るようになった。クライドはほんとうにうまく取り入ることができ、しかも、何よりソンドラの虚栄心をくすぐると同時に、ソンドラの最良の美質にも訴えるやり方――魅力もあれば社会的地位にも不足のない、誰かクライドのような青年に頼りにされたいという、人情味のある欲望を満たせそうと思わせるやり方だった。クライドとの恋愛など、あんなに貧乏なのだから両親に認められるはずもないとソンドラは承知していた。じっさいはじめはそんなこと、少しも考えていなかった。とはいえこの頃は、そんなことになっても悪くないかななどと、つい思ったりするようにもなっていた。

しかし、その後二人だけになれる機会は訪れず、大晦日のパーティから約二週間経ったある夜にようやくそれがやってきた。アムスターダムでのいつものようなパーティから帰ってくるとき、ベラ・グリフィスやグラントとバーティンのクランストン兄妹がそれぞれの車で帰宅していった後、スチュアート・フィンチリーが「さあ、送ってやるぞ、グリフィス」と声をかけてくれたのだ。それでソンドラは、クライドが同乗するうれしさに心はずませ、いっしょにいられる時間を少しでも長引かせたくて、「何だったらうちに寄っていきません? ホット・チョコレートを作ってあげますから、それを飲んでからお帰りになったらいいじゃありませんか」と言った。

「はあ、そりゃぜひ」とクライドは陽気に答えた。

「さあ、出発するぞ」とスチュアートは声をかけて、フィンチリー邸目ざし車を出発させた。「だけどぼくはすぐに寝るつもりだよ。もう三時もとっくに過ぎてるしね」

「それはお利口さんね、お兄ちゃん。美容のための睡眠ってわけね」とソンドラは返した。

やがて車を車庫に入れてから三人は裏口から台所に入っていった。兄が二人を残していってしまうと、ソンドラはクライドに召使い用の食卓の席を勧めながら、材料を用意した。だがクライドは、これまで見たこともないような台所の設備調度にたまげて、こんなものを維持できる財力や盤石の地位に驚嘆しながらジロジロ見まわしていた。

「おやまあ、これはすごい台所じゃないですか」と感想を口にした。「ここで料理する道具にしては、よくもこんなにいろんなものがありますね」

それでソンドラはこの言葉から、ライカーガスにくるまでのクライドにはこの程度の台所に見慣れる機会もなかったし、だからこそいっそう度肝を抜かれたんだと悟りつつ、「さあ、どうかしら。どこの台所もこんなものじゃありませんか」と答えた。

クライドは自分が経験してきた貧困を思い、ソンドラの言葉から、これ以下の暮らしがあるなんてほとんど目にも入っていないらしいと察して、そんな女性が生きている世界の過剰なほどの豊かさにますます圧倒された。何という資産だ! こんな娘と結婚して、このようなことが日常茶飯事になったりしたら、なんて考えるだけで。料理人や召使いを抱え、大きな屋敷も車もあって、誰に雇われることもなく、ただ命令するだけ。思うだに呆然としてくるほどだ。こうなると、この娘があれこれと自意識過剰な振る舞いをしたりポーズをとったりするのも、かえっていっそう魅力を増してくるみたいに見えてくる。ソンドラのほうは、こうしたことがクライドに重んじられていると見抜き、自分がそれと不可分の存在であることをひけらかしてやろうという気になった。この人にとってはあたしが、他の何ものよりも星のように輝き、贅沢とか上流とかの模範に見えてるんだわ。

ソンドラはありふれたアルミの鍋でチョコレートを沸かすと、もっとびっくりさせてやろうと、たっぷり打ち出し模様のついた銀器を別の部屋からもちだしてきた。派手に装飾されたポットにチョコレートを注ぎ入れ、それをテーブルまで持っていってクライドの前に置いた。そしてそばまですり寄るように近づいていって、「さあ、これでほっとできそう。あたし、こんなふうに台所にくるのが大好きなの。でも料理人がいないときしか入ってこれないのよ。料理人ときたら、自分がここにいるときは誰にも近づかせようとしないんですもの」と言った。

「へえ、そうなんですか」とクライド。個人宅で雇われている料理人がどういうものか、さっぱり見当がつかなかったのだ——この人の生まれ育った環境は財産と言えるようなものがほとんどなかったにちがいない、とソンドラに確信させるような質問だった。にもかかわらずソンドラは、クライドがとてもたいせつな存在になっていたから、見限る気にはまったくなれなかった。だから、クライドがやっと「こんなふうにいっしょになれるなんて、すばらしいじゃないか、ソンドラ。考えてもみてよ、今夜はずっと、二人きりで言葉を交わす機会なんか一度もなかったんだから」と言いだしても、そのなれなれしさに少しも腹を立てずに、「そう思ってらした？　それならうれしいわ」と答え、多少お高くとまったようではあれ、親しみをこめた微笑みを見せた。

それに、透きとおるような白いサテンのイヴニングドレスを着て、突っかけ靴の足をすぐそばでぶらぶらさせているソンドラを目にし、ただよってくる香水の微香に鼻をくすぐられて、クライドは心をときめかした。この女性をめぐる想像がかき立てられ、めらめらと燃え上がった。若々しさ、麗しさ、これほどの富——夢のすべてを満たしてくれるのではないか。ソンドラも相手の激しい讃嘆の情を感じとり、見るからにその全身全霊をとらえている陶酔や熱情に少なくとも多少は感染して心をよろめかせたあげく、好きになれる相手としてクライドを見はじめていた——ただならぬほど好きに。この人の瞳は何てキラキラと黒く輝いているんでしょう——とても澄んでいてひたむきなのね。それにこの人の髪！　白い額にハラリと垂れ下がっていて、すごくそそってくる。すぐにでも触れてみたい——手をのばして髪を撫でつけやり、頬を触ってみたい。それからこの人の手——華奢で繊細で優美だ。それまでロバータもホーテンスやリタもそうだったように、ソンドラもその手に目を引かれた。

だがクライドは黙り込んでしまった。言葉であらわしてしまうのを恐れるあまり、ピンと張りつめて押さえつけられたような沈黙だった。というのは、脳裡に浮かぶ思いは、「ああ、何て美しい、そうおれが思ってることをこの人に打ち明けることさえできたらなあ。この人を抱き寄せ、キスにキスしてキスしまくり、この人にも同じようにキスしてもらえたらなあ」などということだったからだ。そして、ロバータに最初近づいていったときのことを思うと奇妙なことに、このときの思いに肉欲はからんでいず、ただ完璧な物体を取り押さえて撫でまわしたいという欲望しか起きなかったのだ。じっさい、眼にはそういう欲望やがつがつした心情がかなりあからさまにあらわれていた。するとソンドラはこれに気づいて、クライドのそういうところにこそもっとも不安に感じていただけに、いくらか疑念を呼び覚まされたものの——それでもやはりそんな表情に魅せられ、その奥に何が潜んでいるのか知りたいと思うのだった。

そこでからかうように「何か言いたくてたまらないようなことでもあったのかしら」と言ってみる。

「きみに言いたいことは山ほどあるさ、ソンドラ、言ってもいいっていうんならね」勢いこんで応じる。「でも、きみは言っちゃいけないって言っただろ」

「そりゃそう言ったわよ。そうよ、本気で言ったんだし。あたしに言われたことを守ってくださってたなんて、うれしいわ」口もとにはそそのかすような笑みを浮かべ、「でも、あたしの言ったことを、まさかすっかり真に受けたわけじゃないでしょうね」と言わぬばかりの顔つきをする。

その眼にあらわれたほのめかしにたまらずクライドは、立ち上がって相手の両手をとらえて眼をのぞき込みながら、「じゃあ、あれは文字どおりの意味で言ったわけじゃないんだね、ソンドラ。とにかく、ひと言もだめというんじゃないんだね。ああ、ぼくの思いを何もかも話せたらなあ」と言った。その思いは眼が語っている。こうなるとふたたびソンドラは、この男を燃え上がらせるのは何てたやすいことかとはっきり肝に銘ずるとともに、相手の思うとおりにさせてみたいとも思い、上体を反らして身を引きながら、「いいえ、何もかも本気で言ったのよ。あなたは何かというとたいていむきになりすぎるんですもの」と言った。だが他方で、その表情はわれしらずゆるみ、またもや微笑んだ。

「むきにならずにいられるもんか、ソンドラ。言うなって言ったって無理だよ！　無理さ！」クライドはひたむきに、猛烈と言ってもいいくらいの勢いでしゃべりはじめた。「きみはぼくをどんなふうにしてしまったか、わかってないんだ。きみはすごく美しい。ああ、そうなんだよ。自分でも知ってるんだろ。ぼくはいつもきみのことばっかり考えてるんだ。ほんとだよ、ソンドラ。きみのためにぼくはもう気が狂いそうになって、きみのこと考えていると夜も眠れないほどなんだ。ヤバイ、手に負えなくなってきたんだもの！　どこに行こうと、どこかできみを見かけたら、そのあとはきみのことしか考えられなくなるんだ。今夜だって、きみがあの連中とダンスしてるのを見てたら、我慢できなくなりそうだったよ。ぼくとだけ踊ってほしくてね――他のやつらなんかとじゃなくてさ。きみはそんなに麗しい眼をしてるんだもの、ソンドラ。それにそんなに愛らしい口や顎、すばらしい笑顔で」

クライドは相手をやさしく抱こうとでもするかのように両手をさしのべたが、そのまま動かずに、熱烈な信者が聖者の眼を見つめるような目つきで相手の眼を見つめた。それからやにわに相手の体に腕をまわすと、ひしと抱き寄せた。ソンドラはクライドの言葉にぞくぞくし、なかば誘惑されて、他の場合ならきっとしていたであろう抵抗もせず、相手の意気込みに引き込まれて目を見張っていた。自分に対するこんな情熱につまされ、うっとりしてしまったので、自分も相手の望むどおりの熱い思いを抱いているみたいな気がしてきた。あたしがその気になりさえすれば、熱い熱い恋に落ちるかも。それにこの人は美男だし、魅力があるとも思える。たとえ貧乏にせよ、じつにすばらしい人だし――このあたりで知り合った他の青年の誰よりも一途で熱っぽい。もし両親や自分の身分に背くことができて、この人とこんな気持ちにどっぷり浸ることができたら、すてきじゃないかしら。

同時にソンドラの頭をよぎったのは、両親がこのことを知ったら、今後関係を深めたり恋愛を楽しんだりすることはおろか、いかなる形でもこんな関係を続けていくことなんて不可能になるという思いだった。そんな思いのために一瞬はためらい、ちょっと冷静になったにせよ、それでもなお憧れの気持ちは変わらなかった。眼は人情味とやさしさを湛えていた——唇がほころび、慈愛の微笑を浮かべた。

「あたしに向かってそんなことをあなたに言わせておいてはいけないわね。いけないってことはあたしも承知してます」弱々しい抗議の声をあげるが、それでも目には情愛がこもっている。「してはいけないことだってわかってますけど、でもつい——」

「なぜだめなんです。なぜいけないんだ、ソンドラ。ぼくがこんなにきみを好きなのに、なぜ言っちゃいけないんだ」クライドの眼は悲しみに曇った。それを見たソンドラは「そりゃあ、なぜったって」と言ったあと口ごもる。「あたし——あたし——」と言いかけて「あたしたちがこんなこと続けるのは許されるはずないと思うから」と言い足そうとしたが、そうは言わずに「あたし、あなたのことまだよく知らないのじゃないかしら」と答えただけだった。

「ええっ、ソンドラ、ぼくがこんなにきみを愛して、気も狂いそうだというのに！　ぼくがきみを好きでも、きみはまったくその気がないって言うの」

はっきりしない返事を聞かされてクライドの眼は、探ろうしながらもおびえ、悲しみに沈んだ表情になった。その錯綜した表情にはソンドラにとって強烈な誘引力が潜んでいた。こんなにのぼせ上がった果てはどうなることやらと訝しみながら、ソンドラは不安そうにクライドを見つめるだけだった。するとクライドは、相手の眼のなかに何かの迷いを感じとり、相手をぐいと引き寄せてキスした。ソンドラは憤慨するどころか、つかの間ながら悦ばしそうに相手の腕のなかに進んで身をまかせていたが、そのあと急に身を起こした。自分はこの人に何をさせてるんだ——こんなふうにキスさせるなんて——これじゃあこの人にどこまでつけあがらせてしまうことになるかなどと考えたために、たちまち自制心を取りもどした。「もうお帰りになるほうがよろしいと思いますわ」

ときっぱり言ったが、思いやりがまったくないわけではなかった。「そう思いません?・」

そしてクライドは、自分でも自身の大それたおこないに驚き、そのあとぞっとして、それゆえにしおらしくなり、弱々しく抵抗しながらもおとなしく服従して、「怒った?・」と訊いた。

するとソンドラは、その従順さに気づき、主人に仕える奴隷の従順さじゃないのと感じて、一面では気に入るとともに他面では腹立たしいとも思った。ロバータやホーテンスと同じでソンドラさえも、支配するよりは支配されるほうが好きだったからだ。怒ってないと言う代わりに首を横に振りながら、多少悲しそうだった。

「もうとても遅い時間ですもの」とだけ言って、やさしく微笑んだ。

そこでクライドはどういうわけか、もうこれ以上口を利いてはいけないと悟り、もっと迫っていくだけの勇気にもしつこさにも社会的地位にも欠けていたから、コートを取りにいき、悲しそうに振り返り振り返りしつつ、言われたとおり出ていった。

第三十三章

ロバータは間もなくいろいろなことを知るにいたったが、なかでも堪《こた》えたことに、こういう成り行きについての自分の直感が的外れでなかったことの裏付けをつぎつぎに見せつけられた。具体的に言えば、前のときとそっくり同じことで、仕方がなかったんだといういつもの強弁をあとで聞かされはするけれども、例のごとく間際になって予定を変更されたり、何の断りもなく待ちぼうけを食わされたりということが、相変わらず続いた。そして、ときには愚痴を言ったり、説きつけたり、あるいは何も言わずに、いつもあからさまとは限らない「気鬱」にこもることで我慢したりしたのだが、そうしたところでいっこうに改善される兆しはあらわれなかった。というのもクライドはもうどうしようもないほどソンドラの虜になっていて、ロバータがどうなろうと、考え直すどころか気にかけようとすらしなかったからだ。ソンドラがあまりにもすばらしいのだもの!

同時にクライドは、毎日勤務時間中ずっとロバータと同じ部屋にいるので、どうしてもロバータの心を占めている思いのいくぶんかを、本能的に感じとってしまう――暗く悲しく絶望的な思いを。そしてそういう思いがときには、あたかも詰問や苦情の声として聞こえてくるかのように、まざまざと痛切にのしかかってくる――それが耐えがたくなるとご機嫌をとるために、会いたいねとか、今夜もし在宅なら立ち寄るよとか、つい言いだしてしまう。するとロバータは、あまりにも意気地がなくなっているのに熱い気持ちに変わりはなかったから、立ち寄ってほしいと言わずにいられない。こうして部屋を訪れると、その部屋そのものの雰囲気のみならず以前の心理的習性がものを言いだし、そのために抗いがたい情欲に押し流される。

だがクライドは、世間一般の事情に鑑みてありえないような裕福な地位に昇る未来を、きわめて愚かしくも期待していたので、ロバータとの目下の関係が何らかの形でそういう前途に不利に働きはしないかと、これまでにもまして心配するようになった。ソンドラがいつか何かのきっかけでロバータのことを知ることになったらどうなる。そんなことになったら致命的じゃないか！　でなければ、ロバータがおれのソンドラに対する惚れ込みぶりに気づいたために、抑えがたい憤懣を募らせて、おれを糾弾したり暴露したりする挙に出ないとも限らない。何しろ、あの大晦日の約束破りの件があって以降、たとえば朝、出勤するなり、グリフィス家とかハリエット家とかその他の名家から何かの招待を受けたので、前日か前々日にしたその夜の約束を守れなくなった、などという言いわけをあまりにも頻繁にしてきたのだもの。さらにその後三度にもわたって、ソンドラが車で迎えにきたので、ひと言の断りもなく出かけてしまい、破約を糊塗するための口実なんて翌日になれば見つかるだろうと高をくくる始末。

しかし、前例がないとまでは言えぬまでもただならぬ変化と見られるかも知れないが、同情と反感がこのように入りまじっていた状態からしまいにたどり着いた感じ方は、どうなろうともこの関係を断ち切るための方策を見つけなければならないという思いだった。たとえそのためにロバータを死の淵まで追いやることになろうとも（こっちの知ったことか。結婚するなんて一度も言ったことないのだから）。さもなければ、ロバータが万一、おれの望みどおり文句も言わず別れることに同意してくれないとなれば、おれ自身のこの町での立場が危うくなるのだから。だが別のときには、そんな葛藤のすえに感じさせられることに、ほんとにおれって、こっちから手を出さなかったら迷惑をかけてくることもなかったはずの娘につけいって、不埒な目的のために利用したりしたなんて、狡猾で恥知らずの冷酷な人間なんだなという思いにとらわれる。後者の思いに陥ればこそ、ごく明確な約束をしたにもかかわらずないがしろにして、嘘をつき、見えすいた言いわけをしたり、ときにはすっかりすっぽかしたりしたくせに、にもかかわらず――人類の性欲とはかくも奇怪なものだが――、「汝はつがいとなる相手を慕わん」［「創世記」三-一六における一節の言い換え］という、アダムとその子孫にくだされた堕地獄的とも天上的とも言える神の言いつけを、またもやそのとおり履行してしまうことになる。

　それにしても、この二人の関係についてつぎのことは言っておかなければならない。すなわち、ロバータはもちろんクライドも経験不足だったために、避妊方法についてはごく単純な、またたいていは効果の薄い手段ぐらいしか知らず、それについての理解も使い方もおざなりだったということである。二月中頃、しかも皮肉なことに、クライドがソンドラから依然として目をかけてもらっていたので、ロバータとはこんな肉体関係のみならずいっさいの関係をきっぱり断ち切ろうと決意する段階に達しかけた頃に、ロバータのほうは、相手があいまいな態度をとっていても自分はまだやみがたい慕情に取りつかれているとはいえ、これ以上追いかけても無駄だし、いっそこの町から出ていき、どこか他所で経済的な支えを獲得して、自分の生活を成り立たせるだけでなく両親の援助もしていきながら、できればあの人のことを忘れてしまえたら、そのほうが心の慰みにはならないにしても、自尊心は満たせるのではないかなどと、はっきり見極めをつけようとしはじめていたのだ。こんな状況なのに運の悪いことに、ちょうどこの頃のある朝、工場に出勤してきたロバータの顔つきは、困惑と恐怖のために、これまでにもなかったほど深刻でおろおろするほかない疑心暗鬼にとりつかれた表情を浮かべる羽目になっていた。というのも、クライドとの関係に見極めをつけようとくだした結論にまつわる苦渋に加えて、他所へ移るなんてことは少なくとも当面もう不可能だと思わせるような、暗鬱にして身動きもままならなくなるような不安が前夜からわき起こってきたからだ。具体的に言えば、クライドともども感傷に引きずられ、自分もクライドに依然としてどうしようもなく惹かれてずるずるべったりの交渉を続けてきたために、双方にとって不都合きわまるこの時期になってロバータは、自分が妊娠していることに気づいたのだった。

ロバータはクライドの誘惑に屈してからずっと生理日を数えてきて、何ごともなく過ぎたと確認しては安堵するのが常だった。だが今回は、いつも正確に計算どおり訪れる生理日が過ぎて四十八時間経ったというのに、何のしるしもあらわれなかった。しかも四日前からクライドはそばに近づいてきてもくれない。工場での態度もこれまでにもましてよそよそしくそっけないし。

しかも今になってこれだもの！

だけど、頼りにできそうな人なんかあの人以外に誰ひとりいない。それなのにあの人は疎遠でそっけない雰囲気をただよわせてる。

クライドの助けが得られようと得られまいと、さし迫る窮地から容易に抜け出せないかもしれないという不安に震えあがってしまったロバータの目に浮かんだのは、実家の光景、母や親戚や知人たちの顔だった。そんな窮地に自分がじっさいに陥ったりしたら、あの人たちはどう思うかしら。世間一般の意見や他の人たちが言いそうなことをロバータは極端に恐れていた。許されざる色欲に溺れた者という烙印！　生まれくる子にとっての私生児という恥辱！　それだけでもゆゆしいことだわ。ロバータは、人生や結婚について語り合う娘たちや女たちが、男に身をまかしたすえに棄てられた若い女性に降りかかる惨めな境遇についても噂するのを、長年耳にしながら会得していた考え方に従って判断していた。きちんと結婚して男性の愛情や実力に支えられる女性に似つかわしい考え方――たとえば義弟のガベルが妹のアグネスに寄せるような愛情や、父が若い頃に母に寄せたことに疑いのないような愛情――そしてクライドが熱烈にあたしを愛すると言いきっていた頃あたしに寄せていたような愛情に支えられている女性の見方に従って。

でも、今は――今はどうかしら！

クライドが近ごろあるいは現在どんな態度をとっていようが、そんなことを慮ってぐずぐずしたりすることなんかできない。どんな態度だろうとお構いなく、あたしを助けてくれなくちゃ。こんな状態になった以上ほかにどうしたらいいか——どこを頼ればいいか、わからないもの。クライドはわかってるにちがいないわ。何しろあの人、何か起きたら助けてくれるって前に言ってたもの。さらに三日目になり、工場に出勤した最初のうちは、これは自分の思いすごしに過ぎず、いずれは回復するような何かの体調不良か変調なのかもしれないなどと想像したりしたのだが、午後遅くなっても依然として何の変化の徴候もあらわれないとなると、言いしれぬ恐怖のどん底に突き落とされるような思いがしてくる。そのときまで何とか持ちこたえようと奮い起こしてきた勇気も、よろめき挫けだす。あの人がきてくれなければ、あたしはまったくの独りぼっちだ。それにあたしには、助言やいい相談相手が必要なんだ。ああ、クライド、クライド! あんなそっけない素振りさえ見せてくれなければいいのに! そっけなくされちゃたまらない! どうにかしなくちゃ、それもすぐに——早く——さもなきゃ——うわぁ、たいへんだわ。見る見るうちに、どんな恐ろしいことになるかもしれないというのに!

午後四時も過ぎて五時近くになると、ロバータは作業をぱたっとやめ、更衣室へそそくさと入っていった。そのなかで一筆書き記した——大急ぎで熱に浮かされたように——つぎのような走り書きを。

クライド——今晩あなたにお会いしなければなりません。ぜひ、ぜひともです。私のお願いをはねつけないでくださいね。お話ししなければならないことがあるのです。どうか終業後できるだけ早くいらしてください。どこかで会ってくださってもけっこうです。私は別に怒っても気を悪くしてもいません。でも、今晩は会っていただかなくてはなりません、ぜひともです。どこでお会いできるか、どうかすぐにおっしゃってください。ロバータ

それでクライドは、これを読んだとたん、その文面に今までになかったようなおびえきった調子を感じとって、すぐにロバータに肩越しの視線を送り、その顔があまりにも蒼白で引きつっているのを見てとると、会いに

いくと知らせる合図をした。だって、その顔から判断して、話さなければならないという用件というのは、きっと重大きわまることにちがいないもの。そうでなければ、あの娘がこんなに張りつめてのぼせるわけない。さらに、このあとスターク家でのディナーパーティの約束があったことを思い出したので困った。けれどもやっぱり、こっちをまず片付けなければなるまい。それにしてもいったい何ごとだろう。誰かが亡くなったか怪我をしたか何かなのか――あの子の母親か父親か、あるいは弟か妹か。

五時半にクライドは、あの子があんなに真っ青になって心配そうな顔つきになるなんて何が起きたのかと不思議に思いながら、約束した場所に向かった。けれども同時に、ソンドラとの関係で芽生えてきたこのもう一つの夢が現実になりうるとすれば、何らかの同情に駆られて元の木阿弥に引き戻されたりすることのないように気をつけなければならない――近ごろとりはじめた冷静でよそよそしい姿勢を崩さず、自分はもう前のようにロバータのことを思っていないとわからせなければならないんだ。六時に約束した場所に到着して見ると、ロバータが侘びしげに暗がりの立木に寄りかかっていた。取り乱して意気消沈した顔だ。

「おや、どうしたんだい、バート。何にそんなにおびえてるのさ。何が起きたの」

ロバータの見るからに助けを必要としている様を目にすると、どう見ても薄れかけていた愛情が再度燃え上がりそうになる。

「あのね、クライド」とロバータはようやく口を利いた。「どうお話しすればいいのかもよくわからないの。これが事実ならとても恐ろしいことなんですもの」その声は張りつめていながらも低く、それだけでも苦悶や心細さを歴然と伝えている。

「エーッ、何だい、バート。話してくれたらいいじゃないか」最初の質問を歯切れよく繰り返しながらも、気をつけながら言う。平然として自信ありそうな態度を見せようとしているのだが、この場ではどうもうまくつくろえない。「何に困ってるんだい。何にそんなにおろおろしてるのさ。すっかり震えあがってるじゃないか」

これまで生きてきたなかでこんな窮地に陥ったことなど一度もなかったから、ほんとうはいかなる困難が降りかかってきたのか、この段になってもクライドには思いもつかなかったのだ。他方、ロバータに対する近ごろの扱いが扱いだっただけに、ちょっと他人行儀でばつの悪い思いをしていたせいもあって、明らかに何か困ったことが起きている状況でどういう態度をとればいいのか、まごついてしまっていた。依然として因襲的ないし道徳的な道義心がかなり残っていたから、たとえ最高を目ざす野望のためであっても、多少の後ろめたさや、少なくとも含羞の思いを抱かずには、卑劣なことをやってのけることなどできなかった。それにまた、ディナーパーティの約束を破りたくなかったし、これ以上巻きこまれたくなかったから、気ぜわしげな態度になりがちだった。それにロバータも感づいた。

「ねえ、クライド」ロバータは自分の苦境にかえって励まされて大胆になり、率直に訴えて、ひるむことなく要求できるようになった。「何か困ったことが起きたら助けてくれるって言ったわよね」

そこでたちまちクライドも、今にして思えばおろかだったと悔いているものの、最近たまにロバータの部屋を訪れた際、両者ともに互いへの情愛や色欲をまだいくらか残していたために、どう考えても賢明でない肉体関係を、散発的にもせよ、つい続けてしまったという事実があったから、困ったこととは何であるかを悟った。それが事実だとしたら、こいつは険悪で捨てておけない危険な難題だ、ということにも気づいた。それにまた、こうなった責任はおれにあるのだし、ここは切り抜けなければならない窮地であって、しかも急いで切り抜けなければ、さらにもっと大きな危険が迫ってくるんだ、とも悟った。しかし同時に、近ごろに限られるとはいえどうしようもないほど強烈に見せつけてきた冷淡な仕打ちのしからしむるところ、こいつは、こちらの思いなど無視しても関心をつなぎとめるか再燃させるかするための恋の駆け引きか、失恋した者が思いつく芝居か何かに過ぎない、などと思いなそうという気になりかけたりもした――さすがに、ちらりと頭に浮んだに過ぎない思いではあったが。それにしては、ロバータの態度があまりにもしょげ返っていて、絶望に打ちのめされている。そして、こんな厄介な問題が自分の身に生じたとなればいかに破滅的なことになるか、ようやくうっすら悟りはじめるにつれ、クライドは腹を立てるよりもむしろいくぶん慌てだした。そのためにこんなことを言いだした。

「そりゃそう言ったよ。でも、困ったことになったなんて、どうしてわかるんだい。こんなに早くわかるはずないじゃないか。どうしてわかる。明日になったらたぶんだいじょうぶってことになるさ」そう言いながらもその声には、自分も感じている不安感がにじみ始めている。

「いいえ、だめよ、クライド。あたしにはそう思えないの。そうだったらいいんだけど。もうまる二日間も経ってるし、こんなことこれまで一度もなかったもの」

こう言ったときの態度は見るからに弱りはて、惨めさをかみしめているさまだったから、クライドとしても、策略だなどという疑いはただちに捨てるほかなかった。同時に、これほど気の滅入る事実にいきなり面と向かう気になれなくて、「ほう、そうかい。でも、だからって大したことないんじゃないの。二日を越えることだってあるでしょ」と言い足した。

その口調は、以前には見せたこともないような自信のなさや無知とさえ言えそうなあやふやさを帯びていたから、ロバータも慌てないではいられなくなり、つい声を高めてこう言った。「いいえ、だめよ。あたしにはそう思えないわ。とにかく、困ったことになったら恐ろしいじゃない。あたしはどうすればいいと思う。何か薬でも知らないの？」

するとたちまちクライドは、どうするべきかわからなくて途方に暮れてしまった。こんな関係を築くにあたってはあれほど勇猛果敢で、ロバータには望みようもないほど人生を知り尽くしている世慣れて如才ない青年であり、こんな関係にまつわる危険や難問などはすっかりまかせておけばだいじょうぶであるみたいに思わせたくせに。実際のところ、今やクライド自身も悟ったように、性の神秘やこんな事態で必要とされそうなややこしい知識に関しては、自分も同年代の若者たちとほぼ変わらない乏しい知識しかもっていなかった。なるほど、この町にやってくる前にクライドは、ラッタラー、ヒグビー、ヘグランドその他、ホテルのベルボーイという世知に長けた先輩に連れられて、カンザスシティやシカゴをうろつきまわったし、連中の吹聴するゴシップや自慢話をたっぷり聞かされてはきた。だが連中の知識も、本人たちは得意げにしゃべっていたものの、今になってみるとおれにもなかば見当がついてきたが、連中に劣らず軽はずみで無知な娘たちとの関係でしか役立たないような知識だったにちがいない。そしてそれ以上のこととなると、いまだに事実としてはっきり知ってるわけではまったくないけれど、藪医者やいかさま薬剤師、薬種商がヘグランドやラッタラー程度の頭の持ち主を相手に売りさばいているような、噂の特効薬や避妊薬の話を聞きかじっているという程度に過ぎない。だが、たとえそれが事実だとしても、ライカーガスのような小都市でどこに行けばそんな薬が手に入るというのか。ディラードと縁を切ってからは、こんな危機に助けてくれそうな頼りがいのある友人はおろか、親しいと言える相手さえいないのに。

このときに思いつくことができたのはせいぜい、どこかこのあたりの薬剤師でも探して、金を出せば何か役に立つ処方か情報をくれないかあたってみよう、というぐらいのことでしかなかった。それにしてもいくらかかるやら。それに、そんなことしたら危なくないだろうか。話に乗ってくれるかな。いろいろ訊かれたりしないかな。そんな相談にきたやつがいたとか、薬をほしがったなどと他人に言いふらしたりしないかな。おれはギルバート・グリフィスにすごくよく似てるから、誰かがおれをライカーガスの有名人であるギルバートと思ったりして、そんな噂を流しては面倒を引き起こしたりしないかな。

それにしても今頃こんなひどいことが起きるなんて――ソンドラとの関係ではことが順調に進んできているときだというのに。おれがキスするのをこっそり許してくれるようになってるし、もっとうれしいことに、愛情や好意を示すささやかなしるしとして、ネクタイとか金製のシャープペンシルとか箱に入った見惚れるほどのハンカチとかのプレゼントをしてくれる。それが留守中に下宿の部屋の前に配達されていて、ソンドラのイニシャルの入った小さなカードが添えられている。こうなると、あの女との将来がますます有望になってきたと思えてくる。そうなりゃ結婚だって、家族の反対があまり強くなくて、あの女のお熱や駆け引きも続いてくれるとすれば、まったくありえないことではなくなってくるかもしれない。もちろん、確信はもてない。あの女の真意やご執心は、やきもきさせるようなはぐらかしのかげに隠れて、まだよく正体がつかめないからな。おかげでこちらはいっそう愛着が募るのだけれど。とはいえ、このような成り行きだったからこそ、ロバータとの愛人関係からは、もうなるべく早く、荒立てないで手際よく抜け出さなければならないと思うようになっていたのだ。

だからそのために、いかにも自信ありげにこう言いきって見せた。「まあ、ぼくがきみだったら、今夜はもうくよくよしないね。まだだいじょうぶだったってことになるかもしれないだろ。ぜったい間違いないなんて言えるはずないさ。とにかくぼくに何ができるか考えてみるから、少し時間をもらわないとね。きっと何か対策を見つけてあげられると思うよ。とりあえずは、そんなにいきり立たないでくれないかなあ」

とはいえ、本音は口にしている自信からほど遠かった。それどころかすっかり動揺していたのだ。ロバータとはなるべく関わらないようにしようという当初の決意も、自分にとってまぎれもない危険をはらむ窮地に追い込まれたことによって貫き通しにくくなってきた。どうにか説き伏せたり突っ張ったりして、この件にはこちらに責任がないと納得させられれば別だけど——そんなことができる可能性なんか微々たるもので、ロバータはまだ自分の部下として働いているし、何通か書いた手紙も残ってるし、ちょっとでも秘密を漏らすようなことを言われたら、たちまち自分にとって致命的になる調査が始まることになるという事実に照らせば、すぐにでも助けてやらなければならないような気にしかなれない。しかも、こうした事情がどこにもいっさい漏れ出さないように気をつけながらだ。もっとも、公平を欠かないように言っておけば、二人のあいだであれほどの契りが交わされた以上、クライドも自分にできるかぎりはどうにかしてロバータを助けることに吝かではなかった。しかし自分にどうすることもできない場合（こういう事情の結末はありうるかぎり最悪のものになりそうだという方向に想像が行きがちなのだが）、まあ、そういう場合は——まあ、そういう場合——少なくともありうると思えることに——おれにはとてもそんなことする気になれないけど、ほかの男たちなら——そんな肉体関係なんか持ったことはないと言ってのけ、逃げを打つのじゃないか。それもひとつの可能性だ——ただし、この町で自分のような危なっかしい立場に立たされているのじゃなけりゃな。

それにしても、今回の事態に関していちばんの頭痛のタネは、こういう場合に実際の役に立つ知識が自分には少しもなく、医者に頼るしかないということだった。医者に頼るとすれば金も時間もかかるし、危険も伴うことにもなる――いったいどれくらいかかるかな。明朝ロバータに会って、そのときになってもまだだいじょうぶってことになってなかったら、手を打つことにしよう。

また、ロバータのほうは、こういう危機のただなか、かつてなかったようなこんな無神経でそっけないやり方でほっぽり出されて、思いに沈み不安に駆られつつ下宿に帰ってきた。生まれてはじめて味わうほどの衝撃や煩悶をかみしめながら。

第三十四章

だが、こんな状況で頼みの綱となるものがクライドには乏しかった。というのも、リゲットやホイッガム、その他数人の、間違いなく愛想はいいもののあまり親しいとは言えない部課長を別にすれば、相談できるような者は一人もいなかったし、この連中だってみんなおれを、はっきり一段上の階級に属する人間であって、何ごとに関してもあまりうかうかと近づけない相手と見なすようになってるんだもの。おれのほうから熱心に近づこうとしている社交界の一団について言えば、この連中からそんなことに関して、どんなに遠回しにであろうと知恵を借りようとするなんてことは、バカげていて話にならない。なぜなら、この手合いの青年たちはあちこち遊びまわり、その容姿や趣味や財力にものを言わせて、おれやおれ並みの他の者たちには夢にも望めそうもないさまざまな放蕩――若さにまかせた性的放縦そのもの――にふけっているのは確かだとしても、この連中の誰とも親密とはほど遠いつき合いしかしていないおれなんかが、役に立ちそうな知識を分けてもらうために話を持ちかけようなどとは、夢にも思えないのだもの。

クライドがロバータと別れてほとんど直後に思いついたもっともまともそうな考えは、ライカーガスの薬剤師か医者か誰かに相談なんかしないで――とくに医療界の人間ときたら、この町にかぎらずどこの町でもそうだが、どの医者もよそよそしく、冷淡で、同情心に欠けていて、こういう不道徳な色恋沙汰を扱うとなれば高い金をふっかけるような不人情な人間だと思えるだけに――どこか近くの都会に行ってみようという案だった。近くのスケネクタディなら、この町よりも大きいしよさそうだ。あそこで、こんな場合に役に立つ薬か何かが手に入らないか、訊いてみるんだ。何しろ何か探し出さなきゃ。

同時に、早く決断して行動する必要を痛感したから、スターク家に着く以前から、どんな薬や処方を求めるべきかもわからなかったくせに、明晩スケネクタディに行こうと決心した。ただ、やがて思いいたったことに、そんなやり方ではロバータに何もしてやれないうちにまる一日経ってしまい、おれだけでなく本人もそう思うだろうが、少しでも遅れることにともなう危険にさらされるだけになりそうだ。だから、できることならただちに行動しよう。スターク家から早くに失礼させてもらい、スケネクタディまで郊外電車に乗っていって、あそこのドラッグストアが閉店になる前に着くようにするんだ。でも、あそこまで行ったら――どうする。そこの薬剤師か店員にどんなふうに当たればいいのか――何を頼むか。薬剤師がいったいどう思い、どんな顔つきで、どんな質問をしてくることか、考えれば考えるほど、心が硬い研磨剤でこすられるみたいにザラザラしてくる。ラッタラーかヘグランドがいてくれたらなあ！　あいつらならきっとわきまえていて、喜んで助けてくれるのに。ヒグビーでもいいや。でもここでは今おれは独りぽっちだ。だってロバータは何も知らなくて頼りにならないんだから。でもきっと何かあるにちがいない。もしなかったら、あそこでうまくいかなかったら、帰ってからシカゴのラッタラーに手紙を書こう。ただし、できるだけ自分は直接関係がないふりをして、友だちのために書いてると言ってやるんだ。

スケネクタディに行ってしまえば、あそこじゃ知人は一人もいないのだから、自分は新婚だと言ったってもちろんだいじょうぶ（この思いつきは霊感のようにひらめいた）――言わないなんて手はないさ。おれは結婚してると言ってもおかしくない年齢になってるんだから。まだ子どもを育てる余裕もないのに、妻の「月のものがこない」（この表現は前にヒグビーが使ったのを聞いたことがあった）と言ってやるんだ。それで、困っている状態から妻が脱することのできるような薬を何か手に入れたいと言うんだ。これなら思いつきにしても悪くないぞ。若い新婚夫婦なら、そんな窮地に陥りそうじゃないか。それでもしかしたら薬剤師も、そんな状態に多少は同情をかき立てられるだろうし、かき立てられて当然なんだから、喜んで何か教えてくれるかもしれない。そうならないはずないさ。そうしたってほんとの犯罪なんかにならないんだから。まあ、一軒目か二軒目ではことわられるかもしれないけど、三軒目くらいにはことわられないですむさ。そうすればこの件を片付けることができる。そうなったら、今よりももっと事情に通じてからでなければ、もう二度とこんな窮地に追い込まれたりしないように気をつけることにするんだ。もうこりごりだ！　あまりにもけったくそわるいもの。

クライドはスターク家に行ってもたまらなく気がもめ、ときが経つにつれてますます焦りだした。それが昂じてとうとう、晩餐が終わったとたん、まだ九時半になったばかりだというのに、会社で退けどき間際に、まる一ヶ月間にわたる作業報告というとても厄介な書類を提出するように命じられた、と言いだした。そして、それが会社で片付けられるような仕事ではないので、これから下宿に帰り、そこで仕上げるしかない、と――スターク家の人たちの目にはこれが、仕事熱心で気鋭の職業人魂のあらわれと映り、賞讃と同情に値すると見なされた。おかげで辞去を許された。

しかしスケネクタディに到着してみると、ライカーガス行きの終電が発つまでに街を見てまわる時間はわずかしか残されていなかった。気力も萎えてきた。おれは既婚者だと言っても信じてもらえるような風采だろうか。それに、そんな中絶用の薬なんてけしからんと思われないだろうか――薬剤師たちにさえも。

こんな時間になってもまだ煌々と明かりがついている、やけに長くて一本しかないメインストリートを往ったり来たりしながら、つぎつぎにドラッグストアの窓をのぞき込んでみたが、さまざまな理屈をつけては、どれもこれといった店にはあたらないと決めつけていった。ある店には、ちらりとのぞいてみただけでわかったが、五十歳ばかりの、がっちりした体格できまじめそうな、髭をきれいに剃った男が立っていて、メガネをかけたその目やごま塩頭を見ただけでクライドの心のなかではっきり見えてきたところでは、きっとおれのような若い客なんか相手にしてくれそうもない——おれが既婚者だなんて信じてくれない——店にそんな薬を置いてあるなんて認めようともせず、おまけに、どこかの若い未婚女性と邪な関係でも結んでいるとおれを疑ってかかるようなやつだ。こいつはいかにもお堅く信心深い、超見栄っぱりの因襲居士だ。だめだ。こいつに訊いたりするのはうまくないな。クライドには、店に入っていってそんな人間に面と向かうだけの勇気はなかった。

もう一つのドラッグストアでクライドが見たのは、たぶん三十五歳ぐらいの小柄な、しなびてはいるが洒落者の、抜け目のなさそうな顔つきをした男だった。当座はよさそうに見えたのだが、店頭から見えたところでは、二十歳かせいぜい二十五歳くらいの若い女店員が忙しそうに立ち働いている。これでは、店主でなくてあの女に接客されたりしたら——ばつが悪くて用件を言いだすこともできない——そうでなくて店主が応対してくれたとしても、話があの女の耳に届いてしまいそうじゃないか。それでクライドはこの店をあきらめた。そして三番目、四番目、五番目、とめぐってみたが、理由はさまざまでもやはりそれぞれにもっともな難点が見つかってあきらめる——ほかの客がいたり、店頭のソーダ水売り場に若い男女の二人連れがいたり、店主が戸口の近くに陣取っていて店のなかをのぞき込むこちらを品定めするので、まごつかされ、入ろうかどうしようかと考える暇さえなかったり。

しかしながら、こうして何軒もあきらめたあげくにとうとう、思いきって行動しなけりゃと覚悟を決めた。さもないと挫折感に打ちのめされて帰宅し、時間も電車賃も無駄にすることになる。そこで、ちょっと前に通りかかった横町の、店内で小柄な薬種商が暇そうにしているのを見かけた小さな店まで戻っていき、入っていった。そしてありったけの虚勢を張って見せながら、話を切り出した。「ちょっとお訊きしたいんですが。何かご存じないかなと思いまして——まあ、じつは、こういうわけでして——ぼくは結婚したばかりなんですが、妻の月のものがこなくなってしまいましてね。今はまだ子どもをもつ余裕もないので、できれば避けたいんですよ。妻があの状態から脱するようにしてくれるような薬でも買えないものですかね」

クライドの物腰はちょっとびくつき、この薬剤師に自分の嘘が気づかれているにちがいないと内心決めてかかっているようなところがあったものの、てきぱきとして率直に打ち明ける調子の話し方に落ち度はなかった。ところが、クライドの知るよしもなかったことに、相手は筋金入りのメソジスト派信者だった。だから、自然の動機や衝動に干渉することをよしとしていなかった。摂理を弄ぶようなそういうおこないは神の掟に反しているから、造物主の意志にいかなる形でも背くような商品など、うちに置くものか。他方、商魂はたくましかったから、今後顧客になってくれそうな相手を突き放したりすることはできず、「申し訳ありませんがね、お若い方、わたしにはそういう問題に関してお役に立つことができません。うちにはそういうたぐいの品は置いてませんので――わたしはそういう品を信用してないものですから、扱ったこともありません。もっとも、この町のほかの店にはその種のものを何か在庫しているところもあるかもしれませんがね。教えてあげるわけにもいきませんが」と言ってくれた。その話し方はまじめくさって、自分は正しいことをしているとわきまえている道徳家らしい、確信に満ちて実直な口調と顔つきだった。

それでクライドもただちに、この男が自分を非難しているのだと察した。この場合はなかなか明敏な推察だった。おかげで、探しにやってきた当初感じていたささやかな自信も、すっかりしぼんでしまった。だけど、直截に非難されたわけでもないし、ほかの薬屋ならそういう薬を扱ってるところもあるかもしれないとさえ言ってくれたので、しばらくすると元気を取りもどして、しばらくあちこち歩きまわり、つぎつぎに窓からのぞき込んだ末にようやく七番目に、店の者が一人しかいない店を見つけた。クライドが入っていき、さっきの店でやったのと同じ説明を繰り返したら、その男――この場合は店主ではない――やせっぽで色黒の屁理屈屋めいた人物は応対してくれて、そういう薬があると言ってくれた。ありますよ。一箱でいいですか。（クライドが値段を訊いてみたら答えてくれたことに）六ドルになります――給料取りの客にとっては、ギョッとするような金額じゃないか。しかし、ある程度の出費は避けられないと思っていたし――とにかく何か見つかっただけで大いにほっとした――すぐ、いただきましょうと言うと、その店員は品物をもってきて、これなら「効果覿面《てきめん》」のはずですとほのめかしながら包んでくれたので、クライドは金を払って店を出た。

そのとたん、それまでの緊張があまりにも大きかっただけに心底ほっとして、うれしさのあまり踊りだしたいくらいの気持ちになった。やはり薬はあったんだ。これはもちろん効くに決まってる。高すぎて途方もないとも言える値段も、効き目あらたかなことを裏書きしてるみたいだ。それに今のような状況をこんなに簡単に切り抜けられるとなれば、この値段も妥当と考えてよさそうじゃないか。しかしながらクライドは、ほかにも何か有益な助言か服用上の注意などがないのか訊いてみることも忘れ、包みをポケットに収めると、みずからの内部で中枢をなす超然とした自我から、このような危機に直面しながら運に恵まれて臆することなく機転を利かしたじゃないか、と褒めてもらったような気がしながら、すぐにライカーガスへとって返し、ロバータの下宿に向かったのだった。

するとロバータもクライドに劣らず悦に入り、それらしい薬をうまく手に入れてきてくれたことに深く感銘を受けた。二人とも、そんなものはこの世にないのじゃないか、あるとしても手に入れるのは難しいのじゃないかと心配していただけに、格別安堵の胸をなで下ろした。それどころか、クライドの才覚や要領のよさにあらためて敬服した。そういうところこそロバータが、少なくとも最近までは見込んでいたクライドの特質だったのだもの。それに、この人、こんな状態ではどう出てくるものやらと危惧していたよりは、ずっと心が広くて思いやりを見せてくれたのね。先頃パニックに陥って、そうされるかもしれないと怖れてたみたいに、冷淡に突き放されて運命のなすがままに任されるなんてことには、少なくともならなかったもの。それだけでも、それまでそっけない素振りを見せつけられていたにもかかわらず、クライドに対する気持ちを和らげるにはじゅうぶんだった。だから、薬にかけた大きな期待に胸ふくらませながら、包みを解き注意書きを読む間も感謝の気持ちを述べ、今度のことではとてもお世話になったことを忘れないなどと言い続けた。同時に包みをほどいているあいだも、不安がよぎった――もしこれが効かなかったら。そのときはどうしたらいいの。そういう場合にクライドにどう話したらいいかしら。でも今のところは、これでよしとして感謝しなくちゃいけないのだわ、とみずからに言い聞かせて、さっそくその錠剤を一粒飲んだ。

だが、ロバータの感謝の言葉を聞かされるとクライドは、まさにこういうことから二人のあいだに新たな親密さが生まれたなどと見なされかねないと感じとり、これまで何日間か工場でとってきた態度に戻った。どんなことになろうと、こんな場面でまた口説いたり、やるせない素振りを見せたりすることにかまけてはならないんだ。それに、のっぴきならぬ期待どおりにこの薬が効き目をあらわしてくれたら、まったくの偶然でちょこっと顔を合わせないかぎり、これを最後に会うのをやめなけりゃ。今度の危機が証明しているとおり、あまりにも危なっかしいんだから――おれのほうには失うものがありすぎる――要するにすべてを失うことになる――不安や面倒や出費しかなくなるんだ。

この結果クライドはまた前のようによそよそしい態度に引きこもった。「さあ、もうこれでだいじょうぶ、ね。とにかくそう期待することにしようぜ、な。八時間から十時間かけて二時間ごとに一錠飲めって書いてある。ちょっと具合が悪くなっても、大したことはないって書いてあるよ。工場は一、二日休まなきゃならなくなるかもしれないけど、それで片がつくならそれぐらい平気だろ。明日きみが姿を見せないようであれば、明日の晩にでも立ち寄って様子を見にくるよ」

クライドは愛想よく笑ってみせたが、ロバータは、その無頓着な態度が先ほどの情熱的で思いやりにみちた素振りにそぐわないと感じながら、相手の顔を見つめた。さっきの情熱！　それがいまはこれだもの！　だけど、このような状況では本当にありがたいと思っていたから真心こめた笑顔を見せ、クライドもほほえみ返した。だが、クライドを見送り、ドアが閉まり、たがいに愛情を示す仕草ひとつ交わさずに別れると、ロバータはベッドに戻りながら、疑わしげに首を横に振った。だって、もしこの薬がけっきょく効かなかったら。それでもあの人があたしに、今みたいに無頓着でよそよそしい態度をとり続けるとしたら。そのときはどうなるの。だって、この薬が効いてくれないとなっても、あの人はやっぱりそっけないままで、いつまでも助けてはくれないかもしれないじゃないの――それともその気になってくれるかしら。ほんとに助けてくれるの。あの人こそあたしをこんな困難な目にあわせた張本人なのに。しかもあたしの意志に反して。それに、困ることなんか何も起きないからって、あんなにはっきり請け合ったくせに。なのに今じゃ、あたしはここで一人横になり、心配してなくちゃならないなんて。頼れる人なんか誰一人いない、あの人しか。それなのにあの人は、きっとだいじょうぶだなんて安心させるようなことを言っては、あたしを置いてけぼりにしてほかの人に会いにいってしまうんだから。こんなことになったのはみんなあの人のせいよ！　それでもだいじょうぶなんて言えるの？

「ああ、クライド！　クライドったら！」

第三十五章

しかし、クライドが買ってきた薬は効かなかった。そしてロバータは、吐き気がするし、クライドにも言われていたから工場に出勤もせず、気をもみながら横になっていた。それでも救いになりそうな結果はあらわれなかったから、一時間ごとに一錠ではなく二錠飲みはじめた——自分に襲いかかってきたように思える運命からとにかく逃れたくてたまらなかったからだ。そしてそのせいか、具合がどうしようもないほど悪くなってきた——あまりひどくなっていたから、六時半にやってきたクライドは、その死人のように青ざめた顔、こけた頬、瞳孔が異様に開いて覚束なげな大きな眼を目にして、深い衝撃を受けた。ロバータが危険な状態であることは明らかだった。しかも自分のせいだと思うと、ぞっとするとともに可哀相と思うようになってきた。それでいて、月のものがとまったロバータの状態に変わりがないことから生じてきそうな問題に狼狽し困惑するあまり、こんな躓きがもたらしそうなさまざまな不都合や結末を予想することに懸命になった。どこかの医者に診察や手当てをしてもらわなければならなくなってきたぞ！　だけど、どこで、どうやって、誰に頼む。それればかりか、そうなったらどこでそのための金を工面したらいいんだ、などと自問しはじめた。

ほかに妙案も思い浮かばない以上はっきりしているのは、すぐに例のドラッグストアまで引っ返し、あそこで何か別の対策がないか訊いてみなければならないということだった——何か別の薬なり、ほかの療法なりが。あるいは、それがだめなら、どこかに安い料金で診てくれるもぐりの医者でもいないか、訊いてみるんだ。そういう医者なら料金も高くないし、分割払いにしてくれるかもしれないし、こういう場合に助けてくれそうだし。

だが、この一件がこれほど重大な――ほとんど悲劇的とも言える――事態になっているというのに、クライドは外に出てしまうと少し元気を取りもどした。クランストン家でソンドラと会う約束をしていることを思い出したからだ。あそこの家に九時、二人はほかの大勢の連中といっしょに集まって、いつものように遊びまわることになっていた――パーティだ。とはいえ、クランストン家に行ってみると、ソンドラの強烈な魅力に接したにもかかわらず、ロバータの姿があやかしのように目の前にちらついて、頭から離れようとしない。ここに集まってきてる連中のうちの誰か――ナディーン・ハリエット、パーリー・ヘインズ、ヴァイオレット・テイラー、ジル・トランブル、ベラ、バーティン、ソンドラなんかが、たった今おれが目にしてきた光景をちらりとでもかいま見たりしたら、どうなることやら。クライドが客間に入っていくと、ピアノに向かって座っていたソンドラが首をめぐらし、ニッコリと歓迎の笑みを投げかけてくれたにもかかわらず、ロバータのことを思い続けていた。このパーティがすみ次第、またあそこに立ち寄ってみなけりゃ。あの子がどうしてるか見にいき、持ち直してくれてたらこっちも気が楽になれるんだが。そうでなかったら、すぐにラッタラーに手紙を書いて相談しなけりゃ。

屈託を抱えていたにもかかわらずクライドは、いつもどおりの陽気で何ごともないような素振りでいようとした――最初にパーリー・ヘインズと、つぎにナディーンとダンスし、しまいにソンドラとダンスする機会がくるのを待つあいだ、新しい風景ジグソーパズルを仕上げようとしているヴァンダ・スティールを手伝おうと集まっていた一団に近づいていき、誰かが紙に書いて封筒に入れた文句を自分はあてることができると挑んでやった（古くからあるクロスワードパズルのような遊びの一種で、クライドはペイトンの家の書棚で見つけた古くさい隠し芸教本に説明されていたのを習い覚えたのだった）。以前は、自分がおっとりとして頭がいいところを見せびらかすために利用するつもりで覚えたのだったが、今夜は、心にのしかかっている大問題を忘れるために利用しようとしていた。ところが、相棒に引き入れておいたナディーン・ハリエットの助けもあって、ほかの連中を完全に煙に巻いてやることはできたものの、内心はそれに集中しきれなかった。ロバータのことがいつも気にかかっていたのだ。もしあの子がほんとうに困った状態になっていて、そこからうまく抜け出せるようしてやることがおれにはできないとなったら。おれに結婚してもらえるなんて期待しはじめるかもしれない。両親や世間をあんなに怖がってるんだからな。そうなったらどうする。おれは麗しいソンドラをふいにしてしまい、どういう事情で何故そんなことになったのか、ソンドラにも知られてしまうことになりかねない。だが、そんなのはロバータが血迷ったというだけのこと、おれに結婚してもらえると期待するなんて。そんなことおれはするもんか。できるはずないんだ。

ひとつのことだけははっきりしてる。ロバータにこいつを堕ろさせなければならない。どうしてもだ！　でもどうやって。どうすればいいんだ。

それで十二時になり、ソンドラがもう引き揚げる気になったから、何だったら家の玄関まで送ってくれないか(ちょっとなら家に寄ってくれてもいいんだけど)、などという意思を合図で知らせてきたのに、さらに、玄関に着くと、正門を飾るパーゴラの陰でキスさせてくれただけでなく、今まで知り合ったなかでもあなたはいちばんすてきな人だと思いはじめてるの、今度春になったら家族がトウェルフス湖の別荘に行くから、週末にでもきてもらえるように何とか工夫できないか考えてみるわ、などと言いだしたのに、クライドは、ロバータとのあいだにこのさし迫った問題を抱えていたから心配でたまらず、ソンドラが新たに見せてくれたこんなわくわくするようなご執心ぶりを——社交のみならず色恋の域にも及ぶこんな未曾有の、自分でもあきれるほどの勝利を、心ゆくまで満喫することもできなかった。

今晩はラッタラー宛のあの手紙を書いてしまわなきゃ。でもその前に、約束したとおりロバータのところに引き返して、具合がよくなったか様子を見にいかなけりゃ。それから朝になったらぜひともスケネクタディまで行かなけりゃならない。あそこのドラッグストアの男に会いにいくんだ。ロバータが今晩よくなっていなかったら、何か手を打たなければならないからな。

そんなわけでクライドはソンドラと別れ、キスの名残をまだ唇に感じながらロバータのもとに向かった。その部屋に入ったとたん青ざめた顔や悩ましい目つきを見て、何も変わっていないことがわかった。変わった点があるとすれば、前よりもいっそう具合が悪くなり、意気阻喪しただけ。指定されていたよりも多量に薬を服用したため、まぎれもない疾病と言えるほど衰弱していた。でも、こんな身重の状態から抜け出せさえしたらどうなってもかまわない、とロバータは言った——この結果を見届けるくらいなら死んだほうがましよ。それでクライドも、その言葉の意味を思い知り、自分の身も本気で心配になってきたので、いくらかはロバータを気遣っているような顔つきになった。しかしながらロバータは、近ごろのそっけなさや、つい今夜もさっさと出ていってあったしをほっぽり出したときの振る舞いからして、この人はもうあたしなんかに愛情を持ちつづけていないと思わずにいられなかった。それが恐ろしいくらい悲しかった。この人はほんとうはもうあたしのことなんか好きじゃないんだと感じとれたからだ。今さら、心配してはいけないよとか、この薬が効かないのであれば効きそうな別の薬をきっと手に入れてきてあげる、とか言ってくれてもだめよ。夜が明け次第スケネクタディの薬屋のところに引き返して、何か別の薬でも勧めてくれないか相談してみるんだなんて。

だが、ギルピンの家には電話がなかったし、日中にロバータの下宿を訪ねるなんて危ない真似はしたこともなく、ロバータがペイトン夫人の家に電話するのも許したことがなかったから、こうなったら翌朝の計画としては、出勤前に下宿の前を通ることにした。もしロバータがだいじょうぶということになったら、表の窓のブラインドを二枚とも上まであげておき、もしそうでなかったら、半分だけあげておく。そうなったらクライドはすぐにスケネクタディに向かう。リゲットさんに、ちょっと外回りの仕事があるからと断りの電話を入れるのだ。

そんなことを決めたところで二人ともひどくふさぎ込み、こんなことをしてもそれぞれにとってどれほどの意味があるか、不安を抑えきれなかった。クライドは、ロバータが中絶できないとなったら、何らかの形で償いもせずにすませることができるとは思えなかった。償いはただ一時的な援助ではすまず、もっと何かたいへんなことに——もしかしたら結婚という償いに——なる恐れもあった。すでにロバータには、最後まで面倒を見ると約束したではないかと釘を刺されている。でも、あんなことを言ったときおれはいったいどういうつもりだったのか、と今になって自問した。結婚のつもりなんかなかったことに間違いはない。あの女と結婚するなんて考えたこともなかったのだから。それどころか、ただ楽しく恋愛ごっこをしたかっただけだ。もっともおれにもよくわかっているが、あちらはあの頃のこちらの熱い気持ちをそんなふうには受けとっていなかっただろうけど。たぶん、こちらの魂胆をもっとまじめなものと思っていただろうし、さもなければそもそもおれに身をまかせようともしなかっただろう、とはクライドも認めるほかなかった。

だがクライドは帰宅し、ラッタラーへの手紙を書いて投函したあと、眠れぬ夜を過ごした。翌朝スケネクタディのドラッグストアを訪ねた。ロバータの部屋の日除けは、その前を通って見ると、半分しかあげてなかったのだ。ところがドラッグストアの男が今回してくれた助言は、熱い風呂に入って体を消耗させるといいかもしれないという程度のことでしかなかった。最初のときに言い忘れたのだと言う。それから、ぐったりするほどの体操か何かの運動もいいかも。だが、クライドの困りきったような表情に気づき、ただならぬ事情に悩んでいると判断したらしく、つぎのように言ってくれた。「言うまでもありませんが、ひと月生理がなかったからといって、何かたいへんなことになったとは限りませんからね。女性はときどきそうなるんです。とにかく二ヶ月目が過ぎてみないと確かなことは言えませんね。どこの医者だってそう言ってくれますよ。奥さんが心配してるなら、さっき申し上げたようなことを何かやらせたらいい。でも、それでうまく効果が出なくても、確かなことはわかりません。翌月はやっぱりだいじょうぶだったなんてことになるかもしれませんからね」

この言葉にいくらか元気づけられ、クライドは店を出ようとしかけた。まあ、ロバータの思い違いかもしれないからな。おれもあいつも余計な心配をしてるってことかも。だが待てよ――ここでふと思いついたために立ち止まり、くるりと振り返る――ほんとうに危なくなってきてるかもしれないじゃないか。それなのにつぎの周期が終わるまで待ったりするのは、まる一ヶ月も何の手も打たずにやり過ごすというだけのことになる――思うだにぞっとする。そこで今度はこう言った。「だいじょうぶとならなかった場合に、家内が診てもらいにいけるような医者はご存じありませんか。ぼくたち二人にとってほんとに由々しいことなんですよ。できることなら何とか堕ろさせたいんで」

こう言ったときのクライドの様子にどことなくつきまとっているうさん臭さ——不安きわまりないような態度だし、何よりも、不正医療行為に手を出すことも厭わない勢いだし、それは、薬剤師ならではの独自の論法からすると、同じ結果を得るために調合された薬を飲むのとは大違いと見なされるらしいから——そこに気づいた相手は、クライドに疑わしげなまなざしを向けてきた。その頭のなかでは、クライドはおそらくやっぱり結婚なんかしていなくて、こんなことになったのも若気の過ちの色恋沙汰の結果に過ぎず、そのためにどこかのうぶな娘がだらしない性交渉に巻きこまれて将来を危うくしてるだけなんだろう、などと想像をめぐらせている。そのためにこの男の気持ちは変わってしまい、助けてやりたいと思うどころか、冷たくこう言うにいたった。「さあ、このあたりにも医者はいるかもしれませんがね、いるとしてもわたしは知りませんな。それに、そんな医者のところに誰かを世話するなんてことはできませんよ。法律に触れますからね。このあたりじゃ、その種のことをしてると知れたらどんな医者だってひどい目に会わされますよ。とはいっても、あなたがご自分で探すのは自由だってことまで否定はしませんがね。探したけりゃあね」謹厳な口調でそう言い添えながら、クライドを猜疑にみちて探るような目つきで見やり、こんなやつとはもう関わらないほうがいいと腹を決めた。

だからクライドがロバータのところに戻ってきたときには、前のと同じ処方の薬を新たに買ってきただけだった。最初の一箱が効かなかったのだから、もうこれ以上飲んでも無駄だと、すでにロバータが強く反対していたのに。しかし、しつこく言われたあげくロバータも、飲み方を変えてもう一度試してみる気になった。それにしても、風邪か神経のせいで生理が狂ったのかもしれないなどと言われると、クライドにはあたしのために働かせる知恵なんかもう尽きてしまってる、さもなきゃ、あたしにとってもこの人にとっても深刻になろうとしているこの事態を身にしみて感じていないんだ、と思うしかなかった。でも、この新しい処置も効き目がないとしたら、そのあとどうするの。これ以上何もしないで、あとは成り行きにまかせる気?

ところがクライドの性格は独特だったから、自分の将来が怪しくなり、こんなふうに急きたてられたり、余所で楽しみたくても差しさわりが生じたりするのが、厭で厭でたまらなくて、一ヶ月ぐらい遅れたからって大したことなかったとわかるかもしれないなどと言われただけで、それぐらいの時間なら待ってみる気になったのだった。しかも、あまり心配もせずに。ロバータの思い違いかもしれないじゃないか。何でもないことで大騒ぎしてるだけなのかもな。この新しい処置を試したあとどうなるか、見てみなきゃ。

だがこの処置も効き目はなかった。ロバータは追い詰められて、体を疲れさせるために工場の勤めに戻ってみたら、職場の女工たちみんなに病気にちがいないと言われ——そんなに顔色も悪くて見るからに具合悪そうなのに、働いたりしちゃいけないわよ——と言われたほどだったのに、やはり何の効果もあらわれなかった。それに、一ヶ月生理がなくても大したことはないという薬剤師の言葉を真に受けるしか、クライドには能がないと知るにつけ、ますますいらだたしく、怖くなってくるのだった。

実を言えば、こんな危機に見舞われているクライドは、無知と未熟さと貧困と怯懦の犠牲になり、とてつもない弱点を抱えるにいたった人間の実例として、めったに見られぬほど興味深い存在なのであった。専門用語と言っても「産婆」という言葉の意味すら知らず、産婆がどんな役に立っているのかも知らなかった。（ところが、このライカーガスにも当時、移民家族が住んでいる地域には産婆が三人いたのに。）そのうえ、ライカーガスにきてからまだ日も浅かったから、社交界の青年たちや、縁を切ったディラードや、工場の部課長たちを除けば、知り合いがいなかった——たまに言葉を交わす程度の床屋や、小間物屋や、タバコ屋や、そのたぐいの人たちは大多数、クライドの見方からすればあまりにも頭が悪いか無知で、役に立ってくれそうになかった。

しかしながら、医者を探そうと意を決する前にまず考えさせられたのは、誰が、いかにして医者と会いに行ったらいいかという問題だった。自分が行くなんて、はなから問題外だった。まず第一に、自分はギルバート・グリフィスに似すぎていて、あいつはここではあまりにも知られているから、あいつと見間違われてしまうかもしれない。第二に、おれはいい身なりをしてるから、医者はもしかしたらこちらが払えそうもないような金額を請求してきたり、あれこれ当惑するような質問をしてきたりするに決まってる。だけど誰か別の者を通じて相談を持ちかけたら――ロバータを行かせる前に事情を説明させておいたら――いや、ロバータ本人だっていいじゃないか。それでよくないか。あの子は見るからにとても素朴で、罪がないし、いつだって気取りのない、いじらしい女なんだもの。だからこんな状況であんなふうにしおたれて気落ちしてるところを見せたら、そりゃあ……。それに何たって、解決しなければならないさし迫った問題に直面してるのは、おれじゃなくてあの子なんだから、などとクライドは詭弁を弄しつつ思いめぐらせた。

それにまた、あの子なら手術を受けても安くしてもらえるんじゃないか、などという考えも浮かんだ。今みたいに傍目にもあんなに途方に暮れてるのがわかるんだもの――名前はもちろん明かさないけれどどこかの若い男に捨てられた、とあの子に言わせることさえできれば、そりゃあ、あの子のような若い娘が独りぽっちであんな身重になってる――誰にも面倒を見てもらえない――と知らされて、頼みを断ろうというような医者なんてどこにいよう。ただで堕ろしてくれるかもしれないぞ。そうならないと決まったわけでもないだろ。そうなったら、おれはこんなことからきれいさっぱり手を洗えるわけだ。

こうしてクライドは、医者を見つけることができたら、ぼくの立場が立場だけに、きみが自分で話をしにいってもらわなければならない、と説得するつもりでロバータに会いに出かけた。だが、クライドが言いださないうちからロバータはすぐに、いったいどんなことを聞き出してきたか、どんな策を講じてきたのかと問いただしてきた。どこかで何か別の薬でも売ってないの？　それでクライドは、おかげでお望みどおりの話のきっかけができたので説明に取りかかった。「そりゃあね、ぼくだってあちこち訪ねまわって、たいていのドラッグストアをのぞいてみたりしたんだけど、これが効かないとなれば、効くような薬なんかほかにないって言われてね。それでぼくにはもうお手上げになってしまったよ。きみが医者に会いにいってくれれば別なんだけど。ところがそれにも厄介なところがあって、医者が簡単に見つからないのさ――何でもやってくれて秘密を守ってくれるような医者はね。もちろん、困ってるのはぼくたちだなんて言わずに、何人かに相談してみたんだけど、このあたりでそういう医者を見つけるのはそうたやすくなさそうだよ。みんな怖がっててね。違法だからね。だけど、今ここで訊いておきたいのは、やってくれそうな医者をぼくが見つけてきたとして、会いにいって何が問題なのか話すだけの覚悟がきみにあるかということなんだ。その点を訊いておきたいのさ」

ロバータは茫然としてクライドを見つめていたが、自分がひとりだけで行くなんてことを匂わされているとはよく呑みこめず、もちろんクライドもいっしょに行ってくれると思い込んでいた。それで、不安に駆られながら少しずつ、クライドに連れられて医者に会いに行かなければならないと言われたと理解するに及んではじめて声をあげた。「まあ、たいへん。そんなことでお医者さんのところへあたしたち揃って行かなくちゃならないなんて、思うだけでも恐ろしいわ。それじゃ、あたしたちのこと、何から何まで知られちゃうのね。それに、手術って危険じゃないの？　もっとも、あんな薬を飲むよりひどい目に会うとは思えないけど」さらに、どんなことをされるのか、どこを手術するのかなどと、もっと露骨な質問を並べだしたが、クライドには教えてやることなんかできなかった。

「おいおい、今からそんなことでカリカリしないでくれよ。きみを痛めつけるようなものでないことは確かだ。それに、手術してくれるような人が見つかったら、ぼくたちも運がよかったということになるんだからね。ぼくが訊いておきたいのは、もしぼくが医者を見つけてきたら、きみはひとりで会いに行く気があるかってことさ」ロバータはあたかも殴られたかのようにビクリとしたが、クライドは臆面もなくなって話を続ける。「この町でのぼくの事情が事情だけに、きみといっしょに行けるはずないよ。それだけは確かさ。このあたりじゃぼくは知られすぎてるし、そのうえギルバートに似すぎていて、あいつは誰にだって知られているんだから。ぼくがあいつに間違われたり、あいつのいとこか親戚だと見抜かれたりしたら、まあ、それで一巻の終わりだね」

その眼は、自分の正体が暴露されてライカーガス中に知れわたったらどれほど惨めになるかをまざまざと示す標本であるだけでなく、ロバータとの関係でおのれが果たそうとしている卑劣な役柄の影を宿してもいた——女が必要に迫られていることをいいことにして、自分はこんなふうにすっかり身を隠してしまおうというのだ。だけどクライドは、これがうまくいかなかった場合に自分に降りかかろうとしていることに対する恐怖にさいなまれるあまり、ロバータがどう思おうと、何を言おうと、あくまでも自分を守り抜く覚悟を固めようとしていた。だがロバータは、クライドが自分をひとりで行かせようなどと考えているという事実だけに気をとられて、信じられないという思いに駆られながら叫びだした。「ひとりじゃ厭よ、クライド！　そんな、だめよ、そんなことできやしない！　だめ、だめ！　だって、怖くて怖くて死にそうになっちゃうわよ。ねえ、厭よ。だって、怖くてどうしていいかわからなくなってしまうもの。あたしがどんなふうになるか思ってもごらんなさいよ。お医者さんにあたしひとりで説明するなんて。そんなことできっこないわ。それに、どう言えばいいか見当もつかないんですもの――どう切り出せばいいか。はじめはあなたもいっしょにきてくださらなくちゃ。ぜったいにね。そして事情を説明してくださらなくちゃ。さもなきゃあたしはぜったい行けません――それでどうなろうと、あたし、もう知らないから」ロバータの目は興奮のために丸く見開かれ、顔つきは近ごろずっと湛えていた気鬱と不安をそっくりとどめながらも、断乎として逆らおうとする意思に引きずられて変わっていた。

だがクライドもひるんではいられなかった。

「このあたりでぼくがどんな立場にいるか、きみだって知ってるだろ、バート。ぼくは行けない。しょうがないだろ。だって、見られたりしたら――誰かにぼくだと感づかれたりしたら。そしたらどうなる。ここにきて以来ぼくもあちこちに顔を出してきたからね。ぼくが行けると考えるなんてどうかしてるよ。おまけに、ぼくよりもきみのほうがずっと行きやすいじゃないか。きみが行っても、どこの医者だっておかしいなんて思いやしないよ。ひとりで行ったらなおさらさ。面倒なことになったのに頼る相手もいない女の子なんだなって思うだけでね。でもぼくが行って、医者がグリフィス家のことを少しでも知っていたりしたら、どえらいことになる。すぐに、しこたま金を持ってる人間に違いないなんて思われちゃう。おまけに、あとで要求されるとおりの金をそいつに払ってやらなかったら、おじさんかいとこのところへ駆け込まれたりするかもしれないじゃないか。そうなったらお終いさ！　ぼくもそれまでということになる。だけど、今ぼくがここでの地位を失って、しかも一文無しでそんなスキャンダルにつきまとわれることになったりしたら、そのあとぼくはどこに行けばいいと思う。きみにしたってさ。きみの面倒も見られなくなるのは間違いないね。そしたらきみはどうするのさ。これはただならぬ事態だということを、きみも目を覚まして直視すべきだと思うね。ぼくの名前がこれに結びつけられたりしたら、必ず二人とも無事ですまなくなるぜ。ぼくの名前は伏せておかなきゃならん。それ以外にないじゃないか。伏せておくには、ぼくがどこの医者にも会わないようにするしかない。それに、医者だってぼくよりもきみのほうにずっと同情するだろうしね。ぼくの言うことに何かおかしなところがあるかい」

クライドの眼には苦悩と決意とがないまぜになってあらわれていた。その態度からロバータが察しえたかぎり、一種の酷薄さ、あるいは少なくともおびえの裏返しとしての強がりが、仕草一つ一つにまつわりついていた。この人は何があろうと自分自身の名前だけは守ろうと決心しているんだわ――このやり方をロバータもこれまで容認してきていただけに、今さら容易に反論できぬ重みを帯びている決意だった。

「あら、まあ、どうしましょう！」ロバータは不安そうに、そして今や悲しげに声をあげながらも、実状がしだいにわかってきてますます深い恐怖にとらわれていた。「それならあたしたち、どうしたらいいの。あたしにはさっぱりわからないわ。だって、あたし、そんなことできないもの。しょうがないでしょ。そんなに難しい――そんなに恐ろしいことなんて。恥ずかしいし怖いし、ひとりでなんか行けないわよ」

だがそう言いつつもロバータは、やむをえなければひとりで行くことになるかもしれないし、行こうとさえ思いはじめていた。だって、ほかに仕方ないじゃないの。それに、不安や危険に震えあがっているこの人に、この町での地位を危険にさらすように強いるわけにはいかないもの。クライドもまたしゃべりだしたが、何よりも自己弁護をするためだった。

「おまけに、こいつにあまり金がかからなければいいけど、いずれにしてもどうやってしのいでいけばいいのか、見当もつかないんだよ、バート。ほんとだよ。ぼくの給料なんて大したことないからね――今のところたった二十五ドルさ」（必要に迫られ、ロバータにはとうとうありのままを言うしかなくなったのだ。）「それに貯金なんて何もない――一セントもね。どうしてか、きみだってぼくに劣らずわかってるよね。たいてい二人でいっしょに使っちまったんだから。それなのに、ぼくがいっしょに行って金があると医者ににらまれたりしたら、ぼくにはひねり出すこともできないような金額を請求してやろうなんて思われるかもしれないじゃないか。だけどきみが行って、ただありのままを話してやりさえしたら――一文無しだって言ってやれば――ぼくに逃げられたとか何とか言ってやるだけで、わかるだろ――」

ここで言いさしてしまう。こんな話を言い終わらぬうちからロバータの顔に、こんな安っぽくて卑劣なたくらみに関わり合いになることの恥ずかしさ、バカらしさ、絶望感がちらりとよぎるのを目にしたからだ。それにしても、クライドのこんな小ずるく、それでいて浅はかなでっち上げの弁解にもかかわらず――必要に直面すると、有無も言わせず現実に目を開くように迫ってくるその力の強烈なこと――この人の言うことにもやはり一理あると見えてくる。あたしを引き立て役か仮面として利用して、その陰に隠れようとしているのね。そんなこと言えばあたしだって隠れようとしていることに変わりない。でも、目の前に事実というむき出しの堅固な岬が突き出してきていて、その裾に必要という荒々しく破壊的な激浪が打ち寄せているのだから、恥ずかしいことながらやはり仕方ないか。ロバータの耳にはクライドがこう言う声も入ってくる。「本名なんか名乗る必要はないからね。出身地もね。この近所の医者を選ぶつもりはないから、わかるね。それから、お金がないと言ってやれば――きみの週給がいくらかかって話してやるだけで――」

ロバータはがっくりして座り込み、思いにふけっていたが、その間もクライドはこの策略を得々としゃべっていた――その話の大部分の要点はすんなり理解できる。この計画全体が嘘で固めた道徳的に俗悪きわまるものであるにしても、ロバータはやはり、クライドだけでなく自分の状況も生きるか死ぬかの瀬戸際にあると見てとった。真実を述べ正直に振る舞うことにかけて、通常は廉直で几帳面そのもののようなロバータであったが、この場合は明らかに、道徳的尺度というありきたりな海図や羅針盤ではさしあたりほとんど太刀打ちできないような、事実と現実という嵐が荒れ狂う海域に突っ込んだも同然になっていた。

そういうわけでロバータは、どこか遠く、ユティカかオルバニーあたりまで行かなくちゃ、医者なんかに会えないと言い張ったものの——でも、そう言ったことによって、けっきょく行くと認めたことになり——話し合いは終わった。そこでクライドは、自分が表に立たないようにするという企てをうまく調えることができたので元気づき、少なくとも、こうなったらさっそく何としても、ロバータを行かせることのできる医者を探し出さねばならないと考えるまでにはなった。医者が見つかりさえすれば、こんな恐ろしく厄介な問題も片づくことになるぞ。そのあとは、ロバータはロバータなりの道を歩んでいけばいい。どうせそうするしかないんだもの。そしたら、おれもできるだけのことはしてやったんだから、おれなりの道を進んでいくんだ。その先には、これさえうまく始末できたらぐっと浮上してくる有終の美が待ちかまえてくれてるんだから。

第三十六章

けれども、何時間も経ち、何日か経って、そしてついには一週間経ち、十日経っても、ロバータがどこの医者に会いにいけばいいのかということについて、クライドから何の連絡もこなかった。クライドはすぐ見つかるみたいなことを言ったけれど、じつは誰にあたったらいいのか知りもしなかったからだ。でも、一時間、一日が、ロバータにとってもクライドにとっても大きな脅威だった。ロバータの顔つきにも問い詰めようとするときの素振りにも如実にあらわれる苦悩の激しいこと、せつなそうなこと、そしてときに発せられるわめき声の凄まじさ。クライドもまた、ロバータの助けとなる手っとり早く確実な策をひねり出すこともできない自身の無能ぶりに、神経衰弱になりそうなくらい焦りを感じた。だいじょうぶと安心させるようなことを多少は言ってやりながらロバータを送り出してやれるような医者は、どこにいるのやら。そういう医者を見つけるにはどうすればいいのやら。

しかし、しばらくは知り合いの名前をつぎつぎに思い浮かべてみるうちに、やっとオリン・ショートの姿をとったかすかな望みに行き逢った。ライカーガスの小さな「紳士用品店」を経営し、この市の金持ちの青年をおもな顧客としている若い男だ——クライドのつけた見当では自分とほぼ同年配で気も合っており、この町にやってきて以来、服装やスタイル全般についていろいろなアドバイスをしてもらって、重宝していた相手だった。それどころか、クライドも少し前から気づいていたように、ショートは利発で、詮索好きで、如才のない人物であり、女性にはなかなかもてたし、客のなかでもとりわけ自分よりも階級的に上と見なした相手には、いつもきわめて慇懃に接する。そしてクライドはそういう客の部類だったのだ。というのも、まさにこのショートは、クライドがグリフィス家の親類だと聞きつけると、別の方面でも羽振りをよくするための手段と見込み、なるべく親しい関係を築こうと近づいてきていたからだ。ただし、クライドの見方からすれば、自分のご大層な親戚たちの姿勢に鑑みれば、少なくともこの頃までは、こんな相手と本気でそんなに親しくつき合うつもりにはなれないでいた。そうではあっても、ショートがとても愛想よく、何かと世話を焼いてくれるので、少なくとも表面的には気安く親しげな関係になることに吝かではなかった。ショートも、それをまんざらでもないと受けとめているようだった。はっきり言えば、最初の頃と変わらず、ときにはかなりお追従やおべっかを言ってくれた。そんなわけで、クライドが親しいとか気軽とか言える間柄になれそうな相手のなかでショートは、質問をすれば何か役に立つことを教えてくれるかもしれない、ほぼ唯一の人物になっていた。

そのためにクライドはこんな魂胆を抱くようになると、毎朝毎夕ショートの店の前を通りかかっては、きわめて親しげに会釈したり笑いかけたりするようにして、ついには三日間を費やした。そのあげく、窮地に追い込まれた現状の許すかぎりの準備をととのえたと思えたので、店に立ち寄って店内まで入っていったが、この最初の試みでいきなり危険な話題を持ち出せる自信はまったくなかった。ショートに話すつもりで用意した作り話は、工場の若い労働者から相談を受け、結婚して間もないのに妻が妊娠して、まだ育てる余裕がありそうもないから、助けてくれそうな医者がどこかにいないか教えてくれないかと泣きつかれた、というものだった。これにつけ加えて、クライドが語るにしては笑止な話だが、その若者はとても貧乏で気が小さく、あまり頭もよくないので、口の利き方も知らないし自分ひとりで何とかすることもできないのだ、ということにした。さらに、自分つまりクライドは、この町にきてから日も浅いので医者を紹介してやることはできないけれども、その若者よりも物事がわかっているので一時しのぎの中絶法についてすでにその若者に教えてやったとも(自分自身は手も足も出なくなったりしたことはないし、こんな相談を持ちかける必要に迫られたりしないとショートに吹き込むために、あとから思いついてつけ加えたのだが)話してやろう。だが残念ながら、と話を続け、そういう方法では効き目がないことがすでにはっきりしたと言ってやるんだ。そこでもっと確実なやり方——やっぱり医者——が必要になった、と。それにきみは、ぼくなんかよりもこの町に長く暮らしているし、前に聞かされた話ではグラヴァーズヴィルからやってきたそうだから、少なくとも一人ぐらいはそんな医者を知っててもおかしくないのじゃないか、と思いあたりましてね——いや、当然知ってるはずですよね。さらに、ぼくに疑惑がかからないようにするためには、仲間うちの誰かから聞き出すこともちろん可能でしょうけど、ただ、問題が問題だけに(ふだんつき合ってる連中にこんなことを洩らしたりすれば、仲間がみんなで噂し合うことになりそうですから)、きみのような、秘密を守ってくれそうな人に訊くほうがいいだろうと思ったわけで、と言い足してやろう。

たまたまこのときはその日の商売が上乗だったために、ショート本人はたいへん機嫌がよかった。だからクライドがソックスでも買うような調子で入ってきたのを見ると、こんなふうに話しかけてきた。「やあ、お久しぶりですね、グリフィスさん。お元気でしたか。そろそろいらっしゃる頃じゃないかと思っていたところでしたよ。この前おいでになったあと入荷した品をお見せしたくてね。それはそうと、グリフィス社の景気はいかがですか」

ショートのものの言い方はふだんからてきぱきしていたが、クライドに好意をもっていただけに、このときはいつもに倍して頼もしげな口調でしゃべくる。なのにクライドは、心に抱えた企みの無謀さにおののいてみずから力み返るあまり、それを実行に移すときにとりたいと思っていたさりげない態度になりきれないでいた。

にもかかわらず、店に入ってきた以上企みを実行に移してしまったように思えたから、こんなふうに切り出した。「まあ、ぼちぼちっていうところでね。不満は言えませんや。こなすのが精一杯の仕事にいつも追われてるくらいさ」同時に、不安をまぎらすかのように、ニッケル製の棒に引っかけられたぶら下がりのネクタイをいじくっていた。だが、そんなことで時間つぶしなんかさせないうちにショート氏は、背後の棚から取り出した特級のネクタイの入った箱をガラスのケースの上に並べ、こう言った。「そんなのを見るのはおやめなさいよ、グリフィスさん。こっちを見てください。あなたにお見せしたいのはこっちですよ。お値段だって、あなたのようなお方にとっては大したことありませんから。今朝ニューヨークから入荷したばかりでしてね」六本ずつまとめた束をいくつか取りあげ、最新流行のものですなどと説明しはじめる。「これに似たのをこのあたりでご覧になったことありますか。きっとないはずと申し上げたいですね」クライドに笑顔を見せながら、こんなに立派なコネがあって、ほかの人たちほどまだ金持ちではないこんな青年が友人になってくれたらいいのにと、心の底から願っていた。それで、ここでのおれの地位も築けたらなあ。

クライドは出された品を手にとって、ショートの言うことは事実なんだろうと思ったものの、頭のなかは悩ましさでいっぱいになり混乱してきて、計画してきたとおりに考えることも話すこともできなくなった。「なるほど、とてもいいね」と言って、ネクタイをじっくり見ながら、こんなときでなければ少なくとも二本は喜んで買うだろうなと思った。「とにかくこいつをもらおうかな。それからこれもだ」二本を引っぱり出してさし上げて見せたが、その間も、そのためにここにやってきたもっとはるかに重要な用件をどう切り出したらいいものか、思い悩んでいた。だって、ショートに訊きたいのはあのもう一つの問題だけだというのに、こんなふうにだらだらと時間をかけて、なぜわざわざネクタイなんか買ったりしなきゃならないんだ。それにしてもあっちの用件は難しい——何て難しいことか。だけど何とかしなければならない。あまり唐突に切り出すわけにはいかないけれど。疑われたりしないように、まずもう少し店内を見てまわろう——ソックスについて訊いてみるか。それにしても、何でこんなことしなきゃならないんだ。ソンドラがつい最近、ハンカチ一ダース、何本かのカラー、ネクタイやソックスをプレゼントしてくれたばかりだから、何も買う必要なんかないというのに。だが、話を切り出そうとするたびにやはり胃のあたりがキリキリするような感じに襲われた。さりげなく悠々としていなければならないのに、うまくやってのけることができないのじゃないかという不安。あまりにも怪しげでいかがわしい話だものな——何かの拍子に底が割れて大恥かくことになりそうじゃないか。今夜はショートに話を切り出せないで終わってしまいそうだな。だけど、これ以上いい機会がいつくるというんだ、と自分をなじった。

一方ショートは、店の奥に引っ込んでから戻ってくると、やけに愛嬌たっぷりの、へつらっているとさえ言えそうな笑顔を浮かべて、こう言った。「先週の火曜日九時頃に、あなたがフィンチリーのお屋敷に入っていくところをお見かけしましたがね。あのお屋敷の建物も敷地も見ものですな」

クライドは、ショートが掛け値なしに、この町での自分の社会的地位に感銘を受けていることを見てとった。あふれるような讃嘆の念にはいささか卑屈さもまじっている。そのために、クライドもたちまち元気づいた。相手を圧倒するような態度でなら何を言ってやっても、崇拝者らしい畏怖や敬意によって多少は粉飾されて受けとめられるだろうと感づいたからだ。そこで、ソックスを物色して、少なくとも一足でも買ってやれば、聞き出そうとするときの気まずさを和らげてくれるだろうと決めた上で、こうつけ加えた。「ああ、忘れるところだった。ついでながら、前から訊きたいと思ってたことがあるんだがね。きみになら、ぼくの知りたいと思ってることを教えてもらえるかもしれないからね。うちの工場の若いもんのうちのひとりがね——結婚して間もない若者で——もう四ヶ月ぐらい経ってるらしいけど——細君のことでちょっと困ったことになってるんだよ」ここでいったん話を切る。ショートの表情がかすかにしろ変わったのを見てとり、このまま続けていいかどうか、不安になったからだ。だけど、ここまできてしまったからには、引っ込みがつかなかった。そこで引きつったような笑い声をあげなら、こうつけ足した。「あの連中が何でいつもぼくのところに厄介ごとを持ち込むのか、さっぱりわからないけどね、ぼくはこういうことにかけては物知りだなんて思われてるんだろうね」(ここでもう一度笑い声をあげる。)「ところがぼくはここでは誰にも負けないくらい新顔なんだからね。お手上げさ。だけどきみはぼくよりはここにきてから長いだろう、それできみに訊いてみてもいいかなって思ったわけさ」

　クライドは、そういう話をしながらもできるだけ他人事みたいな顔を装っていたが、その間も、こんなこと言いだしたりしたのは間違いだったと思いだしていた――ショートはおれのことをきっとバカかよほどの変人だと思うに違いない。ところがショートは、こんなことを訊かれたことにギョッとして、自分がクライドからこんな質問をされるのは奇妙だと感じたものの（ショートはクライドが急に自制しだし、多少不安げになったことを見逃さなかった）、それでもやはり、こんな微妙な話なのにそれを打ち明ける相手に自分が選ばれたと思うと、うれしくて仕方がなかった。だからすぐに先ほどまでの落ち着きや愛想を取りもどし、「そりゃあ、もちろん、わたしにできることなら何なりと喜んでお力になりますよ、グリフィスさん。どうぞ訊いてください。どんなことなんですか」と答えた。

「まあ、こんなことなんだがね」クライドは相手の温かみのある反応に救われ、少なからず元気を取りもどしたものの、こんなひどい話には、いわばそれにふさわしいあいまいさをまとわせようと、声を低くして話しはじめた。「そいつの細君のあれがもう二ヶ月きてなくて、そいつにはまだ子どもをもつ余裕がないのに、どうやって堕ろさせたらいいかわからないでいるのさ。先月ぼくのところにはじめて泣きついてきたときに、たいていの場合は効くある薬を試してみるように言ってやったんだよ」――こんなことを言ったのは、自分が世知に長け、こんな場合に対処できるだけの才覚があることをショートに知らしめて、だからこんなことに巻きこまれるのは自分であるはずはないとほのめかすためだった――「ところがその薬の扱いをうまくできなかったらしいんだ。とにかく今じゃすっかり泡食っていて、細君をどうにかしてやれるような医者に会いたいと言ってるのでね。ただここではぼく自身も、医者を誰も知らないんでね。こちらにやってきてまだ日が浅いもので。これがカンザスシティかシカゴだったらなあ」と自信ありげな言葉をはさむ。「どうすればいいかわかるんだけど。あちらじゃ三人か四人ぐらいは知ってたからね」（ショートを感心させてやろうと、訳知り顔にニヤリとしてみせる。）「だけどここじゃあそうはいかない。それに、ぼくの仲間うちで訊いてまわったりして、それが親戚に洩れるようなことになったら、誤解されかねないからね。でも、そこでぼくが考えたのは、もしきみが誰か知ってたら、ぼくに教えてもいいと思ってくれるんじゃないかってね。ほんとうはぼくも関わりたくないんだけれど、そいつが可哀相だと思ってさ」

ここで言葉を切ったが、ショートが助ける気になったような表情で身を乗り出してきたおかげも大いにあずかって、クライドの顔には話を始めたときよりももっと自信があらわれていた。またショートのほうも、まだ意外の念を払拭しきれてなかったとしても、できるだけ助けになってやれるならうれしいどころでないような気になっていた。

「もう二ヶ月になるとおっしゃいましたか」

「うん」

「あなたが教えた薬は効かなかったんですって」

「ああ」

「細君は今月もそいつを試してみたんですね」

「うん」

「そうですか。そりゃ確かに困りましたね。細君は間違いなくまずい状態になってると思いますね。この町で都合が悪いのは、わたしもここに住みはじめて大して経ってないってことでしてね、グリフィスさん。この店はつい一年半前に買い取ったばかりなんですから。これがグラヴァーズヴィルだったらねえ――」ここでしばらく間をおく。クライドと同様、この種のことで立ち入った話をするのはまずいのではないかと、やっぱりためらっているようだった。だがそれもつかの間、すぐに話を続ける。「ご存じのとおり、どこにいようとこういうことはそうかんたんにいきませんがね。医者というものは面倒に巻きこまれるのをいつも恐れてますから。でも、わたしもあちらで一度そういう話を聞いたことはありますよ。女が医者のところに行ったとか――二、三マイル離れた郊外の医者のところにね。それにしてもその女はかなりの良家の娘でもあったし、その娘を医者のところまで連れていったやつも、あちらではかなり名の知れた男でしたよ。だから、この医者も見ず知らずの相手までどうにかしてくれるかどうか、わかりません。ひょっとしたらやってくれるかもしれませんけどね。でも、その種のことが昔からずっとおこなわれていることは確かなんですから、あたってみてもいいんじゃないですか。そいつをその医者のところへ行かせてみようというなら、わたしの名前を出したり、誰に聞いてきたか洩らしたりしないように注意しておいてくださいよ。わたしもあのあたりではかなり知られている人間だし、何か問題が起きたときに巻き添えになりたくはありませんからね。あなたには言わずもがなでしょうけど」

それでクライドもありがたそうに答えた。「そりゃそうさ。あいつだってちゃんと呑みこめますよ。誰の名前も出しちゃいけないと言って聞かせますから」そしてその医者の名前を聞き出すと、その重要な情報を忘れたりしないようにポケットから手帳と鉛筆を取り出した。

そのほっとした様子を見てとったショートは、ほんとに工員なんかいるのか、難儀しているのはじつはクライド自身ではないのかといぶかしい思いを抱きはじめた。何でこの人は、工場の若い工員なんかのために口を利いてやったりしなければならんのか。とはいえ、役に立ってやれてよかったとも思った。もっとも他方では、将来いつかおれがこの話を言いふらす気になったとしたら、ちょっとした評判になるだろうな、とも考えていた。それにまた、ほんとうはクライドがこのあたりのどこかの娘と遊んだために面倒なことになったというのでないとすれば、こんなふうにほかの誰かを助けてやろうとするなんて、正気の沙汰じゃないな、とも――しかも工員風情なんかを。おれならそんなこと、ぜったいするもんか。

でもショートはやっぱり、医者の名前をイニシャルだけにしろもう一度教え、思い出せるかぎり正確な所在の地理や、最寄りの停留所や、家の格好などを説明してやった。クライドは望みどおりの情報を手に入れたので、礼を述べると出ていった。その間小間物屋は愛想よく見送っていたが、多少疑わしげな表情を浮かべていた。ああいう女たらしの金持ちの若いやつらときたら、などと考えている。ああいう男がおれにあんなことを訊くなんておかしいな。やつの知り合いでいっしょに遊びまわってるのがあんなにうじゃうじゃいるんだから、おれなんかよりもっとさっさと教えてくれそうなやつだっていそうなものだがなあ。あいつが孕ませちゃった相手とは誰のことか、わかったもんじゃないぞ——あのフィンチリー家のご令嬢のことだったりして。そうでないとは言いきれないね。やつがあのご令嬢と出歩いてるのは見かけたことがあるし、あの子もなかなか遊び人だからな。でも、ヤバイ、そんなことだとしたら……。

第三十七章

こうして手に入れた情報は気休めにはなったが、とりあえずのものでしかなかった。クライドにとってもロバータにとっても、この問題がすっかり解決しないかぎりほんとうの安心はできなかった。それにクライドは、この情報を手に入れるとさっそくロバータの前にあらわれて、助けてくれるかもしれない医者の名前がついにわかったぞと話したけれども、その医者にひとりで会いに行くという仕事をやってのけるだけの勇気をロバータにつけてやらねばならないし、医者の後ろめたさをなだめすかすと同時にロバータへの同情をかき立てて、ほんの名目だけの料金しか請求できなくするような作り話を考え出さなければならないという、ただならぬ課題が残っていた。

だがロバータはもう、はじめのうちクライドが懸念していたような反発をするどころか、言われたとおりにする気になっていた。クリスマス以来クライドの態度にあらわれたあまりにも多くの変化に打ちのめされて支離滅裂になり、自分やクライドがスキャンダルにつきまとわれさえしなければさっさとこの状態から抜け出して、その後は自分なりの道を歩んでいこうという以外に、何の目論見ももてなくなっていた——哀しく痛ましいとしか思えないにしても。だって、あの人はもうあたしなんか好きじゃないみたいだし、あたしを厄介払いしたいと思ってるのは明らかだから、あの人の望んでもないことを無理強いする気になんかなれないもの。別れてあげるわ。あたしは自分自身の道を切り拓いていけるはず。これまでもそうしてきたし、この状態から抜け出すことさえできたら、あの人といっしょでなくても、これからだってやっていけるはずよ。しかしながら、そんなことをみずからに言い聞かせている最中でも、その言葉の意味するところがことごとく明らかになり、二度と戻らないあの幸せな日々が蘇ってくるにつれ、両手で顔を覆って、抑えることのできない涙をぬぐい去った。かつてのできごといっさいがこんな結末にたどり着いてしまうなんて。

それでもロバータは、クライドがショートを訪ねたあとその夜のうちにやってきて、かなり苦労のしがいのあった成果を携えて意気揚々としているのを見ると、できるかぎり従順な態度で相手の説明に耳を傾けていたあと、ただこう言うにとどめた。「それがどこなのか知ってるの、クライド？　電車で行けば苦労せずにいけるの、それともかなり歩かなくちゃならないの？」そしてクライドが、そこはグラヴァーズヴィルからほんのちょっと出たところ、ほんとは郊外と言うべきところで、近郊電車停留所からわずか四分の一マイル歩いたところにある家だと説明すると、「お医者さんは夜も開いてるかしら。それとも昼間行かなくちゃならないのかしら。夜行けるならすごくありがたいんだけど。誰かに見られる危険がずっと少なくなるでしょう」と訊いた。夜でもやってると、ショートから教わったとおりにクライドが請け合うと、ロバータはさらにこう続けた。「でも、その先生は年寄りなのか若いのか、知らない？　ご老人だとあたしの気持ちも楽だし、安全だという気がするの。若いお医者さんは好きじゃないわ。田舎じゃいつもお年寄りの先生に診てもらっていたんですもの。あの先生のような人に話すほうがずっと気が楽なのよ」

クライドは知らなかった。そんなこと訊こうとは思いもつかなかった。しかし、安心させようとしてでまかせに、中年の医者だと言ってやった――それがたまたま事実に合致していたのだった。

翌日の夜、二人は出かけた。ただしいつものように、フォンダまでは別行動で行った。そこで電車を乗り換えなければならない。それから医者の住まいの近くまで行ったところで電車を降りて歩きだす。道路は州中央部における冬の気候らしく、それまでの積雪がコチコチに凍ってまだ残っている。おかげで路面はなめらかで、急いで歩くにはかえって都合がよかった。というのも近ごろは、二人がいっしょに歩いても、かつてのようにむつまじくゆっくり歩くようなことがもはやなくなっていたからだ。ロバータがたえず思い出さずにいられなかったように、以前は、と言ってもつい最近までは、こんな用向きではなかったにしろこういうところにさしかかると、クライドはことのほかうれしがり、歩みをゆるめ、あたしの腰に手をまわし、とりとめもないことをしゃべってくれたっけ――その夜のことや工場での仕事のこと、リゲットさんやおじさんのこと、上映中の映画や、遊びにいく予定にしている場所や、できれば二人でしたいと思ってるいろいろな楽しみなどについて。でも今は……。しかもこんな容易でない羽目になり、かつてなかったほどこの人の献身や支えが格別必要になってきてるときだというのに！　なのに今は、あたしにも見てとれるけど、この人は、あたしをこんなふうに一人で行かせても、おびえて「退散」してくるのではないかと、やけにビクビクしながら案じてるんだわ。あたしが頃合いのいいときに的を射たことを言って、お医者さんにあたしを何とかしてやらなければならないと思わせ、しかもるしばかりの謝礼ですむようにもっていけるかどうかなどと。

「さあ、バート、どうだい。だいじょうぶかい。今さら怖じ気づいたりするわけにはいかないからね。ヤバイ。頼むよ。今度こそこいつを始末してもらって片をつけるいい機会なんだから。それに、今までそんなことしたことないやつのところに行くのとはわけが違うんだからね。この医者はしたことあるんだから。その点はぼくがはっきり確かめてきた。きみは、まあ、困ってますって言うだけでいいのさ。わかるだろ。それで、何とか助けてくれなければ、どうやって堕ろしていいかわかりませんってね。この町には頼ることのできる友人もいませんからって。それに、ことがことだけに、相談したくても会いにいくこともできません、言いふらされるに決まってるからってさ。それから、ぼくはどこにいるのかとか、ぼくはどういう男かなどと訊かれたら、この町の人間でしたって言えばいいんだ――ただし、今はいないってね――好きな名前でもつけてさ、とにかく行っちまったってね。それでどこに行ったものやらきみは知らない――逃げたのさ。それからこうも言ってやったらいい。ここで助けてもらった人がいるっていう話を耳にしたからこそ、ここにきてみたんだってね――ある女の人から聞いたって言えばいいだろう。ただ、きみがいい給料をもらってるようなふりをしてはだめだよ、つまり――そんなことしたら、ぼくには払いきれないような請求書を出してやれ、なんて思われるかもしれないからね。何ヶ月かの月賦か何かにしてくれれば別だけどさ」

　クライドはあまりにも緊張し、ロバータをここまで連れ出してきたからには、これをうまくやり通せるだけの気力と勇気を注ぎ込んでやらなければならないという思いにとりつかれるあまり、さんざん指図したり素人っぽい助言をしたところで、ロバータのせっぱ詰まった気持ちや医者の気分や性格にまで及びそうもない、じつに的外れで愚劣な言葉しか口にできていないことに、自分では気づきもしなかった。またロバータのほうは、そちらは表に出ないであれこれ指図してるだけだから楽なものでしょうけれど、こちらは表に、しかもひとりきりで出ていかなくちゃならないのだからたいへんよ、と考えていただけでなく、この人の頭にあるのはあたしのことよりも自分のことなんだわ、とも考えていた——何とかお金のかからないやり方で、自分は大して面倒に巻きこまれずに、あたしに始末をつけさせようとしてるのね。

　同時に、ここにきて今になってさえ、こんなありさまになっているにもかかわらず、ロバータはやっぱり依然としてクライドに隠れもなく惹かれていた——この人の白皙の美顔、華奢な手、神経質そうな身ごなし。だから、クライドが自分自身でやってのける勇気も才覚もないことを、こちらにやらせようとけしかけるためにしゃべってるとわかっていても、腹を立てなかった。むしろ、このせっぱ詰まった状況でロバータが自分に言い聞かせていたのは、クライドがどんなにいい気になって勝手な助言をしてくれようと、そんな言葉に耳を貸すまいということだけだった——あまりまともには聞いてられないもの。あたしは自分が捨てられたなんて言うつもりはないわ。だってそれじゃあ、自分についてあまりにも不愉快な、自分を貶める言い方みたいに聞こえるじゃないの。そうじゃなくて、自分は結婚してるんだけど、若い夫が貧しすぎるのでまだ赤ちゃんを抱えるわけにいかないって言うんだ——クライドがスケネクタディのドラッグストアで語ったのと同じ話になるわね、とロバータは思い返した。だって、何だかんだ言っても、あの人、あたしがどう思ってるかなんて何もわかってないんだもの。いっしょについてきてくれて、あたしを少しでも支えようとするわけでもないし。

　それでもロバータは、支えになる誰かにしがみついていたいといういかにも女性らしい本能に支配されて、クライドと向かい合うように立ち止まると、抱き寄せ愛撫してくれて、だいじょうぶだよ、怖がってはいけないよと言ってくれたらいいのにと思いながら、相手の両手をとったままじっと立ちつくした。それでクライドは、もはや愛着も感じなくなっていたのに、こんなふうに心ならずも以前のような信頼感をあらわに示されると、相手の手をふりほどき、体に腕をまわして抱き寄せた。何よりも、元気づけてやりたいという思いに駆られたのだ。そしてこう言った。「さあ、元気を出して、バート。ヤバイ、そんな調子じゃうまくないね。ここまできたのに、今さら尻込みしてもしょうがないだろ。あのなかに入ってしまえば、あとは大して難しくないさ。ぼくにはわかるんだ。あそこまで行って呼び鈴を押しさえすればいいんだから、ね。それでご本人かほかの誰かが出てきたら、先生に折り入ってお願いがあるので面会してくださいって言えばいいんだ。それで先生も何か内密の用件だとわかってくれるから、あとは話しやすくなるさ」

こんなたぐいの助言をくだくだと述べ立ててくれたけれど、ロバータにしてみれば、この段になったらおのずからわいてこなくちゃならないはずの、あたしへの熱い思いなんかさっぱり見られないのだもの、あたしはいかにも望みのない窮地に追い込まれているんだ、と思い知らされた。それで、みずからの気持ちを精いっぱい奮い立たせてから、「それじゃあ、ここで待っててちょうだいね。あまり遠くには行かないで。すぐ引っ返してくるかもしれないから」と言って、暗がりのなかを門から急ぎ足で入り、玄関までの路地をたどっていった。

呼び鈴に答えてドアを開けてくれたのは、見かけも考え方もきまじめそうな、田舎町の開業医によく見られる人物だった。それとは正反対の人物を想像していたクライドやショートの期待に反し、地方の典型的な医者でかなり保守的――謹厳で慎重、道徳家にしてかつある程度は半宗教家であり、自分ではリベラルのつもりの見解も、ほんとうのリベラルから見れば偏狭で、おまけに頑固な見解も併せ持っている。それでも、周囲の人たちの多くが無知で愚昧だから、自分はかなり学のある人間であるつもりでいることができる。きまじめさ、闊達、保守主義、成功などが跳梁するさまはもちろん、あらゆる方面で無知や放埒が跋扈するさまをたえず見せつけられてきたために、いろいろなことについて若い頃に得たものの見方が事実によって覆されたように見える場合には、天国か地獄かどちらに行かねばならないのか判断するのを棚上げし、どっちつかずのままにして放置しておくほうが性に合っている。身体の特徴と言えば、背が低く、ずんぐりしていて、短頭型の丸顔ながら顔の造りには趣があり、灰色の眼の動きは速く、人あたりのよさそうな口や微笑みの持ち主でもあった。鉄灰色の短い前髪を切りそろえて額にたらし、田舎くさいオシャレをちょっぴり見せたというところ。両腕と、分厚くてごついが器用そうな両手を脇にだらりとたらしている。五十八歳で妻帯しており、三人の子持ちで、そのうちの息子ひとりが、父親の診療所を継ぐためにすでに医学の勉強を始めている。

医者は、散らかってありきたりな待合室にロバータを通し、自分の夕食をすませるまでそこで待っててほしいと頼んで引っ込んでから、間もなくやはりありきたりな奥の部屋ないし診察室に続くドアに姿をあらわした。そのなかには机、椅子二脚、何かの医療器具、書物があり、ほかの医療道具が置いてあるらしい控えの間がついていた。その椅子に座るように手招きする。だがロバータは、医者に目をしばたかせる妙な癖があるだけでなく、その白髪頭、堅実かつ無骨な容姿ゆえに、少なからず気圧された。もっとも、恐れていたほど厭な印象は受けなかった。少なくともこの人はかなりの歳だし、態度も、同情深く温かみがあるとまでは言えないにしても、頭はよさそうだし穏健そうだもの！　そして医者は、近所に住んでいる誰かかと思ったらしく、穿鑿するような目つきでつかの間見つめたあげく、こう切り出した。「はてさて、どちらさんですかな。いかがしましたか」その声は低く、ぐっと安心感を与えてくれる――ロバータにとってはじつにありがたいことだった。

それでいて、とうとうこんなところにきてしまい、こともあろうに自分の恥をさらすような事実を話さなければならなくなったという事実に動転し、ただ座ってるだけで、はじめは医者を見つめていたけれど、そのあとは目を伏せ、もっていた小さなハンドバッグの取っ手をいじるのみだった。

「あのう、じつは」懸命に話しはじめたが、そわそわして、全身、何とか耐えてきた恐ろしい緊張感をどっと吐き出すような按配だった。「あたしがまいりましたのは……あたしがまいりましたのは……つまり……あたし、自分のことをお話しできるかどうかわからなくなりました。こちらにうかがうちょっと前までは話せるつもりだったのですが、こうしてここにきてお目にかかったら……」ここで言葉を切り、立ち上がろうとするかのように腰を浮かしたが、同時に、「あら、まあ、こんなこと、何てひどいことを。あたし、とてもあがってしまって……」

「まあ、も少し落ち着いて」と医者はふたたび愛想よく、安心感を与えてくれる口調で言った。相手の愛らしいながらも堅実そうな容貌にいい印象をもち、こんなに清純でつつましやかでまじめそうな娘が、いったい何でこんなにうろたえているんだろうと不思議に思いながら、「こうしてここにきてお目にかかったら」などという言葉におもしろみを覚え――「『こうしてここにきてお目にかかったら』わたしのどこが何だとわかったのですかな」と、相手の言葉をオウム返しに言う。「あなたをそんなに怖がらせるようなところがありましたか。わたしはたんなる田舎医者ですからね、あなたがどうやら思っていらっしゃるほどひどくはないつもりなんですがね。どうか安心して何なりとお話しなさりたいことをお話しなさってください――ご自分のことを何なりとね――それで怖がることなんかありません。わたしにしてあげられることがあれば、してあげますよ」

この人は確かに感じがいい、とロバータは考えるようになっていた。それでもこんなにお堅そうですげなく、おまけにきっと因襲的な人に違いないから、あたしが話そうと思ってることなんか聞かされたら、おそらく少なからず肝をつぶすだろうな――それでどうなることか。あたしのためにどうにかしてくれるかしら。してくれるとしても、お金についてあたしは何て言えばいい。だって、それこそこの問題の肝心なところなんだもの。クライドか誰かがここにきて、あたしの代わりに話してくれたらいいのに。だけど、あたしがここにきた以上あたしが話さなくちゃいけないのだわ。話もしないで帰るわけにはいかないし。ロバータはまたもじもじしだし、自分のコートの大きなボタンを親指と人差し指ではさんで落ち着きなくいじくりまわしていたが、やがて息も詰まらんばかりな調子で話を続けた。

「でも、これは……これは……ちょっとふつうとは違ってることで、あのう、先生がお考えになってることじゃないかもしれなくて……あたし……あたし……ええと……」

ここでまた口をつぐむ。話しているあいだも顔が青ざめたり赤らんだりして、話が続けられなくなったのだ。だが医者は、この娘の、眼が澄んで額が白く、態度や服装も堅実であるだけでなく、困惑しながらもしとやかなものの言い方も好ましく思えたので、人体に関するあらゆることにうぶと言うよりも不慣れなために陥る、病的なほどの恥ずかしがりのたぐいにすぎまいとしか、ついぞ考えつかなかった――世間知らずの若い娘などにときとして見受けられる例とそっくりじゃないか。だから、たとえどんなことであろうと怖がったりためらったりしないで何でも言っていいんだよという、そういう場合に用いる常套文句をまた言ってやろうとしたのだが、そのとたんに、ロバータの頭脳から発せられた思考の電磁波が医者の頭脳中枢にそなわる受信装置に働きかけてきたばかりでなく、この娘の魅力や生命力にも格別なものを感じたために、ふと思い直す衝動に駆られた。それで最初の見立ては間違っていると判断するにいたった。やっぱりこれは、背徳とか私生児とかがからんできそうな、厄介な若気の過ちってやつの一例かもしれないな。この娘はこんなに若くて、健康で、魅力的だし、そういうことはしょっちゅう起きているからな、こんな例は――ときには、きわめてご立派そうな良家の娘だって例外じゃない。そして、そういうことに関わると医者は必ず面倒や心労に見舞われるんだ。だがわたしは、出無精で内向的な自分の性格からくるさまざまな理由もあり、この地方の社会の風潮が風潮だけに、そういうことにちょっとでも関わるのが嫌だし、ためらわざるをえない。ああいう診療は違法だし、危険で、たいていの場合報酬もほとんど、あるいはまったく期待できない。それに、この地方の人びとも、そういう手術に感情的に真っ向から反対していることも、わたしは承知している。それに、最初は自分たちの自然な欲望にまかせて勝手なことをしておいて、それにともなう社会的責務を果たすことを拒否したがる、ああいうろくでもない青年男女には、個人的には多少とも頭にきてるんだ――事後に結婚しないなんて。だから、過去十年間には、親族やその他隣人のよしみから、あるいは宗教的配慮から、それがほんとに妥当と思われた場合には、良家の若い女性何名かを、愚行を犯して堕落した結果の妊娠から、そうしてやらなければ救われそうもなくなったところで抜け出させてやる処置をしたことも何回かあったけれども、それでもやっぱり、ほかの人からよっぽど強力な経済的援助でも受けていないかぎり、いかなるふしだらやもつれの結末を見せられても、自分の助言や専門技術を通じて救ってやる気にはなれない。危険すぎる。ふつうは、すぐ無条件に結婚するよう勧めるのがわたしの常だ。あるいは、破廉恥な行為をした張本人が逃亡してしまって結婚が不可能になっている場合、そうした問題にいっさい関わらないようにするのが、わたしの日ごろ意識的に選ぶ方針だ。あんな処置をするのは危険すぎるし、倫理的にも社会的にも間違った行為であり、おまけに犯罪になるのだから。

よって医者はロバータをごくお堅いまなざしで見つめだす。情にほだされたか何かのせいでこんなことに巻きこまれる、などということにぜったいにならないよう気をつけなければならない、と自分に言い聞かせたのだ。そして、この娘だけでなく自分自身も、あまり厄介なことにならないうちに切り抜けることができるよう心の均衡を取りもどし、それを保つ助けにするつもりで、黒革の患者診察記録帳簿を引っぱり出してきて開きながら、

「さて、どこが悪いのか、お伺いしましょうかな。お名前は?」と言った。

「ルース・ハワードと申します。ハワードの妻です」ロバータは不安そうに緊張した声で答えた。クライドがこういう場合の案として教えてくれた名前をとっさに選んだのだ。するとおかしなことに、医者はこの娘が結婚していると言ってくれたおかげで、ややほっとした。でも、それじゃあ何で涙なんか流すのか。若い既婚女性がこんなにもはにかみビクビクしたりするのは、いかなる理由があるのか。

「それでご主人の名は?」と質問を続ける。

質問は単純だし、答えるのもわけはないはずなのに、にもかかわらずロバータはためらったあげく、ようやく

「ギフォードです」と答えることができた。弟の名だ。

「このお近くにお住まいなんでしょうな」

「フォンダです」

「そうですか。で、おいくつ」

「二十二歳です」

「結婚してどのくらいになりますか」

この質問は自分が当面している問題と緊密に結びついていたから、またためらったあげくにようやく「ええと——三ヶ月です」と答えた。

たちまちグレン先生は、顔にこそあらわさなかったにせよ、また疑問を感じだした。この娘のためらいが引っかかる。何でそんなことが覚束ないんだ。この女の言うことは信用できるのか、それとも自分がさっき感じた疑念が裏づけられたことになるのか、また訝りだした。それで今度はこう尋ねた。「さて、それではどこが悪いのでしょうかな、ハワードさん。わたしに話す分には何の気兼ねもいりませんからね——ぜんぜんですよ。どんなことであろうと、わたしは長年医者をしているので慣れてますから。それがわたしの仕事なんです、みなさんの悩みごとを聞くのがね」

「はあ」ロバータは話しはじめて、またもやおどおどした口調になった。こんな恐ろしいことを告白しなければならないと思うと、喉がひからび、舌がもつれてくる。またしても先ほどと同じボタンをひねくりまわしながら、目を伏せた。「じつはその……あのぅ……夫にはあまりお金がありませんで……それであたしも家計を助けるために働きに出なくちゃならないんですけど、どちらも大した稼ぎにならないものですから」（こんな場合に嘘をつくなどという恥ずべき能力が、自分にもあることに我ながらあきれていた——いつもは嘘をつくのが大嫌いだったこのあたしが。）「それで……言うまでもありませんが……あたしたちには余裕なんかありません……つまり、あの……ほら、子どもなんか……育てたりするなんて。とにかくこんなに早々とは。それで……」

ここで言葉が途切れる。息が詰まってしまった。こんな真っ赤な嘘を語り続けるなんてとても無理。

医師はここまで聞いて、問題の真相がわかった、という気がした——この娘は結婚して間もないのに、自分で何とか説明しようとしているとおりの問題におそらくぶつかっているんだろう——それでも、違法な医療行為にはいかなるものであろうと関わりたくないし、そうかといって、人生に乗り出したばかりの若い夫婦をあまりにも落胆させるようなことは言いたくなかったから、いくらか同情を深めながらロバータを見つめた。因襲的な見方からすれば微妙なこういう状況に立たされ、よくわきまえて神妙にしている女に対してはもちろん、この若夫婦のまぎれもなく不運に見舞われた末の窮境にも、心を打たれたのだ。可哀相に。近ごろの若い人たちは、結婚生活を始めたばかりでとかく辛い目に会う例も少なくない。この夫婦もきっと何らかの経済的困窮に陥ってるんだろう。若い夫婦はほとんどみんなそうじゃないか。だからといって、この妊娠中絶手術とか、正常なつまり神のお誂えになった生命の仕組みへの干渉などといった仕業は、まあ、せいぜいのところ危なっかしくて自然にもとる行為であり、自分としてはなるべく関わりたくないな。それに、若くて健康な夫婦なら、たとえ貧しくても、結婚することにしたらどういうことになるか、わかってるじゃないか。二人が働けば、少なくとも夫が働けば、何とか暮らしていくのも不可能じゃないだろう。

そこで医師は、椅子に腰かけたままやおら背筋を伸ばし、とてもしかつめらしく威厳をこめながら説得にかかった。「あなたが言おうとしてらっしゃることは、あたしにもわかる気がしてきましたよ、ハワードさん。しかしね、ご自分の念頭にあることがどんなに重大で危険なことか、お考えになったことがあるのか、疑問だとも思っているんですよ。それはそうと」と唐突に話題を変える。過去にやったことのある処置か何かの噂のために、このあたりでの自分の評判に多少とも傷がついていないか、ということにふと思いいたったのだ。「とにかくいったいどういうわけで、わたしのところへいらっしゃることになったのですか」

その声の調子に潜む何か、この質問を発したときの物腰——そこには警戒の念があらわだったし、その種の処置をしたことがあると誰かに疑われているとわかったら今にもいきり立ちそうな雰囲気だったから——ロバータはためらい、誰かから聞いたとか、教わってきたとか言ったりしたら——クライドにはそう言うように言われたのだけれども——危ないという気がした。おそらく、誰かに教わってきたなんて言わないほうがよさそう。名医としての自分の人格を貶めるものだと受けとって、憤慨するかもしれないもの。ロバータは、芽生えはじめていた駆け引きの本能にここで助けられて、「何度か通りかかったときにお宅の看板に気づきまして、いろんな人からいいお医者さんだって話を聞きましたもので」と答えた。

医師は不安が和らいで、話を続けた。「まず何よりもですね、あなたのしてもらいたいと思ってるようなことは、わたしの良心が許しませんからお勧めできません。もちろん、あなたがそれを必要だと思ってることはあたしも理解してますよ。あなたもご主人もお若いし、お二人には暮らしていくのにじゅうぶんなお金がないので、こんな余計なお荷物が入ってきたら、あらゆる点で重荷になると思っているのでしょう。確かにそのとおりです。それでもわたしの見方からすれば、結婚は神聖なものであり、子どもは祝福です――呪いなんかじゃありません。それに、あなただって三ヶ月前、結婚式の祭壇に向かわれたとき、こういう状況に直面することになるかもしれないことがわからなかったはずはありません。どんな若い夫婦だってわかってるとわたしは思いますよ」(「祭壇」だって、とロバータは思って悲しくなった。ほんとにそうでありさえしたらいいんだけど。)「ところが、わたしも知らないわけでもありませんが、現代、一部の人たちは、残念ながらこちらの方向に向かう傾向にあります。こういう手術をするような場合でも正常な責任を問われなくてすむなら、やってもいっこうにかまわないなどと考える人たちもいます。でも、それはとても危険なんですよ、ハワードさん、医学的にとても間違っているだけでなく、法律的にも倫理的にもとても危険なんです。この手段で出産を免れようとして死ぬ女性が大勢いるんです。そのうえ、そういう女性を助けたりした医者は、結果の成否にかかわらず、みんな刑務所行きの犯罪を犯したことになるのです。あなたもご存じだと思いますけどね。いずれにしてもわたしは、一人の医師として、この種の手術にはあらゆる角度から見て心の底から反対します。それが許されるとわたしにも思える唯一の場合は、たとえば母親の生命がそういう手術で救われるときだけですね。それ以外にありません。そして、そういう場合については医学界の意見も一致しているんです。しかしながら、あなたの場合はそういう手術を正当化するような事情にない、とわたしには断言できますね。あなたはどうやらたくましく健康な女性とお見受けします。母親になったからといって、あなたには大きなさしつかえが生じるはずもありません。それに、お金について言えば、とにかくこのまま様子を見て赤ちゃんを産んでしまったら、あなたとご主人とで何とかやっていける道を見つけることができそうだと、今でも思えるじゃありませんか。ご主人は電気関係のお仕事とおっしゃいましたよね」

「ええ」とロバータ。どぎまぎしながらも、医師の厳粛なお説教にすっかり圧倒され畏まっていた。

「ほらね、そこですよ。それはそんなに悪い職業じゃありません。少なくともどこの電気工もみんなかなり高い工事費を請求しますからね。それにね、あなたは自分がどんなに重大なことをしようとしているかよく考えなければいけませんが、あなたと同様に生存する立派な権利がある若い命を、じっさいに葬り去ろうとしているなんて思ったら……」ここで、自分の言っていることの重みをしっかり受けとめさせようとして間合いをとる――「そりゃあ、そうすればあなただって、踏みとどまって考えなおさねばならないという気になるはずですよ――あなたもご主人もね。それに」ここで、駆け引きの詰めに入り、さらに父親みたいな口調になって、気をそそろうとさえするかのような言い方になる。「赤ちゃんというものはいざ生まれてきたら、そのためにちょっとくらい苦労するとしても、そんなものを償ってあまりある喜びを夫婦お二人にもたらしてくれると思いますよ」ここで、気になっていることを訊き足す。「ご主人はこのことをご存じなのですか。それとも、生活の苦しさからご主人やあなた自身が抜け出せるように、あなたお一人だけで考えたことなんですか」医師は、この娘が妊娠の不安だけでなく、何かまったく小心な女々しい経済観念にも取りつかれていると見抜けた気がして、ほくそ笑みを浮かべそうになりながら、それならこの娘を今のような気持ちから抜け出させるのはわけないと決めこんだ。それでロバータは、相手のそのような心の動きを察知し、またひとつ嘘を重ねようと重ねまいと自分の罪に大して変わりはないと思って、「主人も存じております」と答えた。

「そうかね、それじゃあ」自分の推測が当たっていなかったことにちょっとがっかりしたものの、この夫婦を思いとどまらせようという決意はやはり揺るぎないまま、話を続ける。「このことについてこれ以上話を進めようとする前に、お二人でじっくりお考えになるべきだと思いますがね。若い夫婦がはじめてこういう事態にぶちあたると、わたしにもわかりますが、いつも最悪の面ばかり見るものですが、いつもそうなるとは限りませんよ。わたしと妻が最初の子をもったときのことを覚えてますが、でも何とかなりましたよ。だからあなたがたも、ここは落ち着いてよく話し合ったら、見方も変わりますよ、きっとね。そうすればあとになって良心の呵責に悩まされることもなくなるんですから」医師は話し終えて、この娘が自分のところにやってきたときの思いつめた気持ちだけでなく妊娠の不安も解消してやった、と当然のごとく思った――分別もあり世間並みの人妻なんだから、これでもちろん、もう思いとどまるさ――さっきまで考えていたこともさっぱりと忘れ、帰っていくだろうな。

ところがロバータは、医師が予想していたようには、喜んで言うことを聞こうとも、立ち上がって帰ろうともせず、それどころか、目を大きく見開いて相手を凝視したかと思うと、すぐにどっと泣き崩れた。というのも、医師の話は、何よりもまず、ロバータがずっと頭から閉め出そうとしてきたし、仮にほんとうの結婚をしているというあたりまえの状況だったら、自分自身だってとっていたに違いない対処の仕方にほかならなかったはずの、こういう場合における世間や因習に従った通常の見方を、これまでになかったくらいまざまざと思い知らせる効果を上げただけだからだ。それで、自分の問題がまったく解決されそうもなく、少なくともこの人の手によっては解決してもらえないと悟ったとたん、病的なパニックとでも言うのがもっともふさわしそうな精神状態に襲われたのだ。

突如、手を握ったり開いたりしながら膝をたたきはじめ、顔を苦痛と恐怖にゆがめつつ、ロバータは叫んだ。「でも、先生、おわかりじゃないのですわ、わかってないんだから！　あたしは何としてもこれを堕ろさないわけにいかないんです！　そうしなくちゃ。ほんとうはさっきお話ししたようなことではぜんぜんないんです。結婚はしてません。夫なんていないんです。でも、ああ、それがあたしにとってどういうことか、先生はおわかりになってないんです。家族が！　お父さんが！　お母さんが！　どうお話しすればいいか。でも、堕ろさなくちゃならないんです。堕ろさなくちゃ！　どうしても！　ああ、おわかりになってない、わかっていただけない！　堕ろさなくちゃ！　どうしてもです！」神がかりにでもなったように身体を前後左右に揺らしはじめる。

するとグレンは、この態度の急変に驚き、あっけにとられもし、感情を揺さぶられもしたが、同時におかげで、最初の推測が正しかったし、したがってこの娘は嘘をついていたんだと知り、こんなことに巻きこまれたくないと思ったら、自分はきっぱりした、非情とも言える態度をとるに如かずとも気づいて、いかめしく「結婚なさってないとおっしゃるんですか」と訊いた。

それに答える代わりにロバータは、ただ首を横に振るだけで、泣きつづけている。それでグレンもようやく、この娘の事情がすっかり呑みこめて立ち上がった。その顔は、困惑しながらも用心深い同情のこもった慎重さを絵に描いたよう。だがはじめは口も利かず、ただ泣いている娘を見守っているだけだった。やがて「やれやれ、それは困りましたな。お気の毒です」という言葉を添えた。しかし、うかつに少しでも関わり合いになることを恐れて、それ以上は言わない。しばらくしてから慰めるように、また尻込みがちに「泣くのはおよしなさい。泣いたって仕方ないでしょう」とつけ加えた。それからまた間合いをとり、この件にはぜったい関わらないようにしようとあらためて心に誓った。それでも、真相を知りたいという気持ちも多少あって、しまいに尋ねる。「ふーん、それで、あなたにこんな面倒をかけた張本人の青年はどこにいるんです。この町にいるんですか」

ロバータは屈辱と絶望に打ちのめされてまだ口もきけず、ただ首を横に振る。

「でも、その男はあなたが妊娠してることは知ってるんでしょ」

「ええ」とロバータは消え入るような声で答える。

「それで結婚してくれないんですか」

「いなくなってしまったんです」

「ああ、なるほど。若いろくでなしめ！　それでどこに行ってしまったか、あなたも知らないってわけですな」

「ええ」ロバータは力なく嘘をつく。

「その男が姿を消してからどのくらいになりますか」

「およそ一週間です」また嘘をつく。

「それでそいつがどこにいるか、ご存じない」

「ええ」

「体に変調をきたしてからどのくらいになりますか」

「もう二週間以上も前からです」ロバータはすすり泣く。

「それ以前はいつも順調だったのですね」

「ええ」

「ああ、それならまず言えるのは」それまでよりもややほっとして気が楽になったみたいな口ぶり——危険や困難に巻きこまれるとしか見込めそうもない患者を厄介払いできる口実が見つかりそうだと思っている様子。「これはあなたが心配するほど深刻ではないかもしれないってことですね。あなたがおそらくすっかりおびえてしまっているのはわかりますが、女性に生理が一回くらいなくなったからといって、めずらしいことじゃありませんよ。いずれにせよ、検査もせずに確かなことは言えませんし、たとえ妊娠しているとしても、あと二週間は待ってみるのが最善でしょう。その頃には何でもなかったとわかることになるかもしれませんよ。そうなったとしてもわたしは不思議とも思いません。あなたは神経過敏な方のようですが、それがこういう不順を引き起こすこともありますからね——ただの神経症的症状でね。とにかく、わたしの診察を受け入れるおつもりなら、どうなさるにせよ、今のところは何もしないでお帰りなさい。そして、はっきりと見きわめがつくまでお待ちなさい。何かするにしても、その前にするのは当を得たこととは言えないでしょう」

「でも、もう薬も飲んでみたんですけど、効き目がなかったんです」とロバータは訴える。

「何という薬ですか」とグレンは興味深げに訊いた。そして、薬の名を聞くと、つぎのように言った。「ああ、あれですか。まあ、あんなものは、あなたが妊娠してるとしたらじっさいに役立ちそうもありませんな。それにしてもやはり、お待ちなさいと申し上げますね。二回目もこないまま過ぎたとなったら、そのときは何かしてもいい時期になったと言えるでしょうが、そのときでさえ、なるべく余計なことはなさらぬよう、心から忠告しておきますよ。そんなことをして自然の摂理に介入するなんてことは間違いだと思いますからね。子どもを産んで育てるための用意をなさるほうがはるかにましです。そうすれば、一個の命を葬り去るという罪まであらたに背負って、良心の呵責に苦しむなんてことにならずにすむんですから」

医師はこう言ったとき大まじめで、ごく義心に駆られていた。だがロバータは、相手に理解してもらえるとも思えない恐怖にとらわれ、さっきと同じような芝居がかったと見えかねない叫び声をあげた。「でも、そんなことできませんわ、先生、いいですか。できないんです！　できませんの！　おわかりになってくださらないんですね。ああ、何とかしてこれを堕ろす方便が見つからなければ、どうすればいいのか、あたしわかりません。わからない！　わからない！　わからないんです！」

首を振り、手を握りしめ、身体を揺すっている。その間グレンは、そのおびえぶりや、こんな恐るべき羽目に陥る原因となった、医師に言わせれば愚行のもたらす憐れさに心を打たれはしたものの、職業柄、困難しか予測できないようなたぐいの診療依頼には応じる気になれず、毅然として立ったまま言い足した。「さっきから言ってるとおり、ミス――」（ちょっと言いさす）「ハワード、というのがあなたの本名かどうかわかりませんがね、そういうたぐいの手術には、わたしは断然反対なんです。そんなことが必要となるような愚行に若い男女が走ることに反対するのと変わりありません。医者は、監獄で十年間過ごす気でなければこの種の診療に関わったりできません。そしてわたしが思うに、そういう法律は正当です。現在の状況をあなたがどんなに辛いと思ってるか、わたしにわからないではありません。それにいつだって、あなたのような事情を抱えている女性を助けてやろうと人たちが見つからないわけではありません。その女性が道徳的にも法律的にも間違ったことをしようとしているのでないかぎりはね。だから今わたしにできる最善の忠告は、さしあたっても将来も変な真似はしなさんな、ということぐらいですな。実家に帰ってご両親と会い、打ち明けるのがいいでしょう。そのほうがはるかにいい――はるかにいいと断言できます。あなたが想像するほど辛くはないでしょうし、もう一つの方便ほどいやらしくもないのですから。あなたのお腹には命が宿っていることを忘れないでくださいね――人間の命ですよ――あなたが想像しているとおりだとすればね。あなたが葬り去ろうとしている人命がです。あなたがそうしようとしているお手伝いなんか、わたしにはできませんよ、ほんとうに。お手伝いする医者もいるかもしれません――いるということはわたしも知ってます——職業上の倫理をわたしほど深刻に受けとっていないような人があちこちにね。でもわたしはそういう連中の仲間入りする気になれません。申し訳ありませんね——ほんとに。

「だから今わたしに言えるのはせいぜい——実家のご両親のところへ帰って打ち明けなさいってことです。そんなことをするのは、今は辛いと見えるかもしれませんが、長い目で見ればそうしてよかったと思うようになります。もしあなたやご両親の気が休まるというなら、ご両親にわたしのところにきてもらい、お話ししてくださってもいいですよ。こんなことはこの世で最悪の不幸なんかではないと、ご両親にもわかってもらえるように話してみますから。しかし、あなたがお望みのことをしてあげるかとなると——とても申し訳ないのですが、わたしにはできません。わたしの良心が許しませんので」

医師は話をやめ、ロバータを気の毒そうに見つめたが、その眼には一歩も引かない決意がこもっていた。それでロバータは、この医師にかけていた期待がいっさい潰《つい》えたために唖然とし、この医師についてクライドから聞かされた話に自分が惑わされていただけでなく、自分の症状や情緒の不安を訴えても相手に響かなかったということもようやく頭に入ってきて、よろよろと戸口のほうへ歩きだした。今後どうなることやら、不安がどっと押し寄せてくる思いだった。そして、医者がきわめて丁重に思いやりこめて閉めてくれたドアを背に、暗い屋外に出ると、立ち止まってその場の立木にもたれかかった——神経も身体もずたずたになり、倒れそうだった。先生はあたしを助けるのを断った。先生はあたしを助けるのを断ったんだ。それで今度はどうする。

第三十八章

医師の決意が最初にもたらした効果は、二人がともに打ちのめされ、すくみあがってしまったということだった——ロバータもクライドも——測りしれないくらい。こうなったらもうどう見ても、ロバータには私生児の出産と恥辱が避けがたくなったからだ。クライドには露見と破滅が。そしてそうなるのがはじめから、二人にとっての唯一の帰結だったようにも思われた。しかしやがて少しずつ、少なくともクライドの目には、重い帷《とばり》があがってくるように見えてきた。けっきょくは、あの医師もにおわせたように――また、ロバータもまともに話せるだけ落ち着きを取りもどせたときには伝えてくれたように――結着はまだついていないのかもしれない。ドラッグストアの男も、ショートも、そして医師までもほのめかしたとおり、ロバータが勘違いしているという可能性がわずかながら残ってるじゃないか。だからといってロバータがほっとしたりすることはなかったにせよ、クライドは無為無策に陥る好ましくない反応を見せるにいたった。つきまとって離れない不安に襲われ、こんな状況を乗り切れなかった場合に間違いなく世間に知れわたってしまうだけでなく、乗り切る能力なんかそもそも自分にはないのじゃないかとも考えるせいだ。その結果、だからこそなお必死にがんばるべきなのに、それどころか、すぐにつぎの行動に移りもせずにぐずぐずするようになった。というのも、性格が性格だっただけに、行動しなければたぶん悲劇的結末が待ちかまえているとはっきりわかっていながら、それでも、自分に危険が及ばないかという心配ばかりして、誰に相談したらいいのか考えることさえできずにいたのだ。クライドの表現を借りて言えば、あの医師ときたらロバータに「肘鉄食らわしやがった」し、ショートの助言だってあんなにあてにならなかったんだものな！

しかし、つぎは誰に頼ったらいいのかおろおろ思い悩むだけで、具体的に誰という名を思いつくこともなく二週間が経ち、さらに日にちが重なっていく。どこを訪ねようと、ただ質問するだけでも難問だ。そんなこと、できそうもないや。それに、今すぐ相談できる相手なんかどこにいる。誰に相談するってさ。こういうことには時間がかかるもんなんだろ。だがそうこうする間にも日々は過ぎていき、いかなる手立てをとるべきか思いをめぐらせる時間は、クライドにもロバータにもたっぷりあった――たがいの関係をいかなるものにすべきか――もし薬でも手術でも解決策が見つからないとしたら。というのもロバータは、言葉でと言うよりも工場での勤務中の表情や素振りによってせっつきにせっつきながら、ほったらかされて自分ひとりでこの問題に取り組むことにされてなるものか、と決意を固めていたからだ――そんなこと、許せないから。それなのに、ロバータにも見てとれたように、クライドは何もしていない。すでにやってみたこと以上はどうすればいいのか、まったく見当もつけられないありさまだ。クライドには親しい人もいないから、何か役立ちそうな情報でも引き出せないかと期待して、問題を架空の話に仕立てたうえで、あちこちのいろいろな人に訊いてみるぐらいしか思いつかなかった。他方で、現実離れの逃避的な振る舞いと思われようが、ソンドラが飛びまわっているあの浮ついた世界からのお呼びがかかり、夜とか日曜日とか、惨めな状態にあるロバータの気持ちもそっちのけで、あちこちへの外出に招待されてはじっさいに出かけるのだった。出かければ、ほとんどたえず目の前にちらついている災厄の幻影を当座は忘れて、気を紛らすことになったからだ。ロバータに堕ろさせることさえできたら！　それさえできたらなあ。でもどうやって。金もなく、親しい人もなく、医療についてもっとくわしい知識もないのに。あるいは、ちゃんとした医療でなくても、性の秘密結社のような、ときには知っている者もいるらしいあの裏世界を知ってさえいればなあ――たとえばグリーンデヴィッドソンのベルボーイたちのように。クライドはもちろんラッタラーに手紙を出したのだが、返事はこなかった。ラッタラーはフロリダ州に転居したので、クライドの手紙も届かなかったのだ。このあたりで知己になった連中はみんな工場か社交界の関係者だった――一方の連中は経験がなくて危険だし、他方の連中は疎遠で危険だ。ほんとうの打ち明け話をしても秘密を守ってくれるほどの親密さを築けた相手は、後者のなかにも誰もいないのだから。

それでいて、何とかしなけりゃならない――のんべりだらりとしてはいられないんだ。ロバータがいつまでもそうさせてくれないのは間違いない――目立ってきそうになってるんだから。だからクライドも、ときにはじっさいにがむしゃらな努力をしてみた――藁をもつかみ、よそから見れば頼りないとしか見えないような運を逃すまいとした。それで、たとえば同僚の職制がある日たまたま、部下のなかに「腹が大きくなって」退職に追い込まれた女工がいたという話を始めたときなど、その機会に乗じて、その女工が出産する余裕もその気もなかったりしたらどうすると思うなどと訊いてみた。しかしこの職制はクライドに劣らず世情に疎く、たぶん知り合いの医者でもいれば診てもらいにいくか、さもなきゃ「行き着くとこまで行く」しかないだろうね、などと宣《のたま》うだけ

――それならクライドの現状とまったく変わらないことになる。また別の折りには床屋で、『スター』紙で取りあげられていた、この地方のあるごくつぶしが若い女に訴えられたという事件に話が及んだとき、あの娘も「やむをえない事情でもなかったら、あんなやつを訴えたりしなかったでしょうがね」という言葉が飛び出した。そこでクライドはこの機会を逃すまいと、「でもあの娘だって、好きでもない男と結婚しなくても、お腹の子どもを始末する手が見つけられたはずだとは思わないかね」と期待をこめて訊いてみた。

「さて、そいつはお考えほどたやすくはありませんぜ。とくにこのあたりじゃね」整髪してくれていた知ったかぶりが解説してくれる。「第一、法律に違反してまさあ。そのうえしこたま金がかかるとくる。でも金がないとなりゃあね、まあ、地獄の沙汰も金次第ってやつでさあ」鋏のチョキチョキいう音を聞きながら、クライドはわが身に照らしてまったくそのとおりだと思った。おれにも金がうんとあれば――せめて五、六百ドルでもなあ――すぐにでもそれを使うんだが。そして何とかロバータを説得し――説得できないとは限らないもの――ひとりでどこかの医者まで行かせ、手術を受けてもらうんだ。

それでもクライドは、日々相も変わらず、何とか誰かを見つけなければとみずからに言い聞かせるばかりだった。ロバータもまた、自分も何とかしなくちゃとみずからに言い聞かせていた――クライドがあんなふうなやり方しかできないのなら、ほんとはもうあの人を頼りにしてはいけないんだ。こんな恐ろしいことを軽く見たり、妥協したりしてはいけない。あの人にだって影響するのに。これがあたしにどんなひどい影響を及ぼすか、クライドはわかっていないに違いない。あの人にだって影響するのに。なぜって、あの人がはじめはそうしてくれるときっぱり言ったくせに、今さらあたしの窮地を脱するために力を貸してくれないとなれば、そうなったら、決まってるでしょ、あたしが今後ひとりで嵐を乗り切るなんてことにされて黙っているわけにはぜったいにいかないもの。だめ、だめ、だめ！何と言ってもクライドは男じゃないの。それがロバータの見方だった――あの人には立派な地位もあるし――こういう危なっかしい立場に立たされて、ひとりじゃ抜け出すこともできないでいるのは、あの人じゃなくてあたしなんだから。

そして、二回目の予定日が過ぎて二日経ち、最悪の疑いがあたっていたことが決定的に明らかになると、ロバータは言葉に尽くせぬほど苦にして、そのことをありとあらゆる角度から誇大妄想に仕立て上げるばかりでなく、三日目にはクライドに手紙も書いて、その夜あのグラヴァーズヴィルの医者のところに、すでに一度断られたにもかかわらず診てもらいにいくと告げた――それくらいあたしはせっぱ詰まってます――そしてクライドに付き添ってくれるように頼みもした――その要求をクライドは、自分のほうで何もうまくやれていなかったから、ソンドラとの約束があったけれどもすぐに呑むことにした――こっちのほうが何よりも大切であるような気がする。ソンドラには仕事の都合という口実で断らなければなるまい。

こうしてこの二度目の訪問が実行された。途中クライドとロバータとのあいだでピリピリした会話を長々と交わしたものの、クライドが、これまでなぜ何の手も打てなかったのかということの言いわけや、このように独力で何とかしようと思い立ったロバータの勇気をべたぼめする言葉を吐く以外に、大した成算も見つからなかった。しかもなお医師はまた、何の手も打つ気はないと言い、じっさい何もしてくれなかった。医師がどこからか帰ってくるまで一時間近くも待たされたあげくロバータは、体調が相変わらずで、自身の妊娠の恐れに死にそうな思いだという話をさせてもらっただけで、医師がほんとうはやろうと思えばできるはずの処置をしてくれそうな気配すらうかがえなかった。わたしの主義や倫理に反しますからね。

そういうわけでロバータはふたたび追い返されてきた。今回は泣きはしなかったが、ほんとうはあまりに悲しくて泣くこともできず、さし迫ってきた危険や、それにともなって予想される恐怖や悲惨さの重みに押しつぶされ、息も詰まりそうになっていたのだ。

そしてクライドはこの敗退の知らせを受けると、とうとう狂おしく暗澹たる沈黙に沈んでしまった。役に立ちそうな案などまったく持ち合わせていない。何と言ってやったらいいのか、思い浮かびもしないし、こうなったらロバータが、社会的立場からしても経済力からしてもおれにはとても応じきれそうもないような要求をもちだしてくるのじゃないか、などという恐れが先に立ちはじめる。しかしながら帰途ロバータは、それについてほとんど何も言わなかった。口を利くどころか、ただ座って車窓から外を見つめるだけ――ときが経つにつれてますます現実味を増し、凄みを帯びてきて防ぎようもなくなった自分の窮地について考え込んでいる。言いわけのために、頭痛がするからと泣きを入れた。ひとりになりたかったのだ――もっとよく考えてみたいだけ――解決策を考え出そうとしてみるために。何か手立てを見つけなくちゃ。そんなことはあたしだってわかってる。でもどんな。どうやって。何ができる。どうすれば抜け出すことができるの。まるで八方ふさがりの窮地に追い込まれて、命がけであがいている動物みたいな気がしてくる。かけ離れていてまったく使いものにならない逃げ道を無数に思い浮かべてみるのだが、けっきょく、これならいいかもしれないと思えるたった一つの安全で確かな解決策に立ち戻る――それはつまり結婚だ。なぜそれでいけないの。この人にすべてを捧げてしまったのだもの。しかも分別にのっとったこちらの判断を押しのけられて。この人が無理やり口説いたじゃないの。この人、いったい何様よ、こんなふうにあたしを見棄てるなんて。だって、この人の態度ときたら、ときには疑問の余地のないほど剥き出しで、とくにこの最近の危機がはっきりしてきた頃からは、ソンドラやらグリフィス家やら、この土地での夢を追うには致命的になりそうなこういう事情やらを気にしてるために、愛情なんてすっかり消え去ってしまったことを、ありありと見せつけてくれてる。それに、妊娠があたしにとってどんなに重大な意味をもってるかということよりも、自分にとっての深刻さ、自分に確実に及んでくる損害ばかり気にしてるってことがあからさまじゃないの。さらにロバータは、こんなことを考えても、いつものようにパニックを起こさずに何とか持ちこたえられるうちは、恨めしさのおかげで腹を立ててるだけの気力が奮い起こされて、こんな絶望的な状態に追い込まれた以上、ふつうなら要求するなんて夢にも思わないようなことを要求しても当然だという結論に、徐々に近づいていけるようになった。ずばり結婚を要求するんだ。ほかに逃げ道がないのだもの。それでなぜいけないの。あたしの人生だってこの人の人生と同じ価値があるんじゃないの。それに、この人が自分の人生をあたしの人生に結びつけたんじゃないの、みずから進んで。それなら今は、あたしを助けようと懸命になるのがあたりまえでしょ――あるいは、それができないのなら、この最終的な犠牲を払うべきよ。あたしが表向き救われたように見せることのできるたった一つの道なんだもの。だって、この人がとにかく気にしているあんな社交界の人たちなんて、いったい何だって言うの。なのに、ああいう人たちの気に入られたいからというだけで、こんな窮地に追い込まれたあたしに、自分の身体も自分の将来も評判も犠牲にしろなんて、この人が要求していいの？ ああいう人たちは何も大したことをしてくれたわけじゃないでしょ。あたしがしてあげたほどのことをしてくれてないのは確かよ。なのに、自分の言うことを聞かせようとあたしを口説いたあげく、今さら飽きてきたからというだけで——そんなことが、今こんな窮地であたしを見棄ててもいいと言える理由になる？ この人があんなに気に入られたがってるああいう社交界の人たちだって、たがいにどういう関係を結んでいるものやら知らないけれど、けっきょくはみんな、あたしのやむにやまれぬ要求を当然だと思ってくれるんじゃないかしら。

ロバータはそんなことを思いふけった。とりわけ、グレン医師に助けてもらおうと二度目に会って帰ってきた直後からは、ますます一心不乱に考えた。じっさいときには顔つきまで変わり、挑みかかるような決然たる表情になった。それはロバータにしてはめずらしいと思われる表情だったが、外からの圧力を受けて急激に象《かたど》られたのだ。顎も何となく角張ってきた。決意を固めたのだ。あの人にあたしと結婚してもらわなくちゃならない。これを切り抜ける道がほかにないとしたら、結婚してもらわなくちゃ。どうしても——どうしてもだ。実家のこと、母のこと、グレース・マー、ニュートン夫婦、その他あたしを知ってる人みんなのことを考えてみるがいい——あたしと何らかの形でつながってる人たちみんながこのことのために傷つき、青ざめ、苦痛や恥辱を味わうんだ——父さんや弟妹たち。いけない！ いけないわ！ そうなってはいけないし、そうならないようにしなくちゃ！ だめよ。あくまで結婚を要求しなくちゃならないとは、クライドがこれまでこの地での前途にかけてきた期待の大きさを思えば、こうなってしまった今あたしが見ても、ちょっと厳しすぎる要求のように見えないわけでもないけれど。でも、それ以外にあたしができることってある？ どうすればいいの。

というわけで翌日クライドは、前夜あれほど長時間いっしょに過ごしたから少なからず意外に思ったが、また手紙を受けとった。その夜またぜひきてほしいと伝える手紙だった。お話ししたいことがあるということだったが、その文章の調子には、これまでのロバータのものの言い方に見られなかった、拒めるものなら拒んでみろと言わんばかりの挑戦的な態度がうかがえた。それですぐにクライドは、この状況を打開できなかったらきっとどうしようもないことになるという思いにひしがれたから、呼び出しをなるべく何食わぬ顔で受けとめ、出かけることにするしかなかった。それで、ロバータがいったいどういう解決策を出そうというのか、聞いてやるしかない——あるいは——そうではなくて、愚痴を言いたいだけかもしれないとしても。

夜も更けてから下宿に行ってみるとロバータは、この面倒が起きて以来はじめてと言ってもいいくらいの落ち着いた精神状態にあるみたいだった。きっと泣き暮れているだろうと予期していたから、クライドはちょっと意外な気がした。それにしても、ロバータはむしろ、前よりもっと慇懃な態度になっていたが、じつは、どうすれば自分にとって我慢できる結論を引き出せるか頭を振り絞っていたために、生まれついてのしたたかさが呼び覚まされ、それが働きだそうとしていたのだ。

それでロバータは、心のなかに用意してあった真意をすぐに言いだしたりはせず、まずつぎのように質問した。「別のお医者さんがもう一人見つかったの、クライド、それとも何かいい思いつきでも浮かんだの?」

「いや、だめだったよ、バート」直前まで張りつめていた精神力がプッツンしてしまうほどもたなくなりかけていたクライドは、疲れはて陰鬱きわまりない返事をする。「ぼくだって努力してきたんだよ。でも、こんな手術に手をつけるのも怖がらないような医者を見つけるのは、クソ難しいんだ。じつを言うとね、バート、ぼくはお手上げになりそうなんだ。きみに何かいい考えが浮かばないかぎり、ぼくらはどうしたらいいか、ぼくにはわからないよ。診てもらいにいけるようなほかの医者のことを思いついたり、耳に入れたりしたことはないのかい」

クライドがそんなことを言ったのは、最初に例の医者を訪れたすぐあとで話し合ったときに、ロバータが移民家族の娘の誰かとかなり親しくなれたら、二人にとって役に立つ何らかの情報を徐々にでも聞き出せるかもしれないなどと、ほのめかしたことがあったからだ。だがロバータは、そんな安易な友人関係を築けるような性格ではなかったから、そういうやり方で得た成果など少しもなかった。

しかしながら、「お手上げだ」などと言われたおかげでロバータは、ほんとうは待ち望んでいた機会をつかまえることができた。避けがたいし、これ以上先延ばしにするべきでないと思っていた案を持ち出す好機だ。とはいえ、クライドがどう反応するか不安だったから、どういう形で持ち出したらいいのか迷って首を横に振りつつ、演技とは言えない心許なさをあらわに示したあげく、ようやく口に出した。「あのう、ほんとを言えばね、クライド、あたしもずっと考えてきたんだけど、この窮地を抜け出す道は見出せないのよ。ただし――ただしあなたが、あのう、あたしと結婚してくれれば別なんだけど。もう二ヶ月になるのよ。すぐに結婚しないと、みんなに知れてしまうわよね」

これを言ったときのロバータは、自分が正しいことを言っているという確信から生まれた勇気を外見にただよわせながらも、クライドの反応に不安を覚えている内心もうかがわせる錯綜した態度だった。クライドの反応と言えば、その顔に芝居の早変わりさながら突如つぎつぎに、驚き、憤り、不安、恐れの表情があらわれるために、いっそう錯綜していた。変化しながら戯れのように移り変わるその表情が何か明確なものを意味しているとすれば、それは、自分がこの女からいわれのない危害を加えられようとしているという意識だった。ソンドラに惹かれて少しずつ近づくようになって以来、期待がどこまでも高まってきていたから、今ロバータから出されたこの要求を耳にしたとたん、クライドの額にしわがあらわれ、その態度も、気もそぞろながら比較的愛想のよい思いやりを示すものから、恐怖や反感と、痛烈な結着を回避したいという決意とが入りまじったものへ変わる。だって、こんな要求を呑んだら、おれはすっかり破滅するしかなくなるじゃないか。ソンドラも職も、グリフィス家につらなる社会的地位向上の望みや野望も失う――何もかも――思うだに胸が悪くなったが、同時にどう応じるべきか決めかねもした。いや、ごめんだね！　ごめんだよ！　そんなことするもんか！　ヤダ！　ヤダ!!　ヤダ!!!

そのくせ、間をおいてからようやくクライドが声にして発したのは、煮えきらない言葉だった。「そりゃ、やばいね、バート。きみにとってはそれでいいだろうさ。何の面倒もなく、すべてまるく収まるわけだからね。だけど、ぼくはどうなる。忘れてもらったら困るけど、そんなこと、ぼくがたやすくできるはずないよ、今の事情を考えたらね。きみだって知ってるだろ、ぼくにはお金がぜんぜんないんだ。あるのは今の職だけさ。それに、あの親戚たちはまだきみのこと知らないんだ——何ひとつね。なのに今さら急に、ぼくたちがしょっちゅういっしょに出歩いていたし、しかもこんなことになって、すぐに結婚しなければならなくなったなんて明らかになったら、そりゃ、やばい、ぼくは連中をだましていたって知られてしまうし、連中もきっとむかっとするさ。そしたらどうなる。ぼくの首だって危なくなるじゃないか」

クライドはそこで言葉を切って、こんな弁解にどんな効果があるか見きわめようとしたが、近ごろは弁解を始めるといつもきまってロバータの顔に浮かんでくる、何となく疑わしげな表情が見てとれたので、この出し抜けに突きつけられた要求の話を遅らせるためならどんな手でも使おうとして、望みがありそうなことをあいまいな言い方ながらつけ加えた。「それにね、医者が見つからないとまだ決まったわけでもないんだ。今までのところはついてなかったけど、だからといって今後も見つからないことにはならないからね。それにまだ時間の余裕はあるんだろ。確か、あるはずさ。とにかく三ヶ月まではだいじょうぶなんだから」(その後ラッタラーからの手紙を受けとり、そこにそんなことが書いてあったのだ。)「それに先日、オルバニーに手術してくれるかもしれない医者がいるって話も聞いたし。その医者について話す前に、とにかくぼくが行って見てこようと思ってたのさ」

そう言ったときのクライドの挙動はとらえどころがなさすぎて、ロバータにもそれがたんなる時間稼ぎでしかないと見抜けた。オルバニーに医者なんかいないんだ。それにこの人、あたしの提案に腹を立てて、何とか逃げ出そうとばかり考えてるのは見え見えよ。まあ、あたしだってじゅうぶん承知してるけど、この人は一度だってはっきりと、あたしと結婚するなんて口にしたことはない。だからあたしが迫ったところで、突き詰めて言えば、あたしもこの人にどうにかしろと強いることができる立場にはない。この人がひとりでどこかへ行ってしまうこともありうる。前に一度、あたしのためにへたをすると職を失うなんて話をしたときに、そんなことを口走ったもの。この町でこの人があれほど惹かれているあの世界から引きはがされ、あたしと子どもを養ってもいかなくちゃならないとなったら、逃亡しようという衝動がどれほど強まることか。そう思うとロバータは慎重になり、どんなにせっぱ詰まっているにせよ、きっぱりと責め立てるように言ってやろうとしたさっきの衝動を抑える気になった。またクライドは、ソンドラが中央に鎮座ましますあの輝かしい世界と、それが今や直面している危機とを一望の下に見ている気がしてやりきれなくなったあまり、はっきりものを考えられなくなった。おれはああいう世界を失う代わりに、おれとロバータ二人だけで支えていける程度のみみっちい世界に落ち着くことになるのか――ささやかな家庭――赤ん坊、それに、自分が稼げる程度の給料で妻子の面倒を見ていくような、決まりきった日常生活。そこから解き放たれる可能性はまったくありそうもないのだ！　アーア。吐き気がしてきた。そんなことできっこないし、ぜったいにするもんか。だけど、こうなればわかってきたが、この女によっておれの夢すべてがガラガラと崩されてしまいかねないのだ。しかもおれがたった一歩、過てる道に踏み込んでしまったがために。そう思うとクライドも慎重になり、保身や狡智のかけがえのないほどの必要性を生まれてはじめて思い知った。

また同時にクライドは、自分のなかに生じたこの深甚な変化いずれにも、いくぶん内心忸怩たるものを感じていた。

ところがロバータが口にしはじめたのはつぎのような言葉だった。「うん、いいわよ、クライド。でもついさっき、あなたはお手上げだって言ったでしょ。それに、一日一日と過ぎていくたびにあたしの状況は悪くなっていくのよ。お医者さんが見つからなければね。結婚して二、三ヶ月で子どもが生まれましたなんてありえないわ――わかるでしょ。世間の人たちみんなに知られてしまう。それにあたしだって、あなたと同じように自分のことを考えなくちゃならないのよ。それに赤ちゃんのこともね」（生まれてくる子のことを口にされるとクライドは、ひっぱたかれたように身をすくめ、たじろいだ。ロバータはそれも見抜いた。）「二つのうちどちらかをすぐにやるしかないのよ、クライド――結婚するか堕ろすかのどちらかよ。でもあなたには、あたしが堕ろしにいく手配もできないみたいじゃないの。あたしたちが結婚したらおじさまがどう思われるか、どうなさるか、あなたそんなに心配なら」不安そうながらも気を遣いつつ言い添える。「すぐに結婚してから、しばらくは秘密にしておいたらいいじゃないの――できるだけ長い間、あるいはあなたが必要と思うときまでね」と抜け目なく言い足す。「その間にあたしは実家に帰って、両親に話すこともできるし――結婚したんだけど、しばらく秘密にしておかなくちゃならないんだってね。そのうち事情がまずくなったりして、もうここには秘密にしたままとどまっているわけにいかなくなってきたら、なあに、その気になりしだい二人でどこかへ行ってしまってもいいじゃない――おじさまに知られたくないというのならね。それとも、少し前に二人は結婚しましたって発表してもいいじゃない。近ごろはそうする若い夫婦も多いのよ。暮らしを立てることについて言えば」急に暗い影がクライドの顔にあらわれ、雲のように広がっていくのを目にとめながら、続けて言う。「なあに、あたしたち、仕事はいつだって見つかるわよ――とにかくあたしは見つけられるって自信があるの。赤ちゃんを産んでさえしまえばね」

最初ロバータが話しはじめたときクライドは、ベッドの縁に腰かけて、その話の一部始終を不安に駆られ疑わしげに聞いていた。しかしながら、結婚したあげくにどこかへ行くというあたりに話がさしかかると、立ち上がった――じっとしていられない衝動に耐えられなくなったのだ。そして、赤ちゃんが生まれたらすぐに働きに出るなどという陳腐な目論見で話を締めくくられると、パニックに襲われたのとほとんど変わらないような目つきで相手を見つめた。結婚してそんなことをしなけりゃならない立場になるなんて考えるだに。つきがも少し続いて、ロバータの介入さえ受けなければ、ソンドラと結婚できるかもしれないというこんなときなのに。

「ああ、そうだね、それならきみにとってはいいだろうね、バート。そうなりゃきみにとっては何もかもうまくいくわけだからね。でも、ぼくはどうなるんだい。うわあ、やばいな。ぼくは今のところ、ここでやっと足場ができたばかりなんだぜ。なのに、荷物をまとめて出ていかなきゃならないとしたら。まあ確かに、このことがあの人たちに知れたら、そうしなきゃならないだろうけどさ。そしたら、どうしたらいいのかわからないよ。ぼくには手がけることのできるような商売も職もないんだからね。二人ともひどいことになりかねないぜ。そのうえおじさんがこの機会をぼくにくれたのも、こちらからお願いしたからなんで、ここでぼくがどこかに行っちまったりしたら、おじさんはもうぜったいに何もしてくれなくなるよ」

興奮していたせいで忘れかけていたが、クライドは前に一度か二度ロバータに、両親の羽振りもまったく悪いわけでなく、ここで思いどおりにいかなくなっても、西部に帰れば何とかなるだろう、などと匂わしていた。それでロバータはその話を大まかながら思い出し、ここで「デンヴァーかどこかに行くのはどうかしら。お父さんがとにかくしばらくは、あなたが仕事を見つける援助でもしてくれるんじゃない?」と訊くに及んだ。

ロバータの言い方はとてもやさしく、頼みこむような口調だった。クライドが想像しているほどひどい事態ではないと思い直してもらおうとしての工夫だった。だが、今度のことに関して父のことを持ち出されたというだけで——人もあろうにあの父親が二人を苦労から救い出してくれるかもしれないなどと考えるなんて、ちょっとあまりにも的外れじゃないか。世間でおれが置かれているほんとうの境遇について、この女はいかにひどく勘違いしていることか、これで明らかだ。さらにひどいことには、あんなやつからの援助を期待してるんだ。それで援助がこないとわかったら、あとでそのことをおれのせいにして責めるかもしれない——大いにありうるぞ——このことでおれが嘘をついたなんて言って。それを考えただけでも、こんな結婚なんて考えを、できれば今すぐにでもぶっつぶさなきゃなんないことが、きわめて明白になったじゃないか。結婚なんてありえないんだ——ぜったいに。

でも、この考えをうまく反駁するにはどうしたらいいのか。こいつはおれにこんなことを要求するのが当然だと思ってるんだからな——おれはおまえと結婚なんかできないし、するつもりもないと、真っ向から引導をわたしてやるにはどう言ったらいいのか。それに、今そう言ってやらなければ、こいつはおれにそれを強いるのも当然であり、理にかなってるなどと考えるようになるかもしれない。おじさんのところに押しかける資格があるとさえ考えかねない——いとこのところにも押しかけて(ギルバートの冷酷な眼が見えるようだ)おれのことをすっぱ抜こうなんて！　そうなったらめちゃくちゃだ！　破滅だ！　ソンドラその他、この町での華麗なるものをすべて手に入れたいという夢も終わりとなる。そのくせクライドがその場で思いついた言いぐさは、「でも、バート、ぼくにはそんなことできないよ。とにかく今すぐにはね」というセリフだけだった。ロバータにはたちまち、ここで思いきってぶつけてみた結婚という方策が、現在のクライドにとっては、勇気をふるって反論することもできない一案なんだと思わせるようなセリフだ——この人、「とにかく今すぐにはね」なんて言っちゃって。しかも、ロバータがそんなふうに考えているさなかも、クライドは口早にしゃべり続けていた。「それにぼくはそんなに早く結婚したくないんだ。この段階で結婚というのはぼくには荷が重すぎる。何よりもまずぼくはそんな年齢でもないし、結婚する用意も何ひとつできてない。それにここから出ていくわけにはいかないよ。ほかの土地に行ってしまったら今の半分も稼げないからね。ここでぼくがどんな機会に恵まれているか、きみはよくわかってないな。父さんもけっこうだけど、おじさんがやってくれるようなことは父さんにはできないし、その気もないのさ。きみもわかってたら、そんなことしてくれなんてぼくに頼んだりしないだろうね」

ここで言葉を切ったが、わけのわからない恐怖と反発を絵に描いたような顔だった。猟師と猟犬にたくみに追い立てられ、行き場を失った動物に似ていなくもない。だがロバータは、クライドがすっかり変節してしまったのは、自分の身分が低くてライカーガスの社交界からかけ離れているせいであり、誰か特定の女の魅力が自分より上まわっているせいだとは思っていなかったから、憤懣を表に出したくないと思いつつも、ついとげとげしくつぎのように言い返した。「いいえ、あたしだってわかってます。あなたがこの土地から出ていきたくない理由なんて。でもそれは、あなたのここでの仕事口のせいなんかじゃないでしょ。いつもいっしょに遊び歩いてるあの社交界の人たちのほうが倍も大切なんでしょ。わかってるわよ。もうあたしのことはどうでもよくなったのね、クライド。それが理由よ。だからあたしのためにあの人たちをあきらめる気になれないのね。それこそ理由であってそれ以外にないって、あたし、わかってるんですから。だけど、そうは言っても、ついこの間まではあたしのこと思ってくれてたじゃないの。もう忘れてしまったみたいだけど」こう言ったときのロバータの頰は紅潮し、眼は燃えるようだ。ここで言葉が途切れた間、クライドはこれから何を聞かされることやらとハラハラしながら相手を見つめている。「それにしても、あたしをおっぽり出して、あたしに一人で何とかしろなんて言わせるわけには、やっぱりいかないわ。あたしはこんなふうに放り出されるつもりなんかありませんから、クライド。そんなことは無理よ！　無理！　いいわね」声の調子が張りつめて、切れ切れになってくる。「あたしには荷が重すぎる。一人じゃどうしたらいいかわからないわ。それにあたしにはあなた以外に頼る人なんかいないんだもの、助けてくれなくちゃ。あたしはこんな状態から抜け出さなくちゃ。それだけよ、クライド。抜け出さなくちゃ。何の助けもなく結婚もせず、何もかもないままほったらかされて、家族やみんなと顔を合わせるつもりなんかありませんから」こう言いながら、クライドのほうに上目づかいのまなざしを投げかけて訴えつつ、それでいて凶暴ににらみつける。さらにそれに輪をかけるように、両手を大仰に握ったり開いたりしている。「それで、あなたが考えてるようなやり方であたしを助け出せないようなら」クライドにも見てとれるような悲嘆きわまる物腰で続ける。「それなら、あなたの考えていないやり方で助け出してくれなくちゃならないのよ。それしかないわ。少なくともあたしがひとりでやっていけるようになるまではね。放り出されるのはまっぴらよ。いつまでも結婚生活を続けてくれなんて頼んでるわけじゃないわ」こう言いだしたのは、結婚してくれというこの要求をいくらか加減した形にして出してやれば、クライドに結婚してもいいと思わせることができるかもしれないと考えたからで。結婚してしまえば、あたしにもっとやさしい気持ちをもてるようになるかもしれないじゃないの。「あなたがそういう気持ちなら、しばらく経ってから別れてもいいわよ。あたしがこんな状態から抜け出せたあとならね。あなたが別れるというのをあたしにとめることなんかできないし、できるとしたってそんなことするつもりはないわ。でも、今すぐほっぽり出すのはだめ。だめ。だめよ！　それに」とさらにつけ加える。「あたしはこんな立場に自分から落ち込みたかったわけじゃないし、あなたがいなかったらこうなるはずもなかったのよ。なのに、あなたのせいよ。あなたがこの部屋に入らせろってきかなかったんだもの。そのくせ今さら、あたしをほったらかして、自分で何とかしろだなんて。もしあたしのことがばれたら、あなたはもう社交界に入っていけなくなると思うからって」

ここで一息入れる。この諍いの緊張が、疲れた神経にはほとんど耐えがたくなってきたのだ。同時に、感極まったようにすすり泣きを始めたが、火のつくような泣き方ではなかった――自制心を取りもどそうとする懸命の努力が、仕草のはしばしにあからさまだった。そして、しばし二人ともそこに突っ立ったまま、クライドはさっきから言われたことに何と答えたらいいのか迷いながらも何も言えずに眼をむき、ロバータは身もだえしている。その一時《いっとき》が過ぎたあと、ようやく何とか落ち着きを取りもどしたロバータはこう言い足した。「ねえ、今のあたしのどこが、二、三ヶ月前のあたしとそんなに違ってると言うの、クライド。言ってみてよ。知りたいわ。何であなたはそんなに変わっちゃったの。クリスマス近くまでは、こんなにやさしい人がこの世にいるかしらと思うほどだったじゃない。暇さえあればほとんどいつもあたしといっしょにいてくれた。でもそのあとは、こちらからお願いしないかぎり一晩だっていっしょに過ごせなかったじゃないの。誰かいるの。何かあるの。誰かほかの女の人か何かが。知りたいわ――あのソンドラ・フィンチリーなの？　それともバーティン・クランストン？　あるいは別の誰か？」

そう言ったときのロバータの眼はよく探ってみる価値があった。というのもクライドは、ロバータがソンドラについてはっきりした決定的な事実を知ったらどう反応するか恐れていただけに、その眼を見て、このときにいたってさえロバータが、どの女性についても具体的なことを知らないことはもちろん、特定の疑惑を持っているわけでないと見抜くことができたからだ。そして、臆病者らしく、ロバータの現在の窮状を見せつけられ、勝手な思い込みから結婚を要求されそうになっている事態にぶちあたっても、この変化の原因が何であり誰なのか言うのを恐れた。それを明かすどころか、もうじっさいは惹かれてもいなかったから、そんな悲嘆を見せつけられてもほとんど心を動かされもせず、こう答えただけだった。「えーっ、まったく勘違いしてるんだね、バート。何が問題なのか、わかっていないね。この町でのぼくの将来が問題なんだよ――ここから出ていけば、こんな機会がもう二度と見つからないのに決まってるからね。だけど、そんなふうに結婚したり、ここから出ていったりしたら、何もかもおじゃんになっちゃうよ。ぼくは待つことにしたいんだ。それで、結婚する前にまず何かの地位についておきたいのさ、わかるだろ——多少お金を貯めてさ。なのに、そんな結婚なんかしたら、ぼくの可能性なんかなくなる。きみの可能性だってさ」いじいじと言い添えるが、ついさっきもうどんな関係ももちたくないとかなりはっきり匂わせていたことも、さしあたりは忘れている。

「それにね、きみが誰か医者を見つけることさえできるなら、さもなきゃ、一人でしばらくどこかに行って、自分だけでお産をすませてくれるなら、その費用はぼくが送ってやれる、きっとね。きみが出ていかなきゃならなくなるまでには金を作れるさ」

そう言ったときのクライドの顔は、ロバータにもはっきり見てとれたように、何とかしようと最近画策してきたことが完全に破綻し、もう打つ手もなくなった実態を映し出していた。それでロバータも、こんなぞんざいで無情そのもののやり方で、自分と生まれてくる子どもとを片付けてしまおうとするまでに、この人はつれなくなってしまったのかと気づかされ、片方では怒りを覚えるだけでなく、同時にこれが何を意味するかを思ってぞっとさえした。

「まあ、クライド」そこでもう遠慮も忘れて叫んだ。クライドと知り合って以来それまで見せたこともないほどの勇気やあらがいの構えをうかがわせている。「何て変わってしまったの！　それにしても何て冷酷になれるのかしら。あたしに一人で出ていってほしいなんて。それもただただあなたを救うために——あなたはここに居続けてうまくやっていき、邪魔なあたしがいなくなって、もうあたしのことで煩わされなくなったら、ここで誰かと結婚できるってわけね。フン、あたし、そんなことしてあげないわよ。そんなのずるい。そんなことするもんですか。きっぱり言っとくわ。するもんですか。それ以外に言えることなんかないわ。あなたが誰か医者を探してきてこれを堕ろさせてくれるならいいけど、さもなきゃ、あたしと結婚していっしょにどこかに行ってくれてもいいわよ。少なくともあたしが赤ちゃんを産んで、家族や知り合いみんなに顔向けできるようになるまではね。そのあとなら、あなたがあたしを捨てていこうとかまわないわ。あなたはもうあたしをほんとうは好きでないということがわかったんですもの。あなたがそんなふうに思ってるなら、あなたがあたしを必要としないと同じくらいあたしもあなたを必要としないんだから。でも今はやっぱりあたしを助けてくれなくちゃだめよ――助けてくれなくちゃ。だけど、ああ、ほんとに」ふたたび泣きはじめるが、侘びしく苦々しい思いを洩らすのみ。「あたしたちのような両思いがこんなことになってしまったなんて考えるだけで――あたしがひとりでどこかへ行ってくれなどと言われるなんて――たった一人っきりで――誰もついてきてくれず――あなたはここに居続けるなんて、ああ、まったく！　ああ、まったく！　しかも、そのあと赤ちゃんを押しつけられ。それで夫はいないんだから」

ロバータは両手を握りしめ、寂しそうに首を横に振った。クライドは、自分が確かに冷酷でそっけないことを言ったとじゅうぶんに自覚していたけれど、ソンドラへの激しい欲望にとらわれているために、思いつく最良の安全策としてただ突っ立っているだけで、その場でそれ以上何を言えばいいのかわからなかった。

さらに、こんな堂々めぐりの言い合いがしばらく続いたけれども、さんざん難航したすえにたどり着いた結論は、クライドがあとせいぜい一、二週間かけて、助けてくれそうな医者か誰かを見つけられないかどうか試してみようということだった。そのあとはどうする――まあ、そのあと、はっきりとは言葉であらわされないものの暗黙のうちに諒解されている脅威が底に潜んでいる。何とかうまく窮地を脱することができれば別だが、さもなければ、たとえいつまでもということでなくても少なくとも一時的に、とはいえ法律上正式に結婚し、ロバータが独り立ちできるようになるまでいっしょに暮らさなければならなくなるのだ――クライドにとって拷問に等しいのと同じくらいロバータにとっても、耐えがたく屈辱的な苦境。

［下巻に続く］

【作者紹介】

セオドア・ドライサー（Theodore Dreiser）

1871年、米国インディアナ州の田舎町でカトリック系ドイツ人移民の貧しい家庭に生まれる。新聞記者見習いを経てジャーナリストとして身を立てた後、1900年に小説『シスター・キャリー』を発表したが、世に認められず、挫折感から鬱病となる。雌伏10年、作家として再起を果した後は、小説のみならず、旅行記、自伝、エッセー、戯曲、社会評論など多方面で活発に執筆し、1920年代、1930年代には米国社会のオピニオンリーダーとみなされるまでになる。1945年、死去。

【訳者紹介】

村山淳彦（むらやま・きよひこ）

東京都立大学名誉教授。1944年、北海道生まれ。最終学歴は東京大学大学院人文科学研究科博士課程単位取得満期退学。國學院大學、一橋大学、東京都立大学、東洋大学で教職に就く。国際ドライサー協会顧問。

おもな著訳書に『セオドア・ドライサー論――アメリカと悲劇』（南雲堂、1987年、日米友好基金アメリカ研究図書賞受賞）、『エドガー・アラン・ポーの復讐』（未來社、2014年）、『ドライサーを読み返せ――甦るアメリカ文学の巨人』（花伝社、2022年）、ドライサー『シスター・キャリー』（岩波書店、1997年）、キース・ニューリン編『セオドア・ドライサー事典』（雄松堂出版、2007年）など。

アメリカの悲劇（上）

2024年9月25日　初版第1刷発行

著者 ――セオドア・ドライサー
訳者 ――村山淳彦
発行者 ―平田　勝
発行　　花伝社
発売 ――共栄書房
〒101-0065　東京都千代田区西神田2-5-11出版輸送ビル2F
電話　　03-3263-3813
FAX　　03-3239-8272
E-mail　info@kadensha.net
URL　　http://www.kadensha.net
振替 ――00140-6-59661
装幀 ――北田雄一郎
印刷・製本―中央精版印刷株式会社

ISBN978-4-7634-2136-4 C0097